Le Célibataire

Du même auteur

Aux Éditions Héloïse d'Ormesson

Le Bois du rossignol, 2013. Points, 2014.

Westwood, 2014. Points, 2016.

1

AU PRINTEMPS, les montagnes séparant du reste de l'Europe la Baïramie, ce pays minuscule, dominent une étendue d'un rose pâle, impalpable, qui remplit une large vallée. On voit bien que ce n'est pas un nuage, cependant quand le vent souffle fort elle s'agite avec une lenteur rêveuse et révèle d'étroits sentiers verdoyants serpentant au milieu de tout ce rose délicat. Un parfum délicieux, à la fois frais et capiteux, s'élève avec le vent et adoucit les roches brunes et les petites fleurs brillantes des hautes terres. Le touriste dit alors avec satisfaction: « Ce sont sans doute les arbres en fleurs de la Vallée des Abricots. »

Les fermes de cette vallée sont construites en énormes pierres blanchies à la chaux. Leurs murs sont percés de fentes destinées à des fusils et entourent une cour intérieure dont les parois sont couvertes de pêchers ou d'abricotiers en espalier, car les Baïramiens, qui se consacraient jadis exclusivement à la culture des arbres fruitiers et à la guerre, aimaient à avoir les premiers à portée de main tandis qu'ils se livraient à la seconde. Dans le passé, ils se faisaient enterrer dans ces cours, à l'endroit même où ils avaient trouvé la mort, avec sur leurs lourds vêtements de toile blanche et sur leurs têtes blondes les fleurs tombées pendant la bataille.

Cependant, après la Première Guerre mondiale, les choses s'étaient calmées peu à peu, même dans ce petit pays isolé qui ne communiquait avec le reste du monde qu'à travers les cols de montagne par où il envoyait ses fruits en Turquie et en Grèce. La Baïramie entra sur la voie du progrès. Elle acheta à l'Angleterre du matériel roulant et d'autres marchandises. Peu après, elle reçut les encouragements du journal le plus célèbre du monde, dans un éditorial rappelant que ses fils avaient toujours défendu la cause de la liberté. Il citait la strophe attribuée sans grande vraisemblance à Byron par cette partie peu étendue du public anglais pour qui la Baïramie n'était pas associée uniquement aux abricots :

Adieu, Baïramie, pays des vierges souriantes,
Petites et gracieuses mais aussi vaillantes que leurs pères,
Adieu, monts enneigés et clairières riches en fruits
Où la Nature sourit à tous les doux désirs de l'Homme !
La belle Liberté gît enchaînée en des contrées plus vastes
Mais elle résiste encore, invaincue, sur tes rochers.
J'aurai beau m'éloigner sur les vagues ténébreuses,
Tes vallées, Baïramie, gardent une part de moi-même !

L'éditorial rappelait aux lecteurs qu'aucune guerre n'avait jamais interrompu les relations entre la Grande-Bretagne et la Baïramie et ses sept cent mille habitants. L'histoire avait même vu plus d'une fois les Anglais porter secours aux Baïramiens, quand leur indépendance nationale avait été menacée. Après avoir évoqué la prospérité croissante que l'établissement d'une base navale britannique sur l'île de Santa Cipriana n'avait pas manqué d'apporter aux hameaux des montagnes orientales de la Baïramie, l'auteur de l'article concluait en espérant que les relations entre les deux pays resteraient aussi heureuses à l'avenir qu'elles l'avaient été dans le passé. Et la situation de la Baïramie continua encore de s'améliorer pendant une vingtaine d'années.

Malheureusement, quand un si petit pays s'enrichit, d'autres pays, qui ne sont ni petits ni riches mais voient leur propre situation se dégrader, commencent à s'intéresser à lui. C'est ainsi qu'un beau matin, vers la fin des années 1930, la Baïramie, qui venait de conclure un accord commercial très satisfaisant avec le gouvernement anglais, avait presque décidé d'acheter deux avions supplémentaires pour son armée de l'air, et semblait sur le point d'accepter enfin la nécessité de faire voter une loi rendant l'éducation à la fois obligatoire et gratuite, la Baïramie, donc, se réveilla un matin, sans avoir eu le temps d'appeler à l'aide, et découvrit qu'elle était envahie.

C'était le début d'une belle journée dans la Vallée des Abricots. Les poules faisaient le tour des murs blancs d'une des plus grosses fermes de la région en picorant le sol et en gloussant plaintivement. Le bruit des tanks et des camions chargés de soldats passant devant la ferme avait commencé par les effrayer, mais au bout d'un moment, elles s'y étaient accoutumées. On leur avait apporté leur petit déjeuner à l'heure habituelle, et une jeune fille venait tout juste de sortir pour installer le tapis à l'endroit le plus ensoleillé, comme on le faisait chaque matin. Du coup, malgré les tanks passant encore avec fracas (on ne savait jamais, les sept cent mille Baïramiens avaient été de redoutables guerriers autrefois), les poules se sentirent réconfortées.

D'un pas rapide et léger, un vieil homme sortit au soleil, ôta ses chaussures et s'agenouilla sur le tapis en fermant les yeux, le visage tourné vers l'orient. La lumière du jour réchauffait sa peau hâlée et faisait briller sa petite barbe argentée et les broderies rouges, bleues et jaunes ornant sa tunique blanche. Il attendit. Le parfum affaibli de pétales humides de rosée se mêlait à l'odeur d'essence brûlante. Il tendit l'oreille pour tenter d'entendre la cloche annonçant la prière au milieu du vacarme des tanks et du rugissement régulier des quarante avions qui survolaient maintenant la vallée, très haut dans le ciel bleu pâle, mais il ne distinguait rien en dehors de ces bruits se détachant sur le brouhaha des poules. Au bout d'un moment, il s'inclina vers l'orient, ouvrit les yeux et entreprit de se rechausser.

Soudain, une rumeur excitée, rappelant le caquetage des poules mais en plus véhémente, s'éleva du côté du portail de la ferme. Il se retourna vivement.

Sept ou huit créatures du sexe féminin, dont certaines n'étaient guère que des petites filles tandis que d'autres arboraient le chapeau de toile en forme de boîte propre aux grands-mères baïramiennes, s'étaient rassemblées devant l'imposant portail de pierre et observaient le vieillard. Avec leurs corps minces et leurs habits couverts de brillants motifs en coton, leurs petits visages halés et leurs cheveux d'un blond cendré, elles avaient toutes un air de famille qu'accentuait encore leur expression excitée et furieuse. La plus jeune, une fillette d'environ six ans, pressait contre son cœur une boîte métallique dont l'étiquette proclamait : *Pois de Premier Choix Carter Cultivés à la Ferme*.

– La cloche n'a pas sonné pour annoncer la prière.

– Ces chiens ont tiré sur le saint homme !

– Devons-nous aller dans la montagne, père ?

– Mort à ces chiens d'Italiens !

– Où sont les Anglais ?

Le vieillard ignora cette dernière question, qu'on devait entendre bien souvent sur des tons variés d'un bout à l'autre de l'Europe durant les années à venir. Se levant du tapis, il s'avança vers les femmes de sa maisonnée.

– Non, nous n'irons pas dans la montagne. Nous allons rester ici et continuer nos tâches habituelles. Yania, Djura et Yilg, rentrez dans la maison pour filer la laine et préparer les gâteaux au lait caillé. Vous autres, allez arracher les bourgeons inutiles sur les pêchers comme s'il ne s'était rien passé. Et toi, Médora, ma petite-fille, lâche cet objet aux arêtes tranchantes qui pourraient blesser tes mains inexpérimentées. Ne t'ai-je pas interdit d'accepter les cadeaux des marins anglais ?

– Je n'ai accepté aucun cadeau des marins anglais, cher et vénérable grand-père Gygès, répliqua Médora d'une voix flûtée mais énergique.

Elle sortit du groupe, vêtue d'un pantalon blanc et d'une petite veste brodée de fils dorés.

– J'ai *acheté* ce splendide objet en argent. Je l'ai trouvé sur l'herbe où des marins anglais festoyaient. J'étais seule, car vous dormiez, toi et ma chère et vénérable grand-mère Fayet, et tante Yania était comme toujours en train d'écrire une lettre à tante Vartouhi. J'ai donc demandé : « Braves et respectables marins anglais, me serait-il permis d'avoir cet objet splendide ? » L'un des marins me fit alors signe…

Elle se mit à bégayer, car le vieillard faisait mine de la congédier d'un geste impatient.

– Il me fit signe que si je l'embrassais, je pourrais avoir la boîte. Et après qu'il m'eut montré une image toute brillante d'une fillette de mon âge habillée à l'anglaise, j'ai consenti à l'embrasser et il m'a donné…

– Du calme, du calme, tu n'as rien fait de mal. Va avec Yania, maintenant. Yilg, apporte-moi la pipe.

– … cet objet magnifique tout taché de vert, que j'ai lavé…

La petite fille n'eut que le temps de s'incliner en portant la main à son cœur, comme le font les enfants baïramiens devant leurs aînés, avant que Yania, une fille bien en chair aux tresses ornées de pièces de monnaie, l'entraînât sous le portail.

Une femme se détacha du groupe avec lenteur, s'avança et s'assit sur les tapis. Le vieillard prit place à côté d'elle, en posant son bras sur un tapis roulé de façon à servir de coussin.

Ils regardèrent en silence passer les camions. Un ou deux soldats les saluèrent de la main, et ils répondirent à leur salut en souriant poliment. Ce ne fut qu'en voyant un camion rempli de soldats poussant des cris et agitant des branches de pêcher en fleur que le vieillard serra les poings et se mit à grommeler.

– Du calme, dit la femme. Ils ont travaillé dans des usines et ne savent pas ce qu'ils font.

Son regard démentait son ton paisible.

Soudain, ils entendirent la petite voix claire de Médora s'élever d'une fenêtre juste au-dessus de leurs têtes :

– Un baiser n'est pas un cadeau !

Elle continuait la discussion avec sa mère dans la maison.

– Et les marins anglais sont chers à mon cœur, comme ils le sont à nous tous.

– Mange ta bouillie et tais-toi, fille qui embrasses les Anglais.

– Gygès, mon mari, que va devenir notre pays à présent ? demanda la femme.

Elle avait été très belle. L'austère bonnet du costume national, avec ses broderies blanches, semblait maintenant moins un couvre-chef qu'une partie de son visage, où la beauté s'était modifiée sans être détruite.

– Les Anglais vont les chasser, répondit le vieillard en commençant à tirer sur la pipe turque que Yilg lui avait préparée. Ils sont venus en 1742, et les Anglais les ont chassés. Ils sont venus en 1813, et les Anglais les ont chassés. Ils ne sont pas venus en 1914, parce qu'à cette époque ils combattaient dans le même camp que les Anglais, mais maintenant ils sont de retour et les Anglais vont les chasser comme par le passé.

– Mais les Anglais ne sont pas en guerre avec eux.

– Qui peut dire ce qui se passe dans le cœur de ce peuple étrange ? Peut-être sont-ils déjà en train de se préparer en secret. D'ailleurs, tant que notre pays sera situé en face du grand rassemblement de navires de Santa Cipriana, les Anglais nous verront d'un bon œil. Cela n'a rien à voir avec la bonté de leur cœur car, comme je l'ai dit, qui sait ce qui se passe dans le cœur des Anglais ? Non, c'est une question de géographie, et la géographie, contrairement au cœur de l'homme, ne change pas.

Elle hocha la tête, et ils continuèrent de regarder en silence le jour dont la lumière se faisait plus intense le long des avenues d'arbres noirs aux pétales roses et blancs. De minuscules anémones rouges poussaient sur l'herbe verte et brillante des sentiers.

– Nous pourrions empoisonner la récolte ? suggéra-t-elle. C'est ce qu'on a fait en 1813.

Il secoua la tête.

– L'ennemi n'était pas aussi fort, à cette époque, et il était plus facile d'aller vivre dans la montagne. Il n'y avait pas d'avions capables de repérer la fumée de nos feux. Non, nous ne pouvons rien faire avant l'arrivée des Anglais.

Les derniers tanks s'avançaient pesamment sur la route de Ser, la capitale. Des coups de feu retentirent quelque part dans la montagne, et quatre avions traversèrent en hâte le ciel en direction de la fusillade.

La femme se mit à marmonner avec colère.

– J'ai cinq filles robustes. L'une s'est mariée et est devenue une lâche. Tu en as envoyé une autre au loin, et tu dis: «Attends… attends que les Anglais arrivent!» Dans le temps, je les aurais emmenées dans la montagne, les trois filles qui me restent, et nous serions descendues la nuit pour poignarder ces chiens d'Italiens. C'était mieux dans le temps.

– Dans le temps, il n'y avait pas cette musique qui vient d'Istanbul. Tu aimes l'entendre, ta musique qui semble danser dans l'air.

Elle hocha la tête en souriant brusquement. Les Baïramiens sourient souvent et sont le peuple le plus poli d'Europe.

– C'est vrai que je l'aime. On croirait de la magie. Je me rappelle la Fête du Fruit, quand j'étais petite, plus jeune que Médora, et tu sais qu'il y avait de la magie, en ce temps-là. Mais c'était une piètre magie, comparée à cette musique qui danse dans l'air comme une sorcière échappée de son noyau de pêche et se mettant à chanter.

Trois détonations s'élevèrent l'une après l'autre des montagnes, et l'écho se répercuta en grondant.

Le vieillard hocha la tête.

– À présent, honorable souveraine de mon lit et mère de mes filles, des jours difficiles nous attendent, nous et notre pays.

Nous allons devoir sourire, et travailler, pendant que ces chiens de chrétiens au cœur corrompu nous prendront les fruits de nos arbres et la joie de nos cœurs. Mais Dieu est bon. Que Son nom soit béni. Ne va-t-Il pas nous envoyer les Anglais, pour finir ? Et ne m'a-t-Il pas inspiré la pensée, voilà une lune, d'envoyer Vartouhi en Angleterre ?

2

CHARITÉ BIEN ORDONNÉE commence par soi-même, mais il est souvent plus commode de l'exercer sur des étrangers.

Miss Constance Fielding, de Sunglades, Treme (une bourgade située non loin de St Alberics, dans le Hertfordshire), trouvait qu'entre ouvrir sa maison à tous les Indiens ou Européens cosmopolites désireux d'y séjourner, avant la guerre contre les nazis, et héberger une mère et ses deux petites filles chassées de Hackney par les bombardements, la différence était de taille.

– Et il est exclu que je recommence, Kenneth, dit-elle à son frère alors qu'ils dînaient ensemble.

C'était leur première soirée après que les Rigby étaient retournés à Hackney, les raids sur Londres ayant pratiquement cessé.

– Ce projet était en soi une grave erreur. J'aurais dû me fier à mon intuition.

Kenneth Fielding était un homme grand et rubicond, âgé de plus de quarante-cinq ans et arborant un uniforme de volontaire de l'armée. Il pensa instantanément à une autre personne qui avait une intuition, mais il ne rit pas – il n'en avait même pas envie. Les plaisanteries aux dépens de sa sœur semblaient surgir dans son esprit en silence, comme cette race de poissons ayant vécu si longtemps dans l'obscurité qu'ils sont devenus aveugles. Elles montaient à la surface, se heurtaient à la barrière de son admiration pour elle et regagnaient les profondeurs.

– Il ne s'agissait pas d'une répugnance que des esprits bornés pourraient qualifier d'égoïste, continua Miss Fielding en empilant avec soin sur sa fourchette de la viande en conserve, de la laitue, de la betterave et du cresson. C'était manifestement un *avertissement*, exactement le genre de sensation qui m'envahit quand quelqu'un va tomber malade à la maison.

– J'ai tout de suite pensé que ce serait trop pour toi, sœurette, avec tout ton travail et le reste.

Miss Fielding termina son empilage et glissa sa fourchette dans sa bouche avant de répondre :

– En tout cas, il n'y a manifestement qu'une conclusion à tirer de cette expérience : elle ne doit *jamais* se reproduire.

– Nous ferons en sorte de l'éviter, approuva-t-il avec vigueur.

Il lui sourit puis jeta un coup d'œil sur la pièce.

– Bon sang, quel silence !

Miss Fielding battit légèrement des paupières, mais elle hocha la tête.

Un silence bien agréable.

Le calme régnait, et la pièce semblait ravissante avec les verres, les carafes de cristal dont les reflets dansaient au plafond, la lumière de cette soirée d'été et l'éclat surprenant des rouges, des bleus et des verts veloutés des fleurs dans une multitude de vases. Les murs étaient peints en jaune et en vert pâle, et les meubles étaient en bois de chêne clair. Miss Fielding ne tolérait pas les couleurs sombres dans la maison, car elle les jugeait propices au Principe du Mal et à la poussière. Plusieurs tableaux représentaient des personnages tourbillonnant en tous sens, vêtus de voiles bleuâtres et nimbés d'étoiles. Au bout de la longue pièce, une fenêtre donnait sur une vaste pelouse impeccablement entretenue et quelques parterres où resplendissaient les fleurs convenant à cette époque de l'année, à savoir la fin du mois de juillet.

Et sur la poignée de porcelaine de la porte vert pâle, de petits doigts crasseux avaient laissé leur empreinte.

– Haha ! je vois que la jeune Deirdre a fait une dernière incursion avant son départ ! s'exclama Kenneth.

Il repoussa sa chaise, brandit son étui à cigarettes en regardant sa sœur d'un air interrogateur et lui montra la porte.

– Ah, cette gamine ! Tu peux fumer si le cœur t'en dit, Kenneth. Mrs Archer était déjà rentrée chez elle quand je me suis aperçue des dégâts.

– Veux-tu que j'apporte le café ?

– Oui, merci.

Il sortit dans le vestibule octogonal autour duquel se groupaient les pièces, et pénétra dans la cuisine. Des tasses blanc et or étaient disposées sur un plateau à côté d'une machine à café instantané. Il rapporta le tout dans la salle à manger.

– Frankie va-t-elle descendre ou faut-il que je lui monte une tasse ?

– Elle a dit qu'elle descendrait.

– Comment se sent-elle ?

– Oh, mieux, je crois. Du moment que nous n'ayons pas d'autre alerte cette nuit...

– Ah, la voilà ! Comment ça va ce soir, Frankie ?

Kenneth, qui venait de s'asseoir avec sa cigarette, se releva tandis que la porte s'ouvrait sur une petite femme d'un certain âge, vêtue d'une robe gris pâle, qui entra avec lenteur. Se traînant vers Miss Fielding, elle l'embrassa sur la joue. Puis elle se traîna vers Kenneth et l'embrassa à son tour. Après quoi, elle s'assit enfin et regarda par la fenêtre.

– Quelle soirée enchanteresse, finit-elle par observer à voix basse. C'est presque trop beau.

– Haha ! espérons que ça va durer, déclara Kenneth avec un gros rire. Je dois passer la nuit dehors.

– As-tu réussi à te reposer cet après-midi, Frankie ? s'enquit Miss Fielding.

– Un peu, merci, Constance. Mais quel calme dans la maison ! Quel silence !

– Un silence délicieux, c'est ce que nous disions justement, Kenneth et moi.

– Ils me manquent, déclara la dame en gris d'un ton rêveur. Tant qu'ils étaient ici, j'étais constamment irritée par leur présence et leurs rires, mais maintenant qu'ils sont partis, il y a un vide.

– Eh bien, tu sais, je ressens la même chose, dit Kenneth en buvant son café. Ils étaient plus qu'embêtants, mais cette petite coquine de Deirdre était mignonne. Je la trouvais sacrém... très énergique.

Les paupières de Miss Fielding frémirent derechef.

– En tout cas, mon parti est pris, lança-t-elle. Ces derniers mois m'ont appris qu'il est hors de question que je gaspille de nouveau mes dons au contact de tous les Rigby de ce monde. Nous avons chacun nos dons particuliers. J'ai le mien, tu as le tien...

– Je l'avais... autrefois, la corrigea la dame qu'elle appelait Frankie.

– Et tu l'as offert au monde, nous sommes tous là pour en témoigner. Mais à présent, mon propre don, ce talent que j'ai pour contribuer à la fraternité internationale à travers les contacts individuels, doit rester en friche. En cette époque où l'on ne peut même pas envoyer une lettre hors de notre pays sans qu'elle soit lue par des yeux grossiers, où nos côtes sont hérissées de barbelés hostiles et certainement symboliques, où tous les esprits sont obscurcis et empoisonnés par la haine, la suspicion et la peur, comment pourrais-je poursuivre mon œuvre ? Et tout paraît tellement vain. Serait-ce le signal d'une alerte ?

– Non, ce n'est qu'une voiture qui monte la colline, dit Kenneth. Mais tu sais, Connie, on ne peut pas laisser ces salauds s'en tirer comme ça. Bien entendu, je ne voudrais pas te contredire ni te blesser…

– Nous n'allons pas reprendre cette discussion, mon cher Ken. Nous avons eu tant de disputes à ce sujet. Mieux vaut en rester là. Mais si seulement tout le monde avait assez d'*amour*…

– Oh, oui ! approuva Frankie.

– … il n'y aurait aucun problème et la guerre se terminerait demain…

– Eh bien, comme apparemment ce ne sera pas le cas et que le vieux Arkwright va me tanner le cuir si je ne suis pas à l'exercice à huit heures tapantes, je ferais mieux de me grouiller, répliqua Kenneth avec bonne humeur en se levant et en tapotant l'épaule de Frankie, qui leva les yeux sur lui avec un faible sourire.

Alors qu'il ouvrait la porte, il se retourna soudain.

– Quand j'y pense, Connie, si vraiment tu ne veux pas que la maison soit de nouveau envahie par des évacués, nous ne pourrions pas la remplir nous-mêmes ? Trouver des gens corrects, du même monde que nous, qui pourraient vivre ici. Tu parlais l'autre jour de faire venir une réfugiée pour aider aux tâches du ménage, et à notre époque il devrait être facile de dénicher quelqu'un d'autre pour occuper une chambre. Qu'est-ce que t'en dis ? Salut, mes petites, je serai de retour pour le petit déjeuner.

Il sortit sans attendre de réponse.

Elles l'avaient observé avec un sourire indulgent – même si Miss Fielding avait battu des paupières quand il avait lancé : « Qu'est-ce que t'en dis ? » Mais dès que la porte se fut fermée dans son dos, les sourires disparurent et l'attitude des deux dames changea complètement.

Miss Fielding ferma ses grands yeux bleu-gris, qui auraient dû être beaux mais ne l'étaient pas, et dit :

– Je ne puis qu'espérer qu'il ignore ce que j'éprouve en le voyant en uniforme dans ces pièces où Notre Mère a passé ses dernières années.

– Oui, je pense souvent au chagrin qu'aurait ma pauvre tante Eleanor si elle le voyait habillé ainsi, répliqua Miss Burton de la même voix assourdie mais avec nettement plus d'entrain.

– Je suis sûre qu'elle le voit bel et bien, Frankie, déclara Miss Fielding en rouvrant les yeux. Et cette pensée ne cesse de m'affliger.

– Il ne ressent rien de tout cela, évidemment.

– Non. C'est une âme très jeune.

Elle se leva, rejoignit la fenêtre et regarda dehors. Le soleil brillait encore avec vigueur et des cavernes vivement colorées s'ouvraient entre les têtes des phlox rosés, des cheveux de Vénus, des roses et des pensées. D'autres cavernes plus sombres s'emplissaient de rayons de soleil et des insectes impalpables de l'été entre les branches des ormes au bout du gazon. L'air était chaud et parfumé.

– Et toutes ces expressions, lança soudain Miss Fielding. Sa façon de dire salut, OK, épatant… À chaque fois, c'est comme…

– Comme une brûlure, compléta sa cousine avec éloquence en la voyant hésiter. Je sais. Ce cher vieux Ken n'a aucun sens des mots, n'est-ce pas ?

– Non.

– Pour moi, son langage n'est qu'un bariolage, décréta Miss Burton.

– Mais on ne peut s'empêcher de tenir à lui, malgré ses limites, dit Miss Fielding en se détournant de la fenêtre. Nous allons au salon ? Oh, non, j'oubliais… je crois que nous ferions mieux de rester ici.

Les Rigby avaient tenu à dormir au salon pendant six mois, car ils s'y sentaient davantage en sécurité. Personne ne peut dormir pendant six mois dans un salon sans que cela se voie. Ce matin-là, aussitôt après leur départ, Miss Fielding était entrée dans la pièce, l'avait inspectée du regard et avait décrété qu'elle ne pourrait héberger les Fielding tant que Mrs Archer ne l'aurait pas remise en état voire, si cela se révélait impossible, soumise à un grand nettoyage.

Pour l'heure, les deux dames approchèrent leurs chaises de la fenêtre et s'assirent. Elles allaient débarrasser le pain et les restes de salade et de viande, car il ne fallait pas les perdre, mais elles ne feraient pas la vaisselle, car cela ne leur viendrait pas à l'idée. Miss Burton manquait de force et avait l'esprit absorbé par l'Art – quant à celui de Miss Fielding, il avait des préoccupations encore plus sublimes.

Jusqu'au début de la guerre contre les nazis, Miss Fielding, qui avait cinquante-trois ans, tenait pour acquis d'avoir trois servantes à Sunglades – une cuisinière, une femme de chambre et une bonne. Elle y voyait une loi naturelle, comme celle gouvernant le niveau de l'eau, et maintenant encore, après deux années d'expériences et de difficultés grandissantes avec les domestiques, elle gardait des traces de cet état d'esprit. Et la vie est si injuste que cette certitude tranquille aidait Miss Fielding à trouver du personnel là où d'autres femmes, dépourvues de son assurance féodale, n'y parvenaient pas. Les domestiques étaient le plus souvent disposés à entrer au service de cette dame prospère et inspirant confiance, avec ses cheveux gris séparés par une raie et ses tenues soignées et conventionnelles – les théories originales de Miss Fielding ne s'étendaient pas jusqu'à l'habillement. Malgré tout, elle n'avait pas de Perles – ces serviteurs qui restent vingt-cinq ans dans une famille et n'ont d'autres intérêts que les siens. Et cette carence paraissait d'autant plus étrange qu'elle semblait exactement le genre de maîtresse qui aurait dû avoir à son service une Perle ou deux.

3

APRÈS AVOIR ÉCHANGÉ à propos de Kenneth quelques autres remarques que la répétition ne rendaient pas moins passionnantes pour elles, Miss Fielding et Miss Burton savourèrent un instant en silence le calme de la soirée et les rayons du soleil qui s'allongeaient, radieux, et étaient maintenant presque invisibles derrière les ormes.

– Nous écoutons les nouvelles ? demanda enfin Miss Fielding en regardant la pendule. Non, nous n'en avons aucune envie, n'est-ce pas ?

– Oh, pas moi, en tout cas. Ce matin encore, j'ai ouvert le journal puis je me suis dit : non, cette matinée est délicieuse, pourquoi la gâcher ? Et j'ai refermé le journal.

– Ah, j'aimerais pouvoir en faire autant. Mais il faut que je me mette au courant et que je souffre. Toute cette haine, comme un nuage noir s'étendant partout.

Miss Fielding se mit à agiter sa main devant son visage, à la façon d'un chaton en train de se laver.

– Frankie, lança-t-elle, je voudrais avoir ton avis sur quelque chose.

– Bien sûr, Connie, avec plaisir.

Miss Burton, paraissant aussitôt rajeunie et pleine d'importance, se pencha en avant sur sa chaise.

– Eh bien, je serais heureuse que tu puisses m'aider, car je suis vraiment dans le doute. Habituellement, face à ce genre de problèmes, je suis plutôt… lumineuse, il me semble que c'est le mot. Mais dans ce cas particulier, je n'arrive pas…

Miss Fielding agita de plus belle sa main devant son visage, comme pour chasser des moucherons.

– Je n'arrive pas à y voir clair.

Miss Burton hocha la tête.

– Je connais cette impression. C'est ce que j'éprouve parfois à propos de mon…

Elle se mordit la langue juste à temps.

Le mot qu'elle avait failli prononcer était: « tricot ».

Miss Fielding savait, et Miss Burton savait qu'elle savait qu'il y avait à l'étage, en bas de la commode de Miss Burton, pour près de quinze livres de laine – Scotch Fourply, Paton et Baldwin, Angora, Peri-lusta, Fairydown et tout le reste –, ainsi que des modèles de gilets, de chandails et de gants, et quantité d'aiguilles à tricoter, le tout entrelacé en un amas inextricable, une mêlée digne de Laocoon, à laquelle seule la mort de Miss Burton ou sa rencontre avec une bombe aurait pu mettre un terme. Et plus bas encore dans ces Archives de la Laine, on trouvait des coussins pour tabourets, des dossiers de chaise et des écrans de cheminée au gros point à moitié terminés, chacun avec les douze écheveaux de laine, les aiguilles et les cadres nécessaires. Miss Burton achetait un nouveau modèle ou patron de chandail chaque fois qu'elle allait à Londres, mais elle finissait toujours par s'embrouiller ou s'ennuyer, de sorte qu'elle n'était jamais venue à bout d'un de ses travaux d'aiguilles, à l'exception d'un cache-nez pour Kenneth dix ans plus tôt. Cette triste situation ne la laissait certes pas indifférente. Elle y pensait souvent, par un pénible effet de contraste, quand elle regardait un paysage particulièrement paisible ou une pièce bien rangée. Pour la centième fois, elle se promettait de mettre de l'ordre dans ce tiroir, de choisir *un seul* ouvrage à tricoter ou à broder, et de le terminer. Mais elle n'arrivait jamais à faire davantage qu'enrouler un des enchevêtrements de laine, puis le déjeuner était prêt ou il était temps de sortir en voiture, ou encore (depuis la guerre) il y avait une alerte et ils devaient tous aller dans l'abri du jardin, et quand elle revenait son ardeur était retombée. Et le tiroir restait comme avant.

Miss Fielding, qui abhorrait le désordre des esprits, des corps ou des tiroirs, connaissait l'existence de cette léproserie sous son toit et la déplorait. Il était rare qu'elle en parlât franchement à Miss Burton, car même si elle signalait volontiers leurs défauts aux gens pour leur bien, il lui semblait préférable dans certains cas de laisser le Principe du Bien se charger de les corriger, et c'était le cas en l'occurrence. Parfois cependant, quand elle tardait un peu plus que d'habitude à trouver le sommeil la nuit, elle restait étendue sur son lit à respirer profondément et à envoyer des ondes mentales à Frankie afin de l'inciter à ranger le fameux tiroir aux laines. C'était un bon exercice, et elle était certaine qu'il finirait par porter ses fruits.

Pour l'heure, elle se mit à fouiller dans son sac et en tira une lettre.

– C'est vraiment très étrange que Kenneth ait parlé de faire venir quelqu'un ici, dit-elle. Cette lettre est arrivée cet après-midi.

Elle tendit à Miss Burton la lettre, dont l'adresse était écrite d'une façon particulièrement gracieuse.

Miss Burton jeta un coup d'œil sur l'enveloppe, puis sur sa cousine, en écarquillant les yeux dans sa stupeur.

– Betty ! s'exclama-t-elle.

– Betty, confirma Miss Fielding en hochant la tête.

Miss Burton déplia la lettre.

Chère Connie,

Je regrette vraiment de n'avoir pas écrit depuis une éternité, mais vous savez ce que c'est aujourd'hui. Comment allez-vous tous ? J'espère que vous n'avez pas eu trop de raids. Tout a été plutôt calme à Londres, ces temps derniers, et nous n'en demandons pas plus.

Par un hasard amusant, j'ai enfin trouvé un poste au département des formulaires, qui a été évacué à St Alberics, comme tu le sais sans doute, et il faut que je trouve à me loger dans les environs. Penses-tu que je pourrais venir habiter chez vous ? Je paierais ma part, bien entendu. Ce serait merveilleux si cela pouvait se faire. Comment vont Frankie et Ken ? Dites-leur bien des choses de ma part. Richard est toujours en tournée avec la Compagnie de la Colombe, ils vont jouer *Comus* à Burslem cette semaine. Il paraît content, même s'il préférerait évidemment travailler pour lui-même. Il est toujours assez patraque, en plus.

Surtout, dites-moi si je peux venir. Mon bail pour cet appartement prend fin le mois prochain, de sorte que tout se combine plutôt bien.

Affectueusement,

Betty

Miss Burton rangea la lettre avec soin, puis les cousines échangèrent un long regard.

– C'est bien d'elle, dit enfin Miss Burton. Quand t'a-t-elle donné des nouvelles pour la dernière fois ?

– Oh, cela doit faire plus d'un an. Elle et Richard étaient en vacances en France, et ils sont rentrés juste avant l'invasion.

– Voyons, elle doit avoir… quoi ? Quarante-trois ans ?

– Quarante-cinq. Elle a huit ans de moins que moi.

(Miss Fielding n'essayait jamais de cacher son âge, considérant qu'il n'avait aucune importance à la lumière des réalités éternelles.)

– Mais elle ne fait pas son âge. En tout cas, pas lors de notre dernière rencontre. On ne lui donnerait jamais quarante-cinq ans.

Miss Burton regarda un instant par la fenêtre, et Miss Fielding attendit qu'elle prenne la parole.

Les habitants de Sunglades admettaient tacitement que Miss Burton était leur référence en matière d'amour. On s'en remettait à Miss Fielding au moindre doute quant à l'âge d'une âme, Kenneth avait toute autorité sur les différents aspects de la culture des légumes, et Miss Burton était pour ainsi dire la gardienne du jardin de Cupidon. Elle devait ce statut au fait d'avoir été jadis plaquée par son amoureux. On ne la consultait pas souvent, car il était rarement question de l'amour à Sunglades, mais on a beau désinfecter, il arrive que le sujet s'impose, et c'est alors qu'on avait toujours recours à Miss Burton.

– Il ne parle plus jamais de cette histoire, bien sûr ? demanda-t-elle après un long silence.

– Oh, non. Enfin, je l'ai entendu dire en plaisantant qu'il avait eu autrefois un faible pour elle et ainsi de suite, tu vois le genre, mais ce n'était jamais sérieux.

– Il essaie peut-être de donner le change, observa Miss Burton d'un air entendu.

– Je n'y crois pas un instant, rétorqua Miss Fielding avec décision. Je me flatte de connaître au moins un être humain à fond, et c'est Kenneth.

Sur ces mots, elle repoussa un brin de chèvrefeuille qui entrait par la fenêtre et retroussa ses lèvres pour sourire, comme elle le faisait petite fille quand elle avait triomphé de quelqu'un.

Miss Burton la regarda. « Oh, mais l'amour sait prolonger son séjour dans nos pauvres cœurs humains, malgré nos efforts pour le déloger, Connie », pensa Miss Burton. Et elle ajouta en elle-même : « De toute façon, que connais-tu de l'amour ? Toi, tu n'as jamais été fiancée à quelqu'un pendant deux ans, en préparant ton trousseau et tout le reste. Personne ne t'a jamais dit que tes yeux avaient la couleur des giroflées. » Tandis qu'elle essayait de retenir ce passage sur l'amour prolongeant son séjour, etc., afin de l'écrire dans son journal quand elle se retirerait dans sa chambre à l'étage, elle se sentait étrangement agacée par Miss Fielding, comme si elle avait envie de la remettre un peu à sa place. Ce fut donc d'un ton légèrement distrait qu'elle déclara :

– Je serais toi, je ne m'inquiéterais pas. As-tu montré la lettre à Ken ?

– Non, cela m'a paru plus sage. Et je ne m'inquiète pas vraiment, bien sûr. Je suis sûre que Ken n'a pas eu ce genre de pensée à son propos depuis des années. En tout cas, pas depuis la mort de Notre Mère. Mais tu connais Betty.

– C'est une aguicheuse.

Miss Burton prononça ce joli mot d'un tel ton qu'on aurait cru qu'un éventail s'ouvrait d'un coup sec.

– Pas consciemment, Frankie. Je l'ai cru autrefois, mais maintenant je pense qu'elle ne peut pas s'empêcher de séduire les gens. Il m'est arrivé de la voir vraiment ennuyée à ce sujet.

– Elle m'a toujours paru très gaie, dit Miss Burton.

– D'ailleurs, elle a quand même quarante-cinq ans, et cela fait deux ans que je ne l'ai pas vue. Elle a peut-être pris un coup de vieux ? Ce sont des choses qui arrivent.

La voix de Miss Fielding était pleine d'espoir.

« Pas aux femmes comme Betty », songea Miss Burton.

– Quant à l'accueillir vraiment ici…

– Eh bien, tu peux toujours dire que tu es désolée mais que tu t'es déjà plus ou moins engagée avec quelqu'un d'autre et que tu n'as plus de place. Si sa présence devait te contrarier, je préférerais encore qu'elle ne vienne pas.

– Je ne suis pas du tout contrariée, Frankie. C'est juste que…

Miss Fielding ne termina pas sa phrase, car ce n'était pas nécessaire. Elle enchaîna d'un ton suave :

– Après tout, il serait nettement plus agréable d'avoir à la maison une vieille amie comme Betty, qui a connu Notre Mère, plutôt qu'un inconnu.

– Tante Eleanor ne l'a jamais appréciée, lança Miss Burton non sans malveillance.

– Notre Mère la jugeait frivole, ce qui est certainement vrai, rétorqua Miss Fielding. Cela fait des années que j'ai renoncé à éveiller chez Betty de l'intérêt pour autre chose que Richard et les chapeaux. C'est pour cette raison que Notre Mère a été si contente quand elle a plaq… décidé de ne pas épouser Kenneth, finalement.

– Je suppose que cela signifie que Richard viendra aussi ici, pour la voir, observa Miss Burton d'un air abattu.

– Nous ne pouvons refuser de le recevoir si elle loge chez nous, Frankie. C'est quand même son fils.

– Franchement, il me met mal à l'aise. Il est tellement grossier, et on croirait qu'il ne s'intéresse qu'à l'Espagne.

– Il me semble qu'il promet d'être un homme charmant.

– La dernière fois qu'il est venu ici, il m'a raconté que sa mère n'était pas du genre qui lui plaisait sexuellement, dit Miss Burton en lissant sa jupe, les yeux baissés, mais d'une voix bien distincte. Cela ne m'a guère semblé charmant.

Miss Fielding la regarda d'un air désemparé, puis rougit lentement.

– Il devait plaisanter, assura-t-elle enfin. Ces jeunes gens adorent taquiner les vieilles créatures comme nous.

– Dans ce cas, je n'aime pas être taquinée, déclara Miss Burton d'une voix toujours aussi nette, en continuant de lisser sa robe, les yeux baissés. Du moins, pas de cette façon.

– Oh, je suis sûre qu'il plaisantait, répéta Miss Fielding. Quoi qu'il en soit… tu penses que je peux demander sans risque à Betty de venir ?

« Pourquoi me le demandes-tu, puisque tu n'en aurais même pas parlé si tu n'avais pas déjà décidé de la laisser venir ? pensa

Miss Burton avec une irritation soudaine. Et pourquoi es-tu si sûre que je sois d'accord avec toi au sujet de Kenneth ? Je le plains. Lui et moi, nous avons été logés à la même enseigne. »

Miss Burton était parfois en proie à ces petites bouffées d'irritation et de malveillance. Dans ces moments-là, son regard changeait brièvement : c'était celui d'une Usurpatrice impérieuse et malicieuse, qui n'en faisait qu'à sa tête et n'avait peur de personne. Miss Fielding n'aimait pas cette Usurpatrice, dont elle croisa le regard moqueur quand Miss Burton leva les yeux.

– Si vraiment, comme tu ne cesses de le répéter, Connie, Kenneth est un célibataire endurci, il peut s'exposer sans dommage aux charmes de Betty, déclara Miss Burton en prononçant cette longue phrase sans trébucher. Et pour mon compte, j'ai toujours pensé qu'elle ne se remarierait jamais. Dick était un des hommes les plus délicieux que j'aie connus, et il me semble qu'elle restera fidèle à sa mémoire.

– J'ai toujours trouvé cela tellement morbide. Après tout, la mort n'existe pas.

« Ah, bon, la mort n'existe pas ? songea Miss Burton en la regardant repousser de nouveau le rameau de chèvrefeuille. Ce que tu peux être bête, parfois ! Tu aurais vraiment besoin qu'on te remette un peu à ta place. »

– Eh bien, si j'étais toi, Connie, je demanderais à Betty de venir, dit-elle d'un ton définitif.

Elle se leva.

– J'imagine que tu vas d'abord en parler avec Kenneth ?

– Oh, pas nécessairement, lança Miss Fielding avec désinvolture en balançant la lettre au même rythme qu'un de ses grands pieds. Nous pourrions peut-être lui faire la surprise. Ce serait une bonne farce, je trouve.

« Idiote ! » pensa Miss Burton de plus en plus en colère.

Mais elle se contenta d'observer :

– Il me semble que tu vas devoir décider de la somme à demander à Betty, non ? Il faudra bien que tu en parles à Kenneth. Je crois que je vais aller me coucher. Après la nuit que nous avons eue, je suis très fatiguée.

– Oui, tu as raison. Je vais faire la même chose. Nous coucher tôt nous fera du bien à toutes les deux. Bien entendu, je préférerais la loger gratuitement, mais la vie a tellement augmenté et il me semble qu'elle sera moins gênée si elle donne quelque chose, tu ne crois pas ?

– Oh, oui, même pas grand-chose.

Kenneth Fielding et ses deux sœurs, dont le père possédait un vénérable cabinet juridique, avaient hérité en 1920 d'une fortune confortable, léguée par trois vieilles tantes très riches. Elle était investie dans des affaires solides, toutes situées dans la partie occidentale de l'Empire britannique, et depuis le début de la guerre, malgré des impôts écrasants, les Fielding n'avaient pas vu leur aisance diminuer notablement. Kenneth continuait de se rendre au bureau et de diriger en théorie le cabinet fondé par son grand-père, mais il tendait de plus en plus au fil des ans à mener la vie d'un soldat à la retraite jouissant d'une fortune personnelle et à laisser la direction effective de Fielding, Fielding & Gaunt à Mr Gaunt, qui était aussi capable qu'ambitieux.

Betty – Mrs Richard Kenway Marten – vivait à l'époque dans deux pièces à Chelsea. Elle travaillait comme secrétaire dans un club féminin de Woburn Square, qui lui rapportait quatre livres par semaine, plus le déjeuner et le thé assurés. Elle touchait également la pension due à son époux, le capitaine R. K. Marten, décoré à titre posthume, qui avait été tué à Landrecies en 1918.

– Deux guinées et demie par semaine? lança Miss Fielding par-dessus son épaule en se dirigeant à grands pas vers la cuisine pour chercher Pony, le chat, et le mettre dehors. Aurais-tu envie d'une citronnade? Moi, oui. Je me demande ce qu'elle touchera au département des formulaires?

– Non, merci. Oui, je pense que cette somme conviendrait. Connie, je monte me coucher, mon épaule me fait passablement souffrir. Cela ne t'ennuie pas de te charger du black-out, n'est-ce pas? Je n'en ai aucune idée, quels sont les salaires habituels là-bas?

– Oh, non, il ne fait pas nuit avant près de minuit.

Miss Fielding avala quelques miettes de biscuit égarées sur sa bouche. Elle mangeait debout devant la fenêtre de la cuisine, en regardant le jardin assombri et en respirant avec délice le parfum des fleurs de tabac.

– Il est si agréable de ne pas devoir installer ces voiles d'un noir symbolique dès le soir venu! Je ne pense pas qu'ils soient très élevés, mais elle a la pension de Dick.

– Oui, bien sûr. Bonne nuit.

– Bonne nuit. J'espère que la nuit sera tranquille.

– Et moi donc! Bonne nuit.

– Bonne nuit.

Alors que Miss Burton montait lentement l'escalier, Miss Fielding, s'avançant dans le vestibule, Pony sous le bras, l'appela d'en bas:

– Ce sera très agréable d'avoir Betty à la maison, tu sais, sa compagnie est charmante, même si elle est tellement frivole.

« C'est sans doute pour cela qu'elle est charmante », se dit Miss Burton. Cependant elle ne jugea pas utile de répondre, sinon par un marmonnement indistinct tandis qu'elle gravissait les marches. « Une femme aussi mauvaise que charmante. » Ces mots s'imposèrent à elle, non sans irrévérence. C'était ce qu'avait dit cette jeune fille au déjeuner, Alicia Arkwright, celle qui était partie pendant des mois après avoir été mêlée à une histoire de divorce et qui était revenue vivre dans la maison en bas de la route. En prononçant ces mots, elle avait souri. Elle avait de beaux yeux bleus, un regard calme et fatigué, et un visage pâle, allongé, évoquant… oui, une ravissante pouliche. (Miss Burton fut contente de cette trouvaille, qui lui paraissait moderne. Elle la mettrait dans son journal, avec le passage sur l'amour prolongeant son séjour, etc.)

Elle occupait au dernier étage de cette maison vaste et agréable plusieurs pièces, qu'elle avait converties en appartement indépendant quand elle s'était résolue à passer le reste de sa vie avec ses cousins. Elle avait son piano, les photos de ses amis, une bibliothèque abritant des poètes mineurs et ses livres de prédilection : *Le Réformateur du chemin*, *Le Sculpteur sur bois de Lympus*, les *Fioretti* de saint François ainsi que tous les romans de Ouida et Saki, sans oublier un écrivain victorien tardif, Mrs Hungerford, dont elle lisait avec grand plaisir les histoires d'amour dans la bonne société anglaise et irlandaise.

S'asseyant près de la fenêtre ouverte, elle contempla le soir.

La lune se levait sur les douces collines. Le ciel était encore clair à l'occident et les silhouettes sombres des ormes se détachaient sur l'étendue pâle du grand champ d'avoine, qu'on cultivait cet été pour la première fois et que Miss Burton aimait regarder. Avant la guerre contre les nazis, on pouvait voir les lumières de St Alberics, à huit kilomètres de là, qui scintillaient sur une pente parmi les champs, et dans la journée la tour de la cathédrale surgissait des labours. Miss Burton se plaisait à l'imaginer à travers les siècles, dressée au flanc de la colline où la ville de St Alberics avait commencé son existence quand des moines chrétiens s'y étaient établis au temps des Romains. Cette tour s'élevant des champs noirs était la première vision de la ville qui s'offrît aux voyageurs venus du nord : centurions ayant quitté le mur d'Hadrien pour un congé, moines en pèlerinage, chevaliers partant rejoindre leur suzerain, paysans se rendant au marché, nobles cavaliers, bandits des grands chemins, et les diligences de l'époque de Dickens, les cyclistes du début du vingtième siècle, et maintenant les soldats américains et canadiens descendant la route avec fracas dans leurs tanks – mais la tour et les champs n'avaient pas changé. Cette pensée fascinait Miss Burton, qui ne se lassait pas de jouer avec elle. Cependant elle n'en parlait jamais à Miss Fielding, qui aurait dit quelque chose sur les Vieilles Âmes et les Jeunes Âmes, ce qui lui faisait toujours penser à un jeu de cartes et l'agaçait profondément.

« Le monde aura perdu beaucoup de son intérêt quand Connie et ses pareils nous aurons tous persuadés de nous aimer les uns les autres, et quand Richard Marten et ses pareils auront mis fin à tous nos désordres, songea Miss Burton. Dieu merci, je serai morte avant. »

Elle se leva et rejoignit le piano.

Le doux crépuscule d'été était déjà beaucoup trop sombre pour qu'elle puisse lire les notes de l'unique partition posée là, mais elle se mit à jouer.

Les paroles étaient tragiques, passionnées…

Mon amour avait un anneau d'argent,
Œuvre d'un joaillier d'un pays d'Orient,
Un objet aussi rare que ravissant,
Digne de la main blanche d'une impératrice!

La musique les accompagnait en mineur, en une mélodie simple et vibrante. Manifestement, Miss Burton avait eu d'excellents professeurs, car son jeu était précis et inspiré, et elle chantait d'une voix fatiguée mais juste et sans affectation. La chanson atteignit le comble de l'émotion…

Perdue comme l'eau dans le sable du désert!

Puis elle s'acheva sur quelques accords assourdis, pseudo-orientaux, et Miss Burton laissa retomber ses mains sur ses genoux et resta un instant pensive.

« Comme c'est étrange… Reggie est mort depuis vingt ans, et je suppose que je suis la seule personne en ce monde qui pense encore à lui, mais cette chanson que j'ai écrite à cause de lui, voilà tant d'années, est restée vivante et continue de passer à la radio et dans les cinémas… et j'imagine qu'il en ira de même après ma mort. C'est notre enfant, en un sens. »

Mon amour avait un anneau d'argent, paroles et musique de Frances Burton, avait les faveurs du grand public d'un bout à l'autre de l'Angleterre depuis 1908. L'apparition de la radio n'avait fait que renforcer sa vogue et il se passait peu de jours sans qu'on entendît sur les ondes *Jusqu'à*, *Je t'entends qui m'appelles* ou *Mon amour avait un anneau d'argent.* Contrairement à beaucoup de succès de la fin du siècle passé, la chanson avait rapporté une petite fortune à son auteur, qui vivait maintenant confortablement chez ses cousins grâce aux vestiges de ce pactole.

En dehors de Reginald Farquharson et de *Mon amour avait un anneau d'argent*, il n'était jamais rien arrivé à Miss Burton. Après que la publication de la chanson lui eut valu un semblant de célébrité, elle avait vécu avec sa mère à Kensington, dans un petit cercle d'amis artistes et admiratifs, en écrivant à l'occasion quelques vers ou une nouvelle pour des magazines féminins, ou en partant dessiner avec une amie en Norvège ou en Grèce. Elle n'avait plus jamais été demandée en mariage, car durant les années ayant suivi la désertion de son amant c'était l'Usurpatrice qui avait gouverné le plus souvent son humeur et sa langue, et l'Usurpatrice n'avait pas eu la chance de rencontrer un homme qui n'eût pas peur d'elle. Puis l'Autre Guerre avait éclaté, après quoi le siècle s'était mis à courir à l'allure d'un tank en folie et Miss Burton avait renoncé à le suivre. Elle s'était repliée dans son coin, non sans ressentir parfois un peu d'émotion ou d'amertume, mais en se satisfaisant le plus souvent avec modération de ce qu'elle faisait et était. Il lui arrivait de penser à son amant perdu, mais ce n'étaient plus que des souvenirs, qui n'avaient plus rien de réel.

Elle n'était pas totalement incapable et pathétique. On voyait parfois briller dans ses grands yeux d'un marron terni le regard de l'Usurpatrice, qui était aussi malicieuse que volontaire. Et elle avait écrit *Mon amour avait un anneau d'argent*. Une personne ayant composé une chanson qui a donné pendant quarante ans du plaisir à des millions de gens doit quand même être un peu à la hauteur, et c'était sans doute ce qui soutenait Miss Burton au long de ses jours et de ses nuits.

« Quel dommage pour Ken, se dit-elle brusquement alors qu'elle se levait du piano en bâillant. Bien sûr, il ne se mariera jamais maintenant, il est trop figé dans son confort et ses habitudes, mais ce n'est vraiment pas bien de la part de Connie d'éloigner de lui toutes les femmes séduisantes et de s'affoler dès qu'il en regarde une. Et Joan ne vaut pas mieux qu'elle… » (Joan était l'autre sœur Fielding, qui vivait à Londres.) « Pauvre Ken, pourquoi n'aurait-il pas le plaisir d'un peu d'excitation ? Je suis contente d'avoir conseillé à Connie de faire venir Betty. »

L'espace d'un instant, le regard de l'Usurpatrice brilla dans ses yeux en ce crépuscule d'été. « Et cela risque d'être plutôt amusant », pensa-t-elle.

Au rez-de-chaussée, dans la salle de bains où elle avait fait le black-out, Miss Fielding lavait ses dents impeccables et songeait : « Il faut aussi que je trouve une réfugiée. »

4

UNE QUINZAINE DE JOURS PLUS TARD, Alicia Arkwright se trouvait dans un train à destination de Treme, après une journée à Londres, et elle était passablement ivre.

Il n'était pas facile de se mettre dans cet état au bout de plusieurs années de guerre contre les nazis, en cette époque où le West End regorgeait d'Américains mais n'offrait plus rien à boire. Toutefois Alicia connaissait un barman qui attendait d'être enrôlé dans la Navy et officiait dans un petit bar à l'arrière du Green Park Hotel, lequel avait encore deux étages intacts, et elle était tombée sur quelques aviateurs de sa connaissance qui étaient en permission. À eux tous, ils avaient réussi à obtenir quelque chose et à faire un peu la fête, mais Alicia avait dû s'en aller tôt car elle devait travailler cette nuit-là.

Sa tête bourdonnait doucement au rythme du train, et le nœud de colère et de souffrance qu'elle portait constamment en elle s'était desserré. Même si elle savait que cela ne durerait pas, elle était heureuse d'en être provisoirement délivrée. Avant sa liaison avec H., elle adorait la vie, mais c'était fini. Et alors ?

De l'autre côté de la fenêtre, des rangées de maisons et de jardins modestes défilaient, avec çà et là ces petites ruines qui bordaient les voies ferrées de la banlieue de Londres depuis l'automne 1940. Dans le ciel bleu, les ballons de barrage flottaient juste au-dessus des toits et brillaient d'un éclat argenté dans la lumière du soir. Le train s'apprêtait à quitter la banlieue et le barrage antiaérien pour s'avancer dans la campagne sans protection. « Dommage », pensa Alicia, qui comme beaucoup de gens aimait bien les ballons. Pleine de bienveillance, elle regarda sans les voir les autres occupants du wagon.

Dans la Fabrique royale d'artillerie où elle travaillait, elle portait sur les manches de ses blouses un insigne arborant deux obus croisés surmontés de l'inscription : *Service de première ligne*. Elle estimait que cet insigne, conçu par lord Beaverbrook pour les travailleurs entrant dans les usines de minutions après les événements de Dunkerque, lui conférait certains privilèges quant aux coupons d'habillement. C'est ainsi qu'elle portait ce soir-là un tailleur noir de chez Simpson, avec un turban en jersey noir orné d'un bijou doré, et les gens sur le quai, à Londres, avaient regardé avec stupeur ses chaussures et ses bas. En dehors du bijou, aucun de ces atours n'avait plus de trois semaines d'âge. Dans son usine, elle était l'une des très rares femmes à porter constamment la casquette réglementaire. Elle avait l'air d'une de ces soi-disant Élégantes Ouvrières aux vêtements aussi stylisés, corrects et seyants que des tenues de chasse, qui posaient pour *Vogue*.

Une autre voyageuse du wagon était en tailleur – sauf que ce n'était pas un tailleur, comparé à ce que portait Alicia, mais une veste et une jupe, ce qui n'est pas du tout la même chose. De plus, leur tissu était luisant, et la jeune voyageuse arborait sous sa veste un corsage de soie blanche attaché avec un petit insigne doré portant une devise quelconque. Elle n'avait pas de chapeau et les derniers rayons du soleil traversant la fenêtre faisaient briller l'or pâle de ses cheveux.

Alicia les regardait tous avec indulgence : deux hommes en train de lire leur journal du soir, trois femmes d'aspect prospère ayant fait des courses à Londres, une mère fluette avec trois petites filles robustes et crasseuses qui grimpaient sur elle et entrechoquaient bruyamment leurs masques à gaz, tandis que le bébé qu'elle portait tentait d'introduire ses doigts dans les tresses couronnant la tête de la jeune fille assise dans le coin.

– Arrête, Sylvia, marmonna la mère d'une voix lasse. Laisse les cheveux de la demoiselle, tu veux bien ?

Le bébé réussit à lui échapper et offrit gravement à la jeune fille un biscuit humide.

– Ça suffit, Sylvia, murmura derechef la mère en regardant la voyageuse avec un faible sourire.

La jeune fille répondit aussitôt par un sourire poli et inclina la tête vers le bébé, afin qu'il puisse toucher ses cheveux. Bientôt les doigts minuscules caressèrent timidement ses tresses, tandis que les trois autres fillettes les observaient en pouffant.

Alicia assista un instant à la scène puis se détourna, ennuyée, et regarda par la fenêtre. Les enfants ne l'amusaient pas, même si elle supposait que c'était différent quand c'étaient les vôtres. À travers la brume alcoolisée qui engourdissait agréablement ses sens, elle entendit la mère déclarer :

– Ne vous laissez pas faire.

– Je suis grandement contente de lui faire plaisir, répondit une voix jeune et fraîche.

Son accent étranger séduisit instantanément tous les Anglais du wagon, même s'il ne leur plut pas autant qu'il l'aurait fait quelques années plus tôt.

– Les trois autres enfants sont aussi des filles? continua la jeune étrangère d'un ton respectueux.

– Oui, malheureusement, répondit la mère avec un sourire contrit.

Elle semblait ne pas savoir comment s'adresser à la jeune fille. Finalement, avec cette simplicité nouvelle qui règne en Angleterre depuis la guerre, elle continua sans cérémonie:

– J'aurais bien aimé avoir un garçon. Leur père aussi – il est en Égypte, il est là-bas depuis que ces bandits ont commencé, ou presque. Mais on n'a pas toujours ce qu'on veut en ce monde, pas vrai?

– Certains arrivent à l'avoir, répliqua la jeune fille avec bonne humeur.

« Un vrai petit rayon de soleil », songea Alicia.

– Vous n'êtes pas anglaise, n'est-ce pas? continua la mère.

La jeune fille secoua la tête et Alicia se retourna avec lenteur pour la regarder de nouveau.

– Polonaise? Il y a des tas de Polonais en Écosse, là où vit ma sœur. Ils dansent drôlement bien, à ce qu'elle dit.

– Mon pays est la Baïramie, annonça la jeune fille en souriant mais avec fierté.

La femme la regarda, perplexe. Ne voulant pas sembler « ignorante » (mot signifiant pour elle non pas *mal informée* mais *impolie*), elle finit par dire pour s'excuser:

– Il y a tant d'endroits de ce genre, depuis la guerre.

– Vous saurez ce qu'il est si je vous dis : Baïramie, pays des abricots ! répliqua la jeune fille en riant.

La femme se mit aussitôt à rire à son tour, de même que les trois fillettes, ravies de ce prétexte.

– Mais bien sûr ! La boîte coûtait huit pence, dans le temps. Ça s'appelait la Marque de la Vallée des Abricots.

– J'aimerais bien en avoir maintenant, pas toi, Shirley ? lança une des fillettes.

– Je me contenterais d'un quart des fruits que nous avions, déclara la mère d'un ton nostalgique en laissant le bébé aux pieds nus et sales sauter sur sa robe fanée. Les ananas… je ne voulais même pas y toucher, il ne me fallait rien de moins que des pêches. Ça fait mal au cœur de penser que ces nazis mangent vos abricots. Je suppose que c'est eux, comme d'habitude ?

– Ils sont les Italiens.

– Oh… les Macaronis ! Mon père raconte toujours pour rire qu'ils coûtent quatre pence le paquet, là où il est. Votre famille est encore là-bas ?

La jeune fille hocha la tête.

– Ce doit être horrible pour vous. Vous avez régulièrement de leurs nouvelles ?

– Depuis plus d'un an, pas de nouvelles.

– Les nazis ne leur permettent pas d'écrire ?

– Les lettres venaient par la Grèce. Maintenant les Allemands ont la Grèce, donc je n'ai plus de nouvelles.

– Ça alors ! Ce doit être affreux. Vous venez d'une famille nombreuse ?

« Tu ne pourrais pas la fermer ? pensa Alicia avec irritation. Tu devrais quand même t'apercevoir qu'elle n'a pas envie d'en parler ! Ces gens adorent les horreurs. » Et elle se pencha pour tendre à la mère son étui à cigarettes.

– Oh, c'est tellement gentil, mais vous êtes sûre que vous pouvez vous le permettre ?

– Tout à fait. J'en ai d'autres chez moi.

La mère prit une cigarette, qu'Alicia alluma avant d'en offrir à la jeune fille aux tresses.

– J'ai des cigarettes aussi, dit l'étrangère dont le petit visage rond et pâle sourit de plus belle tandis qu'elle sortait de son sac à main miteux un magnifique étui plat en argent martelé, d'aspect ancien, orné de volutes délicates en émail bleu turquoise.

Elle le tendit à Alicia, qui secoua la tête en riant.

– Non, merci. Ce tabac est trop fort pour moi, il me fait tourner la tête...

Elle fit tournoyer son doigt et ferma les yeux.

– Vous connaissez le tabac baïramien ? demanda la jeune fille en riant à son tour.

– Oh, oui. J'en ai fumé un peu.

– Vous fumez en Baïramie ? lança la jeune fille avec enthousiasme en se penchant vers elle.

– Non. À l'hôtel Dorchester, à Londres.

Alicia n'en dit pas plus car la conversation commençait à l'ennuyer. L'étrangère se mit à fumer d'une façon qui fascina les fillettes. Elles restèrent assises à contempler en silence ses gestes gracieux et son visage absorbé. Ses mouvements vifs et la fumée bleue s'élevant en ondoyant de la petite cigarette jaune foncé les faisaient penser vaguement à une danse.

Le train entrait dans une gare, et la mère se leva pour prendre ses paquets sur le filet. Avec l'aide de la jeune Baïramienne, elle parvint à les récupérer juste avant l'arrêt. Alicia ne participait jamais à ces manifestations de zèle communautaire, et elle aurait laissé mourir d'une attaque une vieille dame se battant contre une fenêtre récalcitrante plutôt que de dire: « Laissez-moi faire. » Elle les regarda descendre et songea que les enfants étaient vraiment impossibles, avec leurs masques à gaz, leurs biscuits mouillés et leurs culottes malpropres dépassant de leurs minables petites robes. En bâillant, elle baissa les yeux sur ses chaussures scandaleuses.

L'étrangère aida la dernière fillette à sortir.

– Allez, Joy... Fais attention, Shirley... Merci! J'espère que vous aurez bientôt des nouvelles de votre famille. Au revoir!

– Au revoir.

Sur ces mots, la jeune Baïramienne, debout devant la fenêtre, s'inclina profondément, avec respect, et déclara d'une voix claire tandis que le train s'ébranlait:

– Je vous salue, honorable mère de quatre filles, puissent la paix et la joie vous accompagner.

« Ça va mal », songea Alicia en la regardant fixement et en se demandant s'il s'agissait d'une vieille coutume baïramienne ou si le gin lui donnait des hallucinations auditives. Toutefois elle n'avait aucune intention d'interroger la jeune fille, car elle estimait qu'il y avait trop de questions et de discussions en ce monde, trop de rabâchage et pas assez d'action. Elle s'amusait parfois elle-même de voir combien elle pouvait se contenter de peu de phrases en une journée. Elle ferma les yeux, dans l'espoir que sa compagne de wagon ne lui parlerait pas, et somnola jusqu'au moment où le train entra dans la gare suivante, qui était celle de St Alberics. Des portes s'ouvrirent et des soldats commencèrent à entrer en masse. Alicia se leva et se fraya un chemin pour sortir, en se demandant si la petite créature aux tresses tenterait de la suivre, mais la Baïramienne avait enfilé avec adresse un énorme sac à dos et ne faisait pas mine de la suivre, même si elle jeta un regard à Alicia et lui sourit en s'inclinant poliment. Alicia l'imita avec un sourire contraint, puis l'étrangère disparut dans la foule d'hommes d'affaires banlieusards, d'ouvrières jeunes et bruyantes, travaillant dans les nouvelles usines de munitions de la périphérie, et de fonctionnaires de toutes sortes.

Alicia monta l'escalier pour chercher sa bicyclette et les bottines en peau de mouton qu'elle passerait sur ses bas magnifiques, tandis que ses chaussures voyageraient sur le porte-bagages. Devant la gare, elle tomba sur Mr Fielding, en civil pour une fois, qui paraissait totalement découragé.

5

Comme elle le connaissait depuis l'âge de neuf ans, elle continuait de le considérer comme « Mr Fielding », bien qu'il eût été plus naturel qu'elle dise « Kenneth Fielding », maintenant qu'elle avait vingt-sept ans. Il lui tirait ses cheveux coupés court, en faisant des plaisanteries qu'à neuf ans déjà elle jugeait stupides. À présent, bien sûr, ce n'était plus qu'un vieux. En fait, il avait un an de moins que ce H. qui avait dévasté son cœur, mais alors qu'il aurait été impossible de qualifier de vieux cet homme plein d'expérience, Mr Fielding avait dû paraître tel à ses contemporains les plus avisés quand il avait lui-même neuf ans.

« Il a pas mal bu, lui aussi », pensa-t-elle tandis qu'il s'avançait vers elle. Il ne l'avait pas vue tout de suite, car il fixait le trottoir d'un air morose, de sorte qu'elle avait espéré pouvoir s'éclipser sans lui parler, mais il s'était arrêté abruptement et l'avait regardée d'un air incertain avant d'ôter son chapeau en souriant.

– Hello, Alicia. Comment allez-vous ? Quel bel après-midi, pas vrai ? Vous avez fait des courses ?

Il observa de son regard vitreux les pieds de la jeune fille.

– Mince alors ! Quelles chaussures superbes !

– Elles sont assez jolies, n'est-ce pas ? dit-elle avec ennui.

Elle continua sur le ton impertinent qu'elle prenait toujours avec lui :

– Vous êtes perdu ou quoi ?

– Haha ! Non, il se trouve que j'ai quitté le bureau tôt cet après-midi et je suis juste passé voir si une Autrichienne hirsute qu'attend Connie ne serait pas arrivée par ce train. Les bus sont tellement bondés de nos jours, je me suis dit que je pourrais l'amener à la maison en voiture. Comme j'ai reçu pour deux pence d'essence, autant en profiter, vous voyez. Vous ne voulez pas que je vous ramène aussi ?

– Non, merci. J'ai mon vélo ici.

– Attention à mon vélo ! s'esclaffa Mr Fielding. Allons, ça ne vous dirait pas, une petite promenade en voiture ?

« Encore une minute, et il va dire : *Sapristi !* » pensa-t-elle.

– Non, vraiment, je vous remercie.

– Ça me ferait plaisir, Alicia, déclara-t-il en baissant les yeux sur elle d'un air sentimental.

– Je n'en doute pas, répliqua-t-elle froidement, mais je ne peux pas rester là à vous attendre pendant que vous chercherez votre Autrichienne. Au revoir.

– Non, voyons, Alicia…

Elle esquissa un sourire et secoua la tête, mais à l'instant où elle se détournait une voix charmante lança :

– Hello, Kenneth !

Une femme grande et mince, vêtue d'un élégant tailleur de tweed gris, s'avança vers eux, prit le bras de Mr Fielding et le serra affectueusement.

– Betty ! s'écria Mr Fielding, dont le visage rubicond rougit encore de plaisir. Quelle chance ! Nous ne t'attendions pas avant demain. Comment vas-tu ?

– Très bien, merci. Oui, j'ai pris ce train. Connie n'a pas reçu mon télégramme ? Non, bien sûr. Comme si les télégrammes arrivaient, de nos jours ! Comment vas-tu, Kenneth ?

– Oh, je suis en pleine forme, merci. La condition d'heureux guerrier me va comme un gant. Pour une fois que quelque chose me va, haha ! Mais nous avons vraiment de la veine. Je vais pouvoir t'amener à la maison en voiture.

Il prit une valise miteuse en peau de porc.

– C'est tout ce que tu as ?

– Le reste de mes affaires arrivera plus tard. Quel plaisir de te revoir, Kenneth ! Tu n'as pas changé du tout, tu n'as même pas vieilli…

« Parfait, continuez donc à échanger des amabilités, moi, je rentre chez moi », pensa Alicia en se dirigeant à grands pas vers le hangar à vélos.

Un cri retentit dans son dos.

– Alicia ! Ne vous enfuyez pas ! Venez faire la conversation à Mrs Marten pendant que je vais chercher la voiture.

« Flûte ! » se dit Alicia.

– Enchantée, Mrs Marten ! lança-t-elle avec un sourire en se retournant à moitié. Je ne peux vraiment pas, Mr Fielding. Je vais me mettre en retard et le contremaître m'accueillera à coups de knout.

– Nous nous sommes déjà rencontrées… il y a des années, dit Betty Marten qui s'avançait vers elle en souriant, le visage illuminé par le soleil.

Elle avait la peau pâle, des yeux bleu-vert, très brillants, et un visage délicat et impertinent. Elle était très jolie, mais si charmante que sa beauté n'était chez elle qu'un attrait secondaire. « Cru 1914, trop sucré, pensa Alicia. J'aime les vins plus secs. » Quelques minutes plus tard, elle avait décidé qu'il valait mieux rentrer en voiture. Après qu'elle se fut occupée de sa bicyclette, elles attendirent ensemble Kenneth.

Betty Marten songea que cette histoire avec H., dont elle connaissait les détails par Miss Burton, avait presque entièrement gâté Alicia. Elle se souvenait d'elle comme d'une superbe jeune fille de vingt-trois ans, pleine d'élégance et de personnalité, qui avait réussi à sauvegarder la santé et la joie de vivre de son frère et de sa sœur plus jeunes et de son père divorcé. À présent, quatre ans plus tard, elle était toujours superbe et élégante, mais sa personnalité s'était pour ainsi dire ternie. Elle était si manifestement malheureuse qu'elle en mettait Betty mal à l'aise.

– Mr Fielding doit aller chercher une Autrichienne quelconque, dit Alicia après un silence.

– Oh, oui, Miss Fielding parlait vaguement dans sa lettre de trouver une réfugiée pour les aider dans les tâches ménagères. Évidemment, cette maison est énorme pour deux personnes n'ayant qu'une femme de ménage à la journée.

Betty était totalement civilisée, comme peut-être seuls des gens ayant grandi avant 1914 savent l'être, et elle s'intéressait sincèrement aux détails et aux difficultés de la vie quotidienne de ses amis. Son aptitude à éprouver des sentiments profonds avait été détruite vingt-cinq ans plus tôt, quand son mari avait été tué, mais ce qui s'était épanoui sur ces ruines, c'étaient les fleurs de l'affection, de la gaieté et du courage, et les petites joies de chaque jour. Seule son indifférence envers la mort la distinguait de la plupart des gens.

Alicia garda le silence. Elle se fichait éperdument que ce fût une maison énorme, car elle considérait Mr Fielding comme un raseur, et Miss Fielding et Miss Burton comme des idiotes. Quant à Notre Mère, qu'elle avait aussi connue, c'était une rosse – telle était la sentence d'Alicia à douze ans. La défunte Mrs Fielding avait été belle, énergique, vertueuse, intelligente et pleine de zèle pour le bien de son prochain. Cependant, quand la jeune femme repensait à elle maintenant, elle ne modifiait en rien son jugement d'enfant, sauf qu'elle la qualifiait plutôt de vieille sorcière.

– Pensez-vous qu'elle soit sur le quai ? finit par suggérer Betty en voyant que Kenneth ne revenait pas. L'Autrichienne, veux-je dire.

– Dieu le sait. Je suppose que oui. De toute façon, ces réfugiés sont tous ignobles.

– Oh, vous croyez ? J'en ai rencontré à Londres qui étaient plutôt sympathiques.

– Oui, les hommes ne sont pas mal, répliqua Alicia non sans malveillance.

« Pauvre petite, elle est comme un chat échaudé », se dit Betty. Elle se demanda si Alicia la prendrait pour confidente, comme les jeunes filles le faisaient souvent. « Non, je ne crois pas », décida-t-elle en observant le menton fermement dessiné d'Alicia. Elle se sentit légèrement soulagée.

– Ne serait-ce pas elle, là-bas ? lança-t-elle.

Alicia regarda. Une petite silhouette sans chapeau, vêtue d'une veste et d'une jupe noires et chargée d'un énorme sac à dos, s'avançait vers elles dans la lumière du soir, qui faisait briller ses cheveux. Elle était accompagnée d'un vieux porteur à l'air ébahi, auquel elle parlait avec bonne humeur.

– Donc, si vous trouvez mon chapeau, vous me l'envoyez par l'homme de la poste. Chez Miss Constance M. Fielding, Sunglades, Treme, près de St Alberics, Hertfordshire.

– Oui, mademoiselle. Sauf que je ne comprends pas très bien ce que vous dites. Si vous pouviez l'écrire sur un papier…

– Je n'ai pas de papier.

– Eh bien…

Le vieux porteur se mit à fouiller désespérément dans les poches de sa veste.

– J'en ai peut-être un. Votre nom aussi, il faut pouvoir le prononcer.

– Je ne comprends pas.

– Votre nom. Pas facile à noter. Vous comprenez?

– Non, pas encore.

Le vieux porteur s'immobilisa et murmura:

– Bon sang! Excusez-moi… Le train de 6 h 15 arrive dans trois minutes. Écoutez, si je trouve votre chapeau sur la ligne…

– Puis-je vous aider? demanda Betty en riant.

Elle se dirigea vers eux, car elle avait entendu le nom de Miss Fielding. Alicia s'assit sur la valise de Betty, décidée à ne pas se laisser embarquer dans une nouvelle histoire de réfugié. À cet instant, Kenneth arriva en voiture.

– Rien à faire, les enfants, dit-il. Je ne la trouve pas. Désolé de vous avoir fait attendre.

– Je crois que c'est elle, déclara Alicia en désignant de la tête le petit groupe.

Il les rejoignit aussitôt, en songeant vaguement qu'une aussi petite créature ne devrait pas récurer les parquets. Il espérait que Connie ne lui demanderait pas de le faire. Il avait bu deux ou trois whiskys doubles au George et s'était rendu à la gare en proie à l'un de ces horribles accès de dépression qu'il avait parfois sans raison – c'était sans doute son foie. Les whiskys doubles ne réussissaient pas toujours à chasser la dépression, et ils étaient restés sans effet cet après-midi. Cependant il se sentit ragaillardi à l'idée de ramener avec lui deux femmes séduisantes – et la petite n'était pas sans charme, elle non plus –, de sorte que ce fut d'une voix joviale qu'il lança à Mrs Marten :

– Désolé de t'avoir fait poireauter, Betty. Enchanté de vous connaître, Miss...

– Miss Annamatta, dit Betty, a perdu son chapeau. Nous nous mettons justement d'accord pour qu'on le lui envoie si jamais on le retrouve.

– Il s'envole, confirma Miss Annamatta en hochant la tête.

– Bonsoir, Miss Matta, dit Kenneth avec circonspection en se penchant avec un sourire et en lui tendant sa grosse main.

Non sans une horreur incrédule, il la vit s'incliner aussitôt très bas en lui souriant poliment.

– Bon Dieu... mais voyons... ne faites pas ça ! s'exclama-t-il en rougissant violemment.

Il jeta un regard à Betty, qui semblait amusée.

– Il ne faut vraiment pas, vous savez. Allons, laissez-moi...

Il entreprit de détacher le sac à dos des épaules de la jeune fille. Après qu'il l'eut rangé dans la voiture avec la valise de Betty, Alicia s'approcha nonchalamment et s'assit à l'avant à côté de lui

– elle s'était résignée à se passer de dîner, de toute façon elle ne mangeait jamais beaucoup après une beuverie.

« Cette jeune fille a perdu aussi ses bonnes manières », se dit Betty en prenant place à l'arrière à côté de Miss Annamatta. Elle ressentait une irritation bien naturelle à l'idée de ne pas être assise près de son vieil ami. Toutefois la douceur de son caractère reprit bientôt le dessus et elle savoura la vision familière de la longue pente qu'on gravissait depuis la gare pour entrer dans la ville.

Ce soir-là, la grand-rue était bondée, mais bondée de passants et non de voitures venant de Londres en une procession interminable, comme ç'aurait été le cas à cette heure trois ans plus tôt. Des femmes poussaient des landaus au milieu de la chaussée, et il y avait de nombreux attelages de chevaux, y compris un gracieux dog-cart conduit par une jeune fille vêtue d'un chandail et d'un pantalon. Avec ses douces couleurs et son atmosphère bon enfant, la scène était agréable à regarder, même si l'on ne voyait rien de parfaitement beau en dehors du ciel du soir. Les façades claires des vieilles maisons étaient gâtées par d'énormes affiches exhortant les gens à Bêcher pour la Victoire ou à Économiser le Carburant. Quant aux boutiques plus récentes, leurs devantures étaient soit dans le style gothique affadi du début du vingtième siècle, soit des imitations plates et mesquines de l'architecture de brique de la Régence.

Toutefois le dessin immémorial des rues était charmant. Elles étaient comme les lits d'anciennes rivières : les herbes de la berge ne sont pas toujours les mêmes ni toujours aussi touffues, les arbres sont abattus et d'autres repoussent à leur place, mais le cours de l'eau reste en grande partie immuable, de même que le tracé de ces rues tortueuses, escarpées et irrégulières n'avait guère changé depuis mille ans. Par endroits, des ruelles menaient dans des cours pavées où des géraniums, des pensées et des haricots poussaient dans des jardinières devant les petites maisons anciennes, où une volée de marches usées descendait vers un gazon bien soigné. Et parfois, se détachant sur le ciel bleu dans l'encadrement d'une voûte de pierre – comme il arrive si souvent que soient encadrés les tours, les palais et les églises de l'Italie, se souviendront ceux qui ont eu la chance de s'y rendre –, on apercevait la cathédrale.

Betty regarda avec impatience par la fenêtre. La voiture commençait à descendre l'autre pente pour sortir de la ville. « C'est agréable de sortir de Londres, pensa-t-elle, même si ce n'est pas bien loin. » (Elle était née dans le Devonshire et gardait tout son amour pour la campagne.) « Nous allons passer devant la cathédrale dans une minute… » Soudain un espace sans maisons s'ouvrit sur la gauche, où des pelouses descendaient doucement vers la rivière dans la clarté du soir tandis que l'ombre des arbres s'allongeait sur l'herbe, puis le ciel bleu se refléta dans la rivière entre les iris des marais vert et jaune et les joncs fleuris, et enfin la cathédrale apparut, avec ses murs imposants vers lesquels s'élevait l'herbe constellée de fleurs.

La haute tour carrée est bâtie en minuscules briques romaines, qui ne sont ni rosées ni orangées mais unissent ces deux tons en une heureuse alliance. Elle a mille ans. Derrière, la longue silhouette de la cathédrale semble s'étendre sous sa protection, comme une coquille gigantesque aux parois hautes, pâles et nues, sur lesquelles des groupes d'apôtres et de saints apportent çà et là une touche de couleur avec leurs auréoles décolorées et leurs manteaux d'un rouge terni. À travers les fenêtres de la nef, à une hauteur immense, la lumière, première à avoir été créée, se déverse en un flot sans fin. Sur les grands pavés clairs composant le sol, tombeaux sculptés et statues brisées, ornements de bois doré et grilles de fer forgé, effigies aux mains jointes dans la prière et plaques commémorant les morts d'un millier d'années se succèdent avec une telle abondance que l'esprit vacille sous le choc du passé. Il semble que rien ne compte, sinon créer la beauté et aimer Dieu.

– Quelle chance qu'elle n'ait pas été touchée, dit Betty en se renversant sur son siège après avoir regardé disparaître la cathédrale.

Elle exprimait ainsi ce que tous, en dehors de Miss Annamatta, pensaient chacun à sa manière.

– Il y a eu une bombe qui est tombée dans l'enceinte, dit Kenneth, mais elle ne pesait que cinquante kilos et par chance elle a atterri dans le potager du doyen, ce qui nous a débarrassés de ses épinards éternels, haha ! Une ou deux bombes incendiaires ont aussi atteint le toit, mais on les a vite enlevées. Voilà dix-huit mois, ces salauds d'Allemands venaient mitrailler, mais ils ne le font plus, oh, non !

Il jeta un regard joyeux sur le ciel où deux Spitfire évoluaient indolemment.

Sa dépression s'était dissipée, car la soirée était belle, l'air embaumait le foin, lui-même s'était gorgé de bon whisky et ramenait en voiture trois femmes séduisantes. Sa gaieté retrouvée se communiqua à Betty, qui était toujours prête à rire et possédait l'un de ces rires aussi irrésistibles que délicieux, qui semblent surgir presque contre la volonté de celles qui ont la chance de pouvoir pouffer ainsi – mais pouffer n'est pas vraiment le mot qui convient pour ce rire charmant. Miss Annamatta souriait avec politesse, à la fois parce qu'elle était baïramienne et parce qu'elle avait vingt ans et roulait dans une somptueuse voiture avec un homme gentil et imposant. Il arriva même à Alicia de mettre une ou deux fois son grain de sel. L'atmosphère était donc joyeuse, et c'est avec allégresse que Mr Fielding conduisit son harem sur la route de Treme.

6

IL SE TROUVAIT que Miss Fielding avait eu une rude journée. Elle avait beau avoir une apparence robuste, elle était loin d'être forte, comme elle le disait souvent à ses amies intimes – elle n'avait pas d'amis hommes, à moins de considérer comme tel Mr Stocke, avec lequel elle correspondait depuis de longues années sur des questions internationales qui les intéressaient tous deux. Et elle était *épuisée*, en plus. Quand non seulement on manque dc force mais qu'on est épuisé, le lait est plus que recommandé, tout le monde sait cela de nos jours. Le porto, le bouillon de bœuf et le poulet aussi, bien entendu, mais il serait aussi stupide que détestable de tenter de s'en procurer. Cependant ne devrait-il pas être possible d'obtenir un petit supplément de lait ? Ce n'était pas comme si l'on était en plein hiver, quand le lait était sévèrement rationné. Et pour en trouver, les Fielding ne faisaient pas appel à l'une de ces grosses sociétés entièrement contrôlées par le gouvernement, au point de ne pouvoir vous fournir une goutte supplémentaire, même en été, sans que votre laitier soit aussitôt jeté dans un cachot de la Tour de Londres. Depuis quinze ans, ils faisaient affaire avec la ferme Soanes, une petite exploitation sur la colline.

Avant la guerre, c'était un endroit excessivement crasseux, d'aspect délicieux, rempli de parfums et de recoins excitants pour jouer, mais qui se dégradait rapidement, comme l'on dit. Depuis le conflit avec les nazis, la ferme prospérait à vue d'œil. On avait mis en culture des terres laissées en friche depuis vingt ans, acheté quantité de vaches, quelques cochons et même un tracteur. Et Mr Wilkins, le fermier – car bien entendu les Soanes n'étaient plus là depuis au moins trente ans –, avait pris un peu des idées de grandeur et tendait à se montrer arrogant à propos du lait. *Désobligeant*, avait déclaré Miss Fielding à Miss Burton, qui elle aussi manquait de force et avait besoin d'être réconfortée par la vue de trois litres de lait dans le réfrigérateur, sans compter une cruche pleine sur le buffet. Après tout, il ôtait sa casquette quand il voyait Notre Mère, et Miss Fielding considérait que ce souvenir aurait dû faire de lui toute sa vie leur admirateur servile.

Et après cet entretien déplaisant avec le laitier de la ferme, Miss Fielding était descendue à la cuisine expliquer à Mrs Archer ses tâches du jour et l'informer de l'arrivée d'une jeune étrangère qui vivrait à la maison et l'aiderait dans lesdites tâches, mais elle s'était laissée aller – elle-même admettait que c'était fort imprudent – à discuter avec Mrs Archer à propos des deux guerres – celle contre les nazis et l'Autre Guerre.

Mrs Archer avait soixante-deux ans et était mariée à Mr Archer, qui en avait soixante-cinq et avait été ouvrier agricole avant l'Autre Guerre, qu'il avait passée d'un bout à l'autre en France. À présent, il travaillait aux Pépinières Mayflower, à St Alberics, où l'on cultivait maintenant des tomates. Mr et Mrs Archer avaient trois fils – Sid, vingt-deux ans, dans les forces blindées en Libye ; Clive, vingt et un ans, dans un régiment en

Égypte ; et George, vingt ans, dans les commandos, sa famille ne savait où. Ils avaient également une fille, Jessie, vingt-trois ans, qui travaillait en banlieue dans l'usine de munitions. Et Mrs Archer avait un jeune neveu prisonnier en Crète. Tout cela concernait la guerre actuelle. Quant à la précédente, nous avons déjà mentionné que Mr Archer l'avait passée tout entière en France, et deux de ses frères y avaient perdu la vie. En somme, les Archer étaient une famille de soldats, et s'ils avaient été allemands on aurait vu dans leur salon un diplôme honorifique ou une distinction quelconque couverte de sceaux écarlates. Évidemment, Mrs Archer et Miss Fielding n'étaient pas du même avis sur la guerre, mais comme l'observe justement W. E. H. Lecky dans son *Histoire de la morale européenne* : « Les opinions des intellectuels ne sont jamais le reflet fidèle de celles du vulgaire. »

Mrs Archer était une femme discrète et soignée, à l'expression pleine de réserve. Elle ne s'était plus jamais sentie complètement épanouie de corps et d'esprit depuis l'âge de quatre ans, quand elle était libre de vagabonder dans les prairies en cueillant des primevères, étant encore trop petite pour se voir confier ses frères et ses sœurs plus jeunes. Cependant elle prenait la vie comme elle venait, et elle avait mis au monde et élevé sans états d'âme les quatre enfants éclatants de santé et de banalité se trouvant à présent dans les blindés ou les commandos ou fabriquant des obus.

Miss Fielding considérait comme son devoir de défendre en douceur la cause de la Fraternité Humaine, surtout dans les classes laborieuses, mais Mrs Archer lui en donnait rarement l'occasion, car elle ne parlait pas volontiers de la guerre. Il lui arrivait d'observer que le tank de Sid avait de nouveau participé à une attaque contre ce général Rommel et que l'affaire semblait avoir été chaude, ou encore elle racontait que George allait faire un nouveau raid jeudi avec son commando (elle semblait toujours connaître les dates) et qu'elle espérait qu'il ne ferait pas de bêtise, même s'il était du genre à vouloir épater les autres. Cependant la plupart du temps elle vaquait à ses occupations en silence.

C'était une femme de la campagne, bien sûr, de sorte qu'elle avait l'esprit plus lent et une personnalité plus affirmée qu'une femme de ménage londonienne, laquelle ne travaille pas plus dur qu'une campagnarde mais dans des conditions plus pénibles et sans l'appui de traditions aussi riches et conscientes. Mrs Archer était née dans la chaumière d'un ouvrier agricole, à quelques kilomètres de Treme, et elle se rappelait une époque où il fallait une journée entière pour se rendre à St Alberics et en revenir, et où les enfants du village avaient faim quand ils allaient à l'école, vêtus de défroques incroyables coupées dans les vêtements des adultes. Cinquante ans s'étaient écoulés depuis, et Mrs Archer maintenait fermement, malgré les guerres, que tout allait nettement mieux maintenant et qu'il ne fallait pas dire n'importe quoi.

Comme St Alberics ne se trouvait qu'à trente kilomètres de Londres, aucun des villages à la ronde n'avait une vraie vie villageoise traditionnelle. L'amélioration des communications, les droits de succession et le déclin des activités agricoles, à quoi s'ajoutait la construction de vastes et belles demeures appartenant à des gens fortunés n'ayant aucun intérêt héréditaire dans le village voisin, tout cela faisait que Treme, Cowater, Blentley et les autres n'étaient plus des villages qu'en façade. Loin d'être déserts et misérables, ils voyaient fleurir, surtout depuis la guerre, un simulacre de vie banlieusarde, sur laquelle veillait une vieille église ravissante qui donnait l'impression d'un musée alors qu'elle était bien vivante et remplissait toujours ses fonctions. Miss Fielding faisait partie de ces bâtisseurs de belles demeures ne vivant à Treme que depuis une vingtaine d'années. Et Mrs Archer, qui avait été quelques mois fille de cuisine à Treme Hall avant la mort de la vieille Miss Manderbie et le début de longues années d'abandon pour la maison, ne respectait pas Miss Fielding. Elle ne voyait en elle aucune qualité à respecter. Elle l'appelait toujours « Miss Fielding » et se montrait d'une politesse parfaite, mais dans l'intimité de sa propre cuisine, elle disait à Mr Archer que Miss Fielding était idiote et qu'elle « croyait pas à la Guerre ».

Ce matin-là, comme Miss Burton s'était traînée dans la cuisine pour chercher sa petite collation de onze heures, Miss Fielding lui avait déclaré qu'elle craignait que la dernière lettre de Mr Stocke n'ait été torpillée, vu son retard. Miss Burton avait formé une fois pour toutes son jugement sur les hommes d'après Reggie Farquharson et trouvait Mr Stocke très terne. Elle se contenta d'assurer qu'elle était désolée et qu'il n'était peut-être pas trop tard pour que la lettre arrive, après quoi elle sortit dans le jardin sombre mais tiède avec le *Times* et sa petite collation. À cet instant, on entendit le facteur frapper à la porte du vestibule. Obéissant à un coup d'œil de Miss Fielding, qui prenait sa propre collation, Mrs Archer alla chercher le courrier.

– Non... oh, mon Dieu, quel dommage, elle n'est pas là, dit Miss Fielding en examinant les enveloppes et en secouant la tête. Non. Je crains malheureusement que ce ne soient les poissons qui l'aient eue, Mrs Archer.

– Les poissons ! répliqua Mrs Archer. Dites plutôt ces sauvages d'Allemands, Miss Fielding.

– Voyons, voyons, Mrs Archer, lança Miss Fielding avec enjouement. À quoi cela nous avance-t-il de traiter les Allemands de sauvages ?

– À rien, j'imagine, Miss Fielding, mais ce sont bel et bien des sauvages.

– Pas tous, dit Miss Fielding avec un sourire aussi suave qu'insistant. Certains d'entre eux, leurs chefs, se sont tellement écartés du chemin de la vérité qu'il paraît difficile de parvenir à les convaincre d'y retourner. Mais les autres, c'est-à-dire la grande majorité, ont été trompés. Ils sont simplement victimes d'une tromperie et cela n'avance personne, ni eux ni nous, de les insulter…

– Je les insultais pas, Miss Fielding, escusez-moi. Je disais que c'étaient des sauvages, et c'est bien ce qu'ils sont. Mr Archer les appelle les boches, parce qu'on les appelait comme ça en France pendant l'Autre Guerre, mais Jessie et moi, et aussi Sid, même s'il en parle pas souvent dans ses lettres, nous les appelons toujours les sauvages. Mon Clive, lui, c'est un grand lecteur et il est à fond pour les Russes, il l'a toujours été, et il les appelle les fascistes. Mais Sid, Jessie et moi, on les appelle toujours les sauvages. Pas plus tard que l'autre jour, quand nous avons entendu Mr Churchill…

Miss Fielding ferma les yeux.

– … à la radio les appeler les nazis, comme il fait toujours, nous avons dit que nous, nous les appelons les sauvages. Je sais pas pourquoi, mais ça paraît plus naturel.

– Les Allemands, dit Miss Fielding en rouvrant les yeux, ont énormément souffert. Cela fait vingt-cinq ans qu'ils sont les dupes d'hommes qui eux-mêmes ont été dupés par le Principe du Mal. Ils se sont laissé égarer…

– Ce que je voudrais bien savoir, Miss Fielding, c'est pourquoi ils finissent toujours par s'égarer dans les pays des autres, lança Mrs Archer en essuyant une tasse avec force.

Elle était très rouge.

– Cela fait partie de leur châtiment, et du nôtre, répondit Miss Fielding non sans âpreté. Nous partageons tous la responsabilité du traité de Versailles.

– J'ai lu dans le *Daily Mirror* que les officiers allemands prenaient tous des robes pour leurs femmes à Paris et que Hitler avait volé des tas de tableaux français dans un musée célèbre de là-bas. Vous pouvez dire ce que vous voudrez, Miss Fielding, c'est pas bien de s'emparer de ce qui appartient à autrui. Vous allez pas me dire que vous avez de la sympathie pour *Goring*, Miss Fielding ! Les horreurs qu'il a manigancées, celui-là ! Et le Kaiser ! Il est mort vingt-cinq ans trop tard, le vieux grincheux, après avoir fait tout ce dégât !

– Mais Goering et le défunt Kaiser ne sont que des individus, Mrs Archer, et ce qu'ils ont fait alors ou font maintenant ne saurait avoir une influence définitive sur la situation globale, déclara Miss Fielding avec beaucoup de patience.

– Enfin, Miss Fielding, j'imagine qu'au moins vous conviendrez que c'est Hitler le responsable de cette guerre ? Et le Kaiser celui de l'Autre Guerre ?

– Je n'en conviens nullement, Mrs Archer. Cette guerre est due au profond mécontentement qu'a fait naître chez les Allemands le traitement excessivement dur qui leur a été infligé après la dernière guerre, laquelle était elle-même la conséquence du désir d'hégémonie économique de la Grande-Bretagne sur le continent et du ressentiment naturel, quoique déplorable, qu'il a éveillé dans le peuple allemand, qui dès cette époque avait été abusé.

Elle s'interrompit, consciente que sa voix était plus échauffée qu'elle ne l'aurait voulu. À présent, Mrs Archer était non seulement rouge mais tremblante. Des sentiments confus se bousculaient en elle – elle pensait à Sid si loin d'elle, au bruit des sirènes qu'elle détestait, au spectacle des ruines de la grand-rue, à des photos d'enfants grecs mourant de faim, à cette « hégémonie économique » dont elle ne connaissait pas vraiment le sens. Et à travers toute cette confusion, elle éprouvait un profond mépris pour Miss Fielding, car « elle comprenait rien à rien ».

Soudain, elle se rappela ce que la gouvernante de Miss Manderbie lui disait de faire, quand elle était fille de cuisine à Treme Hall et risquait de céder à l'impétuosité naturelle de son caractère juvénile : *Récitez les premiers mots du Notre Père, Annie, c'est plus efficace et plus rapide que de compter jusqu'à dix.*

« Notre Père qui êtes aux cieux », récita-t-elle tout bas. Un instant plus tard, elle demanda d'une voix tranquille :

– Voulez-vous que je fasse la salade maintenant, Miss Fielding ?

– Oui, merci, répondit Miss Fielding avec dignité avant d'aller rejoindre Miss Burton au jardin jusqu'à l'heure du déjeuner.

Cette scène succédant à l'incident du lait, l'absence de lettre de Mr Stocke, l'humeur peu communicative de Miss Burton pendant tout l'après-midi, où elle s'était refusée à toute conversation sur Mr Stocke et ce qu'avait pu devenir sa lettre, et enfin l'arrivée à cinq heures et demie d'un télégramme de Betty Marten annonçant sa venue dès le soir et non le lendemain – la sérénité de Miss Fielding avait été mise pour le moins à rude épreuve.

– Bien entendu, je ne veux rien dire contre Betty, c'est une âme très jeune et il faut se montrer indulgent, déclara-t-elle à six heures en ouvrant la fenêtre de la chambre d'amis avec une telle violence qu'une averse de rouille tomba du loqueteau. Malgré tout, je trouve vraiment qu'elle aurait pu envoyer son télégramme plus tôt. Cette chambre n'a même pas de rideaux…

– Elle pourra se déshabiller dans la salle de bains, suggéra Miss Burton qui faisait négligemment le lit et se réjouissait d'entendre le rire de Betty.

– Il faudra bien, au moins pour ce soir.

– Y a-t-il des rideaux dans la chambre de Miss Ann… enfin, cette jeune fille au nom impossible ?

– La chambre de Miss Annamatta est prête, répondit Miss Fielding qui avait acquis une maîtrise des noms étrangers rare chez les Anglais à force de s'adresser à des Stocke ou à des Mukerji. Il n'y manque que quelques fleurs. J'ai pensé que tu aimerais peut-être t'en charger, après avoir fait le lit.

– Je m'en occupe tout de suite, lança Miss Burton.

Elle sortit en hâte, non sans laisser pendiller des pans de draps, et se dit avec remords que Constance avait vraiment bon cœur : la plupart des gens ne se seraient pas souciés de mettre des fleurs dans la chambre d'une aide ménagère.

En fait, si Miss Annamatta n'avait pas été une réfugiée, Miss Fielding n'y aurait pas songé, mais elle était tellement habituée à se montrer plus gentille envers les étrangers qu'envers les Anglais qu'elle avait agi par automatisme.

Cependant cueillir un bouquet de phlox roses et de cosmos blancs, les arranger avec art dans la chambre petite mais claire et agréable du dernier étage, mettre en ordre celle de Betty, tout cela prit du temps, et il fallait encore dresser la table et préparer le dîner pour cinq personnes.

– Il est hors de question que je cuisine ! proclama Miss Fielding, immobile au milieu de la cuisine, les yeux fermés, en tentant de se rappeler quelles boîtes de conserve se trouvaient dans le placard à provisions. Où est l'ouvre-boîte ?

– À sa place habituelle, je suppose, répondit l'Usurpatrice à la place de Miss Burton.

– Reste-t-il de la viande du déjeuner ? continua Miss Fielding.

– Apparemment non, lança la voix de Miss Burton du fond du réfrigérateur.

Elle ajouta dans un murmure que Mrs Archer l'avait peut-être emportée.

– Oh, cela m'étonnerait, répliqua Miss Fielding avec fermeté. En temps de paix, je tolère ce genre de petits profits, mais c'est tout différent pendant une guerre. Ce serait vraiment malhonnête.

– En tout cas, la viande n'est pas là.

– Elle y est certainement. Je comptais dessus !

– Viens voir par toi-même. Moi, je vais chercher quelques laitues.

Et avant que Miss Fielding pût l'en empêcher, Miss Burton avait de nouveau filé. En sortant, elle prit un brin d'églantier odorant pour le respirer, tout heureuse à l'idée de vagabonder un peu seule dans le vaste potager.

Livrée à elle-même, Miss Fielding trouva l'ouvre-boîte, ouvrit méthodiquement trois boîtes de conserve, posa des assiettes, des couteaux et des verres sur une table roulante, qu'elle poussa dans la salle à manger. Elle se mit à dresser la table, mais elle était d'une humeur exécrable. De l'autre côté du vestibule, le salon paraissait si frais et tranquille, et le dernier numéro de *La Voie aryenne* trônait sur un guéridon. « Voilà où je devrais être, pensa Miss Fielding. En train de cultiver mes talents personnels, au lieu de faire cette tâche dont n'importe quelle idiote serait capable. » Et elle se laissa envahir par le Principe du Mal au point de poser avec fracas un verre. « Oh, quel soulagement ce sera d'avoir quelqu'un pour se charger de ces repas continuels ! »

Ce fut à cet instant peu propice que retentit dehors un long coup de klaxon d'ivrogne – ce fut le mot qui s'imposa instantanément à l'esprit indigné de Miss Fielding. L'ivrogne joua même un petit air au klaxon. Puis Miss Fielding sortit de la salle à manger, les doigts légèrement graisseux et un sourire de bienvenue figé sur les lèvres. Elle aperçut par la porte ouverte de la maison son frère assis dans la voiture, hurlant de rire et entouré de femmes.

– Haha, Connie, voilà une petite surprise ! lança-t-il en riant.

Il se tut dès qu'il vit l'expression de sa sœur.

Miss Fielding s'avança avec majesté.

– Ce n'est pas vraiment une surprise, Kenneth. Le télégramme de Betty est arrivé à temps pour que nous préparions sa chambre, il y a une heure. Comment allez-vous, ma chère ? Et Miss Annamatta, je suis ravie de vous voir. Et Alicia…

Alicia esquissa un petit salut impudent. Kenneth s'occupait de sortir le sac à dos et la valise, après avoir ouvert la porte pour Betty et Miss Annamatta, lesquelles saluèrent Miss Fielding – Betty en l'embrassant sur la joue, Miss Annamatta en faisant une révérence. La soirée paisible bruissait de voix féminines. Miss Fielding souhaita la bienvenue à Miss Annamatta en quelques mots gentils, puis elle poussa le petit troupeau dans la maison, où Miss Burton arrivait dans le vestibule pour les accueillir à son tour.

« Dieu me préserve de vivre dans une cage à poules », se dit Alicia.

Betty savourait la vaste étendue du gazon devant la maison et les visages brillants des fleurs. La simple absence de ruines, de carrés de légumes et de bandes de papier aux fenêtres était pour elle aussi agréable qu'un alcool ou un parfum délicieux. Miss Annamatta gardait ses yeux marron fixés avec un respect courtois sur sa nouvelle employeuse.

– Je vais vous ramener chez vous, Alicia, dit Kenneth en sortant de la maison où il avait porté valise et sac à dos dans les chambres de leurs propriétaires respectives.

– Merci, dit-elle.

Il monta à côté d'elle et démarra.

Miss Fielding conduisit Betty à l'étage, en bavardant sans arrêt à propos de Richard et de relations communes. Miss Burton, obéissant à un signe de tête éloquent de sa cousine, se chargea d'escorter Miss Annamatta.

– Je vais vous montrer votre chambre, déclara-t-elle en s'avançant vers la jeune fille, qui une nouvelle fois s'inclina en souriant.

Miss Burton trouva cela plutôt plaisant. Une femme d'un certain âge a beau savoir que ses années méritent le respect des jeunes, avec quelle émotion aussi douce qu'inattendue accueille-t-elle une marque de ce respect auquel elle ne s'attendait pas !

– Merci, dit Miss Annamatta. Vous êtes Miss Burton.

– Euh… oui. Oui, c'est moi.

Elle se retourna dans l'escalier, qu'elle montait aussi pesamment que si elle avait une traîne, bien que sa robe ne couvrît évidemment pas ses chevilles.

– Comment le savez-vous ? demanda-t-elle.

– Miss Constance Fielding dit dans sa lettre à moi : « La maisonnée consiste en moi-même, en mon frère, Mr Kenneth Fielding, et en ma cousine, Miss Burton. Quelqu'un se charge du grossouvrage. »

– Le grossouvrage ? répéta Miss Burton, perplexe. Oh, le gros ouvrage. Oui, Mrs Archer vient du village chaque jour. Vous parlez vraiment bien notre langue.

– Merci. Mais je dis « gross », et vous dites « groz ».

– Oui. Le *s* se prononce *z*. Cela paraît toujours tellement déconcertant aux étrangers. Voici votre chambre…

Elle ouvrit une porte et s'écarta pour laisser la jeune fille découvrir les lieux.

Miss Annamatta regarda autour d'elle. La lumière du jour brillant à travers les rideaux de mousseline à pois jaunes faisait ressortir l'aspect miteux de sa veste et de sa jupe, ses jambes nues et bronzées et ses chaussures dont l'une était rapiécée. Le couvre-lit était assorti aux rideaux, et Miss Burton s'était vraiment donné du mal pour arranger les fleurs blanches et roses dans un vase de verre semblable à une grosse boule irisée, où se détachaient leurs tiges d'un vert délicat. Les murs étaient vert pâle. Autour de la fenêtre s'entrelaçaient les petites feuilles sombres et les fleurs immaculées d'un jasmin grimpant, qui remplissait toute la pièce de son parfum enchanteur.

Au bout d'un instant, la jeune fille observa :

– Il y a un seul lit.

– Oui ? l'encouragea Miss Burton qui avait essayé sans succès de lire ses sentiments sur son visage.

– Je dors dans ce lit avec quelqu'un d'autre ?

– Oh, non, toute seule ! répondit Miss Burton, amusée.

Miss Annamatta resta encore un instant silencieuse, puis s'inclina de nouveau avec un sourire en disant :

– Merci.

Après lui avoir montré les autres pièces de l'étage et l'avoir avertie que le dîner était imminent, Miss Burton se rendit au rez-de-chaussée.

Quelques instants plus tard, après s'être lavé le visage et les pieds et avoir revêtu une robe de rayonne chiffonnée qu'elle tira de son sac à dos, Miss Annamatta rejoignit la fenêtre pour regarder dehors. Cependant elle commença par sourire avec plaisir au jasmin, comme à la vue d'un vieil ami, et elle retourna l'une de ses fleurs pour voir le dessous rose clair des pétales puis la porta à son nez en respirant son parfum, après quoi elle remit doucement en place le rameau sans le cueillir et contempla entre les fleurs la campagne ravissante et tranquille, où le soleil se couchait. Les petites collines bleues et la pente douce et argentée d'un champ d'orge dans le lointain attirèrent son attention, et elle écouta, concentrée, les appels du soir d'oiseaux cachés dans les ormes. Elle fit aller et venir lentement la fenêtre pour essayer son loqueteau. Saisissant un pan de rideau, elle flaira sa faible odeur de propreté. La belle lumière du soir, le calme, le chant des oiseaux et le parfum du jasmin composaient un monde qui était, pour un instant, parfait.

Miss Annamatta se détourna de la fenêtre. Après avoir fouillé dans le sac à dos, elle sortit une petite écharpe multicolore, qu'elle étala par terre devant la fenêtre. Puis elle se déchaussa, s'agenouilla sur l'écharpe et se prosterna trois fois en direction du soleil couchant.

– Ô Dieu, commença-t-elle en langue baïramienne, conformément à la coutume de notre pays après la proclamation de Ser en l'an 1922, bien qu'à cette époque je ne fusse qu'une enfant qu'on portait dans les bras, comme tous les autres membres de ma nation j'ai abjuré la foi de mes pères et nié Ton existence. Néanmoins, ô Dieu, quand je regarde cette petite chambre que je dois occuper seule, mon cœur s'emplit d'une telle gratitude…

Elle fut interrompue par le tintement mélodieux d'une cloche d'éléphant que Miss Fielding agitait avec une extrême vigueur dans le vestibule. Elle se leva, remit ses chaussures, rangea l'écharpe dans le sac à dos et courut en bas.

7

Une routine s'installa dans cette maisonnée composée de quatre femmes et d'un homme. À sept heures, Miss Annamatta se levait, rallumait le feu presque éteint de la chaudière et préparait le petit déjeuner. Parfois, quand elles étaient légèrement souffrantes, Miss Burton ou Miss Fielding le prenaient au lit. Vers neuf heures et quart, après avoir eu tout juste le temps de fumer une cigarette – Miss Fielding se contentait de fermer les yeux –, Kenneth conduisait Betty en voiture à St Alberics et la déposait au département des formulaires, qui était hébergé par la Parkwood School, une institution pour filles évacuée à Penzance. Il se rendait ensuite à l'élégante demeure de la grand-rue, bâtie en 1783, qui abritait le cabinet juridique Fielding, Fielding & Gaunt. Vers dix heures, après avoir lavé la vaisselle du petit déjeuner, fait les lits et le ménage des chambres, Miss Annamatta se rendait à St Alberics à bicyclette pour s'occuper des courses. Chaque mercredi, elle se chargeait du rationnement, car tous les vivres semblaient arriver ce jour-là à St Alberics. Il lui arrivait de faire la queue pour acheter du poisson. Miss Fielding fermait les yeux en le voyant, mais cela ne l'empêchait pas de le manger une fois que Miss Annamatta l'avait cuit.

Après que Miss Annamatta avait préparé le déjeuner pour Miss Fielding, Miss Burton et elle-même, elle raccommodait le linge abîmé par les gens de la blanchisserie, mettait de l'ordre dans un placard mal rangé ou accomplissait d'autres petites tâches que Miss Fielding trouvait pour elle. À quatre heures et demie, Miss Burton et Miss Fielding, si aucune d'entre elles n'était allée à Londres ou à St Alberics, aimaient à prendre leur thé sur une terrasse de pierre donnant sur la rocaille du jardin. Miss Annamatta disposait tables et chaises, préparait et servait le thé dehors – quant à elle, il était admis tacitement qu'elle prenait son propre thé quelque part en secret, et Miss Fielding avait l'indulgence de ne pas chercher à découvrir sa cachette.

Puis Miss Annamatta s'absentait, sans doute pour vaquer à ses propres affaires, jusqu'à six heures environ. La maison sortait alors de son silence de l'après-midi, car Kenneth rentrait du bureau, et Betty arrivait du département des formulaires peu avant sept heures – mais elle rentrait parfois à huit heures passées. Miss Annamatta préparait le dîner, mettait la table et se chargeait du service. Kenneth avait fini par retenir son nom, et elle dînait avec ses employeurs. Après qu'elle avait préparé le café, qu'elle portait dans le salon fraîchement débarrassé de ses miasmes, les trois femmes plus âgées restaient là à bavarder tandis qu'elle lavait la vaisselle et rangeait la cuisine, et que Kenneth travaillait au potager.

Vers dix heures, on commençait à s'occuper de ces breuvages – Bengers, Horlicks ou Ovaltine – sans lesquels certaines personnes ne peuvent affronter la nuit. Habituellement, Kenneth et Betty prenaient un verre, tiré de leur réserve personnelle ou obtenu dans une certaine légalité mais en déployant des trésors de ruse et d'énergie. Ils échangeaient des plaisanteries en buvant – plutôt anodines, comparées à celles qu'échangent la plupart des buveurs de nos jours, car ils étaient tous deux ce que Miss Elizabeth Bowen pourrait appeler « des gens de 1914 ». Une fois que Miss Annamatta avait tiré les quelques rideaux nécessaires pour le black-out en ces longues soirées d'été, tout le monde allait se coucher, en dehors de Kenneth qui était pris presque chaque nuit par son service de volontaire de l'armée. Le salaire de Miss Annamatta s'élevait à une livre par semaine, plus le gîte et le couvert.

Notre aimable lecteur aura peut-être été surpris de voir Miss Fielding et Miss Burton dispensées de tout effort de guerre. Cette immunité n'avait pas été sans combat, non pas avec les autorités locale ou ces affiches véhémentes qui vous donnent l'impression d'être au ban de la société chaque fois que vous allez au cinéma, mais avec leur conscience. Miss Burton n'avait pas combattu longtemps. Elle avait bientôt adopté le ton du défi : « Pourquoi devrais-je m'engager ? J'ai soixante ans et j'ai enroulé des kilomètres de pansements pendant l'Autre Guerre. Une guerre suffit dans une vie ! » Toutefois la conscience de Miss Fielding était d'une tout autre trempe. Pour lui rester fidèle, elle devait refuser non seulement d'adhérer à une organisation de volontaires, mais aussi de collecter ses matériaux récupérables et de faire la ronde pour les incendies. Bref, si Miss Fielding voulait vraiment respecter ses principes, elle devait tenter de se comporter exactement comme s'il n'y avait pas de guerre.

Elle livra son pire combat à propos du black-out, car aucun rideau n'aurait dû obscurcir ses fenêtres, si elle avait poussé ses principes jusqu'au bout. Devant Kenneth et Miss Burton, elle avait expliqué et défendu son point de vue pendant toute la semaine précédant la déclaration de guerre. L'affaire n'avait été réglée que par un geste absolument imprévu de Kenneth, qui s'était rendu sans sa permission à St Alberics l'après-midi de l'ultime samedi de paix et avait acheté les cinquante derniers mètres de tissu à black-out encore disponibles dans la ville. Le courroux de Miss Fielding envers son frère avait été solennel, mais Miss Burton n'avait jamais été aussi soulagée de toute sa vie. « Si seulement Ken agissait ainsi plus souvent ! » avait-elle songé.

Quant aux matériaux à récupérer, ils auraient été laissés là sans vergogne – on n'était pas encore arrivé à l'époque où abandonner un bout de ficelle était considéré officiellement comme un crime –, si Mrs Archer, qui tenait beaucoup à la récupération, n'avait pris en main la situation à Sunglades. On peut penser que cela n'augmenta pas son respect pour Miss Fielding, laquelle fermait les yeux chaque fois qu'elle la voyait défroisser un sachet de sucre, mais s'abstenait d'intervenir. Si des gens décidaient de prendre en compte la guerre, il n'était pas dans les intentions de Miss Fielding de gaspiller son énergie en leur faisant observer combien ils étaient dans l'erreur.

En fait, alors que la mère de Miss Fielding avait été grande, belle et intelligente, Miss Fielding n'était que grande et belle. Aucun de ses enfants n'avait hérité de la mémoire remarquable de Mrs Fielding, de son aptitude à comprendre le mécanisme des affaires publiques et à mettre en action avec succès ses propres projets. Le grand œuvre de sa fille aînée, qui consistait pour l'essentiel à organiser des goûters pour des étrangers influents s'intéressant au maintien de la paix mondiale, ne faisait certes aucun mal et donnait du plaisir à des personnes elles aussi inoffensives, mais il paraissait vague et facile comparé aux années de labeur que Mrs Fielding avait consacrées à épauler les services d'éducation et de santé à St Alberics, en obtenant des résultats assurés, solides et durables dont avaient profité bien des malheureux sans ressources.

Mrs Fielding possédait l'une de ces personnalités évoquant les scènes de bataille déchaînées de l'ancien temps, pleines de chevaux cabrés, de hussards tirant un canon dans la boue, de soldats expirant dans les bras de leurs camarades, avec au beau milieu Napoléon ou quelqu'un de ce genre. Personne ne peut ignorer une telle personnalité, même si elle vous épuise littéralement et si des âmes moins vigoureuses préfèrent éviter les endroits où elle sévit. Bien entendu, Constance, Joan et Kenneth l'avaient subie de plein fouet depuis leur enfance, et leur mère n'avait eu aucun scrupule à modeler à sa guise leur esprit. Les filles avaient pris beaucoup de la personnalité écrasante de leur mère, sans avoir son intelligence. À dix ans déjà, elles lui ressemblaient de façon frappante, avec leur voix sonore et leurs gestes énergiques, leur air de savoir parfaitement ce qu'elles voulaient tout en supportant avec patience les intentions des autres, leur beau profil, leur silhouette opulente et harmonieuse, leur abondante et robuste chevelure brune.

Cependant rares étaient les femmes aux yeux d'un bleu aussi intense que ceux de Mrs Fielding, et elle avait les pointes des cheveux bouclées, un cou et des seins d'une beauté exceptionnelle. Trompé par ces attributs, Mr Eustace Fielding, jeune homme au tempérament affectueux, l'avait épousée. Un mariage d'amour – de sa part, du moins. Et Kenneth tenait davantage de son père que de sa mère, ce qui avait été une source de déception pour cette dernière, laquelle n'avait jamais hésité à l'exprimer. Rien ne révélait une vie de chagrin, sur le beau visage sérieux qui vous regardait du fond d'une multitude de cadres argentés dans le salon et les chambres de Sunglades. Pourtant Kenneth ne croisait jamais sans malaise le regard de sa défunte mère sur ces photos, ni ne se demandait pourquoi il avait si piètre opinion du juriste, du frère et de l'homme qu'il était. Il se contentait de vénérer la mémoire de sa mère si intelligente et d'admirer ses sœurs belles et énergiques, dont il respectait les avis et les volontés aussi loin que remontaient ses souvenirs.

Les photos de Joan et de Constance ne manquaient pas, à Sunglades, pas plus que celles de leur mère. Ces visages imposants, au nez impérieux et au regard assuré, observaient le visiteur depuis le piano et la cheminée ou levaient brusquement les yeux vers lui derrière un vase de pois de senteur. Mais on ne voyait nulle part de photo de Mr Eustace Fielding.

Dès qu'il apparut clairement que Miss Annamatta était assez forte pour sa tâche à Sunglades, que sa cuisine était exotique mais savoureuse, et qu'elle ne manquait pas de bonne volonté ni d'intelligence, Miss Fielding se détendit. Se décidant à savourer ce qui restait de l'été, elle reprit dans la mesure du possible le cours de son travail interrompu. Bien sûr, Miss Annamatta ne pouvait tenir seule la maison. Miss Fielding devait l'aider de ses conseils pour les repas, notamment dans le domaine des puddings, dessert qu'elle et Kenneth affectionnaient et dont la jeune étrangère semblait n'avoir jamais entendu parler. Elle était donc contrainte de s'inquiéter davantage des questions domestiques qu'avant la guerre, au temps où il y avait la cuisinière, Nancy et May. Malgré tout, sa vie était nettement plus agréable depuis l'arrivée de

Miss Annamatta. Elle en fit la remarque à Miss Burton, lors d'un après-midi de pluie incessante, trois semaines après l'installation de la jeune fille. Elles étaient assises au salon. Miss Fielding, qui jouait du piano avec une précision bruyante, avait régalé sa cousine d'un long morceau de Beethoven. Miss Burton avait dormi.

– Seigneur, il fait presque assez froid pour allumer un feu et j'ai envie de mon thé, déclara Miss Fielding en se levant pesamment et en refermant Beethoven avec énergie. Il est près de quatre heures.

Sortant dans le vestibule, elle hurla :

– Vartouhi ! Vartouhi ! Nous voudrions notre thé, s'il vous plaît !

Elle avait décidé que « Vartouhi » sonnait mieux que « Miss Annamatta ».

– Je vous l'apporte dans un instant, répondit une voix polie dans la cuisine.

On entendit aussitôt ce faible tintement de la porcelaine, qui a résonné au milieu de la fureur des combats en Libye et en Crète et qui est comme l'indicatif musical de la civilisation.

– Demande-lui de le prendre avec nous, suggéra Miss Burton en bâillant et en regardant par la fenêtre.

Le jardin était d'un vert étincelant sous la pluie battante, et une nuée de pétales s'envolaient d'un rosier jaune. Une odeur de bois embaumait faiblement l'atmosphère glacée.

– Oh, d'accord, si tu veux, répondit Miss Fielding d'un air à la fois surpris et mystérieux. Mais c'est une étrange petite personne. Je ne pense pas qu'elle acceptera.

– Pourquoi pas ?

– Eh bien, je ne sais pas si tu as remarqué, mais il est très difficile d'établir un contact avec elle.

– Je ne peux pas dire que je m'en sois aperçue. Je la trouve gentille, cette petite. Plutôt silencieuse, mais toujours polie.

– Oh, les Baïramiens sont polis, évidemment. Mais il ne faut pas s'y fier. Même si elle nous détestait de tout son cœur, elle se montrerait d'une parfaite politesse.

– Comme les Japonais. C'est très désagréable !

– Les Baïramiens sont des Orientaux, déclara Miss Fielding. On a tendance à l'oublier, tant ils sont indépendants et mènent des vies très actives.

– Décidément, ils ressemblent aux Japonais, observa Miss Burton en bâillant.

– C'est pourquoi leur vision du monde, leur façon d'envisager la vie est à l'opposé de la nôtre, expliqua Miss Fielding. Si Vartouhi avait été une jeune Anglaise dans une situation analogue, seule dans un pays étranger tandis que sa famille et sa patrie seraient aux mains de... d'une puissance conquérante, elle se serait confiée à moi. Elle aurait reconnu mon don particulier pour créer des liens entre les membres de nations différentes, et elle aurait épanché toute son angoisse et son chagrin. Mais elle n'a rien dit. Pas un mot. Elle ne m'a même pas demandé s'il me serait possible d'avoir des nouvelles de sa famille par la Croix-Rouge grecque, alors qu'elle doit savoir que j'ai des relations utiles dans ce domaine.

– Peut-être ne s'entend-elle pas avec sa famille, hasarda Miss Burton.

– Impossible, dit fermement Miss Fielding. Les Baïramiens ont un grand sens de la famille et lui sont tout dévoués.

On aurait cru qu'elle citait un ouvrage sur les araignées.

– Non, c'est juste qu'elle est bizarre. Pas vraiment sournoise, non, je n'irais pas jusque-là. Mais que fabrique-t-elle chaque après-midi de quatre heures à six heures, seule dans sa chambre ? J'aimerais bien le savoir.

– Elle dort, je suppose. Et elle prend souvent un bain.

– Vraiment ? s'exclama Miss Fielding.

– Très souvent, confirma Miss Burton mais sans préciser qu'en fait elle se baignait tous les après-midi.

– Enfin, les Baïramiens sont parmi les peuples orientaux les plus propres, concéda Miss Fielding en citant de nouveau le livre sur les araignées.

– Et elle écrit des lettres, continua Miss Burton en remettant en place une couverture sur ses pieds posés sur le canapé.

– Vraiment !

Cette fois, Miss Fielding semblait très intéressée.

– Elle est tellement bizarre ! Je me demande à qui elle peut écrire. Bien sûr, les Baïramiens emploient aujourd'hui l'alphabet latin. Ils l'ont adopté le jour même où Kemal Atatürk l'a introduit en Turquie. Mais je suis surprise qu'elle soit capable d'écrire des lettres. Comment es-tu au courant ?

– Je la vois porter les enveloppes à la poste chaque matin. Tu ne sais rien de sa famille ?

– Rien du tout. Je l'ai trouvée à l'agence Tekla. Ils m'ont simplement dit qu'elle parlait anglais, qu'elle se trouvait en Angleterre depuis trois ans environ et qu'elle avait travaillé dans un café de Portsbourne, dont elle avait démissionné parce que les horaires étaient trop lourds.

– Elle n'a pas dû beaucoup s'amuser, observa Miss Burton en haussant les sourcils.

Elle avait emprunté cette expression à Betty.

– Oh, je suis sûre que c'était un endroit correct, dit Miss Fielding. Sans doute un de ces salons de thé tenus par des dames, où l'on prend un déjeuner léger en mangeant des gâteaux faits maison. On voit tout de suite que Vartouhi n'a jamais travaillé dans un établissement mal fréquenté. Ce genre d'expérience laisse toujours des traces.

– Quand même, Connie, Portsbourne ! C'est dans le Nord, et on raconte que la population est terrible. Même avant guerre, la ville fourmillait de voyous irlandais. Dieu sait comment ce doit être maintenant. Mais elle n'est pas du genre qui convient à une gargote mal famée.

– Pour être franche, je ne sais pas de quel genre elle est, lança Miss Fielding d'une voix un peu plus âpre qu'à l'ordinaire. J'avoue préférer que les gens se montrent un peu moins réservés. En cette époque d'horreur et de haine, nous avons tous assurément le devoir, quelle que soit notre nationalité, d'ouvrir notre cœur les uns aux autres avec franchise et générosité. Avec elle, je ne sais vraiment pas à quoi m'en tenir.

– À ta place, je ne m'en inquiéterais pas…

– Je ne m'en inquiète pas, Frances !

– … sa cuisine n'est pas mauvaise du tout, et elle paraît s'être très bien acclimatée, poursuivit Miss Burton d'un ton apaisant.

Avant la guerre contre les nazis, elle avait dû subir les étrangers venant chez eux pour ouvrir leur cœur avec franchise et générosité à tous ceux qui voulaient bien les écouter, et elle n'avait aucune envie d'encourager Vartouhi à en faire autant.

À cet instant, Vartouhi entra et entreprit de préparer une table basse pour le thé.

Apparemment, elle ne possédait que deux tenues: la jupe et la veste qu'elle portait à son arrivée, et la robe en rayonne de couleur vive, dont l'aspect fripé avait amené Miss Fielding le premier soir à lui proposer de la repasser avec le fer électrique. Cet après-midi, comme le temps était glacial, elle portait la jupe et la veste. Miss Burton et Miss Fielding firent quelques commentaires sur la pluie puis restèrent assises à la regarder avec indolence disposer une nappe délicate et les tasses, de ses petites mains dont la pâleur contrastait avec les ors, les rouges et les bleus somptueux du service Crown Derby.

– Vous ne voulez pas prendre le thé avec nous? proposa soudain l'Usurpatrice avec un charme impérieux, en faisant briller les yeux ternis de Miss Burton à l'instant où Vartouhi s'apprêtait à sortir après avoir posé la théière.

– Oh, oui, Vartouhi! renchérit Miss Fielding d'un ton bienveillant. Vous êtes si solitaire dans votre...

Elle conclut, ne sachant vraiment où Vartouhi prenait habituellement son thé:

– ... enfin, toute seule.

– Moi aussi, dans cette pièce? demanda Vartouhi en s'immobilisant sur le seuil.

Miss Fielding hocha la tête en souriant.

– Merci.

Vartouhi revint à la table et s'assit très droite au bord d'une chaise. Miss Burton observa son visage en se demandant si elle était contente d'être là, mais rien ne permettait de le deviner.

Miss Fielding servit le thé avec vigueur, sans cesser de parler courses, cuisine et queues dans les magasins à Vartouhi, laquelle ne quittait pas son visage du regard. «Elle est aussi naturelle et mystérieuse qu'un chat», songea Miss Burton, qui se sentit soudain pleine de curiosité pour elle.

– Boit-on du thé en Baïramie, Vartouhi ? demanda-t-elle en profitant d'une pause où Miss Fielding avait la bouche pleine.

Vartouhi secoua la tête, mais Miss Fielding lança gaiement sans lui laisser le temps de répondre :

– Oh, non, les Baïramiens sont de grands amateurs de café, n'est-ce pas, Vartouhi ? Et leur café ne ressemble pas au nôtre, Frankie, il est aussi épais que du sirop, et très noir et sucré. Il a fallu que je montre à Vartouhi comment on préparait le café en Angleterre.

Miss Burton pensa que c'était dommage, mais s'abstint de le dire.

– Et l'une des tâches traditionnelles de la fille aînée consiste à préparer le café de son père au coucher du soleil, pas vrai, Vartouhi ?

La jeune fille acquiesça en souriant.

– J'imagine que vous l'avez fait souvent pour votre père ? continua Miss Fielding. À moins que vous ne soyez pas l'aînée ?

En réalité, Miss Fielding aimait tout savoir des gens et se servait inconsciemment de la Fraternité Humaine comme d'un levier pour forcer les cachettes où les étrangers gardaient leurs secrets de famille.

– Je ne suis pas l'aînée, non. Je suis la trois.

– La trois ? répéta Miss Burton, perplexe.

– Je suppose qu'elle veut dire la troisième. Vous avez deux sœurs plus âgées, c'est cela, Vartouhi ? Deux plus vieilles que vous ?

Vartouhi hocha la tête et son expression se fit encore plus polie, si c'était possible.

– Magnifique, dit Miss Fielding en prenant un morceau de gâteau. Moi, je n'ai qu'une sœur, Joan. Elle est mariée et vit à Londres. Vos sœurs sont-elles mariées ?

Vartouhi hocha la tête.

– Toutes les deux, ou seulement une ?

La voix de Miss Fielding était enjouée. Elle ressemblait à un éléphant jouant avec l'arbre qu'il arrache pour le manger.

– Seulement une, dit Vartouhi.

– Magnifique, répéta Miss Fielding.

Miss Burton la regarda avec respect. Elle avait beau être elle-même très intéressée par ces détails sur la famille de Vartouhi, elle n'aurait jamais persévéré devant une telle résistance muette, polie et souriante.

– Et elle a des enfants ?

– J'ai seulement une niaise, déclara Vartouhi. Je peux manger un de ces petits biscuits, s'il vous plaît ?

– Qu'avez-vous dit, ma chère ? demanda Miss Fielding, interloquée. Vous avez seulement… ?

– Un des petits biscuits, s'il vous plaît ?

– Oui, bien sûr.

Miss Fielding lui tendit l'assiette d'un air perplexe. Miss Burton était moins troublée, car elle était certaine qu'il s'agissait d'un nouveau cas de malentendu entre les nations dû aux différences de langue. Elle ne se trompait pas, car un instant plus tard Miss Fielding hocha soudain la tête en lançant avec véhémence :

– Oh, une *nièce*, une petite fille. Votre sœur mariée a une petite fille qui est votre *nièce*, pas votre *niaise*.

Vartouhi acquiesça en silence.

– Et comment s'appelle-t-elle ?

– Je ne me souviens pas son nom. C'est trois ans depuis que je l'ai vue. Miss Fielding, je vais chercher de l'eau bouillante. Je l'ai oubliée et maintenant le thé est presque froid et voilà que Mr Fielding arrive pour le boire.

Elle se leva, fit sa petite révérence et sortit en hâte tandis que Kenneth passait en voiture devant les portes-fenêtres pour rejoindre le garage, en saluant de la main les occupantes du salon.

– Kenneth rentre bien tôt ! dit Miss Fielding d'un air mécontent. Vraiment, plus les semaines passent, moins il travaille.

Puis elle baissa la voix :

– Tu as remarqué ? Manifestement, elle ne veut pas parler de sa famille. Quelle absurdité de raconter qu'elle ne se souvient pas du nom de sa nièce !

– Peut-être sa sœur vit-elle au loin, de sorte qu'elles ne se voyaient pas très souvent, dit Miss Burton qui avait un peu honte pour elles deux. Je suppose qu'il lui est tout simplement insupportable d'en parler. Après tout, il se pourrait qu'ils soient tous morts.

– Sottise ! Même s'ils sont morts, il est toujours mauvais de garder les choses pour soi. C'est morbide.

Elle continua à l'intention de son frère qui entrait, souriant, en se frottant les mains :

– Eh bien, Kenneth, tu rentres bien tôt ! Et on ne peut pas dire que tu nous apportes le beau temps !

8

Le temps pluvieux dura encore quelques jours, puis il redevint beau et Kenneth put passer ses soirées dans le potager sans se faire tremper.

Le potager de Sunglades se trouvait à l'arrière de la maison. Il était le plus exceptionnel de toute la région car il avait été pendant deux siècles le jardin potager de Treme Hall. Le manoir avait été démoli en 1924, mais le mur d'enceinte du potager était encore debout quand les Fielding, qui venaient d'hériter, avaient acheté le terrain adjacent. La société immobilière entendait bâtir une autre maison à l'emplacement du jardin, mais Kenneth Fielding s'était pris d'une telle passion pour cet enclos à l'abandon qu'il l'avait acheté derrière le dos de ses sœurs, dans l'un de ses accès de volonté.

Miss Constance Fielding avait été très contrariée. L'argent de leur vieille parente était partagé équitablement entre elle-même, Kenneth et sa sœur Joan, et à ses yeux toute initiative financière de ses deux cohéritiers mettait en péril l'édifice entier de la fortune familiale. S'ils pouvaient vivre chacun dans un confort modeste, ils auraient un niveau de vie plus que confortable en unissant leurs trois revenus. Elle déclara donc que consacrer une somme aussi importante à l'achat d'un vieux potager, sans même consulter les deux autres héritiers, était aussi absurde qu'égoïste.

– Mais si je t'en avais parlé, Connie, je n'aurais jamais pu l'acheter, avait déclaré Kenneth d'un ton boudeur.

On ne peut rien répondre à ce genre d'argument. Néanmoins, Miss Fielding sermonna son frère pendant des semaines à ce sujet. Même après que Sunglades fut construit et nanti du jardin d'agrément qu'elle désirait, elle exprima son mécontentement en se rendant rarement au potager et en blâmant publiquement le goût de Kenneth pour la culture des légumes, comme si ç'avait été une habitude peu honorable. Pour Miss Fielding, les légumes étaient banals et ennuyeux. Elle n'avait pas les doigts verts et on ne la voyait jamais à genoux en train de gratter la terre, même dans son propre jardin, bien qu'elle sût aussi bien qu'une autre se coiffer d'une capeline, prendre une corbeille et couper des roses.

Kenneth s'était souvent dit à l'époque qu'il regrettait vraiment d'avoir pris ainsi Connie à rebrousse-poil, mais la colère de sa sœur ne diminua finalement en rien le plaisir que lui donnait son potager, qui même s'accrut avec les années.

Une porte au sommet arrondi, autrefois peinte en vert mais désormais pâlie par les intempéries, s'ouvrait dans le mur et donnait accès au jardin, qui couvrait près d'un quart d'hectare et était parsemé sur toute sa longueur de poiriers, de pommiers et de pruniers aussi bien que de carrés de légumes. Une fois la porte fermée, personne ne pouvait entrer à l'improviste pour déranger Kenneth, car il n'y avait pas d'autre entrée.

Le haut mur de briques rouge sombre usées par les années suffisait à rendre l'endroit mémorable, mais l'intérieur de l'enceinte offrait deux autres particularités remarquables.

La première était une antique serre, dont les petites vitres allongées s'incurvaient en un demi-cercle surgissant du mur comme une énorme bulle, fragile et étincelante, juste en face de la porte. Quand on l'apercevait au fond de l'étendue d'un brun terne des carrés couverts de légumes aux formes et aux couleurs quelconques, elle semblait baignée d'un charme féerique, d'autant plus irrésistible qu'il était absolument inattendu. Un grand désordre régnait à l'intérieur, entre les pots de fleurs cassés, les tas de pois secs, les tuteurs à haricots et les écheveaux enchevêtrés de bastin, car l'édifice était trop délabré pour que Kenneth se hasardât à lui confier des semis, sauf en plein été, dans les journées sans vent. Et quand les nuits étaient agitées, il se réveillait régulièrement et guettait dans l'obscurité le fracas qui lui annoncerait que la vieille serre s'était enfin écroulée. Mais jusqu'à présent, protégée par le mur, elle avait survécu. Et quand il faisait froid, s'il avait quelque tâche pouvant être accomplie à l'intérieur, il allait s'asseoir dans la serre, environné de silence et baigné de la tiède chaleur du soleil d'hiver, et il travaillait en sifflotant doucement.

L'autre merveille du potager était ses pêchers en espalier, qui s'alignaient contre le mur du sud et épanouissaient à l'apogée de l'été un long et somptueux treillis de feuillages sombres et de fruits d'un rouge profond, dont la couleur était presque identique à celle des briques sur lesquelles ils se détachaient. Les visiteurs se récriaient invariablement à la vue d'une telle profusion de ces créatures délicates. Dans les bonnes années, trois cents pêches brillaient d'une fraîche ardeur au milieu de leurs feuilles.

Par une matinée couverte de la fin septembre, Kenneth avait bêché pendant une heure environ et achevait sa tâche en faisant un feu avec des fanes de pommes de terre et d'autres détritus au fond du potager. La fumée légère et nacrée s'élevait en ondulant dans l'air immobile et se déployait au milieu des poires couleur de bronze et des pommes rougissantes, tandis que le reste du jardin commençait à pâlir à l'approche du crépuscule. La soirée était si sombre et l'entretien du feu, qu'il faudrait éteindre avant le black-out, absorbait tellement Kenneth qu'il ne vit pas la porte du mur s'ouvrir sur Betty, qui s'avança vers lui sur l'allée. Il ne la remarqua que lorsqu'elle s'écria :

– Hello, Ken, tu fais un feu ? J'adore ça ! Attends, je vais t'aider.

– Dans cette robe ? Tu me fais rire ! Assieds-toi donc là-dessus, si ça ne t'ennuie pas, il est bien propre…

Il étendit un sac neuf sur une brouette renversée, assez près du feu pour que sa lueur éclaire le visage de Betty mais pas assez pour que la fumée lui pique les yeux, et elle s'assit. Comme il n'était pas d'humeur à parler, il continua d'alimenter le feu en gardant le silence, comme il l'avait fait pendant tout le dîner. Elle contempla les flammes en songeant qu'il était agréable d'échapper à Connie et à Frankie pour un petit moment.

Pendant tout le dîner, elles s'étaient disputées sur l'art contemporain. Miss Fielding n'avait jamais vu un tableau de Salvador Dalí, mais son œuvre ne lui disait rien de bon bien qu'il fût étranger. Miss Burton, elle, avait vu un jour une reproduction d'une de ses toiles dans *Vogue*, et elle prit sa défense, moitié parce qu'elle prétendait s'y connaître en peinture, moitié par un désir pervers d'ennuyer Miss Fielding. Évidemment, leur ignorance les réduisit à ces généralisations qui prennent si aisément un tour passionné – ce qui ne veut pas dire qu'une dispute soit nécessairement moins passionnée quand les combattants sont bien informés. Miss Fielding aimait les controverses, même si elle avait coutume d'y mettre un terme au plus fort de la bataille en se rappelant le Principe du Bien et en glissant avec un sourire: «Mais bien sûr la Vérité est un joyau aux millions de facettes, comme disent les jaïna, donc à quoi bon assombrir ces facettes en se disputant?» Du coup, son adversaire se retrouvait furieux mais désarmé.

Betty, Kenneth et Vartouhi s'étaient limités à un rôle passif pendant le combat, en engloutissant leur repas de façon à sortir de table aussi vite que possible.

– Cette vieille rengaine! s'exclama soudain Betty en souriant.

Sortant de sa torpeur, elle découvrit que son pied battait la mesure de l'air que sifflotait Kenneth.

Si tu étais la seule fille au monde
Et si j'étais le seul garçon…

– C'est une jolie chanson, dit Kenneth. Comme disait quelqu'un dans le *Telegraph* l'autre jour, cette guerre n'a encore rien donné de bon dans ce domaine.

– Oh, je n'en suis pas sûre. *Boum, quand notre cœur fait boum…* Tu te souviens? La dernière chanson qui nous soit venue de France. Elle était charmante. Et *Cours, cours, petit lapin…*

– Ce n'est quand même pas comme celles d'autrefois. C'est un autre genre de guerre.

Prenant une brassée de légumes secs, il les fit tomber sur le petit monticule de cendres rougeoyantes, et la fumée, les flammes et le crépitement reprirent de plus belle.

– Peut-être, dit Betty d'un air un peu absent.

Elle avait presque vaincu cette habitude de se perdre dans les souvenirs, mais la mélodie familière, la paix du jardin et l'éclat magique des flammes au milieu des lentes volutes de la fumée l'avaient rendue un instant pensive. Cependant cela faisait vingt ans qu'elle s'obligeait à chasser les pensées douloureuses par des propos joyeux, de sorte qu'elle reprit aussitôt :

– Cette odeur de brûlé est bien agréable, Kenneth. J'ai reçu ce matin une lettre de Richard. Il se demandait si Connie verrait un inconvénient à ce qu'il séjourne ici du 20 au 27. Il a une semaine de liberté.

(C'est ainsi qu'elle paraphrasa la requête de Richard, dont le texte exact était : « Je suppose que la Fielding voudra bien que je passe une semaine avec toi, si je paie mon écot ? »)

– Nous serons ravis de le voir, naturellement. Comment va-t-il, en ce moment ?

– Il souffre toujours de son poumon, tu sais, mais il paraît content de cette Compagnie de la Colombe. Il y est avec des gens de son genre.

– Des rouges et des déserteurs, commenta Kenneth comme s'il se parlait à lui-même.

– Richard n'est pas objecteur de conscience, déclara Betty en hâte. Il se serait battu en Espagne, si les médecins y avaient consenti. Mais sa vision de la guerre est assez singulière. Il dit qu'elle n'aurait jamais éclaté si nous avions tous soutenu l'Espagne dès le début – les républicains, c'est ça ? Tu vois de qui je veux parler. Et bien sûr, il aime être avec des gens qui partagent son point de vue.

– Et sa mère, quelle est son opinion ?

– Voyons, Ken ! s'exclama-t-elle en éclatant de son rire délicieux. Je n'ai pas d'opinions politiques.

– Je parlais des amis de Richard et de leurs idées.

– Oh, ils sont complètement loufoques, bien sûr, mais en fait ce sont de vrais bébés, et certains sont adorables. Je ne prends pas leurs idées très au sérieux, je le crains. Ils en sont encore aux Hommes de Munich, à ce cher vieux Chamberlain et à la non-intervention, et ils sont tous passablement amers, les pauvres petits.

– Tout ça paraît si loin. Et pourtant, c'était seulement il y a trois ans.

– N'est-ce pas ? On dirait vraiment une autre vie.

Elle s'emmitoufla dans le cardigan qu'elle avait jeté sur ses épaules, et continua d'un ton allègre :

– Mais je ne vois pas beaucoup sa bande, sauf quand il m'invite à déjeuner au Club théâtral pour que je jette un coup d'œil sur ses petites amies.

– Il veut que tu approuves ses bien-aimées, c'est ça ?

– Ce n'est pas ainsi qu'il présente les choses. C'est un jeune homme très indépendant, tu sais. Mais j'ai remarqué qu'habituellement il m'invite à rencontrer la dernière en date.

– La dernière en date ! C'est comme ça que ça se passe, pas vrai ?

– Oh, tout à fait !

Ils eurent tous deux un rire indulgent pour la jeunesse.

– Il n'a pas l'air de vouloir se ranger, hein ?

– C'est le moins qu'on puisse dire.

– Et toi, qu'en penses-tu ?

– Je ne sais vraiment pas, dit Betty après un silence. Il ne fait pas assez attention à lui, quand il n'est pas avec moi, et évidemment je ne peux pas passer mon temps à le materner. Ça me plairait plutôt qu'il ait une gentille compagne. J'aimais bien la dernière, Marion je ne sais plus quoi, une petite avec une énorme chevelure brune. Mais il a dit qu'elle avait un caractère épouvantable.

Kenneth installa un nouveau tas de détritus sur le feu, et les flammes illuminèrent son profil pas tout à fait romain, avec le grand nez typique des Fielding, et ses yeux bleus et sa bouche banale. « Ses traits sont beaucoup plus réguliers que ceux de Richard, songea Betty, et pourtant Richard est charmant alors qu'on ne peut pas dire que Ken soit beau. Mais c'est étrange qu'il ne se soit jamais marié. Je me demande pourquoi... » Car elle était sans vanité et elle ne pensait pas sérieusement qu'il pût encore la regretter.

À cet instant, la voix de Miss Burton retentit :

– Oh, quel feu absolument ravissant !

Elle s'avança sur l'allée, enveloppée dans un châle Liberty et diverses autres draperies.

– Regardez les ombres sur les arbres. Une vraie féerie ! Je serais venue depuis longtemps, si j'avais su que vous passiez du bon temps comme ça !

S'asseyant sur un autre siège, que Kenneth lui avait préparé en silence, elle les regarda tous deux d'un air malicieux.

– J'essaie de brûler tous ces trucs avant le black-out, dit Kenneth.

– Tout ça m'a l'air bien vert, non ? observa Miss Burton. Bien sûr, je ne prétends pas m'y connaître en jardinage, mais j'avais toujours cru qu'il fallait mettre le plus de choses possible sur le tas de fumier, surtout de nos jours. Mais j'imagine que je me trompe. Je passe mon temps à me tromper sur tout, comme Constance me l'a fait remarquer ce soir pendant le dîner.

Elle prit une expression plaintive.

– Ce ne sont guère que des fanes de pommes de terre, déclara Kenneth après un silence vaguement gêné. Je mets effectivement presque tout sur le tas de fumier.

– Oh, tout va bien dans ce cas. Ce n'était qu'une remarque, je pensais que tu ne t'en étais peut-être pas rendu compte.

Elle continua précipitamment :

– Kenneth, je ne veux pas t'ennuyer avec mes petits soucis, et je suis sûre que Betty n'a aucune envie d'en entendre parler... mais non, ma chère, et c'est bien naturel : vous avez assez à faire avec votre propre vie. Malgré tout, je me demandais si tu accepterais de dire en passant à Constance qu'elle pourrait se montrer moins tyrannique et plus gentille. Elle n'est vraiment pas gentille. On croirait qu'elle n'imagine pas que les autres aient des sentiments. Et si jamais j'insinue qu'elle m'a blessée, et je t'assure qu'elle me blesse souvent, elle répond que je suis morbide.

– Voyons, Frankie, je suis sûr qu'elle ne le pense pas sérieusement. Elle fait plus de bruit que de mal, tu le sais bien.

– Tu en parles à ton aise, Kenneth, tu es dehors toute la journée et tu peux t'échapper, dit Miss Burton qui avait maintenant sorti un petit mouchoir. Tu ne sais pas comme elle est parfois, quand il pleut et qu'elle n'a pas eu de nouvelles de son vieux Stocke.

– Il est donc à elle ? intervint Betty, désireuse de changer de sujet. J'avais toujours cru qu'il y avait une Mrs Stocke. Mais cela fait combien de temps qu'ils s'écrivent, lui et Connie ? Cela doit bien durer depuis dix ans.

– Sa femme est morte l'année dernière. Oui, cela fera onze ans à Noël. Mais enfin, j'ai bien le droit d'avoir mes opinions, même si ce ne sont pas celles de Constance. Pourquoi devrais-je dire que je trouve les tableaux de Dalí morbides, si je ne le pense pas ?

– C'est évident, Frankie. Mais Connie ne parle pas sérieusement, tu sais, elle a un cœur d'or, elle est la bonté même…

– Oh, oui, avec n'importe quel étranger qui arrive ici, lança Miss Burton en reniflant. Mais elle n'est pas gentille avec ses proches. Non, Kenneth, et elle est dure avec ses servantes.

– J'ai l'impression qu'il commence à faire froid, déclara Betty. Je vais rentrer.

Mais Miss Burton la retint d'un geste.

– Non, ne partez pas à cause de moi. Je vais juste terminer et ensuite je serai joyeuse et je ne dirai plus un mot. Vous savez bien, Betty, que Constance n'a jamais pu garder ses servantes car elle les tyrannisait et les surchargeait de travail, à force de donner des fêtes en l'honneur d'étrangers et de remplir la maison d'Indiens et de gens de ce genre, qui doivent avoir un régime spécial sous peine de mettre en péril leur religion. Je ne suis pas surprise qu'elles n'aient pas pu supporter ça. J'aurais été comme elles. Maman et moi, nous avons gardé notre chère Emily pendant vingt-huit ans, et elle ne nous a quittées que pour aller à l'hospice des incurables. Constance n'a jamais eu une Emily !

– Frances ! s'écria Miss Fielding en s'avançant rapidement sur l'allée dans la pénombre du soir.

Son manteau de fourrure s'ouvrait à chacun de ses pas énergiques.

– Tu es là? Ce n'est pas malin, avec ton rhumatisme. Tu ferais mieux de rentrer tout de suite. Tu n'arriveras jamais à brûler tout ça avant le black-out, Kenneth. Tu devrais éteindre ce feu et le rallumer demain matin. Frances, ce sac est humide. Ne sois pas pénible, tu vas me faire le plaisir de te lever et de rentrer, maintenant. Je crois que te coucher tôt ne te ferait pas de mal. Je t'ai préparé ton Horlicks.

– Je n'irai pas me coucher avant des heures, Constance, déclara Miss Burton avec dignité.

Cependant elle se leva du sac.

– Tu es gentille de m'avoir préparé mon Horlicks, mais tu n'aurais pas dû te donner cette peine. Je vais le réchauffer à l'étage. Bonne nuit, Betty. Bonne nuit, Kenneth. J'espère que tu n'es pas vexé de ce que j'ai dit à propos du feu. J'avoue que j'avais tort. Cela m'arrive souvent. Bonne nuit, Constance.

Et Miss Burton s'éloigna lentement dans les ombres du soir, escortée par quelques mots d'adieu murmurés par Kenneth et Betty, que Miss Fielding compléta par un cordial: «Dors bien, Frances, et ne sois pas si susceptible!»

– Tu devrais passer un savon à Frances pour sa susceptibilité, Kenneth, déclara-t-elle quand Miss Burton eut franchi la porte du mur. Toi, elle ne t'en voudra pas, car tu es un homme.

– Vraiment, Connie…

– Elle acceptera n'importe quoi d'un homme, alors que Betty ou moi aurions droit à une scène ridicule si nous nous hasardions à lui dire un mot, n'est-ce pas, Betty?

– C'est probable, répondit Betty, qui était amusée mais aussi un peu désolée pour Kenneth.

« Ils vieillissent tous, pensa-t-elle. Encore quelques années, et cette maison sera absolument déprimante. On ne sera pas à la fête, comme diraient les amis de Richard. »

– Du coup, bien sûr, tu prends toujours son parti, continua Miss Fielding.

À leur grande consternation, elle s'était assise à la place de Miss Burton et semblait décidée à prolonger la soirée.

– Tu aimes qu'elle te flatte.

– Voyons, Connie ! Qu'est-ce que tu racontes ? Je ne prends nullement son parti.

– Tu es très vaniteux, dit Miss Fielding en le menaçant du doigt et en lançant un regard enjoué à Betty pour quêter son approbation. Tu l'as toujours été. Tout petit déjà, tu passais des heures à te regarder dans le miroir.

– Quel petit coquin ! commenta Betty.

– Même maintenant, tu deviens rouge comme une tomate dès que Vartouhi te fait cette révérence ridicule.

– Zut, Connie, n'importe qui serait gêné ! Je voudrais que tu… euh… que tu lui en touches un mot… sans la vexer, bien sûr.

– Je sais comment m'y prendre avec les jeunes et il est peu probable que je la vexe. De toute façon, à mon avis, Vartouhi ne fait pas partie de ces gens morbides qui s'offensent pour un rien. En fait, je lui en ai déjà parlé, mais je ne suis pas sûre qu'elle ait vraiment compris ce que je voulais dire. Je lui en reparlerai. À propos, vous l'avez vue, depuis le dîner ? Je veux vérifier qu'elle s'est bien entraînée à taper à la machine aujourd'hui.

– Vous lui apprenez la dactylographie, Connie ? s'exclama Betty avec une surprise mêlée de remords. C'est vraiment gentil de votre part.

– Ce sera un atout pour elle quand elle voudra trouver un autre emploi, déclara Miss Fielding en se levant. Plus elle aura de talents, mieux elle s'en tirera.

– Dis donc, tu ne songes pas à la renvoyer, n'est-ce pas ? lança Kenneth d'un air consterné.

S'arrêtant d'éteindre avec le pied les dernières cendres du feu, il regarda la silhouette imposante de sa sœur dans le crépuscule assombri.

– Je croyais que tout allait si bien.

– Mais non, je ne veux pas la renvoyer. Ça ne m'est même pas venu à l'esprit. Mais je ne pense pas qu'elle veuille rester ici toute sa vie.

– D'accord, je comprends. J'avais peur qu'elle n'ait fait des siennes. Ça y est !

Le feu n'était maintenant qu'une tache sombre sur le sol, d'où s'élevaient faiblement des volutes de fumée âcre.

– Juste à temps pour le black-out, conclut-il d'un ton satisfait.

– Je vais aller allumer la TSF, dit Miss Fielding en s'éloignant à grands pas. Je ne veux pas manquer les nouvelles.

En atteignant le mur, elle cria par-dessus son épaule :

– Ne vous attardez pas, Betty. Vous allez vous faire dévorer par les moucherons si vous restez ici !

Puis ils entendirent la porte claquer dans son dos.

Elle remonta vivement les allées sombres jusqu'à la maison sans lumières, entre les parterres qui étaient maintenant pleins de chrysanthèmes rouges et orangés répandant leur froid parfum dans l'air du soir. Alors qu'elle songeait vaguement aux deux personnes qu'elle venait de quitter, une pensée aussi troublante qu'inquiétante s'imposa soudain à elle. Betty avait semblé si jolie, à la lueur du feu, et elle et Kenneth paraissaient s'entendre si bien. Pourquoi s'était-elle attardée avec lui, au lieu de rentrer avec Miss Fielding ? Et si cela cachait quelque chose ?

Miss Fielding serra les lèvres. « Je ne le tolérerai pas, pensa-t-elle. Si nécessaire, je dirai à Betty que j'ai besoin de sa chambre pour un autre réfugié et qu'elle doit partir. Moi qui croyais qu'il en avait fini avec toutes ces sottises, depuis l'histoire avec la petite Palgrave. J'imagine que les hommes ne sont jamais trop vieux pour faire les idiots dans ce domaine. Mais je ne le tolérerai pas. Je vais les observer pour en avoir le cœur net, et si vraiment il y a quelque chose, il faudra qu'elle parte. »

Elle rentra dans la maison en faisant claquer la porte.

Il faisait presque nuit dans le potager. Betty regardait indolemment les carrés obscurs de choux de Bruxelles et d'épinards d'hiver. Soudain, elle s'exclama :

– Kenneth ! Il y a quelqu'un du côté des pêchers !

Il était occupé à ramasser des outils et ne se donna même pas la peine de regarder la petite silhouette sombre qui remontait lentement l'allée crépusculaire sous les espaliers.

– Ne t'inquiète pas, ce n'est que Vartouhi.

– Comment le sais-tu ? Tu ne vois pas mieux que moi. Ce pourrait être un parachutiste !

– Elle vient ici presque tous les soirs se promener un peu. Elle le fait depuis qu'elle a découvert les pêchers. J'imagine qu'ils lui rappellent sa patrie. Elle m'a demandé si elle me dérangeait, et bien sûr j'ai répondu que j'étais ravi qu'elle vienne, la pauvre petite.

– Pauvre Ken, plutôt ! Avec toutes les femmes de la maison qui te poursuivent dans ta retraite pour te demander des faveurs et t'ennuyer avec leurs pleurnicheries.

– Ça ne m'ennuie pas. Enfin, pas beaucoup.

Betty comprit à sa voix qu'il souriait. Elle rit à son tour et déclara :

– Je vais rentrer, il fait vraiment frais.

– Oui, sauve-toi. Je ne vais pas être long, j'ai presque fini.

En passant devant les pêchers en espalier, Betty lança un regard curieux sur les arbres qui avaient caché Vartouhi pendant que Miss Fielding était dans le jardin, mais la petite silhouette sombre n'était plus là. Vartouhi s'était éclipsée.

Kenneth s'attarda encore un instant. Bien qu'il fît presque nuit, il n'avait pas envie de quitter le jardin. Il sifflotait encore *Si tu étais la seule fille au monde* quand il rangea le râteau, la houe et les autres outils dans la remise, dont il ferma la porte et mit la clé dans sa poche.

Tout était enfin en ordre. Il regarda encore à la ronde dans l'obscurité, au cas où il aurait oublié quelque chose, et braqua une fois ou deux sa torche électrique sur le feu pour s'assurer qu'il ne pourrait pas se rallumer. Les silhouettes noires des arbres se détachaient sur les nuages immobiles, amassés pesamment dans l'ombre bleuissante. L'odeur fraîche et douce de la rosée s'élevait des carrés de légumes humides, en se mêlant au parfum entêtant des feuilles de choux. Un faible bourdonnement se fit entendre dans le ciel. Kenneth leva les yeux et attendit. Le vrombissement grandit, passa au-dessus de sa tête puis s'affaiblit à mesure que s'éloignait l'escadrille invisible. Le silence régna de nouveau. Kenneth traversa le jardin, chercha à tâtons la porte dans le mur, la referma dans son dos. Il continuait de siffloter tout bas, mais c'était maintenant l'air de *Tipperary*.

9

MISS FIELDING FUT INFORMÉE que Richard Marten viendrait faire un séjour d'une semaine, nouvelle qu'elle accueillit avec bienveillance car elle se flattait de comprendre et de savoir affronter ce qu'elle appelait les humeurs rebelles de la jeunesse, et elle espérait que Richard lui donnerait l'occasion de faire usage de ce talent. Du reste, la perspective d'avoir un peu de compagnie masculine ne lui déplaisait pas. Et elle comptait sur la présence de son fils de vingt-cinq ans pour sortir de la tête de Betty toutes les idées inopportunes qui avaient pu s'y loger.

Vartouhi prépara donc une chambre pour Richard, et Miss Fielding lui écrivit en personne à propos du Bus, car elle ne se fiait à personne d'autre pour lui exposer avec une clarté suffisante ses horaires et ses excentricités. Ivre de puissance, le Bus couvrant les huit kilomètres entre St Alberics et Treme était devenu depuis la guerre un tyran aussi capricieux qu'imprévisible, qui pouvait selon son humeur arriver avec dix minutes de retard ou changer d'itinéraire sous prétexte d'éviter d'user ses pneus. Bref, il se comportait plus comme un baron du Moyen Âge que comme un autobus. Miss Fielding remplit deux feuilles de papier à lettre avec ses instructions et ses avertissements concernant le Bus, que Richard posa sur une chaise et ne revit jamais.

Bien entendu, il arriva un dimanche après-midi. Il fut débarqué sur le quai de St Alberics en même temps que les caisses de poisson. Il resta là un instant sous le ciel maussade, en regardant distraitement autour de lui et en respirant l'air délicieusement parfumé. Comme il n'avait pas de chapeau, le vent soulevait ses cheveux blonds. Il tenait d'une main un énorme sac à dos à moitié vide, qui semblait pendiller très haut au-dessus du sol car le jeune homme mesurait un mètre quatre-vingt-huit. Il pensait à Mimas, l'un des satellites de Saturne, et même si ses pensées avaient été momentanément interrompues quand ses compagnons de compartiment l'avaient gentiment poussé sur le quai, après qu'il eut partagé son déjeuner avec eux en leur parlant de l'Espagne, des fragments de réflexions tournoyaient encore dans sa tête comme des débris de la Voie lactée.

– Oui, mon billet..., marmonna-t-il avec énergie.

Il le sortit de sa poche de pantalon, le laissa tomber, le ramassa. Puis il s'avança à grands pas sur le quai. Malgré ses vêtements singulièrement miteux, même pour la troisième année d'une guerre, il était impressionnant, avec son nez grec et son air absent.

Devant la gare, les rues étaient presque désertes et semblaient d'une laideur sordide sous les nuages gris que perçait çà et là une lumière livide. Il remonta la colline en marchant au milieu de la chaussée. Il ne pensait plus à Mimas, maintenant, mais regardait les petites boutiques mesquines, dont une sur trois était à louer, avec leurs étalages de faux chocolats et de cartouches de cigarettes vides. Les réflexions qu'elles lui inspiraient étaient dénuées d'émotion et affermies par cette connaissance approfondie de l'économie et des mécanismes de la société que possèdent les gauchistes cultivés et qui rend si difficile aux libéraux généreux mais paresseux de discuter avec eux.

« C'est vraiment hideux », se dit-il. Et son esprit lui présenta aussitôt toutes les raisons historiques et sociologiques de cette hideur : l'essor des sociétés par actions sous le règne de Charles II, qui avait eu pour effet que le pouvoir était passé des riches individus aux riches sociétés ; le déclin chez les *rentiers**[1] cultivés du sens de leur responsabilité envers l'édifice social et leur retrait progressif de la vie politique, où ils avaient été remplacés par des hommes capables mais incultes et complètement étrangers à la tradition du *noblesse oblige** ; la création impitoyable de villes aussi laides que mal bâties pour loger la main-d'œuvre bon marché des usines de ces hommes incultes ; la fin de la beauté comme idéal naturel de l'architecture, au profit des idéaux de l'utilité et du confort des clients fortunés mais ignares des architectes ; la diffusion desdits idéaux, se combinant à une conception abâtardie de l'architecture domestique rurale chez les...

Arrivé à ce point de ses pensées, Richard se tordit la cheville et s'étala sur la chaussée devant une voiture s'approchant lentement de lui. Elle était conduite par une jeune femme à côté de qui sa mère était assise. Celle-ci l'appelait à grands cris :

– Richard ! Richard ! Houhou !

Cependant il ne l'entendit que trop tard. Quand il sortit de son accès d'amnésie, il se retrouva étendu par terre, perçut au-dessus de lui des exclamations confuses puis sentit la roue de la voiture rouler sur sa cheville droite et l'écraser avec un

1. Les mots en italique suivis d'un astérisque sont en français dans le texte.

craquement sinistre tandis qu'une souffrance atroce le mettait soudain au supplice.

– Je suis vraiment désolée, dit Alicia Arkwright en se renversant sur son siège, pâle et tremblante, mais sans perdre son calme.

– Sa tête..., balbutia Betty en ouvrant péniblement la porte.

À travers le vertige de la douleur, Richard l'entendit et cria aussi fort qu'il le put :

– Je vais bien mais enlevez cette roue de ma cheville !

Il agita confusément les bras en tentant d'agripper son sac pour chasser la souffrance.

– La roue... elle est sur sa cheville ! hurla Betty. Reculez la voiture !

Elle s'agenouilla près de lui sur la chaussée, où un petit attroupement s'était formé. Alicia obéit puis resta de nouveau assise sans bouger, furieuse de se sentir au bord de l'évanouissement.

– Y a-t-il un médecin dans le coin ? demanda Betty aux badauds.

Ils se mirent à murmurer d'un air dubitatif en secouant la tête, puis quelqu'un dit enfin :

– Le docteur Macintosh, juste en haut de la rue.

– Je vais chercher un médecin, ce n'est pas loin, dit Betty en se penchant sur le visage blême de son fils. Tu souffres beaucoup, n'est-ce pas, mon chéri ?

– Horriblement, merci, répondit-il tranquillement sans lever la tête. C'est bien toi, Betty ? Quelqu'un pourrait-il m'allumer une cigarette ? Dans la poche gauche de mon manteau.

– Voilà, mon pote, dit un soldat en lui en allumant une entre les lèvres. Souris, la dame a couru chercher le docteur. C'est à deux pas.

– Sauf qu'habituellement ils sont sortis les dimanches après-midi, marmonna un pessimiste.

– Tout va bien, merci, assura Richard.

Il ferma les yeux et resta immobile, en songeant que la chaussée était dure et en se souvenant d'Alec Tankerton, qui avait été tué en Espagne.

Alicia sortit de la voiture et se dirigea vers lui d'un pas aussi assuré que le lui permettaient ses jambes flageolantes. Se frayant un chemin au milieu des enfants du catéchisme, des vieilles femmes et des élèves aviateurs, elle s'agenouilla près de lui.

– Je suis vraiment désolée, articula-t-elle en guise d'excuse. Votre mère et moi, nous venions à votre rencontre car… c'est-à-dire… j'ai klaxonné, mais vous n'aviez pas l'air d'entendre.

– Je n'ai rien entendu, répliqua-t-il sèchement. Tout est ma faute, mais cela ne rend pas la douleur plus facile à supporter. Cela vous ennuierait-il que je ne parle pas ?

– Non, bien sûr. Je suis tellement désolée.

À cet instant, Betty arriva avec le médecin, lequel avait l'intention d'aller disputer une partie de golf bien méritée et tendait à se montrer expéditif. Avec l'aide du soldat, il installa Richard dans la voiture. Alicia les conduisit à son cabinet, où le jeune blessé fut porté par des membres de l'armée de terre et de l'aviation qui émirent ensuite des avis favorables sur son courage.

Il s'avéra que plusieurs os de la cheville étaient endommagés, mais que les lésions n'étaient pas assez graves pour nécessiter une radio. Le médecin prodigua ses soins et donna à Richard quelque chose pour atténuer la douleur. Après quoi il s'agit de décider où il fallait l'emmener, car il était évident qu'il devrait rester immobilisé pendant plusieurs semaines et être massé par un spécialiste.

On téléphona à trois maisons de santé et au petit hôpital local, mais aucun lit n'était disponible. Betty, qui regardait avec anxiété le visage de son fils, lança alors avec décision :

– Il faut que tu viennes à Sunglades, mon chéri. Ta chambre est prête, je vais appeler Connie tout de suite.

Elle ajouta à l'adresse du médecin :

– Si vous le voulez bien ?

Pendant qu'elle répondait aussi brièvement que possible au déluge de questions et d'exclamations à l'autre bout du fil, le médecin et Alicia menèrent de nouveau Richard à la voiture. Il s'appuyait sur eux lourdement, et Alicia songea qu'il était bien différent d'avoir autour de son cou le bras d'un beau jeune homme, suivant qu'il cherchait son plaisir ou votre soutien.

Une fois qu'ils furent installés et eurent donné leur adresse au médecin, Alicia les conduisit rapidement chez eux en longeant les éteules et les haies jaunissantes, et les ormes et les chênes où çà et là une branche brillait déjà d'un éclat doré. Pour Betty et aussi pour Richard, malgré sa douleur, ce fut un soulagement et un plaisir de quitter St Alberics pour s'enfoncer dans la campagne. En revanche, Alicia se sentit de plus en plus déprimée, comme toujours quand elle se trouvait au milieu des collines et des champs silencieux. Non qu'elle eût encore la nostalgie de ce H. qui lui avait fait tant de mal. Elle avait atteint ce stade où elle se demandait comment elle avait pu s'attacher à lui. Mais il avait beau ne plus lui paraître séduisant, même dans son souvenir, elle ressentait encore dans toute leur force douloureuse la colère et l'humiliation de l'avoir vu se réconcilier avec sa femme, alors qu'elle-même avait consenti à figurer dans son procès pour adultère. C'est pourquoi elle préférait maintenant aux champs et aux collines, si propices à une humeur pensive, les rues et les cinémas, qui au contraire dissipaient les pensées.

Une douleur constante est très fatigante. Quand la voiture s'arrêta devant la porte d'entrée de Sunglades, Richard, dont la santé n'avait jamais été florissante, se sentait complètement épuisé. Il resta immobile, les yeux fixés devant lui, et dit à sa mère :

– Accorde-moi une minute pour rassembler mes forces, Betty.

– Prends ton temps, mon chéri, répliqua-t-elle en tentant d'arborer un air insouciant.

Se penchant en avant, elle demanda une cigarette à Alicia.

À cet instant, on entendit comme un jacassement lointain, évoquant une volière de perroquets par un après-midi ensoleillé. La rumeur s'approcha puis la porte de Sunglades s'ouvrit violemment. Quatre silhouettes sortirent en hâte du vestibule.

Miss Fielding :

– Eh bien, Richard, vous n'avez vraiment pas de chance ! La dernière fois que vous êtes venu ici, vous êtes tombé du cèdre !

Miss Burton :

– Mon pauvre, *pauvre* petit, quelle malchance, en voilà une façon de commencer votre séjour !

Vartouhi, qui était la seule à se taire, se dirigea aussitôt vers le sac à dos de Richard.

Et Kenneth :

– Hello, Richard, content de vous voir, même si je regrette que vous soyez dans cet état ! Détendez-vous, vous n'avez qu'à vous appuyer sur moi !

Richard fut incapable de répondre à toute cette gentillesse sinon par un sourire, tandis qu'ils s'attroupaient autour de la voiture. Puis il remarqua deux mains pâles, qu'il prit d'abord pour celles d'un enfant et qui tiraient sur son sac à dos. Secouant sa torpeur, il se tourna légèrement et baissa les yeux sur une tête blonde couronnée de tresses.

– Ne vous donnez pas ce mal, il est plein de livres et terriblement lourd, dit-il faiblement.

Elle leva les yeux et s'inclina en souriant. Il découvrit un visage qui lui parut délicieux, tout en rondeurs et en fossettes, avec des yeux marron allongés. Rien que de le voir, il en oublia sa souffrance.

– Doucement, dit Kenneth en l'aidant à sortir de la voiture. Voilà, passez le bras autour de mon cou.

Alicia s'avança pour apporter une nouvelle fois son concours, car Miss Fielding et Miss Burton se contentaient de jouer les spectatrices intéressées, comme la plupart d'entre nous quand nous sommes les témoins d'événements aussi passionnants qu'émouvants, tandis que Betty aidait Vartouhi à se charger du sac à dos.

– Passez votre autre bras autour de mon cou, proposa Alicia sans aucune coquetterie.

– Oh, non, vous avez déjà fait votre devoir et je suis si lourd, protesta-t-il.

La douleur ne l'empêchait pas d'essayer d'enlacer la nuque qu'il désirait. À l'instant où il regardait autour de lui d'un air désemparé, Vartouhi s'avança, leva le bras du jeune homme et le posa sur son épaule. Cependant elle s'aperçut tout de suite que la différence entre leurs tailles était ridicule. Elle leva les yeux vers lui en riant et retira doucement le bras qu'il avait passé autour de son cou.

– Mettez votre main sur moi… comme ça, commanda-t-elle en posant la main de Richard sur son épaule. C'est mieux.

– Je suis beaucoup trop lourd pour vous, objecta-t-il avec un sourire.

– Je suis grandement forte ! répliqua-t-elle fièrement.

De fait, il l'avait constaté lui-même à l'aisance avec laquelle elle avait soulevé son bras. Cette vigueur inattendue était un charme de plus, et il n'éprouva aucune gratitude pour Miss Fielding quand celle-ci se dirigea vers lui et Kenneth, qui attendait la suite des événements, en s'exclamant avec autorité :

– Non, non, Vartouhi, vous allez vous éreinter. Vous voyez, c'est moi qui vais aider Mr Marten…

(Elle parlait sur le ton d'un adulte expliquant le fonctionnement de sa montre à un enfant de trois ans.)

Saisissant le bras de Richard, elle l'installa autour de son cou.

– Voilà ! C'est parfait. Allons-y, maintenant !

« La barbe ! se dit Richard qui économisait beaucoup d'énergie en s'interdisant de jurer, même en pensée. Mais elle a raison, ç'aurait été trop fatigant pour la petite chérie aux tresses. » Et il monta les marches dans un relatif confort, les bras passés autour des cous vigoureux des Fielding.

Betty les suivit. Alicia accompagna au salon Miss Burton, qu'elle connaissait évidemment un peu. Il était maintenant près de six heures et elle espérait qu'on allait lui servir un verre, qu'elle estimait avoir mérité.

Le salon était une de ces pièces longues et obscures, au plafond bas, aux fenêtres à petits carreaux et aux murs tapissés de bois sombre qu'on trouve dans les maisons de style pseudo-Tudor, dont Sunglades faisait partie. Miss Fielding n'avait pu laisser libre cours à sa foi dans les murs clairs ni faire peindre les boiseries, car cette pièce avait été la préférée de Notre Mère. Cependant elle avait fait de son mieux avec des rideaux de chintz jaune parsemés d'énormes oiseaux rouge bordeaux ou bleu turquoise, cette dernière couleur étant aussi celle du magnifique tapis chinois posé sur le sol roussâtre. Les murs s'ornaient de tableaux de fleurs et d'un ou deux portraits, dont celui de Notre Mère en mousseline grise et collier de perles au-dessus de la cheminée. Une multitude de coupes et de vases chinois étaient toujours remplis, même en janvier et en février, de grands bouquets splendides. Les fenêtres donnaient sur la terrasse où Miss Fielding et Miss Burton aimaient prendre leur thé quand le temps était beau, et l'on voyait derrière elle le parterre de chrysanthèmes rouges et orangés, qu'illuminait en cet instant un coucher de soleil tumultueux.

Vu le nombre de beaux objets rassemblés dans le salon et le charme de la vue qu'on avait depuis ses fenêtres, il était étonnant de constater que le tableau d'ensemble offert par la pièce et le jardin manquait de beauté. Toutefois Richard supposait qu'il était le seul à s'en être jamais rendu compte. En réfléchissant à l'aversion que lui inspirait ce salon, il lui sembla que l'explication tenait en un seul mot : les proportions. Et il se rappela une pièce dans une maison de Regent's Park datant de 1780, dont l'ameublement n'avait rien de remarquable et qui pourtant était belle.

– Je crois qu'il doit y avoir du sherry ! dit joyeusement Miss Burton à Alicia. Asseyez-vous donc. Vous devez être absolument épuisée. Ç'a dû être affreux pour vous !

– Oh, non, pas du tout, merci, répliqua Alicia en s'asseyant devant le feu et en allumant une cigarette. Je me sens très bien.

« C'est plein de vieux, ici », se dit-elle. En dehors des bars et des usines, il y en avait vraiment partout, et ils ne cessaient de parler.

– Kenneth sera là dans une minute et nous pourrons prendre notre sherry, continua Miss Burton.

L'Usurpatrice était absente, ce soir-là, de sorte qu'elle ne put manifester à Alicia l'intérêt qu'elle lui inspirait en tant qu'héroïne d'un scandale – comme Miss Burton elle-même en 1908, mais en moins innocente, bien sûr. Alice se demanda pourquoi elles devaient rester là à attendre que Kenneth vienne leur servir le sherry. À cet instant, Betty entra, suivie de Miss Fielding.

– Nous avons tous besoin d'un sherry ! proclama Miss Fielding en s'asseyant dans un fauteuil aussi imposant qu'elle-même. Mais nous allons attendre que Kenneth descende. Il n'en aura pas pour longtemps, il aide Richard à se mettre au lit.

« Pourquoi attendre ? songea Alicia. Expliquez-moi pourquoi, bon Dieu ! » Elle se mit à penser non sans envie à la tâche qu'accomplissait Kenneth, car elle était aussi sensible aux charmes des hommes qu'eux l'étaient aux siens, et Richard, malgré ses vêtements miteux, s'était finalement révélé à la hauteur de ses critères plutôt exigeants. « L'ennuyeux, se dit-elle, c'est qu'il y a trop de vieilles toupies dans les parages. Toutes à jacasser en attendant leur sherry. »

– Je me sens épuisée, reprit Miss Fielding. C'est étrange comme le spectacle de la souffrance d'autrui peut être éprouvant, pour certaines natures.

– Vartouhi va servir du thé à Richard, dit Betty en reposant contre un coussin orné de fleurs et d'oiseaux aux vives couleurs sa tête brune où luisait une unique mèche argentée.

– Nous aurons du sherry dans un instant, murmura Miss Burton.

« Je n'y crois pas, pensa Alicia, vous me faites marcher. »

– À présent, il faut tout nous dire, Betty, déclara Miss Fielding. Je n'ai absolument rien compris au téléphone. Tout m'échappe, dans ce genre de circonstances. Sauf l'essentiel, bien sûr.

Tandis que Betty et Alicia saisissaient cette perche et confrontaient leurs versions pour faire le récit des événements de l'après-midi, Kenneth entra. Quelque chose semblait l'avoir contrarié. Il versa le sherry avec générosité, puis tendit à la ronde en silence les verres pleins et des cigarettes.

– … et comme il se trouvait que Miss Arkwright se rendait à St Alberics, elle a eu la gentillesse de me proposer d'aller avec moi à la rencontre de Richard et de nous ramener tous deux, expliqua Betty. De toute façon, j'étais sûre qu'il avait perdu tes instructions, Connie.

Miss Fielding, qui buvait son sherry d'une manière indescriptible donnant l'impression que c'était une sorte de soupe épaisse, secoua la tête avec indulgence, comme pour dire : « Il faut que jeunesse se passe ! » Betty continua son histoire, en s'interrompant çà et là pour demander confirmation à Alicia.

« Elle est jolie, mais ils ne se ressemblent pas du tout », songea Alicia en l'observant. Le sherry était apaisant, et elle se rappela soudain un autre dimanche après-midi qu'elle avait passé plutôt agréablement dans ce même salon, cela devait faire sept ans. Miss Fielding hébergeait chez elle de jeunes étrangers, et elle avait invité les jeunes Anglais des environs à les rencontrer et à jouer au tennis avec eux. Il n'y avait pas eu d'attractions ni d'événements extraordinaires, lors de cet après-midi de mauvais anglais, de rires et de conversation polie, mais Alicia plaisait manifestement beaucoup à un jeune Norvégien qu'elle-même trouvait sympathique, sa robe lui allait particulièrement bien, et à la fin de la journée elle avait eu l'impression que les longs mois d'été, et toute sa vie à venir, s'étendaient devant elle, pleins de gaieté et de promesses. Elle avait vingt ans. En cette soirée d'automne, sept ans plus tard, elle était de nouveau assise dans le salon des Fielding et songeait à un jeune homme qui l'attirait vaguement, mais le contraste entre son état d'esprit présent et celui de ses vingt ans était douloureux.

« Je deviens grincheuse, se dit-elle. Je n'étais pas une méchante fille, il y a sept ans. Si Maman n'était pas partie, et si H. ensuite… oh, zut. » Elle continuait de regarder Betty. « Quand j'aurai quarante ans, je ne serai pas comme elle, si je continue comme ça. »

À l'étage, Richard, couché sur le côté, contemplait la lueur du couchant se reflétant sur les fenêtres tout en se récitant tout bas un poème de Dylan Thomas, dans l'espoir qu'il exercerait une influence calmante sur la douleur lancinant sa cheville. En même temps, il songeait avec un mélange de fébrilité et d'indolence au moyen d'entrer en contact avec Vartouhi, dont le nom exotique, même prononcé par la voix peu mélodieuse de Miss Fielding, avait enrichi d'un charme supplémentaire le sortilège qui l'avait pris dans ses rets. Se remémorant la franchise du sourire qu'elle lui avait adressé au rez-de-chaussée, il était enclin à penser que la meilleure méthode serait de lui annoncer sans autre forme de procès : « Vous êtes ravissante et j'ai envie de vous embrasser. »

La pénombre du soir commençait déjà à régner dans la chambre, qu'éclairait seul le rougeoiement du poêle, et la maison, le grand jardin qui l'entourait et la campagne d'automne s'étendant jusqu'aux collines basses étaient plongés dans le silence.

Richard n'entendait que la faible rumeur des causeurs au rez-de-chaussée, et l'intrusion d'une voix égale et impersonnelle lui donna à penser qu'ils écoutaient maintenant les nouvelles de six heures. Il s'était presque endormi, malgré la douleur, quand on frappa discrètement à la porte. Ouvrant les yeux avec langueur, il vit Vartouhi entrer. La clarté affaiblie du couchant illuminait son visage et ses cheveux.

– Je vous apporte du thé, annonça-t-elle en souriant et en posant un plateau sur la table de nuit. Avec des toasts, aussi.

– Merci, répondit-il à voix basse.

« Je ne pourrais jamais me lasser de la regarder, pensa-t-il en l'observant tandis qu'elle versait le thé. C'est tellement étrange ! » (Il se mit à s'agiter, car il avait très chaud et la douleur se faisait plus vive.) « Ce sont des choses qu'on a lues si souvent chez Proust ou dans d'autres romans. Albertine endormie, et Maurice Guest qui regarde Louise jouer du piano… Cela ne m'était jamais arrivé, et maintenant ça y est. J'imagine qu'il se trouve simplement qu'on est sensible à certains rapports de couleur et de forme, aux proportions entre les divers traits, et quand on les découvre réunis tous dans un visage unique… »

– Tu souffres beaucoup, mon chéri ? demanda sa mère, debout à côté de son lit.

En baissant les yeux sur lui, elle se souvint qu'elle avait dû supporter seule l'angoisse de ses maladies d'enfant, car son père avait été tué en France.

– Pas mal, mais je suis merveilleusement bien ici, répondit-il.

« Elle a dû sortir », se dit-il. Vartouhi était sortie, en effet, en fermant la porte dans son dos avec une nouvelle révérence polie qu'il n'avait pas vue, car il s'efforçait de garder ses yeux fixés sur sa mère. Il se sentit soudain très malade et malheureux.

– Je vais te faire manger, dit sa mère en prenant la tasse et un morceau de pain grillé.

« Une petite créature comme elle, vouloir aider un homme à monter l'escalier, quelle absurdité ! » songea Kenneth avec irritation. Adossé à la cheminée, il écoutait les femmes parler en buvant son sherry. « Elle aurait pu en rester infirme à vie. Heureusement que Connie est intervenue pour l'en empêcher ! »

10

La plupart des amis de Richard Marten éprouvaient envers leurs semblables cette antipathie qui paraît inséparable du caractère des réformateurs, mais lui-même avait hérité du goût de sa mère pour la compagnie et la conversation. Même une compagnie peu choisie et une conversation banale valaient mieux à ses yeux que l'isolement (sauf quand il réfléchissait à la résolution d'un problème), car toutes deux satisfaisaient son intérêt pour l'histoire sociale qu'il voyait sans cesse se déployer devant lui, étant un Observateur des Masses par disposition naturelle autant que par formation intellectuelle. C'est pourquoi, le cinquième jour suivant son accident, il demanda qu'on l'installe « quelque part » au rez-de-chaussée sur un divan. Cela éviterait des allées et venues continuelles dans l'escalier – et Vartouhi serait plus souvent là.

Miss Fielding approuva sans discuter. Le chirurgien lui avait dit qu'elle devrait héberger Richard jusqu'à Noël au moins, et un échange de lettres avait mis fin à l'engagement du jeune homme avec la Compagnie de la Colombe. L'arrangement qu'il proposait donnerait certainement moins de travail. C'est ainsi qu'un matin, avant le petit déjeuner, Kenneth aida Richard à descendre pour s'étendre sur un divan dans une petite pièce donnant sur le vestibule, qui avait servi de bureau à Mrs Fielding. Il y resta allongé à lire le journal et à se dire qu'il était lamentable et que la liberté de la presse était vraiment nécessaire, tout en prenant son petit déjeuner en écoutant vaguement les propos échangés de l'autre côté du vestibule dans la salle à manger, dont la porte était entrebâillée.

Il entendit Miss Fielding pousser une exclamation ravie.

– Quelle joie ! Mr Stocke m'a envoyé de New York *Le Petit Frimdl et le Renne de la Paix* !

Elle déballa le livre avec force bruissements de papier.

– C'est un conte de fées ? demanda négligemment Miss Burton.

– Non, une pièce de théâtre apportant un message en faveur de la paix mondiale.

« Je… dans le lait du Petit Frimdl et aussi dans celui du Renne de la Paix », songea Richard en posant son journal et en jetant un coup d'œil à la porte de la salle à manger. Il n'aperçut que Kenneth en train de manger du bacon. Vartouhi était invisible.

– C'est très gentil de sa part, dit Betty. Comment va-t-il ?

– Plutôt bien, mais il a des problèmes de digestion, répondit Miss Fielding qui lisait manifestement une lettre. La nourriture américaine est trop riche pour lui, mais il dit que sa tâche est d'une telle utilité qu'il ne saurait se laisser décourager. Comme il l'écrit lui-même, il n'y a pas de quoi fouetter un chat.

– Il vaut mieux fouetter la crème, haha ! intervint Kenneth. Quand tu auras le temps, Connie, pourras-tu me resservir du thé ?

– … Et il espère que je pourrai trouver le moyen d'organiser ici quelques lectures de la pièce, en sollicitant tous les gens susceptibles de s'y intéresser. Mais quelle idée merveilleuse ! Et pourquoi s'en tenir à des lectures ? Pourquoi ne pas *jouer* la pièce ?

Miss Fielding froissa bruyamment la lettre dans son excitation, et Richard devina qu'elle regardait les autres habitants de Sunglades autour de la table. Il imaginait sans peine l'expression de leurs visages, en dehors de celui de Vartouhi, laquelle ne devait pas avoir compris tout ce qu'impliquaient les propos de Miss Fielding.

– C'est une idée magnifique, dit enfin Kenneth avec loyauté. Mais cela ne risque-t-il pas d'être un peu difficile, vu les circonstances ?

– Les difficultés sont là pour être vaincues ! s'écria Miss Fielding. Nous allons les ignorer ! Les balayer !

Elle se mit à agiter gaiement un balai imaginaire.

– Betty, vous ne trouvez pas mon idée lumineuse ? Vous pourriez amener des jeunes gens du bureau, pour jouer les Esprits de la Méfiance Réciproque.

– J'aimerais bien, Constance, mais il y a le black-out. Leurs mères détestent les voir dehors à cette heure-là en hiver. Et il faudrait des répétitions...

– Nous attendrons le clair de lune ! promit Miss Fielding d'un ton aguicheur. Il y a aussi les Esprits de la Coopération Réciproque, et un Très Vieil Homme qui se révèle finalement n'être autre que l'Histoire.

Richard, qui écoutait en mâchant du pain grillé, secoua la tête. Il était plus réaliste que les autres membres de la Compagnie de la Colombe et avait davantage qu'eux le sens du théâtre. Même s'il continuait de penser que le public *devrait* aimer des pièces comme *Le Petit Frimdl*, l'expérience lui avait appris que les gens préféraient, surtout au milieu d'une guerre, des plaisanteries, de la religion, du sentiment, de la beauté et des gambettes. Il doutait que *Le Petit Frimdl*, dont le texte était soigneusement purifié de tous ces ingrédients, puisse faire courir les foules. « Bien entendu, les Esprits vont se mettre à chanter », se dit-il. De fait, Miss Fielding, qui apparemment avait parcouru la pièce, s'exclama un instant plus tard :

– Oh, oui, oui ! Il faut que nous le fassions, c'est tellement amusant ! À la fin de la pièce, les Esprits de la Méfiance Réciproque et les Esprits de la Coopération Réciproque se rassemblent au fond de la scène en chantant un hymne à la paix, pendant que l'Histoire… vous savez, c'était d'abord le Très Vieil Homme, les pièces de Mr Stocke sont toujours pleines de plaisanteries subtiles, il a un tel sens de l'humour… Bref, pendant ce temps-là, le Très Vieil Homme inscrit leurs noms et leurs dossiers dans un Grand Livre. Oh, nous ne pouvons pas laisser passer ça !

– Je crois vraiment qu'un tel projet est un peu ambitieux vu les circonstances, Connie, comme l'a fait remarquer Kenneth, déclara Betty en rassemblant ses forces pour étouffer cette idée au berceau. Tout le monde est affreusement occupé, en ce moment, il est presque impossible de compter sur les gens pour quoi que ce soit. Et maintenant que l'hiver arrive…

– Et ce serait beaucoup de travail supplémentaire pour Vartouhi, renchérit Miss Burton en souriant avec gentillesse à la jeune étrangère, qui mangeait tranquillement du porridge sans manifester le moindre intérêt pour la discussion.

– Sottise, nous demanderons à Mrs Archer de l'aider, elle sera ravie ! répliqua Miss Fielding avec optimisme. Et elle a un petit-fils tout jeune, il pourra jouer le Petit Frimdl. Voyons, quels sont les autres rôles ? Le Père de Frimdl… Ce pourrait être toi, Kenneth, à moins que tu ne préfères jouer le Très Vieil Homme. La Mère de Frimdl, ce sera parfait pour vous, Betty. Il y a aussi l'Esprit de la Paix. C'est un tout petit rôle, je pourrais le faire. Comme je vais devoir me charger également de la mise en scène, il vaut mieux que je me limite…

– La période de Noël va être très occupée pour les volontaires de l'armée, Connie, dit Kenneth dans une tentative désespérée mais sans conviction. Franchement, je ne vois pas comment je pourrais faire en plus du théâtre. Et je ne crois pas que les gens auront envie de voir une pièce sur la paix. Le moment n'est pas très bien choisi, si tu vois ce que je veux dire.

– Je ne crois pas, aussi ! lança soudain Vartouhi en levant les yeux de son porridge et en faisant sursauter Richard. Je crois que personne ne viendra.

– Comment pouvez-vous le savoir, Vartouhi ? rétorqua Miss Fielding d'un ton plus impatient qu'irrité. Il existe au fond de tous les cœurs une profonde nostalgie de la paix, et cette pièce éveillera en chacun ce désir secret.

– Espérons qu'elle n'éveillera pas l'intérêt de la police, marmonna Kenneth. Franchement, Constance, si tu tiens vraiment à monter cette pièce, appelle-la *Le Petit Chaperon chose*, pour que tout le monde pense que c'est un spectacle pour enfants. Autant ne pas mettre les gens en rogne, tu sais.

Miss Fielding ferma un instant les yeux.

– Très bien, Kenneth, si tu insistes, dit-elle enfin en les rouvrant. Nous ferons imprimer les affiches…

– Seigneur, il y aura des affiches ? s'exclama faiblement Betty.

– Oh, oui, Constance fait toujours bien les choses, dans ces cas-là, déclara Miss Burton, vexée d'avoir été oubliée dans la distribution. Et moi, quel sera mon rôle, Connie ? Celui du Renne ?

Ils éclatèrent tous de rire, ce qui lui rendit sa bonne humeur.

– Oh, nous louerons un masque de renne chez Clarkson...

– Je croyais que Clarkson avait été bombardé ? observa Betty.

– Eh bien, chez Hamley, dans ce cas, les magasins ne manquent pas, répliqua Miss Fielding avec impatience. Non, Frankie, tu pourrais jouer l'un des Esprits, si tu veux. Je propose que chacun des Esprits représente une nation... cela te plairait peut-être de faire la Grèce ?

– Oh, oui ! approuva chaleureusement Miss Burton, qui mettait souvent ses pensées et son carnet de chèques à la disposition de ce pays.

– Et je vais demander à Alicia Arkwright de se joindre à nous, continua Miss Fielding. Et aussi à Richard, bien sûr ! Son expérience de la scène nous sera précieuse !

– Excusez-moi si je vais voir si Mr Marten veut manger encore, lança Vartouhi.

Une minute plus tard, elle entra dans la pièce où Richard était étendu.

– De quoi parlent-ils tous ? demanda-t-il en souriant.

– Une pièce, répondit-elle avec un sourire taquin. Quelqu'un a envoyé d'Amérique une pièce à Miss Fielding et elle va la jouer avec eux tous.

– Comptez-vous participer ?

Elle haussa les épaules.

– Si on me demande. Vous voulez encore des toasts, Mr Marten ?

– Non, merci. Avez-vous envie de jouer dans cette pièce ?

Elle changea d'expression, mais il avait beau l'observer, il n'aurait su dire ce qu'elle pensait. Elle porta distraitement la main à sa gorge, puis fronça les sourcils.

– Vous n'avez pas votre petit insigne ce matin. Qu'est-ce que c'est ? L'Association des Baïramiens libres en Angleterre ?

Elle hocha la tête.

– Je l'oublie quand je dépêche pour m'habiller.

Richard soupira. L'abîme existant entre les forces dominant la politique mondiale et l'instinct la poussant à porter ce petit insigne lui paraissait vraiment pathétique, mais il ne pouvait se mettre à lui expliquer pourquoi.

– Vous voulez encore du thé ? demanda-t-elle en s'immobilisant sur le seuil.

Il secoua la tête.

– Non, merci. Mais ne partez pas, Vartouhi.

Il brandit son étui à cigarettes.

– Venez vous asseoir et bavardons un peu.

– Je n'aime pas bavarder, Mr Marten.

– Oui, je l'ai remarqué. Je n'aurais cru ça possible chez une fille. Parlez-vous beaucoup, dans votre pays ? Ou est-ce simplement que vous n'aimez pas parler en anglais avec des Anglais ?

– J'aime parler en Baïramie, oui. Maintenant, je vais finir mon petit déjeuner, Mr Marten.

– Excusez-moi, je ne savais pas que vous n'aviez pas fini. Mais ne pourriez-vous pas m'appeler Richard, s'il vous plaît ?

– Si vous voulez, Rich… ard. Richard.

À son grand plaisir, elle sortit en murmurant son nom, mais il fut déconcerté de la voir sourire d'un air amusé quand elle se détourna.

Il observa un instant sans bouger l'azur lointain du ciel d'hiver de l'autre côté des fenêtres basses. Il espérait que Vartouhi n'aimait pas flirter, mais comment expliquer autrement la gaieté à la fois sournoise et innocente qu'il remarquait parfois en elle? Sa mère avait aussi ce genre d'attitude, et il trouvait dérangeant de la retrouver chez Vartouhi. Il faisait partie de ces jeunes hommes qui n'aimaient pas voir leurs amours bouleverser leurs projets, dans le domaine aussi bien intellectuel que physique. Vartouhi le rendait déjà plus malheureux qu'il ne s'attendait à l'être en étant amoureux, car il n'y avait entre eux aucun échange réel, aucune conversation qui aurait pu lui permettre de percer à jour son caractère. Il en était réduit à l'aimer à la façon des êtres très jeunes ou très simples, qui s'enchantent de la rondeur d'une joue ou du dessin d'une lèvre.

« J'imagine qu'elle porte en elle l'image de sa patrie, comme ils font tous, songea-t-il. Ils sont assis au Corner House, à Londres, et dans tous les cafés et les milk-bars de l'Angleterre, parfois en groupe, parfois seuls, et l'uniforme anglais à la fois les rend tous semblables et fait ressortir leurs différences, leur teint basané ou leur blondeur, leurs pommettes saillantes et leurs yeux allongés. Les jeunes femmes portent des vêtements voyants et leur vivacité inlassable finit par agacer. Les vieilles arpentent Hampstead d'un pas furtif, vêtues de pantalons et de fichus de paysannes, l'air hébété, et ne sortent de leur torpeur que pour faire des scènes dans les magasins de vivres. On n'en peut plus de les voir, puis on se rappelle les images que tous portent en eux, ces visions si diverses mais dont chacune est l'image de la patrie. Pour l'un, ce sont de pimpantes maisons de bois au-dessus de l'eau, au milieu des pins et des rochers. Pour un autre, des canaux entre des champs de tulipes. Pour d'autres, les maisons blanches délabrées, les vieilles tours et les plaines de la Pologne, ou les larges rues grises et la décrépitude aimable de Vienne. Pour Vartouhi, j'imagine que ce sont des arbres fruitiers en fleurs. Pour tous, ce sont les odeurs de leur propre cuisine, les bruits de leurs propres rues, la lumière sans pareil de leur propre ciel. Après quoi nous leur demandons si l'Angleterre leur plaît, et certains d'entre nous se vexent quand ils nous laissent entendre que non. »

À cet instant, Miss Fielding entra avec *Le Petit Frimdl*, s'assit à côté de lui avec une vigueur terrifiante et entreprit de lui expliquer ses projets pour la pièce.

Une fois lancé, *Le Petit Frimdl* continua sa route impitoyablement, sans aucun égard pour les prétextes ou les répugnances que pouvaient exprimer les acteurs putatifs. Betty était maintenant tellement occupée au département des formulaires qu'elle devait rapporter chaque soir à la maison le travail qu'elle n'avait pu achever dans la journée. Lorsqu'elle se rappelait les heures de joyeuse indolence qu'elle avait passées dans une administration pendant l'Autre Guerre, elle soupirait en souriant et songeait que si la guerre contre les nazis était mieux organisée, au moins du point de vue des civils, c'était surtout grâce à ce personnage qu'elle avait parfois entendu dépeindre sous un jour sinistre par Richard et ses amis : le fonctionnaire contemporain. Cependant la conscience de faire elle-même son devoir ne la rendait pas plus disposée à jouer les Esprits de la Coopération Réciproque dans *Le Petit Frimdl*, et elle prit rapidement en grippe les répétitions, qui avaient lieu trois fois par semaine. La condamnation la plus sévère qu'elle pouvait porter sur un événement quelconque était de le qualifier de « corvée ». Et elle déclara plus souvent qu'à son tour à Kenneth et à Richard que *Le Petit Frimdl* en était une.

Au fil des ans, Miss Fielding s'était constitué une collection de costumes prétendument nationaux, qui lui avaient servi pour d'autres *Petit Frimdl* dans le passé. Pour ménager l'opinion publique et celle de Kenneth, elle alla jusqu'à suggérer que les trois Esprits de la Méfiance Réciproque portent les costumes de l'Italie, de l'Allemagne et du Japon, tandis que les Esprits de la Coopération Réciproque seraient représentés par les Nations unies. Elle-même se sentait débordante de bienveillance, car elle n'était jamais plus contente que lorsqu'elle avait une fête ou une pièce à mettre sur pied, en déplaçant à sa convenance meubles et comparses. Malgré ses nombreuses occupations, elle continuait de tenir à l'œil Kenneth et Betty, et même si ses craintes n'étaient pas complètement apaisées, il lui semblait du moins que les choses « en étaient restées là », comme elle l'avait espéré. Betty était maintenant surtout absorbée par son fils, et Miss Fielding se félicitait d'avoir consenti avec sagacité à ce qu'il vienne les voir. Sans compter que cette cheville avait vraiment été providentielle !

Elle avait téléphoné un soir à Alicia, en la dérangeant au milieu de son dîner tardif et solitaire après neuf heures de travail à l'usine, et l'avait informée qu'elle devrait jouer un Esprit de la Méfiance Réciproque dans *Le Petit Frimdl.* Alicia s'apprêtait à refuser énergiquement quand elle s'était souvenue que Richard Marten se trouvait toujours à Sunglades, ce qui signifiait qu'en acceptant un rôle dans *Le Petit Frimdl* elle aurait nécessairement l'occasion de le voir. Cette perspective lui parut plus séduisante que la plupart de celles qui s'offraient à elle en ce moment, de sorte qu'elle répondit finalement :

– Vous croyez vraiment ? D'accord, j'imagine que je pourrai faire l'affaire. Quel pays dois-je représenter ? Je n'ai rien contre l'Italie, si vous avez l'une de ces coiffes carrées de paysanne, mais je refuse de faire le Japon.

– Les costumes sont exacts dans le moindre détail, répliqua fermement Miss Fielding. Et il faudrait au moins accorder le bénéfice du doute aux Japonais, Alicia. Ils n'ont rien fait, jusqu'à présent.

– Vous trouvez que ce qu'ils ont infligé aux Chinois depuis cinq ans n'est rien ?

Miss Fielding marmotta que tout cela était vraiment malheureux, puis elle reprit une voix plus assurée pour convenir avec Alicia qu'elle viendrait le jeudi suivant jeter un coup d'œil à la pièce et aux costumes et fixer les dates des répétitions.

« Quelle corvée », se dit Alicia en transportant son brandy dans le salon. Elle s'étendit sur un divan et posa ses pieds chaussés de ravissantes petites sandales en brocart sur un tas de coussins surmonté des pages ouvertes de l'*Evening Standard* que son père rapportait toujours de la City. Les pans de son ample déshabillé vert, le plus gracieux des vêtements contemporains, retombaient sur le sol. Elle fit tourner lentement l'alcool dans son verre imposant. De temps en temps, elle buvait une gorgée, songeait que le brandy était délicieux et se félicitait d'avoir dit à son père qu'elle voulait qu'on mette de côté une bouteille de leur réserve s'amenuisant à vue d'œil, pour son usage personnel quand elle serait particulièrement fatiguée. Elle ferma les yeux.

Pendant neuf heures, elle avait manœuvré une grue depuis sa cabine, en la faisant aller et venir sous le toit de l'usine. Il s'agissait de soulever les fûts des énormes canons à l'angle souhaité par les ouvriers travaillant sur eux à ses pieds. Ce travail lui plaisait assez, car il l'isolait des autres ouvriers et lui donnait une vue d'ensemble non sans charme sur l'immense hangar spacieux, allongé et peu élevé où l'on fabriquait les canons, mais il était très fatigant et elle était heureuse de s'allonger un instant. Le divan moelleux, la chaleur, le silence que seule rompait une rumeur assourdie de musique de danse à la radio, la saveur mordante du brandy, tout cela était si agréable qu'elle se mit à songer vaguement à son propre confort et à se demander ce que faisaient les autres femmes jeunes ou moins jeunes qui étaient rentrées comme elle dans le bus bondé.

Elle savait que certaines étaient retournées dans les HLM miteux de la périphérie de St Alberics et préparaient le dîner pour leur famille. D'autres rentraient en hâte pour s'occuper d'une sœur maladive, d'une mère infirme ou d'une nichée de petits enfants dans un cottage aussi pittoresque qu'incommode de Cowater ou de Blentley. D'autres encore vivaient dans une unique pièce, au cœur des quartiers pauvres de la ville, ou rejoignaient leur famille entassée dans une petite maison, rafistolée tant bien que mal après les bombardements, sur la grand-rue ou du côté de la route de Londres. Bien peu nombreuses étaient celles qui retrouvaient une maison où il y avait des domestiques, des conversations sur les livres ou la musique, et une impression de sécurité sociale et financière malgré la guerre. Et Alicia était à peu près certaine qu'elle était la seule, en rentrant chez elle, à s'allonger sur un divan, chaussée de sandales de brocart à soixante-quinze shillings, et à boire un brandy de 1890. Elle avait beaucoup de chance, et elle se dit qu'elle ferait bien de s'en rendre compte.

Rouvrant les yeux avec lenteur, elle regarda le salon blanc crème, marron foncé et brun fauve, qui avait été décoré par Heals à la demande de sa mère, à l'époque où c'était le dernier cri de la mode. « On croirait une chambre d'hôtel, songea-t-elle. Je m'ennuie ici, malgré tout ce confort et toute cette chance. » Il ne restait plus qu'elle et son père à la maison, car son petit frère était en pension, sa sœur avait rejoint les services féminins de la flotte et son frère était prisonnier en Italie. Sa mère était quelque part avec son nouveau mari, et Alicia n'avait eu aucune nouvelle d'elle depuis Noël, quand elle avait reçu une carte déclarant : « Je pense à toi, mon chou. Maman. » Cela dit, la maison était trop confortable pour qu'Alicia pense sérieusement à instaurer pour elle-même un mode de vie moins luxueux, en dépit de l'ennui qu'elle ressentait ici. Aux yeux des domestiques, Mr Arkwright était dans la position d'un veuf. Comme sa fille n'intervenait jamais dans les affaires de la maisonnée, il s'assurait à grands frais un service impeccable, et toutes les parties concernées étaient satisfaites.

« Oui, c'est confortable, se dit Alicia en savourant son brandy. Mais moi, je peux me passer de confort. Peu m'importe au fond de m'épuiser au travail, d'être couverte de cambouis ou d'aller à l'usine en pleine nuit au lieu de dormir. Si j'avais une vie qui me rendait heureuse, franchement, je me passerais de confort. Simplement, je ne sais pas quelle vie ce serait. Ce sera amusant de revoir Richard. »

11

Le dimanche suivant, après le déjeuner, Vartouhi sortit sa bicyclette sur la route et regarda autour d'elle avec un sourire ravi.

Il était exactement deux heures et demie. La lumière du soleil, plutôt argentée que dorée car il n'y avait pas encore de brume, faisait briller les brindilles et les branches des saules, des ormes et des hêtres, qui avaient maintenant tous perdu leurs feuilles et dont les silhouettes sombres et délicates se détachaient sur l'herbe vert pâle des collines hivernales et sur les longues ondulations marron clair des champs. L'air était imprégné avant tout de fraîcheur, mais elle se mêlait par moments d'une lointaine odeur de fumée ou d'herbe mouillée, ou d'un parfum d'aubépine, d'if et de baies de bryone, que Vartouhi, dont l'odorat était plus aiguisé que celui d'une personne entièrement civilisée, respirait avec délice dans l'atmosphère glacée. Pour elle, le lierre couvrant un mur devant lequel elle passait lentement à bicyclette exhalait une odeur faible et amère, et la mousse bordant le bois sentait l'humidité, tandis qu'un fort parfum boisé, moins pénétrant que celui de bûches fraîchement coupées, s'échappait de l'écorce des arbres.

Un long rempart de rhododendrons s'élevant au-dessus du mur d'une propriété unissait l'odeur amère à celle d'humidité. Et quand Vartouhi descendit de bicyclette sur un pont et se pencha à la balustrade pour regarder les remous silencieux de la rivière hivernale qu'il enjambait, avec ses longues herbes d'un vert éclatant ondulant dans les flots, elle respira le parfum marécageux de boue et de plantes aquatiques. Les rayons argentés du soleil scintillaient sur la petite rivière, dont les eaux écartaient les branches jaunes et rouges des saules dénudés s'inclinant vers la surface et brillant elles aussi d'un éclat argenté, tandis que l'onde ruisselait avec un murmure presque inaudible dans le silence.

Elle se remit lentement à pédaler, en souriant toujours d'un air ravi. Elle n'avait pas à se dépêcher, car Miss Fielding avait emmené Richard faire sa première promenade en voiture et avait annoncé qu'ils ne seraient pas rentrés avant la nuit. Vartouhi regarda les oiseaux volant au-dessus des champs labourés ou marchant dans l'herbe, les collines lointaines semées de petits arbres noirs, le bois tout proche où quelques feuilles solitaires et dorées s'attardaient sur les chênes. Elle ne cessait de monter parmi les collines basses. Le chemin entre les champs labourés était désert. En une demi-heure, elle ne vit que deux cottages. À force de gravir la pente douce, elle arriva dans un village où de vieilles maisons s'alignaient le long d'une unique rue irrégulière aboutissant à une église entourée d'ifs opulents. Le soleil déclinait maintenant à l'ouest et le brouillard se levait. Les pierres du clocher semblaient dorées dans la lumière plus dense. Vartouhi croisa quelques enfants sortant de l'école du village, puis celui-ci disparut derrière elle, avec ses maisons pâles et ses arbres sombres.

Cette région était très peu fréquentée depuis la guerre. Les villages étaient encore remplis d'évacués fuyant les bombardements de Londres, mais l'armée occupait maintenant une grande partie de la campagne, si bien que, d'un coup, le silence et la tranquillité avaient repris possession de sentiers et de champs qui les avaient oubliés depuis quarante ans. Le promeneur gravissant des routes où scintillait en été la vesce bleue et violette était soudain arrêté par une affiche proclamant : « Passage interdit. Ministère de la Guerre. » Pour accéder au village, à la vue célèbre ou à la plaque commémorative, il fallait désormais emprunter de vieilles pistes à moitié effacées que personne ne prenait depuis des années en dehors des blaireaux et des braconniers.

Même si Vartouhi ne pouvait s'en douter, les haies et les champs étaient ici pareils à ceux d'une Angleterre plus ancienne. L'esprit d'un lieu change si les gens s'y rendent en foule. Il ne peut plus être lui-même. Depuis que la solitude imposée par la guerre régnait sur cette contrée, elle avait pu redevenir ce qu'elle était. Ses fleurs avaient épanoui leur bouton, avaient fleuri puis fané sans être cueillies, ses mûres avaient mûri avec lenteur avant de pourrir somptueusement sur les buissons, ses herbes folles poussaient avec une rapidité et une vigueur frénétiques sur les sentiers et autour des haies et des échaliers. Seuls les avions survolaient ces bois et ces champs, et ils ne laissaient aucune trace de leurs ombres menaçantes. L'isolement faisait ce qu'il voulait de tels endroits, et les rares personnes voyant ce qu'il en faisait avaient beaucoup de chance.

Vartouhi finit par descendre de bicyclette au sommet d'une colline.

La campagne se déployait devant elle, avec ses collines basses et grises et ses prairies noyées de brume, et le soleil rouge descendait, brillant d'un éclat glacé sous des lambeaux de nuages d'or et d'écarlate. Aucune lueur ne brillait dans les petites maisons à flanc de colline. Il était presque l'heure de tirer les rideaux pour se protéger de l'ennemi et de la nuit imminente. L'île se préparait à ses seize heures d'obscurité. Si loin qu'il ne faisait aucun bruit, un avion traversait le ciel. Vartouhi regarda longuement autour d'elle. Elle observa l'avion, fixa les nuées rougeoyantes et déchiquetées au-dessus du soleil couchant, jusqu'à en être aveuglée. Avec délice, elle respira l'air glacé du soir. Ses yeux étaient habitués aux grandes distances, à suivre le vol lent d'un aigle par-delà des lieues et des lieues de lumière radieuse aboutissant à de larges sommets enneigés. Ses oreilles s'étaient accoutumées dans son enfance à un nombre restreint de sons mélodieux : le chant d'un coq, le clapotement de l'eau, l'appel prolongé à la prière, le bavardage de voix familières dans un endroit tranquille, le bruissement du vent dans les arbres fruitiers. Ici, sur cette petite colline dominant un paysage étranger, où les arbres, le sol et les bruits étaient si différents de ceux de son pays natal, elle cessa pourtant pour un instant de se sentir une étrangère. L'immensité, la solitude et la paix étaient les mêmes.

Soudain, une voix aimable et juvénile s'adressa à elle. Se retournant d'un bond, elle fit face à un pasteur à la nouvelle mode, cordial et sans chapeau, qui passait lentement à bicyclette.

– Je suis désolée… je n'entends pas, dit Vartouhi.

– C'est moi qui suis désolé de vous déranger. Je vous disais juste que si jamais vous prenez la route de Treme, il ne faudra pas vous inquiéter si vous voyez deux hommes d'aspect un peu patibulaire travailler dans les champs. Ce ne sont que des prisonniers italiens.

– Vraiment ? dit Vartouhi avec son petit sourire poli.

– Ils sont tout à fait inoffensifs, assura le jeune pasteur, charmé par ce sourire.

Il sourit à son tour, tout en s'éloignant lentement sur le chemin.

– Ce sont vraiment de braves types, ajouta-t-il, mais je préférais vous prévenir. Bonsoir.

– Vous êtes grandement bon et gentil, lança-t-elle dans son dos. Merci !

Puis elle se retourna et enfourcha sa bicyclette. Son expression avait changé du tout au tout. Elle avait les lèvres serrées, les sourcils froncés.

– Mais moi, marmonna-t-elle en se mettant à pédaler dans la direction qu'il avait indiquée, je ne suis pas bonne. Et pas gentille, aussi.

Elle accéléra son allure.

Le chemin menait à la route par laquelle elle était venue. Traversant un petit bois où une brume violette s'élevait, légère, entre les arbres et où une lueur rouge illuminait les clairières, elle déboucha sur des champs en herbe. Puis elle vit deux hommes, vêtus d'une étrange tenue rayée, qui travaillaient dans un fossé sur sa gauche. Tous deux levèrent les yeux quand elle approcha.

C'étaient de petits hommes au teint basané et au nez long et tombant, qui se ressemblaient tellement qu'elle pensa qu'ils étaient peut-être frères. Ils l'observèrent d'un air sombre, mais sans hostilité. Ils semblaient fatigués, indifférents.

Elle s'arrêta et descendit de bicyclette, à une dizaine de mètres d'eux, puis lança d'une voix claire en baïramien :

– Chiens d'Italiens !

Ils la fixèrent avec stupeur, en cessant d'agiter leurs petites mains sombres parmi l'herbe décolorée et les tiges d'aubépine. L'un d'eux s'adressa à elle d'un ton paraissant poli et interrogateur.

– Je ne suis pas ici pour vous parler, espèces de chiens, assassins, parjures ! hurla-t-elle. Je viens me moquer de vous dans votre malheur, pauvres esclaves et prisonniers des Anglais !

Ils se regardèrent en secouant la tête. Puis l'un d'eux sortit du fossé et s'avança vers elle avec un sourire incertain, tandis que l'autre regardait la scène en s'appuyant sur sa pelle.

Le premier homme reprit la parole sur le même ton poli. Alors qu'il approchait de la bicyclette, Vartouhi se mit à trépigner et cracha par terre.

– Ne vous avisez pas de venir plus près de moi, chien. Retournez dans votre fossé. Puisse-t-il être votre tombe !

Les Italiens étaient déjà engourdis par le froid et désemparés par la pénombre brumeuse de l'hiver, si différente des crépuscules limpides de leur pays. Cette petite femme furieuse, avec son béret rouge et son pantalon peu seyant, en leur criant après dans une langue qu'une nouvelle fois ils ignoraient, mit un comble à leur désarroi et à leur détresse. Ce froid sinistre ! Et cette voix amère, coléreuse ! Leur nature douce et romantique, pouvant si aisément tomber dans la forfanterie voire la brutalité, sembla les glacer d'une tristesse qui leur paraissait imméritée. L'homme sorti du fossé s'arrêta net et regarda Vartouhi, horrifié.

– Oui, je vous crache dessus ! Je crache pour mon père, dont vous avez certainement confisqué la ferme, pour ma mère, dont vous avez gâché la vieillesse, pour mes sœurs, que vous avez spoliées de leur jeunesse, et surtout pour ma nièce Médora, qui vit en exil en Turquie par votre faute, et ma sœur Yania, exilée à New York, dans les États-Unis d'Amérique. Je vous crache dessus pour mon pays tout entier, la Baïramie…

Le prisonnier dans le fossé, incapable de supporter la haine dont vibrait cette voix, éclata d'un rire moqueur en entendant le seul mot qu'il pût reconnaître. Il dit quelque chose à son compagnon, lequel au bout d'un instant se mit lui aussi à rire. Vartouhi était maintenant folle de rage, et aucun des trois protagonistes ne remarqua l'homme se dirigeant en hâte vers eux à travers la prairie glacée. Celui-ci, en approchant du fossé, lança avec colère :

– Que se passe-t-il, ici ?

Au même moment, une voiture surgit derrière Vartouhi et freina abruptement. Le conducteur s'exclama :

– Vartouhi ! Mais qu'est-ce que vous fabriquez ?

C'était Kenneth Fielding, derrière lequel on apercevait les visages surpris de sa sœur, de Betty et de Richard.

12

Comme Vartouhi continuait de hurler sans leur prêter attention, Kenneth sortit de la voiture, la rejoignit et secoua doucement son bras.

– Vartouhi ! Calmez-vous ! Qu'est-ce qu'il y a, bon sang ?

Elle eut un hoquet, s'arrêta net au milieu d'un flot d'insultes, se retourna et le regarda comme si elle ne l'avait jamais vu.

– Qu'y a-t-il ? Ces types vous ont-ils… euh… ennuyée ?

Il désigna du menton les deux Italiens.

– Non.

Elle secoua la tête et sembla revenir à elle.

– C'est moi qui les ennuie. Je m'arrête sur mon vélo et je leur dis combien je les hais, ces chiens, ces porcs, ces fils de chiennes !

– Voyons, voyons, il faut vous calmer ! s'écria-t-il.

Cependant sa voix était douce et il se mit à sourire d'un air admiratif.

– On ne peut pas laisser une petite fille comme vous s'attaquer à deux hommes, vous savez. En Angleterre, la règle est de toujours choisir un adversaire à sa taille !

– Kenneth ! lança Miss Fielding avec autorité. De quoi est-il question ?

Elle entreprit de descendre de voiture tout en apostrophant les Italiens :

– *Cosa è successo ? Parlate lentamente.*

(Que s'est-il passé ? Parlez lentement.)

Les deux hommes répondirent de concert, sur un rythme qui n'avait rien de lent, et l'italien rudimentaire de Miss Fielding fut totalement dépassé. Alors qu'elle s'apprêtait à répéter sa question, cette fois à Vartouhi, l'homme qui avait accouru sauta par-dessus le fossé pour rejoindre la route et lança d'un ton rude :

– Vous n'êtes pas censée parler à ces hommes, madame. Ce sont des prisonniers de guerre employés par la ferme de Hallett et ils sont sous ma responsabilité. C'est la jeune dame qui a commencé. J'ai tout vu.

Se tournant vers les deux hommes, qui continuaient leurs explications, il dit lentement, avec force gestes :

– C'est bon, retournez travailler. *Non far nienty.*

Puis il s'approcha d'eux et leur dit à voix basse quelques mots, où Miss Fielding distingua *donna* et *follia*. Les hommes se mirent de nouveau à rire et redescendirent dans le fossé, mais ils ne reprirent pas leur tâche. S'appuyant à leur pelle, ils observèrent le groupe sur la route où s'attardaient les derniers rayons du couchant.

– La jeune dame est une réfugiée et ne comprend pas encore nos façons de faire, expliqua Miss Fielding d'un ton charmeur.

Elle regarda Vartouhi en secouant la tête. La jeune étrangère observait les visages embarrassés avec son habituel sourire poli, où se lisait maintenant une note de défi. Richard et Betty, se tenant à l'écart de la scène, pensèrent tous deux qu'on se serait cru au théâtre, avec pour toile de fond les arbres noirs se détachant sur le brouillard bleu.

– Elle est à mon service, poursuivit Miss Fielding, et je puis vous assurer que cela ne se reproduira pas. Elle est baïramienne, et comme vous le savez les… les relations entre l'Italie et la Baïramie ont pris provisoirement un tour funeste.

– Ils les ont envahis en 1938, non ? dit l'homme en hochant la tête.

– Euh… oui, on peut dire les choses comme cela. Et je suppose que notre jeune amie…

Miss Fielding passa son bras avec gentillesse autour des épaules raidies de Vartouhi.

– … s'est laissé emporter par la… euh… la tristesse de la situation, et malheureusement ses propos ont dépassé sa pensée.

– Je pense tout ce que je dis, intervint Vartouhi, plus souriante que jamais.

Kenneth la regarda en fronçant les sourcils d'un air ravi.

– Je ne sais rien de tout ça, déclara l'homme. Tout ce que je sais, c'est qu'elle s'en est prise à Tony et Jesuppy, et que les gens ne sont pas censés parler aux prisonniers. Elle a de la chance que ces deux-là soient de bonne composition, elle aurait pu avoir des ennuis. Enfin, c'est l'heure pour eux d'arrêter le travail.

Il se tourna vers les deux Italiens, qui avaient perdu leur expression moqueuse et regardaient avec envie la belle voiture et l'aspect prospère du groupe des Anglais.

– Venez, Tony et Jesuppy. Bonsoir, madame. Bonsoir, monsieur.

L'homme porta la main à son front, en un salut qui incluait les deux passagers silencieux dans la voiture, puis il s'éloigna d'un pas lourd dans les champs noyés de brume. Les Italiens le suivirent avec leur pelle sur l'épaule, mais le premier se tourna et s'inclina profondément devant Vartouhi, avec toute la dérision de Polichinelle. Vartouhi répondit en silence en mimant un crachat, mais par chance Miss Fielding parlait avec Kenneth et ne vit rien.

Richard respirait les effluves de fumée glacée du soir, en regardant la douce clarté rouge illuminant le visage de Vartouhi. Ses sens étaient sous le charme, mais sa conscience, source de ses jugements, était troublée et mal à l'aise. La jeune fille semblait si délicieuse, au milieu des branches brunes, de l'herbe déjà blanchie par le givre et des brumes gris et bleu – mais était-elle vraiment délicieuse au fond d'elle-même, dans son esprit ? Il n'aurait su le dire. Il l'aimait avec douleur et avec extase, mais il n'avait jamais pu aimer quelqu'un au point que sa raison s'endorme, et elle était bien éveillée en cet instant. Il venait d'entendre Vartouhi hurler de rage, il l'avait vue cracher pour exprimer sa haine. Puis elle s'était tue, et de nouveau il l'avait trouvée ravissante, aussi mystérieuse qu'une feuille ou une rivière. Néanmoins elle avait bel et bien poussé des hurlements, fait ce geste hideux, et il savait qu'il ne pourrait pas l'oublier.

Il n'était pas aussi maître qu'il le croyait de son visage d'une sensibilité extrême, et même si sa mère était beaucoup trop sage pour se vanter de « lire dans ses pensées », elle observait sa physionomie avec nettement plus d'intérêt et d'intelligence qu'elle n'en mettait habituellement à lire un livre, et elle devina tout.

« Espérons que cela le guérira de son béguin, pensa-t-elle. C'est une charmante petite, mais il y a quelque chose en elle qui me donne la chair de poule. Elle doit être capable d'être très méchante. » Betty ne pouvait exprimer plus brutalement sa désapprobation.

– Eh bien, Vartouhi, je crains qu'il ne vous faille nous suivre à bicyclette, dit joyeusement Miss Fielding. Mr Fielding dit que nous ne pouvons attacher votre vélo sur la voiture. Mais nous allons rouler très lentement, nous ne sommes qu'à une douzaine de kilomètres de la maison et nous serons rentrés avant la nuit.

Elle lui sourit avec bienveillance puis rentra dans la voiture, que Kenneth faisait déjà démarrer. Vartouhi monta lentement sur sa bicyclette et s'engagea sur la route dans l'ombre grandissante du crépuscule.

– C'est lamentable, déclara Miss Fielding à Betty en se carrant confortablement sur son siège. Elle doit être une âme très jeune…

– Une âme qui a du cran, intervint Kenneth à l'improviste.

Les sourcils froncés, il négociait la descente sur la route plongée dans l'obscurité.

– Il en fallait pour s'attaquer comme elle l'a fait à deux malabars comme ça. Et toute seule, en plus.

– Ils étaient très petits, même pour des Italiens, vous ne trouvez pas ? observa Richard d'un ton suave. Bien sûr, c'est un peuple petit, principalement du fait de son alimentation à base de farineux.

– J'ai trouvé qu'ils avaient l'air franchement patibulaires, rétorqua Kenneth. Elle a eu drôlement du cran pour leur parler comme ça. On voit qu'elle est patriote. Bien sûr, je sais que le patriotisme ne plaît pas à vos amis.

– Non, murmura Richard. Il leur paraît un peu court…

– Mais moi, j'aime le voir en action, conclut Kenneth en engageant la voiture sur la route principale.

– C'est la racine de tout mal, proclama Miss Fielding avec solennité.

Comme toujours, sa remarque mit fin à la conversation. En l'occurrence, c'était aussi bien. Betty se sentit soulagée quand la voiture dépassa Vartouhi, qui pédalait lentement au bord de la chaussée, sans que personne ajoutât un mot. Il y avait eu de l'insolence dans le ton négligent de Richard, et Kenneth s'était échauffé en parlant, de sorte qu'elle avait craint qu'il ne s'ensuive une discussion pénible. Elle détestait les disputes. Elle ne pouvait comprendre pourquoi la parole humaine ne se limiterait pas à des demandes sans conséquence, des récits amusants et des mots tendres.

Malheureusement, Miss Fielding revint sur le sujet.

– Je n'ai pas du tout été étonnée que Vartouhi agresse ces hommes, déclara-t-elle. Les Baïramiens sont un peuple vindicatif, dont l'histoire est remplie de guerres et de carnages.

– Ils ne sont pas les seuls, observa distraitement Richard en regardant les champs embrumés défilant sous ses yeux.

– Et toute sa politesse n'est qu'une habitude de son pays, continua Miss Fielding avec fermeté. Elle ne veut rien dire. Je ne serais pas surprise que Vartouhi nous haïsse tous.

– Il doit être délicieux de vivre avec ces gens, s'ils sont tous aussi aimables qu'elle, dit Richard.

Ennuyé par le tour qu'avait pris la conversation, il décida d'y mettre un terme.

– Je crois que c'est le docteur Johnson – ou serait-ce Bacon ? – qui a dit que *la bonne humeur est la moins estimée et la plus nécessaire des vertus de la vie quotidienne*. Quand on songe combien le monde serait pire si personne n'était jamais de bonne humeur, et combien il serait plus agréable si tout le monde l'était, on voit combien cette remarque est juste. On considère la bonne humeur comme allant de soi, alors que la chasteté…

(Sa mère et Miss Fielding se raidirent légèrement.)

– … est constamment mise en doute, comme si elle avait plus d'importance. Vous avez beau accuser Vartouhi de jouer la comédie, on ne saurait mettre en doute sa bonne humeur, car d'après Bacon – ou peut-être est-ce le docteur Johnson – il est impossible de la contrefaire. Soit on est de bonne humeur, soit on ne l'est pas.

– Je ne le suis pas, déclara Kenneth. Il fait sacrément froid et j'ai envie d'un verre.

Toutefois il ne fut plus question du comportement et du caractère de Vartouhi, car le sermon de Richard, le froid et l'inconfort grandissants leur ôtèrent toute envie de parler. Tous furent heureux d'entrer dans la maison, en quête de chaleur et de thé. Mais en franchissant le seuil du salon (Kenneth soutenait Richard, bien à contrecœur), ils furent si consternés d'y trouver Miss Burton en train de jouer rêveusement *Mon amour a un anneau d'argent* devant un feu presque éteint et sans aucune trace de thé qu'ils en restèrent un instant muets.

– Frances ! s'écria enfin Miss Fielding en s'élançant vers elle. Le thé n'est pas prêt ? Et quel feu est-ce là ? Nous sommes tous gelés !

– Oui, il fait vraiment froid, dit Miss Burton en tournant lentement la tête et en lui souriant sans cesser de jouer. J'ai été contrainte de mettre cette petite veste. Avez-vous fait une bonne promenade ? Je n'ai pas tiré les rideaux à l'étage. Kenneth devrait peut-être s'en charger tout de suite. Ils sont tellement tatillons, en hiver.

Kenneth déposa Richard sur un canapé, où il resta assis à frissonner tandis que son hôte courait chercher de l'alcool. « Je ne peux pas le laisser attraper froid, même si ce n'est qu'un petit morveux, se dit Kenneth. Il doit être affaibli par cette histoire de pied. »

– Vraiment, Frances, je trouve que tu aurais pu nous préparer du thé ! lança Miss Fielding.

À bien des égards, la vie avec elle était d'autant plus simple qu'elle exprimait toujours son indignation.

– Nous arrivons ici gelés et affamés, et le feu est presque éteint et tu es en train de pianoter comme si de rien n'était !

– Vartouhi n'est pas encore rentrée ? demanda Miss Burton.

– Bien sûr que non. Nous l'avons dépassée sur la route et elle ne sera pas à la maison avant des heures. Et que crois-tu…

Miss Fielding allait se lancer dans le récit de leur aventure de l'après-midi quand des bruits s'élevèrent dans le vestibule. Ils entendirent la porte de la maison s'ouvrir et Vartouhi dire d'une voix charmante :

– Vous êtes tellement bon et gentil de m'accompagner si loin en voiture…

À quoi une voix à l'accent canadien répondit gravement :

– Tout le plaisir est pour moi.

Puis des « bonsoir » furent échangés, et la porte se referma en claquant. Betty et Richard se regardèrent d'un air interrogateur, tandis que Miss Burton se détournait du piano pour fixer la porte. Celle-ci s'ouvrit sur Kenneth, qui entra avec un grand sourire, chargé d'une bouteille de sherry et suivi de Vartouhi.

– Je prépare le thé ? demanda-t-elle d'un ton tranquille.

– Oui, merci, Vartouhi, dit Miss Fielding. Comment avez-vous…

– Bon Dieu, elle a déniché un Canadien conduisant un camion et il l'a ramenée à la maison ! l'interrompit Kenneth en hurlant de rire.

– Ma roue casse et je ne sais pas réparer, expliqua Vartouhi.

– C'était très gentil à lui, déclara Miss Fielding en regardant son frère d'un air désapprobateur. Il y a tant de bonté dans la nature humaine ! Vous auriez pu mettre des heures à rentrer, Vartouhi.

– De toute façon, il est strictement interdit de rentrer aussi tard, murmura Kenneth en servant du sherry à Richard.

Le jeune homme se sentait gelé, sa cheville lui faisait mal et il était furieux que ce ne fût pas lui qui eût ramené Vartouhi à la maison, en regardant furtivement ses yeux allongés et son sourire dans le crépuscule hivernal. Il remercia Kenneth avec froideur, car il ne trouvait pas sa remarque amusante.

Betty était amusée, et aussi plutôt satisfaite. Il n'y avait rien de mal dans cet incident, bien sûr, mais ce n'était pas le genre de comportement que se permettaient les petites amies habituelles de Richard. Elles pouvaient se montrer prodigues de leurs faveurs dans leur propre milieu social (et Betty soupçonnait que c'était le cas de plusieurs d'entre elles), mais il n'était pas question pour elles de monter dans le camion d'un soldat sur une route mal éclairée. Il semblait à Betty que son fils devait maintenant avoir perdu toutes ses illusions sur Vartouhi.

Richard but quelques gorgées en regardant Kenneth apporter des bûches pour le feu, vers lequel Miss Fielding étendit aussitôt ses jambes robustes. Puis il se tourna pensivement vers Vartouhi, qui entrait avec la table roulante chargée des ustensiles du thé. Il était jaloux de la gaieté et de la gentillesse qu'elle avait gaspillées pour le soldat canadien. Le soldat l'avait appelée : « Salut, mignonne ! » ou « Hello, poupée ! » (En tant qu'Observateur expert des Masses, Richard était familier des expressions en vogue dans le prolétariat et savait exactement quel genre d'expression le citoyen lambda était susceptible d'employer dans une situation lambda.) Puis il avait fait ralentir son camion et Vartouhi avait dit quelque chose – qu'il était impossible de deviner, tant son usage de l'anglais était imprévisible –, et elle s'était montrée si pleine d'amabilité et de confiance puérile que le cœur du Canadien avait fondu. Le réaliste qu'était Richard ne doutait pas que tous les mots et les gestes qu'ils avaient échangés auraient pu être répétés à Miss Fielding dans son salon sans qu'elle s'offusque.

Combien les jeunes femmes qu'il avait fréquentées jusqu'alors lui paraissaient maintenant sans retenue à certains égards, et à d'autres pleines de complications et de calculs ! « Elle est pareille au Bon Sauvage du dix-huitième siècle », songea-t-il en l'observant et en oubliant de tendre aux autres leurs tasses de thé, jusqu'au moment où Miss Fielding le rappela vertement à l'ordre. Il l'imagina vêtue d'un pantalon turc, d'un boléro et d'un bonnet aux couleurs éclatantes, en train de s'affairer au printemps parmi les arbres fruitiers, au pied des montagnes sauvages et dénudées de sa patrie, où la vie était simple et satisfaisante et où personne ne parlait trop.

13

LE JEUDI SUIVANT, par un magnifique clair de lune, Alicia fit à pied les cinq cents mètres la séparant de la maison des Fielding, où elle devait participer à la première répétition du *Petit Frimdl*. Elle était fatiguée après sa journée de travail, comme toujours, mais l'air froid et la beauté de la nuit la ranimèrent. L'éclat de la lune atténuait légèrement la clarté des étoiles, le givre scintillait sur l'herbe et le ciel violet paraissait très haut au-dessus des champs gris. Ses pas résonnaient sur la chaussée comme un défi. Il lui semblait qu'elle aurait pu marcher pendant des kilomètres en sentant sur son visage l'air glacé et immobile.

Miss Burton ouvrit la porte.

– Entrez donc, il fait si froid, murmura-t-elle. Je me demande s'ils viendront cette nuit.

Elle regarda furtivement le ciel lointain avant de fermer la porte.

– Tout le monde est sorti. C'est tellement pénible… la première répétition.

– Qui doit venir ? Oh, la Luftwaffe.

Alicia jeta sa fourrure sur une chaise et la suivit au salon.

– À mon avis, ils sont trop occupés du côté de Moscou.

Elle dit bonsoir à Richard, qui leva les yeux de son livre avec un sourire. Miss Fielding, assise près de la cheminée, au milieu des exemplaires dactylographiés du *Petit Frimdl*, la regarda par-dessus ses lunettes.

– Oh, vous voilà, Alicia. Entrez vite. Tout le monde est sorti, quel ennui. Kenneth avait à faire avec les réservistes, du moins c'est ce qu'il a prétendu, Mrs Marten travaille très tard au ministère cette semaine et Vartouhi est allée au *cinéma*. Elle a filé sur sa bicyclette, comme ça, avant que je puisse l'en empêcher. Je sais bien que c'est sa soirée de congé, mais je trouve vraiment qu'elle aurait pu rester pour la première lecture. Il ne s'agit même pas d'un film d'animation, elle va voir ce fameux Gable, qui est manifestement une âme très jeune et d'un type physique très vulgaire, à mon avis, même s'il faut bien sûr tenir compte des déformations dues à la caméra.

Elle se remit à classer les différents rôles en marmonnant. Alicia, qui préparait toujours ses offensives aussi soigneusement qu'un général allemand, s'assit d'un air désinvolte près de Richard, se renversa en arrière, croisa les bras et lui sourit. Des taches et des entailles presque invisibles marquaient ses longues mains – toutes les préparations d'Elizabeth Arden ne pouvaient effacer complètement ces stigmates de son labeur quotidien.

– Votre cheville est-elle en bonne voie ? demanda-t-elle.

– Elle va mieux, merci, mais elle me fait toujours beaucoup souffrir et on m'a dit que je ne pourrais pas marcher commodément pendant encore six semaines au moins, répondit-il sans tenter de cacher la gravité de sa blessure et l'impatience qu'elle lui donnait.

Alicia observa sa cigarette avant de répondre. « Il fait partie de ces charmants idiots qui tombent sur la chaussée, et moi je suis une de ces idiotes qui conduisent de la même manière une grue et une voiture, donc autant ne pas en parler », décida-t-elle.

– Quel ennui, je suis désolée, dit-elle. Et que devient la troupe de théâtre où vous travailliez ? Vous n'êtes pas vraiment acteur de profession, n'est-ce pas ?

– Je suppose qu'ils s'en tirent de leur mieux. Non, je suis économiste. J'ai eu mon diplôme de la faculté d'économie de Londres en 1938 et j'allais obtenir mon premier emploi quand la guerre a éclaté. Je connaissais très bien les membres de cette Compagnie de la Colombe, et comme ils avaient besoin de quelqu'un pour s'occuper de la mise en scène, je me suis joint à eux.

Alicia savait par la mère de Richard qu'il avait d'abord été refusé par les armées de terre et de l'air et les forces navales, et qu'on l'avait averti qu'il serait plutôt une gêne qu'un atout dans la protection civile.

– Cela vous a plu ?

– Pas mal, du moment que je n'avais pas à jouer. En règle générale, l'aspect technique de l'art m'intéresse plus que son côté impondérable.

– J'ai connu une étudiante de la faculté d'économie, Marion Fabian.

Alicia ajouta après un silence :

– Vous est-il arrivé de la rencontrer ? Je pense qu'elle devait être là de votre temps.

– Je l'ai très bien connue, répondit-il d'un ton indifférent, sans la regarder.

Miss Fabian n'étant pas une jeune fille dont les hommes parlaient avec indifférence, d'ordinaire, Alicia se dit aussitôt : « Hem ! J'espère simplement que vous avez apprécié son sale caractère ! »

– Tenez ! s'exclama Miss Fielding en surgissant brusquement devant eux et en jetant deux rôles sur le canapé. Alicia, vous n'aurez pas grand-chose à faire en jouant l'Italie. Richard, c'est décidé, il faut absolument que vous fassiez le Très Vieil Homme.

– Il faudra que je reste assis, Miss Fielding. Je ne serai pas en état de me tenir debout d'ici Noël.

– Oh, peu importe, vous aurez un grand fauteuil et votre Grand Livre devant vous sur une table. Ce sera très amusant !

– Vous croyez ? dit Richard en souriant. Très bien. Je ferai le Très Vieil Homme.

« Ce que vous êtes désagréable, songea Alicia. Mais vous me plaisez quand même, et vous devez avoir du répondant, sans quoi vous n'auriez pas "très bien" connu une fille aussi difficile que Marion. J'aime particulièrement votre nuque. »

– Chut ! lança soudain Miss Burton en levant la main. Écoutez.

– C'est une voiture qui remonte la colline, déclara Miss Fielding.

Mais c'était ce bruit aussi désagréable que familier…

– Je *sentais* qu'ils allaient venir cette nuit ! maugréa Miss Burton en se blottissant contre son tricot. Je l'ai su dès que j'ai vu la lune se lever.

– Qu'allons-nous faire ? demanda Miss Fielding à Richard et à Alicia, en se levant de sa chaise.

– Nous allons rester ici, bien sûr, dit Alicia, qui avait travaillé dans l'usine pendant toute la bataille d'Angleterre sans jamais se rendre aux abris. Quitte à être bombardés, autant être bien installés. Ce ne sera sans doute pas grand-chose.

– Et vous, Richard ? interrogea Miss Fielding debout près de la porte avec Miss Burton, toute tremblante.

– Comme je ne peux pas marcher, je vais rester ici, évidemment, répondit-il avec irritation.

– Je vais installer Frances dans l'abri, annonça Miss Fielding en sortant tandis que les canons défendant l'aérodrome, à cinq kilomètres de là, entraient en scène avec un fracas assourdissant dans le silence de la campagne.

Les deux dames disparurent. Alicia oublia son rôle de *femme fatale** au point de jeter un coup d'œil à Richard avec un grand sourire, mais son sourire s'effaça d'un coup quand elle vit l'expression du jeune homme. « Mince alors, il est terrifié ! » se dit-elle avec dégoût. Même sa nuque ne pouvait compenser cette désillusion. Comme elle le regardait fixement, il leva les yeux et dit d'un ton toujours aussi irrité :

– Ça va, je n'ai pas peur, c'est juste que je suis allergique au canon. Je déteste ce vacarme épouvantable qui accompagne les raids aériens.

– Eh bien, si nous allumions la TSF, dans ce cas ?

Elle avait compris à son regard qu'il disait la vérité. Elle alluma le poste, mais après quelques instants où une voix sonore leur parla de bombes, la station cessa abruptement d'émettre.

– Tant pis, murmura Alicia. Est-ce qu'ils ont le *Concerto de Varsovie* ? Je parie que non.

Elle se dirigea vers le phonographe.

– Mais si, Kenneth l'admire beaucoup, dit Richard avec raideur. Vous avez vraiment envie de l'écouter ?

– Je l'adore, répliqua-t-elle.

Elle trouva le disque et le mit sur l'appareil.

Richard garda le silence. Les tirs d'artillerie se déchaînaient, maintenant, et ils entendaient passer des avions. Avec lenteur, les accents romantiques du *Concerto de Varsovie* se déployèrent dans la pièce. Alice contemplait le feu tandis que Richard, en sueur, supportait le fracas des canons.

– Cela vous ennuierait de le réentendre ? demanda-t-elle après le roulement de tambour final.

– Si vous le désirez vraiment.

– Mais oui.

Alicia remit le disque sans le regarder. Elle le plaignait. Cette horreur du bruit était la première faiblesse qu'elle décelait en lui, et elle la trouvait attendrissante, comme il arrive souvent avec les faiblesses.

– Vous détestez ça à ce point ? demanda-t-elle après que le roulement de tambour eut retenti de nouveau.

– Je suis allergique au canon depuis ma naissance.

– Non, je parle du concerto.

– Personnellement, je ne sais pas ce que veut dire « détester ». Le *Concerto de Varsovie* me déplaît car c'est un morceau de musique à programme mal fichu et faussement romantique, qui prétend exprimer la souffrance de la nation polonaise. Comme musique de restaurant, il n'est pas sans mérite, à ce que m'ont dit des gens qui s'y connaissent.

– *Je suis sortie hier soir avec un beau Polonais*, murmura Alicia.

– Comment ?

Elle répéta la phrase et ajouta :

– Toutes les filles ne parlent que de ça, à l'usine.

Elle eut le plaisir de voir Richard rire à contrecœur. Les détonations commençaient à s'espacer.

– Quel est votre compositeur préféré ? demanda-t-elle.

– Mozart. Et parmi les modernes, j'admire William Walton.

– Je trouve Duke Ellington épatant, pas vous ?

– Non.

– J'adore le swing.

Il secoua la tête.

– Je reconnais ses mérites, mais il ne me donne aucun plaisir.

– Qu'est-ce qui vous en donne, alors ? demanda Alicia en se levant et en s'approchant du canapé.

– Qu'est-ce qui me donne du plaisir ? répéta Richard en levant les yeux sur cette grande jeune fille si séduisante dans son tailleur noir. La lecture. La musique. L'astronomie.

– C'est tout ?

– Et faire l'amour, termina Richard avec un brusque sourire.

Elle sourit aussi.

– Et vous, qu'est-ce qui vous plaît ? demanda-t-il.

– Oh… la danse et le swing, les travaux salissants et les chaussures vraiment divines, la boisson et l'autre chose. Ce que vous avez dit.

Il rit de nouveau.

– Vous avez l'air plutôt satisfait de la vie, dit-elle soudain.

– Si vous voulez dire que j'ai l'air heureux, oui, je le suis.

– Voilà qui change agréablement, dit-elle sèchement.

– Parce que la plupart des gens ne sont pas heureux ? J'en conviens. Mais voyez-vous, j'ai bénéficié de circonstances particulièrement favorables.

– Vraiment ? D'après ce que m'a dit Miss Fielding un jour, j'aurais cru que vous n'aviez pas eu la vie facile.

– Je vous accorde que ma situation peut sembler peu propice, commença-t-il d'un ton impartial en lui offrant une cigarette. Mon père a été tué pendant la Première Guerre mondiale et je suis de constitution fragile. J'ai hérité de ce qu'on appelle dans la famille les Poumons des Barfield. Ma mère a pour toute ressource la pension de mon père et son propre salaire. De plus, je suis un enfant unique. Comme sa vie sexuelle a pris fin à la mort de mon père, on pourrait s'attendre à ce qu'elle ait concentré sur moi ses sentiments en une fixation morbide.

– Non, ça m'étonnerait, l'interrompit Alicia. Ce genre de chose n'arrive que dans les bouquins pour intellectuels.

– Détrompez-vous, je vous assure que cela n'arrive que trop fréquemment. Mais dans mon cas, d'autres facteurs ont fait plus que compenser ces mauvais auspices. Pour commencer, mes parents s'aimaient avec passion et tous deux m'ont désiré. Quel début admirable ! Ensuite, ma mère a toujours entretenu des relations amicales et affectueuses avec sa propre famille, qui est nombreuse et intelligente. À la mort de mon père, elle est allée vivre avec moi dans sa maison natale, dans le Devonshire, où les conditions étaient idéales pour élever un enfant de santé délicate : une belle demeure bâtie en 1680, entourée de vastes jardins, de prés et de bois, des ruisseaux pour jouer et des poneys pour tomber, sans compter sept cousins des deux sexes, âgés de dix-huit mois à dix ans, qui faisaient constamment de longues visites à la maison. Certains d'eux y vivaient, en fait, de sorte que j'avais toute la compagnie dont j'avais besoin. Comme l'unique tante restée célibataire avait sublimé son instinct sexuel dans le jardinage avec un succès remarquable, il n'y eut aucune influence malheureuse de ce côté-là. Et j'avais mes deux oncles, des hommes intelligents et heureusement mariés, dont la présence tout à fait masculine empêcha mon éducation d'être trop influencée par les femmes de mon entourage. Mes grands-parents étaient des vieillards joyeux et en bonne santé, auxquels je pense toujours avec tendresse. Qu'est-ce qui vous amuse ?

– Tout ça est tellement bien ordonné, on croirait une sorte de fichier, dit Alicia en reprenant son sérieux.

– Vous illustrez la théorie de Bergson qui veut que nous riions en voyant des êtres vivants se comporter comme des machines, rétorqua-t-il. Mes oncles découvrirent bientôt que j'étais intelligent, et c'est eux qui ont commencé mon éducation et qui plus tard l'ont supervisée. Parmi toutes les choses utiles qu'ils m'ont apprises dans mon enfance, il y avait la différence entre le brillant superficiel, le pur jeu de l'intellect, et cette intelligence solide, agissante, dont la qualité ne change guère de siècle en siècle. L'exemple de mes oncles m'incita à mener ma vie en me conformant avant tout à la raison, tandis que l'exemple de ma mère me conduisit à inclure aussi la tendresse dans ma façon d'être.

Il se tut un instant pensivement, et elle le regarda avec curiosité.

– J'ai eu une chance exceptionnelle, reprit-il enfin, car le climat régnant dans ma maison d'enfance était aristocratique plutôt que *bourgeois**.

– Ça paraît génial, murmura-t-elle.

Le tableau qu'il venait de brosser l'attirait vraiment, car sa propre enfance avait été gâchée par les disputes de ses parents et elle avait toujours aspiré vaguement à une autre sorte de foyer.

– Que comptez-vous faire après la guerre ? continua-t-elle.

– J'espère enseigner l'économie en Amérique du Sud.

– Pas en Russie ? demanda-t-elle en souriant.

Les rares intellectuels qu'elle avait rencontrés étaient tous passionnés par la Russie, et si jamais elle avait dû classer Richard, elle l'aurait mis parmi les intellectuels.

– Non, pas en Russie, répondit-il sans sourire. Et je me marierai et j'aurai quatre enfants, et je mènerai une vie où il n'y aura aucun superflu mais tout le nécessaire.

– À savoir ?

– Des pièces harmonieuses et dépouillées, un terrain à cultiver, de la musique, des centaines de livres… tout ce que j'aime.

Alicia réfléchit. Manifestement, l'amour, les divertissements, les gens intéressants, une voiture, une belle maison et des revenus réguliers ne faisaient pas partie du nécessaire aux yeux de ce jeune homme bizarre.

– Où trouverez-vous l'argent ? demanda-t-elle.

– Je le gagnerai.

– Il va falloir en gagner des tonnes si vous voulez éduquer convenablement quatre enfants.

– Je ne veux pas les éduquer « convenablement », je veux simplement leur donner une éducation. La plupart des gens éduqués « convenablement » n'ont aucune éducation.

– Si vous avez des fils, ce ne sera pas juste d'en faire des excentriques.

– Je ne ferai pas une chose pareille. Les excentriques me déplaisent sans doute autant qu'à vous. J'ai été à Radley, et je m'y suis plu du début à la fin. Si je n'en suis pas sorti comme un spécimen typique de l'enseignement privé, c'est grâce à l'influence de ma famille. J'enverrai mes fils et mes filles dans des internats traditionnels, et j'espère que l'influence de leur famille sera assez forte pour leur éviter de devenir des stéréotypes ambulants.

– Cela ne leur arrivera pas! assura-t-elle aussitôt. C'est étrange de rencontrer quelqu'un qui a tout prévu. La plupart des hommes que je connais se passionnent juste pour leur travail, ou veulent s'amuser, ou racontent que toutes les filles sont folles d'eux, mais vous, vous semblez avoir élaboré une… une sorte d'épure pour votre avenir tout entier.

– Quelle magnifique comparaison, dit-il en esquissant son sourire charmant. Si les gens cultivés étaient plus nombreux à faire une épure de leur vie, le monde serait nettement plus ordonné.

Cette réflexion sembla la faire réfléchir, mais en fait elle songeait que les projets de séduction qu'elle avait en tête en entrant dans le salon paraissaient maintenant bien stupides et médiocres. Cette pensée n'était guère agréable, et elle exprima un peu de sa contrariété en s'exclamant:

– Je suppose que les sentiments n'ont pas leur place dans votre épure?

– Vous voulez parler de l'amour, j'imagine. Bien sûr que si.

– Cela n'a pas l'air de beaucoup vous troubler.

– Ne vous y fiez pas, répliqua-t-il avec désinvolture mais en évitant pour la seconde fois son regard. En fait, je suis très sensible à certaines combinaisons de lignes et de couleurs, et j'ai besoin de toute ma raison pour empêcher qu'elles ne prennent sur moi plus de pouvoir que je ne le souhaiterais.

– Vous voulez dire que vous tombez facilement amoureux?

Il resta un instant silencieux avant de répondre. Les tirs d'artillerie s'étaient arrêtés depuis un moment.

– Au sens sexuel du terme, oui, mais pas au sens sentimental. Et je n'ai encore jamais rencontré une femme que je puisse songer à épouser.

Aucune femme n'aurait pu entendre sans irritation une telle remarque, et Alicia se sentit plus contrariée que jamais qu'il ne donnât nullement l'impression d'être attiré par elle. Elle aurait été ravie de prendre sa revanche.

– Quelle sorte de personne vous plairait ? murmura-t-elle d'une voix si apaisante que même l'Observateur des Masses n'y vit qu'un intérêt poli.

– Je voudrais qu'elle ait un instinct maternel développé dans le meilleur sens du terme, et une véritable aptitude à l'amitié.

– Et devrait-elle être terriblement intellectuelle ?

– Pas nécessairement. Elle devrait être entièrement dépourvue de mauvais caractère, de jalousie et d'émotivité. Et aussi de rancune, bien sûr.

– Bien sûr, dit Alicia qui appliquait évidemment cette liste de qualités à sa propre personne et était parvenue à la conclusion déprimante qu'elle n'en possédait aucune.

Elle se leva et inspecta la pièce du regard.

– Si nous mettions encore un disque ?

Baissant les yeux, elle découvrit qu'il fixait de ses yeux gris sa couronne de cheveux bruns.

– Qu'y a-t-il ? Je suis complètement décoiffée ?

– Je me disais que la forme de votre tête était vraiment harmonieuse, dit-il négligemment. Pourriez-vous regarder s'il n'y aurait pas du Bach, s'il vous plaît ?

14

PENDANT CE TEMPS, Miss Fielding et Miss Burton étaient assises sur des pliants dans l'abri antiaérien.

Cette situation est sans doute familière à un grand nombre de nos lecteurs, et ceux d'entre eux auxquels elle n'est pas familière et qui auraient envie d'une évocation frappante de personnes assises sur des pliants dans un abri antiaérien peuvent aller la chercher ailleurs. Quant à ceux qui s'étonnent de voir dans un abri quelqu'un ayant les opinions de Miss Fielding, ils supposeront peut-être, et ils auront raison, que Kenneth avait insisté pour en acheter un car Miss Burton avait très peur pendant les raids et se sentait légèrement mieux quand elle se trouvait dans un endroit prévu par le gouvernement pour la protéger. Kenneth ne pouvait supporter de voir plongée dans la terreur une vieille dame à laquelle il était attaché par les liens de la chevalerie, de la famille et de l'habitude sans avoir aussitôt envie d'étrangler des Allemands. Le jour où les premières bombes étaient tombées près de Sunglades, il était sorti seul dans le jardin et avait poussé force jurons. Et comme il n'avait pas d'Allemands sous la main à étrangler, il s'était soulagé de sa colère en achetant un abri pour Miss Burton et en le munissant de tout le luxe qu'un carnet de chèques pouvait procurer et qu'un abri pouvait contenir.

Bien entendu, Miss Fielding aurait préféré ne prêter aucune attention aux raids. Étant dépourvue d'imagination, elle n'avait pas peur des bombes. À ses yeux, les pilotes de la Luftwaffe étaient dans l'erreur, comme tous les Allemands, mais elle ne leur en voulait pas personnellement. Elle les écartait de sa pensée comme une mouche ennuyeuse et espérait vaguement qu'un jour viendrait où Anglais et Allemands riraient joyeusement ensemble de cette époque où ils avaient été assez bêtes pour bombarder leurs villes respectives. En attendant ce jour heureux, elle accompagnait toujours Miss Burton dans l'abri, car sa présence atténuait l'anxiété de sa cousine et elle-même avait en elle un peu du « lait de la tendresse humaine ».

– Allons, dit Miss Fielding en s'asseyant lourdement sur son pliant. Je ne pense pas que nous restions ici longtemps. Il n'y aura bientôt plus rien à brûler dans le poêle. Tout cela paraît tellement stupide, non ? Tellement absurde.

Miss Burton, dont le petit visage lugubre émergeait de son manteau de fourrure comme une souris dans un manchon, poussa un vague gémissement.

– Je me demande où sont Betty et Vartouhi, poursuivit Miss Fielding en lui tendant un paquet de bonbons au chocolat et en en prenant elle-même deux. J'espère que Vartouhi sera assez raisonnable pour se mettre à l'abri.

– Et Ken… pauvre Ken… dehors en pleine tourmente ! glissa Miss Burton qui se sentait tellement mieux quand son cousin aussi gentil qu'imposant était là pour lui tapoter l'épaule et faire de petites plaisanteries.

– Oh, il aime ça, répliqua aussitôt Miss Fielding. Je n'ai jamais perdu mon temps à plaindre Ken pendant un raid. À trois ans, il adorait les détonations. Plus c'était fort, plus ça lui plaisait. Et il n'a pas changé.

Elle inspecta l'abri du regard d'un air mécontent et se mit à siffler entre ses dents, comme toujours pendant les raids. Dans un instant, Miss Burton le savait par expérience, elle allait se répandre en accusations. Miss Burton n'avait jamais compris pourquoi les raids aériens lui faisaient cet effet, elle se contentait de le constater. Peut-être était-ce l'atmosphère confinée de l'abri, qui lui donnait l'impression d'être une conspiratrice pestant contre son gouvernement dans une cave, ou peut-être était-ce sa façon d'évacuer son irritation d'avoir été interrompue dans ses activités habituelles. En tout cas, elle commença sur-le-champ en proclamant que Vartouhi fumait trop. C'était très mauvais pour elle, elle fumait chaque jour sept ou huit de ces cigarettes si fortes et Miss Fielding allait devoir lui en parler pour son propre bien. Ayant ainsi réglé son compte à Vartouhi, elle passa à Betty et demanda si Miss Burton n'avait pas remarqué que Betty se montrait de plus en plus aguicheuse et ridicule avec Kenneth. Miss Burton répondit en toute sincérité qu'elle n'avait rien remarqué. (En fait, elle avait observé un changement de comportement d'un membre de la maison envers un autre, mais elle n'entendait pas en parler à Miss Fielding.)

– Du reste, continua-t-elle avec plus de franchise que d'ordinaire en tricotant frénétiquement au son des canons, qu'importe si elle flirte un peu ? Ce sont de vieux amis et cela ne peut pas leur faire de mal.

– Je ne voudrais pas que Betty se fasse des idées, rétorqua Miss Fielding. Kenneth est un très beau parti et Betty n'est plus toute jeune. Si jamais elle veut un peu de confort pour ses vieux jours, il faut qu'elle se dépêche.

Miss Burton, à qui l'idée d'un mariage qui ne fût pas d'amour faisait horreur, se mit à tricoter plus vite que jamais et se déclara certaine que Betty n'avait jamais eu une telle pensée.

– D'ailleurs, reprit-elle sans aucune logique, pourquoi Kenneth ne se marierait-il pas s'il en a envie, Connie ? Betty serait pour lui une excellente épouse, j'en suis sûre, et nous la connaissons, et je trouve quant à moi qu'il serait très… Seigneur, c'était une bombe ?

– Non, c'est ce nouveau canon près de Cowater. Kenneth n'est pas du genre à faire un bon mari, Frances. Tu sais aussi bien que moi combien de fois je l'ai empêché de se couvrir de ridicule dans ce domaine. Il est tellement égoïste, tellement attaché à ses habitudes. Et puis… n'oublie pas !

– Si tu penses à l'oncle Eustace…

Miss Fielding hocha la tête d'un air significatif et prit trois nouveaux bonbons au chocolat.

– Kenneth est comme lui. Je considère comme une responsabilité sacrée, que m'a confiée Notre Mère, de faire en sorte que Kenneth ne se marie jamais.

« Il le ferait s'il le voulait vraiment, songea Miss Burton en sautant des mailles avec frénésie. Ce n'est pas toi qui l'empêches de se marier, c'est le fait que Betty l'ait plaqué alors qu'il n'était qu'un jeune homme, qu'il se soit toujours laissé mener par le bout du nez par tante Eleanor, Joan et toi, qu'il ait une vie si confortable ici et qu'il n'ait pas beaucoup de succès avec les filles, le pauvre vieux Ken, elles se moquent de lui. Cela fait à peu près six raisons différentes qui expliquent qu'il ne se soit pas marié, mais s'il le voulait vraiment, il le ferait, et tu ne pourrais pas l'en empêcher. Mon Dieu, ce tricot est plus en pagaille que jamais ! »

Miss Fielding était maintenant passée à Richard et se demandait combien de temps il comptait rester encore à Sunglades. Les trente shillings qu'il lui versait chaque semaine ne couvraient pas ses dépenses en nourriture, pour ne rien dire de l'éclairage, du chauffage, de la lessive et des bains. D'ailleurs, elle le trouvait antipathique. Il était grossier et sans aucun idéal. Les détonations des canons se poursuivirent par intermittence, Miss Burton continua de sauter des mailles, et la soirée suivit son cours.

Kenneth rentrait d'une réunion des réservistes au beau milieu du raid. Il sifflotait la *Beer Barrel Polka* en longeant la route illuminée par la lune, suivi de son ombre martiale. Par moments, il entendait le bruit de moteurs très haut dans le ciel sans nuages, quand des chasseurs nocturnes poursuivaient les avions ennemis en direction de St Alberics, et il s'arrêtait pour scruter le firmament violet criblé d'étoiles lointaines, en essayant de distinguer les appareils dans le clair de lune. Alors qu'il approchait du vieux pont de pierre se dressant à huit cents mètres de Sunglades, il aperçut sur la route devant lui une silhouette avançant entre les haies noir et argent. C'était une cycliste pédalant lentement et qui semblait admirer la vue. En regardant mieux, il s'exclama :

– Vartouhi ! C'est vous ?

Elle s'arrêta, sauta de sa bicyclette et se tourna vers lui tandis qu'il la rejoignait. Elle souriait, et lorsqu'elle s'inclina sa chevelure scintilla à la clarté de la lune.

– Bonsoir, Mr Fielding, dit-elle.

– Que diable faites-vous ici ? Pourquoi n'êtes-vous pas à la maison ? Miss Fielding sait-elle que vous êtes sortie ?

(Il entendit comme un écho ironique dans sa tête, mais il se retint de sourire.)

– Il est ma soirée de congé, Mr Fielding. Je dis à Miss Burton que je vais au cinéma, mais je n'ai pas d'argent donc je vais à la gare voir si mon chapeau est retrouvé.

Elle semblait parfaitement calme.

– Vous auriez dû attendre dans un abri. Vous pourriez être blessée par un obus ou vous faire mitrailler. Rester sur votre vélo comme ça, c'est de l'inconscience !

– Je suis à Portsbourne quand ils viennent toute la nuit, chaque nuit pendant une semaine. Je suis dans une maison quand une maison à côté est touchée par une bombe. Il n'est qu'un petit raid, Mr Fielding.

Elle regarda le ciel en fronçant le nez d'un air critique.

– Ce n'est pas la question. Vous ne devriez simplement pas être dehors. Je vais prendre ce vélo. Venez, maintenant. Nous allons rentrer, ils doivent se faire du souci pour vous.

Il poussa sa bicyclette et ils se mirent en marche ensemble dans l'air glacé. Il était autour de neuf heures. Vartouhi déclara :

– Vous êtes fâché contre moi, Mr Fielding.

– Non, pas du tout, mais que diraient votre père et votre mère en voyant une petite fille comme vous seule au milieu d'un raid ?

– Ils seraient contents car j'aime bien le raid. Et je ne sais pas qu'il va y avoir un raid quand je vais chercher mon chapeau, aussi.

– Évidemment, mais il ne faut vraiment pas que vous sortiez seule la nuit, dit-il fermement.

– À cause des méchants soldats.

– Euh… oui. Il y a beaucoup de sales types en circulation depuis la guerre, vous savez.

– Je peux mordre et donner des coups de pied. Et j'ai mon petit couteau dans mon bas, aussi.

– Bon Dieu… c'est vrai ? À la bonne heure !

Il lança un regard admiratif à la petite créature coiffée d'un bonnet qui faisait un effet si exotique, perché au sommet de ses tresses.

– Mais vous n'aurez pas à vous en servir ici, bien sûr. En Angleterre, c'est la police qui règle ce genre de problèmes.

Cependant elle reprit d'un ton pensif, les yeux fixés sur le sol.

– À Portsbourne, je donne un coup de couteau dans la jambe d'un marin. Je parle à Mrs Mason, la patronne du café, mais elle ne fait pas attention et rit. Alors je parle au policier du coin, mais lui aussi rit. Quand le marin revient et me touche ici…

(Elle étendit un instant sa main sur son sein.)

– Je lui donne un coup de couteau dans la jambe.

Kenneth lui jeta un coup d'œil furtif, mais cette fois il garda le silence car cette histoire avait bouleversé son bon cœur.

– Il n'est pas un marin anglais, ajouta-t-elle.

– J'en suis heureux, en tout cas, marmonna-t-il.

– Moi aussi, j'en suis heureuse, car en Baïramie nous aimons tous les marins anglais, mon père, ma mère et mes sœurs, et moi aussi.

– Vraiment ? Tant mieux.

– Ils sont les religieuses qui aident ma sœur Yania aller en Amérique, dit-elle après un silence.

– Oh, vous avez une sœur en Amérique ?

– Oui. Elle travaille dans un magasin de fleurs avec une dame américaine qui l'aide. Elle est grandement jolie, ma sœur Yania.

– Elle aussi ? dit Kenneth en se tournant pour lui sourire.

Elle rit d'un air ravi.

– Merci, merci, Mr Fielding ! Vous voulez dire que je suis jolie !

Kenneth hocha la tête, soulagé du tour qu'avait pris la conversation. Les magasins de fleurs et les compliments lui semblaient des sujets de discussion convenant mieux à une jeune fille de vingt ans qu'un couteau planté dans la jambe d'un marin.

– Votre famille est-elle en sûreté ? reprit-il.

– Oh, oui, assura-t-elle joyeusement. Ils vivent tous dans notre ferme jusqu'à ce que les Anglais viennent et tuent les Italiens. Ma nièce Médora est en Turquie, avec beaucoup de vieilles religieuses, et mon père, ma mère et mes sœurs sont dans le Khar-el-Nadoon.

– Oh… euh… qu'est-ce que c'est ? Je crains de très mal connaître votre partie du monde.

– Il est la Vallée des Abricots, le Khar-el-Nadoon, répondit-elle.

C'était la première fois qu'il entendait ce nom. Aussi doux qu'une brise sentant l'arbre en fleur, il sonnait étrangement sous ce ciel d'hiver anglais, et pourtant Kenneth aima sa sonorité de la même façon qu'il aimait la vieille serre dans son potager et les pêchers en espalier s'alignant contre le mur du sud.

– Khar-el-Nadoon, murmura-t-il en essayant d'imiter la prononciation de Vartouhi.

À cet instant, le signal de fin d'alerte commença à retentir au loin et une voix épuisée lança :

– C'est toi, Kenneth ?

Ils se retournèrent tous deux et virent Betty qui s'avançait lentement vers eux sur la route.

– Hello, ma petite… tout va bien ? demanda-t-il d'un ton inquiet en se dirigeant vers elle.

Elle portait la mallette où elle mettait toujours le travail qu'elle rapportait à la maison en sortant du ministère, et elle avait l'air vraiment fatiguée.

– Très bien, merci, répondit-elle en lui donnant la valise et en le prenant par le bras.

Elle ajouta en riant :

– Sauf que, comme un certain gentleman bien connu, j'ai manqué le bus. Mais lui n'avait pas à rentrer à pied à St Alberics. Je ne sens plus mes pieds et je suis littéralement gelée. Hello, Vartouhi, mon enfant, que fabriquez-vous ici ? Au nom du ciel, Kenneth, tu ne crois pas que nous allons avoir droit au *Petit Frimdling* ce soir, n'est-ce pas ? Je pense que ce serait au-dessus de mes forces.

– Nous allons vous ramener toutes les deux à la maison, et ensuite vous boirez quelque chose de chaud, déclara-t-il en les entraînant sur le chemin couvert de givre.

Betty songea soudain qu'il avait toujours su s'occuper des femmes. « Dick aussi le faisait merveilleusement, se dit-elle. Cela fait partie du charme de sa génération. Richard est incapable de vous ôter vos chaussures et de vous préparer une boisson, même s'il vous laisse parler aussi longtemps que vous en avez envie. Il est vrai que ses jeunes amies donnent toutes l'impression de pouvoir se déchausser elles-mêmes. »

Vartouhi n'avait aucune envie de quitter cette nuit excitante, où la rumeur des combats s'élevait comme le tonnerre dans le silence glacé. Elle s'attarda au seuil de la maison et Kenneth dut lui crier de rentrer, même s'il le fit avec gentillesse. Il se rendit directement au salon, avec Betty à son bras. Elle retira son chapeau et le laissa tomber sur le visage de son fils.

– … réaction purement nerveuse, dit-il gravement en enlevant le chapeau et en finissant la phrase qu'il adressait à Alicia. Hello, Betty, tout va bien ?

– Quand même, je persiste à penser que c'est encore mieux qu'un whisky double, dit Alicia à propos de la fin de l'alerte. Hello, Mrs Marten. Tout va bien, vraiment ?

– Je ne sens plus mes pieds, j'ai manqué le bus, répondit Betty avec un sourire en s'affalant sur le tapis devant la cheminée. Mais je vais très bien, merci.

Sans faire attention aux autres, Kenneth s'agenouilla près d'elle, la déchaussa et entreprit de frotter ses pieds moulés dans des bas de soie magnifiques mais reprisés.

– Oh, quel délice, tu es vraiment un ange ! ronronna la femme de 1914 tandis qu'Alicia les regardait d'un air impassible.

À cet instant, Miss Fielding entra majestueusement dans la pièce, chargée de couvertures, avec Miss Burton dans son sillage.

– Oh, je suis si contente que vous soyez tous sains et saufs ! s'exclama Miss Burton.

Elle ajouta d'un air pitoyable :

– Constance, tu ne crois pas que nous pourrions prendre un thé ? Je sais que tu trouves cela peu indiqué le soir, mais…

– Vartouhi ! brailla Kenneth en interrompant son massage.

– Je suis là ! cria une voix dans la cuisine.

– Vous voulez bien préparer du thé ? Et sortez le whisky, et ensuite venez vous réchauffer ici. Alors…

Il se releva.

– Tu te sens mieux ? demanda-t-il à Betty.

Elle hocha la tête avec un sourire plein de gratitude.

– Je viens vous aider ! lança-t-il ensuite en se dirigeant à grands pas vers la cuisine, d'où s'élevèrent bientôt des rires et le tintement joyeux des tasses.

Miss Fielding s'assit avec lenteur dans son fauteuil favori et étendit ses pieds vers le feu. Elle était aussi troublée qu'irritée par ce qu'elle venait de voir. Il lui semblait qu'un homme ne massait pas les pieds d'une femme, à moins d'être très attiré par elle. Et Betty avait de petits pieds – trop petits pour sa taille, estimait Miss Fielding. Et ils paraissaient encore plus petits, pendant que Kenneth les cajolait – oui, c'était bien le mot ! – dans sa grosse main. C'était le genre de contraste qui plaisait aux hommes, songea Miss Fielding en cherchant machinalement à tâtons un bonbon au chocolat qui n'existait pas. Surtout aux idiots d'un certain âge, comme Kenneth. « Il va falloir faire quelque chose », se dit-elle.

– Du thé pour les troupes ! annonça Kenneth en poussant la table roulante.

– Quelle idée magnifique, dit Richard en se redressant sur son coude.

Puis il aperçut Vartouhi et se rendit compte qu'elle était sortie pendant deux heures au milieu d'un raid aérien sans qu'il se fût inquiété une seconde pour elle. « Mais cela n'a rien d'étonnant, pensa-t-il, puisque je n'aime pas en elle une personne mais simplement un visage enchanteur. *Aimer est un mauvais sort, comme ceux qu'il y a dans les contes, contre quoi on ne peut rien jusqu'à ce que l'enchantement ait cessé*, comme dit Proust. Quand même, je suis content qu'elle aille bien. »

– Hello, dit-il en lui souriant.

Mais à sa grande consternation, elle lui tira la langue avec un sourire méchant et fit passer une tasse de thé juste sous son nez pour l'offrir à Miss Burton.

– Oh, c'est merveilleux, merci, ma petite, dit Miss Burton avec gratitude.

– Cela va t'empêcher de dormir, Frances, l'avertit Miss Fielding.

– Quelqu'un est-il de garde pour les incendies cette nuit? demanda soudain Kenneth.

– Moi, répondit Betty. J'aurais dû arriver à la maison juste à temps pour faire ma ronde, si je n'avais pas manqué le bus.

– Mon père dormait quand je suis partie, il prendra le relais à partir de minuit, intervint Alicia. Il adore ça, Mrs Marten. Il attend ce moment avec impatience toute la semaine.

Betty éclata de rire et déclara qu'il était réconfortant d'apprendre que certaines personnes aimaient ça.

– C'est absurde d'obliger des femmes à le faire, proclama Kenneth en avalant d'un trait son thé brûlant. On ne manque pas d'hommes valides, dans le voisinage. Il est inutile que tu te donnes cette peine quand je suis à la maison, Betty.

– C'est très gentil de ta part, Ken. Je m'en souviendrai.

Miss Fielding, qui avait refusé le thé par principe plutôt que par manque d'envie, était maintenant jalouse de ses compagnons savourant leur breuvage en poussant des « oh » et des « ah » de satisfaction. Cet échange entre Kenneth et Betty mit le comble à son inquiétude. Sous prétexte de faire des rondes pour les incendies, on pouvait rôder à travers la maison en pleine nuit, à peine vêtu, à une heure où tout le monde dormait et où la capacité de résistance morale était au plus bas. Que se passerait-il si Kenneth et Betty se retrouvaient ensemble à quatre heures du matin ? Pour être juste, Miss Fielding ne pensait pas à ce genre de choses, d'ordinaire, car elle avait ce qu'on appelle bizarrement un esprit sain, mais elle était toujours aux aguets de la moindre sottise, quand il s'agissait de Kenneth, et elle sentait présentement qu'il y avait de la sottise dans l'air. « Il va encore se rendre ridicule », pensa-t-elle.

– Vous avez aimé le film, Vartouhi ? demanda Miss Burton à la jeune étrangère, qui s'était assise à côté d'elle avec une tasse de thé.

– Je ne vais pas, Miss Burton. Je n'ai pas d'argent.

– Oh, mon Dieu, quel dommage, dit Miss Burton non sans embarras.

– Donc je vais chercher mon chapeau, à la place.

– Oh, vraiment… à la gare ? Et l'avait-on retrouvé ?

– Ce vieil homme l'a volé, proclama Vartouhi.

Ils éclatèrent tous de rire, mais Miss Fielding dit d'un ton de reproche :

– Voyons, Vartouhi, non seulement ce n'est pas gentil, mais ce n'est pas vrai.

– Il le cache dans la pièce du porteur. Je l'ai vu… je crois, répliqua Vartouhi.

– Allons, allons ! s'exclama Miss Fielding en la menaçant du doigt.

– Quelle heure est-il ? lança Kenneth en regardant la pendule. Dix heures juste. Trop tard pour répéter ce soir, Connie.

– Sottise, Kenneth. Après tout ce thé, tout le monde doit être bien réveillé et prêt à travailler.

Mais tous étaient si excités par le raid et leurs diverses aventures que ce fut un concert de « Non ! » et de « Pitié ! ». Il y eut même un « Laissez tomber ! », hasardé par Richard à titre expérimental.

– C'est bon, lui dit gentiment Alicia, contente de voir qu'il avait l'air gêné.

– Eh bien, il faut absolument que vous veniez tous demain soir pour une lecture, ou nous ne serons jamais prêts le 26, avertit Miss Fielding.

– Et alors ? marmonna Alicia, que seul Richard entendit.

Il n'y eut pas d'autre commentaire.

– Je crois que je vais aller me coucher, déclara Miss Burton en se levant. Je suis fatiguée.

Elle s'arrêta près de la chaise de Vartouhi, laquelle leva aussitôt les yeux vers elle d'un air interrogateur et respectueux.

– Vartouhi, si vous voulez bien venir dans ma chambre demain matin, je pense que je pourrai vous trouver un chapeau, si cela vous dit.

– Quelle couleur aura-t-il, Miss Burton, s'il vous plaît ?

– Eh bien, il y en a plusieurs. Un beige, un bleu et un blanc.

– Merci, Miss Burton. Je vais venir. Celui volé par le porteur est rouge.

– Magnifique ! s'exclama Kenneth. J'aime les filles en chapeau rouge. Quelqu'un veut encore du thé ?

Richard et Betty tendirent leurs tasses, tandis que Miss Fielding fermait les yeux. « Quelle remarque stupide et sans dignité ! » Décidément, Kenneth était mûr pour les ennuis. Toutefois elle écarta cette pensée pour s'employer à arracher à ses victimes la promesse solennelle qu'elles viendraient le lendemain soir pour une autre répétition. Après quoi, Miss Burton et Vartouhi montèrent se coucher.

Alicia observa Vartouhi avec un intérêt nouveau, car elle avait surpris une expression involontaire sur le visage de Richard quand la jeune étrangère était entrée dans la pièce. Cette découverte était vraiment le comble, et elle fut presque tentée de jeter l'éponge. Elle n'avait pas envie de disputer les faveurs de Richard à une réfugiée coiffée d'un horrible petit bonnet. Après tout, l'Angleterre regorgeait d'hommes en ce moment, ils étaient plus nombreux que depuis des années, et certains d'entre eux étaient plus ou moins à sa merci et n'en semblaient pas mécontents. Qu'avait-elle à faire de Richard Marten ? Mais il lui plaisait. Elle l'admettait elle-même et désirait plus que jamais son intérêt et son attention. « Je vais m'accrocher un peu pour voir ce que ça donne, décida-t-elle. De toute façon, ça me fera une occupation pour les longues soirées d'hiver. Il ne peut pas être sérieusement amoureux de cette petite créature. Elle ressemble à une jeune Myrna Loy mise en scène par Capra. »

Elle était habituée à avoir pour rivales des jeunes femmes de son genre, grandes, soignées et sophistiquées, et elle ne pouvait comprendre qu'un homme pût être attiré par une fille ne possédant aucune des séductions traditionnelles. Pour elle, Vartouhi n'était qu'une plaisanterie – et pas très bonne, de surcroît. Elle ne voyait pas que ce qui séduisait Richard en Vartouhi était précisément la qualité qui rendait Richard lui-même attirant aux yeux d'Alicia : la *différence*. Les pensées et les sentiments illuminant le visage de Vartouhi n'étaient pas ceux d'une jeune fille ordinaire, pas plus que ceux qu'on pouvait lire sur le visage de Richard n'étaient ceux d'un jeune homme ordinaire. Mais dans les deux cas, le résultat était irrésistible pour certaines personnes.

Après qu'Alicia eut pris congé en déclinant l'offre de Kenneth de la raccompagner chez elle, les autres s'attardèrent à fumer une dernière cigarette. Miss Fielding, qui ne fumait pas, fit de son mieux pour gâcher la paix de cette fin de soirée en s'en prenant avec vigueur à Alicia. Elle était tellement dure et amère ! Et tellement vieille pour son âge, même si c'était une âme très jeune.

– Je l'ai trouvée plus allègre ce soir, intervint Betty en voyant que les deux hommes refusaient de réagir.

– Quel est son problème ? demanda Richard. Il y en a un, manifestement, mais j'imaginais que ce n'était que le sentiment inconscient de culpabilité qu'éprouvent d'ordinaire les jeunes femmes riches et inutiles.

– Elle travaille toute la journée dans une usine, mon chéri, observa doucement sa mère.

– C'est son choix, répliqua-t-il avec impatience. Je ne considère pas cela comme une vertu, quand on a été libre de choisir. Si elle n'aimait pas travailler là-bas, elle pourrait partir.

– Elle donne vraiment de sa personne, dit Betty.

– En langage contemporain, on dit qu'elle fait « un travail formidable ». Enfin, quel est son problème ?

– Elle a été mêlée à une affaire de divorce avec un homme qui l'a laissée tomber.

– Oh, l'histoire est banale.

– Tu t'attendais à quelque chose de plus original ?

– De moins conventionnel, en tout cas. Ce n'est certes pas une personne ordinaire.

– Elle n'a pas eu de chance.

– Ou elle s'est mal débrouillée, dit Richard.

Malgré tout, il mit intérieurement au crédit d'Alicia le fait qu'elle ne lui ait pas raconté sa triste histoire.

Les jeunes hommes, en apprenant qu'une jeune femme a été trahie, ne serrent pas les poings en invectivant le traître. Si ce sont de bons garçons, ils se promettent d'éviter la jeune femme de peur d'une corvée possible. Si ce sont de mauvais sujets, ils se promettent de noter son numéro de téléphone. Puisque nous abordons cette question pénible, ajoutons que la jeune femme augmente autant ses chances de réussite avec un nouveau jeune homme en lui faisant le récit de ses souffrances qu'en lui offrant un verre d'arsenic.

Perdu dans la contemplation du feu, Kenneth n'avait rien entendu de cet échange. Sortant de sa torpeur, il demanda à brûle-pourpoint :

– Connie, savais-tu que Vartouhi avait été serveuse dans un café mal famé de Portsbourne avant de venir chez nous ?

– Non ! s'écria Miss Fielding. Enfin, Frances avait suggéré cette possibilité, mais je n'y avais pas cru. C'est elle qui te l'a dit ?

– Pas directement. Je l'ai déduit de quelque chose qu'elle a raconté ce soir.

– Pauvre petite, dit Betty.

Richard garda le silence.

– Oui, elle a dû détester ça, renchérit Kenneth en se tournant vivement vers Betty. Elle est passée vraiment par de sales moments.

– Rien ne l'empêchait de partir, déclara Miss Fielding. Personne n'est forcé de supporter ce genre de chose s'il n'en a pas envie. Il y a la bourse de l'emploi, l'association des jeunes chrétiennes, la société de bienfaisance pour les jeunes filles, sans compter les innombrables organisations d'aide aux réfugiés créées depuis la guerre.

– Mais à quoi servent-elles, chère Miss Fielding, si elles existent dans une autre dimension que celle où se trouve Vartouhi ? demanda Richard de sa voix la plus suave.

Il était tellement ému et furieux de sa propre souffrance qu'il se lança à l'attaque comme un serpent blessé.

– Ces organismes sont là, Vartouhi est là, mais leurs activités ne se recoupent à aucun moment.

– C'est ce que je voulais dire, déclara Miss Fielding. Elle aurait dû aller dans un de ces organismes et elle aurait reçu de l'aide, cette petite sotte. Elle s'est un peu améliorée depuis son arrivée ici, mais elle est encore très bizarre et cachottière. Je suppose qu'avec toi, elle en a fait toute une histoire.

– Oh, non, elle n'a pas dit grand-chose, répliqua Kenneth en se levant. Bon, je ne sais pas ce que vous en pensez, mais moi, je vais me coucher.

Il se réjouissait de ne pas leur avoir parlé du marin et du couteau. Aucun d'eux ne comprenait, pas même Betty, malgré toute sa compassion. « Et je ne vais certainement pas donner cet os à ronger à Connie ! » pensa-t-il.

– Bonne idée, approuva Miss Fielding en se levant à son tour. Puisque nous avons perdu cette soirée, « ça suffit pour aujourd'hui », comme on dit. Enfin, Vartouhi semble se plaire ici, c'est déjà ça. J'écrirai demain à Charles Omopoulos pour lui demander quelles sont les dernières nouvelles de la Baïramie et du Khar-el-Nadoon. Ça devrait remonter le moral à Vartouhi.

« Pas nécessairement, se dit Richard en se levant péniblement et en s'appuyant sur la canne dont il se servait maintenant. Quelle femme exaspérante ! Elle écrira demain à Charles Omopoulos. Elle fait toujours ce qu'elle dit. Et son caractère est un tel mélange de gentillesse maladroite et de côtés odieux qu'on n'a même pas la consolation de la détester sans réserve. Je renonce. Je l'abandonne à son sort. Ombre de Marcel Proust, je vous la laisse. »

Kenneth fit le tour de la maison pour tout verrouiller. Betty avait murmuré quelque chose à propos de surveiller les incendies, mais il lui avait dit de filer se coucher sans faire d'histoires. À sa vue, le chat Pony bâilla en s'étirant démesurément sur sa couverture dans la cuisine chaude et bien rangée où la pendule faisait bruyamment tic-tac. Il jeta un coup d'œil dans la chaudière rougeoyant paisiblement et referma la porte d'un coup sec. Tout était en ordre. Quelqu'un (Betty, évidemment) faisait couler un bain à l'étage. Kenneth se sentait agité et morose. Il entendait en lui-même la voix brusque de sa sœur disant « Khar-el-Nadoon », en effaçant l'écho d'une autre voix qui avait donné à ce nom un accent bien différent.

– As-tu entendu parler du Conseil pour la reconstruction européenne, ma chérie ? demanda Richard quand sa mère entra dans sa chambre une demi-heure plus tard pour lui dire bonne nuit.

Il était au lit. La lampe de chevet éclairait son visage maigre et les *Essais* de Montaigne et *The Economist* sur l'oreiller.

Betty s'assit sur le lit, réfléchit un instant puis secoua la tête.

– J'ai reçu cette lettre ce matin, dit-il en brandissant une enveloppe. Un centre de formation doit bientôt ouvrir à Blentley et ils veulent que je donne des cours pendant le prochain trimestre, sur les systèmes financiers des pays envahis.

Elle hocha la tête.

– Je vois. Ils se préparent pour après la guerre.

– Exactement. Des étudiants dûment formés seront envoyés en Europe dès que possible pour s'occuper des problèmes sociaux. Mais tu es au courant, bien sûr. Le Conseil est parrainé et financé par le gouvernement.

– Ce devrait être plutôt intéressant.

– Je crois. Et il ne me reste que trois livres, de sorte que j'ai besoin de cet argent de toute façon. Comme les cours n'occuperont pas tout mon temps, je pourrai prendre aussi un emploi à temps partiel dans une petite usine. Ça devrait pouvoir se faire.

– Si ce n'est pas trop épuisant pour toi, chéri, dit-elle en le regardant avec tendresse.

– Je n'entreprendrai rien dont je ne sois capable. Non seulement ce serait stupide, mais ce serait une forme déguisée de vanité. Apparemment, mon nom a été suggéré au Conseil par sir William Beveridge.

– Hoho! Voilà qui est flatteur, Rick.

– Eh bien…

Il baissa les yeux avec un sourire modeste.

– Je ne suis pas insensible à cet honneur. La question est la suivante : ma présence ici déplaît-elle à Miss Fielding au point qu'elle saute sur cette occasion pour se débarrasser de moi ?

– Il ne faut pas s'en faire pour Connie, répondit fermement Betty. Je crois qu'en fait elle est contente de notre présence, simplement elle a toujours besoin de grogner contre quelqu'un. Elle fait plus de bruit que de mal.

– Tu remarqueras que nous partons tous deux du principe que c'est elle qui commande dans cette maison, observa Richard en se renversant sur les coussins. Fielding ne m'apprécie guère, mais je ne m'en aperçois même pas.

– Pauvre vieux Ken, dit vaguement Betty en se levant du lit.

Elle portait une robe de chambre orangée sur une chemise de nuit en soie de même couleur, qui mettaient en valeur sa chevelure brune et son teint de rose.

– Je ne crois pas qu'il puisse vraiment détester quelqu'un. Enfin, ce n'est évidemment pas lui qui commande. Bonne nuit, mon chéri.

– Bonne nuit. Tu es une femme aussi jolie que gentille et délicieuse, Betty.

– Mon cher enfant ! Et toi qui me dis sans cesse que je ne suis pas ton type ! Merci quand même.

Elle ajouta d'un ton taquin :

– Attends d'avoir ta propre maison !

– Quand j'en aurai une, ce sera moi qui commanderai, déclara Richard en ouvrant les *Essais* de Montaigne.

15

LE LENDEMAIN MATIN, après que Kenneth et Betty furent partis travailler et que Miss Fielding se fut installée avec le *Times*, Vartouhi monta à l'appartement de Miss Burton.

Il pleuvait et la froide lumière passait à travers les nuages parcourant rapidement le ciel pour pénétrer dans le salon de Miss Burton, avec son ameublement estival tout en peinture blanche, chintz bleu à fleurs, fauteuils d'osier et photographies innombrables, auquel elle donnait un aspect fragile et inconfortable. Cependant la pièce était bien chauffée par un énorme radiateur. Assise à côté, Miss Burton lisait *Les Massarene* de Ouida. Elle préférait pour sa part les derniers romans de l'écrivain, moins romantiques, à ses premières œuvres. C'était sa mère qui avait été une fervente admiratrice de *Wanda*, *Dans la Maremme* et les autres, et qui avait légué sa collection à sa fille. Néanmoins Miss Burton aimait prendre un des romans, pendant qu'elle s'habillait ou digérait son déjeuner, et en lire quelques pages. Pour l'heure, elle posa le livre et sourit à Vartouhi.

– Vous voilà, Vartouhi ! Je n'avais pas oublié. Regardez…

Elle désigna une table où elle avait disposé les chapeaux.

– Ils sont là. Faites votre choix.

– Merci, Miss Burton.

– Vous êtes charmante ainsi ! s'exclama la vieille dame un instant plus tard.

Elle avait regardé avec intérêt Vartouhi essayer le chapeau beige puis le blanc, et elle l'admirait maintenant coiffée d'un grand feutre bleu pâle.

– Mais vous ne vous voyez pas bien dans cette glace. Allons dans la chambre.

Quand Vartouhi sourit à son reflet dans le long miroir, comme une petite campagnarde d'il y avait cinquante ans aurait souri en mettant des cerises en guise de boucles d'oreilles, Miss Burton s'exclama :

– Oh, oui, il faut que vous preniez celui-là !

– Grandement joli, proclama Vartouhi.

– Oui, il est aussi déplacé que seyant, approuva l'Usurpatrice dont le regard amusé brilla un instant dans les yeux de Miss Burton.

Ses visites se faisaient plus rares, à mesure que Miss Burton vieillissait.

– Vous feriez mieux de les prendre tous, continua-t-elle avec une gentillesse abrupte. Je ne les porterai plus.

– Trois chapeaux ! murmura Vartouhi en les contemplant alignés sur le lit. Ce matin, je n'ai pas de chapeau, et maintenant j'en ai trois. Oh, merci, merci, Miss Burton !

– Ne me remerciez pas. Cela me fait plaisir de vous les donner.

– Je fais quelque chose pour vous ! lança Vartouhi avec fougue.

– Oh, non, ma petite, ce n'est vraiment pas nécessaire.

– Si, si, je fais quelque chose pour vous. Vous me dites ce qui vous plaît, et je le fais.

Elle chercha aussitôt des yeux dans la pièce quelque chose à faire. Le regard de Miss Burton suivit le sien et s'attarda sur un tiroir à moitié ouvert, bourré de laine de toutes les couleurs, d'aiguilles à tricoter et de tambours à broder.

– Eh bien, dit-elle en riant mais un peu honteuse. Si vraiment vous voulez me rendre service, vous pourriez ranger ce tiroir scandaleux.

Vartouhi approcha du tiroir et baissa les yeux sur la mêlée de laines et de soies brillantes. Soudain, elle secoua violemment la tête.

– Non ! Miss Burton, je ne vais pas ranger. Je vais vous *faire* une chose, grandement jolie, de toutes couleurs. Vous avez un vieux drap, une vieille couverture, n'importe quoi, et je vous fais une chose grandement jolie.

– Oh, eh bien, vraiment…, hésita Miss Burton.

Elle était tentée mais prévoyait quelques obstacles à ce projet, notamment les protestations de Miss Fielding en voyant Vartouhi perdre ainsi son temps.

– Ce serait magnifique, mais…

– Oui, je le fais, l'interrompit Vartouhi avec vigueur en s'agenouillant devant le tiroir et en plongeant ses mains dans la soie. Tout ce rouge, tout ce jaune, tout ce vert, je fais une chose *splendide*. Vous trouvez un vieux drap, et je fais.

– Eh bien, c'est très gentil à vous, Vartouhi. Euh… à quoi cela me servirait-il ?

– À mettre sur votre lit, répondit Vartouhi avec un sourire éclatant. Oui, Miss Fielding, je viens !

Elle courut au rez-de-chaussée en réponse à un mugissement lointain.

– Quel ennui, dit Miss Fielding debout dans le vestibule avec le *Times*. Mrs Archer n'est pas là alors que je tenais particulièrement à la voir aujourd'hui pour lui demander si son petit-fils pourrait jouer le Petit Frimdl. Pourriez-vous passer chez elle en vous rendant en ville, Vartouhi, afin de voir ce qui se passe? Dieu fasse qu'elle ne soit pas malade. C'est moi qui ferai les lits, ce matin.

Et Miss Fielding rentra majestueusement dans le salon pour terminer le *Times*, irritée à l'idée de faire les lits.

Dans le petit bureau, Richard mettait un timbre à la lettre adressée au Conseil pour la reconstruction européenne, où il acceptait le poste qu'on lui proposait. Il décida qu'il allait essayer de descendre la rue à pied jusqu'à la boîte aux lettres, car il fallait que sa cheville guérisse aussi vite que possible s'il voulait faire les trajets quotidiens nécessaires pour son travail de l'année à venir. Il se réjouissait doublement de cette perspective, car il était impatient d'accomplir de nouveau une tâche à son goût et aussi de gagner un peu d'argent. Pendant la période où il travaillait pour la Compagnie de la Colombe, il avait économisé cinquante livres, mais comme il l'avait dit à sa mère, il ne restait presque plus rien de cette somme.

Quand il franchit en boitillant la grille, la pluie avait cessé et un vent glacial ridait les flaques de la rue. Le ciel, les champs et les arbres étaient à la fois glacés par l'hiver et trempés par la pluie froide, et seule la fraîcheur délicieuse de l'air rachetait cette journée si déplaisante. Richard ne prêtait guère attention au temps et ne faisait aucune concession à ses variations, de sorte qu'il était tête nue ce jour-là et portait une écharpe de laine bleue absurdement longue nouée trois fois autour de son cou, un vieux trench-coat et des bottes superbes, faites à la main chez Hill, qu'il avait achetées pour trente shillings à un ami gauchiste et aristocrate. La semaine précédente, il s'était entraîné à marcher dans le jardin, et ce fut donc avec une certaine assurance qu'il s'avança lentement dans la rue.

– Hé, vous prenez froid à la tête! lança Vartouhi d'un ton moqueur en le rattrapant.

Il se retourna et lui sourit.

– Mais non, je ne porte jamais de chapeau. Où est votre bicyclette, ce matin?

– La roue est crevée.

– Oh. Et vous allez faire les courses?

Il était un peu embarrassé de se retrouver seul avec elle. Comme elle lui paraissait vaguement différente, ce matin-là, il la regarda avec plus d'attention et s'aperçut qu'elle portait un grand chapeau bleu pâle.

– C'est un nouveau chapeau, n'est-ce pas? demanda-t-il.

– Miss Burton me l'a donné, répondit-elle fièrement. Grandement joli.

Richard ne dit rien mais la fixa d'un air si éloquent qu'elle ne put faire autrement que de réagir à ce regard. Toutefois elle se contenta de lui adresser un sourire qui – ce n'était pas la première fois – le déconcerta par sa méchanceté. Il se remémora soudain le sourire qu'avait le fils d'amis à lui, âgé de cinq ans, quand il marquait un point aux dépens de son petit frère. «Je ne lui suis vraiment pas sympathique», se dit-il. Mais ses yeux et la rondeur de ses joues pâles sous le chapeau bleu étaient si enchanteurs que ses réflexions furent soudain balayées par un élan sentimental.

– Vartouhi…, dit-il rapidement. Vous êtes si ravissante!

Il s'arrêta net, rendu muet par sa certitude de s'adresser à une créature incapable de le comprendre, comme une fleur ou un chaton.

– Oh, oui! répliqua Vartouhi qui semblait contente mais plissait les yeux d'un air dédaigneux. Je sais que vous trouvez que je suis ravissante. Vous n'arrêtez pas me regarder.

– Eh bien, c'est vrai, je le crains. Euh… je ne peux pas m'en empêcher. Vous n'aimez pas que je vous regarde?

– Il me fait rire, répondit Vartouhi.

De fait, elle leva sa petite main devant sa bouche et se mit à pouffer. Ce geste était incroyablement exotique et Richard pensa aussitôt à ces visages asiatiques aussi charmants que stupides qu'on voyait si souvent dans les films de voyage, en train de fuir la caméra ou de lancer un regard ravi en écartant une porte ou un voile. Il n'aimait pas ce geste. L'espace d'un instant, il fut envahi par un sentiment proche de la répulsion.

– Je me réjouis de vous amuser, lança-t-il avec raideur.

– Maintenant vous êtes fâché contre moi. Je m'en fiche. Il me faire rire de nouveau.

Elle refit le même geste, mais cette fois une lueur irritée brillait dans ses yeux.

– Personne n'aime qu'on se moque de lui, observa-t-il d'une voix plus douce.

– Moi, j'aime. Mais je n'aime pas être fâchée. Il me rend fâchée aussi.

– Je ne peux pas me moquer de vous, dit-il lentement.

Il s'arrêta un instant pour s'appuyer sur sa canne en baissant les yeux sur elle.

– Vous éveillez en moi des sentiments trop profonds.

– Je suis grandement jolie, répliqua-t-elle d'un air suffisant. C'est pourquoi vous avez des sentiments. En Baïramie beaucoup d'hommes demandent à mon père pour m'épouser.

– Cela ne m'étonne pas, Vartouhi.

– Il dit non. Ils n'ont pas assez d'argent.

– Eh bien, moi non plus.

– Je vois, Richard. Vous avez de mauvais vêtements et pas d'argent du tout.

Cette fois, Richard éclata de rire, même si la fascination mêlée d'exaspération où il se débattait n'avait rien de drôle.

– Voici la boîte aux lettres, déclara-t-il en s'arrêtant sous les rhododendrons ruisselant le long d'un mur. Je ne vais pas plus loin.

– Au revoir, Richard, dit gaiement Vartouhi avec un petit salut de la tête.

Elle se remit en route vers la maison de Mrs Archer, tandis que Richard rentrait en boitillant et en songeant que la situation entre lui-même et Vartouhi prenait un tour de plus en plus insatisfaisant. Car ce n'était certes pas une simple poussée de désir, mais ce n'était pas non plus un cas où le mariage pouvait être un remède. On n'épouse pas un chaton ou un enfant de cinq ans. « Non, c'est simplement le *mauvais sort, comme ceux qu'il y a dans les contes* », se dit-il une fois de plus.

Mrs Archer vivait dans un vieux cottage au fond d'un long jardin étroit, qui resplendissait de fleurs en été et même maintenant arborait une ou deux roses froides dans les buissons dénudés surmontant des carrés de robustes épinards d'hiver. La maison avait un toit onduleux de chaume pourrissant, couleur d'argent foncé, où nichaient des étourneaux, et les sanitaires étaient à l'extérieur. Mrs Archer aspirait à la quitter pour habiter dans un lotissement de la municipalité sur la route de St Alberics. Cela faisait près de deux siècles que des gens (pas des Archer) avaient vécu dans ce cottage, et entre la pompe, les sanitaires, les étourneaux et leurs saletés, et la minuscule cheminée à charbon qui était l'unique ressource pour cuisiner, elle trouvait qu'il était temps que l'endroit se repose. Elle avait cessé depuis longtemps de remarquer combien la maison était jolie.

La porte d'entrée était fermée. En s'avançant sur l'allée cendrée, Vartouhi entendit des voix agitées. Elle regarda le cottage avec mépris. C'était le genre de maisons où vivaient les ouvriers agricoles de son père, petites, vieilles et incommodes, un endroit pitoyable comparé aux vastes pièces de pierre de sa propre maison natale ou à la demeure aux tapis et aux rideaux somptueux, remplie d'appareils prodiguant musique et eau chaude, qu'habitaient ses employeurs. Elle approcha de la porte et frappa avec énergie.

Une minute plus tard, Mrs Archer ouvrit. Elle était rouge et excitée, et Vartouhi aperçut derrière elle une pièce petite, sombre et bondée. Il y avait une vieille femme, un petit garçon, une jeune femme, plusieurs commères entre deux âges, et tous regardaient fixement du côté de la porte.

– Oui ?… oh, c'est vous, dit Mrs Archer.

Elle ne s'adressait jamais autrement à Vartouhi.

– Bonjour, Mrs Archer, répliqua Vartouhi en imitant assez bien les manières de Miss Fielding. Miss Fielding demande pourquoi vous ne venez pas ce jour au matin.

– Vous venez voir pourquoi je suis pas allée travailler, j'imagine, dit Mrs Archer qui avait toujours une traduction toute prête des propos de Vartouhi. Eh bien, il y a eu pas mal d'agitation ici. Notre George a été décoré.

– Je ne comprends pas.

– À la guerre. Mon fils George. Il a attaqué trois de ces sauvages quelque part en Norvège, lors d'une de ces missions de commando. Vous savez… bang, bang ! Il a tiré sur les Allemands !

Mrs Archer imita quelqu'un tirant au fusil.

– Ce n'est pas ainsi qu'on se sert d'une mitraillette, mamie, l'interrompit le petit garçon en se frayant un chemin vers la porte au milieu des commères. Comme ça… tacatac…

Et il fit lentement tourner une mitraillette imaginaire.

– Ahah, je sais ! s'exclama Vartouhi en souriant. Je vois au cinéma. Votre George le fait ?

– Oui, en Norvège. Dans la neige. Il a liquidé trois ennemis et s'est emparé d'une position tout seul. Le gouvernement lui a donné une médaille et il est arrivé ici à l'improviste ce matin, en permission. C'est pour ça que je me suis mise en vacances aujourd'hui.

– Une médaille… comme celles-ci, vous voyez ? intervint le petit garçon qui avait entrepris de faire lui-même l'éducation de Vartouhi. Ce sont celles que mon papy a eues pour avoir tué des Allemands dans l'autre guerre. Médaille – vous comprenez ?

– Sidney Archer, tu vas me ranger ça tout de suite !

– Je comprends, dit Vartouhi.

Ayant examiné le casier qu'il lui tendait, elle leva les yeux en souriant.

– Je suis si contente. Il est grandement bon et brave, cet homme. J'aimerais le voir.

– Il fait un brin de toilette à l'étage, répliqua sèchement Mrs Archer.

La jeune femme s'avança vers la porte et posa son joli visage sur l'épaule de Mrs Archer, sans un mot.

– C'est bien pour vous, Mrs Archer, dit Vartouhi. Un fils si brave. Je raconte à Miss Fielding.

Des murmures s'élevèrent dans la pièce, où l'on distinguait les mots « bien fait pour elle ».

– D'accord. Dites-lui que je peux pas venir aujourd'hui car mon fils a eu une médaille…

– Maman ! s'écria une voix masculine pleine d'assurance quelque part à l'étage. Tu ne veux pas me chercher une chemise ? Histoire d'épargner ma modestie !

– Débrouille-toi, George Archer ! dit sa mère.

Elle ajouta en regardant d'un air intéressé le feutre bleu pâle :

– C'est le chapeau de Miss Burton, non ?

– Elle me le donne, répondit Vartouhi avec hauteur.

Une femme habitant une petite maison sombre comme celle-là, même si elle avait un fils héroïque qui tuait des Allemands, n'avait pas le droit de révéler que les chapeaux des gens étaient de seconde main.

– Elle le portait l'été d'il y a deux ans. Je me rappelle qu'il m'avait paru trop jeune pour elle, à l'époque. Enfin, vous feriez mieux d'y aller, maintenant. Dites à Miss Fielding que je viendrai demain.

– Au revoir, Mrs Archer.

– Bonne journée.

Vartouhi s'éloigna de sa démarche dansante sur l'allée.

– Qui diable est-elle ? demanda la jeune fille tandis que Mrs Archer fermait la porte.

– Oh… une réfugiée, expliqua Mrs Archer. Pauvre petite. Porter un chapeau comme ça par un temps pareil ! J'imagine qu'elle en a pas d'autre.

– Moi je l'ai trouvé épatant, lança la voix masculine à l'étage.

George avait reconnu le terrain par-dessus le rideau de la fenêtre.

Vartouhi était si excitée et pleine d'admiration pour la médaille de George qu'elle resta dans cette disposition pendant qu'elle remplissait son sac à dos de provisions et de produits divers à St Alberics. Dès qu'elle fut rentrée, elle courut mettre au courant Miss Fielding. Celle-ci était attablée devant un gâteau qu'elle picorait distraitement, les yeux fixés sur un livre consacré aux monades.

– Vous avez trouvé le poisson ? demanda-t-elle.

– Oui, quatre morceaux de morue. Miss Fielding, le fils de Mrs Archer a une médaille !

– Je suppose que c'est pour cela qu'elle n'est pas venue ce matin, répliqua froidement Miss Fielding.

– Oui. Miss Fielding, George – il s'appelle George – tue trois Allemands dans la neige ! Il y avait beaucoup de gens là-bas, un petit garçon, une jolie fille et plusieurs vieilles aussi.

– Un petit garçon ? Vous voulez dire le petit-fils de Mrs Archer ? À quoi ressemble-t-il ? A-t-il l'air intelligent ? Je veux qu'il joue le Petit Frimdl.

– Il me montre comment tirer, tacatac !

– En fait, je conduis moins mal que la plupart des femmes, rétorqua-t-elle en lui ouvrant la portière.

Il monta à côté d'elle et posa ses livres à l'arrière.

– Voulez-vous rentrer ?

– Eh bien, ne pourrions-nous pas prendre le thé dans le coin ? Je désire vous parler. Je voulais vous écrire, mais j'ai été très occupé ces temps-ci. Ce n'est pas un salon de thé, là-bas ?

Il scruta l'autre côté de la rue.

– L'endroit m'a l'air immonde, dit Alicia, envahie par un bonheur soudain.

– Peu importe… pour un quart d'heure, ça ne peut pas nous faire de mal, répliqua-t-il avec impatience en reprenant ses livres.

Elle conduisit la voiture jusqu'au Myrna Café, dont la vitrine embuée s'ornait d'un plat de saucisses sombres et humides à côté d'un vase de fleurs artificielles rouges.

– Pouah, marmonna Alicia quand il ouvrit la porte.

– Vous devez avoir l'habitude de ce genre de chose, si vous travaillez dans une usine, dit-il en s'asseyant à une table de marbre.

– Notre cantine est si propre que vous pourriez vous y empiffrer si vous aviez un peu d'appétit, déclara Alicia.

Elle salua de la main en souriant des gens qu'on apercevait vaguement à l'autre bout de la salle, à travers la buée et la fumée de cigarette.

– Qui est-ce ? demanda Richard en se retournant.

– Deux filles de l'usine. Je ne connais pas les garçons.

Les filles avaient des boucles blondes tombant en cascade sur leurs épaules, une veste d'homme passée sur leur chandail, et des chaussures lourdes et coûteuses. Leurs petites mains crasseuses avaient les ongles vernis, et leur visage de dix-huit ans était couvert d'un épais maquillage. Les garçons étaient en uniforme. Les quatre jeunes gens avaient l'air doux et alanguis par le bonheur.

Il y aura des oiseaux bleus
Au-dessus des falaises blanches de Douvres

fredonna Alicia au rythme de la TSF tonitruante. Elle aimait tellement être ici ! Dans cette salle malpropre et étouffante, aux relents de thé et de friture, sous les abat-jour rouges des lampes, tandis que dehors le crépuscule d'hiver s'assombrissait. Richard avait empilé ses livres sur la table et dénoué son écharpe bleue. Elle ôta son manteau de fourrure.

– Deux tasses de thé, s'il vous plaît, demanda Richard à la petite fille fluette venant prendre leur commande.

– Il arrive que le gâteau ne soit pas mauvais, dans ce genre d'endroits, suggéra Alicia. Celui qu'ils appellent un quatre-quarts.

– Et une tranche de quatre-quarts, ajouta Richard d'un ton austère.

– Vous n'en voulez pas ?

Il secoua la tête. En fait, il était sorti avec une demi-couronne, car sa réserve d'argent était presque épuisée et il n'en aurait pas d'autre avant de recevoir un chèque pour un article qu'il avait écrit pour un journal américain. Il n'avait pas l'intention de dépenser un sou de plus qu'il n'était nécessaire.

Le thé, servi dans des tasses épaisses, était faible et brûlant. La petite serveuse leur octroya à chacun une petite cuiller de sucre. Richard ne la quittait pas du regard. Il nota sa robe noire à pois, les marques blanches sur ses ongles, son cou gracile d'enfant et la barrette de couleur dans ses cheveux raides.

Alicia le regarda avec curiosité.

– Quand *tout le monde*, lança-t-il soudain en buvant du thé, et quand je dis tout le monde, j'inclus le dernier et le plus abruti des Indiens du Mexique, et aussi tous les Japonais, quand tout le monde, donc, aura assez à manger et sa part de ce qui est bon en ce monde, alors, et alors seulement, je cesserai de me tourmenter. Ce que je voulais vous demander, c'était…

Elle avait observé la rougeur envahissant son visage maigre.

– Je ne crois pas que vous mangiez assez, l'interrompit-elle.

– Mais si. Disons qu'il est possible que je ne fasse pas très attention à ce que je mange, ou que je ne mange pas autant que la plupart des gens le jugent nécessaire.

– Ce n'est pas très raisonnable, si votre santé n'est pas excellente, non ?

– Peut-être suis-je influencé inconsciemment par ma santé, je n'en sais rien. En tout cas, c'est devenu une habitude, et pas une habitude bien intéressante. Et ne pas trop manger fait partie de mes convictions politiques. Mais je voulais vous demander s'il ne serait pas possible de travailler à temps partiel dans votre usine.

Son bon sens avait averti Alicia qu'il ne lui demanderait rien de romantique, aussi réussit-elle à lui répondre presque sans déception :

– Je crains que non. Nous y avions pensé, mais le travail ne se prête pas au temps partiel. Pourquoi ? Vous cherchez un emploi ?

Il lui expliqua ce qu'il désirait, et elle put lui donner l'adresse d'un ami qui fabriquait des rivets dans un hangar de la ville avec d'autres travailleurs à temps partiel. Il la remercia et en prit note, après quoi il jeta un coup d'œil sur son assiette où elle avait laissé la moitié d'une tranche de gâteau pâle et molle.

– Vous n'en voulez plus ?

Elle secoua la tête.

– Vous ne devriez pas gaspiller la nourriture, dit-il tranquillement.

Et il mangea ce qui restait du gâteau. Alicia le regarda, fascinée. « C'est vraiment un original, songea-t-elle. N'importe quel autre homme sur cette planète aurait dit : *Je suis tellement désolé... ce gâteau a l'air immonde... je n'aurais jamais dû vous emmener ici.* Mais évidemment, aucun autre homme ne m'aurait emmenée ici. »

– Si vous n'aimez pas qu'on gaspille la nourriture, c'est parce que tant de gens n'ont pas assez à manger ? demanda-t-elle.

Il hocha la tête.

– Je n'y avais jamais pensé, avoua-t-elle, prise d'un désir soudain de se rabaisser.

– Le contraire m'aurait étonné, répliqua Richard d'un ton impartial. Miss Fielding m'a dit que votre père est sous contrat avec le gouvernement pour des fournitures de vêtements qui lui procuraient, avant cette guerre, un revenu annuel d'environ dix mille livres. À moins d'être une femme vraiment exceptionnelle, comme Barbara Bodichon ou Beatrice Webb, il vous serait impossible d'imaginer ce que peut être la vie des pauvres.

– Il n'est pas tout à fait vrai que je n'y pense jamais, déclara-t-elle, honteuse de son premier mouvement. En fait, j'y ai beaucoup pensé, depuis que je travaille à l'usine.

– Vous semblez capable d'être honnête avec vous-même, ce qui est une qualité enviable, dit Richard d'un ton approbateur. Mais bien sûr, les ouvriers de votre usine ne sont pas pauvres.

– Non, c'est vrai. Ces filles là-bas…

Elle désigna de la tête le fond de la salle.

– Elles ont plein à manger et elles s'amusent autant que moi, à leur manière.

Elle espérait qu'il lui demanderait si elle s'amusait beaucoup, mais cet après-midi réservait plus d'une déception à Alicia. Il se contenta de hocher la tête et de lui offrir une des deux cigarettes de son étui.

– Vous…, dit-elle tandis qu'il lui donnait du feu avec une allumette.

Apparemment, il n'avait pas de briquet.

– Je suppose que les pauvres vous tiennent à cœur plus que tout, n'est-ce pas ?

C'était une formule maladroite, mais elle était trop émue pour s'exprimer mieux. Dans ce café chaud et bruyant, si sordide et rempli de gens ordinaires, où rien n'était beau ni sérieux, elle se sentait plus proche qu'elle ne l'avait jamais été dans ses moments les plus intimes avec H. de ce qu'elle appelait vaguement en elle-même « le monde réel ».

Richard ne répondit pas tout de suite. Il se mit à contempler la table comme s'il réfléchissait avec intensité. Puis il commença à parler lentement :

– Vous avez trouvé les mots justes en disant qu'ils me tiennent à cœur. *Vous avez toujours des pauvres parmi vous*, a dit Jésus dans un autre sens, et une partie de moi souffre sans cesse en pensant à eux. Ils demandent si peu. Au moins 90 % des Anglais veulent une petite maison et un jardin. D'après un vote organisé récemment parmi les soldats de l'armée, c'est ce qu'ils désirent à 97 ou 98 %. Et une enquête effectuée à Birmingham a révélé que c'était également le souhait de 96,7 % de la population de la ville. Si on leur demande en passant ce qu'ils attendent de la vie, presque tous répondent invariablement la même chose : une jolie petite maison avec un bout de jardin. Certains d'entre eux sont cupides, bien sûr, mais au moins ils n'ont pas le monopole de ce vice. La cupidité est innocente, la plupart du temps, et la cupidité terrifiée des pauvres est la plus innocente de toutes. Une jolie petite maison et un bout de jardin... Ce désir est certainement partagé par tous les pauvres de la terre. Ils ne veulent rien de plus. Et nous nous sommes si mal occupés du *jardin dévasté du monde*, comme l'appelle un écrivain, qu'ils ne peuvent même pas l'obtenir. Ce n'est pas qu'ils ne puissent accéder à l'art, à la richesse, au loisir, dont la plupart de toute façon n'ont pas envie. C'est qu'ils ne peuvent avoir assez de nourriture, ni assez de temps pour reposer leur corps surmené, faire l'amour ou profiter de leurs enfants sans craindre pour leur avenir.

Il se tut et se mit à tousser. Alicia resta silencieuse, et il reprit au bout d'un instant :

– Mes sentiments pour les pauvres inspirent la conduite de ma vie entière. Je n'en parle que rarement. Si je viens de le faire, c'est que vous m'avez posé la question et que vous m'êtes sympathique. Maintenant, si vous le voulez bien, nous allons parler d'autre chose.

Sur ces mots, il entreprit de faire tomber avec soin la cendre de sa cigarette, sans regarder Alicia. Elle resta silencieuse. Son visage avait commencé à rougir et elle but du thé sans s'apercevoir qu'il était froid. *Vous m'êtes sympathique*. Ces mots résonnaient en elle, et elle avait honte car ils étaient les seuls de tout son discours dont elle se souvînt clairement. Elle lança enfin :

– Vous ne m'avez pas dit tout ça, l'autre soir, quand je vous ai demandé quelles étaient vos occupations préférées.

– Vous parliez de ce qui me donnait du plaisir. Je ne peux pas dire que mes sentiments pour les pauvres m'en donnent.

– Vous avez dit que ces sentiments influençaient plus ou moins votre vie entière. De quelle manière ?

– Je crois que je peux contribuer à adoucir le sort des pauvres partout dans le monde – même si c'est de façon infime, bien sûr –, en enseignant l'économie et en soutenant le mouvement communiste. Je fais l'un comme l'autre. Et je vis uniquement de ce que je gagne. Une tante m'a légué trois livres par semaine quand j'avais vingt et un ans, mais je donne cet argent au parti communiste pendant quatre mois de l'année, et le reste va aux prisonniers de la guerre d'Espagne encore internés en France et dans d'autres pays. Quand je suis à sec, ce qui n'arrive pas souvent, j'emprunte de l'argent à ma mère – à personne d'autre. Et en plus, je la rembourse !

Il eut ce sourire qu'Alicia commençait à guetter, et elle sourit à son tour.

– Êtes-vous communiste ? demanda-t-elle.

– Je ne suis pas membre du parti, mais il me semble que le communisme est ce qui s'approche le plus de mes conceptions politiques.

Après avoir réfléchi un instant, Alicia déclara avec franchise :

– Vous savez, je pense que vous ne devez vraiment pas vous amuser, à force de vous tourmenter pour les pauvres, de donner tout votre argent et de ne pas manger beaucoup. Et vous dites que vous êtes heureux!

– C'est la vérité, répondit-il aussitôt. Cela ne se voit pas?

Elle observa son visage, avec son grand front et sa bouche bien dessinée, et elle dut s'avouer qu'il rayonnait de bonheur, même si celui-ci ne ressemblait certes pas à ce qu'elle avait l'habitude d'appeler ainsi.

– Eh bien, oui, c'est vrai, mais du diable si je comprends pourquoi, lança Alicia en oubliant d'être charmante tant la pensée de son propre malheur l'emplissait d'amertume.

– J'aime l'espèce humaine et je fais ce que je crois être mon devoir, répliqua Richard en commençant à s'emmitoufler dans son écharpe. Et par chance, cela me plaît, en plus.

– Prétentieux! railla-t-elle.

Il se contenta de sourire avec indulgence et fit signe à la serveuse.

– Vous me ramènerez chez moi en voiture? demanda-t-il.

– Si vous voulez. Pourquoi?

– Voici toute ma fortune, dit-il en brandissant la demi-couronne. Et je voudrais laisser la monnaie à la petite.

Après qu'il eut payé la note, Alicia le regarda glisser les pièces sous une assiette. Elle ne proposa pas de payer sa part. Pourquoi l'aurait-elle fait? Elle ne s'était pas beaucoup divertie. Elle avait l'impression de s'être écorché les jambes. Cependant Richard lui plaisait toujours, et elle continuait de le comparer vaguement en elle-même avec H. « Ce H., avec son argent et ses cigares! songea-t-elle soudain. Il y avait de quoi suffoquer. »

– Je croyais que les communistes désapprouvaient les pourboires, observa-t-elle perfidement tandis qu'il l'aidait à enfiler sa fourrure. Ne sont-ils pas insultants?

Il ne répondit pas mais la poussa doucement hors du café. Elle se retourna sur le seuil pour faire au revoir de la main aux filles de l'usine, qui agitèrent à leur tour leur main d'un air rêveur. Puis ils sortirent dans le black-out.

– Bon sang, il neige ! dit-elle en sentant comme un doigt glacé sur sa joue. Et je n'ai pas mis la capote de la voiture. C'est embêtant ?

– Magnifique, répondit-il distraitement. Non, ce n'est pas de la neige mouillée.

– Vous n'allez pas attraper froid ?

Elle mit en marche les essuie-glaces pendant qu'il s'asseyait.

– Je ne pense pas. Mes vêtements sont vieux, mais très épais et chauds.

– Vous ne vous en occupez jamais, non ?

– Je les fais nettoyer, répondit-il doucement. En fait, j'achète ses vieux costumes au comte de Swanage.

– Dommage qu'il n'ait pas un meilleur tailleur, Richard, dit Alicia qui avait entendu parler du jeune pair excentrique.

– Il économise sur la coupe plutôt que sur l'étoffe, Alicia.

Elle roula dans la nuit. L'essuie-glace fonctionnait sans relâche et leurs épaules se couvrirent d'une fine couche de neige. Les routes obscures étaient blanches.

– Je suis sûre que vous allez prendre froid, dit-elle.

– C'est possible, évidemment. Mais j'aime beaucoup marcher dans la neige. Si celle-ci tient, j'irai à pied à Blentley dimanche. Voulez-vous venir aussi ?

Prise de court par la simplicité charmante de cette invitation, Alicia faillit s'exclamer : « Et comment ! » Cependant elle répondit d'un ton aimable :

– Cela me ferait très plaisir, à condition que je ne doive pas travailler ce jour-là. J'aime marcher dans la neige, moi aussi, et j'aurais grand besoin de prendre un peu l'air.

Ils prirent rendez-vous pour cette promenade et se séparèrent avec cordialité devant la grille de Sunglades, sans avoir abordé de nouveau des sujets sérieux. Richard s'éloigna dans l'ombre en boitillant, avec ses livres abrités sous son manteau. Alicia rentra chez elle en pensant : « Mes bottes de castor, mon tailleur vert, mon manteau et ma toque de castor. Mince alors ! Zut pour le communisme ! » Mais ce n'était guère que de la bravade.

Bravade bien inutile, puisque le dimanche Mrs Marten téléphona pour dire que Richard ne pourrait se promener avec elle comme prévu, car il avait la grippe et plus de vingt degrés de température. Elle semblait inquiète et Alicia dut faire un grand effort de volonté pour lui avouer que c'était sa faute s'il était tombé malade, car elle n'avait pas mis la capote alors qu'il neigeait.

– Décidément, je ne lui fais pas de bien, conclut-elle d'un ton contrit.

Betty lui assura qu'elle n'avait rien à se reprocher. De toute façon, Richard ne prenait jamais les précautions qui s'imposaient contre le mauvais temps et il avait toujours la grippe juste avant Noël. Elle promit à Alicia (qui n'avait rien demandé et se sentit plutôt gênée) qu'elle la rappellerait dans un jour ou deux pour lui dire comment il allait.

« Eh bien, elle ne ressemble certes pas aux mères de la plupart des jeunes gens, pensa Alicia avec un soupir en raccrochant. Mais je me sens totalement découragée. »

Malgré tout, Londres était plein d'hommes avides de distractions et prêts à dépenser leur argent pour une jeune femme séduisante, et on trouvait même des hommes libres à St Alberics – Canadiens, Français de la France libre, aviateurs de la RAF –, si bien qu'au cours des semaines précédant Noël elle réussit à s'amuser comme de coutume, entre les bals, les fêtes et les beuveries au pub, et qu'elle ne pensa guère à Richard, au moins consciemment. Mais elle avait beau prendre tout ce qui se présentait avec son mélange habituel d'amertume et de bonne humeur, la pensée de Richard était toujours présente en elle souterrainement et elle fut contente que sa mère l'appelle, quelques jours plus tard, pour l'informer que sa température avait baissé et qu'il se sentait mieux.

Alicia exprima poliment son soulagement et ne proposa pas de passer le voir pour lui apporter de la lecture. Car, outre son talent naturel pour bien s'entendre avec les hommes, elle avait élaboré dès ses premières amours des règles strictes qui régissaient ses relations avec eux. Elle s'abstenait systématiquement de faire des scènes, de poser des questions gênantes ou de suggérer un rendez-vous. Elle n'écrivait pas de longues lettres pleines d'explications ou d'exigences, et ne parlait jamais de ses admirateurs avec ses rares amies femmes. Et elle s'arrangeait pour que sa vie de femme bien ordonnée, avec son travail de guerre et ses visites dans les magasins ou chez le coiffeur, se déroulât avec une apparente sérénité, qu'elle ait ou non une aventure amoureuse. C'était une séduction de plus, pour ses amis hommes. « Ces chers petits sont toujours intrigués par quelqu'un qui n'est pas dans le pétrin, et ils n'ont de cesse de vous y mettre. Après quoi, ils sont mécontents. »

Comme elle appréciait les hommes et avait toujours su les prendre, telle une escrimeuse ou une danseuse accomplie, Alicia en voulait toujours amèrement à H., dont la passion avait eu raison des règles qu'elle s'était fixées et avait éveillé en elle des sentiments douloureux, après quoi il avait décidé qu'il n'avait pas envie de passer avec elle le reste de sa vie. Elle avait l'impression de n'avoir pas mérité d'être traitée ainsi par la chance ou le destin – qu'importait le nom qu'on lui donnait. Elle qui avait tellement pris soin de respecter son code de comportement ! Elle qui avait « fait marcher ses méninges », comme on disait dans l'armée, et ne s'était jamais répandue en vociférations ou en gémissements ! Ce n'était pas juste. Elle éprouvait toujours de la rancune pour H., quoiqu'un peu moins depuis qu'elle avait rencontré Richard.

Durant les journées sombres et glacées précédant Noël, Richard resta au lit à se remettre de sa grippe. Il se sentait si faible qu'il ne parvenait à se concentrer sur les lectures nécessaires à ses cours que pendant un bref moment le matin et le soir. Sa solitude était grande, car Miss Fielding disait que l'atmosphère d'une chambre de malade la déprimait et assombrissait ses facultés créatrices, Miss Burton craignait simplement d'attraper la grippe et sa mère était évidemment absente toute la journée. Quant à Vartouhi, elle entrait et sortait en hâte avec ses repas, en l'appelant « Pauvre Richard ! » sur un ton qu'il n'aimait guère, et il n'arrivait jamais à la convaincre de s'attarder un instant.

Un après-midi, alors qu'il était allongé depuis une bonne heure à regarder les arbres noirs s'agiter sans relâche sous le ciel bas en pensant à l'Europe occupée et à ses amis tués en Espagne, elle entra avec le thé, alluma les lumières et tira les rideaux, si bien que la chambre morose sembla renaître à la chaleur et au confort. Comme elle posait le plateau sur son lit en lui souriant fugitivement, il s'empara soudain de sa main en marmonnant :

– Vartouhi… soyez gentille avec moi. Je vous aime.

Elle libéra sa main avec violence et la cacha derrière son dos.

– Oh, vous m'aimez ! lança-t-elle avec mépris. Vous êtes malade, vous êtes toujours malade ! Rétablissez-vous grandement vite et je n'ai plus à vous porter ces plateaux !

– C'est ce que vous pensez vraiment ? demanda-t-il. Vous ne me plaignez pas du tout ?

Pris d'un désir purement scientifique de savoir si elle était réellement d'une méchanceté aussi monstrueuse, il en oublia son chagrin et sa colère.

– Pas du tout, pas du tout ! lança Vartouhi en secouant la tête avec vigueur. Richard, je déteste la pluie en Angleterre, j'aime le soleil toute la journée, j'aime monter à cheval dans les montagnes, j'aime m'endormir toute dans les petites fleurs rouges et je déteste les malades.

– Parlez-moi des fleurs rouges, demanda-t-il à voix basse en observant son visage.

– Les petites fleurs rouges et les petites fleurs blanches dans les montagnes de mon pays.

Elle s'immobilisa un instant près du lit. Elle baissait les yeux sur Richard, mais il savait qu'elle voyait une image lointaine.

– Je vais avec mes sœurs, sur des chevaux. Nous montons toute la journée et nous endormons là l'après-midi. Nous voyons la mer au loin. Si bleue.

– Continuez.

– D'abord beaucoup de fleurs blanches, puis beaucoup de fleurs rouges, puis la mer au loin. Et le soleil grandement chaud. Il est ce que j'aime. Pas les malades, Richard.

– Je sais, Vartouhi. Je n'aurais pas dû vous ennuyer. Je suis désolé.

– Oh, oui, vous êtes désolé. Bientôt vous essayez de nouveau toucher ma main.

– Non, c'est promis. Que portez-vous… quelle robe, quand vous montez à cheval dans les montagnes avec vos sœurs ?

– Blanc, blanc, tout blanc, avec des bottes, dit-elle d'un ton impatient en s'éloignant en hâte. Et jaune en haut, grandement joli, ici…

Elle effleura le col de sa blouse.

– Et les chevaux ont des clochettes qui sonnent tout le temps dans le soleil chaud, conclut-elle en fermant la porte.

« Je suppose, pensa-t-il en s'allongeant les yeux fermés, que si une Anglaise disait à un Baïramien qu'elle vivait dans un pays de vertes prairies où coulent des rivières et où poussent des fleurs bleues et jaunes, avec des églises vieilles de mille ans dont les cloches sonnent au-dessus des arbres noirs, cette contrée lui paraîtrait aussi romantique que la Baïramie l'est à mes yeux. Je ne pourrai pas supporter cette situation beaucoup plus longtemps. Il faut que je me trouve une chambre à Blentley dès que je serai rétabli. En attendant, un révulsif est tout indiqué. » Après avoir bu un peu de thé, il écrivit un mot à Alicia Arkwright en lui suggérant de venir le voir le dimanche après-midi suivant, si elle ne travaillait pas, et de lui apporter de la lecture – « *le dernier roman policier à la mode avec ses cartes et ses citations de Plotin, et le* New Yorker, *l'*Esquire *et* Vogue. *Pas le* Tatler, *je vous prie, même si je sais que vous le lisez* ».

« C'est une fille séduisante et je l'aime bien, songea-t-il en collant un timbre sur l'enveloppe. Et ce dont j'ai besoin maintenant, c'est d'un peu de compagnie féminine civilisée. »

C'était l'heure du courrier de l'après-midi. Alors qu'elle descendait l'escalier en courant, Vartouhi vit les lettres tomber dans la boîte. Elle les emporta au salon, où Miss Fielding, assise très droite devant la cheminée, lisait d'un air sévère.

– Ah, des lettres ! s'exclama Miss Fielding en posant son livre avec vigueur. Et il sera bientôt l'heure de tirer les rideaux pour le black-out.

Elle jeta un regard sur le jardin assombri, où des feuilles mortes tourbillonnaient sur les allées pavées.

– Nous allons prendre le thé, Vartouhi, ajouta-t-elle avant de commencer à ouvrir les enveloppes.

Quelque temps plus tard, Miss Burton, qui s'apprêtait à éteindre le poêle dans sa chambre pour descendre au salon, eut la surprise de voir la porte s'ouvrir sur Miss Fielding. Celle-ci avait un air mystérieux et bouleversé, et elle tenait une lettre.

– Constance ! Que se passe-t-il ? demanda Miss Burton avec anxiété en s'avançant vers elle. Une mauvaise nouvelle ?

– La pire des nouvelles, répondit Miss Fielding d'une voix sépulcrale en lui tendant la lettre.

Miss Burton la lut en hâte, non sans s'exclamer par intervalles « Mon Dieu ! » et « Ts, ts ! ». Après quoi elle la rendit à sa cousine en lançant :

– Juste ciel, Constance, qu'allons-nous faire ?

– Nous ne pouvons rien faire, répliqua Miss Fielding en s'asseyant sur le lit. Nous sommes impuissantes. Je ne peux pas refuser de le recevoir. Mon devoir exige que je le laisse venir, et je le ferai.

– Seigneur, ce sera tellement embarrassant !

– Et il restera aussi longtemps qu'il le désirera.

– Oh, Constance ! Et il n'a pas d'argent, à ce qu'il dit.

– Oui, c'est nouveau, et cela ne me dit rien qui vaille.

– Voyons… à quand remonte son dernier séjour ici ?

– À vingt ans pour le moins. La dernière fois que je l'ai vu, c'était à Londres il y a trois ans, et il a dit alors qu'il n'était pas venu ici depuis vingt ans.

– Mon Dieu, il va y avoir tant à faire… où va-t-il dormir ?

Miss Fielding ferma les yeux.

– Il faut qu'il ait la chambre de Richard. C'était la sienne autrefois.

– Mais le pauvre Richard… que va-t-il faire ? Il est malade.

– Il va falloir qu'il guérisse tout de suite et se trouve une chambre ailleurs, déclara Miss Fielding avec décision en se levant. Et je vais peut-être devoir demander à Betty de s'en aller aussi.

– Mon Dieu, pourquoi ? J'ai tant d'affection pour Betty. Il ne s'entend pas avec elle ?

– Ils ne s'entendent que trop. C'est bien ce qui me fait peur. Et étant donné certaines autres circonstances, il vaut sans doute mieux qu'elle s'en aille. Oh, Seigneur, Seigneur…

Tandis qu'elle descendait d'un pas lourd l'escalier, suivie de sa cousine éplorée, elle se lança dans une sorte de litanie plaintive à voix basse :

– Quel crime ai-je commis dans une autre vie pour me voir chargée d'un tel fardeau ? Quand j'ai ouvert cette lettre cet après-midi, Frances, je n'ai pas pu m'empêcher de me demander pourquoi, alors que tant d'autres âmes meilleures et plus anciennes se sont éteintes, *lui* devait rester parmi nous pour nous accabler de déception et de chagrin. Lancer des night-clubs ! À son âge !

– Des night-clubs…, murmura Miss Burton.

– Oui. Tu n'as pas lu la lettre ?

Le ton de Miss Fielding était peu amène.

– Oh, si, bien sûr, mais j'étais tellement incrédule et bouleversée, je ne me suis pas vraiment rendu compte. Des night-clubs !

– Allons, Pony, tu sais bien que tu n'as pas le droit d'entrer dans le salon, dit Miss Fielding avec irritation à l'énorme chat qui traversait majestueusement le vestibule.

Il s'arrêta juste devant la porte du salon, lui jeta un unique regard puis se dirigea d'un pas lent vers la cuisine.

– Nous ne pouvons pas vous permettre de rester aujourd'hui, Vartouhi, continua Miss Fielding en s'asseyant devant le plateau du thé. Miss Burton et moi désirons discuter d'affaires confidentielles.

– Oui, Miss Fielding, dit Vartouhi d'un ton allègre.

Puis elle rentra avec Pony dans la cuisine, où ils s'assirent tous deux sur la table et mangèrent des tartines de margarine en regardant par la fenêtre le jardin hivernal.

17

APRÈS SA CONVERSATION avec Miss Burton, Miss Fielding écrivit une lettre à une adresse londonienne et la posta sans en informer Kenneth ni aucun autre membre de la maisonnée, en dehors de Miss Burton. « Kenneth est tellement idiot, se dit-elle en s'avançant pesamment dans la nuit froide et venteuse vers la boîte aux lettres, sur le trottoir qu'elle éclairait de sa torche électrique. Il aurait certainement voulu envoyer un télégramme disant : *Venez tout de suite, sommes enchantés.* Nous verrons ce qui va se passer, maintenant. J'espère que cette lettre le tiendra un moment à distance, en tout cas. »

Même si elle avait été dérangée dans la tranquillité agréable de son existence et si elle s'inquiétait de plus en plus pour Kenneth et Betty, Miss Fielding fit ses emplettes de Noël comme de coutume. Elle refusait de renoncer à son habitude d'offrir de beaux cadeaux à ses amis et à ses connaissances du fait de la guerre. Elle se rendit donc à Londres un jour ou deux avec une liste dans son sac à main, et en revint de méchante humeur, chargée de sous-main en cuir, de serre-livres en forme d'éléphants et de petits bouquets de pommes de pin dorées. Elle déclara qu'il n'y avait guère de choix dans les magasins, que tout était affreusement cher et que tout paraissait tellement absurde. Et devant la difficulté d'obtenir les papiers et rubans nécessaires pour faire de jolis paquets, elle grogna sans interruption jusqu'à la veille de la fête. Quant à Kenneth, il n'offrait jamais que des bouteilles, remplies au choix de parfum ou de whisky.

Miss Burton avait prévu un Noël pour période d'austérité. Elle avait entrepris de confectionner des pantoufles, des napperons et des porte-aiguilles avec les débris de soie et de brocart de son panier à ouvrage. Comme elle ne se consacrait pas à un cadeau à la fois mais passait fébrilement de l'un à l'autre, elle se sentait de plus en plus épuisée et n'en avait fini aucun. Betty acheta des chèques-livres pour tout le monde, car elle était tellement surmenée au ministère qu'elle n'avait pas le temps de partir en quête d'autres cadeaux et se réjouit de s'en tirer à bon compte. Ayant reçu en partage le plus précieux des présents du Ciel, à savoir un heureux naturel, elle n'était pas du genre à s'inquiéter.

Cependant elle s'inquiétait maintenant doublement pour Richard, qui ne se remettait que lentement de sa grippe et avait été trop malade pour cacher à sa mère sa passion pour Vartouhi. C'était la première fois qu'une de ses aventures amoureuses la remplissait d'anxiété. Jusqu'alors, elle les avait prises aussi gaiement qu'il les menait de main de maître. Elle avait le sentiment qu'il était assez grand pour se débrouiller. Quant aux jeunes filles, il était trop gentil et bienveillant pour leur faire grand mal. Mais cette fois, c'était différent. Elle avait vu la souffrance et la passion sur son visage quand il entendait au loin la voix de Vartouhi, et elle se sentait pleine d'impuissance et de chagrin pour lui. C'est pourquoi elle avait téléphoné à Alicia, la seule jeune fille séduisante et civilisée qu'elle eût sous la main, et qui lui semblait de surcroît attirée par Richard. « Il faut à tout prix qu'il cesse de penser à ce petit lutin », se dit Betty en raccrochant, car dans son irritation elle se montrait plus qu'injuste envers Vartouhi.

Pendant ce temps, indifférente aux soucis des autres, Vartouhi montait chez Miss Burton dès qu'elle avait un instant libre et travaillait paisiblement à son magnifique couvre-lit. Bien entendu, Miss Fielding n'avait pas tardé à lui demander ce qu'elle fabriquait là-haut tous les soirs, mais elle avait renoncé avec indulgence à toute question en apprenant que la jeune fille confectionnait un objet splendide, car elle supposait qu'il s'agissait d'un cadeau pour elle-même.

Par une soirée silencieuse, où la campagne disparaissait sous une brume glacée, Vartouhi travaillait dans le salon de Miss Burton, assise par terre devant le poêle dont la chaleur rougissait l'une de ses joues. Miss Burton était assise sur sa chaise basse et bricolait une pantoufle. La pièce était chaude et paisible, remplie du parfum des jacinthes blanches et violettes qui s'épanouissaient dans une coupe sur la table. Malgré sa contrariété devant l'aspect bancal de sa pantoufle, Miss Burton songeait que la compagnie de Vartouhi était vraiment délicieuse. La jeune fille était si allègre, gentille et courageuse (car, après tout, il se pouvait qu'elle ne revoie jamais sa famille), et il était si agréable d'être assise ainsi à travailler avec elle. Lançant à la dérobée un regard affectueux sur la tête couronnée de tresses blondes, elle regretta que Miss Fielding dût arriver d'un instant à l'autre en réclamant à grands cris son Ovaltine. « Vraiment, se dit Miss Burton, cette guerre nous a rendu le plaisir des passe-temps tranquilles. Oh, cette pantoufle ! »

– Miss Burton…

– Oui, Vartouhi ?

– Je veux vous demander quelque chose.

– Eh bien ?

– Dans la chambre de Mr Fielding, je vois une photo avec des soldats.

– Ah, oui ? Il doit s'agir du régiment de Mr Fielding durant la dernière guerre, le 47e régiment de territoriaux de Londres. Pourquoi donc ?

– Je les compte. Onze soldats. Et à l'extrémité des soldats, sur une chaise, il y a un jeune homme.

– Oui ?

L'Usurpatrice, toujours prête à faire des sottises, fit soudain pétiller les yeux de Miss Burton.

– Il est Mr Fielding, Miss Burton ? demanda Vartouhi en la regardant, avec son aiguille en suspens au-dessus du couvre-lit. Il est Mr Fielding, ce jeune homme ?

L'Usurpatrice hocha la tête en souriant.

– Oui, Vartouhi. C'est Mr Fielding quand il avait vingt-cinq ans.

– Mais si beau ! murmura Vartouhi en gardant son aiguille en l'air. Et si imposant aussi ! Je regarde cette photo car j'aime toujours regarder les soldats et il n'y a pas de photos de soldats dans cette maison, et je dis : Non, non, il n'est pas Mr Fielding. Mais maintenant vous dites : Oui, oui, il est.

– Bien sûr que c'est Mr Fielding, tel qu'il était quand il combattait pendant la Grande Guerre.

– Il combat ? s'écria Vartouhi en plantant l'aiguille dans son ouvrage.

Elle se rapprocha à genoux de Miss Burton et la regarda avec excitation.

– Il tue les méchants Allemands ?

– Oh, oui. Il a passé quatre ans en France et il a souvent vu le feu – je veux dire qu'il a beaucoup combattu.

L'Usurpatrice commençait à s'amuser. Miss Burton avait toujours gardé sur le cœur les interventions de Miss Fielding dans la vie sentimentale de Kenneth. Si elle-même aurait peut-être eu des scrupules à encourager l'intérêt de Vartouhi pour ses hauts faits, l'Usurpatrice n'en avait aucun. Elle continua d'un ton mystérieux, en se penchant vers Vartouhi :

– Et il a eu deux médailles !

– *Deux* médailles ? Le George de Mrs Archer n'en a qu'une !

– Oui, il a été décoré du Distinguished Service Order et de la Military Cross.

– Pourquoi les a-t-il, Miss Burton ? Racontez-moi tout !

Les yeux pétillants de malice de l'Usurpatrice regardaient d'un air taquin ceux de Vartouhi, pleins d'ardeur et de curiosité. Miss Burton eut l'impression d'entendre dans la chambre paisible au parfum de jacinthe l'écho de la musique fantomatique de *Il y a un long chemin, si long et sinueux...* Elle s'apprêtait à évoquer l'histoire de batailles vieilles de vingt-cinq ans et la bravoure à moitié oubliée des hommes de 1914, quand un cri lointain, s'élevant du vestibule, rompit le charme :

– Vartouhi ! Mon Ovaltine !

– Miss Fielding vous appelle, dit en hâte Miss Burton. Nous n'aurons pas le temps ce soir.

L'Usurpatrice avait battu en retraite en la laissant seule.

– Allez-y vite, je vais ranger tout ça.

Mais le lendemain soir, quand elles furent de nouveau assises près du poêle tandis que l'« objet splendide » grandissait sous les doigts de Vartouhi, les médailles de Kenneth revinrent sur le tapis et cette fois Miss Burton raconta l'histoire du fond de son cœur affectueux, sans la malice qu'y aurait mise l'Usurpatrice.

Assise sous la lampe éclairant son visage fané et ses mains vieillissantes, elle brodait distraitement au point d'épine un porte-aiguilles en soie rouge. Vartouhi était assise à ses pieds, entourée de laines vertes, brunes et violettes comme une lande et d'écheveaux de soies chatoyantes.

– C'était dans un endroit appelé La Bassée, en France, commença Miss Burton. Cela se passait en 1915 – vous n'étiez pas encore née, ma petite. La guerre durait depuis un an et les Allemands avaient envahi toute la Belgique et une bonne partie de la France. Tout était si terrible…

Son ton se fit rêveur, et elle lâcha son ouvrage.

– Il me semble que cette guerre-ci est loin d'être aussi terrible. Voyez-vous, nous n'étions pas *habitués* à l'idée de la guerre comme vous, les jeunes, l'étiez depuis des années avant qu'elle n'éclate. Nous étions tous en sécurité, à jouer, à travailler, à vivre notre vie, et un an plus tard…

– Racontez-moi la médaille de Mr Fielding.

– Oh… oui… bien sûr. Eh bien, les Anglais attaquaient. C'était une bataille très importante et tous les soldats avaient à cœur de se battre le mieux qu'ils pouvaient. Seigneur, je raconte si mal ! Je voudrais pouvoir vous faire *voir* ce que c'était. Enfin, les Allemands avaient leurs canons sur une petite colline au-dessus d'un village, et ils le bombardaient d'obus sans relâche en tuant nos soldats qui tentaient à toute force d'y pénétrer. Mr Fielding

– le capitaine Fielding, comme on l'appelait alors – s'est élancé avec sa compagnie – cela correspond à une soixantaine d'hommes, mais celle de Mr Fielding était moins nombreuse car certains avaient été blessés. Ils ont réussi à pénétrer dans le village malgré le tir des canons allemands, et ils s'y sont maintenus jusqu'à l'arrivée des renforts. Les Allemands ont dévalé la colline et se sont battus dans les rues, mais Mr Fielding et ses hommes les ont repoussés et finalement les ont envoyés droit sur les canons de nos troupes de renfort.

– Il est grandement brave, dit Vartouhi qui avait écouté avec plus d'attention que Miss Burton ne lui en avait jamais vu.

– Oui, d'une bravoure magnifique. Ç'a toujours été un soldat, vous savez, même avant la guerre, et sa mère et ses sœurs le tournaient en dérision et tentaient de le faire renoncer. Mais quand la guerre a éclaté, bien sûr, il a été formé comme il faut et est devenu très vite officier.

– Que veut dire « dérision », Miss Burton, s'il vous plaît ?

– Oh… c'est se moquer méchamment de quelqu'un, comme vous le faites avec Richard, répondit Miss Burton qui éprouvait une certaine compassion pour le malade.

(Richard aurait été agacé s'il avait su combien de femmes se doutaient de ses sentiments pour Vartouhi, mais par chance il ne pensait pas à cet aspect de la question. Il s'efforçait simplement, d'instinct, de cacher ce qu'il ressentait. Mais comme auraient dit ses amis espagnols, *On ne peut cacher l'amour ni une quinte de toux.*)

Vartouhi haussa les épaules d'un air indifférent et reprit :

– Sa mère et sa sœur avaient en dérision Mr Fielding, dites-vous, Miss Burton ?

– Euh… oui, en effet.

Miss Burton se demandait si elle n'était pas allée un peu loin à force de prendre fait et cause pour Kenneth. Après tout, c'était Miss Fielding qui employait la jeune fille.

– Elles sont idiotes, déclara Vartouhi en prenant les soies et en se remettant au travail.

– Vraiment, Vartouhi, il ne faut pas dire ça.

– Il est vrai. Elles sont idiotes. Il est bon d'avoir un soldat dans votre maison. Si ensuite des combats se produisent, vous avez un soldat tout prêt.

– Beaucoup de gens seraient d'accord avec vous, approuva l'Usurpatrice d'un air radieux. Mais voyez-vous, Mrs Fielding et ses filles croyaient qu'à force d'avoir des soldats, on déclenche une guerre.

– Peu importe si on a des tas de soldats, car alors on gagne. Ces femmes sont idiotes, je le dis encore. Racontez-moi l'autre médaille, Miss Burton, s'il vous plaît.

– La Military Cross ? Il l'a reçue pour être resté en France pendant toute la durée de la guerre, de 1914 à 1918, et pour avoir participé à beaucoup de batailles.

Vartouhi hocha la tête mais garda le silence. Toutefois Miss Burton était sûre qu'elle pensait à Kenneth et à ses médailles, et au cours des soirées précédant Noël elle revint une ou deux fois sur le sujet, en demandant à Miss Burton de décrire les médailles et de raconter de nouveau comment Kenneth et sa compagnie étaient restés maîtres du village. Miss Burton s'exécuta et constata avec satisfaction que son récit ne cessait de gagner en dramatisme et en pittoresque.

On n'était plus qu'à une semaine de Noël et Miss Fielding, un dimanche matin au petit déjeuner, déclara qu'il fallait aller chercher dans les bois du houx et des branches vertes pour décorer la maison. Une discussion s'éleva aussitôt pour savoir s'il serait convenable de prendre la voiture. Aux yeux de Miss Fielding (qui avait échangé un regard soulagé avec Miss Burton après avoir constaté que le courrier du matin se réduisait à deux lettres pour Betty et au *Spanish News Letter* pour Richard), il n'y avait aucune raison de ne pas la prendre, en dehors de la guerre, et elle assura que s'ils la remplissaient suffisamment de feuillages tout le monde penserait qu'ils le faisaient pour les hôpitaux, ce qui empêcherait tout commentaire défavorable.

– Nous pourrions coller à l'avant un de ces écriteaux indiquant « médecin », murmura Betty à Kenneth, lequel éclata de rire.

Cependant il estima que se rendre à pied au bois le plus proche, à cinq kilomètres de là, serait à la fois plus amusant et plus patriotique. Il dit qu'il irait avec Betty.

– Et nous viendrons aussi, Vartouhi et moi, pour vous aider à porter vos trésors, n'est-ce pas, Vartouhi ? lança Miss Fielding avec entrain. C'est une belle journée. En partant tout de suite après le déjeuner, nous aurons largement le temps de cueillir tout ce que nous voulons avant la nuit. Je suppose que tu n'auras pas envie de venir, Frances ?

– Oh, si, pourquoi pas ? répliqua Miss Burton en regardant par la fenêtre le jardin glacé et verdoyant qu'illuminait le soleil bas de l'hiver. Je m'habillerai chaudement. Cela m'amusera beaucoup.

– Pour l'anniversaire de Kemal Atatürk, annonça Vartouhi en se levant et en commençant à débarrasser la table, nous plaçons une guirlande de fleurs au-dessus de la porte d'entrée. Des fleurs rouges, blanches et jaunes, comme les couleurs du drapeau de mon pays.

– Vraiment, Vartouhi ? s'exclama joyeusement Miss Fielding. Comme c'est intéressant !

Son humeur s'éclaircissait à mesure que les jours passaient sans apporter une certaine lettre de Londres.

– Je suis certaine que vous allez adorer participer à notre vieille coutume anglaise cet après-midi. On appelait ça autrefois « rentrer la bûche de Noël », mais bien sûr...

Elle suivit Vartouhi dans la cuisine, où elle lui fit un exposé en règle sur les coutumes de Noël en Angleterre. Miss Burton alla rôder à l'étage, et Kenneth et Betty restèrent seuls à la table du petit déjeuner avec leurs cigarettes.

– La barbe ! s'exclama-t-il en la regardant.

Elle portait son tailleur gris argent et ses petites boucles d'oreilles de jade vert, et le soleil du matin avivait son teint de rose. Elle se mit à pouffer. Évidemment, il aurait été plus agréable de marcher dans le bois hivernal seule avec Kenneth, sans Miss Fielding pour le tenir à l'œil et Miss Burton pour tomber dans des terriers de lapin et déchirer ses bas, mais elle était surtout ennuyée à la pensée que Richard aurait un après-midi solitaire et un thé tardif. Toutefois, quand elle lui en parla plus tard dans la matinée, il sembla indifférent et déclara qu'il avait des tas de livres à lire et aucune envie de prendre le thé.

En réalité, il enviait les autres, qui allaient arpenter en riant les bois silencieux aux arbres dénudés et récolter le laurier au parfum amer et le houx, avant de rentrer dans le crépuscule glacé, les bras chargés de branches raides vert foncé et de sarments de lierre.

Et il enviait particulièrement Kenneth, qui ne verrait en Vartouhi qu'une jolie fille coiffée d'un bonnet de laine. « Il sera incapable d'apprécier la présence de Vartouhi dans les bois », se dit-il. Et il se résigna à passer l'après-midi à dominer sa souffrance. Il avait oublié qu'il avait invité Alicia à prendre le thé.

La compagnie se mit en route après le déjeuner, d'humeur aussi joyeuse que bavarde. Miss Fielding marchait entre Kenneth et Betty. La maison fut abandonnée à la solitude et au malade, lequel lut un moment puis s'assoupit.

Il fut réveillé par un petit objet dur tombant sur son lit. Il se redressa pour l'examiner : c'était un caillou. Au même instant, une voix cria dans le jardin :

– Houhou ! Richard !

– Hello ! lança-t-il. C'est vous, Alicia ?

– Oui. Je vous ai apporté de la lecture, conformément à vos instructions, mais je ne peux pas entrer. Apparemment, tout le monde est sorti.

– La porte de la cuisine n'est pas fermée à clé.

– D'accord. Je fais le tour.

Quelques minutes plus tard, elle entra dans la chambre, en manteau et toque de castor. Elle portait un paquet de livres et de journaux, qu'elle posa sur le lit.

– J'ai passé quelques jours à Londres et je n'ai lu votre lettre qu'à mon retour ce matin, expliqua-t-elle en tirant à elle un fauteuil pour s'asseoir.

Elle ôta sa toque, la posa par terre et passa dans ses cheveux noirs une main blanche légèrement tachée.

– Vous sentez-vous mieux ? demanda-t-elle en se renversant en arrière.

– Pas vraiment, merci. J'ai toujours de la température. C'était plutôt imprudent, de jeter ce caillou. Vous auriez pu me rendre aveugle.

– Quelle histoire !

– Et comment saviez-vous que c'était ma chambre ?

– J'ai deviné, répondit-elle avec un sourire.

Elle était ridiculement heureuse de le revoir. « En pyjama, il a l'air d'un jeune hibou, maigre, sage et ravissant », se dit-elle.

– Où sont les autres ? continua-t-elle.

– Partis faire la cueillette dans les bois, répondit-il non sans aigreur.

– Oh, pas de chance. J'imagine que vous aimez ce genre de chose, pas vrai ?

– En effet. Et je suis très ennuyé de devoir rester ici – très découragé, dirais-je –, mais très heureux de vous voir.

– Vous êtes trop bon ! Enfin…

Elle regarda les livres.

– J'ai pris pour vous le dernier Agatha Christie (il se trouve que mon père l'a rapporté à la maison hier soir), et *Vogue* (même si je ne vois vraiment pas pourquoi vous le voulez, et il devient de plus en plus bête au fil des mois), et *Men Only*…

Richard ferma les yeux en imitant Miss Fielding, mais Alicia se contenta d'admirer la longueur de ses cils – il avait les cils magnifiques des phtisiques. Ni l'un ni l'autre ne pensèrent à Mr Arkwright, qui se trouvait avoir commencé le dernier Agatha Christie.

– … et le *Sunday Express*. J'adore Nat Gubbins, pas vous ?

– Sally la Minette, dit aussitôt Richard.

– Je suis folle d'elle ! Voyez-vous, mon père en a tellement eu assez de Garvin dans l'*Observer* – vous savez, « Le sujet est maintenant en discussion » et le reste – qu'il l'a abandonné pour le *Daily Express*, parce que nous adorons « Croyez-le ou non » et Gubbins. Eh bien, la semaine même où nous commencions à le prendre, Garvin a intégré leur équipe. Mon père était hors de lui !

Ils rirent de concert, et Richard déclara :

– C'est dommage que nous n'ayons pas pu faire notre promenade.

– Oui. La neige a tenu, pas vrai ? C'était une belle journée, ce dimanche. Vous aimez beaucoup marcher ?

– Beaucoup, mais d'ordinaire je préfère marcher seul.

– Comme le chat de Kipling, murmura-t-elle.

Il hocha la tête.

– Les autres parlent d'eux-mêmes ou de leurs histoires d'amour. N'avez-vous jamais été stupéfiée par la façon dont les gens se servent de la campagne et de la patience de leurs amis comme d'un exutoire à leurs passions et leurs malheurs ? Quand on songe au plaisir durable qu'on peut trouver dans la simple contemplation de la nature, il me paraît étrange qu'ils ne s'appliquent pas de leur mieux à se débarrasser de leurs soucis personnels afin de profiter pleinement de ce plaisir à la fois solide et délicat. N'êtes-vous pas de cet avis ?

– On peut toujours se débarrasser des gens, dit-elle.

– On devrait pouvoir le faire. Et il devrait exister un châtiment spécial pour les gens qui arpentent une campagne délicieuse en parlant d'amour à tue-tête. Voulez-vous nous préparer un peu de thé ?

– Oui, bien sûr.

Elle descendit au rez-de-chaussée en sifflotant, explora la cuisine et revint bientôt avec un plateau chargé du thé et de quelques petits pains.

– J'ai pensé que nous pourrions les faire griller, déclara-t-elle.

– Magnifique, dit Richard qui regardait fixement par la fenêtre.

« Il pense à la petite créature », se dit Alicia. Cependant elle se sentait calme et confiante, car elle avait l'habitude d'obtenir ce qu'elle voulait et qui elle voulait, et il lui semblait que, dans le cas de Richard, la petite créature serait *à déconseiller absolument*, comme disait l'une de ses tantes. « Elle n'est pas du tout son type, songea Alicia en observant tranquillement la cuisinière électrique et en faisant griller les petits pains. Elle le rendrait malheureux, s'ils se mariaient – d'ailleurs, je suis certaine qu'il n'y pense pas un instant. Elle ne saurait pas l'apprécier, et il me plaît et je n'ai pas envie de le voir souffrir, et de toute façon je ne vois pas pourquoi elle l'aurait. »

Elle disposa commodément pour lui les petits pains chauds et le thé sur le plateau, puis elle s'assit près du poêle avec son propre thé. Il y eut un long silence. Le soleil se couchait derrière les arbres noirs, et le jardin était rempli d'ombres froides, violacées, et d'une éclatante lumière dorée. La terre des parterres de fleurs était mauve et l'herbe d'un vert d'une intensité irréelle sous le ciel d'un bleu glacé.

– C'est tellement agréable que vous parliez si peu, observa Richard.

– Oh… vraiment ?

Elle continua en étouffant un bâillement :

– Je suis désolée, j'ai sommeil. Je ne me suis pas couchée avant trois heures du matin.

Elle avait encore les yeux cernés et la voix légèrement enrouée après une fête à Londres qui avait duré trois jours, en se terminant au petit matin de façon que les gens pussent dormir suffisamment pour affronter leur journée de travail avant de retourner s'amuser le soir. Lors de cette fête, elle avait rencontré un homme travaillant dans l'immeuble qui s'ornait également de la présence pleine d'autorité de H. Et elle avait appris que ce dernier était surnommé Sexy William par ses subordonnés. Cette information, et le souvenir s'estompant rapidement de nombreux baisers, était tout ce qui lui restait de cette fête.

– Vous aimez les fêtes ? demanda-t-elle.

– Certaines, répondit prudemment Richard. Mais l'important, concernant les fêtes, c'est de ne pas oublier d'en profiter le plus possible quand on est jeune, de façon à ne plus avoir envie d'y aller quand on sera vieux.

– Il arrive qu'on finisse par tellement les aimer qu'on ne peut plus s'en passer.

– C'est sans doute possible, mais c'est un risque à courir.

– Je vais à un tas de fêtes.

– Vraiment ? Y a-t-il un autre petit pain ?

Elle lui en tendit un, heureuse de le voir manger, et dit en le posant sur son assiette :

– Vous avez dit que vous étiez heureux, l'autre jour. Je ne le suis pas.

Elle éprouvait le besoin d'avoir une conversation intime avec lui, et il lui semblait que la sympathie entre eux était maintenant assez forte pour résister à cette épreuve. Toutefois Richard était tourmenté par l'image de Vartouhi levant ses bras en riant au milieu des branches, avec ses cheveux brillants et ses yeux sombres se détachant sur les feuilles d'un vert lustré et inaltérable. Il n'avait jamais apprécié les conversations intimes et c'était la dernière chose dont il eût envie à présent. Il répliqua :

– C'est probablement parce que vous n'êtes pas libre. Il est répugnant d'être esclave – que ce soit d'une idée ou d'une personne. Vous ne serez heureuse que lorsque vous serez libre.

– Je suppose que vous avez raison, dit-elle d'un ton indifférent, consciente d'avoir commis une bévue et furieuse contre elle-même. Vous voulez encore du thé ?

– Non, merci. Voulez-vous fumer ?

– Cela vous est permis ?

– Oh, Seigneur, oui, dit-il avec impatience en lui tendant son étui à cigarettes.

Comme elle approchait sa main, il la prit dans la sienne et la retint un instant.

– Quelle belle main, dit-il en la retournant doucement avant de la lui rendre avec une cigarette sur la paume.

– Je n'arrive pas à effacer les taches, répliqua Alicia dont le cœur battait la chamade.

– Elle n'en est que plus belle à mes yeux, assura-t-il.

« Il est sincère, pensa-t-elle. C'est parce que les taches lui donnent davantage l'aspect de la main d'une pauvre femme, et il aime les pauvres. Je lui plais ! Je lui plais vraiment ! » Se rasseyant près du feu, elle se mit soudain à parler de façon très amusante, et ils rirent bientôt de concert.

Dans les bois, tout n'était en apparence que joie et bonne humeur. Il y avait beaucoup de houx, c'est-à-dire qu'il y avait beaucoup de baies dans les feuillages, et ce sont les baies qui comptent dans le houx. Ils s'amusèrent beaucoup à ployer les branches à l'aide d'une canne qu'ils avaient apportée à cette fin. Les feuilles des hêtres gisaient dans les creux en longues traînées à l'éclat de cuivre, et leurs sombres troncs argentés s'élevaient avec solennité vers le ciel où pâlissait la lumière froide et féerique. Kenneth coupa des branches d'aubépine chargées de baies rouge sombre à l'aspect duveteux et Betty récolta des rameaux de rhododendron aux boutons vert pâle, tandis que Miss Burton marchait rêveusement en faisant bruire les feuilles et en se récitant du Tennyson, sans écouter Miss Fielding qui faisait une conférence sur les druides.

Vartouhi était excitée par le calme et le parfum des feuilles mortes et de la mousse, par la lueur bleue du ciel sur une flaque noire, le bruissement soudain des ailes de pigeons gris dans la masse grise des plus hautes branches. Ôtant son bonnet, elle se mit à courir parmi les arbres en chantant d'une petite voix puissante. Miss Fielding, qui se concentrait sur le houx pour lequel elle avait organisé cette expédition, la regardait avec indulgence et l'envoyait fréquemment aider Kenneth et Betty, surtout quand ils s'attardaient autour d'un buisson en restant en arrière. Elle aimait la fraîcheur de l'air, les couleurs hivernales des feuilles et des fourrés, mais son plaisir était tempéré par ses inquiétudes de sœur. Il lui était difficile de profiter sans réserve de l'après-midi, songea-t-elle, mais telle avait été sa croix depuis que Kenneth était en âge de faire l'idiot. Chaque fois qu'ils avaient été pique-niquer, faire du canotage ou jouer au tennis, elle avait poussé un soupir de soulagement en quittant les jolies filles et en se retrouvant en sécurité dans la voiture les ramenant chez eux, avec en face d'elle Kenneth rendu à sa solitude.

Leurs bras se remplirent peu à peu de branches et de gerbes. Ils accumulèrent sarments de lierre aux feuilles d'un vert foncé de jade, baies noires et brillantes du chèvrefeuille, fruits rosés de l'églantier et rameaux de pin en éventail, jusqu'au moment où Miss Fielding déclara enfin qu'ils en avaient suffisamment et qu'il était temps de rentrer. La nuit tombait rapidement. Ce qui restait de clarté s'effaça des bois, qui s'emplirent d'ombres froides et fantomatiques. Quand leur petit groupe se retrouva sur la route, la lune glacée se levait et leurs ombres s'allongeaient devant eux. Bien entendu, ils ne pensaient plus qu'à prendre leur thé et marchèrent d'un bon pas vers la maison, avec leur butin magnifique dont les ombres fantastiques s'agitaient en cadence sur la chaussée illuminée par la lune.

Tous étaient pleins d'entrain et Miss Burton faisait de son mieux pour oublier qu'elle était manifestement en train de s'enrhumer. Miss Fielding parla longuement du *Petit Frimdl*, en déclarant que la beauté de la pièce se révélait davantage à chaque répétition, qu'il était triste que l'œuvre d'un homme tel que Mr Stocke fût entravée par la guerre et que c'était vraiment ennuyeux de ne pouvoir répéter plus régulièrement du fait de la maladie de Richard. Tandis qu'elle parlait, des avions s'activaient au-dessus de leurs têtes, et le son lointain de l'alerte finit par retentir faiblement dans le ciel froid et rose du crépuscule. Cependant le signal de fin d'alerte s'éleva comme ils arrivaient à Sunglades, et Betty monta aussitôt à l'étage pour voir comme se portait Richard.

En ouvrant la porte, elle fut accueillie par des rires et fut heureuse de voir Alicia renversée dans un fauteuil près du feu, tandis que Richard se tournait pour sourire à sa mère avec un visage plus allègre qu'il ne l'avait été depuis des jours.

– Hello, mon chéri, hello, Alicia, je suis ravie de vous voir. Avez-vous eu du thé ?

– Oui, merci, répondit Alicia en montrant le plateau.

– Tu as fait une bonne promenade, Betty ?

– Merveilleuse. Regarde…

Elle posa sur son oreiller un petit bouquet composé d'un rameau sombre de pin, d'un fruit d'églantier et d'un pâle bouton de rhododendron.

– Ne sont-ils pas délicieux ? Cela faisait une éternité que je ne m'étais pas promenée dans les bois en hiver, et j'avais oublié combien ils étaient ravissants.

– Quand je reviens d'une promenade avec des fleurs sauvages et que je les vois dans une pièce banale, il me paraît toujours étrange de penser que j'ai passé ma journée dans un endroit où tout est ainsi, dit-il comme s'il se parlait à lui-même en respirant le parfum froid et pénétrant du bouquet.

« Ça, quand même, ça me dépasse vraiment, songea Alicia. Mais c'est vrai que H. aimait les orchidées et les œillets. »

À cet instant, une lointaine clameur s'éleva au rez-de-chaussée, où les mots « petits pains » revenaient sur un ton plaintif.

– Mon Dieu, aurions-nous mangé leurs petits pains ? s'exclama Alicia d'un air coupable.

– Aucune importance, déclara Richard.

Il continua de raconter à sa mère qu'il avait invité Alicia à prendre le thé, jusqu'au moment où Vartouhi fit irruption dans la chambre en demandant :

– Richard, vous avez pris des petits pains pour les manger ? Oh, Miss Arkwright est là. Bonjour.

– Hello, dit aimablement Alicia.

– Vous avez cuit et mangé les petits pains ?

– Oui, désolée, je n'ai pas réfléchi, avoua Alicia.

– Maintenant il n'y en a pas pour le thé de Miss Fielding ! lança Vartouhi avec un accent tragique et un sourire radieux. Oh, mon Dieu, mon Dieu, Richard !

Ils éclatèrent tous de rire.

Vartouhi resta sur le seuil en riant, son bonnet dans une main et un rameau aux baies rouge vif sur son manteau. Elle observa la chambre, l'attitude paisible d'Alicia près du feu, le visage de Richard, plus heureux et moins fatigué qu'il ne l'était quelques heures plus tôt. Il la regardait, mais avec plus de détachement que d'ordinaire, et son regard n'était pas implorant.

Vartouhi lança soudain d'un ton fâché :

– C'est une chose grandement ennuyeuse. Maintenant *personne* n'a rien pour le thé.

Et elle sortit en refermant brutalement la porte dans son dos.

« Elle n'apprécie pas que je devienne copine avec lui », se dit Alicia en se levant et en enfilant son manteau d'un air allègre.

– Il faut que j'y aille. Je travaille ce soir.

– Merci pour les livres et cet après-midi si agréable, dit tranquillement Richard. Revenez vite.

– Promis. Je vais informer Miss Fielding de ce coup de téléphone en descendant. Au revoir.

Elle trouva dans le vestibule Miss Fielding, qui la salua d'un air passablement grave.

– À propos, dit-elle, vous avez eu un coup de fil de Londres cet après-midi, Miss Fielding, mais la personne n'a pas voulu laisser de message et a raccroché quand j'ai dit que vous étiez sortie.

– Était-ce un homme ou une femme ? demanda Miss Fielding avec agitation.

Comme Alicia lui jetait un coup d'œil surpris, elle continua d'une voix plus calme :

– Je suppose que c'était ma sœur. Elle doit venir chez nous à Noël, si l'on peut se passer d'elle au bureau.

– Il m'a semblé que c'était un homme, mais la ligne était si mauvaise, je n'entendais rien.

– Oh… ce devait être mon beau-frère. Je les appellerai ce soir. Merci, Alicia. N'oubliez pas la répétition mercredi. Bonsoir.

Mais après avoir réussi à parler avec sa sœur au téléphone après le dîner, Miss Fielding fit un saut dans la chambre de Miss Burton avant d'aller se coucher, le visage bouleversé, et lui chuchota que c'était *lui* à coup sûr qui avait téléphoné dans l'après-midi et qu'elle craignait maintenant qu'il ne faille s'attendre au pire d'un instant à l'autre. Miss Burton s'exclama :

– Oh, mon Dieu, et à Noël, en plus ! C'est tellement pénible et inquiétant !

Miss Fielding ne put qu'approuver ce verdict d'un air sombre.

18

JOAN FIELDING – Mrs Henry Miles – arriva après le déjeuner, la veille de Noël. C'était une grande femme de cinquante-six ans, plus élégante que sa sœur, qui avait pour expressions favorites : « Sottise ! » et « Quelle histoire ! », qu'elle accompagnait du même rire bref et bruyant que Kenneth. Elle avait un emploi assez important à Londres, avec un bureau personnel et quatre malheureux qui avaient la malchance d'être sous ses ordres. Son mari, un haut fonctionnaire, avait veillé à ce que les talents de son épouse – qui étaient réels – fussent reconnus dès le début de la guerre. Mrs Miles ne partageait pas le point de vue international de sa sœur, mais se consacrait avec vigueur à ce qu'elle avait à faire. Elle aimait obliger les gens à faire ce qu'elle désirait, n'était jamais ennuyée par les détails ou la routine, et ne pensait jamais à l'avenir. Elle avait déniché pour ses trois enfants des emplois de guerre en dehors de l'armée, et elle assurait qu'ils s'en tiraient très bien. Elle fascina Richard, lequel trouvait le spectacle d'une personne sans imagination curieusement reposant. Mr Miles devait arriver tard dans la soirée, une fois libéré de ses devoirs, après quoi ils seraient au complet pour fêter Noël.

Miss Fielding prit sa sœur à part pour un long entretien confidentiel après le thé. Elles devaient aller dîner en ville ce soir-là chez de vieux amis et il leur faudrait partir tôt pour ne pas manquer le bus. Malgré les branches vertes décorant joyeusement la maison et les paquets mystérieux disposés au pied d'un arbre tout petit dans le salon, malgré l'atmosphère d'attente heureuse imprégnant même cette maisonnée sans enfants à la veille de Noël, Miss Fielding paraissait si soucieuse et préoccupée que le petit groupe assis près de la cheminée du salon s'en aperçut.

– Qu'arrive-t-il à Constance ? demanda Betty à Miss Burton. Elle a l'air inquiète.

– Eh bien, oui, elle l'est un peu, répondit Miss Burton d'un ton énigmatique. Mais j'espère que tout ira bien.

– Ce n'est rien de grave, j'espère ? insista Betty.

– De quoi s'agit-il ? lança Richard en levant les yeux de son livre.

Il était de nouveau installé au rez-de-chaussée.

– Ma mère et moi aimerions bien être au courant, et je n'aime pas les mystères.

– Vraiment, Rick, protesta faiblement sa mère.

– Eh bien…

Miss Burton se pencha en avant et baissa la voix.

– En fait, il s'agit de l'oncle Eustace.

– Qu'est-ce qu'il est, l'oncle Eustace ? demanda Vartouhi d'une voix forte en fourrant la moitié d'un petit pain dans sa bouche.

– Chut ! C'est le père de Miss Fielding.

– Elle a un père ! Et si vieux !

– Pas si vieux que cela… il n'a que soixante-dix-huit ans, répliqua Miss Burton avec énergie mais en songeant en elle-même que c'était effectivement un âge plutôt avancé pour les faits qu'elle s'apprêtait à révéler. Je ne devrais vraiment pas vous raconter tout ça, mais autant que vous soyez préparés si jamais il vient ici…

– S'il vient ici ? s'écria Richard en posant son livre. Serait-il possible qu'il s'installe dans cette maison ?

– Oh, plus que possible, j'en ai p… je crois. Il a écrit qu'il comptait venir pour Noël. Constance lui a répondu aussitôt que la maison était pleine, mais nous n'avons eu aucune nouvelle depuis, en dehors de ce coup de téléphone dimanche dont il nous paraît probable qu'il était l'auteur, et Constance pense qu'il va sans doute…

Ce fut l'Usurpatrice qui termina en pouffant :

– … débarquer sans crier gare.

– Dans ce cas, je vais certainement essayer de me trouver une chambre à Blentley, déclara Richard. Miss Fielding n'aura pas envie que la maison soit bondée, et de toute façon j'avais l'intention de m'en aller.

– Vous partez, Richard ? murmura Vartouhi, qui était assise à côté de lui sur une chauffeuse.

Elle se montrait un peu plus gentille avec lui, depuis quelques jours, mais cela ne le rendait pas heureux car il pensait qu'elle ne faisait que s'amuser en changeant de tactique.

– Oui, dit-il. Il me sera plus facile de travailler.

– Il paraîtra seul sans vous, Richard, dit-elle avec tant de douceur qu'il pâlit et détourna les yeux.

« Petite misérable, j'aimerais te battre ! » pensa Betty.

– Elle ne l'aime pas, son père ? demanda Vartouhi en se tournant vers Miss Burton. Pourquoi n'est-elle pas contente s'il vient ?

– Eh bien, il a toujours été plutôt *difficile*, répondit Miss Burton avec circonspection. Il a ses petites manies…

– Tu te rappelles, mon chéri, dit Betty à Richard. Il passe son temps à lancer des night-clubs. Cela fait près de vingt ans qu'il a quitté la vieille Mrs Fielding, et il n'a plus jamais habité ici.

– Bien entendu, ses enfants l'ont vu à Londres, assura Miss Burton en hâte à Richard afin que la situation ait l'air aussi normale que possible.

– Tu n'exagères pas un peu quand tu dis qu'il passe son temps à lancer des night-clubs ? s'enquit Richard.

Betty secoua la tête.

– Non, il est vraiment doué pour ça. Il s'occupe de lancer le club, puis il le confie à un gérant et prend un pourcentage sur les bénéfices.

– Je sais que ça semble incroyable, glissa Miss Burton.

– Ça l'est, rétorqua Richard.

Après un instant de réflexion, il demanda :

– Est-il bavard ?

– Il aimait bien parler, oui, j'en ai peur, répondit Miss Burton à contrecœur.

Richard réfléchit encore puis proclama :

– Manifestement, il s'agit d'une personnalité épuisante, d'un « personnage ». Cela ne me plaît pas. Je vais certainement m'installer à Blentley.

Et il se replongea dans son livre.

– Mon chéri, tu seras toi-même un personnage bien avant d'avoir soixante-dix-huit ans, murmura sa mère.

Elle se tourna vers Miss Burton.

– Pourquoi vient-il ? demanda-t-elle.

– Eh bien… il dit qu'il est temporairement à court d'argent.

– Mon Dieu ! marmonna Richard sans lever les yeux.

– J'ai gardé de lui le souvenir d'un homme charmant, déclara Betty.

– Je suppose qu'il a beaucoup changé et vieilli, observa Miss Burton. Avec la guerre et le reste, vous savez…

– Qu'est-ce qu'il est, un night-club ? demanda Vartouhi. J'emporte ces tasses avec le vieux thé, car Miss Arkwright vient bientôt pour faire le théâtre.

– Je vais vous aider, dit Richard en se levant.

– Vous savez tous ce que vous avez à faire, maintenant ! s'écria Miss Fielding en entrant avec majesté, apparemment ragaillardie par une séance de « Sottise ! » et de « Quelle histoire ! ».

Vêtue d'un manteau de fourrure descendant jusqu'aux chevilles, elle était suivie de Mrs Miles, qui portait un manteau plus chic.

– Vous feriez mieux de venir avec nous, au lieu de végéter près du feu ! lança Mrs Miles d'un ton enjoué en pointant sur Richard un gros doigt ganté de chevreau. Ça vous remettrait d'aplomb en un rien de temps. Il fait une nuit du tonnerre et les étoiles sont épatantes !

– Non, Joan, je veux qu'il répète avec eux, dit Miss Fielding comme s'il existait la moindre possibilité que Richard suive le conseil de Mrs Miles. Vartouhi… où est-elle ? Oh, dans la cuisine, peu importe… elle peut lire mon rôle. Frances…

Miss Fielding prit sa cousine à part et lui confia en hâte à voix basse que Joan trouvait très improbable la venue de leur père, qu'il avait toujours détesté les réunions de famille et qu'il n'était pas du genre à s'imposer, malgré tous ses défauts, sans compter qu'il avait tant d'amis de son genre dans toute l'Angleterre, et ainsi de suite. « C'est ce qu'on appelle prendre ses désirs pour des réalités », songea Miss Burton. Mais elle se garda bien d'exprimer ses doutes à sa cousine.

Après le départ des deux sœurs, un silence paisible s'installa. Vartouhi contemplait le feu, tandis que la fumée âcre de sa cigarette s'élevait en volutes dans l'air, Richard lisait d'un air concentré en prenant çà et là une note, Betty se confectionnait un sous-vêtement et Miss Burton se délectait à ne rien faire.

Miss Fielding disait que le cœur et l'œil avaient besoin plus que jamais en temps de guerre du réconfort que seules les fleurs pouvaient apporter. Elle veillait donc à ce que les vases de porcelaine soient remplis d'orgueilleux chrysanthèmes d'un blanc de neige, dont chacun était comme un prince chinois, et de merveilleux géants roses aux pétales frangés d'argent. Les abat-jour flottaient dans la pénombre tiédie par le feu et un parfum délicieux s'échappait des bûches brûlant dans la cheminée. « En Europe, se dit soudain Richard, on garde les enfants au lit car il n'y a pas de fioul pour chauffer les écoles. Je m'amollis, ici. Je vais aller à Blentley. »

On sonna à la porte d'entrée.

– Le vieux Fielding ! s'écria Vartouhi avec enthousiasme.

Elle courut hors du salon, tandis que Miss Burton lui lançait d'un ton ferme :

– Vartouhi, vous ne devez *à aucun prix* l'appeler comme cela !

Mais c'était Alicia, qui leur apportait à chacun un petit cadeau idiot pour Noël, y compris une faucille et un marteau miniatures en massepain pour Richard.

Une fois qu'ils eurent tous ri de leurs cadeaux et remercié Alicia en songeant qu'elle était vraiment plus agréable depuis quelque temps, Betty déclara :

– Inutile de répéter, je me sens trop bien et d'ailleurs Kenneth n'est pas encore arrivé. Il doit voir un client à Cowater et ne sera pas rentré avant le dîner.

– Qu'avez-vous prévu de faire pour le dîner, Alicia ? demanda Miss Burton. Nous allons nous contenter d'une dînette sur un plateau.

Alicia brandit un paquet en déclarant :

– De la viande en conserve. Mais je n'ai pas faim, de toute façon.

Elle avait les yeux brillants, car elle avait passé l'après-midi avec un homme rencontré lors de la fête de trois nuits et elle avait retrouvé son humeur insouciante, où elle se fichait du lendemain puisque la vie était si amusante et passait si vite qu'on n'avait pas le temps de s'embêter.

– Je pense que nous devrions répéter, autrement Connie sera contrariée, observa Miss Burton.

– D'accord, dit Richard. Nous allons faire maintenant la moitié de la pièce, ensuite nous mangerons, et nous ferons l'autre moitié quand Mr Fielding arrivera.

S'avançant au milieu du salon, il se lança aussitôt dans le discours préliminaire de l'Esprit de la Pitié :

– *Je regarde au nord vers les terres de la glace, et que vois-je ? Je regarde à l'est vers les terres du riz, et que vois-je ? Je regarde à l'ouest vers les terres du blé, et que vois-je ? Je regarde au sud vers les terres du raisin, et que vois-je ?*

Il se tut, puis dit très doucement et gravement :

– *Ténèbres, ténèbres, ténèbres, ténèbres.*

– Vous savez, l'interrompit Alicia, je trouve ça vraiment horriblement mauvais. Je ne suis pas une intellectuelle, mais même moi je m'en rends compte. Vous n'êtes pas d'accord ?

– C'est tellement mauvais que c'est indigne de l'attention d'une personne intelligente, répliqua-t-il. Je prends soin que mon rôle dans cette pièce n'épuise pas l'énergie dont j'ai besoin pour d'autres projets. Autrement, je n'y pense jamais. C'est à vous, je vous prie, Italie.

Alicia s'avança et prononça un discours censé illustrer l'erreur du patriotisme. Ils répétèrent ainsi consciencieusement jusqu'à sept heures, après quoi Kenneth arriva, de joyeuse humeur et fleurant le whisky, et tint à brandir un brin de gui au-dessus des quatre dames pour les embrasser. Richard lut un certain mépris dans les yeux d'Alicia, mais les trois autres se contentèrent de pouffer et s'amusèrent de bon cœur. Ils dînèrent au son de l'énorme radio-phonographe, que Kenneth et Richard installèrent dans le vestibule, où ils roulèrent également les tapis.

– Nous danserons après le dîner, déclara Kenneth avec satisfaction. Voilà ce que j'appelle s'amuser !

Vartouhi pensait comme lui. Elle l'aida avec enthousiasme à apporter le dîner, parée de deux carrés resplendissants de broderie baïramienne fixés sur sa tête et à sa taille en guise de bonnet et de tablier. Ses yeux étincelaient et ses joues pâles et rebondies tressautaient sans cesse tant elle riait.

– Vous vous amusez, petite fille ? demanda gentiment Kenneth avec un sourire en traversant le vestibule avec un plateau chargé de bière.

– Oh, je m'amuse si grandement, Mr Fielding, s'exclama-t-elle en levant les yeux vers lui. C'est la première fois dans cette maison que je m'amuse tellement, en riant tout le temps !

– À la bonne heure ! Je crains que ce ne soit un peu morne pour vous, cette maison où il n'y a personne de jeune.

Il parlait sans arrière-pensée, sans regret pour sa propre jeunesse perdue voilà longtemps entre ses fiançailles rompues et l'Autre Guerre, car il y avait encore de la jeunesse dans son cœur, et elle le rendait capable de rire des plaisanteries les plus simples, de jouir d'une matinée ensoleillée, des désagréments de son service de réserviste ou d'une aventure inattendue, comme s'il avait encore vingt-cinq ans.

Vartouhi hocha la tête.

– Il est plutôt morne un peu, quelquefois, Mr Fielding, mais j'aime être ici. Il est une grande, riche et magnifique maison, Mr Fielding, et vous êtes tellement gentil, aussi.

– Vraiment ? Oh... eh bien... je n'en sais rien, Vartouhi. Je... nous avons tous de l'affection pour vous, vous savez, et nous voulons que vous soyez heureuse ici. Un jour, quand cette sale affaire sera terminée, vous retournerez dans votre pays et nous aimerions que vous ayez un bon souvenir de l'Angleterre.

– Vous êtes tellement gentil, Mr Fielding, répéta Vartouhi avec sérieux comme si elle n'avait pas entendu ce qu'il avait dit. Vous me laissez marcher près des pêchers l'été quand je suis si malheureuse en aimant ma patrie, et vous prenez tellement soin de moi quand je suis dehors dans le raid, et *jamais* je ne vous ai vu pas gentil, Mr Fielding, pas même avec le chat Pony.

Kenneth éclata d'un rire tonitruant puis lui tapota la main. Elle sourit d'un air approbateur, en observant son visage.

– Je dis encore une drôle de plaisanterie ?

– Non, non, ne vous en faites pas. Vous êtes une mignonne petite fille, Vartouhi. Et demain… haha ! Nous allons voir ! Un cadeau pour une petite fille bien sage !

– Un cadeau, Mr Fielding ? Un cadeau pour moi ?

– Haha ! Il paraît ! Mais si nous n'apportons pas cette bière, elle n'aura plus rien de glacé. Venez !

Elle le suivit dans le salon. Richard était dans la cuisine et avait entendu malgré lui cette conversation. Il y réfléchit en coupant des tranches de pain. « Il lui plaît autant que je lui déplais, pensa-t-il. Elle l'admire car il est plus vieux, plus riche, plus raisonnable et plus fiable que moi – et qu'elle. Il a dit tout naturellement *cette maison où il n'y a personne de jeune*. Et moi, je n'ai que vingt-six ans. C'est jeune, même si je n'y pense jamais. Les jeunes ne se voient jamais comme jeunes, bien sûr, sauf quand ils pensent à leur jeunesse comme à un concept intellectuel qui explique leurs difficultés. Ni elle ni lui ne sont intelligents, mais qu'importe ? Elle est ensorcelante, et lui est le genre d'homme simple, robuste, gentil et courageux qui gagne les guerres et fonde les empires. C'est étonnant comme ces vertus si essentielles sont exaspérantes, vues de près. Geoffry, par exemple, n'est ni simple ni robuste ni même particulièrement gentil, même s'il est certainement courageux, mais comme il essaie d'être sincère avec lui-même et prend grand soin de n'être pas crampon ni ennuyeux, nous nous entendons à merveille, lui et moi, et je l'apprécie et le respecte comme je n'apprécierai et ne respecterai jamais Fielding. C'est une question de tempérament, me semble-t-il, pas d'âge. Je ne trouve pas oncle Howard et oncle Prosper ennuyeux. Et toute cette analyse de la situation ne m'empêche pas d'être jaloux de Fielding. »

Il porta les sandwichs dans le salon, où il trouva Alicia en train de disposer des assiettes sur le tapis devant la cheminée.

– Nous allons faire des miettes, dit Miss Burton avec résignation.

– Et alors ? dit Alicia. On me dit que vous voulez aller à Blentley, Richard ?

Son ton était léger, mais elle était ennuyée. S'il s'installait à Blentley, à six kilomètres de là, elle ne pourrait le voir qu'en faisant le trajet exprès pour lui.

Il lui expliqua ce qu'il en était du vieux Fielding, car il n'allait certes pas lui dire qu'une passion sans espoir le mettait à la torture et qu'il sentait que le confort de Sunglades menaçait l'austérité de son existence. Alicia l'écouta sans exprimer ni éprouver beaucoup d'intérêt pour ce revenant et ses activités. Elle était arrivée – nettement plus tôt que la plupart de ses contemporains – à un moment de sa vie où elle cherchait avant tout la satisfaction. Il ne s'agissait plus de prolonger une plaisanterie, une fête ou une liaison amoureuse, et son intérêt pour les « personnages », les « histoires merveilleuses » et les situations ridiculement embarrassantes avait simplement disparu. Toutes ces choses, qui lui semblaient si drôles cinq ans plus tôt, n'existaient plus guère à ses yeux. Elle ne prévoyait pas qu'un jour cet intérêt se ranimerait en elle, lorsqu'elle se concentrerait sur les mots et les facéties de ses enfants et de ceux de ses amis.

– Oh… il m'a l'air plutôt ennuyeux, dit-elle après l'explication de Richard. Mais quand même, il est ici chez lui.

– C'est aussi ce que je pense, mais apparemment je suis le seul. La perspective de son retour remplit d'appréhension voire de consternation ceux qui devraient en être aussi ravis que soulagés, à savoir ses enfants.

– Chut ! Mr Fielding n'est pas encore au courant ! lança Miss Burton en regardant nerveusement du côté de la cuisine.

Richard et Alicia haussèrent les sourcils. Ils exprimèrent ainsi simultanément l'étonnement désapprobateur de leur génération, et s'aperçurent alors qu'ils éprouvaient les mêmes sentiments. Miss Burton jeta un regard effrayé sur leurs visages. Ils avaient l'air soudain jeunes et sévères, comme des délégués faisant office de juges dans une classe.

– N'est-ce pas un peu étrange ? observa Richard d'un ton aimable.

– Ne risque-t-il pas d'avoir un choc ? demanda Alicia.

– Si, je le crains, admit Miss Burton, de plus en plus nerveuse. Mais Mr Fielding… Kenneth, vous savez… il peut se montrer très *difficile*, et s'il se mettait dans la tête d'*encourager* son père à venir ici…

À cet instant, n'importe qui d'autre se serait exclamé :

– Pourquoi ne le ferait-il pas ?

Mais Richard et Alicia laissèrent tout bonnement tomber la conversation. Richard avait pour habitude de ne jamais discuter des problèmes d'autrui, car c'était une perte d'énergie. Et Alicia, comme nous le savons, ne s'intéressait plus aux « situations incroyables ». Miss Burton n'avait pas de chance de s'être laissé entraînée dans une discussion avec deux personnes aussi anormales.

– Enfin, c'est à Miss Fielding de voir, bien sûr, dit Richard d'un ton indifférent.

Et Alicia demanda :

– Cela fera-t-il assez de cresson ? Il y en a d'autre dehors.

– Vous et moi, nous avons la même façon de voir certaines choses, lui dit Richard quand Miss Burton fut sortie du salon pour se laver les mains avant le dîner.

– Vous croyez ?

– Oui. Pas vous ?

– Je n'y avais vraiment pas pensé, répondit-elle peu sincèrement. Je trouve les secrets de famille très ennuyeux, si c'est ce que vous voulez dire.

– Exactement. Auriez-vous entendu parler d'une chambre à louer à Blentley ?

– Combien voulez-vous la payer ?

– Le moins possible. Et je veux que les repas soient inclus.

– Il doit y avoir des chambres à louer dans les maisons neuves de la route de Luton. J'imagine que vous pourriez trouver quelque chose pour trente shillings par semaine.

– Il vaudrait mieux que ce soit vingt-cinq. Merci. J'irai me renseigner là-bas après les vacances.

Elle le regarda, adossé à la cheminée. Un beau jeune homme très grand, aux joues creusées par la maladie. Le souvenir de l'homme avec qui elle avait passé l'après-midi était tout proche, et elle pouvait observer Richard avec plus de détachement que d'ordinaire. Mais elle continuait de le juger séduisant.

Cet intérêt pour les personnalités…, continua-t-il pensivement en contemplant le feu. C'est une maladie *bourgeoise** qui disparaîtra avec le capitalisme. Les gens comme ce vieil homme, à la personnalité exagérément développée, épuisent les gens normaux et leur font perdre leur temps en provoquant des discussions, des disputes et des étonnements sans fin devant leur comportement. Ce principe s'applique même aux nations : certains États attirent sur eux l'attention de façon exagérée en vociférant sur leurs malheurs et sur leurs droits. Ce genre de personnages ivres de personnalité est insensible à la beauté d'une troupe d'acteurs comme en produisent les Russes et les Français, ou à celle d'un champ de bouton-d'or ou d'un banc de poissons, en somme à la beauté et à la justesse de la norme.

Il ajouta en se tournant vers la jeune fille :

– Vous savez ce que j'aime, Alicia ? C'est de me perdre dans une foule. C'est alors que je suis le plus moi-même.

– Impossible de vous perdre : vous êtes trop grand, répliqua-t-elle en riant. Les gens ne vous regardent-ils pas toujours ?

– Je pourrais me faire encore beaucoup plus remarquer, dit-il d'un ton fâché. Si l'on est regardé, c'est en grande partie parce qu'on le désire. Vous devriez le savoir, en tant que femme.

– Et vous êtes vous-même un « personnage », continua-t-elle perfidement. Je n'ai jamais rencontré quelqu'un comme vous, en tout cas.

– Il se pourrait que votre monde soit limité, rétorqua-t-il.

Les autres les rejoignirent à cet instant, et tous se groupèrent autour du feu. Vartouhi s'agenouilla entre Alicia et Richard, auquel elle proposa des sandwichs avec un visage grave et innocent, qui ne convenait guère à quelqu'un qui venait d'enfoncer violemment dans l'évier de la cuisine un minuscule parapluie vert de poupée – le cadeau de Noël offert par Alicia. Elle avait remarqué l'amitié grandissante entre Richard et la jeune fille, dont elle était très contrariée. C'était elle qu'il avait admirée d'abord, et il fallait que cela continue. Elle n'entendait pas tolérer une rivale, surtout pas cette Miss Arkwright qu'elle détestait car elle avait deux manteaux de fourrure. Elle ne trouvait pas Alicia jolie ni séduisante, et peu lui importait qu'elle fût la fille d'un homme riche, mais elle lui enviait vraiment ces deux manteaux de fourrure. Pourquoi aurait-elle droit aux attentions de l'admirateur de Vartouhi ? « Cette fille est horrible », se dit-elle en oubliant de tendre les sandwichs à Alicia.

« Si elle continue d'être aussi grossière, elle ne va sans doute pas lui plaire longtemps, songea Alicia en mangeant tranquillement le sandwich qu'elle avait pris elle-même. Il n'aime pas les *personnages* et les personnalités assommantes. Pouah ! Qu'est-elle d'autre, avec ses tresses et son ignoble petit tablier ? Tiens bon, Arkwright. La patience et une jolie coiffure finiront par emporter la mise… pour autant que nous en ayons envie. Depuis cet après-midi, tout a un peu changé. »

La conversation du dîner fut très allègre, comme toujours quand une conversation se déroule en l'absence d'un juge sévère et vénérable qui l'aurait désapprouvée. En l'occurrence, il s'agissait de deux juges, de sorte qu'elle fut deux fois plus joyeuse. C'était parce qu'ils avaient la certitude coupable que Miss Fielding les aurait menacés du doigt en souriant et que Mrs Miles aurait rugi « Sottise ! » et « Quelle histoire ! » une bonne douzaine de fois pendant le dîner que les discours de Richard furent si suaves, les plaisanteries de Kenneth si joviales, les bons mots d'Alicia si pleins d'une désinvolture inimitable et les remarques de l'Usurpatrice si étincelantes d'esprit. Betty et Vartouhi formaient le public et contribuaient à la gaieté générale, la première par son rire délicieux, la seconde par son petit visage ravi. Tandis qu'ils restaient assis au milieu des assiettes vides et des miettes éparpillées sur le tapis, la lueur des flammes dansait sur leurs visages rieurs au-dessus desquels les énormes têtes bouclées des fleurs semblables à des princes chinois vêtus de blanc et de rose argenté regardaient dehors le crépuscule avec extase.

Après le dîner, la répétition reprit au milieu des rires. Ils eurent beau s'efforcer de garder leur sérieux, ils se trouvaient malheureusement dans cette disposition d'esprit où la moindre remarque semble délicieusement drôle, de sorte qu'il ne resta aucune chance au *Petit Frimdl.* Chaque phrase de Mr Stocke avait un double sens ou était comique en soi. Quand Richard arriva à son grand discours, il ne put aller plus loin que :

– *Les terres du riz sont en proie à l'erreur et à la famine…*

Après avoir répété trois ou quatre fois ces mots d'une voix entrecoupée, il s'effondra dans un fauteuil en hurlant de rire dans son mouchoir, tandis que les Esprits de la Coopération et de la Non-Coopération hoquetaient en lui offrant de la bière.

Alors que ce tapage battait son plein au salon, la porte de l'arrière-cuisine, qui donnait sur le jardin, s'ouvrit lentement dans la pièce déserte et brillamment éclairée. Un visage coiffé d'un élégant chapeau mou, d'un style très américain, émergea avec circonspection du black-out. L'homme était petit et vêtu d'un long pardessus dont l'étoffe de première qualité s'ornait d'un somptueux col de zibeline, épais et soyeux. Le reste de la tenue du visiteur était tout aussi opulent : ses gants clairs étaient en fine peau de porc, à peine marquée par les taches du voyage, et ses chaussures américaines étaient nanties de demi-guêtres blanches. Il portait à sa boutonnière une orchidée, qu'un petit capuchon de cellophane protégeait du froid de cette nuit d'hiver. Sa barbe en pointe était grise, ses yeux bleus brillaient dans son visage d'aspect florissant.

Dès qu'il vit que la cuisine était vide, il se redressa en souriant. Puis il prit un biscuit sur la table et le mangea tout en guettant les bruits s'échappant du salon.

– Une fête, murmura Mr Eustace Fielding. Se pourrait-il que Constance soit morte et qu'on ait loué la maison à des étrangers ? Mais on m'a bien dit qu'elle était *sortie*, dimanche. Non, elle n'est pas morte. Ah ! J'entends le rire de Kenneth, le pauvre petit.

Fourrant un autre biscuit dans sa bouche, il se dirigea vers le joyeux vacarme, qu'il écoutait en souriant. Il traversa le vestibule, non sans jeter un coup d'œil sur son mobilier familier, et ouvrit enfin la porte du salon. Les fleurs géantes, la lumière du feu et les visages rieurs de plusieurs jolies femmes composaient un tableau charmant au milieu des tons adoucis bleu-vert et orange du salon, mais tout le monde faisait un tel tapage qu'il se passa près d'une minute avant que quelqu'un l'aperçoive. Puis Betty lança un regard au bout de la longue pièce, vit la porte ouverte et le vieil homme debout sur le seuil, et elle poussa un cri. Tous se retournèrent aussitôt, et un instant plus tard Kenneth et Miss Burton s'avançaient en hâte en souhaitant la bienvenue au visiteur.

– Père ! Ça alors ! Comment allez-vous ? s'exclama Kenneth en serrant chaleureusement la main de son père. Comment êtes-vous venu ? Et pourquoi ne pas nous avoir avertis ? Vous avez dîné ?

– Non, et je voudrais bien me restaurer un peu, répondit Mr Fielding senior d'une voix faible et agréable tandis qu'il observait avec attention les dames à l'arrière-plan, comme s'il sélectionnait des spécimens pour des floralies.

« Au moins, il s'exprime de façon simple et directe, se dit Richard en observant la scène avec un certain désarroi. Mais quel vieux goujat ! Avec ce qu'il a sur le dos, on subviendrait aux besoins d'un jardin d'enfants pendant quinze jours. »

– Oncle Eustace ! dit Miss Burton en lui serrant la main. Voilà bien cinq ans que je ne vous ai vu. Comment vous portez-vous, après tout ce temps ?

– Je vais très bien, ma chère Frances. Et vous ?

– Très bien aussi, merci, mon oncle. Nous allons vous donner tout de suite quelque chose à manger... Vartouhi... je crains qu'il n'y ait pas gr...

– J'y ai pensé, l'interrompit Mr Fielding.

Plongeant la main dans une de ses vastes poches, il en sortit une boîte noire et plate. La poche de l'autre côté se révéla contenir une bouteille noire et plate.

– Du whisky..., proclama-t-il, et...

Ouvrant la boîte, il dévoila aux yeux fascinés de son public un énorme morceau de viande saignante.

– ... un steak.

– Votre ration ! s'écria Miss Burton. Quelle délicate attention, mon oncle !

– Oh, j'ai mangé ma ration au déjeuner d'hier. C'est un homme que je connais à Londres qui m'a fourni ceci.

Sur ces mots, Mr Fielding se dirigea vers le fauteuil le plus confortable et entreprit d'ôter ses vêtements, qu'il tendait un à un à Kenneth, tout en observant avec une attention bienveillante le groupe près du feu.

– Betty ! Betty Marten ! s'écria-t-il soudain d'un ton satisfait en dénouant son écharpe de soie. J'étais certain de connaître ce joli visage. Quelle délicieuse surprise ! Que faites-vous ici ?

Il se leva, radieux, et Betty s'avança pour le saluer. Elle lui présenta Richard, qu'il se rappela avoir vu dans son landau vingt-cinq ans plus tôt. (« Du moins, c'est ce qu'il raconte », pensa Richard, nullement conquis.) Mr Fielding ne se souvenait pas d'Alicia, mais il se souvenait de sa mère, dont il demanda des nouvelles. Il hocha la tête avec un sourire en apprenant qu'elle avait maintenant un nouvel époux. Après avoir mangé le steak que Vartouhi lui avait préparé – il la félicita pour la succulence de sa cuisine –, il sortit et alluma un excellent cigare. Avec lenteur, les effluves masculins entre tous, vieux jeu et antidémocratiques, se répandirent à travers les pièces épurées de Sunglades, en s'élevant en volutes au-dessus des exemplaires de *La Voie aryenne* et en frôlant les peintures d'esprits bleus dépourvus de jambes, jusqu'au moment où il flotta dans toute la maison une odeur rappelant le foyer d'un théâtre de music-hall.

19

CE FUT CETTE ODEUR INSOLITE mais reconnaissable entre toutes qui accueillit les deux filles du vieux gentleman quand elles traversèrent le jardin cette nuit-là, vers dix heures et demie. Le clair de lune brillait et Mr Fielding, que les raids aériens amusaient comme un enfant, s'était tenu un moment sur le seuil de la maison en fumant et en scrutant le ciel avec espoir. La fumée s'attardait encore dans l'air immobile.

Miss Fielding et sa sœur s'arrêtèrent net, reniflèrent et échangèrent un regard horrifié.

– La fumée d'un cigare! souffla Miss Fielding.

– *Père!* lança Mrs Miles d'une voix profonde.

Comme une seule femme, elles se hâtèrent vers la maison. En approchant, elles entendirent une musique. Très forte. Elles échangèrent un nouveau regard et Miss Fielding secoua la tête. Mrs Miles garda le silence. Elles savaient chacune ce que l'autre pensait et éprouvait.

Derrière la porte d'entrée, les lumières vives faisaient briller le parquet du vestibule où Kenneth valsait avec Vartouhi au son de *Aimer, boire et chanter*, la plus allègre des mélodies d'une Vienne de conte de fées. Ils dansaient sur le long parquet étincelant, et les petits pieds de Vartouhi, chaussés de pantoufles noires miteuses, tournoyaient docilement en suivant les grands pieds de Kenneth, tandis que son bonnet multicolore voltigeait au rythme de la danse et qu'elle levait vers son cavalier son visage rieur. Miss Burton, Richard, Betty et Alicia s'étaient massés dans l'escalier et les regardaient en riant et en fredonnant l'air entraînant. Ils avaient tous dansé, même Richard, qui avait oublié sa cheville pour faire tourbillonner Alicia. À présent, ils se reposaient en regardant les deux danseurs dont tous reconnaissaient la supériorité. À mi-hauteur de l'escalier obscur, pareil à un petit Père Noël, Mr Fielding était assis sous un vieux miroir doré entouré de sombres rameaux de pin et de baies de houx d'un rouge resplendissant. Il observait la scène en souriant avec sympathie, tout en se demandant s'il ne pourrait pas en tirer un numéro de cabaret. Telle était l'orgie que Miss Fielding et Mrs Miles découvrirent en ouvrant la porte.

– Eh bien, on s'amuse ici ! s'exclama Miss Fielding d'un ton enjoué en s'avançant dans le vestibule et en arrêtant net les valseurs comme deux hirondelles abattues en plein vol. Et cette séance dure depuis combien de temps, je voudrais bien le savoir ? Et qu'en est-il de la répétition, vilains ?

Tout en parlant, elle cherchait des yeux son père dans les coins sombres. Soudain, elle l'aperçut sur les marches, tapi dans l'ombre – l'expression s'imposa aussitôt à son esprit. C'était tout lui.

– Père ! s'exclama Mrs Miles en le repérant au même instant. Quelle…

Elle hésita. L'une de ses pénibles vertus était une franchise chronique, et un total mépris de la susceptibilité d'autrui. Ne pouvant prétendre que la visite de son père était une surprise, elle se contenta de répéter : « Père ! Eh bien ! », d'un ton qui n'avait rien de cordial.

– Oui, dit simplement Mr Fielding en descendant les marches.

De petite taille mais d'aspect florissant, il rejoignit ses deux filles imposantes et leur tapota le bras.

– Avez-vous dîné ? demanda Mrs Miles avec un sérieux impressionnant en le regardant de haut.

Il répondit par un simple hochement de tête.

– Je vais chercher l'Ovaltine, dit soudain Vartouhi avant de s'élancer hors de la pièce.

– Parfait, dit Mrs Miles à son père en jetant son manteau de fourrure sur une chaise. Avez-vous fait bon voyage ?

Elle se souvint brusquement de son mari et regarda autour d'elle.

– À propos, Henry est-il ici ?

– Il a téléphoné vers neuf heures pour dire que finalement il ne pourrait pas s'échapper, dit Miss Burton en s'avançant d'un air coupable, comme quelqu'un qu'on a surpris à boire du gin en douce.

– Oh, quel dommage ! lança Mrs Miles d'un ton tragique et d'un air radieux en s'effondrant dans un fauteuil.

Elle fixa sur son père un regard sévère, qui semblait envisager son avenir aussi bien que son passé.

– Ce n'est vraiment pas de chance ! reprit-elle.

– Qu'est-ce qui n'est pas de chance ? demanda vivement Miss Fielding, laquelle avait pris place à une petite table avec les boissons.

Elle craignait que son père n'ait déjà commencé à raconter ses ennuis.

– Henry ! Henry ne peut pas s'échapper, finalement, répondit Mrs Miles.

– Comme c'est contrariant, marmonna Miss Fielding. Mais peut-être est-ce aussi bien. Nous allons déjà être plutôt à l'étroit, et cela deviendrait intenable avec un hôte supplémentaire.

Elle entreprit d'organiser mentalement la maisonnée pour la nuit.

Dans la cuisine, Vartouhi préparait l'Ovaltine en songeant que la maison était beaucoup plus gaie depuis quelque temps. « C'est grâce au jeune Mr Fielding, se dit-elle. Il comprend enfin combien il a été stupide de se laisser gouverner par sa sœur pendant tant d'années et de lui permettre de bafouer sa virilité. À présent, il commence à se rappeler sa bravoure de soldat et ses médailles. Il pense : *Je suis un Homme !* Et cette pensée le réjouit et il m'achète un cadeau – je voudrais tellement savoir ce que c'est ! – et il embrasse les femmes de la maison en riant et demande à son vieil et honorable père de passer la fête de Noël sous son toit. » Elle conclut, en portant au salon le plateau de l'Ovaltine : « C'est une bonne chose. »

Betty et Miss Burton conféraient dans le vestibule déserté, où l'on avait remis les tapis et enlevé le phonographe.

– Il va devoir dormir sur le canapé-lit dans la chambre de Richard, dit Miss Burton. Juste pour cette nuit…

– Richard déteste partager sa chambre, objecta sa mère.

– Je suis vraiment désolée, Betty, répliqua Miss Burton d'un air agité, mais ce n'est pas ma faute… vous savez comme est l'oncle Eustace… on ne sait jamais à quoi s'attendre avec lui…

nous ne l'avons jamais su… et Constance semble tellement bouleversée par sa venue… Joan aussi… on croirait vraiment qu'elles n'étaient pas averties, alors que je peux vous affirmer qu'il a écrit à Connie voilà au moins une semaine…

– Je sais, Frankie, je ne voulais pas vous ennuyer, l'apaisa Betty. Je vais prévenir Richard.

Elle s'éloigna en hâte.

– Seigneur ! dit Richard quand sa mère l'arrêta dans l'escalier pour l'informer qu'il allait avoir un compagnon de chambrée. Mais… Seigneur, Betty !

Il avait l'air excessivement fatigué et s'était échappé des festivités du salon, dont l'allégresse s'était nettement calmée, en invoquant sa récente maladie. Il regarda tristement sa mère.

– Je sais, mon chéri, c'est dur…

– Dur !

– Je lui dirai que tu as été malade, mon chéri.

– Non, ne lui dis rien, je t'en prie. Je vais me coucher de ce pas, et quand il entrera, je serai endormi. Et demain, j'irai me chercher une chambre à Blentley.

– C'est Noël demain, mon chéri.

– Eh bien, après-demain.

Il se remit à gravir les marches.

– Je ne supporterai pas deux nuits comme ça.

– Oh, demain soir, Connie aura préparé pour lui la chambre d'amis, promit Betty.

Mais en prononçant ces mots, elle se rappela que la chambre d'amis était occupée par Mrs Miles.

Le canapé-lit était exposé dans toute sa nudité dans la chambre de Richard, avec des draps jetés dessus à la hâte. Il se trouvait au pied du lit et Richard avait jugé tout naturellement qu'il s'agissait d'un siège, quand il lui arrivait de le regarder. Il le poussa dans un coin, en l'isolant ainsi avec ostentation, puis se rendit d'un air malheureux dans la salle de bains.

Au rez-de-chaussée, on buvait un dernier verre. La compagnie avait perdu définitivement son entrain, car Alicia était rentrée chez elle après leur avoir souhaité à tous un joyeux Noël, tandis que Vartouhi et Miss Burton allaient chercher des draps et que Betty sortait un pyjama de Kenneth. « Comment a-t-il réussi à se faire servir par trois des cinq femmes de la maison ? se demanda-t-elle en portant le pyjama dans la chambre de son fils. Nous ne sommes pas aux petits soins pour Kenneth, ni pour mon pauvre Richard. Je crois que c'est parce qu'il trouve ça tellement naturel. Quel affreux vieux bonhomme ! Je l'aime bien, pourtant. »

Mr Fielding était seul avec ses trois enfants.

Assis dans le fauteuil le plus confortable, il savourait son propre whisky en contemplant le feu d'un air plutôt vague. Debout près de la cheminée, Kenneth buvait aussi du whisky, tandis que Mrs Miles et Miss Fielding avalaient leur Ovaltine, le visage grave.

Kenneth était gêné. Il avait toujours eu de l'affection pour son père, mais même dans son enfance, l'expression de cette affection avait été influencée par l'attitude de sa mère et de ses sœurs, qui désapprouvaient l'approche frivole de la vie dont témoignait Mr Fielding senior, son peu d'enthousiasme à améliorer le caractère et les habitudes de son entourage, et son manque d'intérêt pour la contribution de son épouse au bien public. Ces trois femmes dotées d'une forte volonté gardaient inflexiblement leur air désapprobateur, de sorte que Kenneth, qui avait un grand cœur mais peu de volonté, vit son amour pour son père combattu par l'admiration et la peur que lui inspiraient sa mère et ses sœurs, et l'affection finit par être vaincue et contrainte de se réfugier dans le secret de son cœur. Il était resté en contact assez étroit avec son père, après que celui-ci eut scandalisé St Alberics vingt ans plus tôt en désertant son foyer sans raison apparente. Il savait d'ordinaire où se trouvait le vieux Mr Fielding, quels étaient ses projets du moment et s'il était en bonne ou mauvaise santé. Il lui arrivait de faire un saut à Londres pour passer le week-end avec son père et se rendre avec lui dans un ou deux night-clubs lancés par le vieillard.

Peut-être convient-il ici d'observer qu'il y a night-club et night-club. Certains sont les orchidées du monde de la nuit et leurs belladones fatales. D'autres sont ses joyeux camélias roses, sophistiqués mais pleins de bonne humeur, dépourvus de parfum et de sentiments profonds mais d'une séduction immédiate pour l'homme de la rue. Les établissements lancés par Mr Fielding entraient dans la catégorie du camélia. Quitte à avoir des night-clubs, les siens étaient encore les plus recommandables. Nous ne prétendons pas mettre l'innocence au rang de leurs qualités, pas plus que la spiritualité ou la profondeur (quoi qu'on entende par là), mais il faudrait être idiot pour chercher lesdites qualités dans un night-club. Ils étaient pleins de gaieté et d'élégance, de chic plutôt que de chichi, et personne ne se tirait une balle dans la tête ni ne se droguait dans leur enceinte. Mr Fielding voulait que les gens profitent du monde où ils vivaient. Lui-même, comme Dieu, le trouvait à son goût, et il continuait de l'apprécier à soixante-dix-huit ans, même si ses joies les plus profondes l'avaient fui – sa famille aurait dit que c'était lui qui les avait fuies. N'ayant aucune inclination et aucun talent pour améliorer les esprits ou discipliner les corps, il concentrait sa gaieté, sa sociabilité, son goût pour le vin et son amour des femmes et des lumières roses sur les deux cent vingt mètres carrés de parquet et les cinquante petites tables du night-club, en créant un univers miniature et séduisant où ils brillaient de mille feux.

Kenneth se sentait embarrassé car il plaignait son père, qui n'avait pas mis les pieds dans sa vieille demeure depuis vingt ans et devait se sentir bien mal. Mais l'affection ne rend pas nécessairement perspicace, de sorte qu'il fut stupéfait quand son père sortit de sa torpeur, se tourna vers Miss Fielding avec un sourire d'une allégresse sincère et déclara :

– Eh bien, Connie ! Je te félicite. Quelle soirée délicieuse… je ne me souviens pas d'avoir jamais vu la maison aussi joyeuse.

– Oui, l'atmosphère de Sunglades a beaucoup changé, répliqua lugubrement Miss Fielding.

Miss Burton, qui s'était glissée dans le salon pour leur dire bonne nuit, susurra quelque chose sur « les manières raffinées d'autrefois qui avaient disparu à jamais », sans qu'on pût deviner si elle parlait de Sunglades ou du monde en général. Elle leur souhaita une bonne nuit avec effusion, désireuse de montrer qu'elle était du côté de tout le monde et comprenait le point de vue de chacun. Quand elle se fut éclipsée, Mr Fielding reprit le fil de ses félicitations.

– Il est délicieux de voir tant de jolis visages. Cette jeune Arkwright est très élégante. Et votre petite compagne au nom imprononçable est charmante. Quant à Betty… enfin, j'ai toujours eu un faible pour elle et plus je la vois, plus je la trouve jolie.

Il continua d'un ton faussement plaintif :

– Il me semble que vous auriez pu vieillir un peu, les filles. Mais vous n'avez pas changé du tout. Vous l'avez l'air aussi jeunes, toutes les deux, que la dernière fois que je vous ai vues. Toi aussi, Kenneth, tu as l'air en pleine forme.

– Merci, Père. C'est grâce à mon service de réserviste de l'armée. Être soldat m'a toujours convenu.

– Ah, oui, bien sûr, dit Mr Fielding en prenant un air vague, comme toujours quand on faisait allusion à la guerre. Comment se fait-il que la maison soit aussi pleine, Constance ? Et où sont passés tous tes amis étrangers ? Je m'attendais à ce que la maison en soit remplie. Quelle occasion rêvée pour toi !

Miss Fielding répondit sèchement que la plupart d'entre eux donnaient des conférences en Amérique.

– Mais l'Angleterre fourmille toujours d'étrangers, reprit Mr Fielding. Quand tu m'as écrit dans ta lettre que la maison était pleine, j'ai cru qu'il s'agissait de réfugiés.

Piquée au vif, sa fille répliqua encore plus sèchement qu'elle avait dû héberger des évacués pendant dix-huit mois et que cela lui avait donné plus de travail qu'il n'en fallait.

– Évidemment, tu dois avoir l'intention d'accueillir des réfugiés plus tard, suggéra Mr Fielding.

– Je ne crois pas, Père. Les problèmes des courses et des provisions sont presque insurmontables, de nos jours. Je t'assure que je suis débordée depuis l'instant où je me lève jusqu'à l'heure du coucher.

– Je ne peux guère le savoir, dit Mr Fielding. On n'a pas ce genre de souci à l'hôtel.

– On a de la chance ! s'exclama vigoureusement Mrs Miles.

– En séjournant dans un hôtel où l'on vous connaît depuis des années, il est possible de vivre de façon assez confortable, continua Mr Fielding. Il y a parfois un choix limité de poissons, mais cela n'arrive pas souvent. Prenez même la question de l'alcool. J'entends des gens se plaindre d'en manquer, mais je dois dire que personnellement j'ai toujours pu obtenir ce que je voulais. Quand il s'agit d'approvisionner des débits de boisson, évidemment, les difficultés sont nettement plus sérieuses.

Après cet aveu plein de bonhomie, il conclut :

– Cela dit, comme la plupart des difficultés, il est possible de les surmonter avec de l'argent et du tact.

Ils l'écoutaient en silence. Si Joan et Constance gardaient une réserve hautaine, Kenneth semblait boudeur. Son père avait parlé d'une lettre de Constance. Les filles savaient donc que le paternel allait venir ! Pourquoi diable ne lui avaient-elles rien dit ? C'était absurde. Ils le traitaient tous comme s'il était encore un collégien. Même son père avait écrit à Constance plutôt qu'à lui. Il était heureux de la venue du vieux monsieur et aurait aimé aller le chercher à la gare. « Je n'ai jamais rien entendu d'aussi insensé, songea-t-il. Père qui entre en douce dans l'arrière-cuisine comme un parachutiste ! Mais évidemment, il adore ce genre de chose. Je me demande juste à quel point il est fauché. Il doit être vraiment à sec, autrement il ne serait jamais venu ici. »

La pendule de la cheminée sonna doucement les douze coups de minuit, et Mr Fielding se leva en bâillant.

– Joyeux Noël ! dit-il d'une voix allègre en souriant aux visages maussades de ses trois enfants. Je crois que je vais aller me coucher, Constance, si tu veux bien.

– Bien sûr, Père, vous devez être fatigué.

Le ton de Miss Fielding était plus aimable que celui qu'elle employait d'ordinaire avec son père. Même les gens les plus rigides et les plus raisonnables s'adoucissent en entendant sonner minuit la veille de Noël.

– Vous êtes dans la chambre de Richard, celle que vous occupiez autrefois. Vous dormirez sur le canapé-lit.

– Parfait, dit Mr Fielding avec entrain. Kenneth m'aidera à le transporter dans sa chambre. Je dors très peu, avec l'âge, et je me réveille habituellement dès cinq heures. J'ai à te parler, Kenneth. Si nous sommes dans la même chambre, ce sera plus facile. Je ne pense pas que nous ayons beaucoup l'occasion de nous entretenir demain. Le jour de Noël est toujours très occupé.

Il se tourna vers Miss Fielding.

– Tu attends quelqu'un ?

– Père, vous ne pouvez pas vous mettre à déménager des meubles à cette heure de la nuit, déclara-t-elle fermement. Non, je n'attends personne. Mrs Archer, ma femme de ménage du village, a refusé de travailler le jour de Noël, ce qui est bien agaçant, et...

– Je voulais parlez d'amis, d'une fête, l'interrompit son père en se dirigeant avec eux vers la porte. Et ne dis pas de sottise, nous en avons pour dix minutes, Kenneth et moi.

– Vous allez réveiller Betty, avertit Mrs Miles.

Elle n'avait aucune envie d'évoquer Betty dans son lit, mais elle était tristement certaine que cette évocation dissuaderait Mr Fielding de faire du bruit.

– Ah, la petite Betty ! lança Mr Fielding en penchant la tête sur le côté.

Il n'était que trop clair qu'il était en train de l'imaginer blottie contre son oreiller.

– Non, nous ne ferons aucun bruit. Viens, Ken, finissons-en.

Et il monta les marches quatre à quatre.

Richard était justement en train de s'endormir. La porte s'ouvrit, un large rayon de lumière éclaira son visage et une voix qui n'avait rien d'un chuchotement lança :

– Ah, heureusement que nous allons le changer de place. Tu te souviens sûrement que je ne peux pas dormir quand ma tête est orientée à l'est ? Et c'est devenu pire avec l'âge. Je vais prendre la literie, Kenneth. Occupe-toi du lit. Il vaut mieux que j'allume la lumière.

Richard ouvrit lentement les yeux et observa d'un air impassible les deux hommes de corvée. Kenneth lui sourit tandis que son père sortait de la chambre, les bras chargés de draps. « Ça fera du bien à ce jeune blanc-bec de se faire secouer un peu, se dit-il. Encore qu'il ait été malade, le pauvre vieux. » Mr Fielding salua aimablement Richard de la tête en s'en allant.

« Il doit être merveilleusement reposant de ne jamais penser au bien-être ou aux sentiments d'autrui », songea Richard.

– Désolé de vous déranger encore, mon garçon, dit Mr Fielding en revenant chercher des oreillers. Nous en avons pour moins d'une minute.

– Je vous en prie, répondit doucement Richard.

Comme il arrivait si souvent, son intérêt scientifique pour le comportement des gens avait pris le pas sur son indignation d'être traité si étrangement. « J'aurais dû être biologiste, pas économiste », se dit-il.

Avec force grincements et craquements, le canapé-lit traversa le palier.

– Mon Dieu, c'est un raid ? lança Miss Burton d'une voix affolée en se penchant à la balustrade de son propre palier. Que se passe-t-il ?

Ayant appris que ce n'étaient que Père et Kenneth qui transportaient le canapé-lit dans la chambre de Kenneth, elle retourna se coucher et la maisonnée s'installa peu à peu pour la nuit. Si Kenneth avait accueilli avec un calme remarquable l'intention de son père d'avoir avec lui dès l'aube une conversation importante, c'était qu'il le connaissait. Mr Fielding avait beau avoir la conviction d'être un petit dormeur, ayant besoin de moins en moins de sommeil avec l'âge, il était contredit par les faits. Il s'endormit sur-le-champ comme un bébé et ne se réveilla qu'à huit heures et demie le matin de Noël.

20

Vartouhi se réveilla à sept heures, comme d'habitude, car elle avait une journée très chargée devant elle. Elle dit joyeusement ses prières, comme toujours depuis ce soir où la vision de sa jolie chambre l'avait emplie d'une telle gratitude envers Dieu. Elle se contentait d'une version approximative des formules consacrées qu'elle avait entendues dans la bouche de ses parents plus âgés, et ce matin-là elle les récita avec encore moins de ferveur que de coutume car elle n'avait cessé de se demander, dès qu'elle avait ouvert les yeux, ce que serait le cadeau de Mr Fielding.

Ensuite, elle descendit au rez-de-chaussée de la maison sombre et tiède. Après avoir fait du thé pour tout le monde, elle le porta dans les chambres. La lune et les étoiles brillaient encore et le sol était couvert de givre gris étincelant. Elle trouva Richard en train de lire. Il ne voulut pas de thé et déclara qu'il allait descendre l'aider à préparer le petit déjeuner, ce qu'il fit tandis qu'elle inspectait le gâteau et les autres friandises qu'elle avait confectionnés la veille, puis s'attaquait à la préparation d'une farce exotique pour les deux poulets qu'on devait servir au déjeuner de Noël.

– Tout le monde est vieux, dans cette maison, sauf vous et moi, Richard, dit-elle soudain pendant qu'ils s'occupaient du petit déjeuner.

– Ma mère n'a que quarante-cinq ans, répliqua-t-il en se demandant ce qui allait suivre.

Il songea qu'il était délicieux d'être ainsi seul avec elle, à accomplir des tâches aussi simples et anciennes que de faire bouillir l'eau et rôtir le pain, avant que les autres habitants de la maison se réveillent.

– Elle est grandement jolie, votre mère. Et gentille, aussi. Elle m'a donné une robe avec des fleurs dessus, tout en soie. Trop longue pour moi, mais je la recouds. Dans mon pays, les femmes aux fils vieux comme vous, Richard, seraient vieilles aussi, avec des rides partout.

– Oui, je trouve moi aussi que ma mère est jolie.

– Vous l'aimez ?

– Beaucoup, dit-il en lui souriant.

– Quel âge a Mr Fielding ? demanda-t-elle soudain en disposant des tasses sur la table.

– Le vieux Mr Fielding ? Soixante-dix-huit ans, à ce qu'on m'a dit.

– Le *jeune* Mr Fielding.

– Oh… il doit avoir quarante-sept ou quarante-huit ans.

– Il est vieux, quarante-sept ans, murmura-t-elle. Richard, vous voulez faire des toasts ? Je fais du porridge.

– Entendu.

Juste avant neuf heures, les membres plus âgés de la maisonnée commencèrent à descendre et se montrèrent légèrement surpris de voir Richard debout et occupé à des tâches domestiques.

« J'espère qu'il ne lui a pas demandé de l'épouser », s'inquiéta Betty en regardant par la fenêtre d'un air tranquille les pâles roses de Noël dans le jardin encore sombre.

Au petit déjeuner, Vartouhi s'occupa de servir des bols de porridge, de préparer d'autres toasts, de tendre le lait et la ration de sucre aux convives, sans cesser un instant de se demander quel serait son cadeau et si elle aurait le temps dans la soirée de travailler à son couvre-lit. Observant la tablée, elle espéra que cette journée serait aussi joyeuse que la soirée de la veille. Mrs Miles et Miss Fielding parlaient à tue-tête de l'épargne de guerre, tandis que le vieux Fielding et Mrs Marten, assis l'un à côté de l'autre, plaisantaient en riant. Seuls le jeune Mr Fielding et Richard se taisaient. Tous deux la regardaient, et lorsqu'elle posa les yeux avec lenteur sur le visage de l'un puis de l'autre, ils lui sourirent. « Il est bon d'avoir deux hommes qui vous sourient », songea-t-elle. Elle se leva d'un bond et entreprit de débarrasser la table.

Toute la matinée, elle fut très occupée à arroser les poulets, à faire bouillir les pommes de terre et à remplir d'eau bouillonnante le moule où cuisait le pudding. Ce pudding qui devait être sacré, puisque le jeune Mr Fielding s'était fâché contre sa sœur à son sujet, en proclamant qu'il fallait qu'ils en aient un à n'importe quel prix, car un Noël sans pudding ne serait pas Noël. Il y avait tant d'ingrédients dans ce gâteau ! Et il avait l'air aussi sombre, riche et vénérable que l'intérieur de la grande église de Ser, qui était maintenant un musée contre Dieu. Miss Fielding et sa sœur avaient arpenté la maison toute la matinée, en se disputant à tue-tête à propos de la guerre et de leur famille. Le jeune Mr Fielding était parti défiler avec ses soldats. Mrs Marten avait convaincu le vieux Fielding d'aller à l'église, toujours en riant. Et Richard l'aidait à préparer les choux de Bruxelles.

Juste avant qu'elle dispose les poulets sur leur plat – les autres membres de la maisonnée écoutaient les nouvelles d'une heure –, Richard s'approcha d'elle, qui ajoutait les pommes de terre, et lança d'une voix nerveuse :

– Vartouhi…

– Vous parlez comme si vous alliez toucher ma main, Richard, dit-elle aussitôt sans lever les yeux du plat. Je suis occupée avec ces pommes de terre. Laissez-moi tranquille.

– Non, je ne veux pas vous ennuyer, c'est juste que j'ai un petit cadeau pour vous… pas grand-chose, mais j'espère que cela vous plaira…

Posant instantanément la casserole des pommes de terre, elle se retourna en souriant d'un air ravi.

– Un cadeau pour moi ! Oh, Richard, merci ! Qu'est-ce que c'est ?

– Eh bien, c'est… ouvrez-le, vous verrez.

Il lui tendit une jolie petite boîte couverte de rameaux de gui dorés et attachée avec un ruban vert.

– Grandement joli ! murmura Vartouhi en essuyant ses petites mains humides sur son tablier avant de dénouer le ruban.

– Vartouhi ! Vartouhi ! Il est une heure dix et nous sommes tous affamés ! hurla une voix dans le vestibule.

Des pas s'approchèrent. Richard courut à la porte et se retrouva face à Miss Fielding.

– L'eau du pudding s'est évaporée, mais tout va bien, ce sera prêt dans dix minutes, assura-t-il.

Il réussit à se débarrasser d'elle. Quand il rentra dans la cuisine, Vartouhi souriait avec une joie rêveuse et levait son cadeau vers la lumière. C'était un bracelet attaché par un minuscule cran de sûreté et dont les maillons d'argent repoussé, d'une légèreté élégante, étaient sertis de pierres vert pâle virant au bleu dans la lumière.

– Il est magnifique ! murmurait-elle. Tellement joli ! Je n'ai jamais eu quelque chose aussi joli, Richard. Vous êtes si bon et gentil !

Et elle leva vers lui son visage radieux pour lui sourire.

Richard, qui ne l'avait jamais touchée, perdit la tête et la prit dans ses bras. Cependant il ne l'embrassa qu'une fois sur la bouche avant de la lâcher aussitôt en balbutiant :

– Je suis vraiment désolé, mais vous étiez tellement ravissante.

Vartouhi n'avait pas l'air très fâchée. Elle s'était un peu débattue dans ses bras, mais elle avait reculé en souriant, malgré sa surprise, et levé de nouveau le bracelet pour voir la couleur des pierres changer dans la lumière. Elle lui lança un regard oblique de ses longs yeux.

– Il est la première fois qu'un homme m'embrasse, murmura-t-elle sans cesser de sourire.

Richard porta la main à son front et lança d'un ton un peu égaré :

– Vartouhi, voulez-vous m'épouser ?

Sa mère, dont les soupçons sur son état d'esprit grandissaient à mesure que passait la matinée, ouvrit la porte de la cuisine juste à temps pour entendre la fin de la réponse de Vartouhi, qui parlait d'une voix étouffée à force de pouffer :

– Non, non, Richard, car vous n'avez pas d'argent et je n'aime pas quand vous m'embrassez !

– Mais…, commença-t-il, éperdu.

Il se retourna et vit sa mère.

– Besoin d'aide, mon chéri ? demanda-t-elle joyeusement.

Et comme il était évident qu'il en avait besoin et qu'elle était incapable de la lui apporter, comme le sont toujours les mères au bout du compte, elle ne put supporter l'expression de son visage et continua d'un ton aussi léger que possible :

– Nous mourons tous de faim et j'ai eu une matinée plutôt fatigante, avec le Roi du Night-Club. Si je pouvais égoutter les choux, pour changer…

– Bien sûr, toute aide sera la bienvenue, n'est-ce pas, Vartouhi ? dit-il aussitôt en se tournant vers le fourneau.

Il entreprit d'agiter des casseroles tandis qu'il s'efforçait de se remettre.

– Regardez ce qu'il me donne ! lança gaiement Vartouhi en brandissant le bracelet.

– Que c'est joli, laissez-moi jeter un coup d'œil, dit Betty.

Sachant combien Richard avait peu d'argent, elle devina que ce bijou, même s'il n'était pas cher, devait lui avoir coûté la plus grande partie du chèque reçu d'Amérique. Tandis qu'elle murmurait des compliments, elle se sentit vraiment en colère contre cette petite fille aussi futile que cruelle, et pleine de chagrin pour Richard. C'était comme s'il était redevenu un petit garçon, en proie aux souffrances que même les enfants heureux doivent endurer, et qu'elle souffrît pour lui et avec lui, mais sans pouvoir l'aider. Elle rendit le bracelet à Vartouhi avec un sourire, mais se trouva incapable sur le moment de dire quelque chose d'aimable.

– Ah ! Je peux entrer ? s'exclama une voix joviale. Tout le monde sur le pont !

Miss Fielding s'avança vers le trio. Betty et Richard, qui auraient été aussi ravis de voir un serpent à sonnette en cet instant, firent appel à toutes leurs qualités d'êtres civilisés pour affronter la situation. Bientôt, la cuisine retentit de plaisanteries joyeuses sur les puddings et des voix sonores de Miss Fielding et de Mrs Miles, qui ne pouvaient attendre plus longtemps leur repas. Au milieu de l'allégresse générale, on porta au salon les plats du déjeuner. Le bracelet étincelait au poignet mince et pâle de Vartouhi, et tous les yeux se fixèrent aussitôt sur lui. Tout le monde se demanda ce qui s'était passé. Tels sont les plaisirs qui attendent les amoureux faisant leur cour dans une maison pleine de gens.

« Jusqu'à maintenant, cette journée de Noël a été magnifique, songea Vartouhi en remontant ses manches pour mieux faire admirer son bijou. Tout est joyeux et bon enfant, et finalement ce gâteau sacré n'a pas mauvais goût.

« J'étais assise à la place du vieux Fielding près de son fils, mais il est allé s'installer près de Mrs Marten, cela n'a pas échappé à Miss Fielding et à Mrs Miles. Ah, voici le jeune Mr Fielding ! Ce soir, quand nous déballerons les paquets au pied de cet étrange petit arbre couvert de jouets, j'aurai mon autre cadeau. Et un Anglais m'a demandé de l'épouser ! Je vais écrire une lettre à Yania, dans les États-Unis d'Amérique, pour le lui dire. Mais je préfère recevoir des cadeaux plutôt qu'être demandée en mariage. On ne peut se marier qu'une fois, mais on peut recevoir beaucoup de cadeaux. »

À la fin du déjeuner, Richard déclara qu'il avait besoin d'exercice après ce repas copieux et partit en hâte faire une longue promenade dans la campagne glaciale, en longeant des cottages aux fenêtres déjà éclairées dans la lumière déclinante de décembre et en suivant des sentiers déserts où les seules touches de couleur étaient un houx vert sombre çà et là ou la masse rutilante de feuilles de hêtre attardées. Le ciel était bas, l'air presque immobile, et il régnait ce silence particulier au jour de Noël. Le parfum pur des feuilles mortes et de la mousse, les couleurs assourdies, le silence que rompait seul par intervalles le pépiement solitaire d'un rouge-gorge, tout cela l'apaisa au bout d'un moment de marche et il devint capable de penser au lieu de se contenter de sentir.

Il comprit qu'il avait mis en danger le bonheur de leurs deux vies rien qu'en la demandant en mariage, emporté momentanément par son désir d'avoir toujours avec lui la beauté, la gaieté et le charme de Vartouhi, et il remercia sobrement le Ciel qu'elle l'ait repoussé. Mais sa raison eut beau lui adresser des félicitations, une douleur souterraine grandit en lui au point de devenir insoutenable, tandis qu'il se répétait encore et encore les mots affreusement cruels qu'elle avait prononcés. Le fait qu'elle l'eût repoussé domina peu à peu ses pensées. Il avait demandé et il n'aurait jamais ce que son cœur désirait. Pendant des semaines, il s'était obstiné inconsciemment à espérer car il n'avait jamais mis son espoir à l'épreuve. Il s'était dit qu'il serait stupide de demander sa main, au cas où elle répondrait oui. Qu'ils ne s'entendraient jamais, qu'il risquait de se retrouver prisonnier pour la vie d'un de ces esclavages spirituels, horribles mais fascinants, auxquels seule la mort de ses victimes peut mettre fin. Après quoi il songeait de nouveau que peut-être tout se passerait bien, puisqu'il l'aimait si passionnément et qu'il savait par expérience qu'il était incapable d'aimer un être totalement mauvais. Et il avait gaspillé son énergie en doutes et en questions, cette énergie qui était si importante pour lui du fait de sa santé délicate. Tout cela en vain, car elle l'avait repoussé sur-le-champ, sans un instant d'hésitation, avec la simplicité impitoyable d'un enfant.

Il poussa une sorte de gémissement et s'arrêta de marcher à grands pas pour regarder autour de lui. Il se trouvait sur un chemin bordé de hautes haies dénudées et de bosquets dispersés d'ormes vieux et imposants. Le paisible ciel gris commençait à s'assombrir et les bois lointains au-delà des champs paraissaient clairs, comme toujours quand il va pleuvoir. « Je ferais mieux de rentrer », se dit-il en se rendant compte qu'il était à plus de six kilomètres de Sunglades. Il rebroussa chemin, en marchant plus lentement car il était très fatigué.

Dans l'après-midi, Vartouhi trouva le temps de travailler à son couvre-lit dans le salon de Miss Burton, pendant que celle-ci faisait un somme réparateur. La moitié des membres plus âgés de la maisonnée en firent autant. Et Mr Fielding eut à la fois le beurre et l'argent du beurre, puisque non seulement il s'entretint seul à seul avec Kenneth dans le petit salon après le déjeuner et lui emprunta cinq cents livres, mais il s'endormit paisiblement devant la cheminée du salon et se réveilla plus d'une heure plus tard, à quatre heures et demie, en demandant où étaient passés son thé et Betty à l'instant même où Vartouhi entrait avec la table roulante, suivie de Betty en personne, qui ne cessait de penser à Richard. Et ils n'étaient pas attablés depuis dix minutes que ce dernier fit son apparition, plus pâle que de coutume mais pour le reste semblable à lui-même, et Vartouhi, avec un sourire et un mouvement coquet de la tête, lui offrit un toast brûlant.

« Ce n'est pas aussi gai que pendant le déjeuner, songea-t-elle en mangeant son propre toast et en observant indolemment de ses yeux marron allongés les visages des convives. Le vieux Fielding est plus joyeux que jamais, mais Mr Fielding ne dit rien – j'espère qu'il n'a pas cassé mon cadeau ! Et Miss Fielding et Mrs Miles sont contrariées par quelque chose. Le vieux Fielding est assis près de Mrs Marten et la regarde en riant, mais elle est pleine de peur en son cœur car Richard est sorti se promener par ce jour glacial tant il est triste que j'aie refusé d'être son épouse, et elle craint qu'il ne retombe malade. J'aimerais tellement qu'il soit l'heure d'allumer toutes les lumières, de mettre de la musique et de recevoir les cadeaux de ce petit arbre ! »

« Elle l'encourage », se dit Miss Fielding en évitant avec soin de regarder son père et Betty. « Cette façon qu'elle a de glousser comme une sotte chaque fois qu'il dit quelque chose ! » pensa Mrs Miles. « Il lui serait aisé de se débarrasser de lui, Dieu sait qu'elle a assez d'expérience pour cela », se dit Miss Fielding. « Je ne comprends pas qu'elle n'ait pas honte devant Richard », pensa Mrs Miles. « Il ne songe quand même pas sérieusement à... ? » se dit Miss Fielding. « À son âge... ? » pensa Mrs Miles. « Quel manque de dignité ! » songèrent les deux sœurs de concert.

Après le thé, il y eut une diversion grâce à Henry, le mari de Mrs Miles, qui téléphona pour dire qu'il craignait de n'avoir plus aucun espoir de pouvoir s'échapper pendant les fêtes. Tout le monde l'avait oublié, et la plupart mirent même un instant à se rappeler qui il était, tant ils étaient absorbés par leurs préoccupations personnelles. Cependant ils exprimèrent tous des regrets amers, qu'elle lui rapporta en rugissant dans l'écouteur. Miss Fielding était tellement soulagée qu'il ne pût venir qu'elle tint à lui dire en personne combien elle était désolée. Mrs Miles était contente, elle aussi, car son mari, n'étant pas heureux, ennuyait ceux qui pensaient l'être.

Quand on ferma les rideaux pour le black-out et que les lampes furent de nouveau en service, tout le monde se sentit de meilleure humeur. Les chrysanthèmes blancs, roses et argentés brillaient, les lunes nacrées des lampes flottaient dans l'air doré. Mr Fielding alluma la radio, comme il disait, et la maison se remplit d'une musique bruyante et allègre. On entreprit avec enthousiasme de préparer des sandwichs au poulet froid et du café. « Cette journée ne se terminera-t-elle jamais ? » se demanda Richard en fermant les yeux alors qu'il s'attardait dans la cuisine.

– Mal de tête ? lança une voix joviale à côté de lui.

Rouvrant les yeux, il vit le visage bienveillant du vieux Mr Fielding, qui levait la tête vers lui comme un nain de *Blanche-Neige*.

– J'ai là-haut de quoi vous en débarrasser en dix secondes. Des trucs merveilleux, qu'un type que je connais à New York m'a envoyés.

– C'est vraiment gentil à vous, merci beaucoup, dit Richard avec une gratitude sincère mais en espérant qu'il n'allait pas devoir supporter en plus la compassion du vieillard.

D'ailleurs, il n'avait pas mal à la tête.

Les « trucs merveilleux » étaient vert pâlc et pas plus gros qu'un ongle. Il avala de travers et sa bouche s'emplit d'un goût abominable, mais dix secondes plus tard il se sentit assurément « mieux », si l'on peut qualifier de « mieux » une radieuse indifférence envers les autres, comme s'il les regardait du haut de l'étoile Arcturus.

Cet échange entre le vieux gentleman et le jeune avait été observé avec consternation par Miss Fielding et Mrs Miles, qui transportaient majestueusement des plateaux de la cuisine au salon. « Voilà qu'il cherche à s'attirer les bonnes grâces de Richard », pensa Mrs Miles. « Il passe la pommade au fils, maintenant », se dit Miss Fielding. « Tout va de travers depuis qu'il est entré dans cette maison », pensa Mrs Miles. « Il semble que plus rien ne tourne rond depuis son arrivée », se dit Miss Fielding. « Quelque chose tourmente Richard, et Kenneth n'a pas l'air dans son assiette, Betty aussi paraît soucieuse. Et pourquoi Richard a-t-il voulu donner un bracelet à Vartouhi ? Se pourrait-il qu'il se passe aussi des sottises de ce côté-là ? » songèrent-elles de concert.

« J'apprendrai tout une fois que les autres seront couchés », pensa Miss Burton qui avait passé dix minutes intéressantes, plus tôt dans la journée, à interroger Vartouhi d'un air indolent sur son bracelet. Elle n'avait pas eu droit à une confession complète, car Vartouhi pouvait encore faire preuve de la réserve courtoise de son peuple quand elle le voulait. Néanmoins la vieille dame avait additionné deux et deux, et le résultat était une histoire d'amour. Elle avait regardé un instant la jeune fille en souriant en silence, puis elle avait tapoté sa main et s'était détournée. « Non, je suis certaine qu'elle ne se doute encore de rien. » Après cette réflexion curieuse, elle se dit : « Le cher garçon, j'espère vraiment que ça va marcher. »

Ils firent un sort au café et aux sandwichs au poulet, non sans que le vieux Mr Fielding racontât une foule d'anecdotes amusantes qui firent rire tout le monde sauf ses deux filles, puis Kenneth annonça qu'il était temps de « passer au sapin ».

Tout le monde se leva, et Kenneth et Richard portèrent près de la cheminée la table où se dressait l'arbre. C'était un petit arbre harmonieux décoré de boules vertes et roses, de petites maisons et d'oiseaux fantastiques en « verre magique », comme disent les enfants. Miss Burton avait conservé avec soin ces jouets datant de l'époque où les enfants de Mrs Miles étaient assez petits pour aimer les sapins de Noël, et chaque année elle les sortait pour décorer l'arbre. Habituellement ses cousins considéraient cette coutume avec un amusement bienveillant, mais cette année-là, quand le petit arbre étrangement émouvant fut posé devant la cheminée et que ses ornements bleus, dorés et argentés s'agitèrent une nouvelle fois en tintant avant de reprendre leur immobilité scintillante, Kenneth la regarda en disant avec un sourire :

– C'est une bonne chose que tu aies toujours gardé ces décorations, Frankie, il est impossible d'en trouver cette année.

– J'ai toujours su que cela arriverait, répliqua Miss Burton.

Puis Kenneth entreprit de distribuer les cadeaux, et la pièce à l'atmosphère de fête s'emplit de voix criant hypocritement : « C'est exactement ce que je voulais ! »

Richard regardait Vartouhi. La froideur radieuse d'Arcturus qui avait soulagé un moment sa souffrance commençait à se dissiper, en ne lui laissant qu'assez d'insouciance pour se ficher que les autres remarquent ou non qu'il la regardait. Elle joignait les mains comme un enfant impatient et ses yeux brillants étaient fixés sur les cadeaux s'entassant autour de l'arbre. Tous les habitants de la maison avaient pensé à elle. Miss Fielding lui avait offert un petit tableau encadré représentant des esprits verts dépourvus de jambes. Miss Burton lui avait confectionné une écharpe avec trois larges rubans chatoyants s'ornant d'une frange aux deux bouts.

Même Mrs Miles lui avait déniché, manifestement lors de courses de dernière minute, un sachet de lavande passablement rancie.

Elle reçut tous ses cadeaux en s'inclinant comme toujours avec un sourire poli, mais il n'était que trop évident pour Richard qu'elle ne s'intéressait en fait qu'au gros paquet où Kenneth avait inscrit son nom et qu'il avait gardé pour la fin.

« Oh, mon chéri, ne la regarde pas comme ça, pensa sa mère en l'observant par-dessus les cadeaux remplissant peu à peu ses bras. Elle n'en vaut pas la peine. » Comme si cela avait jamais changé quelque chose !

Kenneth prit enfin le gros paquet.

– Vartouhi, dit-il en le lui tendant avec un sourire.

Tout le monde regardait, car c'était le seul cadeau qui restait.

– Oh, merci, merci, Mr Fielding, lança Vartouhi en s'inclinant très bas.

Tandis que Miss Fielding et Mrs Miles considéraient encore non sans appréhension la taille et l'opulence manifeste du paquet, elle entreprit de le déballer, rouge d'excitation, les yeux brillants.

Tout le monde se tut. « Quel dommage qu'il ne le lui ait pas donné pendant que nous étions tous occupés avec nos cadeaux, se dit Miss Burton. Mais il manque tellement d'expérience, évidemment. »

Vartouhi poussa un cri de joie quand une longue boîte dorée apparut sous l'emballage. Elle l'ouvrit, dénoua des rubans jaune d'or et sortit un flacon de cristal décoré de fleurs et de volutes dorées, qui contenait un demi-litre de parfum Rose Blanche. Tous restèrent un instant muets devant une pareille folie. Même des créatures aussi éthérées que Miss Fielding savaient ce que devait coûter en temps de guerre un demi-litre de Rose Blanche dans un flacon et une boîte de ce genre.

– Il est un parfum ! s'écria Vartouhi en brandissant le flacon comme s'ils n'avaient pas tous déjà les yeux rivés sur lui. Jamais encore je n'ai eu un parfum ! Oh, merci, merci…

– Quelle chanceuse, l'interrompit Mrs Miles. On croirait que nous ne sommes pas en guerre.

– Je suis content que ça vous plaise, marmonna Kenneth.

Il jeta un coup d'œil sur la pendule.

– Tu veux entendre les nouvelles, Connie ? Il est neuf heures juste.

– Oui, Kenneth, je pense que cela s'impose ce soir, répliqua sa sœur d'un ton pincé, comme s'ils avaient tous besoin de revenir à la dure réalité après cette orgie de parfums et de divertissements.

Il alluma la TSF.

Le reste de la soirée se passa paisiblement. Richard resta assis avec un livre, l'air épuisé, et somnola en se réveillant par intermittence. Betty et Kenneth se joignirent aux deux membres les plus frivoles du quatuor des vieillards pour faire un bridge. Vartouhi s'était retirée à l'étage avec son butin. Assises au coin du feu, l'une avec une tapisserie et l'autre avec un hideux tricot pour civils, Miss Fielding et Mrs Miles travaillaient en silence. De temps en temps, en entendant une remarque futile de Mr Fielding ou un gloussement de Betty, elles échangeaient un regard ou serraient les lèvres, mais pour l'heure elles étaient obsédées par le flacon de parfum et ne pouvaient penser à rien d'autre. Qu'est-ce qui avait pris à Kenneth ? Gaspiller tout cet argent pour une petite réfugiée ! Qu'allaient penser les gens ? Ce qu'ils allaient penser n'était que trop évident. Et cette Vartouhi, quelle maligne !

« Elle a dû passer son temps à lui faire des avances, pendant que je m'imaginais qu'il faisait l'idiot avec Betty », se dit Miss Fielding. « Pauvre Constance, elle s'est fait avoir par tout le monde, pensa Mrs Miles. Cette maison est pleine de femmes qui ont des vues sur Père et sur Kenneth, c'est vraiment épouvantable. Comment a-t-elle pu laisser les choses en venir là ? Dommage que je ne puisse me permettre de rester ici une semaine ou deux. J'aurais vite fait de régler la situation. »

Sa sœur se montra bien silencieuse jusqu'à l'heure du coucher. Elle réfléchissait à un prétexte convaincant pour renvoyer Vartouhi.

21

MISS FIELDING ÉTAIT tellement habituée à confier ses ennuis à Miss Burton qu'elle le fit en cette circonstance. À six heures du matin, elle entra majestueusement avec une lampe de poche dans sa chambre aux rideaux tirés pour le black-out, non sans lui faire une peur bleue. Elle lui demanda si elle pensait qu'il se passait des sottises entre Kenneth et Vartouhi.

Miss Burton, à moitié endormie, fut cependant suffisamment maîtresse d'elle-même pour répondre avec énergie qu'elle était sûre que non. C'était Richard qui avait le béguin pour Vartouhi, pas Kenneth. Constance savait bien que Kenneth devenait idiot en voyant un joli visage et qu'il se tourmentait dès que quelqu'un avait des problèmes. Il n'avait songé qu'à être gentil avec Vartouhi car son pays était occupé, c'était une réfugiée et ainsi de suite.

– Mais sept guinées ! Joan dit que ce parfum a dû coûter pas moins de sept guinées, Frances !

L'Usurpatrice répliqua avec désinvolture que Ken connaissait probablement un homme dans l'industrie du parfum qui lui avait fait un prix.

– Comme Père, qui connaît toujours des hommes qui lui font des prix, commenta Miss Fielding d'un air sombre. Ken ressemble décidément plus à Père que je ne le croyais, *à tous égards*. Et il y a aussi Père et Betty ! Il ne l'a pratiquement pas quittée de toute la journée, hier ! Et il a emprunté à Kenneth une somme énorme : cinq cents livres ! Tu imagines ! Joan et moi nous doutions de quelque chose, et nous avons fait tout avouer à Kenneth hier soir, après que vous étiez tous allés vous coucher.

« Pauvre Ken ! » pensa Miss Burton.

– Que compte faire oncle Eustace de cet argent ? demanda-t-elle en se renversant sur ses oreillers et en levant les yeux vers le visage imposant et inquiet de Miss Fielding qu'éclairait la lampe de chevet.

– Quelle question ! Il a une idée pour un nouveau night-club. Apparemment, il n'est pas si facile de nos jours de gérer ce genre d'établissements, avec toutes les restrictions (et c'est tant mieux, d'ailleurs), et il a perdu beaucoup d'argent récemment.

– Combien de temps va-t-il rester ?

Le visage de Miss Fielding s'éclaira un peu.

– Eh bien, il a parlé de nous quitter après les fêtes. C'est au moins un bon point. Il ne devrait pas rester ici longtemps. Mais le mal est fait ! Il a extorqué cinq cents livres à Kenneth et Dieu sait ce qui va se passer avec Betty… je n'ose y penser !

« Pourquoi pas ? » songea l'Usurpatrice. Mais Miss Burton jugea préférable de ne pas le dire.

– Et Betty ne fait absolument rien pour le décourager ! s'écria sa cousine. C'est tout bonnement indécent, à son âge ! Et Richard qui fait des cadeaux à Vartouhi, et elle qui a certainement passé son temps à aguicher Kenneth derrière notre dos… Vraiment, je ne sais pas ce que devient cette maison, on croirait un… un… une cour de ferme !

– Oh, voyons, Connie, je crois vraiment que tu exagères, lança Miss Burton avec beaucoup d'audace. Évidemment, tout le monde se sent plus bienveillant au moment de Noël, et tu sais que Kenneth et oncle Eustace ont toujours été… euh… attirés par le sexe opposé.

(« *Les femmes* », songea l'Usurpatrice non sans sarcasme.)

– Ils n'ont aucune intention particulière. Après tout, Vartouhi n'encourage nullement Richard, et il s'est très bien comporté hier, le pauvre petit. Je suis sûre qu'il lui a demandé sa main et qu'elle a refusé. Il avait l'air si bizarre, au dîner.

– Dans ce cas, il a vraiment été idiot, et elle encore plus de laisser passer une chance pareille, répliqua Miss Fielding d'un ton cinglant. J'avais cru que Kenneth était contrarié parce que Père contait fleurette à Betty, mais si ce que tu dis est vrai, il était en fait jaloux des attentions de Richard pour Vartouhi. Jaloux de *Richard* ! À son âge ! C'est répugnant !

– Je ne crois pas qu'aucune jalousie soit en cause, déclara Miss Burton qui tenait à ce qu'elle ne sorte pas de la chambre avec de tels soupçons en tête. Tout ça est nettement moins grave que tu ne te l'imagines, Constance. Je crains que ce ne soit Joan qui te fasse prendre les choses trop au sérieux.

– Joan s'inquiète, naturellement, Frances.

– Joan est surmenée et aurait grand besoin de repos, rétorqua Miss Burton.

L'Usurpatrice ajouta *in petto* : « Big Ben aussi. »

– Vous ne pourriez pas décider de ne plus en parler aujourd'hui, elle et toi ?

– Impossible, dit Miss Fielding en se levant.

Mais elle semblait moins inquiète et elle s'arrêta à la porte, se retourna vers sa cousine blottie comme une souris dans le grand lit et déclara :

– Bien entendu, il serait très ennuyeux de devoir se débarrasser de Vartouhi. Elle nous convient vraiment très bien et j'avais de la sympathie pour elle, avant cette histoire. Quelle étrange petite créature ! Je n'aimerais pas être obligée de la congédier.

– J'espère que tu ne le feras pas, Connie, dit Miss Burton avec sérieux en se redressant. Tu sais que nous finissions toutes deux par nous épuiser à la tâche, avant son arrivée. Et tu n'as pas envie d'avoir encore des évacués sur les bras, n'est-ce pas ?

– Eh bien, je verrai. Tu as peut-être raison.

Sur ces mots, Miss Fielding descendit pesamment l'escalier pour regagner sa propre chambre.

« L'amour… », pensa Miss Burton, couchée sur le côté, en contemplant les roses de Noël sur sa table de nuit. Elle s'efforça d'avoir quelques belles pensées sur l'amour, mais elle ne réussit qu'à songer qu'elle aimerait tellement qu'ils aient de nouveau trois bonnes servantes, et que la guerre soit finie et qu'on puisse s'acheter à sa guise un poulet pour le déjeuner. Puis elle se surprit non sans trouble à penser que l'amour n'était qu'un ennui de plus à affronter. Elle sortit donc du lit et commença à se préparer.

« Aujourd'hui, je vais faire en sorte qu'ils soient tous occupés à répéter *Le Petit Frimdl*, se dit Miss Fielding en faisant son chignon. Comme cela, je les aurai sous les yeux. Il n'est pas question de recommencer comme hier, avec Père et Betty qui ne se sont pas quittés d'une semelle, et Richard qui s'est levé à l'aube pour aller tourner autour de Vartouhi dans la cuisine, avant de partir d'un air bizarre après le déjeuner sans dire un mot à personne. Il est impossible que Betty ait envie qu'il épouse une petite étrangère qui n'est guère qu'une servante. Je vais lui en parler aujourd'hui – si je parviens à lui faire oublier un instant ses propres affaires… Et si elle n'a rien remarqué, je lui dirai franchement ce qu'il en est. C'est vraiment singulier. Moi-même, je ne m'étais pas rendu compte que Richard s'était entiché de Vartouhi. Frances se fait peut-être des idées. Mais je dois convenir qu'elle ne s'est jamais trompée dans ce domaine, jusqu'à maintenant.

« Malgré tout, je n'accorde aucun crédit à ce qu'elle dit sur Betty et Père. Il y a anguille sous roche, c'est sûr. Mes yeux ne peuvent quand même pas me tromper. C'est juste que Frances aime beaucoup Betty, de sorte qu'elle lui cherche des excuses. Dès que les fêtes seront passées, je m'arrangerai pour me débarrasser de Père, et aussi de Betty et de Richard. J'en ferai autant avec Vartouhi, si Kenneth ne revient pas à la raison. Seigneur, pourquoi faut-il que les gens fassent les idiots et mettent tout par terre ? Dieu merci, ça n'a jamais été mon genre, et Joan a toujours été très raisonnable, même quand elle était fiancée.

« Le fait est que le Sexe est une Force Destructrice dont le Principe du Mal se sert plus souvent qu'à son tour pour parvenir à ses fins, et je ne tolérerai pas qu'il se déchaîne impunément dans ma belle demeure où Notre Mère a passé ses dernières années ! »

Tels étaient les projets de Miss Fielding pour le lendemain de Noël. Toutefois, comme dans un roman policier où les habitants de la maison sont coupés du monde par une tempête de neige et complotent les uns contre les autres, les autres occupants de Sunglades avaient eux aussi leurs projets. Quand elle annonça au petit déjeuner, d'un ton enjoué mais ferme, que cette journée était une occasion idéale pour faire *deux* répétitions longues et fructueuses du *Petit Frimdl*, elle fut accueillie à sa grande contrariété par une rumeur de révolte. Richard comptait passer la journée en ville avec des amis. Comme il ne pleuvait pas, Kenneth se proposait de bêcher un peu et de ranger la serre. Betty murmura qu'elle devait écrire des lettres et raccommoder du linge. Même Vartouhi déclara qu'elle allait coudre son splendide objet. Miss Burton ne dit rien, mais Miss Fielding savait par expérience qu'elle excellait à se volatiliser juste au moment où l'on avait besoin d'elle. Elle n'obtint que le soutien de Mrs Miles, qui rugit en solitaire que c'était une idée magnifique, et celui de Mr Fielding, qui était toujours prêt à s'affairer en bavardant. Son adhésion était d'ailleurs surprenante, car il était très mal en cour auprès de Miss Fielding et elle s'était adressée à lui durant tout le petit déjeuner sur un ton d'une gravité marquée.

En réalité, les membres les plus sensibles de la maisonnée ne s'étaient pas encore remis des émotions de la veille et aspiraient à réfléchir dans la solitude pour se ressaisir. Kenneth ne pouvait plus ignorer son imprudence d'avoir prêté à son père une somme aussi importante. Ses sœurs avaient déclaré toutes deux que ce n'était assurément qu'un début, qu'il était sur la mauvaise pente et ainsi de suite, et ces prophéties l'avaient conforté dans son sentiment d'être d'une insouciance coupable. En cette période ! Alors que les rentes ne cessaient de diminuer sous la pression d'événements imprévus et de l'impôt sur le revenu ! Prêter de l'argent pour lancer un night-club ! Il avait perdu la tête !

Il n'avait pas osé leur dire que l'endroit devait s'appeler La Dernière Banane.

Dans son inquiétude, il avait mal dormi, et ce matin il voulait s'en aller travailler au jardin, seul avec la terre noire et humide de l'hiver, les rouleaux de bastin, les pots de fleurs et les caisses de semis, qu'il pourrait ranger dans le silence de cette journée de décembre jusqu'au moment où il aurait retrouvé sa sérénité ordinaire.

Richard avait estimé que vivre une autre journée comme celle d'hier serait... serait accorder à leur petit groupe une importance fallacieuse étant donné ce qui se passait en Europe. Il allait donc s'échapper, tout simplement. Il lui avait toujours semblé que savoir quand le faire, et n'en éprouver aucune honte, constituait un excellent moyen de conserver son énergie.

Quant à Betty, elle attendait avec impatience de pouvoir retourner au bureau, car cette période de fêtes était pour elle à la fois morne et angoissante. Et le vieux Mr Fielding, son voisin à la table du petit déjeuner, comptait passer le plus clair de la journée assis au coin du feu avec elle, à fumer, rire et potiner.

Devant cette opposition muette mais résolue, Miss Fielding ne put imposer son plan et se leva de table de fort méchante humeur. Vartouhi, qui ne se rendait pas compte de sa chance d'avoir un emploi du temps laborieux pour remplir sa journée, entreprit aussitôt de débarrasser tandis que les autres allaient vaquer à leurs propres affaires.

– Betty..., dit Miss Fielding dix minutes plus tard en ouvrant la porte de la chambre de son hôte. Vous êtes là ? Je voudrais vous parlez... mais vous faites votre lit ? Voyons, Vartouhi peut s'en charger.

– J'ai pensé que je pouvais aussi bien le faire. Cela m'est égal, vraiment.

Miss Fielding ferma la porte et s'assit sur le tabouret de la coiffeuse. Betty continua de faire le lit. « Elle ne va quand même pas m'entreprendre sur le Roi du Night-Club ? se dit-elle avec incrédulité. Encore que cela ne m'étonnerait pas d'elle. Tout le monde pouvait s'imaginer que j'étais ravie d'avoir droit aux attentions du pauvre vieux chéri, alors que je priais pour que la nuit vienne enfin. »

– Vous rendez-vous compte que Richard est… euh… est très attiré par Vartouhi ? commença abruptement Miss Fielding.

Betty la regarda de l'autre côté du lit, fermement campée sur le tabouret, impeccable dans sa belle robe de laine sombre, les lèvres pincées en une expression résolue, et elle se dit qu'elle se mêlait vraiment trop des affaires des autres. Betty éprouvait également une forte envie de rire, comme presque toujours quand elle assistait malgré elle à des « scènes » ou à des « conversations sérieuses ». Cependant elle désirait avant tout protéger son fils.

– Oh… vraiment ? dit-elle doucement. Je sais qu'il aime bien flirter avec elle, bien sûr. Cela saute aux yeux, mais je ne crois pas que ce soit sérieux.

– Il a demandé sa main hier, déclara Miss Fielding avec solennité.

– Vraiment ? C'est passionnant ! Comment le savez-vous ?

– Je ne peux rien affirmer, mais Frances les a tenus à l'œil toute la journée et elle est sûre qu'il l'a fait, répondit Miss Fielding, prise de court par cette curiosité désinvolte.

– Frances est une incorrigible romantique, dit Betty en arrangeant l'édredon. Elle adore ce genre de chose.

– Malgré tout, elle se trompe rarement, Betty. Et il me semble vraiment que vous devriez…

Miss Fielding s'interrompit, désireuse de trouver des mots qui portent.

– Vous devriez prendre cette histoire très au sérieux, conclut-elle.

Choisissant elle aussi ses mots avec soin, Betty s'abstint de lancer: « Pourquoi ? », et répliqua d'un ton apaisant:

– Je vais le faire, Connie. Merci de m'avoir mise au courant.

– Allons donc ! s'exclama Miss Fielding.

Elle soupçonnait non sans raison Betty de vouloir la calmer, et cette pensée l'irritait.

– Vous n'avez pas du tout l'air bouleversée. Je ne vous comprends pas, Betty. Moi, si j'avais un fils de santé délicate, et intelligent de surcroît (du moins, certaines personnes semblent le penser), je serais profondément affectée à l'idée qu'il épouse une réfugiée, une étrangère, une jeune fille qui est sans doute jolie mais n'est guère qu'une servante. En outre...

Miss Fielding baissa la voix en regardant Betty d'un air lourd de sous-entendus.

– ... Dieu sait comment cela pourrait tourner, après tout nous ne savons rien de la moralité de Vartouhi.

– Peut-être, mais je connais celle de Richard, riposta Betty que la colère gagnait.

Miss Fielding fit la moue, mais garda le silence.

– Oui, je sais qu'il ne détournerait personne du droit chemin contre sa volonté, reprit Betty.

– Seigneur ! s'exclama Miss Fielding, très choquée. Même si ce n'était pas contre la volonté de sa partenaire, j'espère bien qu'il ne se comporterait pas ainsi ! Autrement, je regretterais amèrement de l'avoir accueilli sous mon toit.

– Il ne le ferait surtout pas avec une fille beaucoup plus jeune que lui, exilée de son pays, sans argent et presque sans amis, continua Betty.

Elle s'était empourprée.

– Eh bien, ce que vous me dites me soulage, déclara Miss Fielding qui n'avait l'air nullement soulagée. Dans ce cas, si ce que vous dites de lui est vrai, ne trouvez-vous pas très probable qu'il lui a demandé de l'épouser ?

– Je suis sûre qu'il ne l'a pas fait, répliqua Betty avec décision, car il n'a pas d'argent. Il ne pourra se permettre de se marier que dans plusieurs années, quand il aura un poste bien payé à l'université. Nous en avons souvent parlé ensemble.

Elle esquissa le plus joli de ses sourires.

– Oh, il vous parle donc de ses affaires ? demanda Miss Fielding en la regardant avec attention.

– Oh, oui, il me dit tout depuis qu'il est tout petit, mentit sa mère.

– Et il vous a parlé de Vartouhi ?

– Mais oui, très ouvertement. Il la trouve charmante – elle l'est, d'ailleurs –, mais rien de plus. Je suis certaine qu'il n'y a pas à s'inquiéter, Connie. Vous êtes très gentille de vous soucier ainsi de Richard, mais il est assez grand pour se débrouiller.

– Eh bien, du moment que vous êtes contente, dit Miss Fielding en se levant du tabouret pour se diriger d'un pas martial vers la porte. Je persiste à penser que vous prenez cette histoire trop à la légère, mais vous n'avez jamais été du genre à vous faire du souci, bien sûr, même dans votre jeunesse.

– Je crains que non. C'est déplorable !

– Notre Mère disait toujours (je suis sûre que vous ne m'en voudrez pas de vous le dire, vous savez comme elle aimait plaisanter et comme elle disait toujours aux gens ce qu'elle pensait avec une merveilleuse franchise) : « Betty est un *poids léger* dans la grande régate de la vie. »

« Elle s'est emmêlée avec la boxe », songea Betty. Mais elle se contenta de hocher la tête, sans quitter son expression aimable et attentive.

– Et moi, je dis toujours que vous ne vous souciez que de Richard et des chapeaux ! s'écria Miss Fielding en riant de bon cœur.

– N'oubliez pas les sacs à main ! dit Betty en riant aussi.

– Enfin, vous avez de la chance de ne pas vous faire de souci, déclara Miss Fielding.

Elle reprit un ton grave, car il lui semblait que la conversation devenait plus frivole.

– Je suppose que cela n'a pas…

Après un instant d'hésitation, elle continua :

– Je sais que vous ne m'en voudrez pas de vous dire ça, puisque cette vieille histoire entre vous et Kenneth est finie depuis tant d'années… mais vous n'avez pas remarqué que Kenneth regardait Vartouhi ?

– Ken ? Seigneur, non, Connie ! Quelle idée !

– Mais le parfum… le parfum, Betty ! Joan dit qu'il a dû coûter pas moins de sept guinées.

– Ken est si gentil, il n'est pas du genre à lésiner s'il veut faire plaisir à quelqu'un, dit Betty avec chaleur, heureuse de pouvoir enfin être sincère. Il plaint cette petite, c'est tout.

– Oui… enfin, *j'espère*, dit Miss Fielding d'un ton dubitatif. Mais vous savez bien qu'il devient idiot dès qu'il voit un joli visage.

Sur ces mots, elle sortit en souriant à Betty et descendit l'escalier d'un pas lourd.

Betty s'assit sur le lit et poussa un juron. Puis elle se poudra et descendit à son tour pour se mettre en quête du vieux Mr Fielding – non sans un certain esprit de vengeance, nous regrettons de devoir le dire.

Elle le trouva dans le vestibule, en train d'apprendre à Richard où il pourrait faire un repas d'avant-guerre à Londres à condition de ne pas regarder à la dépense. Il n'ajouta pas : « et de ne pas demander d'où il vient », mais Richard, qui avait l'air d'une bête traquée, l'ajouta pour lui et se sentit plus désireux que jamais de s'échapper.

– … un steak épais et juteux, avec ces petits champignons français et plein d'oignons, sans oublier de quoi arroser ce festin ! conclut Mr Fielding, le teint florissant et l'œil pétillant, en regardant Richard, lequel avait dans ses poches quatre tranches de viande en conserve et un demi-pain en guise de provisions pour ses amis de Londres.

– Vous m'étonnez, dit Richard. Mais pas tellement.

– Haha ! Enfin, on dit qu'on peut acheter n'importe quoi à Londres et à Pékin du moment qu'on a l'argent, et c'est encore vrai malgré la guerre. Donc n'oubliez pas, mon garçon : la seconde rue à gauche sur Windmill Street. Ça m'intéressera de savoir comme vous vous en tirez. Et saluez Bebbini de ma part, lui et moi sommes de vieux amis. Amusez-vous bien ! Au revoir.

Richard envoya un baiser à sa mère et ferma la porte de la maison.

– Je viens de lui donner une adresse pour faire un repas de premier ordre, dit Mr Fielding à Betty. J'espère qu'il ira, ça lui fera du bien. Il est trop maigre pour sa taille.

Betty se contenta de sourire. C'était suffisant, d'ordinaire, mais Mr Fielding continua :

– Quel charmant garçon. Il ne m'a pas été sympathique au début, vous savez.

– Non ?

– Je l'ai pris pour un intellectuel. Mais il a un bon fond. Rien d'étonnant, bien sûr… c'est votre fils.

Il lui sourit soudain avec adoration, en tapotant son bras.

« Oh, Seigneur, si seulement c'était l'heure d'aller au ministère », pensa Betty.

Miss Fielding, qui passait justement par le vestibule, observa à la fois le sourire et le tapotage du bras.

– Allons faire un tour au jardin, suggéra Mr Fielding.

Et Betty, qui avait toujours envie de se venger mais moins que tout à l'heure, alla chercher un manteau.

Dans le potager, Kenneth avait fermé avec soin la porte l'isolant du monde extérieur. Il se coiffa d'un vieux chapeau, remonta le col de son manteau et commença à s'activer. La journée était froide et calme. Un soleil voilé brillait par intermittence dans le ciel nuageux. Du givre s'attardait sur le sol sous les feuilles énormes des choux. Il entra dans la serre pour faire du rangement, démêla le bastin pour le disposer en rouleaux impeccables, aligna les pots de fleurs et nettoya casiers et étagères avec un vieux balai. Tout était silencieux en ces lieux, et rien ne bougeait en dehors des nuages passant lentement devant le soleil et projetant sur le sol leurs ombres indistinctes. La chaleur de deux cents étés semblait s'être condensée dans cette très vieille serre, car il n'y faisait jamais vraiment froid, même en plein hiver.

En entrant dans le jardin, Kenneth était d'humeur soucieuse, à cause de son père, du prêt qu'il lui avait consenti, de la colère de ses sœurs, et aussi de certains sentiments en lui auxquels il n'avait pas réfléchi clairement, car il appartenait à cette génération qui n'a pas pour habitude de se dire la vérité sur ses sentiments. Peu à peu, cependant, il commença à se rasséréner. Bientôt, il cessa tout à fait de penser et travailla comme dans une transe heureuse, où seules comptaient la surface rugueuse des pots et des étagères qu'il maniait et l'odeur de la terre sèche et du bois tiède. Il se mit à siffloter.

Il s'affairait ainsi depuis un certain temps quand il aperçut du coin de l'œil une silhouette avançant dans le jardin. C'était Vartouhi, chargée d'une jatte blanche qu'elle entendait manifestement remplir d'épinards. Il se sentit irrité. « Elle va venir m'embêter ! » pensa-t-il aussitôt malgré lui, car il n'est pas facile de détruire les habitudes d'un demi-siècle de célibat. Même s'il avait été un fils modèle et était maintenant presque un frère modèle, ainsi qu'un admirateur dévoué des femmes, l'expérience de toute sa vie lui avait enseigné qu'en général elles étaient embêtantes. Elles n'aimaient pas le silence et la solitude, et plus elles étaient jolies, moins elles appréciaient ces deux plaisirs et plus (lui semblait-il) elles étaient embêtantes. « Enfin, c'est bien naturel », songea-t-il vaguement. Cependant il rabattit son chapeau sur ses yeux, comme s'il espérait ainsi qu'elle ne le reconnaîtrait pas.

Elle fut bientôt près de la serre – il était vrai que les meilleurs épinards poussaient dans un carré juste devant celle-ci. Sans jeter un regard du côté de Kenneth, elle se mit à remplir sa jatte avec énergie. Elle portait des bottes en caoutchouc et son écharpe baïramienne multicolore nouée autour de sa tête, comme une paysanne. Il ne cessait de lui jeter des coups d'œil à travers les vitres poussiéreuses, et il commença à avoir envie qu'elle le regarde. Pour finir, il ouvrit la porte de la serre et l'appela :

– Vous voulez de l'aide ?

– Non, merci, Mr Fielding, répondit-elle en souriant d'un air surpris et radieux. Il est plein d'épinards ici.

– Oui, ils ont bien donné cette année, mieux que l'année dernière.

Elle continua de remplir sa jatte tandis qu'il restait sur le seuil à l'observer, en bourrant sa pipe (que Miss Fielding, telle une châtelaine des années 1870, ne l'encourageait pas à fumer dans la maison). Il avait envie qu'elle vienne dans la serre. Il se dit soudain qu'il serait délicieux d'avoir Vartouhi à son côté dans cet endroit si ancien et qu'il aimait tant. Il lui cria :

– Venez voir comme j'ai tout rangé !

– Il est chaud ici, dit-elle en franchissant le seuil avec la jatte calée contre sa hanche.

– C'est toujours comme ça, même par temps froid. Cette serre attrape le moindre rayon. C'est un vrai piège à soleil.

– Vous devriez avoir des tomates ici, et du raisin aussi, déclara-t-elle en regardant à la ronde d'un air passablement critique.

Si l'une de ses sœurs, ou même Betty, lui avait fait cette suggestion, Kenneth aurait pensé : « Et voilà, qu'est-ce que je disais ? Elles sont toujours à vous embêter. Adorables, mais embêtantes. » Toutefois, lorsque Vartouhi prononça ces mots, il fit instantanément une culbute mentale pour garder sa bonne opinion sur elle et s'écria avec enthousiasme :

– Quelle idée magnifique ! Je pourrais essayer cet été. Je n'ai jamais cultivé de raisin. Vous vous y connaissez un peu ?

Il renversa une caisse pour qu'elle s'assoie, et elle s'installa dessus avec sa jatte d'épinards sur les genoux.

– Oh, oui, Mr Fielding, nous les avons tous dans mon pays. Nous les mangeons beaucoup. Vous les mettez au soleil, où il fait très chaud, et vous leur donnez du sang à manger.

– Oui, c'est comme ça qu'on fait. Du sang séché, je m'en souviens maintenant. Bon Dieu, ça paraît plutôt sinistre, non ? Les nourrir avec du sang ! D'où le tirez-vous ?

– Nous tuons une chèvre ou un mouton, répondit-elle avec indifférence en regardant autour d'elle. Nous le cuisons avec des épices, et nous nous servons de son sang. Ensuite, nous le mangeons. Mr Fielding, je pense que le raisin serait joli de ce côté…

Elle pointa le doigt vers le mur blanchi à la chaux en face de la porte.

– Vous croyez ? Eh bien, moi aussi. Si j'achète une vigne et l'installe ici, vous m'aiderez à m'en occuper, Vartouhi ?

– Je serai grandement ravie, Mr Fielding ! Chez moi, j'aide toujours pour les fruits et ici, en Angleterre, je suis triste sans le faire. Toutes les filles aident pour les fruits, dans le Khar-el-Nadoon.

– Ah, c'est l'endroit dont vous avez déjà parlé, n'est-ce pas ? La Vallée des Abricots.

– Oui. Il est si joli, Mr Fielding. Toutes les fleurs roses sur les arbres au printemps.

– Roses ? Je croyais que les fleurs des abricotiers étaient blanches. Mais j'imagine qu'on peut dire qu'elles sont rose très pâle.

– Elles sont vraiment roses, dans le Khar-el-Nadoon.

– Oh. De quelle nature est le sol ? Je veux dire, là où il y a une source, la terre autour est-elle plus ou moins rouge ?

– Oui. Et l'eau a un goût…

Vartouhi imita un buveur écœuré, et il éclata de rire.

– C'est à cause du fer qu'elle contient. J'imagine que c'est ce qui explique que les fleurs d'abricotier soient plus roses. Ce genre de sol est censé avoir cet effet.

– Il est joli, dit-elle en se levant. Mr Fielding…

Elle s'interrompit.

– Oui ?

Il lui jeta un regard plus qu'éloquent sous le rebord de son vieux chapeau, mais elle avait les yeux baissés sur la jatte d'épinards et ne le vit pas.

– Il est un flacon de parfum splendide, vraiment splendide, que vous m'avez donné.

– Je suis content qu'il vous plaise, Vartouhi.

– Jamais encore je n'ai un parfum. Ni un bracelet, aussi. Et maintenant, vous me donnez un parfum et Richard un bracelet ! Il est grandement plaisant. Jamais un homme ne me donne des cadeaux, sauf en Baïramie, un homme donne à mon père une chèvre pour moi. Et plutôt vieille, aussi.

Kenneth ne rit pas. Il demanda d'un air sombre :

– Le bracelet vous plaît davantage que le parfum ?

Vartouhi réfléchit en regardant les épinards. Puis elle dit, en levant les yeux avec un sourire malicieux :

– Bientôt, le parfum sera fini. Le bracelet ne sera pas fini.

Il rit à gorge déployée, bien qu'il ne fût pas content, puis il demanda avec ardeur, en se penchant vers elle :

– Vartouhi, vous voulez bien que je vous offre un autre bracelet ?

– Un collier ? souffla-t-elle, gagnée par son ardeur, en se penchant à son tour vers lui. Mieux vaut avoir un collier, car j'ai un bracelet aussi.

– Entendu. Un collier… le plus joli que je pourrai trouver. Quel genre vous plairait ?

– Tout en or avec des boules, répondit-elle promptement.

– Tout en or avec des boules, d'accord.

En voyant qu'il trouverait dans n'importe quelle boutique clinquante d'une galerie marchande londonienne de quoi la combler pour environ deux guinées, il se sentit soulagé. Si elle lui avait demandé des diamants, il aurait été les lui chercher avec cette exaspération mêlée d'orgueil qui est le propre des hommes amoureux, mais ses sentiments pour elle auraient aussi été totalement différents. En lui demandant comme une petite fille un bijou « tout en or avec des boules », elle avait éveillé en lui une tendresse nouvelle, et l'avidité qu'il lisait sur son petit visage rond l'enchanta par son innocence.

Toutefois une pensée soudaine le refroidit.

– Euh…, commença-t-il.

Il hésita. Comment lui dire de ne surtout pas montrer le collier à Miss Fielding ? S'il le lui disait, il gâcherait le plaisir qu'ils auraient l'un et l'autre à offrir et à recevoir, et il transformerait en un louche secret une petite transaction anodine. Bon sang, pourquoi la mettre ainsi en garde ? Pourquoi fallait-il toujours que Connie lui pourrisse la vie ? Il allait défier Connie.

– Rien, dit-il avec un sourire en se levant. Eh bien, il faut que je me remette au travail, j'en ai peur.

– Moi aussi, je dois aller.

Vartouhi s'arrêta sur le seuil et posa distraitement la jatte d'épinards sur sa tête, où elle resta en équilibre, sous l'œil fasciné de Kenneth, comme si elle avait poussé là.

– Il est ainsi que nous portons les abricots dans les paniers, expliqua-t-elle.

Elle continua d'un ton sérieux, en levant les yeux vers lui :

– Mr Fielding, je ne vais pas dire à Richard que vous voulez me donner un collier, car il veut m'épouser. Je dis non, mais il veut encore, et il va voir le collier et être fâché contre moi. Il est ennuyeux, Richard. Donc je vais dire ma sœur Yania me donne ce collier des États-Unis d'Amérique. Il est un grave mensonge, vous pensez ? Elles le diraient, les vieilles religieuses qui m'ont appris l'anglais.

– Euh… non, ce n'est pas grave, assura Kenneth, abasourdi d'apprendre que Richard lui avait bel et bien demandé de l'épouser.

Sa jalousie et son appréhension redoublèrent aussitôt.

– Mais pourquoi lui dire un mensonge, en fait ? continua-t-il en se laissant gagner par une indignation vertueuse devant l'impudence de Richard. Si je vous offre un collier, cela ne le regarde en rien. Vous n'êtes pas sa fiancée.

– Oui, il ne le regarde pas ! renchérit Vartouhi, manifestement soulagée d'avoir son soutien moral. Je vais dire, Mr Fielding me le donne car il est bon et gentil et il ne vous regarde pas, Richard !

– Euh… oui, quelque chose comme ça. C'est entendu, donc. Je vais vous chercher votre collier, et ce sera un… un secret entre nous, d'accord ?

Vartouhi hocha la tête et sortit, mais elle se retourna derrière la porte. Sous la jatte toujours en équilibre sur sa tête, son petit visage était excité.

– Mr Fielding ! J'ai un secret, moi aussi ! Quelque chose de grandement plaisant… mais je ne vais pas vous le dire encore !

Ayant prononcé ces mots d'un ton mystérieux, elle s'éloigna en hâte.

« Quelle adorable petite fille, se dit-il. Rien à voir avec la plupart des femmes. Elle n'est pas embêtante, elle. » Et il se remit au travail en soupirant. À ses pensées sur son père, le prêt qu'il lui avait consenti et la colère de ses sœurs s'ajoutaient maintenant des pensées sur Richard qui avait demandé Vartouhi en mariage, et sur ses propres sentiments. Il avait perdu sa sérénité. Mais il avait décidé que Vartouhi n'était pas venue l'embêter, et il était trop loyal pour admettre que le résultat était exactement le même que si elle l'avait fait.

22

Richard dénicha une chambre à Blentley pour vingt-cinq shillings par semaine, repas et bains inclus. Elle se trouvait dans un petit bungalow neuf, construit à la va-vite, aux pièces tapissées dans des tons beiges, marron et bruns, ornées de meubles fabriqués en série et de vaisselle hideuse. Aucun des objets inanimés de la maison n'avait plus de trois ans, et en additionnant les âges de ses habitants – Richard, sa propriétaire et les deux petits garçons de cette dernière –, on n'obtenait que soixante-quatre ans, mais cela ne contribuait pas à créer une atmosphère joyeuse, juvénile et insouciante, car les petits garçons étaient *très* petits, anormalement sages et sujets à s'enrhumer, si bien qu'ils alourdissaient encore le fardeau déjà insupportable de leur mère, laquelle était elle aussi petite, pleine de douceur, de bonté et de timidité, et ne vivait que pour le passage quotidien du facteur qui lui apporterait peut-être une lettre de Papa, parti bien loin d'eux dans le Moyen-Orient.

Au départ, Richard avait eu l'intention de s'abstenir de toute relation avec sa propriétaire, mais le bon cœur que lui avait légué sa mère et son propre intérêt, à la fois détaché et passionné, pour les êtres humains dans leur réalité sociale avaient vite réduit à néant ce plan. Il se retrouva en train de demander des nouvelles des petits enrhumés, de rapporter dans ses poches du baume de benjoin et de l'huile camphrée quand la mère ne pouvait pas quitter la maison, et de tenir des propos réconfortants lorsque les lettres du Moyen-Orient se faisaient attendre et qu'elle errait comme un petit fantôme malheureux. Ni elle ni les enfants n'abusaient du temps et de la patience de Mr Marten. Ils étaient si polis, si patients, si sages et silencieux, il en fallait si peu pour que leurs visages tristes et fatigués s'illuminent, qu'ils conquirent complètement le cœur et l'intelligence de Richard, lequel revint peu à peu, avec un soulagement mêlé de honte, au premier amour qui avait rempli sa vie avant sa rencontre avec Vartouhi : l'amour pour les gens ordinaires et sans défense partout dans le monde.

Jusqu'au jour où il y avait succombé à son tour, il avait vu dans l'amour romantique une sorte de poison enchanteur :

Même les abeilles, petites aumônières des charmilles printanières,
Savent que le suc est plus riche dans les fleurs vénéneuses...

Cette idée lui déplaisait, de même que toute attitude romantique face à la politique, aux chefs, à la religion. Il s'était donc étonné lui-même en tombant très romantiquement amoureux, et cet étonnement l'avait aidé à conserver un certain détachement vis-à-vis de ses propres souffrances. Sachant que Vartouhi ne pourrait jamais jouer un rôle régulier dans l'« épure » d'après laquelle il entendait vivre, il avait compris qu'il devait soit tenter de l'épouser, et passer le reste de sa vie sous l'emprise d'un charme exigeant qu'il réprime sans cesse ses aspirations plus élevées, soit s'enfuir. Il avait vu plus d'un homme se livrer corps et âme à une sorcière, une femme dépourvue de scrupules et de raison mais possédant ce pouvoir antique et démesuré qu'on pourrait appeler « Ève ». Ce type de femme était rare, de nos jours, et si rare parmi les Anglaises qu'il n'existait pratiquement pas chez elles. La malchance avait voulu qu'il rencontrât une étrangère dotée à l'excès des séductions d'Ève. Il savait qu'il avait eu raison de fuir.

« Si j'avais eu plus de force physique, pensait-il parfois, si j'avais été énergique et ambitieux, capable de l'entraîner à ma suite tout en accomplissant ma tâche, j'aurais pu l'épouser et m'en rendre maître, mais je n'ai qu'un poumon et une énorme quantité de travail à mener à bien dans les cinquante prochaines années, et ce n'est pas amusant de se rendre maître de quelqu'un. » Et ces réflexions se concluaient toujours sur cette pensée amère : « De toute façon, elle n'aurait pas voulu de moi. »

Peu à peu, cependant, à mesure que les paisibles jours d'hiver s'écoulaient dans leur routine de travail, de repas et de longues promenades à pied, il commença à se sentir guéri. L'atmosphère terne et anémiée de la petite maison ne l'affectait pas, car malgré sa faible constitution il avait les nerfs solides et n'avait aucun goût pour la vie dans une tour d'ivoire. Sa propriétaire appréciait (« aimait » serait trop fort pour cette petite personne effacée) ses tasses à thé triangulaires et son mobilier de chêne fumé, et ils étaient l'image du Foyer, pour les petits garçons et le père parti à la guerre. Richard n'était pas du genre à avoir des frissons d'esthète devant ce qui contentait les gens ordinaires. S'il le voulait, il pouvait s'échapper en regardant l'une des centaines d'images conservées dans sa mémoire : un jardin en Espagne, avec ses murs marron et sa colonnade ornés de carreaux de céramique bleue, les fleurs en bouton de sa tonnelle et sa pièce d'eau bordée d'iris blancs et jaunes ; un champ ondoyant du Sussex d'où surgissaient une multitude de jeunes chênes dorés. Il pouvait siffler *Dites-moi, belles dames*, ou murmurer les vers des « Bergers sur le gazon » de l'*Ode sur la Nativité*. Ces royaumes de l'esprit, il ne pouvait y trouver tout ce que son cœur désirait, mais ils pouvaient lui donner au moins une sorte de liberté.

Il ne se lamentait jamais que sa propriétaire n'ait pas eu les mêmes opportunités que lui et il ne déplorait pas qu'elle fût attachée à son bungalow anémique. « Faisons d'abord en sorte que tout le monde mange à sa faim, songeait-il toujours avec impatience. Ensuite, quand les gens auront plus de vitalité, ils auront également un goût accru pour une beauté riche et vigoureuse dans tous les arts, y compris ceux de l'existence quotidienne. »

Il vivait comme un ermite paisible depuis près d'un mois. Janvier était arrivé, avec sa neige et ses violettes, et il était presque passé quand Richard avait donné son premier cours au centre de formation du Conseil pour la reconstruction européenne. Il traitait du niveau d'industrialisation atteint par les États du bassin du Danube jusqu'en 1939. Ce fut un succès, puisque les autres professeurs et chargés de cours en firent l'éloge et que les étudiants le trouvèrent instructif. Il fit ainsi l'expérience satisfaisante entre toutes de travailler dur et de voir son travail porter ses fruits. De plus, il était bien payé, ce qui était également très agréable. Il envoya la moitié du montant de son premier chèque au fonds de secours pour les républicains espagnols internés, et remboursa à sa mère les trois livres qu'il lui devait. N'étant pas d'un tempérament ascétique et appréciant peu une vie dénuée de compagnie féminine, il songea aussi à écrire à Alicia Arkwright pour lui proposer de déjeuner à Londres et d'aller voir un film ensemble. « Je la préviendrai qu'il faudra se montrer économe », se dit-il.

Alicia passait un début d'année épouvantable. L'homme qu'elle avait rencontré lors de la fête était parti travailler pour le gouvernement à l'étranger, et elle se retrouvait provisoirement sans personne à embrasser à sa guise. En outre, son excellente santé n'avait pas résisté au trajet quotidien vers l'usine dans un bus glacial rempli de femmes en train de tousser, et elle avait attrapé un gros rhume. Elle s'abstint un jour ou deux d'aller à l'usine et resta assise dans son lit, vêtue d'une veste molletonnée d'un blanc immaculé au col fermé par des rubans de velours rouges, avec ses cheveux noirs attachés au sommet de sa tête par un ruban assorti en un nœud de petite fille. Chaque matin, son père, qui l'aimait tendrement, entrait en pliant son journal et lui demandait si elle avait envie qu'il lui rapporte quelque chose de Londres – encore que, même si elle en avait envie, il n'y eût certes pas grand-chose à en rapporter. Habituellement, elle le chargeait d'une petite commission, car c'était un homme qui aimait dépenser de l'argent pour les femmes, et sa fille trouvait qu'il fallait encourager ce trait de caractère. Puis il s'en allait dans la voiture qu'il était encore autorisé à conduire, car il était à la tête d'une société concluant des contrats très importants avec le gouvernement, et Alicia restait seule à lire, à se moucher, à regarder par la fenêtre le jardin où la neige était en train de fondre.

Dans cet état de faiblesse, et avec du temps de reste, il n'est pas étonnant qu'elle se laissât aller à songer lugubrement qu'elle allait avoir vingt-huit ans en juillet, qu'elle n'avait aucun projet, pas beaucoup d'espoir pour l'avenir et ainsi de suite. Elle écrivit même une lettre déprimée à sa meilleure amie, Crys, une grande fille désinvolte de son genre, qui était employée dans les services féminins de la flotte. La lettre de consolation de Crys arriva par le même courrier que celle où Richard l'invitait à aller voir un film à Londres. Elle fut absurdement contente d'avoir de ses nouvelles et lui écrivit aussitôt pour lui expliquer pourquoi elle ne pouvait venir, en observant pour finir qu'elle s'étonnait qu'il écrivît toujours des lettres alors que le téléphone devait avoir été inventé vers 1890, lui semblait-il.

« Je n'aime pas le téléphone, répondit-il sur une carte postale représentant la cathédrale de Milan, et je ne m'en sers que si je ne peux pas faire autrement. Je suis désolé que vous soyez enrhumée. Je vous réécrirai dans quinze jours pour voir si vous pouvez venir à ce moment-là. » Le message était signé : « Affectueusement, Richard. »

– *Affectueusement!* s'écria Alicia en jetant la carte postale sur son lit. En voilà une formule finale! C'est celle qu'employait Mash.

(Mash était une vieille gouvernante de son enfance.)

Elle ramassa la carte, l'examina avec sévérité et la déchira.

– Mais c'est à peu près ce que j'éprouve en pensant à lui… *affectueusement*. Il est comme un vieux truc bizarre pour lequel on ressent de l'affection.

Après cette démonstration d'aveuglement serein sur soi-même, elle prit *Vogue* et s'absorba dans sa lecture.

Pendant ce temps, que se passait-il dans cette pépinière de passions qu'était devenu Sunglades ?

Tous les habitants de la maison furent soulagés quand les vacances prirent fin et qu'ils purent retourner à leurs occupations habituelles. Miss Fielding se sentit d'autant plus rassérénée que son père repartit pour Londres en laissant entendre qu'il ne reviendrait pas avant au moins quinze jours, si jamais il revenait – il les tiendrait au courant. Mais elle ne se réjouit pas longtemps, car trois jours plus tard il était de retour, plus déprimé qu'elle ne l'avait jamais vu, et elle découvrit avec anxiété au fil des heures que c'était l'absence de Betty qui le plongeait dans la dépression. Dès qu'elle revint du ministère, vers sept heures, il sembla prodigieusement ragaillardi, et l'accablement de Miss Fielding ne connut plus de bornes quand il annonça d'un air radieux au dîner, où il n'avait cessé de plaisanter, qu'il fallait qu'ils s'attendent à le voir très souvent à l'avenir – vraiment très souvent.

– Vous songez à vous installer de nouveau dans la région, Père ? demanda Kenneth qui était lui aussi d'excellente humeur.

Il était ainsi depuis qu'il s'était rendu à Londres, un peu plus tôt dans la semaine. En fait, en dehors de Miss Fielding, tout le monde était joyeux. Betty l'était toujours, de toute façon. Et Vartouhi était tout sourire car sa sœur lui avait envoyé d'Amérique un si joli collier formé de boules d'or en filigrane et de pierres précieuses rouges. Elle avait rencontré le facteur sur l'allée le matin même alors qu'elle partait pour St Alberics, et il lui avait remis le paquet. C'était un cadeau magnifique et Miss Fielding l'estimait à dix dollars, sinon plus. Vartouhi avait vraiment de la chance ! Trois chapeaux, un bracelet, un parfum, et maintenant ce charmant collier dont les rouges et les ors scintillaient sur sa gorge lisse. Il ne fallait pas s'étonner si ses yeux allongés brillaient de plaisir.

– Ah… oui… enfin, peut-être, dit Mr Fielding avec un sourire mystérieux. Ça dépend, ça dépend…

Il hocha la tête en regardant Betty, qui s'écria intérieurement : « Miséricorde ! »

Ces propos plongèrent Miss Fielding dans un état proche du désespoir. Comment ? Il voulait s'établir de nouveau dans les environs de St Alberics et y passer le reste de sa vie ? Et il allait sûrement vivre jusqu'à quatre-vingt-dix ans. Elle n'avait certes pas envie qu'il lui arrive quelque chose, mais quand même... Il passerait son temps à faire des visites à Sunglades, à emprunter de l'argent à Kenneth, à le troubler par son mauvais exemple ! Et il raviverait des souvenirs scandaleux chez tous leurs amis et leurs voisins, et il épouserait peut-être une personne particulièrement peu recommandée, qui aurait des années et des années de moins que lui ! Bonté divine, et s'il épousait Betty ? Il la regardait comme s'il allait la demander en mariage le soir même.

À cette pensée, tous les instincts possessifs de Miss Fielding se réveillèrent avec fureur. Pourquoi, lui qui avait causé tant de peine et d'inquiétude à Notre Mère (même Miss Fielding ne pouvait prétendre que Notre Mère ait eu le cœur brisé par son départ), pourquoi devrait-il, au terme d'une vie déréglée, se marier à une femme frivole et superficielle comme Betty, qui ne s'intéressait nullement aux problèmes du monde et avait mené une existence à peu près inutile ? Un tel mariage profanerait la mémoire de Notre Mère et inciterait Kenneth à faire l'idiot de toutes les manières. Et de quoi vivraient-ils ? D'après Kenneth, Père était pratiquement sans le sou, quand il était arrivé à Noël. Ce qui impliquait des prêts continuels, voire une rente à lui verser tous les trois mois. Des complications sans fin. Et surtout, se remarier à soixante-dix-huit ans, ce serait tellement indécent, tellement peu convenable ! Il se pourrait même qu'il y ait un entrefilet dans l'*Evening Standard* à ce sujet. Miss Fielding avait le visage rouge de colère en découpant son corned-beef.

Il ne fut plus question du départ de Mr Fielding. À la mi-janvier, il passa une journée à Londres. Il semblait très content de lui à son retour, et il assura à Kenneth que son prêt avait de grandes chances d'être remboursé rapidement et avec des intérêts. Il rapportait des chocolats pour Vartouhi, un énorme bouquet de violettes pâles et parfumées pour Betty, ainsi qu'un gros gâteau pour Miss Fielding et Miss Burton. Cette dernière fut touchée, et il gagna son affection. « C'est un adorable vieux monsieur, se dit-elle en jouant au piano *Mon amour avait un anneau d'argent* à la lueur du feu. Je suis contente qu'il soit ici. Connie est tellement désagréable, toujours à essayer d'empêcher les gens de profiter de la vie et d'avoir du bon temps s'ils en ont envie. Dieu sait qu'il y a assez de misère en ce monde ! Et qu'importe s'il veut vraiment demander à Betty de l'épouser ? Je suis certaine qu'elle refusera. »

Et elle se rendit dans la pièce d'à côté pour admirer discrètement le magnifique couvre-lit de Vartouhi, qui était presque terminé et vraiment très beau maintenant – d'une beauté somptueuse, éblouissante. Vartouhi montait encore deux ou trois soirs par semaine pour y travailler. Elle avait perdu un peu de son entrain, depuis Noël, et Miss Burton fut amusée mais aussi légèrement inquiète d'apprendre qu'elle trouvait la maison plus morne depuis le départ de Richard.

– Vous êtes comme Barbara Allan, dit Miss Burton d'un ton réprobateur.

– Qui est-il, Miss Burton, s'il vous plaît ?

– Oh, c'est une fille dans une vieille chanson. Elle commence par laisser un jeune homme mourir d'amour pour elle, après quoi elle fait tout un drame quand il est mort et elle finit par mourir à son tour par remords.

– Qu'est-ce que « remords », s'il vous plaît ?

– C'est être désolé quand on a été vilain.

– Je ne suis pas désolée, Miss Burton, car je n'ai pas été vilaine avec Richard.

– Moi, je trouve que vous avez été très vilaine, très méchante avec lui, mais n'en parlons plus. J'étais sûre qu'il vous manquerait une fois qu'il serait parti.

– Il n'est plus personne pour me regarder avec amour, maintenant, Miss Burton.

L'Usurpatrice éclata de rire.

– Il est un sentiment agréable avoir un homme qui veut vous épouser, Miss Burton. Même si vous dites : « non, non », il est un sentiment agréable.

– Je suis bien d'accord, Vartouhi.

– Je pense que je vais aller voir Richard dans sa nouvelle maison.

Elle lança un regard innocent à Miss Burton, qui prit un air aussi sévère qu'elle le put.

– Voyons, vous n'allez pas faire ça, Vartouhi ! Le débusquer dans sa tanière alors qu'il est sans doute en train de reprendre le dessus !

– Il est une action gentille, déclara Vartouhi en brodant avec ardeur. Il est solitaire, peut-être.

– Pas du tout, répliqua fermement Miss Burton. Sa mère l'a vu hier, et elle dit qu'il semble se plaire tout à fait dans son logement et qu'il aime beaucoup son travail.

– Il m'a tout oubliée, dit Vartouhi en pouffant.

– Et c'est très bien ainsi.

– Malgré tout, Miss Burton, je vais peut-être aller, déclara Vartouhi en effleurant son collier avec un sourire.

Miss Burton, qui avait elle-même des plans bien arrêtés pour l'avenir de Vartouhi, espérait sincèrement qu'elle n'irait pas, mais elle n'avait d'autre ressource que ses conseils pour l'en empêcher. Elle tenait à ce que Vartouhi ne voie pas Richard seul dans son logis certainement dénué de tout confort. Le charme de la jeune fille rayonnerait avec une puissance accrue dans un tel environnement et raviverait presque à coup sûr sa passion pour elle. Et si elle le voyait pâle, ému, en exil à cause d'elle, peut-être le cœur de Vartouhi serait-il enfin touché. « Et dans ce cas, que deviendront tous mes beaux projets ? songea Miss Burton. C'est vraiment une petite démone, par moments ! Mais seulement quand il est question des hommes. Pour Betty et moi, et même pour Connie, c'est une brave petite fille, loyale et gentille.

« Seigneur, j'espère vraiment qu'elle n'ira pas ! »

Mais un samedi matin, vers la fin du mois de janvier, par une journée douce et humide où la campagne semblait aussi incolore que possible, Vartouhi se rendit à pied à Blentley et frappa à la porte du bungalow où Richard vivait. Elle avait installé l'un de ses trois chapeaux – le marron avec une plume – juste à l'arrière de sa tête, comme celui d'une dame qu'elle avait vu dans un magazine féminin rapporté à la maison par Betty. Son collier brillait sur sa vieille veste de tweed et elle avait les jambes nues et de grosses chaussures. La propriétaire de Richard ouvrit la porte et la regarda d'un air aussi interrogateur que bienveillant.

– Mr Marten habite ici ? demanda Vartouhi avec son sourire le plus radieux.

(« Quelle petite maison ! Et tout ce marron ! »)

– Oui, répondit la femme en la regardant fixement.

Elle était fascinée par la visiteuse, qui aurait attiré le regard même dans une tenue conventionnelle et était encore plus saisissante avec ses vêtements miteux contrastant avec les chapeaux et les bijoux inattendus qu'elle choisissait au gré des circonstances et de son goût.

– Il est dans la maison ?

– Oh, oui, mais il est sur le point de sortir. Vous vouliez le voir ?

– Oui, s'il vous plaît.

– Je vais aller le prévenir, si vous voulez bien entrer.

Vartouhi s'exécuta, en regardant avec un vif mépris les meubles et les murs. « Tout est marron ici ! On se croirait dans un colis ! »

Elle entendit des voix – celle de Richard semblait surprise. Un instant plus tard, sa haute silhouette apparut dans le vestibule et il s'inclina vers elle. Il portait un pardessus et s'apprêtait manifestement à sortir.

– Oh…, dit-il en s'arrêtant net. C'est vous… Vartouhi, je veux dire…

Il reprit d'un ton très froid :

– Eh bien, quelle surprise. Je pensais que c'était Miss Arkwright. J'ai rendez-vous avec elle à Londres. Euh… entrez, je vous prie.

Il s'écarta et elle entra dans la chambre d'un air indolent. Elle lui parut marron, comme le reste de la petite maison mal aérée. Une pièce froide et silencieuse, où la lumière pénétrait avec parcimonie par une petite fenêtre. Des papiers et des livres étaient éparpillés sur une table.

Vartouhi se retourna vers lui en souriant quand il la suivit à l'intérieur. Il y eut un instant de silence.

– Euh… avez-vous quelque chose à me dire de la part de ma mère ou de Miss Fielding ? demanda-t-il poliment en baissant les yeux sur la petite silhouette étrange et enchanteresse.

Toute sa souffrance se réveilla à cette vue, et il se rendit compte avec résignation qu'il n'était pas aussi guéri qu'il l'avait espéré.

– Oh, non, Richard, je viens vous voir. Je me dis que vous êtes solitaire peut-être, donc je viens vous voir et vous remonter le moral, aussi.

– C'est très gentil à vous, répondit-il d'un ton aussi doux que dépourvu d'ironie.

Malgré tout, Vartouhi comprit qu'elle n'était certes pas la bienvenue. Elle haussa les épaules avec un sourire effronté, mais ne trouva rien à dire sur le moment. Elle avait espéré qu'il la regarderait de cet air implorant qui avait si souvent flatté sa vanité à Sunglades, mais elle ne lisait dans ses yeux qu'une bienveillance tranquille.

– Vous ne voulez plus m'épouser ? demanda-t-elle soudain en s'asseyant sur une chaise et en levant les yeux sur lui, en un geste si brusque qu'elle dut agripper son chapeau pour l'empêcher de tomber.

Il secoua la tête. Il était tout simplement à court de mots pour lui répondre. Était-elle venue pour lui dire qu'elle voulait bien de lui, finalement ? Le Ciel l'en préserve ! Et pourtant…

– Vous êtes *certain*, Richard, vous ne voulez plus m'épouser ?

Il parvint à articuler :

– J'ai décidé de ne pas le faire, Vartouhi, même si vous acceptiez.

– J'ai pensé que vous ne voulez plus, Richard. Quand je vois comment vous me regardez, je l'ai pensé.

Il n'aurait su dire d'après son ton ce qu'elle éprouvait, mais il espérait qu'elle était blessée par son apparente indifférence. Il dit d'une voix encore plus tranquille :

– Pourquoi cette question ? Vous n'êtes pas... venue pour me dire que vous aviez changé d'avis, n'est-ce pas ?

– Non, *non*, Richard ! s'écria-t-elle en se mettant à pouffer. Mais il me plaît avoir un homme qui veut m'épouser, même si je dis que non, je ne vais pas l'épouser. Donc je viens voir si vous voulez encore.

– Typique, murmura Richard en l'observant pensivement et en songeant qu'un jeune homme moins intelligent que lui aurait peut-être ricané en disant à peu près qu'elle voulait s'assurer que le poisson mordait toujours à l'hameçon.

– S'il vous plaît ?

– Oh, ce n'est rien... Eh bien, je suis encore amoureux de vous, même si je ne veux plus vous épouser. Cela compense-t-il un peu votre déception ?

– Vous m'aimez encore, Richard ?

Il hocha la tête en baissant les yeux sur elle.

– Il est une bonne chose, proclama-t-elle joyeusement en se levant de sa chaise et en rajustant son chapeau. Vous allez à Londres maintenant ?

– Oui... et il faut que j'y aille, ou je vais manquer le bus.

– Pour voir Miss Arkwright ?

– Oui.

– Elle vous plaît ?

– Beaucoup.

– Elle est une fille horrible, lança Vartouhi avec véhémence. Elle a deux manteaux de fourrure. Il est mal en temps de guerre.

Il éclata de rire et l'invita d'un geste à sortir de la chambre.

– Allons donc ! Vous êtes incorrigible. Une barbare lâchée parmi nous. Miss Arkwright est charmante et vous êtes jalouse.

– Non, je ne suis pas ! Je me fiche grandement que vous la voyez !

– Oh, pas jalouse à cause de moi, jalouse des deux manteaux de fourrure.

– Il est une chose bien mauvaise en temps de guerre, répéta-t-elle obstinément en le précédant dans le vestibule.

Il ferma la porte d'entrée.

– Il est mon jour de congé, expliqua Vartouhi d'un air radieux en descendant la rue à son côté. Donc je vais dans le bus avec vous… jusqu'à St Alberics.

– Ce sera délicieux, merci, dit-il avec ironie.

Il s'était attendu à être un peu gêné dans le bus par l'attention que l'apparence singulière et l'anglais excentrique de Vartouhi ne manqueraient pas d'attirer, mais il fut surpris – et sa passion pour elle en fut renforcée – de la voir prendre aussitôt une attitude réservée, qui fit passer au second plan sa personnalité en ne présentant aux autres passagers qu'un masque courtois et souriant. C'était la première fois qu'il se trouvait avec elle dans un lieu public, et il jugea l'expérience à la fois intéressante et cruellement agréable. « Bien sûr, pensa-t-il en l'observant assise en face de lui en train de regarder poliment par la fenêtre, elle est issue d'un peuple célèbre pour son art de dissimuler les sentiments derrière les bonnes manières. Si elle me dit la vérité, c'est uniquement parce qu'elle s'est familiarisée avec moi à force de vivre sous le même toit pendant six mois. Elle s'est montrée si polie envers moi, le premier jour, en portant mon sac à dos ! Si seulement elle avait vraiment été ainsi ! Courtoise, allègre, avec un cœur d'une douceur s'approfondissant à mesure qu'il se révélait… Mais zut, ça ne change rien à rien. Cela ne fait-il vraiment que six mois que je suis amoureux d'elle ? J'ai l'impression que cela fait six ans. »

– Au revoir, Richard, dit Vartouhi quand ils se séparèrent à l'arrêt de bus de St Alberics. Je vais déjeuner au Fedora Café, et ensuite je vais au cinéma Fedora voir exploser des Allemands, des Italiens et des Japonais. Il est une chose grandement bonne. Au revoir.

– Au revoir, dit Richard.

23

LE MÊME SAMEDI VERS MIDI, au département des formulaires, Betty était assise à son bureau.

Rappelons que ce département du ministère occupait le vaste bâtiment d'un collège pour jeunes filles évacué en Cornouailles. La place n'avait pas manqué, au début, mais il s'était développé considérablement en trois ans et avait récemment débordé dans l'enceinte du collège sous la forme d'un réseau de petites pièces en préfabriqué. Bien que ces pièces fussent peintes dans des tons verts et blancs agréables, et que des individualistes intrépides eussent tenté de les égayer avec des vases de fleurs, des calendriers et même, sur les bureaux les plus importants, des photographies, elles continuaient de rappeler désagréablement aux âmes sensibles des cellules de prison. N'importe quelle personne normalement constituée pouvait les renverser et en sortir en dix minutes, mais cela n'empêchait pas certains employés d'être en proie à une claustrophobie légère mais constante quand les portes étaient fermées.

Cependant le tempérament joyeux de Betty s'accommodait de sa petite cellule, dont elle appréciait la lumière froide et vive, typique des comtés du nord de Londres, entrant à flots par les fenêtres bien conçues, ainsi que le minuscule radiateur électrique fourni par un gouvernement bienveillant, à condition de ne pas l'utiliser à certains moments de l'année où le temps était censé être chaud. Bien entendu, il ne l'était jamais, mais on ne peut gouverner un pays qu'à condition d'en négliger certaines particularités.

Ce matin-là, le petit radiateur était allumé et il faisait trop chaud dans la pièce, mais il était impossible d'ouvrir les fenêtres car la pluie fine aurait alors inondé le bureau du chef de Betty. Il s'était absenté toute la matinée pour une réunion et lui avait demandé de s'occuper de tout. Les violettes de Mr Fielding trônaient dans un vase blanc sur son bureau, tandis qu'elle triait des lettres de postulants.

À midi précis, un vieux gentleman vêtu d'un splendide pardessus de tweed gris et coiffé d'un feutre de même couleur se présenta au guichet d'entrée du collège, en demandant au concierge s'il pouvait voir Mrs Marten. Ayant rempli un formulaire avec son nom, son adresse et sa profession (*personnel*), il attendit tandis que le concierge s'entretenait avec Betty au téléphone. Quand il apprit qu'elle allait le recevoir tout de suite, il parut ravi. Pendant que le concierge ornait son laissez-passer d'un tampon représentant une pendule marquant midi cinq, heure de son arrivée dans le bâtiment, il le regarda faire en penchant la tête sur le côté, avec un sourire indulgent qui semblait dire : « Qu'ils sont mignons ! » Finalement, il prit avec désinvolture le laissez-passer entre le pouce et l'index, garda son chapeau de l'autre main et s'engagea dans les couloirs en regardant à la ronde d'un air amusé, jusqu'au moment où il se retrouva devant la porte du bureau 87.

– Entrez ! lança Betty.

Se renversant sur sa chaise, elle regarda la porte avec un sourire empressé malgré l'appréhension qu'elle ressentait.

– Eh bien, dit-elle à Mr Fielding qui entrait en souriant. Quelle surprise ! Êtes-vous venu m'inviter à déjeuner ? C'est que…

– Avec plaisir, je ne demande pas mieux, répliqua-t-il aussitôt. Mais d'abord…

– C'est que cela m'est impossible aujourd'hui, l'interrompit-elle avec adresse. Je suis vraiment désolée, mais mon chef assiste à une réunion et on va m'envoyer un repas de la cantine. Je m'occupe du bureau, vous voyez.

– Comme c'est charmant ! s'écria Mr Fielding en la couvant des yeux. Il est délicieux de vous voir jouer les femmes d'affaires avec vos machines à écrire, vos dossiers et vos téléphones ! C'est donc vous qui vous occupez de tout. Eh bien, aucun bureau ne saurait avoir une gardienne plus ravissante !

Posant son chapeau sur la table, il chercha un siège du regard.

« Quel vieil homme exaspérant vous faites ! songea Betty. Vous avez dû arrêter de penser autour de 1908, mais ça ne vous empêche pas d'être passablement adorable. Est-ce ainsi que vous parlez aux filles des cabarets ? *Comme c'est charmant, vous êtes vraiment délicieuse de faire comme si une écharpe suffisait à vous habiller, avec votre mascara et votre rouge à lèvres, petite espiègle !* »

– Prenez donc la chaise des postulants, dit-elle en ouvrant un placard d'où tomba une unique chaise pliante, que son fonctionnalisme intimidant n'empêchait pas d'être bancale.

– Merci, dit-il.

Il s'assit avec tant de prudence qu'ils éclatèrent tous deux de rire.

– Regardez vos violettes, lança Betty en hâte.

Elle était si nerveuse qu'elle fit cette remarque périlleuse sans réfléchir qu'elle pourrait la mener loin.

– Leur parfum n'est-il pas exquis ? ajouta-t-elle en penchant sa tête brune sur les fleurs déjà flétries.

– Elles me font penser à vous, déclara Mr Fielding en joignant ses mains sur le manche de son parapluie.

La tête inclinée sur le côté, il la contempla.

« Mon Dieu ! » se dit-elle.

Elle lui sourit et se rassit à son bureau. Il y eut un petit silence embarrassant. Elle remua quelques lettres.

– Vous ne…, commença-t-elle.

– Vous savez certainement ce que je suis venu vous dire, ma chère, l'interrompit Mr Fielding en se penchant vers elle.

Son regard trahissait ses sentiments, comme on disait jadis.

– Je ne sais jamais si je vous trouverai seule, *là-bas*…

(Il voulait parler de Sunglades.)

– Je suis donc venu ici, dans l'espoir…

– Je voudrais… mon Dieu… je préférerais vraiment…, balbutia Betty en baissant les yeux sur sa machine à écrire d'un air affligé.

Puis elle implora, comme le font les cœurs tendres quand ils sont acculés et redoutent de faire souffrir la personne qui les a mis au pied du mur :

– Ne dites rien.

Mais il le dit quand même.

Alicia arriva au rendez-vous en même temps que Richard, et il lui donna intérieurement un bon point car lui-même, malgré sa distraction, n'était nullement du genre à arriver systématiquement en retard. Elle portait un élégant imperméable et un parapluie de taffetas.

– Hello, Richard. Ravie de vous voir.

– Je suis ravi aussi, Alicia. Voulez-vous que nous allions déjeuner tout de suite ? J'ai pensé que nous pourrions voir *Casablanca*. Cela vous convient-il ?

– Magnifique. J'adore Humphrey Bogart.

– Et moi, j'admire Ingrid Bergman, de sorte que nous serons tous deux satisfaits.

Ils longèrent les ruines du *Café de Paris**, livides sous le ciel gris. Une pluie légère criblait l'eau sombre et stagnante du réservoir et effleurait leur visage tandis qu'ils avançaient dans les rues surpeuplées. Devant les grands cinémas, des hommes vendaient des bottes de perce-neige.

Alicia avait envie de boire un verre. Lorsqu'elle rencontrait ses amis, ils commençaient d'ordinaire par boire un verre ou deux. Mais elle préféra ne pas le proposer à Richard, car elle savait qu'il n'avait pas beaucoup d'argent et que l'alcool était cher de nos jours. Et elle ne voulait pas non plus suggérer de s'offrir elle-même un verre.

– Dites donc, lança-t-elle quand ils franchirent l'entrée presque invisible d'un petit restaurant obscur près de la National Gallery, nous payons chacun notre part aujourd'hui, n'est-ce pas ?

Il secoua la tête.

– Pas aujourd'hui. Je viens de recevoir mon premier chèque du Conseil pour la reconstruction européenne. J'ai assez d'argent pour vous inviter, et cela me ferait plaisir.

Il ajouta en baissant les yeux sur elle avec un sourire :

– Cela dit, je vous ai prévenue qu'il faudrait être économe, non ? La prochaine fois que nous sortirons ensemble, si je suis vraiment à sec, nous partagerons.

« *La prochaine fois que nous sortirons ensemble...* », se répéta Alicia tandis qu'ils s'asseyaient à une table près d'un grand miroir crasseux couronné de pampres clinquants. Elle arrangea son imperméable humide sur le dossier de la chaise pendant que Richard commandait le déjeuner, après l'avoir consultée mais pas beaucoup. « Pourquoi a-t-il l'art de rendre charmantes des remarques banales ? Il n'essaie pas d'être charmant, comme le faisait le pauvre H. C'est parce qu'il n'y a ni baratin ni comédie chez lui, je pense. En tout cas, je suis heureuse. »

Elle continua d'être heureuse tout au long de l'après-midi, assise dans la pénombre propice à l'évasion du cinéma, à côté de Richard qui lui tenait la main. Par moments, quand quelque chose les amusait, il se tournait vers elle en souriant, ou elle se tournait vers lui, et ils découvrirent avec plaisir qu'ils s'amusaient des mêmes choses. Il ne caressa pas sa main, ne la serra pas, mais se contenta de garder doucement à l'abri dans sa propre main les longs doigts de la jeune fille. « Je suis parfaitement heureuse », songea-t-elle rêveusement, en levant un peu sa jolie tête enturbannée vers l'écran pour regarder le héros et l'héroïne souffrir de façon convaincante. « Crys se moquerait de mon goût pour les plaisirs simples... Et alors ? »

Richard se rasséréna peu à peu, lui aussi. Sa rencontre du matin avec Vartouhi l'avait profondément troublé en lui prouvant qu'il n'était toujours pas guéri, plus encore qu'en lui faisant sentir qu'elle n'était pas gentille – il était habitué à ce dernier détail. Cependant il veilla à ce qu'Alicia ne pût se douter qu'il souffrait, car il détestait parler de ses problèmes aux autres et avait tendance à mépriser les gens qui ne pouvaient pas garder leurs malheurs pour eux et les déversaient sur leurs amis.

Quand ils sortirent dans le crépuscule pluvieux, il dit tout en la tenant par le coude pour la guider dans la foule pressée :

– La seule scène trop niaise pour être convaincante est celle où il s'enivre et se met à pleurer.

– Oui, je trouve aussi, répliqua sèchement Alicia. D'après mon expérience, ce sont les femmes qui s'enivrent et pleurent à cause des hommes plutôt que le contraire.

Il éclata de rire.

– C'est une question de tempérament, pas de sexe. Cela vous ennuierait-il de retourner dans le même petit endroit pour le thé ?

À présent, elle aurait vraiment préféré un bar, mais elle songea que s'il avait eu envie d'un verre, il l'aurait dit. Comme elle ne voulait pas troubler leur harmonie en faisant ses propres suggestions, elle assura que cela ne l'ennuierait pas du tout.

Quand ils furent de nouveau assis sous le miroir aux pampres clinquants, en train de boire du thé et de fumer, il déclara :

– Vous avez un effet apaisant sur moi, Alicia.

– En général, les hommes n'aiment pas qu'on les apaise, répliqua-t-elle de façon impersonnelle.

– Cela n'a rien à voir avec ce que vous dites ou faites, c'est ce que vous êtes… ou paraissez être.

– Oh, je suis plutôt calme, je crois. Je ne me suis jamais beaucoup agitée pour quoi que ce soit.

– Cela me plaît, en tout cas.

– Merci.

Malgré tout, sa satisfaction n'était plus tout à fait sans nuage. Elle n'avait aucune envie d'être un calmant ambulant pour Richard Marten. Elle avait connu plus d'une jeune fille qui avait été paisible et amicale, et toujours là quand les hommes avaient besoin de réconfort, après quoi ils épousaient à l'improviste des rousses excitantes au caractère infernal et les amies paisibles n'entendaient plus jamais parler d'eux. « Et il est tout à fait du genre à épouser cette petite créature pendant un week-end », pensa-t-elle. Cette idée la déprimait.

À l'entrée du métro, il lui dit au revoir car elle restait à Londres pour la soirée.

– Merci infiniment, Richard, j'ai passé un moment très agréable, dit-elle.

Elle leva vers lui des yeux qui semblaient très bleus sous son turban noir.

– Moi aussi, répliqua-t-il en la regardant dans les yeux. Vous n'aimez pas que je vous dise que vous avez sur moi un effet apaisant, donc je ne le dirai plus. Mais ne vous est-il jamais arrivé de passer une longue journée sur le fleuve, par temps calme, dans une barque dérivant entre les arbres, en n'entendant que la rumeur douce et mélodieuse de l'eau ?

Elle hocha la tête, sans le quitter du regard.

– Eh bien, c'est ce que je ressens maintenant. Merci, Alicia. Bonsoir.

Il se pencha, l'embrassa légèrement sur la joue puis se détourna et descendit l'escalier de la station.

Alicia héla un taxi et demanda au chauffeur de la conduire à Knightsbridge, ce qu'il fit, non sans quelques jurons de sa part et quelques promesses de la part d'Alicia.

« Je n'arrive vraiment pas à mettre de l'ordre dans mes sentiments, pensa-t-elle dans le taxi roulant dans l'obscurité grandissante du black-out. Je ferais peut-être mieux de ne pas essayer. »

Ce soir-là, vers neuf heures, Richard était assis dans sa chambre et prenait des notes sur l'importance des exportations hollandaises à destination de Sumatra de 1935 à 1939, quand sa propriétaire ouvrit la porte en annonçant qu'une dame voulait le voir. « *Ça devient monotone*, comme dirait Billy Bennet », pensa Richard en se levant et en scrutant le vestibule obscur derrière elle. Cependant, quand sa mère la suivit dans la chambre, l'air pâle, fatiguée et amusée, il comprit aussitôt qu'il était arrivé quelque chose et qu'elle était sous le choc.

– Rick chéri, dit Betty en ôtant son chapeau, qu'elle laissa tomber sur la table.

Elle donna un baiser à son fils.

– Je suis tellement contente que tu sois là.

– C'est ma mère, Mrs Arnold, dit Richard.

– Oh, oui, Mr Marten, dit Mrs Arnold en répondant vaguement au sourire aimable de Betty.

Elle sortit en murmurant :

– Bonsoir, Mrs Marten.

– Quelle petite chambre sinistre, mon chou, dit doucement Betty en regardant autour d'elle.

– Elle n'est pas festive, mais elle me convient.

Il l'observa d'un air inquisiteur.

– Malgré tout, je crains que tu ne sois heureuse d'être ici, Betty.

– Eh bien, oui, « en fai », comme tu disais quand tu étais petit. Ce petit poêle chauffe pas mal, mais quelle odeur ! Voilà qui ne doit te faire aucun bien.

– Il a une odeur ? Je ne m'en étais pas aperçu.

Il approcha pour elle un fauteuil près du poêle.

– Tiens, c'est le seul siège confortable. Et voici une cigarette. Je sais ce qui se passe : quelqu'un t'a demandée en mariage.

– Oui… le Roi du Night-Club… et tout ça est tellement gênant…

– Tu n'es quand même pas venue à pied ? l'interrompit-il.

– Oh, non. Ken m'a amenée en voiture, il devait se rendre à une réunion des réservistes et il m'a déposée ici en chemin. Il doit revenir me chercher dans une heure environ. C'est si agréable d'être avec toi, Ricky. Je n'aurais vraiment pas pu supporter une minute de plus l'atmosphère de cette maison, avec le Roi du Night-Club qui se montrait affreusement joyeux et vaillant alors qu'il se sentait manifestement tout à fait malheureux, et Connie qui me regardait comme si je lui avais volé sa ration de sucre, et Frances qui faisait l'entendue et la compatissante et tentait de me prendre à part pour avoir une bonne conversation bien longue, et Ken avec son air bourru et embarrassé…

– Mais cela ne les regarde nullement. Je ne vois pas…

– Bien sûr que cela ne les regarde pas. Il est blanc, il est libre et il a soixante-dix-huit ans. Mais tu sais comment sont les gens. Et Connie est vraiment bizarre, avec sa façon d'entrer en transe à l'idée que l'un d'entre eux se marie. Ça la met en fureur, on croirait la vieille Miss Barrett, dans ces cas-là. Elle aurait besoin qu'on la psychanalyse.

– Ou qu'on lui dise de ne pas se montrer égoïste.

– Oh, c'est plus qu'un simple égoïsme. C'est une sorte de tyrannie de sœur aînée. Ken ne doit pas faire l'idiot, il ne serait pas un bon mari, il ressemble trop à Père, il est trop faible et ainsi de suite. Elle a toujours été comme ça. Je me souviens que dans notre jeunesse…

– Est-ce à cause d'elle que tes fiançailles avec Kenneth ont été rompues ?

– Non, je suis tombée amoureuse de ton père, mon chéri, et j'ai complètement oublié le pauvre Ken. Nous nous sommes mariés deux jours après notre rencontre – je te l'ai raconté si souvent. D'ailleurs, je n'étais pas vraiment fiancée avec Ken, tu sais, c'était simplement entendu entre nous. Notre idylle était tout à fait conventionnelle.

– Les rares fois où j'ai pensé à cette histoire, je me suis demandé si c'était ce choc infligé à sa vanité sexuelle dans sa jeunesse qui l'avait dissuadé de se marier par la suite.

– Quelle façon de dire les choses, mon chéri ! Je ne crois pas qu'il ait été bouleversé à ce point. Il m'a écrit une lettre très gentille, où il me disait qu'il espérait que je serais heureuse. C'est vraiment un ange. Il est un peu rasoir, bien sûr, mais tellement adorable.

Sans aucun avertissement, elle eut soudain les larmes aux yeux. Comme elle était assise hors du halo lumineux de la lampe, elle les refoula en clignant des paupières et continua sur le même ton amusé, alors que l'image apparue à l'improviste, avec une netteté insoutenable, du visage de son mari s'estompait peu à peu dans l'obscurité de sa mémoire :

– Ce n'est pas vraiment ma faute, tu sais.

– *Pourquoi, oh, pourquoi les messieurs abandonnent-ils pour moi leurs promises ?* cita Richard en lui souriant.

– C'est facile à dire, petite rosse ! Mais non, ce n'est pas ma faute ! Le Roi du Night-Club m'a poursuivie jusqu'au ministère et m'a fait sa demande dans mon bureau. Dieu merci, Fowler était en réunion, autrement il aurait jugé l'épisode plus qu'inopportun, car il ne nous encourage pas à avoir des admirateurs. Et j'ai mis près d'une demi-heure à refuser en douceur l'offre du pauvre vieux chéri.

– Pauvre Betty.

– Tu peux le dire.

– Comment a-t-il réagi ?

– Voyons, Richard, épargne-moi tes observations de spécialiste des masses, je t'en prie !

– Cela m'intéresse.

– Cela ne se fait pas. Tu devrais le savoir mieux que personne.

– Au contraire, cela se fait tout le temps. Les gens qui le font n'ont aucune valeur à tes yeux ou aux miens, mais il n'empêche qu'ils le font. Vide donc ton sac, tu te sentiras mieux ensuite.

– Oh… d'accord. Il m'a dit des tas de choses adorables qu'il pensait manifestement, le pauvre vieux chéri, puis il a déclaré qu'il était temps qu'il se range…

– Seigneur !

– Je sais. Mais il voyait lui-même que c'était drôle, il en riait. Cela m'a plu, tu sais. Et il m'a dit très franchement qu'il pourrait me faire une vie très agréable dans les prochaines années. D'après lui, sa situation financière s'est rétablie.

– Pauvre vieux.

– Rick, je suis tellement contente que ce soit aussi ton avis. Il est vraiment charmant, vois-tu. Il a dit qu'il n'aspirait qu'à prendre soin de moi.

– Je peux le comprendre. J'ai souvent pensé que tu ne devrais pas te laisser ballotter comme tu le fais, alors que tu es à l'apogée de ta santé et de ta beauté.

– J'aime bien ça, mon chéri. Si je voulais faire une fin, je pourrais toujours aller chez Salters, mais je m'amuse plus en vivant comme maintenant.

– Tu m'enlèves un poids. Il m'arrive d'avoir mauvaise conscience à cause de toi.

– Il ne faut pas, Rick.

– À aucun point de vue?

– À aucun point de vue, mon chéri. Plus tard, il se pourrait que j'aie envie d'avoir des petits-enfants, mais nous avons tout le temps pour ça.

Il l'observa un instant. Elle reposait dans le profond fauteuil, et les ombres au-delà du halo de la lampe adoucissaient son visage et sa chevelure en les nimbant d'une beauté tendre, qui leur faisait parfois défaut en plein jour car elle était toujours si allègre, si attentive à éviter toute pesanteur et toute tristesse. « Oui, elle est même heureuse, songea-t-il. Le coup mortel qu'elle a reçu dans sa jeunesse l'a immunisée pour toujours et elle s'est gardée d'instinct de tout attachement qui aurait pu de nouveau la faire souffrir. Certains qualifieraient son attitude d'égoïste. Comme je hais la souffrance! Les larmes, les tourments et tous les accessoires lugubres et inépuisables du malheur! Ma mère chérie, tu fais ce qu'Alicia appellerait un travail formidable, rien qu'en étant jolie et joyeuse. »

– Je vais m'en tirer, mon chéri? demanda sa mère humblement comme le silence se prolongeait.

– Mais oui, Betty, assura-t-il en riant. Donc, tu l'as éconduit en douceur?

– Dans la mesure du possible. Vois-tu, Rick, le problème, c'est qu'il ne cesse de *dire* qu'il est vieux, mais en fait il ne se *sent* pas vieux du tout.

Il hocha la tête.

– Il a l'impression que j'ai refusé un joyeux luron dans la fleur de l'âge. Pour finir, j'ai dû lui dire qu'il m'était impossible de me remarier.

Elle prononça ces derniers mots de son ton le plus désinvolte.

– Il l'a compris ?

– Je crois qu'il a fini par comprendre. Mais c'était fatigant de devoir m'expliquer ainsi…

– J'imagine.

– Les gens sont assommants, dit-elle en allumant une autre cigarette. Cette façon qu'ils ont de tomber amoureux !

– Indubitablement, Miss Squeers.

– Mais c'est vrai, Rick. Regarde comme cette histoire a semé le trouble à Sunglades.

– L'amour est certes un fauteur de troubles, sous ses formes primitives. Il ne devient constructif qu'après le mariage. Tu vas t'en aller ?

– Je n'en sais rien. Je n'en ai pas envie, je suis très bien là-bas et j'ai de l'affection pour Frances et Ken. J'aime bien Connie aussi, même si je me demande vraiment pourquoi. J'espère que c'est lui qui va s'en aller.

– Je suppose qu'il va devoir le faire, comme moi, dit Richard en baissant soudain la garde sous l'influence du crépuscule et de la voix douce de sa mère.

– Et le remède opère, mon chéri ?

– Pas pour l'instant. Ça marchait jusqu'à ce matin, puis j'ai eu une visiteuse.

Contrairement à ce qu'il croyait, il ne savait pas tout de sa mère, et il aurait été très étonné d'apprendre le profond désarroi que Betty lui cachait quand elle demanda d'un ton négligent :

– Oh ? Et quel était le motif de sa visite ?

– Elle voulait voir si le poisson mordait encore à l'hameçon, j'imagine.

La voix de Richard trahit un instant sa jeunesse et son amertume, puis il eut honte d'avoir été mélodramatique et continua d'un ton contraint :

– Je veux dire qu'elle voulait sans doute vérifier si j'étais toujours dans les mêmes dispositions. Je ne vois pas quelle autre raison elle aurait eue.

Sa mère garda le silence. Le visage rêveur, l'air absent, elle se demandait si elle pourrait réussir à faire renvoyer Vartouhi de Sunglades. Elle n'y songea pas sérieusement, car elle évitait les intrigues aussi soigneusement que les imbroglios sentimentaux, mais elle joua un instant avec cette possibilité.

– Eh bien, il faut tenir compte des circonstances, dit-elle enfin, laissant entendre que la jeunesse de Vartouhi et son sort funeste d'exilée dans un pays étranger méritaient quelque indulgence.

Toutefois elle ne put s'empêcher d'observer avec douceur :

– Malgré tout, je ne pense pas que cela parte d'un bon naturel.

– Non, c'est vrai, mais je le savais et malheureusement cela ne change rien à rien, déclara-t-il en se levant. Voudrais-tu prendre un café ? J'ai de quoi en faire ici.

– Avec grand plaisir, dit-elle en l'observant d'un air dolent du fond de son fauteuil plongé dans l'ombre.

Tandis qu'il s'affairait dans la pièce en quête de tasses, de lait et d'une casserole, non sans projeter au plafond l'ombre de sa haute silhouette, il reprit :

– Il n'est pas question que cette histoire affecte ma façon de vivre, tu sais, donc ne t'en fais pas pour ça, ma chérie. Je n'en tiendrai aucun compte.

Il lança un regard à sa mère et ils sourirent tous deux, car c'était la formule qu'il employait dans son enfance quand l'une de ses fréquentes maladies sans importance risquait de l'empêcher de prendre part à une excursion.

– Ce genre de chose arrive parfois, comme la malaria. On s'en remet.

Il alluma le réchaud sous la cafetière de verre et baissa le feu.

– Je n'aime pas te voir soucieux, Rick.

Elle s'exprimait avec tant de légèreté que sa voix désinvolte n'était presque qu'un souffle.

– Je ne suis pas tout le temps soucieux. Seulement par moments.

Il songeait que les deux femmes avec qui il avait passé la journée et la soirée étaient tellement reposantes. Après avoir entendu leur voix calme et les nuances et les réticences de leur conversation, une approche plus dramatique des sentiments semblait insupportable par contraste. « Et pourtant, se dit-il, c'est justement cette force et cette honnêteté impitoyable qui m'attirent chez l'autre. »

– Mon départ dépendra de leur attitude, déclara Betty en remuant son café. S'ils continuent de me regarder comme si j'avais commis un meurtre, je m'en irai au plus vite.

– Où iras-tu ?

– Il faudra que je me trouve un endroit en ville, dit-elle en haussant les épaules.

– Je voudrais tant que tu puisses venir ici, mais il n'y a pas d'autre chambre.

– Je le voudrais aussi, Rick chéri, mais n'y pense plus, j'arriverai bien à me débrouiller.

Une voiture s'arrêta devant la maison, puis on sonna à la porte.

– C'est Fielding, dit Richard en se levant. J'y vais. Mrs Arnold doit être couchée.

Il sortit dans le vestibule. Betty entendit des voix et le rire de Kenneth. Un instant plus tard, il entra dans la chambre à la suite de Richard. Sa carrure était encore plus imposante que d'ordinaire, dans son manteau de réserviste de l'armée dont les épaules étaient trempées de pluie. Il tenait son calot à la main et la faible lumière faisait luire le sommet chauve de sa tête.

– Voulez-vous du café ? demanda Richard. Il n'est pas bon, je le crains. Je n'ai aucun talent culinaire.

– Non, merci. Je viens juste de boire un verre ou deux au pub avec Arkwright et les gars.

Il s'assit sur la table, qui craqua dangereusement, et se releva pour s'asseoir près de Betty.

– Inutile de te presser, lui dit-il. Le temps est infect ce soir, il pleut à verse.

Maintenant qu'il était loin de Sunglades et de sa sœur, son attitude envers Betty était aussi affectueuse et naturelle que de coutume. « Bon Dieu, je ne peux pas blâmer Papa s'il l'a demandée en mariage ! » songea-t-il en la regardant avec admiration.

Elle tenait sa tasse entre ses longs doigts pâles ornés de bagues scintillantes. Ses cils projetaient sur le côté de son nez une petite ombre duveteuse. « Évidemment, c'est très gênant, et le paternel prend ça très mal. J'imagine qu'il va s'en aller, maintenant. »

– Le Black Bull était plein de yankees, lança-t-il soudain.

– Vraiment ? dit Betty. Était-ce agréable ou désagréable ?

– On s'est tous bien entendus, déclara Kenneth. Je les aime bien.

– Pas moi, dit Richard. C'est un peuple expansif et émotif.

– De toute façon, sans eux nous serions dans de beaux draps, proclama Kenneth qui avait bu plus de deux verres.

– Cela me les rend encore plus antipathiques, décréta Richard. Pouvez-vous me dire où se trouve Abbot's Lane, à St Alberics ?

– Oui, c'est une ruelle donnant sur Abbot's Hill, juste avant d'arriver dans la grand-rue, répondit Kenneth, à la fois heureux de changer de sujet et déçu de ne pouvoir se battre.

– Merci, dit Richard avant de continuer adroitement de parler d'autre chose.

Un instant plus tard, Betty finit son café, dit bonsoir à son fils en l'embrassant et courut vers la voiture de Kenneth dans l'obscurité pluvieuse du black-out. Richard ferma la porte derrière eux et espéra que le trajet du retour ne serait pas trop sinistre pour sa mère.

24

MAIS LE TRAJET FUT SINISTRE, car Betty se faisait maintenant du souci pour Richard et Vartouhi, outre son inquiétude pour la demande en mariage de Mr Fielding et ses funestes conséquences. Elle aurait aimé parler à Kenneth de la détresse où Vartouhi plongeait Richard, mais elle s'en abstint car elle soupçonnait, malgré sa réaction incrédule devant Miss Fielding, que son vieil ami était lui-même attiré par la fauteuse de troubles. À mesure que la voiture approchait de Sunglades, Kenneth lui-même devint taciturne et réservé, comme un prisonnier retournant dans sa geôle après un jour de liberté conditionnelle, et Betty se sentit irritée contre lui.

« C'est vraiment insensé », songea-t-elle avec véhémence en entrant dans la maison tiède, silencieuse et faiblement éclairée tandis que Kenneth mettait la voiture au garage. Même si les trois habitants les plus âgés de la maison étaient sans doute allés se reposer, on sentait leur présence désapprobatrice en ces lieux.

« En quoi cela regarde-t-il Connie et Frances, si Mr Fielding me demande en mariage ? se dit Betty. Ce n'est même pas comme s'il habitait avec elles et risquait de bouleverser leur existence en se remariant. Non, c'est juste qu'elles vivent dans un tel isolement qu'elles s'exagèrent tout ce qui leur arrive. Et Connie a cette idée absurde qu'aucun membre de la famille ne doit se marier. Dieu sait pourquoi, car elle n'est pas morbide ni névrosée. Elle est simplement d'un égoïsme viscéral et prête à se battre jusqu'au bout pour préserver sa petite vie confortable. » En montant l'escalier, elle se dit avec un sourire coupable : « J'imagine que nous sommes d'accord, en un sens, elle et moi. Nous pensons toutes deux que les sentiments intenses sont une plaie. Mais je ne vais pas jusqu'à vouloir que les autres ne se marient pas ! J'aimerais bien que Rick épouse une femme raisonnable et civilisée, qui saurait s'occuper de lui. Il avait l'air éperdu ce soir, le pauvre chou, même s'il prend cette histoire avec tant de bon sens. » Elle poussa un petit soupir.

En ouvrant la porte de sa chambre, elle s'arrêta net car la lumière était allumée. Le poêle l'était aussi, et Miss Fielding était assise à côté de lui. Elle portait une robe de chambre en soie où étaient brodés, de façon peu appropriée, des nénuphars à la beauté tranquille.

– Ah, vous voilà, lança Miss Fielding d'une voix sévère et nullement décontenancée. Vous devez être surprise de me voir ici.

– Non, pas tellement, répliqua Betty.

Elle se dirigea vers la coiffeuse, laissa tomber son chapeau dessus et se regarda dans la glace.

Miss Fielding hocha la tête.

– J'étais sûre que vous vous doutiez que j'avais l'intention d'avoir une conversation avec vous, étant donné mon attitude dans la soirée.

Betty s'assit sur le lit et ouvrit son étui à cigarettes. Elle était plus fatiguée et déprimée qu'en colère, et elle regarda furtivement la pendule. Dix heures et demie. Elle tendit d'un air interrogateur son étui à Miss Fielding.

Celle-ci l'étonna en acceptant une cigarette. Elle fumait rarement. Elle embrasa une allumette dans le poêle pour l'allumer, puis continua tout en tirant des bouffées maladroites :

– Vous n'avez rien à me dire, Betty ?

Elle avait parlé d'une voix sépulcrale, que Betty trouva si absurde qu'elle ne put s'empêcher de pouffer. Miss Fielding haussa les sourcils. « J'ai compris, songea Betty en l'observant avec fascination. Elle n'a jamais cessé d'être la Fille la plus Franche de la pension Sainte-Agathe. En cet instant même, elle s'apprête à faire la leçon à la déléguée des grandes qu'on a surprise avec du parfum, et elle fume pour la mettre à l'aise. Pauvre vieille Connie. Mais vraiment, c'est trop. Je ne peux pas jouer à ce jeu-là. »

– Seulement que votre père m'a demandée en mariage aujourd'hui et que j'ai refusé, répondit-elle avec une douceur désarmante.

– C'est bien ce que je pensais, dit Miss Fielding en pressant les lèvres et en hochant la tête.

– Que j'avais refusé ?

– Oui. L'attitude de Père a été si étrange tout l'après-midi que j'ai tout deviné.

– Oh. Eh bien, ce n'est pas grave, n'est-ce pas, dit Betty en étouffant un bâillement. Bien entendu, je suis désolée qu'il soit triste, Connie. Je m'en veux. Mais vraiment, ce n'est pas ma faute…

– Si, Betty, c'est votre faute, l'interrompit Miss Fielding d'un ton posé. Frances et moi, nous considérons toutes deux que cette situation indigne et terriblement embarrassante ne se serait jamais présentée si vous n'aviez pas encouragé Père.

– Oh, ne soyez pas si stupide ! s'écria Betty en se levant tant elle était énervée. Je n'ai absolument rien fait ! Si vous croyez, Frances et vous, que ça m'amusait de l'avoir sans cesse à mes basques, vous vous trompez complètement.

– Une femme devrait accueillir avec humilité l'attachement d'un homme, déclara Miss Fielding d'un ton de reproche et avec un illogisme exaspérant. Et elle devrait en être reconnaissante. Après tout, il ne saurait lui faire plus grand honneur.

Elle avait beau déplorer la situation, elle n'entendait pas laisser Betty déprécier la valeur de l'attachement de Mr Fielding, car c'était son père et en tant que tel, même si ses propres qualités étaient plus que douteuses, il convenait de faire grand cas de lui.

– Mais je lui en suis reconnaissante, bien entendu ! Cependant, ce n'était pas ma faute.

– Votre attitude était imprudente, Betty. Vous avez ri et plaisanté avec lui plus qu'il n'était nécessaire. Nous en avons tous fait la remarque, Frances, Kenneth et moi.

– Quelle absurdité ! s'écria Betty d'un ton qui était violent pour elle. Je ne voudrais pas être méchante, Connie, mais si un homme un peu sensible se retrouve dans une maison pleine de femmes et si toutes le rabrouent sauf une, que va-t-il se passer, à votre avis ?

– Je ne savais pas que je « rabrouais » mon père, Betty. Et je suis certaine que Frances n'en avait pas non plus l'intention. Quant à Vartouhi…

– Elle a suivi votre exemple et s'est montrée désinvolte avec lui.

– Il vaut encore mieux être désinvolte qu'aguicheuse, Betty. En fait, connaissant la faiblesse déplorable de Père et de Kenneth, j'ai mis Vartouhi en garde.

– Cela ne m'étonne pas, dit Betty non sans amertume. Elle n'est jamais impolie, d'ordinaire. Sauf avec Richard.

– Je lui ai dit qu'elle ne devait pas s'attarder à bavarder avec Père, car on considérait en Angleterre comme un manque de respect chez les jeunes de monopoliser l'attention des anciens. Mais peu importe. Vous êtes une si vieille amie, Betty – et j'espère de tout cœur que vous allez le rester –, que je peux vous dire des choses que je ne dirais pas à une inconnue. Je suis certaine que vous conviendrez avec moi qu'il vaudrait nettement mieux que vous nous quittiez, vu les circonstances, au moins pour un petit moment.

– Bien sûr, dit Betty en se rasseyant sur le lit. C'est aussi ce que j'ai pensé.

– Ce sera moins embarrassant pour tout le monde, approuva Miss Fielding en relâchant un peu la tension de ses muscles faciaux.

– C'est quand même bien embêtant, Connie, soupira Betty en ébouriffant délicatement ses cheveux. Je m'en passerais vraiment.

Sa colère, toujours éphémère comme un feu d'artifice, était déjà retombée.

– Ce sera mieux à long terme, assura Miss Fielding. Nous devons penser à l'avenir !

– J'ai mené une vie si confortable, ici.

– Sunglades est confortable, c'est vrai.

Sa fierté de maîtresse de maison adoucit un peu la voix de Miss Fielding, tandis qu'elle jetait un regard sur la jolie chambre.

– Et je suis très attachée à la simple et antique vertu de l'hospitalité. Comme vous le savez, je n'ai jamais refusé d'héberger mon prochain.

– Oh, je sais, murmura Betty.

– Je suis vraiment désolée de devoir vous faire cette suggestion. Je sais que Notre Mère aussi en aurait été peinée. Même si tout a terriblement changé ici depuis la guerre, nous savons encore rendre la vie agréable à Sunglades.

– Oui, vraiment, murmura derechef Betty.

– Et maintenant, votre séjour parmi nous est terminé pour le moment, dit Miss Fielding en se levant.

Elle s'emmitoufla dans ses nénuphars. Une affection enjouée avait remplacé la réprobation sur son visage. Elle pouvait se permettre d'être enjouée. Demain, elle s'attaquerait à Père, et si elle ne le persuadait pas à son tour qu'il valait mieux qu'il s'en aille, elle ne s'appelait pas Constance Fielding.

– Mais nous vous verrons souvent, j'espère, et bien entendu je vais tout faire pour vous trouver un petit nid en ville.

– Je n'ai pas envie de vivre dans un arbre, marmonna futilement Betty en commençant à déboutonner sa robe pour insinuer que l'entretien était terminé.

– Cela vaudra tellement mieux pour nous tous, lui promit Miss Fielding en se dirigeant vers la porte. Père redeviendra lui-même, et moi, je surmonterai mon léger mécontentement à votre égard, vilaine ! Et vous pourrez vous rendre plus facilement à votre bureau.

– Et cela fera moins de travail pour Vartouhi, murmura Betty derrière le rideau de cheveux bruns qu'elle brossait. Quel soulagement.

– Absolument ! s'écria joyeusement Miss Fielding. Oh, ce sera un meilleur arrangement à tous points de vue ! Nous en parlerons à loisir demain matin. Bonne nuit, ma vieille amie !

– Bonne nuit, dit aimablement Betty.

Qui ajouta, quand la porte se fut refermée sur la triomphatrice :

– Vieux chameau !

En traversant le palier, Miss Fielding avait l'impression de marcher sur des nuages. Il était si facile de s'occuper des gens, à condition de se fixer un but et de ne jamais s'en écarter ! Elle avait toujours procédé ainsi. C'est pourquoi elle avait ce qu'un correspondant de guerre a appelé « l'habitude de la victoire ».

En approchant de la chambre de son père, elle se demanda soudain pourquoi elle n'entreprendrait pas dès ce soir de le convaincre. Elle ne lui apprendrait pas le départ de Betty et ne lui dirait rien de définitif, mais elle le sonderait sur ses intentions et ferait une allusion ou deux à la quantité de travail qu'il imposait à Vartouhi par sa présence, en évoquant aussi au passage sa propre santé défaillante et celle de Frances. Préparer ainsi le terrain pour de futures offensives ne pouvait pas faire de mal. Elle avait pour principe d'agir quand ses vibrations étaient en harmonie et qu'elle était chargée d'énergie, comme en cette soirée.

Sans réfléchir davantage, elle frappa avec vivacité à la porte de la chambre.

Pas de réponse.

Après avoir attendu un instant, Miss Fielding entrebâilla la porte. La lumière n'était pas allumée, mais elle distingua le lit sans occupant. Bizarre ! Elle était sûre de l'avoir vu monter à l'étage une heure plus tôt. L'air abattu, il avait prétexté sa fatigue pour aller se coucher tôt, mais personne n'avait été dupe. Quel vieillard agaçant, il avait dû retourner au rez-de-chaussée pour parler à Kenneth, à moins qu'il ne fût en train de monopoliser la salle de bains la mieux équipée.

Miss Fielding descendit l'escalier avec majesté.

La maison était silencieuse. Il était onze heures et quart – la pendule sonna mélodieusement à l'instant où elle traversait le vestibule.

Assis au coin du feu avec le journal du soir, Kenneth leva les yeux quand elle ouvrit la porte du salon.

– Hello, Connie. J'aurais cru que tu dormais depuis longtemps.

– As-tu vu Père, Kenneth ?

– Pas depuis que je suis sorti. Il n'est pas couché ?

– Non !

Miss Fielding resserra autour d'elle les nénuphars, comme pour les mettre en position de combat. De plus en plus étonnée, elle regarda son frère.

– Oh, il est sans doute dans la salle de bains ou aux…

Comme Miss Fielding fronçait les sourcils avec hauteur, il conclut :

– Je ne m'inquiéterais pas, en tout cas.

Il se replongea dans son journal.

– Je ne m'inquiète pas, Kenneth, rétorqua Miss Fielding.

Après s'être attardée un instant à tripoter sans but divers objets, elle sortit du salon.

Il n'y avait pas de lumière dans la cuisine et elle supposa que Vartouhi devait être couchée. Mais alors qu'elle traversait le vestibule en regardant attentivement autour d'elle (« Je n'aurais su dire moi-même pourquoi, Frances, c'était purement instinctif – mais je ne le regrette certes pas ! »), son regard se posa sur la porte de la cuisine et son cœur fit un bond, car elle commença lentement à s'ouvrir.

Miss Fielding se figea un instant sur place. Puis elle s'avança sans bruit (elle n'était pas poltronne), saisit la poignée et poussa vigoureusement la porte.

Il y eut un cri de surprise et de douleur, et Vartouhi apparut dans la lumière du vestibule, la main crispée sur son nez.

25

– VARTOUHI ! barrit Miss Fielding. Mais qu'est-ce que vous fabriquez ?

– Vous blessez mon nez, Miss Fielding !

– C'est bien fait pour vous, petite sotte. Qu'est-ce qui vous prend de rôder comme ça ? Je vous ai prise pour un cambrioleur.

– Je saigne… je saigne !

Vartouhi leva son doigt rougi, mais Miss Fielding ignora le sang car un autre détail attira son attention. Quand elle fut habituée à la pénombre, elle vit que Vartouhi portait son bonnet et son manteau, tous deux luisants de pluie.

– Vous êtes sortie ! proclama Miss Fielding.

Elle prit un ton solennel, en prévision des révélations lui paraissant maintenant inévitables.

– Vartouhi, où êtes-vous allée ?

À cet instant, Kenneth entra dans le vestibule, son journal à la main.

– Que se passe-t-il, bon sang ? lança-t-il. Tu vas réveiller toute la maison.

– Miss Fielding fait saigner mon nez !

– Vartouhi s'apprêtait à sortir furtivement de la cuisine dans l'obscurité. J'ai cru que c'était un cambrioleur, évidemment, et j'ai poussé la porte sur elle.

– Il saigne… il saigne ! répéta Vartouhi, très en colère.

– Vartouhi est sortie en pleine nuit sous la pluie, martela Miss Fielding en allumant la lumière et en entrant majestueusement dans la cuisine, et je pense que j'ai le droit de savoir où elle a été. Vartouhi ! Enlevez vos doigts, que je puisse voir… voilà, c'est mieux.

S'inclinant légèrement, elle observa le petit nez enflé. Kenneth l'imita, et leurs deux visages vieillissants, révélant toutes leurs rides et leur fatigue à la fin du jour, s'approchèrent du jeune visage irrité pour constater avec sérieux l'étendue des dégâts. Les yeux de Vartouhi étincelaient de fureur. Aucune douleur n'est plus exaspérante que celle d'un nez qui s'est cogné.

– Il est très enflé, je vais chercher de la pommade, marmonna Kenneth.

Il se dirigea en hâte vers le cagibi du vestibule abritant la trousse de secours.

– Mon mouchoir est tout sang ! s'écria Vartouhi en le jetant par terre.

– Je vais vous donner le mien, même si vous ne le méritez pas, vilaine petite sournoise, lança Miss Fielding en sortant des profondeurs des nénuphars un immense mouchoir immaculé. Nous allons commencer par vous soigner, mais ensuite je veux savoir exactement ce qui s'est passé.

Elle était convaincue qu'il y avait des Canadiens sous roche.

Kenneth revint avec une cuvette et de la ouate. Il fit asseoir Vartouhi à la table de la cuisine et lava son nez avec l'eau boriquée.

Miss Fielding regarda la scène avec impatience. Si seulement Kenneth avait été couché quand c'était arrivé ! À voir son empressement, n'importe qui aurait cru que cet incident n'avait rien de louche et que rien d'autre n'importait que le nez de cette petite créature assommante.

– Il est mieux, annonça enfin Vartouhi avec froideur.

Elle n'avait pas versé une larme.

– Il arrête saigner.

– Haha ! C'est parfait !

– Demain, je lave votre mouchoir, Miss Fielding, dit Vartouhi. Oh, comme vous êtes bonne et gentille me le prêter !

Elle le tendit à Miss Fielding avec un regard lourd de rancune.

– Gardez-le et rendez-le-moi quand il sera propre, répliqua Miss Fielding d'un ton glacial.

Il y eut un silence gêné.

– Je vais coucher, déclara Vartouhi d'un air radieux en arborant son sourire baïramien. Bonne nuit, Miss Fielding. Bonne nuit, Mr Fielding.

Elle s'inclina devant la sœur, puis le frère, ce qu'elle n'avait pas fait depuis un certain temps.

– Non, Vartouhi.

Miss Fielding l'arrêta en levant la main avec autorité.

– Vous n'irez pas vous coucher avant de nous avoir dit où vous êtes allée ce soir. Ce n'est pas votre soirée de congé, et vous ne m'avez pas demandé la permission de sortir. Tant que vous serez à mon service, je me comporterai à votre égard comme le feraient vos parents. Et je suis certaine qu'ils n'aimeraient pas vous voir sortir sous la pluie à cette heure tardive sans y être autorisée. Allons, dépêchez-vous, s'il vous plaît. Où êtes-vous allée ?

– Au coin de la rue, oui, répondit Vartouhi avec une promptitude qui déconcerta Miss Fielding au plus haut point.

– Oh. Eh bien, au moins vous êtes franche. Euh… que faisiez-vous là ?

Miss Fielding aborda avec une légère hésitation le sujet des hypothétiques Canadiens.

– J'avais allumé une torche électrique, déclara sur-le-champ Vartouhi.

– Une torche électrique ! Vous ne savez donc pas que vous pourriez être arrêtée pour cela ? C'était vraiment stupide et imprudent de votre part, Vartouhi ! Pourquoi aviez-vous besoin de cette torche ?

– Pour éclairer.

– Oui, bien sûr.

La voix de Miss Fielding se fit d'autant plus impatiente qu'elle vit du coin de l'œil Kenneth esquisser un sourire.

– Mais pour quoi d'autre en aviez-vous besoin ? Quel était votre motif pour vous en servir ?

– Pour que quelqu'un voie ses sacs.

– Ses… ?

Miss Fielding lança un regard réprobateur à son frère, qui prit aussitôt un air grave.

– Que diable voulez-vous dire, Vartouhi ? Vous allez tout me raconter aussi clairement que possible, je vous prie. Votre anglais est maintenant bien assez bon pour que vous vous expliquiez sans problème. Qui… euh… qui était là-bas avec vous et… euh… que faisiez-vous ?

Kenneth poussa un grognement qui voulait dire : « Dis donc, Connie, calme-toi un peu », mais elle l'ignora.

– Mr Fielding est là-bas avec moi, Miss Fielding, répondit Vartouhi en mettant ses mains derrière son dos et en parlant avec une patience polie. Il porte là ses sacs pour trouver la voiture et je porte la torche pour qu'il ne tombe pas dans la boue. Ce serait dommage.

– Mr Fielding ? Mon père ! s'exclama Miss Fielding en se tournant avec perplexité vers Kenneth, lequel semblait maintenant aussi étonné qu'elle. Quelle voiture ? Que faisait-il là-bas ?

Manifestement ravie des possibilités de son sujet, Vartouhi regarda à la ronde d'un air théâtral et commença d'un ton confidentiel :

– Je suis dans la chambre de Mr Fielding avec sa bouillotte et il est là aussi et il est très triste. Donc je lui dis : « Mr Fielding, vous êtes si triste », et il dit : « Oui. » Alors je dis : « Je suis désolée », et il dit : « Vous êtes une gentille petite. Plus gentille que certaines. » Et je pense qu'il a demandé Mrs Marten en mariage et elle a dit : « Non, non », comme moi à son fils. Puis je me rappelle que vous dites que ce n'est pas l'usage ici en Angleterre pour les jeunes de parler beaucoup aux vieux, donc je vais partir, mais il me dit : « Je voudrais m'en aller, oui, m'en aller dans cette nuit même, dans cette minute. » Donc je dis : « Oui, Mr Fielding, il serait une bonne chose. » Alors il dit : « Quand y a-t-il un train ? », et je lui dis : « Je ne sais pas. » (Vous êtes dans la baignoire et Mr Kenneth est sorti avec Mrs Marten, Miss Fielding.) Et il va et il fait un téléphone, puis il me dit : « Vartouhi, Vartouhi, si je pouvais trouver une voiture, je pourrais avoir le train de neuf heures quarante-cinq. » Je pense qu'il est l'heure où est le train. Donc il fait un autre téléphone mais aucune voiture ne va venir, aucun taxi, aucun bus. Rien. Il est grandement triste car il a fait ses deux sacs avec moi pour aider. Alors il dit : « Ah ! Et la petite Arkwright ? » Et il fait un autre téléphone et Miss Arkwright est à Londres mais son père dit qu'il va venir car il arrive juste chez lui en voiture et il n'est pas encore couché, aussi. (Mr Fielding me raconte tout cela.) Donc Mr Fielding a été très content et il me dit de venir avec lui et porter la torche, et il porte les sacs et nous trouvons Mr Arkwright habillé comme un soldat dans sa voiture et il dit : « Ah, Fielding, montez. » Alors Mr Fielding monte dans la voiture de Mr Arkwright et il va vers la gare et je reviens, mais il m'a dit ne rien raconter à personne avant demain. Donc c'est pourquoi j'entre sans bruit, Miss Fielding.

Vartouhi prononça ces derniers mots avec reproche, mais sans cesser de sourire.

À mesure qu'elle avançait dans son récit, la colère de Miss Fielding cessa de se concentrer sur Vartouhi, qui s'était montrée sournoise mais rien de plus, pour viser une autre cible, qui ne lui était que trop familière, le vieux Mr Fielding. Quelle extravagance ! Partir subrepticement en pleine nuit, sans prévenir personne, et traiter Mr Arkwright comme s'il était le taxi de la gare ! Et maintenant qu'il n'était plus là, Betty allait évidemment penser qu'elle-même n'avait plus besoin de s'en aller. Et comme il n'aurait plus sous les yeux l'exemple funeste de son vieil idiot de père pour le ramener à la raison, Kenneth s'enticherait plus que jamais de Betty. Cela n'en finirait jamais. « Heureusement que mes vibrations sont harmonieuses, songea Miss Fielding en regardant avec sévérité le visage allègre de Vartouhi. Autrement, je ne sais pas comment je pourrais supporter ça. Une femme plus faible se serait effondrée depuis longtemps. »

– Mr Fielding a-t-il dit quand il reviendrait ? demanda Kenneth. A-t-il laissé une adresse ?

Il parlait d'un ton tranquille et raisonnable, qui semblait enlever à la situation une grande partie de son côté insolite.

– Il ne revient jamais, répondit promptement Vartouhi. Hôtel Regent Palace.

– Oh, il sera très bien, il est connu là-bas et j'irai le voir dans un jour ou deux, dit Kenneth à sa sœur.

Comme elle tenait à rester fidèle autant que possible au principe du « pas devant les domestiques », elle répliqua d'un ton neutre :

– Oui, ce serait le mieux. Maintenant, Vartouhi, allez vous coucher. Vous êtes une petite sotte d'être rentrée aussi furtivement, il était inutile de garder le secret à tout prix. Mr Fielding ne voulait pas… euh… déranger Miss Burton et moi-même, c'est tout.

– Oui. Il m'a dit : « Il ne faut pas qu'elles entendent, Vartouhi. Chut ! »

– Oui, eh bien… euh… c'était très gentil et attentionné de sa part. Votre nez vous fait-il toujours mal ?

Vartouhi le toucha avec précaution et hocha la tête.

– Je vais vous donner une pommade, si vous voulez bien venir dans ma chambre. Et pourriez-vous faire rentrer Pony, s'il vous plaît ? Il aurait mieux valu qu'il ne sorte pas, avec cette pluie. Il ne manquerait plus qu'il s'enrhume de nouveau.

– Il est rentré.

Vartouhi pointa le doigt dessous la table, d'où l'énorme chat les toisait d'un air boudeur.

– Oui, très bien. Bonne nuit, Vartouhi.

– Bonne nuit, Miss Fielding. Bonne nuit, Mr Kenneth.

– Bonne nuit, Vartouhi.

Le frère et la sœur sortirent ensemble.

Restée seule, Vartouhi sortit de sa poche et lissa un billet d'une livre en le regardant avec admiration.

– Tout ça doit lui paraître tellement bizarre! fulmina Miss Fielding tandis qu'ils traversaient le vestibule.

– Je ne crois pas, Connie. Les étrangers sont tous un peu toqués et ne s'attendent pas à ce que les gens se comportent normalement.

– Je suis sûre qu'elle sait tout ce qui se passe dans cette maison. C'est une fine mouche, derrière tous ses sourires et ses révérences.

Il garda le silence. Il pensait que sa sœur disait vrai, mais il ne faisait que s'en amuser. Vartouhi avait savouré toute cette histoire comme une écolière. Dommage que Connie l'ait prise sur le fait.

– Je ne pourrai plus jamais la regarder de la même façon, déclara Miss Fielding en s'arrêtant en bas des marches. Maintenant, je sais vraiment qu'elle est sournoise.

Kenneth eut envie de lancer avec irritation: « Tu dis des bêtises, Connie! », mais il résista à cette impulsion et ne dit rien. Il devait surtout éviter de raviver les soupçons de sa sœur. Ils s'étaient éveillés à Noël quand il avait offert ce parfum, mais heureusement ils semblaient s'être calmés à la faveur de son agitation à propos de leur père et de Betty. Il n'allait pas recommencer pareille sottise à l'avenir. Il passerait encore de bons moments avec Vartouhi, mais s'arrangerait pour qu'on ne puisse découvrir le pot aux roses – les fleurs qu'il préférait. Leurs petits secrets étaient bien innocents, mais il connaissait Connie. À son grand soulagement, elle ne se montra pas désireuse de parler plus longtemps des événements de la soirée et il put retourner au salon lire son journal auprès du feu et tirer autant de réconfort qu'il le pouvait de ses pensées.

Après que Miss Fielding fut montée à l'étage, avec l'intention manifeste de réveiller Miss Burton pour tout lui raconter, il resta assis en solitaire jusqu'à plus de minuit, à somnoler, à lire et relire les mêmes articles et à songer par moments non sans malaise que la vie était devenue bien agitée à la maison depuis un certain temps. Il n'était pas plus enclin que la moyenne des hommes à rêver d'un tendre bonheur domestique. Si un tel état s'était présenté naturellement à lui, il l'aurait accueilli avec joie et s'en serait parfaitement contenté, mais il n'éprouvait pas de regret conscient de n'être pas marié. Son caractère honnête, affectueux et profondément refoulé s'était imprégné dès les premières années où s'éveillait sa virilité de la conviction, inspirée par sa mère et ses sœurs, qu'il était par nature un de ces vieux crétins débonnaires que les filles aiment bien mais dont elles ne tombent pas amoureuses. Et quand sa première passion juvénile avait été détruite par Betty, il avait vraiment souffert autant qu'il en était capable – Richard ne s'était pas trompé de ce point de vue –, et son célibat était dû largement à cette blessure infligée dans sa jeunesse.

Cependant son caractère était trop sain pour remâcher un vieux chagrin, et si on lui avait demandé si les années de sa vie entre sa vingt-cinquième et sa quarante-cinquième année avaient été heureuses, il aurait répondu sans hésiter par l'affirmative. Il avait son jardin, qu'il cultivait avec un intérêt et un plaisir inépuisables, son affection pour sa mère et ses sœurs et la fierté que lui inspiraient leurs talents (nous avons oublié de mentionner que

Mrs Miles peignait dans son temps libre, entre deux périodes de travail intensif, avec l'énergie d'un Premier ministre surmené). Il avait aussi un métier qui l'intéressait sans lui prendre toutes ses forces, et dont son revenu plus que décent ne dépendait pas. Et il avait une grande maison confortable, où la vie sociale était toujours assez animée pour faire passer le temps agréablement et même pour le tenir au courant des affaires du vaste monde, car Miss Fielding comptait parmi ses protégés plusieurs *déracinés** conservant des contacts politiques avec leur patrie.

De toute façon, il n'avait jamais vraiment su ce qu'il voulait. Rares sont les gens qui le savent, et il était dans la moyenne. Ses désirs avaient toujours été vagues. S'il lui arrivait de songer à ce qu'il aurait aimé que soit sa vie, il se voyait en soldat, se consacrant à son service dans des pays lointains, avec au second plan les silhouettes indistinctes d'une jolie épousée et de quelques enfants. Mais ses ambitions restaient floues et n'avaient jamais été soutenues par l'ambition elle-même, qui fait progresser impitoyablement les rêves d'amour ou de gloire jusqu'au moment où ils se cristallisent et deviennent réalité. Et son foyer était si confortable, son mode de vie si constamment agréable, que les racines de son aspiration à mener la vie d'un être humain normal s'étaient peu à peu flétries.

Elles étaient presque mortes quand Vartouhi et Betty étaient venues vivre à Sunglades, six mois plus tôt. Encore dix ans, ou même cinq ans, et l'habitude, le confort et la tendance à se dénigrer avec humour, ces lourdes pierres qui pèsent sur ces racines, les décolorent et les dessèchent, auraient fait leur œuvre. Mais les deux femmes étaient arrivées juste à temps. Une vie nouvelle ranimait les racines, et Kenneth était assis, déprimé, au coin du feu, par cette soirée de février, au milieu des coupes et des vases chinois verts remplis de perce-neige, de violettes et de jonquilles, et il songeait que la vie avait été difficile récemment et il se demandait pourquoi.

« Peut-être y a-t-il trop de femmes à la maison, se dit-il en se levant avec un soupir qui s'acheva en bâillement et en repliant avec soin son journal pour le récupérer. Mais ça n'allait pas mieux quand Richard et Père étaient là, car ils étaient tous deux tellement affligés qu'on ne pouvait compter sur eux pour équilibrer les choses. »

Il alla d'un air sombre tirer les rideaux et éteindre les lumières. « La vérité, pensa-t-il, c'est que cette maisonnée n'est pas normale. » (Il ne s'aperçut même pas de l'énormité de cette pensée lui venant tout naturellement à l'esprit, alors qu'elle aurait été simplement impossible six mois plus tôt. Tant les racines avaient repris de la vigueur.) « Aucun d'entre nous n'est marié et n'a d'enfants – Père ne compte pas, de toute façon il n'est pas comme un père et ne l'a jamais été. »

Et il continua ses réflexions en montant lentement l'escalier : « Dans une maisonnée normale, il y a des enfants, ou des jeunes gens en train de grandir et de tomber amoureux, et peut-être une grand-mère ou une tante, quelque chose comme ça. Des vieux et des jeunes, et des petits garçons et des petites filles, avec comme chef de famille un homme dans la force de l'âge. »

Entrant avec raideur dans la salle de bains, il conclut, plus sombre que jamais : « Nous avons tous un problème. Père est deux fois trop joyeux pour son âge, Connie en veut au monde entier, Frankie est une vieille fille, Betty ne s'est jamais remise de la mort de Dick, Richard est un intellectuel, je suis un vieux raseur et Vartouhi… cette petite est adorable, mais j'ai parfois l'impression qu'elle profite de la moindre occasion, comme tout le monde aujourd'hui. »

Il alla se coucher, parfaitement mécontent de son entourage et de lui-même.

Le lendemain matin, au petit déjeuner, Miss Fielding annonça d'un ton dégagé que son père s'était rendu à Londres dans la soirée et que la date de son retour n'était pas fixée. Chacun fit les remarques qui s'imposaient, avec des regrets polis se mêlant d'une légère surprise devant la soudaineté de ce départ, après quoi tous s'empressèrent plus ou moins tacitement de reprendre la routine paisible qui régnait avant l'arrivée de Mr Fielding. Betty était trop prudente pour supposer aussitôt qu'elle-même n'aurait plus à quitter la maison, mais elle alla jusqu'à remettre à plus tard ses démarches pour trouver une chambre à St Alberics, qu'elle s'était proposé de commencer le matin même, et son optimisme se révéla justifié à mesure que passait la semaine, car Miss Fielding ne parla plus de son départ et évoqua même des projets pour l'été où elle avait sa part.

En fait, Miss Fielding avait décidé brusquement qu'il valait mieux que Betty reste. Après tout, c'était une vieille amie, et même si elle s'était montrée très raisonnable quand Miss Fielding lui avait suggéré de partir, cet épisode risquait de laisser une impression pénible, ce qui n'était jamais souhaitable. Maintenant que Père n'était plus là, le motif principal pour qu'elle s'en aille avait disparu. Kenneth continuerait certainement de lui faire les yeux doux, mais cela ne tirerait pas plus à conséquence que par le passé, même si c'était agaçant. Toutefois l'élément le plus décisif avait été, le matin même du départ de Père, la visite d'une de ces femmes munies d'un papier destiné à établir combien il y avait de chambres dans la maison. Il ne fut plus question de douter. Miss Fielding répondit avec patience qu'il y en avait sept, dont cinq étaient occupées en permanence et deux risquaient d'être réoccupées à tout moment. Et elle décida de ne pas reparler à Betty de cet incident.

Maintenant que Noël n'était plus guère qu'un souvenir et que les soirées commençaient à s'allonger et à se remplir de lumière bleue, tandis que les perce-neige dressaient leurs têtes délicates sur la terre du jardin, Miss Fielding songea de nouveau au *Petit Frimdl*, dont les répétitions avaient été retardées si longtemps, du fait d'abord du déplorable laisser-aller des acteurs, ensuite de l'arrivée du vieux Mr Fielding, qui avait eu pour effet que tous les habitants de la maison étaient tombés amoureux – c'était du moins l'impression qu'elle avait eue. Il lui sembla que ce serait une excellente idée pour tout le monde de se purger des atteintes récentes de la Force Destructrice en reprenant les répétitions.

Un désarroi indescriptible s'empara des anciens acteurs du *Petit Frimdl* quand ils assistèrent à sa résurrection. Comment ? N'étaient-ils pas assez tourmentés par leur convalescence, leur amour et leur emploi de guerre, sans compter le temps printanier ? Les souffrances intérieures infligées par leurs sentiments et les maux plus extérieurs dus aux rhumes ne suffisaient donc pas, ils devaient en plus se battre de nouveau avec les Esprits de la Méfiance Réciproque, le Très Vieil Homme et tout le reste ? Ils avaient peine à en croire leurs oreilles. Mais ils étaient affaiblis par des mois de tension affective et par les longues nuits d'hiver. Et puis, Miss Fielding les prenait par surprise. Ils se retrouvèrent donc tous enrôlés de nouveau. Betty tenta faiblement de faire exempter Richard en expliquant qu'il avait pris récemment un emploi à temps partiel dans une fabrique de rivets à St Alberics, mais Miss Fielding la mit en déroute en lui demandant avec entrain l'adresse de son fils afin de lui écrire pour tout arranger.

En recevant sa lettre, Richard fut vraiment ennuyé. Il avait remis de l'ordre dans ses sentiments après la visite de Vartouhi en janvier, ayant trouvé de quoi occuper de façon satisfaisante son esprit au Conseil pour la reconstruction européenne et ses mains dans la fabrique de rivets, et il était absolument décidé à ne pas risquer d'être de nouveau perturbé. Il écrivit à Miss Fielding par retour de courrier, en lui déclarant poliment mais très fermement qu'il était trop occupé pour jouer dans la pièce, à laquelle il souhaitait tout le succès qu'elle méritait. Après quoi, il considéra que l'affaire était classée.

Il y avait un contraste marqué entre ses deux lieux de travail, et ce contraste lui plaisait. Le Conseil pour la reconstruction européenne était installé dans un manoir conçu par l'un des nombreux disciples anglais de Palladio, se dressant dans un petit parc isolé au milieu des collines basses à quelques kilomètres de St Alberics. Les longues fenêtres donnaient sur les parterres ovales ou en forme d'étoiles dessinés par un propriétaire victorien, qui n'avait tenu aucun compte des experts lui assurant qu'une demeure de cette époque devait être pourvue d'une prairie sauvage montant majestueusement jusqu'à sa loggia. Ces parterres descendaient donc en pente douce jusqu'aux eaux d'un lac entouré de hêtres imposants et de cèdres de l'Himalaya apportant une note exotique, plantés par un autre propriétaire aventureux.

Ils étaient voués maintenant à la culture des pommes de terre, et la loggia abritait un long râtelier destiné aux bicyclettes appartenant au Conseil, mais les lignes nobles et sévères du manoir et la paisible beauté du lac ne pouvaient être gâtées par de tels détails contemporains. Richard attendait avec impatience d'apercevoir la vaste demeure, qui n'était ni blanche ni grise mais un mélange des deux, quand il tournait dans l'allée au matin et que le lac, les arbres et la petite colline couronnée par le manoir apparaissaient. Il s'était arrangé pour acheter une bicyclette, laquelle lui était fort utile car Cobbett Hall se trouvait à quelque huit kilomètres de Blentley et il était entendu tacitement que seuls les membres les plus éminents du Conseil pouvaient emprunter le bus de l'institution. Cependant il n'enviait en fait que l'homme qui se rendait au manoir deux fois par semaine sur une magnifique jument gris foncé et donnait l'impression avec sa monture d'être le personnage d'un tableau, bien qu'il n'eût lui-même rien de pictural, car Cobbett Hall datait d'un temps où les chevaux figuraient tout naturellement dans les œuvres des peintres.

À l'intérieur, les dorures délicates ornant les corniches et les murs vert pâle ou ocre foncé soulignaient la beauté sévère des proportions de la maison, de même que la lumière sans ombre illuminant chaque recoin et remplissant les pièces. Le bois, la pierre et le plâtre s'unissaient si heureusement en ces lieux, et dans les parties plus intimes de la demeure leurs lignes étaient si bien adoucies par deux siècles de service, que l'atmosphère était imprégnée avant tout d'harmonie. Avant même qu'on ait apporté dans la maison une chaise, un tableau ou une fleur, ses proportions et la lumière l'avaient meublée avec une perfection qui durerait aussi longtemps qu'elle-même.

La fabrique de rivets se composait de deux grands hangars délabrés, dans une ruelle près de la cathédrale s'appelant Abbot's

Lane. Elle était bordée d'un côté par le mur d'un vieux cimetière et de l'autre par des cottages sombres et sordides. D'autres maisons du même genre lui faisaient face. On apercevait à travers les fenêtres poussiéreuses des hangars des machines et des silhouettes affairées. Quand les portes peintes en gris s'ouvraient pour laisser sortir l'une des équipes se succédant toutes les deux heures, on sentait une odeur d'huile brûlante. La plupart de ces travailleurs bénévoles à temps partiel étaient des femmes, et leurs enfants s'arrêtaient parfois en rentrant de l'école pour attendre que leur mère sorte de la fabrique. La ruelle étroite et silencieuse, où l'on entendait faiblement le bourdonnement des machines, était alors troublée par les cris animés des joueurs de billes et les disputes des petites filles.

Derrière les hangars se trouvait une cour abritant quelques vieilles caisses et la moitié d'une voiture. Quand il faisait soleil, Richard et quelques-uns des soixante ouvriers s'asseyaient là une demi-heure et écoutaient les émissions consacrées aux travailleurs sur la radio portative d'un des leurs en prenant leur déjeuner. Un mur tenait à distance le vent soufflant dans le vieux cimetière à l'herbe enchevêtrée et aux tombes à l'abandon, et il régnait en ces lieux cette paix miteuse, cette obscurité confortable qui est l'atmosphère préférée de sept humains sur dix, qu'ils le sachent ou non.

C'est ainsi que Richard commençait à trouver la vie de nouveau ordonnée et aménageable.

26

À MESURE QUE le printemps s'épanouissait, Sunglades se faisait plus triste et plus sage. On avait l'impression d'avoir évité de justesse une série de violentes querelles, où de vieux griefs auraient refait surface en une explosion de pensées acérées et blessantes. Cette impression avait un effet dégrisant sur les membres les plus âgés de la maisonnée, qui avaient appris à apprécier la tranquillité. L'appartement de Miss Burton, au sommet de la maison, résonnait des accents de *Mon amour avait un anneau d'argent* plus souvent qu'il ne l'avait fait depuis des mois, et sa mélodie pleine de romantisme flottait au-dessus des jonquilles et des narcisses s'agitant au vent dans le jardin, par les soirées plus longues de mars, ou s'élevait au cours d'interminables après-midi de pluie froide et printanière.

Cela faisait maintenant cinq semaines que Mr Fielding se trouvait à Londres. Kenneth avait reçu une petite lettre courageuse, où il annonçait qu'il quittait le Regent Palace pour aller passer en ville une semaine ou deux avec des amis. Apparemment, il avait encore du mal à se remettre. Kenneth était désolé pour son vieux père, car il savait ce que c'était. Néanmoins il trouvait que la maison était assurément plus agréable qu'elle ne l'avait été depuis des mois. C'étaient Betty et Vartouhi qui l'égayaient pour lui, maintenant que ses deux rivaux étaient partis – mais surtout Vartouhi. Elle était comme un rayon de soleil dans la maison, avec son sourire si prompt, son anglais biscornu et sa joie manifeste quand il lui offrait en secret des fleurs, des parfums et autres babioles.

Elle devint encore plus joyeuse que d'habitude vers la mi-mars, lorsqu'elle reçut une lettre de sa sœur vivant à New York à laquelle était jointe une autre lettre, écrite par la mère supérieure du couvent où les cinq sœurs Annamatta avaient appris à lire et à écrire. Elle disait à Yania que son père et sa mère, ainsi que Djura, Yilg et K'ussa, étaient en vie, que Médora était toujours en sûreté chez les religieuses en Turquie, et que la ferme avait été forcée de produire des fruits pour l'ennemi mais ne produisait guère. La mère supérieure les avait tous vus à la ferme le jour même où elle écrivait, ayant obtenu des Italiens la permission de rendre visite à une vieille sœur converse qui se mourait dans le village le plus proche de la demeure des Annamatta. La récolte n'était pas bonne, cette année, et ils avaient été contraints de célébrer clandestinement la Fête du Fruits, mais ils l'avaient célébrée, ils étaient tous vivants et avaient confiance en Dieu le Miséricordieux qui les libérerait un jour.

– C'est peut-être pour bientôt, Vartouhi, dit Kenneth en regrettant de n'avoir pas encore une fois vingt-cinq ans pour partir avec la flotte de ces nouveaux croisés.

– Il est une bonne chose ! se contenta de répondre Vartouhi en lisant et relisant la lettre.

En observant son petit visage empreint d'une douceur inhabituelle dans son amour pour sa famille et son bonheur de les savoir tous sains et saufs, il songea que Connie, Betty et Frankie avaient tort de dire que le cœur de cette enfant était dur. Il était tendre et fidèle, simplement il ne s'était pas encore éveillé. « Elle sera un jour une épouse merveilleuse, pour un quelconque Baïramien bien mielleux », se dit-il en soupirant sans s'en rendre compte.

Alicia n'avait pas vu Richard depuis un mois, ce qui lui semblait trop long. Elle aimait que ses amitiés avec les hommes progressent ou se terminent. Cependant elle se conforma à sa procédure habituelle et s'abstint de lui téléphoner à Cobbett Hall ou de lui écrire chez sa propriétaire. Elle pensa plus d'une fois, même dans les bras de l'homme de la fête de trois nuits, qui était revenu à Londres : « Je crois que nous tenions quelque chose, lui et moi, si seulement nous avions continué. » Mais elle ne fit rien. Elle avait eu la plus amère des leçons, et jamais plus elle ne baisserait la garde devant un homme ni ne ferait un pas vers lui, à moins qu'il ne fasse le premier pas – et même alors, sans doute ne bougerait-elle pas.

Aussi, quand elle reçut la carte postale de Miss Fielding annonçant que la prochaine répétition du *Petit Frimdl* aurait lieu le 12 mars, elle fut ravie et pensa aussitôt : « Je vais revoir Richard. »

Elle voulait lui parler. Il y avait tant de problèmes sur quoi elle désirait connaître son avis : des problèmes qui l'avaient tracassée vaguement depuis son enfance et auxquels tout le monde dans son entourage familial et social avait toujours été trop occupé pour apporter des réponses, les rares fois où elle était sortie de sa réserve pour poser des questions. Il lui semblait qu'elle aimerait passer la nuit à parler avec Richard et entendre ce qu'il pensait de telle ou telle chose. Puis elle songeait : « Enfin, peut-être pas toute la nuit… », et elle souriait toute seule tout en modifiant la position d'un canon et en observant à ses pieds les silhouettes bleues s'affairant autour de lui avec leurs outils. Elle écrivit à Miss Fielding qu'elle viendrait sans faute.

La lettre de Richard annonçant qu'il ne pourrait en aucun cas collaborer au *Petit Frimdl* se fit voler la vedette par une autre lettre, à l'adresse tapée à la machine et au timbre américain, que Miss Fielding reçut par le même courrier. Les habitants de la maison prenaient leur petit déjeuner.

– Une lettre de Mr Stocke, dit Miss Fielding avec satisfaction en ouvrant l'enveloppe affranchie en Amérique.

Betty reconnut avec accablement l'écriture de Richard sur l'autre enveloppe. Elle aurait presque pu prédire les formules dont il s'était servi pour son refus.

– Il a beau être très occupé, il trouve toujours le temps de vous écrire, Connie, dit-elle dans son désir de mettre Miss Fielding de bonne humeur mais aussi par un besoin naturel de faire plaisir.

– Nous sommes de vieux amis, répliqua Miss Fielding d'un ton distrait, car elle était en train de lire, mais ravi.

Elle poussa soudain une exclamation à voix basse.

– Une mauvaise nouvelle ? demanda Miss Burton qui aurait presque souhaité voir pour une fois dans le pétrin cet homme d'une activité et d'une efficacité exaspérantes.

– Oh, non… non… au contraire. Il vient en Angleterre !

Il y eut un silence, mais Miss Fielding était trop occupée pour s'en apercevoir.

– Oh… euh… magnifique ! lança enfin Kenneth avec un enthousiasme bruyant.

Betty et Miss Burton ne purent s'empêcher d'échanger un regard. Tous étaient suspendus aux lèvres de Miss Fielding.

– Dans trois semaines environ ! s'exclama-t-elle en tournant avec fièvre les pages de la lettre. Il viendra en avion, bien sûr, en passant par Lisbonne… il espère voir un peu ce que nous projetons pour la *reconstruction*… c'est tout lui ! Toujours tourné vers l'avenir, même dans l'œil du cyclone !… Et il donnera quelques conférences sur les services sociaux dans son propre pays au Conseil pour la reconstruction européenne… dites-moi, Betty, ce ne seraient pas ces gens pour qui travaille Richard ?… Et il serait euh…

Miss Fielding s'arrêta net. Tous la regardèrent avec étonnement. Elle agita vaguement les pages, toussa puis reprit d'une voix étrangement différente de son ton assuré habituel :

– Il serait heureux si nous pouvions l'héberger un certain temps. Mais bien sûr ! C'est merveilleux !

Il y eut un autre silence. Miss Fielding termina la lecture de la lettre. Il n'est pas excessif de dire que le sentiment qui s'empara alors des autres convives du petit déjeuner était proche du désespoir. Tous avaient toujours vu dans Mr Stocke un Raseur Suprême, un grand maître et un adepte de cette loge et de cette hiérarchie immémoriales, ne cessant jamais de discourir avec un accent étranger exténuant sur les maux de la société et leurs remèdes, en insistant de plus pour que les autres s'expriment également, de sorte qu'il leur était impossible d'aller dormir en cachette ou de s'abriter derrière un silence discret. Bien plus : c'était lui l'auteur du *Petit Frimdl*, le créateur du Très Vieil Homme, de tous ces Esprits et ces Entités et de ces discours interminables sur les terres du riz et du blé. Et la première chose qu'ils pensèrent tous – à l'exception de Vartouhi, qui mangeait du porridge en regardant fixement par la fenêtre : « Il va prendre les répétitions en main ! »

– Eh bien, lança enfin Miss Fielding avec entrain en posant la lettre et en regardant ses compagnons, n'est-ce pas une nouvelle magnifique ? Voilà dix ans qu'il n'est pas allé en Angleterre. Il va trouver du changement.

– Il n'y a rien à manger, pour commencer, dit Kenneth qui semblait maintenant de mauvaise humeur. Ni à boire.

– Oh, cela ne dérangera pas Gustav Stocke ! s'écria joyeusement sa sœur. Il ne boit jamais d'alcool et, tant qu'il restera un verre d'eau froide en Angleterre, il se régalera !

– L'eau a le plus souvent un goût infect, de nos jours, dit Kenneth, décidé à priver Mr Stocke de tout plaisir.

Il songeait avec colère combien son père avait été accueilli différemment, avec des visages consternés, une hospitalité maussade. Pourquoi cet étranger serait-il reçu à bras ouverts ?

– Je vais lui écrire ce matin que nous serons heureux de l'héberger aussi longtemps qu'il le souhaitera, déclara Miss Fielding avec d'autant plus de fermeté qu'elle sentait la révolte couver chez Kenneth.

Elle commença à enrouler sa serviette. Il ne dit rien, mais son silence et son air morose étaient embarrassants.

– Cela fait vraiment dix ans que vous ne l'avez vu ? demanda Betty pour rompre ce qui menaçait de devenir un silence gêné.

– Oh, oui. Cela doit même faire près de onze ans.

– Je me demande si vous le trouverez très changé.

– Je ne crois pas. Je ne sais pas pourquoi, mais je sens que non.

Miss Fielding paraissait encore plus enjouée et sûre d'elle que d'habitude, depuis qu'elle avait lu la lettre de Mr Stocke.

Miss Burton l'observa négligemment, et l'Usurpatrice se demanda si elle l'était vraiment autant qu'elle le paraissait. Miss Burton comme l'Usurpatrice se souvenaient de jours où Miss Fielding avait été très déprimée de ne pas recevoir de lettre de Mr Stocke. Elle était même vraiment abattue, comme dans son adolescence, quand des doutes sur la religion l'affligeaient pour un temps. Lorsqu'un homme concentrait à lui seul tout l'intérêt pour l'autre sexe dans la vie d'une femme, et que cette femme n'avait pas vu cet homme pendant dix ans, n'était-il pas naturel qu'elle ressentît une légère appréhension en apprenant qu'elle allait le revoir ? Et même Connie avait ses faiblesses. « Il y a eu cette fête de Noël – était-ce en 1905 ? – où le fils Bargle l'a embrassée sous le gui et elle a pleuré pendant une heure, songea Miss Burton en mangeant un toast d'un air rêveur. Enfin, avoir cet homme ici sera une terrible corvée, mais s'il réussit à humaniser un peu Connie, cela en vaudra presque la peine. »

– Connie…, dit Kenneth une demi-heure plus tard en ouvrant la porte du petit salon où sa sœur écrivait des lettres. Pourrais-tu m'accorder dix minutes ?

Miss Fielding leva les yeux d'un air patient, ôta ses lunettes et attendit.

– C'est à propos de la venue de ce type, continua-t-il en s'avançant dans la pièce. Écoute, as-tu pensé à la masse énorme de travail supplémentaire que ça va apporter ?

Miss Fielding ferma les yeux. Puis elle les rouvrit et les fixa sur le visage mécontent de son frère.

– J'ai pris en considération toutes les difficultés, Kenneth, n'en doute pas.

– Oh… euh… parfait. J'ai cru que tu ne t'étais peut-être pas rendu compte.

– Je me rends parfaitement compte.

– Il sera ici dans un contexte officiel, ou semi-officiel, tu sais, ce qui signifie qu'il passera son temps à aller voir des gens et visiter des endroits et…

– Les recherches de Mr Stocke sont celles d'un particulier intéressé par l'établissement de relations internationales pacifiques, l'interrompit Miss Fielding. Il n'est pas soutenu officiellement par son gouvernement.

– Je vois, marmonna Kenneth. S'il se fait casser la figure, c'est son problème. Très pratique pour son gouvernement.

– En tant que particulier, il a une plus grande liberté d'action et de parole. Naturellement, son gouvernement approuve ses activités.

– Oui, eh bien, tant mieux, mais je voulais juste dire qu'il allait prendre ses repas à Dieu sait quelle heure et que ça ferait un travail pas possible pour Vartouhi, lança Kenneth d'une voix franchement irritée.

– Vartouhi s'est plainte ? demanda Miss Fielding d'un ton aussi tranchant que le sien.

– Non, elle n'a rien dit. Mais je vois ce qui va se passer.

Miss Fielding chaussa de nouveau ses lunettes et se tourna vers son courrier.

– J'ai huit lettres à écrire avant le déjeuner, Kenneth. Sois certain que tout sera parfaitement organisé et que Vartouhi n'aura pas plus de travail qu'elle n'est capable d'en faire. Les Baïramiens sont un peuple plein d'endurance.

– Elle va en avoir besoin, marmonna-t-il.

Après un instant d'hésitation, il reprit avec véhémence :

– Encore une chose. Je ne suis pas sûr du tout d'avoir envie de le voir ici. Des étrangers partout dans la maison… Il n'y en a que trop dans le pays en ce moment, et je ne suis pas seul à le penser. Un neutre, en plus !

– Oui, un neutre, Dieu merci ! répliqua Miss Fielding en continuant de griffonner frénétiquement sans lever les yeux.

– Ça me déplaît que des neutres viennent ici fourrer leur nez dans notre guerre et manger nos carottes.

Miss Fielding reposa violemment son stylo et se redressa sur sa chaise, les yeux enflammés. Elle foudroya son frère du regard.

– Kenneth ! s'écria-t-elle avec force. Je n'entendrai pas un mot de plus ! Tu es l'égoïsme personnifié ! J'ai l'impression d'entendre la voix même du Principe du Mal ! Un ami aussi ancien et précieux, qui connaissait Notre Mère, nous demande l'hospitalité, et tu voudrais que je refuse ! Je considère comme un devoir sacré d'héberger Gustav Stocke. Cette fois, il s'agit de travailler pour la paix, comme je n'ai pu le faire depuis des mois. Cet homme est un messager d'un monde moins fou que le nôtre, un véritable émissaire de la civilisation, et si jamais je rejetais sa requête, j'en aurais honte jusqu'à mon dernier souffle non seulement pour moi mais pour toi. De toute façon, je ne l'ai pas vu depuis dix ans et je *veux* qu'il vienne et il *viendra* !

Miss Fielding ponctua cette conclusion soudaine par un coup de pied sur le sol.

– À présent, ajouta-t-elle, considérons que l'affaire est réglée. Je sens le Principe du Mal tout autour de moi et mes vibrations sont perturbées. Sors tout de suite, je te prie, *avant qu'il n'arrive quelque chose d'encore pire* !

Kenneth, qui détestait et redoutait les scènes, sortit en hâte. Il n'avait pas réussi à glisser un mot sur Père et la façon dont il avait été reçu. « J'aurais mieux fait de la fermer, songea-t-il sombrement. Connie a toujours le dernier mot. »

Toutefois, l'affaire n'était pas terminée. Vartouhi se montra inhabituellement taciturne pendant le déjeuner et entrechoqua bruyamment les assiettes en aidant Mrs Archer à faire la vaisselle. Peu après que Miss Fielding se fut installée au salon avec le *Times*, tandis que Miss Burton était montée faire sa sieste, elle entendit frapper à la porte.

– Entrez ! lança-t-elle.

Vartouhi entra, l'air particulièrement polie.

– Qu'y a-t-il, Vartouhi ? demanda Miss Fielding en la regardant par-dessus ses lunettes.

Les mains derrière le dos, la jeune fille s'avança vers la chaise de son employeuse et baissa les yeux sur elle.

– Miss Fielding, je veux vous parler.

– D'accord, Vartouhi, mais faites vite, je vous prie.

Malgré son ton tranchant, Miss Fielding sentit l'abattement la gagner. Elle s'était retirée au salon dans l'espoir d'une heure ou deux de solitude, pour réfléchir à la visite de Mr Stocke, à propos de laquelle ses pensées, si nettes d'ordinaire, étaient plutôt confuses. Et si cette visite était gâchée par une révolte domestique ?

– Un homme ami de vous va venir séjourner ici, déclara abruptement Vartouhi.

Miss Fielding hocha la tête avec dignité, sans prêter attention à cette formulation peu élégante.

– Il va y avoir beaucoup à travailler pour moi. Beaucoup, beaucoup.

– Qui vous a dit que Mr Stocke allait séjourner ici ? demanda Miss Fielding qui soupçonnait Kenneth et était très ennuyée.

– Je vous entends le dire, Miss Fielding. Au petit déjeuner.

– Vraiment ?

Miss Fielding eut un rire qu'on aurait qualifié de mauvais dans des milieux vulgaires.

– Je ne pensais pas que vous écoutiez. Vous regardiez par la fenêtre.

– Je regarde par la fenêtre et j'écoute aussi.

– Je crains que cela ne vous arrive souvent, Vartouhi. Vous avez un côté perfide, ma petite fille, je suis désolée de vous le dire.

– Non, il n'est pas vrai. Au cinéma, je suis assise avec un soldat américain et il dit que je n'ai pas ce côté. Il dit que tous les Anglais sont des glaçons sauf moi. Donc pas moi, Miss Fielding.

– J'ai dit PERFIDE, Vartouhi, pas TIMIDE, expliqua Miss Fielding avec une louable patience. Perfide signifie trompeur, qui cache ses vraies pensées. Timide signifie…

– Tout le monde cache ses vraies pensées.

– Oui, enfin, peu importe pour l'instant. Nous nous égarons. À propos, Vartouhi, vous devez bien sûr vous montrer polie et aimable avec les soldats étrangers venus en Angleterre – pauvres hommes abusés ! –, mais vous devez prendre garde de… euh… de ne pas être *trop* aimable.

– Pourquoi, Miss Fielding, s'il vous plaît ?

– Parce que cela ne plairait pas à votre mère !

Miss Fielding, qui semblait avoir oublié son efficacité habituelle, se mit en colère pour la seconde fois.

– Cela suffit, maintenant. Dépêchez-vous de me dire ce que vous alliez dire et filez.

– Il va y avoir trop de travail pour moi quand il vient cet homme.

– Mr Stocke, Vartouhi, pas « cet homme ». C'est une façon grossière de s'exprimer.

– Mr Stocke, Miss Fielding.

– Écoutez, Vartouhi, mettez-vous une bonne fois dans la tête qu'il n'y aura pas de travail supplémentaire pour vous quand Mr Stocke viendra. Vous n'aurez pas plus à faire que lorsque Mr Marten et mon père, Mr Fielding, étaient ici. En fait, vous aurez moins de travail, car ils étaient deux et il est tout seul. De toute façon, je sais que Mr Stocke a l'habitude d'apporter son aide quand il séjourne chez des amis. Donc…

– Il est grandement bon et gentil.

– Oui. Oui, il est vraiment bon et gentil.

Miss Fielding étouffa soudain un soupir. Depuis combien de temps n'avait-elle pas eu une conversation réellement fructueuse et intéressante à propos de son propre travail ? « Je vis dans un désert spirituel, pensa-t-elle. Ruth en larmes au milieu du blé étranger… »

– Eh bien, est-ce clair pour vous maintenant, Vartouhi ? demanda-t-elle en lui souriant machinalement et en prenant le *Times*.

– Oui, merci, Miss Fielding. Mr Stocke est grandement bon et gentil et il m'aidera dans le travail.

– Euh… oui. Cela ne se passera peut-être pas exactement ainsi. Nous verrons quand il viendra. Mais je pense qu'il prendra certainement sa part des tâches ménagères. Maintenant, filez, Vartouhi. J'ai à faire.

Vartouhi s'inclina et sortit en souriant.

Une fois seule, Miss Fielding laissa le *Times* tomber sur ses genoux, et regarda le feu avec une expression qui se fit peu à peu pensive. Les visages de ceux qui pensent beaucoup sont usés et creusés, comme le lit d'une rivière érodé par l'eau, mais de telles marques étaient absentes du visage de Miss Fielding, habituellement figé dans une expression résolue. À présent, la pensée flottait comme une ombre sur ses traits florissants et obstinés. Elle se mit à songer qu'il y avait bien longtemps qu'elle n'avait vu Mr Stocke et tenta de se rappeler les détails de sa physionomie, en se demandant si ces onze années l'avaient beaucoup changé – puis elle se demanda si *lui* la trouverait très changée, *elle*. « Mes cheveux grisonnent maintenant, bien sûr », se dit-elle en les effleurant d'une main. Et ses pensées, adoucies peut-être par le souvenir agréable de tant de conversations longues et merveilleuses avec Mr Stocke sur la paix, la bonne volonté internationale et la Société des Nations, ainsi que par la clarté des flammes jouant rêveusement sur les coupes remplies des fleurs délicates du printemps, prirent insensiblement un tour plus personnel et plus frivole. Une heure plus tard environ, alors qu'elle présidait le plateau du thé avec Miss Burton, elle déclara après un silence assez long qu'elle pensait se rendre à Londres pour s'acheter une robe neuve.

– Quelque chose de clair, dit Miss Fielding en croquant un toast avec ses dents blanches et solides. De printanier.

27

C'EST AINSI que trois semaines plus tard, alors que Richard était attablé pour le déjeuner dans la longue salle à manger de Cobbett Hall, il eut l'ennuyeuse surprise de voir Miss Fielding franchir avec majesté la porte à deux battants, manifestement en quête de provende, soutenue plutôt que suivie par un bel homme d'environ cinquante-cinq ans, doté d'une stature colossale, d'yeux et de cheveux nordiques, et d'une présence imposante.

On apercevait par les vastes fenêtres le bleu incertain du ciel de mars, et la lumière merveilleusement claire illuminait les visages sombres, les visages érudits, usés ou étrangers des membres du Conseil et de leurs élèves, qui avançaient le long du comptoir du service, d'un air patient et le plus souvent absent, chargés de leurs couverts et de leurs assiettes. Les longues tables à tréteaux étaient recouvertes de nappes blanches, qu'on lavait et séchait dans l'immense blanchisserie et le parc du manoir, et les vases étaient remplis de jonquilles sauvages et d'orchidées violettes précoces provenant des bois du domaine. Un froid glacial régnait dans la pièce et la plupart des gens y gardaient leur manteau.

Alors que Richard espérait ardemment rester invisible à Miss Fielding et son ami, ils l'aperçurent. Miss Fielding, qui portait une robe rose sous son manteau de fourrure et avait fait quelque chose à ses cheveux, dit quelques mots à son compagnon et agita la main. Le colosse se tourna aussitôt vers Richard, qu'il observa avec une concentration polie. On avait l'impression d'être pris dans le faisceau d'un projecteur. Richard les regarda vaguement à travers ses lunettes et rapprocha son livre de son assiette, mais Miss Fielding, portant d'une main assiettes et couverts, agita de nouveau l'autre main, si bien que Richard se leva et s'inclina. Ce salut n'allait pas avec les manières désinvoltes de l'époque, mais les membres du Conseil et leurs élèves étaient habitués aux poignées de main inattendues, aux claquements de talons et aux baisemains, de sorte que personne n'y fit attention.

« Je n'ai pas envie d'être catalogué comme un gauchiste mal dégrossi », pensa-t-il en se rasseyant.

Un instant plus tard, ils avaient fondu sur lui.

– Eh bien, Richard, voici l'auteur du *Petit Frimdl* en personne ! s'écria gaiement Miss Fielding. Gustav, je vous présente Richard Marten.

Les deux gentlemen échangèrent des sourires et des saluts courtois, après quoi Mr Stocke déclara dans un anglais à la grammaire impeccable mais avec un léger accent :

– Pouvons-nous nous asseoir ici avec vous, Mr Marten ? J'étais impatient de faire votre connaissance et me réjouis de cette rencontre. Je ne sais pas grand-chose du Conseil pour la reconstruction européenne, bien que j'aie été invité à y faire des conférences, et je vous serais reconnaissant d'éclairer un peu ma lanterne. Constance, vous n'avez pas de cuiller pour votre dessert. Je vais aller vous en chercher une, si vous voulez bien m'excuser tous les deux.

– C'est du riz au lait. Je ne pense pas que j'en mangerai, je n'aime pas ça, dit Miss Fielding en pouffant comme une collégienne.

– Vous feriez mieux d'en manger, Constance. C'est une erreur de ne pas manger tout ce qui se présente à n'importe quel moment, en profitant de l'organisation admirable…

Il se tourna vers Richard.

– … vraiment admirable de la distribution de la nourriture dans ce pays. Pour moi, c'est une source d'étonnement inépuisable, car j'ai résidé récemment dans des pays où la nourriture est non seulement rare mais mal distribuée. Je vais aller vous chercher une cuiller pour votre dessert, Constance. Excusez-moi.

Il leur sourit de ses yeux clairs et s'éloigna d'un pas décidé.

– Eh bien, Richard ! s'exclama Miss Fielding en s'asseyant en face de lui et en ouvrant son manteau. C'était très vilain de votre part de prétendre que vous ne pouviez jouer dans *Le Petit Frimdl*. Qu'avez-vous à dire pour votre défense ?

– Ce que j'ai dit dans ma lettre, Miss Fielding.

– Mais c'est absurde ! Vous devez bien avoir du temps libre !

– Oh, oui, j'en ai. Je le consacre à mes loisirs personnels.

– Voilà qui est très égoïste.

– Oui. Excusez-moi si je continue de manger. J'ai un cours à donner à deux heures et mon pudding à la crème est en train de refroidir.

– Il y a du pudding à la crème ? Je pensais qu'il n'y avait que du riz au lait.

– J'ai eu la dernière part, je crois.

Miss Fielding resta coite, et Richard continua son déjeuner en songeant qu'elle se montrait plus animée et juvénile qu'autrefois. Il ne trouvait pas que ce changement fût un progrès.

– Voici votre cuiller à dessert, Constance, dit Mr Stocke en les surplombant de nouveau de sa stature gigantesque.

– Merci, Gustav. Maintenant, asseyez-vous et mangez votre déjeuner, il va être froid.

– Peu m'importe. Au cours des trois dernières années, pendant mes voyages, j'ai appris à manger et à apprécier n'importe quel mets qui ne soit pas en train de pourrir.

Miss Fielding jeta un coup d'œil à Richard, comme pour lui dire : *Mon ami n'est-il pas magnifique ?* Puis elle déclara :

– Gustav, je viens de dire à Richard qu'il était inexcusable de ne pas vouloir jouer dans *Le Petit Frimdl.*

– Vraiment ? Pourquoi inexcusable ? s'enquit Mr Stocke sans cesser de manger et en braquant ses projecteurs sur Richard d'un air indulgent.

Richard n'était nullement gêné. Il considérait que sa cause était juste et était résolu à tenir bon.

– Je suis trop occupé, Mr Stocke. Je donne ici quatre cours par semaine, ce qui exige une préparation considérable, et je travaille aussi à temps partiel dans une fabrique de rivets.

– Il fabrique des instruments destinés à détruire son prochain, glissa Miss Fielding avec un petit frisson.

– On ne peut guère décrire le rivet comme un instrument de destruction, Miss Fielding, observa Richard. Les rivets servent à assembler des objets – du moins je l'espère. Ils ne les mettent pas en pièces.

– Ils assemblent des objets destinés à mettre en pièces les autres, répliqua Miss Fielding d'un ton grave.

– Et que faites-vous pendant votre temps libre ? demanda Mr Stocke.

Son ton marquait un intérêt poli, sans rien d'inquisitorial.

– J'écoute des disques, je lis des ouvrages d'astronomie et je fais des promenades.

– Parfait, approuva Mr Stocke en démolissant ce qui restait de sa tourte aux légumes. Votre temps est pleinement occupé. Même vos loisirs exigent de l'application et de l'intelligence. J'admets que vous n'avez pas le temps de jouer dans ma pièce.

– Mais Gustav ! protesta Miss Fielding. Il est presque impossible de trouver quelqu'un d'autre pour le rôle ! Et il a tellement répété !

– Vous ne mangez pas votre riz au lait, Constance. Vous devriez. Il est excellent.

– J'aime pas le 'iz au lait ! geignit Miss Fielding en repoussant son assiette.

– Haha ! Il est très amusant d'entendre une femme adulte parler comme une petite fille !

Mr Stocke riait, mais Richard devina qu'il allait parvenir à ses fins.

– Savez-vous ce que je fais aux vilaines petites filles qui ne veulent pas manger leur dessert ? Je les tape ! déclara Mr Stocke en lançant un regard éloquent à Miss Fielding. Je donne une bonne tape sur leurs vilaines petites mains !

– Oh… eh bien… dans ce cas, il faut vraiment que je sois sage ! lança précipitamment Miss Fielding en rougissant.

Elle se mit à manger le dessert dédaigné. Reprenant contenance, elle continua d'un air plaintif :

– Malgré tout, Richard, c'est pour nous une grande déception que vous ne vouliez pas changer d'avis.

– Vraiment ? dit Richard avec un sourire en sortant son étui à cigarettes.

– Ce n'est pas une déception pour moi, Constance, l'interrompit en hâte Mr Stocke avec autorité en avalant les dernières bouchées de son propre riz au lait. Je suis désolé que vous soyez désappointée. Je ne m'étais pas rendu compte que la représentation de cette pièce avait une telle importance à vos yeux. En fait, je l'avais presque oubliée. J'étais certes profondément ému quand je l'ai écrite, car je ne conçois jamais une œuvre d'art sans ressentir une véritable urgence créatrice, mais au cours des deux dernières années, je me suis consacré à une œuvre tellement plus importante et satisfaisante que j'ai eu un instant de surprise quand vous m'avez rappelé l'existence de cette pièce.

– Oh, elle a tellement compté pour nous…, murmura Miss Fielding.

– Assurément, dit Richard en offrant une cigarette à Mr Stocke.

– Merci. Vous avez dit cela avec ironie, observa Mr Stocke en acceptant une cigarette.

– Eh bien, oui.

Richard s'adapta rapidement au choc de cette personnalité dont il comprenait maintenant qu'elle était tout à fait exceptionnelle.

– J'étais ironique, c'est vrai. En fait, nous avons répété votre pièce à un moment où j'étais surmené et très mal fichu, de sorte que je n'ai pas du tout apprécié ces répétitions.

– C'est compréhensible.

– Je me réjouis que vous le preniez ainsi, dit joyeusement Richard en se levant. Serez-vous ici cet après-midi ?

Mr Stocke hocha la tête.

– J'ai rendez-vous avec sir Lawrence Barwood à trois heures et demie, pour discuter de la forme et du sujet de mes conférences. Je serai probablement libre à quatre heures et quart.

– Dans ce cas, voulez-vous prendre le thé avec moi ? Nous n'avons pas eu l'occasion de parler du Conseil, et je peux sans doute vous apprendre tout ce que vous désirez savoir.

– Merci. J'en serais ravi.

– À quatre heures et quart, alors. Au revoir, Miss Fielding.

Richard s'inclina encore légèrement, sourit et s'en alla.

– Ce jeune homme est aussi intelligent que séduisant, proclama Mr Stocke.

– Oh, vous croyez, Gustav ? Je l'ai toujours trouvé si grossier et *difficile**.

– C'est naturel, Constance, car il ne vous aime pas, répliqua tranquillement Mr Stocke. Puis-je fumer, maintenant, si vous avez mangé autant de riz au lait que vous en aviez l'intention ?

– Oh, oui, je vous en prie. Vous croyez vraiment qu'il ne m'aime pas ? Je m'entends toujours tellement bien avec les jeunes… je pensais…

– Non, il ne vous aime pas du tout. C'est parce que vous voulez organiser ses activités à sa place. Cela lui déplaît. Les hommes…

Mr Stocke braqua ses projecteurs sur Miss Fielding.

– … les hommes d'âge mûr, qui ont l'expérience de la vie, ne sont pas contrariés par de telles tentatives féminines comme le sont les jeunes hommes. Les hommes mûrs trouvent de telles tentatives amusantes, et même séduisantes, car ils savent y mettre bon ordre. Voulez-vous fumer une cigarette, Constance ?

– Merci, dit docilement Miss Fielding. Je ne fume pas souvent…

– Je l'ai remarqué. C'est aussi bien. Quant aux activités de votre sexe, il y a un point, et un seul, où je suis plutôt vieux jeu. Je n'aime pas beaucoup voir des femmes fumer, surtout dans la rue. Qu'elles s'organisent, gouvernent, enseignent, qu'elles fassent ce qu'elles veulent…

– Oh, je suis tellement d'accord !

– … pour contribuer à créer le monde nouveau qui s'élèvera sur les ruines absurdes de l'ancien, mais qu'elles ne soufflent pas sur moi de la fumée de tabac, car je n'aime pas ça.

– Il faut que je fasse attention ! lança Miss Fielding en riant et en chassant de la main la fumée de sa cigarette.

Mr Stocke la regarda avec indulgence.

– Ne craignez rien, Constance. Vous ne fumez pas assez souvent pour que je trouve cette habitude déplaisante chez vous.

Ils restèrent un petit moment sans parler, en regardant la salle se vider peu à peu. Mr Stocke dit enfin, après avoir jeté un coup d'œil sur la vieille pendule peinte et dorée en haut d'un mur :

– Maintenant, si vous avez terminé votre cigarette, vous feriez mieux de rentrer, Constance. Le bus passe dans vingt minutes au bout de l'allée des hêtres et je ne voudrais pas que vous le manquiez. Serrez bien votre écharpe autour de votre cou, car le vent est très froid aujourd'hui.

Elle s'exécuta, et il se leva et attendit poliment, en tenant sa propre cigarette.

– Au revoir, Gustav. Serez-vous rentré pour le dîner ?

– Bien sûr, j'aurai certainement beaucoup à vous raconter, et je ne serai pas en retard. Au revoir.

Il s'inclina en lui souriant du haut de sa stature impressionnante et resta debout jusqu'à ce qu'elle fût sortie.

Après avoir passé environ une heure avec Mr Stocke, Richard conclut que c'était un imbécile, mais un imbécile bien informé. Il était même prêt à éprouver pour lui une certaine sympathie, empreinte d'un amusement bienveillant. En outre, il était si agréable de voir la Fielding absolument subjuguée, mise au pas et tyrannisée comme n'importe quelle *Frau* fasciste, malgré tous ses beaux discours ! Cela dit, cet homme devait être épuisant à vivre. Pour sa part, Mr Stocke estima que Richard avait toutes les caractéristiques de la vieille culture européenne, et qu'il avait même commencé à entrevoir vaguement la lumière quant aux relations internationales, bien qu'il se montrât tristement obstiné – ou plutôt abusé et dans l'erreur – au sujet de la guerre contre les nazis, n'hésitant pas à dire que c'était un sale boulot mais qu'il fallait le faire. Malgré tout, Mr Stocke avait bonne opinion de lui dans l'ensemble, et entre les gens agréables qu'il fréquentait et l'hospitalité hors pair dont il bénéficiait à Sunglades, il était absolument ravi de son séjour dans l'Angleterre en guerre.

On ne pouvait en dire autant des esprits les plus faibles de Sunglades, qui vaquaient furtivement à leurs affaires, oppressés par l'omnipotence de Mr Stocke, par sa taille et l'habitude qu'il avait de prolonger les soirées jusqu'à une heure et demie en conversations aussi longues que magnifiques avec Miss Fielding à propos de la bonne volonté internationale. Sa voix était sonore et résonnait dans toute la maison. Miss Burton alla jusqu'à dire qu'en entendant ces mugissements dans la cheminée elle avait l'impression que c'étaient les canons. Mais il était impossible de hasarder un reproche, car Mr Stocke se montrait très délicat quand il montait enfin se coucher, en fermant les portes sans bruit, en marchant sur la pointe des pieds et en démontrant de toutes les façons qu'il était habilité à vivre dans une communauté civilisée.

Le problème n'était pas ce qu'il faisait, mais ce qu'il était : si imposant, si intelligent, si plein d'une allégresse sans humour, si prompt à sauter sur la moindre allusion sournoise dans la conversation pour l'exposer au grand jour. Surtout, il s'intéressait de façon effroyable au fonctionnement de tout, depuis le rationnement par points jusqu'au réfrigérateur de Sunglades pour lequel Kenneth avait institué un approvisionnement en gaz réduit pour le temps de la guerre.

Et il apportait son concours dans la maison. Miss Fielding veillait à ce que ce soit elle, et non Vartouhi, qu'il aidait à mettre la nappe. Vartouhi, n'étant pas un esprit faible, n'était nullement oppressée par Mr Stocke. Elle ne lui accordait que l'attention strictement nécessaire pour la politesse des échanges quotidiens. Elle le trouvait très vieux, et elle avait aussi deviné que, comme Miss Fielding, il désapprouvait la guerre contre les nazis et souhaitait faire la paix sur-le-champ. C'était plus qu'assez pour qu'elle éprouvât pour lui un profond mépris, qu'en bonne Baïramienne elle n'avait aucune peine et aucun scrupule à lui cacher. Du reste, Mr Kenneth n'aimait pas cet homme, et sa présence dans la maison le rendait malheureux. « C'est mal, pensait Vartouhi en essuyant paisiblement des assiettes ou en triant du linge. Mr Kenneth a vu son vieil et honorable père chassé d'ici parce que Mrs Marten ne l'aime pas et que Miss Fielding ne veut pas lui offrir un abri dans ses vieux jours. Et voilà qu'arrive cet homme plein de force et de santé, et complètement stupide, et elle l'accueille avec joie alors que le pauvre vieux Mr Fielding, qui a dit que j'étais une gentille fille et m'a donné un billet d'une livre, se retrouve au loin à Londres. C'est vraiment mal. Si seulement Mr Kenneth le mettait à la porte avec colère ! »

Mr Stocke faisait lui-même son lit, et il aurait aidé Betty et les autres habitants de la maison à faire le leur si Betty (qui avait du mal à garder son sérieux) ne l'avait assuré que cette tâche incombait à Vartouhi et qu'il dérangerait par son intervention un emploi du temps aussi complexe qu'efficace. En homme méthodique, Mr Stocke fut sensible à cet argument, d'autant qu'il n'aimait pas plus faire les lits que n'importe quel homme – ou n'importe quelle femme – intelligent(e). Il s'abstint donc de faire d'autres suggestions qui l'auraient mené dans les chambres de l'étage. Mais il transportait le charbon, il lavait la vaisselle, il faisait un café excellent (dans la mesure où l'approvisionnement en lait le permettait), il allumait le feu et il aurait même bêché, vêtu d'un vieux costume national qu'il emportait toujours à cette fin, si Kenneth n'avait pas fait comprendre très clairement qu'il n'avait pas besoin de Mr Stocke au potager.

Miss Fielding ne s'était pas sentie autant en harmonie depuis des années. Il était si délicieux d'avoir sous son toit un esprit frère ! De laisser son imagination s'envoler, et aussi son éloquence ! De préparer la Fraternité Humaine avec un homme – un homme intelligent, solide, courtois et dominateur ! « C'est vrai qu'il est un peu dominateur, songeait Miss Fielding à qui cette découverte ne déplaisait pas. Mais je dois avouer que c'est plutôt un soulagement pour moi. Pendant toutes ces années, j'ai dû jouer le rôle de l'homme dans cette maison, tant Kenneth est faible et peu fiable. Je trouve tellement reposant de pouvoir m'abandonner au courant pendant que Gustav tient la barre ! »

Elle ne fit pas confidence de ces sensations inédites à Miss Burton, qui partageait l'amusement de Betty en voyant Connie menée à la baguette. Elles éprouvaient un malin plaisir à constater qu'elle s'était fait faire une mise en plis, qu'elle s'achetait de nouveaux chapeaux, qu'elle avait même renoncé à la poudre d'un blanc de craie qu'elle utilisait depuis des années pour en adopter une dont le ton rose atténuait l'éclat de pomme d'api de ses joues.

Même si Miss Burton ne pouvait jouer les confidentes, elle ne manquait aucun développement de la situation. Elle et Betty n'avaient d'autre exutoire à l'oppression de Mr Stocke que leur stupéfaction amusée devant l'esclavage de Miss Fielding. Elles avaient beau savoir toutes deux que Connie avait pris grand plaisir à l'amitié et aux lettres de Mr Stocke pendant plus de dix ans, elles ne s'attendaient pas à la voir succomber si rapidement au charme de sa présence en chair et en os. Et lui-même se montrait pour elle d'une courtoisie sans faille et d'une gentillesse protectrice. Betty et Miss Burton en parlaient à voix basse au coin du feu, dans le salon de la vieille demoiselle, les soirs où Miss Fielding et Mr Stocke conversaient à tue-tête au rez-de-chaussée, et elles se demandaient comment tout ça allait se terminer.

Kenneth restait seul dans le petit bureau, les soirs où il ne devait pas sortir pour son service de réserviste. Il lisait d'un air maussade des romans policiers. Son humeur était exécrable, en ce moment, et il faisait peu d'efforts pour cacher ses sentiments. Sa colère avait commencé quand ses sœurs s'étaient montrées si peu gentilles avec son père à Noël, mais cela faisait en fait des mois que sa tranquillité avait été vaguement troublée. Dès qu'une tempête domestique se calmait, une autre lui succédait. Et il ne s'agissait pas de ces tempêtes supportables surgissant inévitablement d'une vie de famille épanouie, non, elles étaient imposées par des circonstances extérieures, nullement nécessaires, telles que les visites d'étrangers ennuyeux en diable. Et il était inquiet pour son père, dont il était sans nouvelles depuis un mois. Le temps était abominable, avec des vents glacés et des pluies violentes, et il avait l'impression désagréable que le vieillard était peut-être malade. Il était sans doute allé séjourner chez ses amis à Londres, mais pour l'instant il n'avait donné aucune adresse à Kenneth.

Enfin, il supposait que Connie continuerait à se couvrir de ridicule tant que ce type serait là. Il priait pour que son départ soit pour bientôt. Après quoi, ils pourraient jouir d'un peu de calme en attendant que leur paix soit de nouveau troublée.

Par une soirée terriblement pluvieuse de la mi-mars, il était assis comme d'habitude à lire le dernier Agatha Christie, encore plus distraitement que de coutume. Il avait reçu dans l'après-midi une lettre de Mrs Miles, où elle s'en prenait à lui pour divers événements : le comportement de son père, parti sans laisser d'adresse (« C'est *plus que singulier*, après avoir repris contact avec nous au bout de *vingt années* ») ; l'engouement de Constance pour cet homme qui vivait à la maison (« Je ne la *reconnais plus* ; elle n'a pas répondu à mes *deux* dernières lettres ; *qu'est-ce que cela signifie ?* ») ; sans oublier une allusion finale au fait que Betty aurait jeté son dévolu sur lui (« Je suppose que Mrs Marten est toujours avec vous. Elle doit avoir l'impression de *faire partie de la famille*, maintenant »).

Cette missive avait rendu le pauvre Kenneth, malgré son caractère débonnaire, encore plus irritable qu'il ne l'était depuis quelque temps. Seul dans la petite pièce, où l'assombrissement de la pénombre bleue de mars lui faisait sentir avec ennui que le black-out commencerait dans quelques minutes, il avait l'air d'un homme entre deux âges particulièrement maussade. Des torrents de pluie se déversaient par instants sur les fenêtres, et les arbres s'agitaient frénétiquement dans les rafales, tandis que la tempête couchait à terre indifféremment les tulipes en bouton et les jonquilles presque fanées. Malgré les fenêtres closes, un peu de la fraîcheur pluvieuse et déchaînée de cette soirée de printemps entrait dans la pièce et ajoutait encore à la nervosité de Kenneth.

Le téléphone se mit à sonner dans le vestibule.

Il y avait un autre récepteur dans le bureau et Kenneth décrocha.

Après quelques bruits et questions préliminaires en provenance du central, une voix d'homme, nasillarde et raffinée à l'excès, demanda :

– C'est bien Treme 15 ? Chez Mr Kenneth Fielding ?

– Oui. Je suis Mr Fielding. Qui est à l'appareil, je vous prie ?

– Judson, monsieur, le valet de Mr et Mr Fothergill. Mr Fielding est actuellement leur hôte et il m'a demandé de vous appeler, monsieur. Mr Fielding…

La ligne se mit à grésiller et Kenneth n'entendit pas la suite.

– Comment ? Je ne vous entends pas ! lança-t-il d'une voix forte.

Il distingua ensuite :

– … vraiment très souffrant. Il semble avoir pris froid, monsieur.

– Mr Fielding… mon père… vous dites qu'il est malade ? Parlez plus fort, la ligne est horriblement mauvaise.

– Je suis désolé, monsieur.

Son interlocuteur se mit à hurler d'un ton à la fois indigné et modéré :

– Oui, monsieur, Mr Fielding est souffrant depuis une semaine environ. Mr et Mr Fothergill sont partis pour quelques jours dans le Wiltshire et Mr Fielding est seul ici. Il m'a demandé de vous appeler, monsieur.

– Oui… très bien… d'où appelez-vous ? Je vais venir tout de suite.

– Entendu, monsieur. C'est au 11 St Charles Street, derrière Fortnum & Mason.

– D'accord. Je serai là-bas ce soir. Est-il…

– Je vais devoir sortir, monsieur. Une personne m'a promis un morceau de poisson pour Mr et Mr Fothergill, qui rentrent demain à l'heure du déjeuner. Je ne sais pas exactement combien de temps je serai absent. Que…

– De toute façon j'imagine qu'il y aura quelqu'un pour m'ouvrir la porte ?

– Je crains que non, monsieur. Je suis seul dans l'appartement avec Mr Fielding, et il est alité. À quelle heure arriverez-vous, monsieur ?

Le signal sonore annonçant la fin de la communication retentit.

– Je ferai aussi vite que possible, vous pouvez certainement attendre…, commença Kenneth avec irritation.

La communication fut coupée au milieu d'une phrase de son interlocuteur déclarant que Mr et Mr Fothergill avaient commandé du poisson et que cette personne ayant…

Kenneth poussa un juron puis alla trouver Betty à l'étage, laquelle remplit en hâte une valise pour lui et téléphona à la gare pour avoir les horaires des trains pendant qu'il annonçait la nouvelle à sa sœur et à Mr Stocke. Miss Fielding ne sembla guère dérangée dans ses chimères et se contenta de quelques formules conventionnelles de regret. Mr Stocke se montra plein d'intérêt et d'inquiétude. Cette scène ne contribua pas à apaiser l'irritation de Kenneth, et tandis qu'il roulait sur l'allée aux arbres ruisselants de pluie, on n'aurait pu trouver dans tout le Hertfordshire un homme plus déchiré que lui entre la mauvaise humeur et l'anxiété.

En haut de la maison, dans sa chambre sous les toits, Vartouhi était assise à la fenêtre et contemplait la pluie, en faisant de temps à autre un point dans le couvre-lit qui se déployait sur ses genoux en des flots resplendissants de couleurs. Des nuages violets traversaient en hâte le ciel gris-bleu en train de s'assombrir, et les arbres aux troncs et aux branches déjà légèrement voilés de bourgeons bruns se balançaient en gémissant dans le vent. Vartouhi chantait toute seule la *Chanson de la cueilleuse de lilas* :

Je cueille les feuilles en forme de cœur,
Je cueille les fleurs couleur de pourpre,
Le miel est dans les fleurs
Et l'amour est dans mon cœur,
Je vous donne les feuilles et les fleurs
Et je vous donne mon cœur.

« Voilà Mr Kenneth qui part précipitamment en voiture », se dit-elle en se penchant pour mieux voir la voiture s'éloigner sur l'allée, non sans embuer de son souffle la vitre mouillée de pluie. Elle essuya la buée de sa main tenant une aiguille où était enfilé un fil brillant de soie jaune. « Il est parti, songea-t-elle. Il se passe quelque chose. » Et elle se remit à chantonner :

Je cueille les feuilles en forme de cœur…

Dans la claire pénombre, les couleurs du couvre-lit resplendissaient comme une mosaïque éblouissante de fleurs d'été.

28

Après un voyage pénible, Kenneth arriva au 11 St Charles Street à dix heures du soir et découvrit que les deux Mr Fothergill vivaient dans un immeuble avec service sur place à l'ancienne, entre une boutique vendant des tableaux de maîtres et une autre vendant des gants faits à la main. L'obscurité impénétrable du black-out en cette nuit sans lune et la relative difficulté d'accès de St Charles Street, s'unissant à l'exiguïté aristocratique des deux vénérables boutiques, qui leur donnait l'air de deux placards égarés par erreur dans le monde du commerce, firent qu'il faillit manquer l'entrée du 11.

Une lampe éclairait faiblement le vestibule, et il déchiffra dans la pénombre que Mr Fothergill et Mr A. Fothergill habitaient l'appartement n° 3. Il monta un escalier recouvert d'un tapis moelleux. Tout était plutôt luxueux, dans un style légèrement édouardien, avec des palmiers dans des pots de majolique et des rideaux de velours pour compléter le black-out. Il se demanda à quoi pouvaient ressembler les Fothergill, et il songea qu'il savait bien peu de chose de la vie de son père. Comment s'était-il retrouvé malade dans l'appartement de ces deux personnes, qui étaient apparemment des amis à lui ?

Judson était un petit homme fluet d'un certain âge, à l'air réprobateur et peu aimable, qui ne se souciait manifestement que du confort de Mr Clifford et de Mr Aubrey et considérait non moins manifestement Mr Fielding senior comme une gêne potentielle pour son sacerdoce. Il conduisit Kenneth dans une chambre étonnamment vaste, mais qui semblait diminuée de moitié par la luxuriance des rideaux de velours, l'épaisseur des tapis d'Aubusson et la profusion de tableaux de *petits maîtres** représentant de jolies danseuses et des jeunes filles dénudées sur les murs tapissés de brocart couleur d'ambre. Chaque meuble était une antiquité d'une valeur inestimable. La couche sur laquelle le vieil homme dormait d'un sommeil agité était un petit lit français à baldaquin, aux tentures semées d'œillets et de myosotis. Un feu brûlait joyeusement. Kenneth regarda à la ronde d'un air dégoûté en songeant que ces vieux garçons – il espérait qu'au moins ils étaient vieux – ne se refusaient vraiment rien. Lui-même aurait donné cher pour être chez lui, dans la serre, par une belle journée.

Il apparut que Judson n'avait pas fait venir de médecin. Il avait passé le plus clair de la journée à faire l'argenterie et à préparer un diplomate, gâteau dont Mr Clifford et Mr Aubrey raffolaient et qu'ils avaient commandé pour le déjeuner du lendemain. D'un air impassible, il déclara que ses maîtres allaient être contrariés de trouver Mr Fielding aussi souffrant. Il ne se sentait pas très bien le lundi, au moment de leur départ, mais ils étaient certains qu'il serait rétabli à leur retour. C'était très embarrassant, conclut Judson, debout près de la porte, en regardant avec reproche la silhouette couchée dans le lit.

Pour finir, Kenneth convint avec son père, qui était sorti de son mauvais sommeil vers minuit, qu'il trouverait un médecin le lendemain matin. Mr Fielding se montra lucide dans ses propos et son attitude, et terriblement heureux de voir son fils. Kenneth fut soulagé de l'entendre dire que sa douleur au côté était moins vive qu'en début de soirée. Après avoir avalé une boisson chaude préparée à contrecœur par Judson, il se rendormit. Et Kenneth mit le comble à la consternation du valet en annonçant qu'il devait passer la nuit sur place et en demandant où il pouvait dormir.

Il apparut qu'il ne restait que la chambre de Mr Clifford et celle de Mr Aubrey. Judson semblait penser que cela réglait la question et que Kenneth n'avait plus qu'à se pelotonner sur son tapis comme Fido. Toutefois, son hôte ayant lancé avec impatience qu'il dormirait dans la chambre la plus proche de celle du malade, Judson le conduisit dans une chambre plus petite, avec une mine exprimant autant d'indignation que de désarroi. Kenneth se retrouva dans des draps frais, dont la toile d'une finesse merveilleuse portait le chiffre des propriétaires et embaumait la lavande, au milieu d'autres murs tapissés de brocart, chaises en tulipier, commodes hollandaises marquetées, petits Renoir délicieux et paysages de Corot.

« Dieu merci, songea Kenneth en s'assoupissant, au moins ça ne sent pas le parfum. »

Au matin, les problèmes de la veille se posèrent de nouveau, mais ils s'étaient aggravés. L'état de Mr Fielding avait nettement empiré. Il se plaignit d'avoir mal à la tête et une douleur au côté, et ne réussit même pas à boire le thé que Judson avait préparé en silence. Kenneth sortit avant le repas et trouva non sans difficulté un médecin, qui promit de venir dans une heure. Le médecin tint parole, et déclara que Mr Fielding avait une pneumonie.

Il est inutile de rapporter en détail les événements de cette journée particulièrement éprouvante : l'agitation grandissante de Judson et son désespoir en apprenant finalement que le malade ne pouvait en aucun cas être déplacé et qu'il fallait engager sur-le-champ une infirmière à demeure ; le retour bruyant à l'heure du déjeuner de Mr Clifford et de Mr Aubrey, qui se réjouissaient déjà de leur morceau de poisson et de leur diplomate ; leur consternation en découvrant chez eux Fielding malade et son fils ; leur façon de ne même pas chercher à cacher cette consternation et d'enchaîner des propositions, visant toutes à faire sortir leur ami de leur appartement le plus vite possible.

Kenneth crut comprendre que ces deux frères d'une soixantaine d'années, dotés d'un aspect agréable, d'un tempérament joyeux et d'une santé de fer, avaient fait la connaissance de son père quatre ans plus tôt, étant comme lui intéressés par une entreprise théâtrale où ils avaient investi de l'argent. Il avait pris l'habitude de passer de temps à autre une nuit dans leur appartement. Sa santé florissante et ses dons de conteur avaient fait de lui un hôte bienvenu, quand il avait décidé récemment de faire un séjour plus long chez eux. Mais ils n'avaient jamais pensé qu'il pourrait avoir une pneumonie. Ils n'étaient jamais malades, *eux*. Ils ne savaient même pas ce que cela voulait dire, la maladie les ennuyait et les effrayait. Et voilà qu'on entrait dans une période de beau temps, avec mille choses à voir et à faire, et qu'ils se retrouvaient avec un vieil homme atteint d'une pneumonie et son fils imposant, morose et obstiné sur les bras ! Ils en auraient pleuré.

Ils se montrèrent si peu serviables, pendant la première demi-heure de leur rencontre avec Kenneth, que celui-ci fut accablé à l'idée d'avoir constamment affaire à eux pendant la semaine à venir. Son inquiétude n'était guère justifiée, cependant. Quand il revint du bureau de poste, où il avait téléphoné pour mettre au courant ses sœurs (car il préférait ne pas demander de nouveaux services aux deux Fothergill), il trouva Judson en train d'empaqueter quantité de vêtements élégants et quelques *objets d'art** chers au cœur de ses maîtres. Le valet l'informa que Mr Clifford et Mr Aubrey allaient s'établir provisoirement dans un hôtel voisin, et qu'il resterait seul avec son père et les deux infirmières.

Kenneth se confondit en excuses pour les chasser ainsi de chez eux. Il était sincèrement désolé des ennuis que son père et lui-même leur causaient, mais sa désolation s'atténua sensiblement devant la mauvaise grâce avec laquelle ils acceptèrent ses excuses. « Bon sang, songea-t-il, ils auront de la veine s'ils n'ont jamais rien de pire à supporter. »

À son immense soulagement, Judson accompagna ses maîtres.

Une vie étrange, pareille à un rêve, commença pour Kenneth. Il avait l'impression d'être coupé du monde par son inquiétude pour son père, par le luxe feutré de l'appartement et par la bonne humeur de religieuse, tantôt morne tantôt joyeuse, dont faisaient preuve les infirmières, même si elles étaient toutes deux agréables et s'il en vint à compter sur leur aide et sur leur compagnie. Tout son amour d'enfant pour son père se ranima, en cette période où il craignait pour sa vie. Il se promit que si jamais le vieillard s'en sortait, il viendrait s'installer à Sunglades pour le restant de ses jours, et tant pis pour Connie. Il ne pensait pas que son père puisse retrouver tout son allant, car la maladie avait pris une forme grave et les gens de son âge ne se remettaient jamais complètement d'une telle expérience. Mais si le paternel vieillissait et s'affaiblissait d'un coup, ce serait une raison de plus pour veiller à ce qu'il reçoive des soins appropriés. « Cela me fera une compagnie, pensa Kenneth. Et comme ça, nous serons deux à tenir tête à Connie. »

L'avenir qui s'ouvrait devant lui ne lui paraissait guère joyeux, quand il y réfléchissait le soir, assis dans le petit salon admirablement meublé, avec sur les genoux un livre qu'il ne lisait pas. Il y aurait trois habitants vieillissants dans la grande maison, ainsi qu'un très vieil homme. Sunglades semblerait encore plus vaste et silencieux, comme il arrivait toujours aux demeures dont les habitants se rapetissaient et s'engourdissaient dans leurs habitudes. Ce qui restait de jeunesse en Kenneth se révoltait devant cette perspective sinistre.

Il se leva et s'avança vers la fenêtre, qui offrait une vue agréable sur la façade austère de la bibliothèque de Londres par-dessus les arbres de St James's Square. Une petite fille traversait la rue, en tenant la main de sa mère, et il entendit distinctement sa petite voix claire se détachant sur la rumeur lointaine de la circulation dans Piccadilly. « C'est triste, quand un homme vieillit sans enfants », songea Kenneth en se détournant de la fenêtre.

Sa dépression était aggravée par son antipathie pour les frères Fothergill, chez lesquels le célibat avait pour ainsi dire atteint son plein développement, de sorte qu'il constituait un avertissement pour ceux qui n'en étaient pas encore complètement prisonniers. Il trouvait qu'ils avaient l'air de deux vieux matous égoïstes, avec leurs tableaux, leurs pièces d'argenterie et leurs tasses à thé spéciales dont ils ne pouvaient se passer, sans compter ce Judson plein de servilité. Ils le faisaient penser à ces vers de Burnes, un poète dont il avait aimé dans sa jeunesse les œuvres ardentes et vigoureuses :

Oh, qu'il nous soit donné par quelque Puissance
De nous voir comme les autres nous voient!

« Cela doit faire des années qu'ils n'ont pensé qu'à eux-mêmes, se dit-il, et ils n'imaginent certainement pas l'effet qu'ils font sur les autres. Moi non plus, probablement, et je ne vaux pas mieux. »

Il se mit à avoir la nostalgie de Sunglades, qu'égayait au moins provisoirement la présence d'une femme jolie et joyeuse et d'une charmante enfant. « Mais la maison n'en paraîtra que plus morne quand elles seront parties », songea-t-il.

La maladie de Mr Fielding atteignit son point critique. Il y eut un jour où Mrs Miles arriva en taxi et discuta à voix basse avec Kenneth de l'opportunité de faire venir Constance. Mais ce jour passa, et le vieillard survécut et son état commença dès lors à s'améliorer. Il semblait très faible et se raccrochait à Kenneth, qui voyait qu'il était encore impossible de songer à le quitter.

Dès qu'il fut hors de danger, un nouvel élément se présenta sous la forme d'incursions répétées de Judson, qui possédait évidemment sa propre clé et avait parfaitement le droit d'entrer et de sortir à son gré, pour aller chercher un plat signé Spode ou une cuiller à confiture de l'époque géorgienne dont Mr Clifford ne pouvait se passer une minute de plus. Il ne faisait que de brèves apparitions, sans jamais parler aux envahisseurs, mais fermait invariablement toute fenêtre ouverte (les deux infirmières aimaient que les fenêtres soient ouvertes), de peur que les violentes bourrasques de St James's Square puissent endommager les Tissot. Ces visites ne contribuaient pas à mettre Kenneth à l'aise, et au bout de quinze jours il aspira ardemment à rentrer à la maison avec son père. Il était resté en contact par téléphone avec son associé, Mr Gaunt, et avait obtenu une permission exceptionnelle des autorités militaires – même si Mr Arkwright s'était étonné en privé avec une certaine vigueur qu'aucune de ces dames Fielding ne puisse y aller à sa place. Quand il téléphonait à Connie, elle l'assurait que « tout allait bien ». Malgré tout, il était impatient de rentrer.

Il nous faut maintenant retourner à Sunglades, afin de voir si vraiment tout allait bien.

Les premiers jours de l'absence de Kenneth se passèrent agréablement pour Miss Fielding. Elle n'aimait pas assez son père pour souffrir pour lui les affres de l'inquiétude, même si bien entendu son sens du devoir familial lui interdisait d'être totalement indifférente à son sort. Et le départ de Kenneth, qui ne cachait pas son antipathie pour Mr Stocke, avait été pour elle un vrai soulagement. Miss Burton et Betty déclarèrent à plusieurs reprises que la maison paraissait bizarre sans Ken et qu'elles seraient heureuses qu'il revienne. Quant à Vartouhi, elle étonna tout le monde (et éveilla même quelques soupçons chez Miss Fielding, malgré l'hébétude où Mr Stocke plongeait son esprit) en demandant d'un ton résolu chaque matin au petit déjeuner :

– Comment est le père de Mr Kenneth aujourd'hui, Miss Fielding, s'il vous plaît ? Il est grandement un pauvre vieux monsieur.

Elle montra de diverses façons qu'elle plaignait le malade et espérait vivement qu'il se remettrait. Elle regrettait aussi la présence de Kenneth, sa gentillesse, son sourire, l'attention et l'intérêt qu'il était toujours prêt à accorder à ses petits problèmes et à ses faits et gestes – mais cela, elle le garda pour elle.

C'est ainsi que tout alla bien à Sunglades, jusqu'à un certain matin, près d'une semaine après le départ de Kenneth.

29

Il faisait un froid glacial. Un vent d'est soufflait sur la maison, en brunissant vilainement le bout des pétales des tulipes roses et blanches, et en donnant au ciel cette lumière qu'on ne voit que quand le vent souffle dans cette direction, avec des lambeaux de nuages gris flottant très bas à l'horizon. Tous les habitants de la maison mangeaient paisiblement leurs flocons d'avoine et lisaient leur courrier, lorsqu'une exclamation soudaine de Mr Stocke les fit sursauter.

– Imbécile ! s'écria Mr Stocke (mais dans sa langue maternelle) en jetant violemment une lettre sur la table. Quel garçon stupide et insensible ! C'est trop tard !

– Quelque chose ne va pas, Gustav ? demanda Miss Fielding d'une voix plus inquiète que lors des malheurs de sa propre famille.

Betty et Miss Burton murmurèrent vaguement qu'elles espéraient qu'il n'avait pas reçu de mauvaise nouvelle. Vartouhi, derrière sa tasse de thé, semblait ravie.

– Non, cela ne va pas, répliqua Mr Stocke.

Il s'était ressaisi sur-le-champ, mais une lueur irritée brillait toujours dans son regard.

– Je vous remercie de votre sollicitude, Constance. Il faut que j'aille tout de suite à Londres. Je vous serais très reconnaissant de téléphoner au Conseil de ma part pour les prévenir que je ne pourrai pas prendre la parole à la réunion avec les élèves cet après-midi, mais que j'espère le faire demain à la même heure. Vous voulez bien me rendre ce service ?

– Bien sûr, dit Miss Fielding, un peu rassérénée par l'annonce qu'il ne serait pas absent longtemps. Euh… serez-vous rentré pour le dîner ?

– Je dois vous demander, Constance, de me permettre de laisser cette question en suspens, répondit-il avec un accent plus marqué que de coutume en s'arrêtant sur le seuil pour lui parler. Mais je serai certainement rentré pour le déjeuner de demain et je m'excuse très sincèrement de déranger ainsi la bonne marche de la maison. Si je puis vous parler en particulier dans le petit bureau dans quinze minutes, je vous raconterai brièvement ce qui s'est passé.

Mr Stocke monta en hâte remplir un sac de quelques objets indispensables. Miss Fielding se retira, probablement pour attendre l'heure convenue. Et Betty et Miss Burton échangèrent un regard, avant d'éclater de rire.

– Je dois vous demander, Constance, de me permettre…, lança Vartouhi en pouffant à son tour et en s'élançant vers la porte, en une imitation assez réussie de la voix et de la démarche de Mr Stocke. Si je puis vous parler *en particulier*…

Elle cacha de sa main sa bouche et ses yeux sombres pétillants de malice.

– Il est un idiot, cet homme, termina-t-elle avec un long soupir en poussant la table roulante. Loué soit Dieu le Miséricordieux, car il ne sera pas ici pour le déjeuner !

À l'instant où la jeune fille prononçait ces mots, la tête de Miss Fielding apparut dans l'embrasure de la porte, qui était restée entrebâillée. Betty et Miss Burton se figèrent sur leur chaise : elle avait tout entendu. Elle semblait très en colère et dit d'un ton glacial :

– Débarrassez tout de suite et faites la vaisselle au plus vite. Je veux que vous alliez chercher certaines choses à St Alberics. Ne perdez pas votre temps, je vous prie, et cessez de pouffer de cette façon stupide et mal élevée.

Elle ferma violemment la porte.

– Elle est inquiète, dit Miss Burton pour excuser sa cousine.

– Je m'en fiche, déclara Vartouhi, qui tira joyeusement la langue en s'éloignant avec la table roulante.

Miss Fielding n'avait pas l'air de meilleure humeur une heure plus tard, quand elle rencontra Miss Burton sur le palier et lui confia que le fils aîné de Mr Stocke, un garçon de dix-huit ans, avait été assez abusé pour s'enrôler dans l'aviation d'une des Nations unies. Il s'était rendu en Angleterre à cette fin, avec un groupe de jeunes hommes d'un des pays occupés limitrophes de son propre pays. Ils avaient volé dans un aérodrome nazi un bombardier en cours de réparation et décollé avec un seul moteur en pleine tempête de neige. (À ce point du récit, Miss Burton ne put s'empêcher de s'exclamer : « C'est magnifique ! ») Après un voyage terrifiant, ils avaient atterri en catastrophe dans un aérodrome en Écosse, très satisfaits d'eux-mêmes. Pas étonnant que Mr Stocke fût contrarié.

Miss Fielding narra cette épopée d'une voix basse et choquée, comme s'il s'agissait d'un ragot honteux d'un des journaux dominicaux les plus vulgaires. Et son humeur ne s'améliora pas quand Miss Burton déclara avec vigueur à la fin de son récit :

– Eh bien, je persiste à penser que c'est magnifique, Constance. Les chers petits ! Quand on pense qu'ils ont réussi à piloter un bombardier, c'est vraiment merveilleux. Toi ou moi, nous serions incapables d'en piloter un, même pour sauver l'Empire britannique !

– En ce qui me concerne, je le laisserais périr, répliqua Miss Fielding avec superbe. Tu me surprends, Frances, et je dois même dire que tu me déçois. Que crois-tu que Gustav puisse dire à son gouvernement ? C'est tellement embarrassant… et l'ambassade d'Allemagne dans la capitale va sans doute ouvrir une enquête… son fils est bien connu, là-bas… et le père de ce garçon qui séjourne justement en Angleterre… la situation paraît tellement suspecte… l'ambassade d'Allemagne va penser…

– Oh, arrête ! s'écria Miss Burton. Vraiment, Connie ! Qui se soucie de ce qu'ils pensent, ces… ces… ces salauds ! Moi, je trouve cette histoire admirable !

Et Miss Burton rentra majestueusement dans ses appartements, en laissant Miss Fielding de fort méchante humeur, entre sa compassion pour Mr Stocke, sa déception de le voir absent et sa crainte qu'il ne puisse revenir le lendemain.

La suite de la journée ne contribua en rien à la rasséréner. Vartouhi s'attarda plus longtemps que de coutume à St Alberics. Quand Miss Fielding lui en fit le reproche, elle se contenta de rire en lui montrant joyeusement quelques-uns des biscuits préférés de Kenneth, pour lesquels elle avait fait la queue.

– Je vais les mettre dans une boîte pour son thé quand il revient à la maison, déclara Vartouhi d'un ton satisfait avant d'entrer dans la cuisine en sifflotant et en faisant tournoyer son bonnet.

Miss Fielding resta seule dans le vestibule, le souffle coupé par l'indignation. Autour de la maison, le vent continua de pousser des gémissements sinistres, qui s'enflaient par instants en un cri de colère, et Miss Burton se plaignit de névralgie.

Après le dîner, le silence régna à Sunglades. Miss Burton se retira dans sa chambre avec une bouillotte et un livre, et Vartouhi alla vaquer à ses propres affaires. Miss Fielding s'assit seule au salon, que le ciel bas rendait encore plus sombre que d'ordinaire, et parcourut le *Times* avec abattement. Puis elle prit une broderie et y travailla un petit moment, après quoi elle la reposa et regarda par la fenêtre le jardin à l'aspect d'autant plus désolé que les fleurs du printemps se flétrissaient sous le vent glacial, avec leur promesse de chaleur et de beauté. Elle poussa un soupir. Impossible de se concentrer, la maison semblait si morne sans Gustav. Habituellement, s'il s'absentait quelques heures, elle avait le plaisir d'attendre son retour pour le repas, mais ce soir elle n'entendrait pas ses coups énergiques à la porte d'entrée, son pas viril traversant le vestibule, sa voix joyeuse qui la saluait tandis qu'elle se retournait vers lui en souriant, assise dans son fauteuil favori au coin du feu. Et dans sa morosité, elle jugea peu vraisemblable qu'il revienne le lendemain.

« Tout cela par la faute de ce sale gamin, pensa-t-elle en tirant avec irritation sur le fil de soie. Les jeunes sont tellement égoïstes. Aucune considération pour son père. Je ne vois pas à quoi peut servir ce voyage à Londres pour Gustav, encore que je suppose… au diable cette soie ! » Elle enfonça violemment l'aiguille, replia la broderie et la repoussa. « Je vais écrire des lettres », se dit-elle.

Et elle se souvint qu'une lettre à propos de réparations dans la maison, à laquelle il fallait répondre, se trouvait à l'étage dans le vieux bureau de la chambre de Kenneth.

Elle monta la chercher.

La maison était très silencieuse. En gravissant les marches, elle aperçut par la porte entrebâillée de la cuisine la lueur rougeoyante du poêle, devant lequel le gros chat Pony était endormi. À mi-hauteur de l'escalier, une longue fenêtre s'ornait d'une coupe de fleurs printanières disposées avec art par Miss Burton, et elle s'arrêta pour en arranger une ou deux que la violence des bourrasques se jetant contre les vitres avait déplacées. Elle lança un coup d'œil sur le jardin, qui apparaissait brun et vert avec ses pelouses fraîchement tondues et ses parterres de terre noire sous le ciel bas. « Gustav va voyager dans le froid », songea-t-elle avant de reprendre son ascension.

Traversant le palier, elle ouvrit la porte de la chambre de Kenneth. Et elle se figea sur le seuil, stupéfiée par le spectacle qui s'offrait à sa vue.

La chambre était meublée avec une sobriété toute militaire, qui contrastait avec les jolies pièces du reste de la maison. Des photos fanées montraient des groupes de rameurs et le mess du régiment de Kenneth, et le mobilier consistait en quelques meubles légèrement miteux venant de leur ancienne demeure à St Alberics, où la famille vivait avant que ses trois membres les plus jeunes aient hérité. Un tapis vert élimé parachevait cette ambiance spartiate.

Tout était comme d'habitude… mais le lit ! Le lit couvert d'ordinaire d'une courtepointe verte et d'un édredon ! Il était métamorphosé !

Édredon et courtepointe gisaient par terre, comme si l'auteur de ce scandale – qui se tenait au milieu de la pièce et admirait son œuvre – les avait jetés là dans son impatience de les remplacer par l'objet cachant maintenant l'ensemble du grand lit et retombant lourdement jusqu'au sol.

C'était un couvre-lit, à vrai dire, mais quel couvre-lit! Resplendissant de jaune, de bleu, de rouge vif, de vert, de noir et de blanc, il s'ornait d'une large bordure croulant sous d'énormes fleurs épanouies et des boutons roses et soyeux lovés dans leurs feuilles brunes. D'étranges petits soldats coiffés de turbans violets s'avançaient avec raideur vers le centre, qu'occupait une rose jaune et blanc hérissée de longues épines de soie écarlate. De l'autre côté de cette fleur imposante, une autre armée se composait de guerriers blonds vêtus de tuniques blanches et portant des lances noires. Et tout autour de la rose, des arbres verts étaient chargés de pêches et d'abricots d'un rose et d'un jaune éclatants, dont la profusion se détachait sur le fond blanc où le moindre espace vide était rempli par une minuscule fleur rouge ou bleue.

Vartouhi se tenait au pied du lit. La tête inclinée sur le côté, elle admirait l'objet ravissant qu'elle avait créé. Toute la grisaille de mars ne pouvait ternir l'éclat enchanteur des couleurs du couvre-lit, ni atténuer la vivacité du regard de la jeune fille. En dépit de sa robe quelconque, elle et son œuvre semblaient deux visiteuses inattendues de l'Orient magnifique. On aurait pu la croire arrivée dans cette austère chambre anglaise sur le tapis magique couvrant maintenant le lit, et cette vision était si exotique que la mauvaise humeur, l'inquiétude et l'appréhension de Miss Fielding culminèrent soudain en une explosion de rage. Vartouhi… dans la chambre de son frère… et mettant son lit en désordre!

– Vartouhi ! s'exclama-t-elle si fort que c'était presque un cri. Que faites-vous ici ? Comment osez-vous entrer dans la chambre de Mr Fielding et mettre votre guenille sur son lit ? Enlevez-moi ça tout de suite !

Vartouhi ne bougea pas, mais une lueur irritée s'alluma dans ses yeux qui se tournèrent vers Miss Fielding, pareils à ceux d'un petit fauve. Elle se mit à sourire poliment.

– Vous êtes fâchée, Miss Fielding, dit-elle avec douceur.

– Oui, je suis fâchée, et il y a de quoi. Jeter cette literie par terre ! Vous savez pourtant combien il faut prendre soin des choses de nos jours ! Et gaspiller du temps, de la soie et de la laine pour cette broderie criarde, alors que vous ne pouvez ignorer que la Croix-Rouge manque cruellement de tissu ! Vous devriez avoir honte !

Elle s'arrêta pour reprendre haleine – littéralement. Son visage était rouge et son cœur battait à tout rompre. Scandaleux, c'est scandaleux, ne cessait-elle de se répéter, en se remémorant aussi avec colère les paroles insolentes de Vartouhi sur Mr Stocke le matin même. Et il y avait quelque chose dans les couleurs somptueuses et la conception d'une hardiesse étrange et désinvolte de l'œuvre de Vartouhi qui heurtait ses convictions les plus profondes. La bienséance, le bon sens, le charme – tout cela était réduit à néant par la barbarie splendide qu'elle avait sous les yeux. En fait, elle avait peur. Qu'est-ce qui avait pris à cette fille, de jeter un truc pareil sur le lit d'un homme ? C'était vraiment dégoûtant ! Les fondements mêmes de Sunglades étaient menacés.

– Allez-y, tout de suite !

Mais Vartouhi ne fit pas un geste.

– Il est un cadeau pour Mr Kenneth, dit-elle d'un ton toujours aussi doux et poli. Je n'ai pas donné de cadeau pour lui à Noël, donc maintenant je lui en fais un.

– Mr Kenneth n'a pas envie des cadeaux d'une petite idiote, et il est très inconvenant de votre part de lui offrir cette chose. Enlevez-moi ça, maintenant, ou c'est moi qui vais m'en charger !

Miss Fielding était de plus en plus furieuse.

– Je n'enlève pas ! lança soudain Vartouhi d'une voix basse qui tremblait de rage. Il est un objet splendide que j'ai fait pour Mr Kenneth, afin de lui remonter le moral quand il revient tristement dans cette misérable maison. *Je n'enlève pas !*

Miss Fielding ne perdit pas son temps en paroles. Avant que Vartouhi ait pu réagir, elle arracha le couvre-lit et souleva dans ses bras sa masse raidie par la soie et les fleurs brodées, dont le poids était considérable.

– Voilà ! s'exclama-t-elle d'un air triomphal. Maintenant, je vais aller le brûler dans la cuisine !

Elles ne remarquèrent ni l'une ni l'autre l'absurdité de cette menace. Vartouhi s'élança, la prenant par surprise, parvint à lui reprendre le couvre-lit et se précipita vers la porte ouverte. Elle avait traversé en courant la moitié du palier, avec Miss Fielding à ses trousses, quand elle rentra dans Miss Burton, laquelle descendait les marches d'un air inquiet.

– Oh ! Vartouhi ! Que se passe-t-il ? s'écria Miss Burton en gardant de justesse l'équilibre. Connie… êtes-vous devenues folles, toutes les deux ?

Vartouhi et Miss Fielding interrompirent leur course et Miss Burton interposa entre elles sa petite personne en robe d'intérieur, en leur jetant un regard interloqué.

– Mais c'est votre couvre-lit, Vartouhi ! Que se passe-t-il, Constance… il ne te plaît pas ?

– Comment veux-tu qu'une chose aussi vulgaire et hideuse me plaise ? Je le trouve… je le trouve dégoûtant. Et elle l'installait sur le lit de Kenneth ! Après avoir jeté par terre l'édredon !

– Sur le lit de *Kenneth* ? Mais pourquoi, Vartouhi ?

– Il est un cadeau pour lui, répondit Vartouhi de mauvaise grâce, debout en haut des marches avec la masse somptueuse de tissu serrée dans ses petites mains et retombant avec majesté jusqu'à ses pieds.

– Un cadeau pour Kenneth ? Moi qui croyais que c'était pour toi, Constance ! lança en hâte Miss Burton.

Elle avait dit ce qui lui paraissait le plus sûr, mais sa remarque n'eut pas l'effet apaisant qu'elle escomptait. Aspirant l'air à travers ses narines dilatées, Vartouhi cracha par terre aux pieds de Miss Fielding.

– Pour *elle* ? hurla-t-elle. Je fais un cadeau pour *elle*, cette mauvaise femme qui régente la maison de son frère et envoie son vieil et honorable père tomber malade à Londres ? Dans mon pays, nous raserions la tête d'une telle femme ! Mr Kenneth est grandement triste dans son cœur et il n'a pas de joie dans sa maison à cause d'elle. Et elle dit qu'il n'a pas envie de mon cadeau ! Il est un affreux mensonge. Je le mets sur son lit pour qu'il soit heureux quand il revient à la maison… oh, oui, oh, oui, c'est une maison grandement agréable, grandement confortable, mais il n'est rien de *joli* dans cette maison !

Vartouhi se mit à trépigner en foudroyant du regard les deux Anglaises pétrifiées, et elle poursuivit d'un ton férocement sarcastique :

– Il est si agréable, ici… pas de rires, pas de danses, pas d'enfants, pas de chants ! Il est toute la journée à parler, parler, parler, et lire, lire, lire, parfois je crois que je vais *éclater* comme l'objet sur ma bicyclette !

Elle s'interrompit pour reprendre haleine et passa le dos de sa main sur sa bouche moite. Les deux dames continuaient de la regarder avec stupeur sans rien dire.

– Et maintenant ? les nargua Vartouhi en s'avançant vers elles avec le couvre-lit qu'elle serrait contre sa poitrine d'un air de défi. Maintenant vous allez être grandement en colère contre moi, Miss Fielding, et Miss Burton aussi, que j'aime bien car elle ressemble une religieuse grandement vieille que je connais dans mon propre pays. Vous allez me punir, Miss Fielding, oui, je crois.

– Vartouhi, vous êtes une vilaine…, commença faiblement le sosie de la vieille religieuse.

Sa voix s'éteignit.

– Je vais vous punir, en effet, dit Miss Fielding d'un ton glacial après un long silence. Vous n'êtes qu'une petite sauvage, méchante, intenable et incapable de vivre avec des gens civilisés. Vous allez me faire le plaisir de partir d'ici à l'instant même, et de ne jamais revenir.

– D'accord, répliqua Vartouhi avec dédain en haussant les épaules.

Miss Fielding fit taire d'un regard Miss Burton qui murmurait une protestation.

– Et je ne vous ferai pas de lettre de recommandation.

– Il m'est complètement égal.

– Sans recommandation, vous aurez du mal à trouver une autre place.

(– Oh, Connie…, chuchota Miss Burton.)

– Il m'est égal aussi.

– Et je ne vous paierai pas votre mois ! glapit Miss Fielding avec une fureur redoublée en voyant qu'elle n'arrivait pas à intimider la coupable.

– Il m'est égal aussi ! J'ai plusieurs livres. Mr Fielding, l'honorable vieillard, me donne trois de ces billets de livres à Noël, et j'économise cinq shillings par semaine, et je vends un petit chapeau que je fais pour plusieurs shillings à une fille à qui je parle dans un salon de thé à St Alberics. Donc je vais m'en tirer bien, Miss Fielding, méchante femme !

– Je l'espère de tout cœur, déclara Miss Fielding en recouvrant un peu de sa dignité grave et réprobatrice. Maintenant, allez tout de suite faire vos bagages. Je n'ai pas envie de vous revoir avant votre départ.

– Je n'ai pas envie de *vous* voir, Miss Fielding. Au café à Portsbourne, un méchant marin appelle Mrs Marshall une galope, mais je ne vais pas vous appeler une galope car c'est un mot mauvais et insultant, et les religieuses me disent ne jamais insulter. Donc au revoir, Miss Fielding.

Et Vartouhi fit une révérence pompeuse et ironique, que Miss Fielding ne vit pas car elle avait déjà descendu la moitié de l'escalier.

Serrant de nouveau le couvre-lit dans ses bras, Vartouhi se tourna vers Miss Burton, qui s'était assise d'un air abattu sur la dernière marche.

– Oh, Vartouhi, ma chère petite, dit tristement la vieille dame en levant les yeux vers elle.

– Je vais faire les bagages, déclara Vartouhi sans prêter attention à cette remarque.

Elle monta l'escalier, avec le couvre-lit aux motifs exotiques traînant derrière elle.

Miss Burton se leva et la suivit dans la jolie chambre où la jeune fille avait rendu grâce à Dieu huit mois plus tôt. La lumière pluvieuse entrait à flots dans la pièce au milieu des feuilles sombres du jasmin s'agitant au vent. Tous les biens de Vartouhi étaient déjà répandus sur le lit : son unique robe au tissu si léger, le pantalon qu'elle avait acheté d'occasion à St Alberics, son petit bonnet de laine et quelques sous-vêtements aussi usés que rudimentaires. Il y avait également le flacon de parfum de Kenneth, ainsi que le bracelet de Richard et une ou deux autres babioles et jolies choses que Miss Burton n'avait jamais vues. Elle devina qu'il s'agissait de cadeaux de Kenneth. Il aimait cette petite folle. Même s'il ne le savait pas, il l'aimait. Et qu'éprouverait-il, le pauvre Ken, en découvrant à son retour qu'elle n'était plus là ?

– Vartouhi, lança Miss Burton d'un ton pressant en se penchant sur le lit. Vous nous écrirez… à Mr Kenneth ou à moi… dès que vous serez installée quelque part, n'est-ce pas ?

Les lèvres serrées, Vartouhi attacha une bretelle de son sac à dos. Elle secoua la tête.

– Oh, non, Miss Burton.

– Mais pourquoi ? Ne faites pas la sotte, Vartouhi ! Nous voudrons tous savoir comment vous allez, et je suis sûre que Mr Kenneth fera en sorte que Miss Fielding vous reprenne.

– Il est inutile, Miss Burton. Je vous déteste tous, maintenant. Je ne viens plus.

– Oh, Vartouhi ! Comment pouvez-vous être aussi bête !

– Il n'est pas bête. Vous m'aimez, je vous aime. Vous me détestez, je vous déteste.

– Je ne vous déteste pas, j'ai beaucoup d'affection pour vous. Et Mr Kenneth aussi, j'en suis certaine. Il vous aime vraiment beaucoup, Vartouhi.

– Eh bien, donc peut-être je vous aime beaucoup et lui aussi, Miss Burton, dit Vartouhi en attachant l'autre bretelle.

Les yeux inquiets de Miss Burton ne décelèrent aucune trace de chagrin sur son visage. Elle semblait absorbée par sa tâche, résolue et même allègre.

– Mais tout est fini maintenant. Il est dommage.

– Oui, Vartouhi, c'est dommage. Si seulement vous n'aviez pas… euh…

– Ceci ! compléta Vartouhi en faisant mine de cracher avec un sourire plein de rancune.

– Oui… c'était vraiment affreux, vous savez. Je ne m'étonne pas que Miss Fielding se soit fâchée.

– Il est une chose grandement mauvaise, approuva Vartouhi avec indifférence en inspectant la chambre du regard pour vérifier qu'elle n'oubliait rien.

Le sac à dos était presque plein.

– Vartouhi, écrivez-nous. Je vous en prie !

– Je verrai, je verrai, dit joyeusement Vartouhi en se coiffant d'un autre de ses extraordinaires petits bonnets.

Il était en toile cirée, cette fois, et avait appartenu au petit-fils de Mrs Archer.

– Il pleut maintenant, ajouta-t-elle en regardant par la fenêtre.

Elle enfila un vieux trench-coat miteux, qui était trop grand pour elle. Elle n'avait pas de bas. Hissant son sac sur son dos, elle l'ajusta.

– Vartouhi, vous ne pouvez pas partir comme ça, ma chère... Vous ne pouvez pas sortir sous cette pluie, et vous n'avez pas eu de thé...

– Miss Burton, dit Vartouhi sur le seuil en plongeant dans les yeux de la vieille dame ses propres yeux allongés et brillants d'Orientale. Je suis jeune, vous êtes vieille. Tous les Anglais sont vieux, je crois. Tant de choses dans leurs maisons, tant de vêtements, tant de nourritures. Je viens d'un endroit où tout est en pierre ou en bois, et il n'est pas beaucoup de vêtements. Il nous est égal nous mouiller sous la pluie ou ne pas manger beaucoup. Nous n'avons pas beaucoup de choses, non, pas beaucoup de choses. Nous avons notre maison en pierre et notre famille, et nous aimons danser, chanter et cultiver les fruits. Je peux aller bien, Miss Burton. Je ne suis pas une Anglaise, je suis une Baïramienne. Peut-être je vais à New York voir ma sœur, Yania. Oui, peut-être. Au revoir, Miss Burton. Donnez à Mr Fielding le joli objet que j'ai fait pour lui et dites-lui que je l'aime bien, il est grandement bon, et gentil aussi. Au revoir!

Et elle descendit l'escalier en courant, avec le lourd sac à dos qui cognait ses épaules. Miss Burton entendit sa voix lointaine crier: «Au revoir, méchante femme!», puis la porte d'entrée claqua. Elle était partie.

Abasourdie par la soudaineté des événements, Miss Burton se hâta vers la fenêtre, l'ouvrit et se pencha dans la pluie. Les feuilles humides du jasmin effleurèrent ses cheveux. Un instant plus tard, elle vit Vartouhi s'avancer précipitamment sur l'allée, en courbant la tête sous le déluge. Elle ouvrit la grille, obliqua dans la rue et Miss Burton la perdit de vue. Elle ne s'était pas retournée une seule fois.

30

– Que diable s'est-il passé ? demanda Betty en entrant précipitamment dans la chambre de Miss Burton peu après son retour ce soir-là. Tout ce que j'ai pu tirer de Connie, c'est que Vartouhi avait fait quelque chose d'affreux et qu'elle l'avait mise à la porte. Elle est d'une humeur exécrable et m'a envoyée promener. Vartouhi est vraiment partie ?

– Oh, oui, malheureusement.

Assise au coin du feu, Miss Burton semblait déprimée.

– Je crains que Constance ne soit également très irritée contre moi, mais je n'y peux rien. Il fallait vraiment que je dise ce que je pensais, pour une fois. Et se débarrasser de cette petite qui travaillait si merveilleusement… comment s'imagine-t-elle que nous pourrons la remplacer ? Et je ne sais vraiment pas ce que va dire Ken.

– Que s'est-il passé ? C'est tellement soudain. Je n'arrive pas à y croire.

Betty s'assit et tendit son étui à cigarettes à Miss Burton, qui en prit une en poussant un profond soupir avant d'entreprendre le récit des événements. Betty écouta avec attention. Quand Miss Burton en arriva à l'épisode du couvre-lit et alla le chercher dans l'armoire où elle l'avait caché, Betty poussa un cri de surprise et d'admiration.

– Oui, n'est-il pas magnifique ? C'est une véritable artiste. Je lui ai dit qu'elle pourrait le vendre à prix d'or à Londres, mais elle n'a fait qu'en rire.

– Je croyais que les mahométans n'avaient pas le droit de représenter des fleurs, des fruits et des êtres humains dans une œuvre d'art, dit Betty en observant avec curiosité les petits guerriers. Je sais que c'est défendu dans leurs mosquées.

– Eh bien, officiellement, Vartouhi est athée, comme tous les gens de son pays, mais il se trouve qu'elle vit dans une région reculée de la Baïramie, où perdurent certaines des anciennes traditions. Et les Baïramiens ne sont pas vraiment mahométans, d'ailleurs. Elle m'a raconté que chez elle, on prie encore au lever et au coucher du soleil. Je suppose donc que cet interdit sur la représentation des êtres vivants n'avait aucune importance à ses yeux.

– De toute façon, je l'imagine mal tenir compte d'un interdit quel qu'il soit, dit Betty.

Ses sentiments étaient partagés entre la consternation, car le confort domestique de la maison ne serait plus le même, et le soulagement à l'idée que la source du chagrin de Richard ait ainsi disparu.

– J'espère vraiment qu'elle va nous écrire ! déclara Miss Burton tristement en rangeant le couvre-lit dans l'armoire. Elle était tellement furieuse ! Et elle est partie sans se retourner une seule fois, alors qu'elle devait se douter que je la regardais par la fenêtre. Mais c'est surtout pour Ken que je me fais du souci.

– Oh, oui, il a de l'affection pour… elle.

Betty se retint de justesse de dire : *cette assommante petite créature.* Étant elle-même une femme très séduisante, et tendant à adoucir la vie plutôt qu'à la troubler, elle n'appréciait guère les jeunes femmes au tempérament volcanique, si charmantes fussent-elles.

– Il l'aime, lança Miss Burton d'un ton théâtral.

– Ma chère Frances ! Êtes-vous sûre de ne pas aller un peu loin ?

– Je vous dis qu'il l'aime !

Miss Burton avait été bouleversée par les événements de la journée, et elle frappa bel et bien du poing sur son genou.

– Tout se passait magnifiquement. Encore un mois, et il la demandait en mariage.

– Dans ce cas, je suis heureuse qu'elle soit partie, répliqua Betty d'un ton plus résolu que de coutume. Je n'imaginais pas qu'il avait pour elle des sentiments aussi forts, et je dois dire que je pense qu'il serait désastreux qu'ils se marient. Ken… et Vartouhi… oh, c'est absurde, Frances ! Vous faites du roman !

Non sans irritation, Miss Burton assura que non, et elle apporta tant de preuves à l'appui de sa théorie – cadeaux secrets, conversations dans la serre et maint autre détail – que Betty fut presque convaincue.

– Oui… eh bien, vous avez peut-être raison, dit-elle enfin en se levant. Mais je persiste à penser que ce serait un désastre. Ken a près de cinquante ans et tient par-dessus tout à ses habitudes, et elle ne doit pas avoir beaucoup plus de vingt ans, c'est à peine une Européenne et avec le caractère qu'elle a… non, Frances, ça ne marcherait pas.

– Je suis sûre que si, s'obstina Miss Burton. Il serait pour elle l'influence équilibrante dont elle a besoin, et elle le réveillerait un peu. Vous savez, Betty, en réalité…

Elle hésita, puis lâcha :

– … cela fait tant d'années que Kenneth vous courtise qu'il est naturel que vous soyez ennuyée qu'il se tourne vers une autre. Mais il n'a pas eu ce que j'appellerais une vie heureuse, voyez-vous, et si les vingt ou trente années qui lui restent pouvaient être heureuses, *vraiment* heureuses, je serais si contente. C'est un si brave garçon, et aucun de nous ne l'apprécie à sa juste valeur.

– Oui, il est merveilleux, dit pensivement Betty en lançant à la vieille dame un regard empreint d'une grande gentillesse. Et je vous assure que je ne suis nullement ennuyée, Frankie. Je vois tout à fait ce que vous voulez dire, sur le bien qu'ils pourraient se faire l'un à l'autre. Mais même si cela *paraît* juste, je me demande si cela marcherait dans la pratique.

– On ne le saura jamais, répliqua Miss Burton avec un soupir. J'ai comme l'impression que nous n'aurons plus jamais de nouvelles d'elle. Bien entendu, je ne vous reproche pas de ne pas l'aimer et de ne pas beaucoup regretter son départ. Elle s'est montrée si peu gentille avec Richard.

– En effet, dit doucement Betty.

– Je lui en ai parlé, mais je crains que mes discours n'aient guère fait d'impression sur elle.

– Rien ne fait d'impression sur cette jeune personne, car elle n'est pas civilisée, déclara Betty. Et vous savez, Frankie, je crois que je suis quand même un peu ennuyée qu'elle ait Kenneth à son tableau de chasse en plus de mon pauvre Richard. Trop c'est trop. Pourquoi un tel succès ?

– Eh bien, elle n'est pas sans séduction, dit faiblement Miss Burton.

– Apparemment. Enfin, j'imagine que je ne m'en rends pas compte parce que je suis une femme.

– Mais je m'en rends compte, moi, et je suis une femme.

– Vous n'êtes qu'une oie, dit Betty d'un ton affectueux. Hou!

Cette petite plaisanterie les fit rire, et elles descendirent préparer le dîner et affronter Miss Fielding dans des dispositions plus joyeuses.

C'était dommage que Mr Stocke ne fût pas à Sunglades ce soir-là. Betty et Miss Burton auraient pu se régaler du spectacle plein d'intérêt de la juste indignation et de la mauvaise humeur de Miss Fielding combattant son désir d'apparaître harmonieuse, calme et féminine aux yeux de l'objet de sa vénération. Mais rien ne vint réfréner sa maussaderie, et ce furent trois convives bien silencieuses qui s'attablèrent pour manger des œufs en poudre dans la lumière bleue de cette longue soirée de mars. « On croirait une garnison décimée peu à peu par l'ennemi, songea Betty. D'abord Richard, ensuite le vieux monsieur, ensuite Ken, puis Stocke, et maintenant Vartouhi. Je suis vraiment contente de ne pas vivre ici en tête à tête avec Frankie et Connie. Je ne crois pas que je pourrais le supporter. Si l'on m'avait dit que je regretterais un jour la présence de Stocke! Dieu merci, Ken sera bientôt de retour, même si j'imagine que cela fera encore d'autres problèmes en perspective. »

À mesure que passait la soirée, le silence de Miss Fielding refléta davantage un désarroi grandissant que la colère qui avait effacé d'abord tout sentiment plus rationnel. Miss Burton lui avait fait comprendre combien elle avait été stupide de renvoyer Vartouhi sans trouver au préalable une autre aide domestique, en brossant un tableau aussi sinistre que réaliste des difficultés se présentant à quiconque voulait tenir une grande maison où vivaient cinq personnes au milieu d'une guerre et avec une domesticité réduite au village – comme si Miss Fielding n'avait pas déjà connu ces difficultés, aggravées par les Rigby, avant la venue de Vartouhi. En outre, Miss Burton avait souligné que si Mr Stocke devait continuer à jouir du même confort que par le passé, il serait impossible à son hôtesse de passer beaucoup de temps en sa compagnie. Et qui allait faire les courses, tâche devenant de jour en jour plus ardue ? Et même s'ils avaient assez de chance pour trouver une domestique à domicile, il faudrait en passer par la corvée de la mettre au fait des habitudes de la maison.

Miss Fielding l'avait interrompue avec colère en s'exclamant que ce qui était fait était fait et qu'il était inutile de se lamenter. Voyant que le bon sens commençait à reprendre le dessus sur la passion, Miss Burton avait gardé le silence. Il n'y avait plus rien à dire, effectivement, ni à faire.

Cependant, si Miss Fielding se taisait maintenant, ce n'était pas entièrement dans son désarroi devant la perspective de tant d'ennuis domestiques. Elle comprenait peu à peu qu'elle avait agi avec une violence incroyable. En repensant à sa fureur, elle s'étonnait elle-même. « C'était comme si le Principe du Mal avait pris possession de ma personnalité », avait-elle eu le courage de s'avouer vers dix heures. C'était le moment où elle prenait son Ovaltine, et elle avait dû se rendre dans la cuisine et le préparer elle-même. « Bien sûr, Vartouhi s'est mal comportée. C'était vraiment étrange et impudent de sa part, et je ne comprends toujours pas ce qui lui a pris de mettre cette guenille bariolée sur le lit de Kenneth, mais j'admets que je me suis laissé emporter. J'aurais dû me rappeler que c'est une très jeune âme et me montrer indulgente. Enfin, je vais certainement avoir de ses nouvelles dans un jour ou deux. Et sinon, je peux toujours entrer en contact avec elle par l'intermédiaire de l'agence Tekla. Si elle est vraiment désolée et me présente des excuses pour s'être mise en colère de façon aussi choquante, je pourrais même envisager de la reprendre. Il faut convenir que cette petite travaillait merveilleusement. »

Après cet hommage généreux, elle porta au salon le plateau de son Ovaltine et s'efforça de ne pas penser à ce qui l'inquiétait vraiment, à savoir comment elle annoncerait la nouvelle à Kenneth quand il rentrerait.

La maison était plus morne, sans Vartouhi, même Betty en convenait. Toutes regrettaient sa petite voix puissante chantant la plus jolie des chansons de son pays natal, *La Cueilleuse de lilas*, tandis qu'elle faisait les lits, et sa façon de se précipiter joyeusement dès que la sonnette de la porte ou le téléphone retentissait. Et elles regrettaient cent fois par jour son labeur infatigable dans la maison et sa participation à tous ces petits rituels qui sont comme la trame d'une vie domestique bien réglée. Miss Burton était franchement lugubre et répétait qu'elle ne savait pas ce que Kenneth dirait à son retour. Quant à Mr Stocke, en découvrant le lendemain que Vartouhi n'était plus là, il fit un éloge circonstancié de son travail dans la maison et proclama qu'il regrettait cette jeune fille qu'il considérait, malgré son manque fâcheux d'intérêt pour la Reconstruction, comme l'archétype de la jeunesse européenne de l'après-guerre. Sa surprise et sa désapprobation mirent le comble à la dépression de Miss Fielding, qui faisait preuve d'un manque d'entrain inhabituel et ne trouvait de consolation qu'en se disant qu'ils allaient évidemment avoir bientôt des nouvelles de Vartouhi.

Mais les jours passèrent, et rien ne vint.

Par chance, Miss Fielding croyait que Vartouhi avait emporté avec elle le couvre-lit, de sorte que Miss Burton put se réjouir à l'avance à l'idée de le donner à Kenneth, comme Vartouhi le lui avait demandé. Quant à ce qui arriverait ensuite, elle ne se le représentait pas nettement. Parfois, elle imaginait que Kenneth déclarerait son amour et se précipiterait à Londres pour chercher Vartouhi, mais bien sûr il n'était plus tout jeune et redoutait de changer ses habitudes, comme tous les célibataires. Et peut-être l'absence de Vartouhi ferait-elle dépérir peu à peu l'amour qui pourtant, Miss Burton en était sûre, avait commencé à fleurir dans son cœur. C'était vraiment trop triste.

Une semaine après le départ de Vartouhi, Miss Fielding reçut une lettre de Kenneth, où il l'informait qu'il serait de retour le vendredi suivant. Il ramènerait en voiture son père « afin qu'il s'installe définitivement chez nous, comme il aurait dû le faire depuis des années. Il est encore très faible et je ne veux pas d'histoires. Ne serait-il pas temps que Stocke vide les lieux ? Tu pourrais peut-être le lui faire comprendre ? ».

Cette lettre arriva le mercredi, en provoquant de nouvelles tempêtes à Sunglades. Pour la première fois, Miss Fielding alla quêter du réconfort auprès de Mr Stocke. Elle s'étendit sur les turpitudes du vieux Mr Fielding et présenta sous le jour le plus sombre la perspective lamentable de l'avoir à demeure à Sunglades, en faisant de fréquentes allusions au manque d'harmonie, au Principe du Mal et à sa propre œuvre qu'elle aurait grand-peine à reprendre après la guerre, avec ce vieillard frivole dont il faudrait s'occuper.

Betty et Miss Burton furent aussi surprises que ravies de la réaction de Mr Stocke – qu'elles ne purent que deviner, car rien ne transpira de l'entretien. Il sermonna Miss Fielding en lui déclarant sans ambages qu'une femme se devait d'abord à sa famille et à son foyer. Après l'avoir apaisée en convenant que la présence de son père serait une rude épreuve, il lui dit qu'elle devait l'endurer, et ajouta qu'il savait qu'elle en serait capable. De toute façon, souligna-t-il, la médisance trouverait plus d'aliment dans les visites irrégulières d'un père excentrique que dans la vie toute conventionnelle d'un vieillard assagi – car Mr Stocke était certain qu'il se serait assagi – âgé de près de quatre-vingts ans et habitant chez son fils et sa fille. Et Mr Stocke avait une telle emprise sur elle, et savait si admirablement s'y prendre avec les femmes (du moins, avec un certain type de femmes), qu'elle sortit d'une heure de ces discours persuadée d'être la victime courageuse d'un sort cruel – ce qui est un sentiment que nous aimons tous – et prête à affronter les nombreuses épreuves qui l'attendaient le vendredi suivant.

Le jeudi soir, Betty se sentit si lasse de ces histoires qu'elle téléphona à Richard à Cobbett Hall et lui demanda s'il consentirait à emmener sa maman au cinéma. Il répondit qu'il en serait très heureux. Elle ne l'avait pas revu depuis le départ de Vartouhi, et s'inquiétait de l'effet qu'aurait cette nouvelle sur lui. Même si elle était presque certaine qu'il le prendrait avec calme, un doute subsistait en elle. Tenait-il assez à cette détestable petite fille pour partir à sa recherche ? Betty n'y croyait pas. Ce n'était que dans les livres que les gens se comportaient aussi absurdement. Malgré tout, elle préférait le mettre elle-même au courant.

Elle avait beaucoup à lui raconter, tandis qu'ils dînaient en hâte de sandwichs et de bière au George, à St Alberics. Elle commença par le retour annoncé de Mr Fielding avec Kenneth le vendredi.

– Seigneur ! s'exclama Richard en haussant les sourcils.

– Enfin, il a été très malade, Rick. J'espère qu'il ne pense plus à moi, maintenant. Quel est ce truc que tu as dans ton sandwich ?

– De la saucisse au pâté de foie… À ta place, je n'en serais pas si sûre.

– Elle a l'air vraiment répugnante… Voyons, Rick, il a dû oublier tout ça.

– Elle n'est pas mauvaise… Espérons que tout ira pour le mieux, mais attendons-nous au pire.

– Eh bien, tu es vraiment réconfortant ! Le pauvre vieux, je suis contente que Ken le ramène à la maison. J'imagine très bien ce qui s'est passé : Ken a eu un de ces accès étranges de volonté, où il n'en fait soudain qu'à sa tête sans que personne puisse l'en empêcher. Et il a toujours eu de l'affection pour son père. Cependant…

Betty ouvrit l'un de ses propres sandwichs et l'observa avec intérêt en parlant, de façon à ne pas avoir à regarder le visage de son fils.

– … je crains qu'il n'ait un choc en arrivant. Connie a renvoyé Vartouhi… Il me semble que c'est du corned-beef, ça peut aller.

Après un silence, Richard demanda :

– Tu veux dire qu'elle est… partie ?

– Oh, oui. Elle est partie depuis près d'une semaine. Nous n'avons eu aucune nouvelle, et je ne crois pas que nous en ayons un jour, même si Connie pense que si – à ce qu'elle dit, du moins. Il y a eu une terrible dispute… Veux-tu encore une bière?

– Oui, si tu en prends aussi. Je vais aller chercher ça… Une dispute, vraiment?

Il reprit après un nouveau silence:

– Je préfère que tu ne m'en parles pas, si cela ne t'ennuie pas. Je ne pense pas que ce soit intéressant, non?

– Non, pas tellement, mon chéri. Je voulais juste te mettre au courant.

– Merci, Betty. Je suis presque guéri de cette maladie particulière, mais il vaut mieux que je ne sois pas exposé au microbe.

– Rick! se récria sa mère contre toute logique. N'est-ce pas un peu dur de ta part? Ce n'est qu'une enfant, et elle est partie folle de rage et Dieu sait ce qui a pu lui arriver.

– Tu ne t'attends quand même pas à ce que j'aie de la sympathie pour elle? Le chevalier de *La Belle Dame sans merci** n'éprouvait certainement pas beaucoup de bienveillance pour sa dame. Elle s'en tirera. Les barbares et les sorcières retombent toujours sur leurs pieds.

Il se leva et regarda le comptoir. Leur table était à l'autre bout de la salle. Le rideau du black-out s'écarta, dévoilant un instant le bleu intense du crépuscule printanier baignant les vieilles maisons de la grand-rue, et Alicia entra. Elle était seule et semblait fatiguée.

Richard dit en la désignant du menton:

– Voilà quelqu'un qui ne retombera pas toujours sur ses pieds et pour qui j'ai de la sympathie. Elle, oui, elle a besoin qu'on s'occupe d'elle.

Prenant son verre et celui de sa mère, il se dirigea vers le comptoir.

Le bar était bondé et bruyant, et Alicia s'était frayé un chemin au milieu de la cohue d'employés et d'aviateurs de la RAF sans le remarquer. Il s'avança derrière elle, tandis qu'elle commandait un whisky double, et il lança :

– Hello, Alicia.

Elle se retourna aussitôt et un sourire ravi illumina son visage pâle.

– Richard ! Je suis si contente de vous voir ! s'exclama-t-elle en oubliant sa réserve désinvolte et en montrant le bonheur qu'elle ressentait toujours en sa compagnie. Je ne vous ai pas vu depuis une éternité.

– J'ai beaucoup pensé à vous depuis trois semaines, déclara-t-il posément en lui souriant. Je prends un verre avec ma mère et ensuite nous irons au cinéma. Devez-vous retrouver quelqu'un ici ?

– Non. J'ai juste eu l'impression que je ne pourrais pas survivre une minute de plus si je ne prenais pas un verre. J'ai donc sauté du bus de l'usine qui me ramenait chez moi, et je suis venue ici.

– Que désirez-vous, monsieur ? demanda la serveuse.

– La même chose, s'il vous plaît, répondit Richard en poussant les verres vers elle. Vous ne voulez pas venir vous asseoir avec nous ?

– Avec plaisir.

Elle prit son whisky, et quand Richard eut obtenu ses bières, ils rejoignirent Betty qui s'occupait de parfaire son maquillage. Elle leva les yeux sur Alicia avec un sourire affectueux. Elle avait appris à connaître et à apprécier cette jeune fille calme et soignée, qui derrière son égoïsme et sa dureté de façade était en fait sensible et capable d'amitié. Courageuse et réservée, elle n'avait ni valeurs ni convictions, sinon l'ambition propre à ses contemporaines de n'être pas geignarde ou ennuyeuse. Elle était le pur produit d'un coûteux pensionnat pour jeunes filles, où l'on avait en apparence éradiqué en elle toute trace de romantisme. Pourtant ses cheveux noirs encadraient son visage fin aussi gracieusement que les boucles de n'importe quelle jeune fille au cours des cent dernières années, et ses longs doigts serrés sur son verre de whisky étaient blancs et frais. Son rouge à lèvres donnait à sa bouche charnue la couleur d'une rose rouge foncé et ses yeux, légèrement injectés de sang après les longues heures épuisantes à l'usine, étaient aussi bleus que les fleurs du lin. Alicia sourit, dit qu'elle espérait ne pas les déranger et s'assit à leur table. « Les gens racontent toujours que la civilisation est décadente, pensa Betty, mais je trouve qu'il reste beaucoup à dire en sa faveur. Mon Dieu, cette bière est encore plus insipide que l'autre. Je ne l'aurais pas cru possible. »

– Le sinistre *Petit Frimdl* a-t-il progressé ? demanda Alicia.

Ils lui expliquèrent qu'il s'était passé tant de choses à Sunglades. Elle avait appris l'arrivée de Mr Stocke par son père, qui rencontrait régulièrement Kenneth dans l'exercice de ses fonctions de réserviste, mais elle ignorait que l'auteur lui-même avait déconseillé la représentation de sa pièce. Elle n'était pas non plus au courant du départ de Vartouhi. Pour tout commentaire, elle observa que Miss Fielding aurait du mal à trouver quelqu'un d'autre. Mais comme elle était fatiguée par neuf heures de dur labeur physique et subissait déjà légèrement l'influence du whisky, elle ne put s'empêcher de regarder Richard à la dérobée. Betty surprit l'éclat de ses yeux bleus, qui rencontrèrent les yeux gris de

Richard car il la regardait justement pendant que sa mère parlait. Il ne parut même pas s'en apercevoir, et Alicia baissa aussitôt les yeux sur son verre. Cependant sa peau pâle se mit lentement à rougir, au grand amusement de la femme de 1914.

Assurément, l'humeur d'Alicia devint nettement plus joyeuse après qu'elle eut appris le départ de Vartouhi, et quand Richard lui proposa de les accompagner au cinéma, elle commença par demander si vraiment elle ne les dérangeait pas (avec plus de grâce que Betty ne s'y attendait), puis accepta avec un plaisir manifeste. Betty avait trop de tact pour prétexter une migraine soudaine et les laisser seuls. Avec une créature aussi changeante qu'Alicia, ç'aurait pu être fatal et la faire rentrer instantanément dans sa coquille. Ils allèrent donc tous trois au cinéma. Richard garda tranquillement la main d'Alicia dans la sienne et à un moment il lui donna un de ses baisers légers sur la joue, comme si Betty n'avait pas été là. Celle-ci les entendit, à l'instant de se séparer, convenir d'un rendez-vous pour le lendemain.

En rentrant à Sunglades dans le bus roulant à vive allure dans le black-out qu'éclairaient seules les étoiles radieuses du printemps, Betty était pleine de pensées très agréables. « Je crois vraiment que c'est sérieux pour lui, songea-t-elle. Et ça l'est manifestement pour elle. Oh, j'espère tellement que ça va marcher ! Comment ai-je pu ne rien remarquer jusqu'ici ? C'est sans doute que je les ai vus trop rarement ensemble. Cher Rick ! Je suis sûre qu'elle est exactement ce qu'il lui faut. Je n'avais jamais eu cette impression avec les autres. » (Un dicton d'une vieille amie d'école, maintenant mère de quatre enfants, lui revint soudain : *La candidate de maman ne gagne jamais*, et elle sourit.) « Quel contraste avec la petite sauvageonne ! C'est ce qui doit l'attirer, le pauvre chéri. »

Le temps continua d'être froid et incertain, et entre les préparatifs accélérés pour accueillir un semi-invalide et le désordre des affaires domestiques dû au départ de Vartouhi, la vie à Sunglades devint de plus en plus désagréable. Pour soutenir son courage, Miss Fielding avait décidé d'*affronter* sa peur d'apprendre la nouvelle à Kenneth. En se demandant pourquoi cette perspective lui déplaisait à ce point, elle avait découvert qu'elle n'avait aucun motif valable de s'inquiéter en dehors de l'aversion bien connue de Kenneth pour le changement. Et il aimait bien Vartouhi, évidemment. Il avait toujours apprécié les jolies jeunes filles, et il n'avait pas caché qu'il était heureux de la voir à la maison. Il avait déclaré plus d'une fois à sa sœur que cette petite mettait un peu d'animation. En fait, en repensant à certains incidents auxquels elle n'avait pas prêté attention sur le moment, et en les ajoutant à l'épisode du flacon de parfum de Noël, elle se convainquit qu'il y avait eu quasiment un flirt entre son frère et Vartouhi, et que l'affaire du couvre-lit avait été – ou aurait été, si jamais Kenneth l'avait reçu en cadeau – le début d'une « histoire sérieuse ». Plus elle y songeait, plus elle se félicitait, en pensant au long terme, de s'être débarrassée de cette fille.

Elle jugea préférable de ne pas parler du couvre-lit à Kenneth, et recommanda à Miss Burton de ne rien lui dire. Il lui semblait si évident que sa cousine lui obéirait qu'elle n'exigea même pas de promesse. « Il suffira que je dise à Kenneth qu'elle fouinait dans sa chambre et qu'elle m'a craché dessus quand je l'ai prise sur le fait, résolut Miss Fielding. Il ne peut s'attendre à ce que je pardonne une chose pareille. »

Elle n'avait donc aucune raison d'être nerveuse à l'idée d'affronter Kenneth, et elle commençait à se sentir plus allègre quand elle retomba dans une terrible dépression car Mr Stocke lui annonça qu'il craignait de devoir quitter ses charmants amis la semaine suivante. Il ferait sa dernière conférence au Conseil pour la reconstruction le jeudi, et partirait le lendemain pour le nord de l'Angleterre, première étape d'un voyage qui le mènerait en Argentine, un pays au sol plutôt rocailleux mais où il espérait semer les premières graines de la bonne volonté internationale. Il avait passé exactement un mois à Sunglades.

Miss Fielding était très déçue. Elle avait compté sur un séjour d'au moins trois mois, et elle lui rappela qu'il disait lui-même ne pas avoir eu le temps d'étudier la moitié des projets de reconstruction qui l'intéressaient. Cependant Mr Stocke fut inflexible et lui énuméra les raisons rendant son départ absolument nécessaire, en avouant franchement au passage (car une franchise totale, et même scrupuleuse à l'excès, constituait un charme paradoxal chez ce personnage qui n'en avait aucun par ailleurs) qu'il jugeait préférable pour son œuvre de quitter l'Angleterre plus tôt qu'il ne l'avait prévu, tant l'ambassade d'Allemagne de son pays natal se montrait désagréable et soupçonneuse à propos de l'exploit de son fils, en allant jusqu'à insinuer que lui, Gustav Stocke, était un sympathisant des Alliés se consacrant en secret à la propagande contre l'Axe.

– Moi qui pense qu'ils sont *tous* idiots ! conclut Mr Stocke, bouillant d'une indignation qui accentuait encore son aspect nordique.

Miss Fielding trouva un certain réconfort à consoler son ami, mais il resta inébranlable dans sa décision et elle était très triste. Peut-être ne le reverrait-elle pas avant des années, déclara-t-elle sans fausse honte car lui-même ne faisait pas mystère de son affection pour elle, qu'il proclamait bruyamment plusieurs fois par jour. Il lui assura qu'elle se trompait, qu'ils se reverraient avant la fin de l'année. Et elle fut obligée de se contenter de cette promesse.

Alicia ne fut pas surprise de voir son amitié avec Richard prendre soudain un tour plus intime, car c'était souvent le cas de ses amitiés avec les hommes, mais elle s'étonna de la gaieté et de la sérénité avec lesquelles leur lien s'approfondissait. Au cours des jours suivants, aucune dispute, aucune mauvaise humeur ne vint altérer leur bonheur. Ils se retrouvaient après leur travail, dans des cafés modestes. Assis devant des tasses de mauvais café, ils parlaient. Ou ils marchaient jusqu'à Blentley ou Cowater dans la clarté des soirées plus longues, avec des sacs remplis de la nourriture sommaire à laquelle Richard était accoutumé, et ils s'asseyaient sur des troncs au milieu des bois, en écoutant le chant de la grive et en regardant la chélidoine briller dans l'herbe fraîche et verte, tandis que la nuit tombait peu à peu sur la campagne, et ils se taisaient.

Jusqu'alors, Alicia avait toujours fait une nette distinction entre l'amour et le bonheur. Elle était heureuse pour un instant quand elle était à la barre d'un voilier par une journée de vent et de soleil, ou qu'elle dansait au son d'un orchestre excellent, ou qu'elle riait d'une blague absurde de Crys ou regardait un bon film. L'amour, sous la forme où elle l'avait connu avec H. ou avec l'homme de la fête de trois jours, n'avait rien à voir avec le bonheur. C'était un sentiment troublant et impérieux, dont l'assouvissement était lié pour elle au secret, à l'éphémère et à la hâte. Même aux heures de la passion, elle avait toujours envisagé l'avenir et pensé : « Un jour, ce sera fini. » Et elle avait dû affronter cette perspective, de même qu'elle avait dû, le moment venu, organiser la rupture.

Mais quand elle était avec Richard, elle était heureuse, et dans ses bras (où elle n'avait pas tardé à se retrouver) il n'était question que de rires et de paix. Le ravissement qu'elle avait connu dans le voilier semblant voler sur l'eau ensoleillée, poussé par la brise, le plaisir rêveur de danser sur une piste étincelante, toutes ces sensations se mêlaient maintenant avec ce qu'elle éprouvait quand elle était avec Richard. Pour la première fois, le bonheur s'était uni à l'amour.

Elle supposait que Richard proposerait tôt ou tard qu'ils deviennent amants, et dans son bonheur nouveau elle attendait sans appréhension ce moment, même si elle-même, forte de l'amère expérience de ses liaisons, aurait presque préféré qu'ils restent comme ils étaient. Dès qu'une liaison avait connu son aboutissement naturel, elle commençait à toucher à sa fin. Et ils étaient tellement heureux ! Tellement amis ! Elle ne voulait même pas penser au moment où leur amitié serait terminée.

Néanmoins, comme il convenait à une jeune femme moderne, elle était prête à accepter docilement la proposition déshonnête et à savourer le bref été de la liaison la plus douce et la plus tendre qu'elle ait jamais connue. Ce fut donc dans un état de désarroi et de stupeur à en avoir le souffle coupé qu'elle se retrouva, quelques jours après leur rencontre au George, assise en haut d'un échalier, les yeux baissés sur la tête blonde de Richard assis sur la marche, tandis qu'il la demandait en mariage.

La soirée était très calme. Il avait plu toute la journée, et les nuages s'étaient maintenant disloqués au milieu d'un coucher de soleil singulier, qui baignait toute l'étendue du ciel d'une clarté d'un rose flamboyant, même si on ne voyait en fait aucun rayon de lumière. Ce rougeoiement diffus, semblant venir de nulle part, se répandait tandis que les rares espaces dégagés du ciel étaient d'un bleu turquoise très vif. Les nuages continuaient de se déplacer sans relâche et leurs masses sombres ne cessaient de se transformer, en se teignant tantôt d'une lumière orangée, tantôt d'un éclat rosé. Dans cet étrange rayonnement de rose, chaque nuance de vert sur l'herbe, les arbres ou les haies ressortait avec une intensité et une variété inconcevables dans la lumière ordinaire du soleil. La splendeur des jeunes feuilles de l'aubépine contrastait avec l'obscurité luisante du houx, et les ormes majestueux, qui n'avaient pas encore toutes leurs feuilles, déployaient mille nuances d'un vert somptueux. La prairie s'étendant devant Richard et Alicia était elle-même verte comme un lac des Alpes et semblait miroiter tant sa couleur était intense. Pour ajouter la touche finale à la beauté féerique de ce spectacle, chaque feuille, chaque brin d'herbe frémissait sous le poids de gouttes de pluie scintillantes, et une odeur délicieuse de terre mouillée et d'herbe fraîche flottait dans l'air paisible.

– Comment ? lança Alicia, qui faillit tomber de l'échalier.

– Je vous proposais de m'épouser, dit Richard un peu plus brièvement.

Levant les yeux vers elle, il sourit.

– Vous êtes surprise ? Je m'y attendais.

– Je suis tout bonnement renversée, chéri, dit Alicia d'une voix stupéfaite.

– Je ne vois pas pourquoi vous êtes étonnée à ce point. Je vous aime. Il me semblait que je vous l'avais suffisamment fait comprendre.

– Oui. Oh, oui. Je… je vous aime aussi. Du moins, je ne me sens pas…

Elle conclut en pleine confusion :

– … mais je suis heureuse avec vous.

Tant de pensées et d'émotions se pressaient en elle qu'elle avait du mal à parler.

– Mais aimer quelqu'un et l'épouser, ce n'est pas la même chose.

– Avec moi, c'est la même chose, déclara Richard d'un air austère.

– Voulez-vous dire que chaque fois que vous avez une liaison avec une fille, vous la demandez en mariage ? s'exclama-t-elle.

– Non, évidemment. Vous êtes la seconde fille que je demande en mariage, et la première à qui je le demande en toute connaissance de cause, les yeux grands ouverts, avec la certitude que si vous acceptez, nous aurons toutes les chances d'avoir de longues années de bonheur devant nous.

– Mince ! dit faiblement Alicia.

Elle se mit à rire, mais une pensée soudaine la dégrisa.

– Qui était l'autre fille ? demanda-t-elle d'une voix plus sourde. Vartouhi ?

Il hocha la tête.

– C'était un accès de démence temporaire. Je n'ai jamais cessé de remercier le Ciel qu'elle n'ait fait qu'en rire.

Alicia marmonna quelques mots peu flatteurs pour Vartouhi, qu'il n'entendit pas.

– C'est bien fini, reprit-il. Oui...

Il se leva pour pouvoir baisser les yeux sur elle.

– Je ne vous fais certes pas cette demande sous le coup d'une déception.

Il l'enlaça et l'attira contre lui.

– Vous voulez bien, Alicia ? Je crois que nous pourrions être très heureux. C'est une parole imprudente de nos jours, quand on voit l'état du monde, mais je le crois vraiment. Voyez-vous, je vous aime de tout mon cœur, et aussi avec toute ma raison.

Elle pressa sa joue contre lui en fermant les yeux.

– Le mariage est tellement sérieux..., commença-t-elle à voix basse.

– Sottise, déclara le jeune érudit. Rien n'est plus amusant.

– Et si notre mariage était un échec ?

– Il ne le sera pas.

– Bien sûr, nous pourrions toujours divorcer...

Il secoua la tête.

– Pas si nous avons des enfants en bas âge. C'est une des choses que je désapprouve le plus.

– Il se pourrait que nous n'ayons pas d'enfants.

– Sottise, répéta-t-il. Je sais que ma santé n'est pas fameuse, mais je viens d'une famille nombreuse des deux côtés, et vous êtes vous-même de bonne souche ouvrière. Vous m'avez dit que votre grand-père travaillait dans une minoterie de Bradford.

– C'est pour ça que je me suis acclimatée si facilement à l'usine. Ne dit-on pas qu'il faut trois générations pour revenir à la glèbe, ou à peu près ? Mais sérieusement, Rick chéri...

– Si vous vous inquiétez pour l'argent, je peux en gagner suffisamment pour assurer notre subsistance à tous deux, et plus tard, quand les enfants seront là, je pourrai travailler davantage et gagner plus.

– J'ai moi-même un revenu d'environ trois cents livres par an.

Il secoua la tête.

– Je veux bien que vous en gardiez cent, mais trois cents, c'est trop. Pas pour vous, mais pour nous, avec ce que je vais gagner. La plupart des gens vivent avec moins que ça. Nous ne devons pas nous montrer cupides.

– Oh, dit-elle simplement.

La lumière rose remplissant le ciel devenait plus intense et le houx au-dessus de leurs têtes la reflétait faiblement sur son écorce pâle, tandis que ses feuilles brillaient d'un sombre éclat vert et lustré. Il se mit à tomber quelques gouttes de pluie.

– Rick, reprit-elle enfin, ça me serait égal que nous soyons fauchés. Ça me plairait de confectionner mes propres vêtements et ceux des enfants, et de faire le ménage… j'adore me salir les mains et avoir l'impression de devoir tirer le meilleur de pas grand-chose… c'est pour ça que je suis allée à l'usine après Dunkerque…

– Vous n'auriez pas à faire le ménage. Je ne veux pas une *Frau*, je veux une épouse et une amie. En outre, vos mains sont si belles…

Il les embrassa.

– Elles ressemblent à celles de ma mère, dit-elle en écartant les doigts. C'est une vraie dame. Elle a épousé mon pauvre papa pour son argent, je le crains. Enfin, je me ficherais de devoir me charger des tâches ménagères. Et j'adorerais vos enfants. Mais j'ai peur.

– De quoi ?

– Oh… d'un tas de choses. J'ai reçu un sale coup, autrefois. Et le mariage est si… permanent.

– C'est précisément pourquoi il ne faut pas avoir peur. Nous aurons le temps d'apprendre à nous connaître.

Elle hésita un instant, puis dit d'un ton plus désinvolte :

– Cela ne vous gêne pas que je ne sois pas…

Il secoua la tête.

– Nous parlons d'un mariage, pas d'une liaison, et il s'agit de penser à très long terme. Vous dites que vous m'aimez, et je vous crois. Et je vous aime. L'autre chose m'est complètement égale. Après tout, je ne le suis pas non plus.

– Oh… bien. Mais pour certains, ce serait un problème.

– Alors estimons-nous heureux que je fasse partie de ceux pour qui ce n'en est pas un. Cela dit, attention, je ne suis pas de ceux qui permettent à leur femme d'avoir des liaisons. Le meilleur ami d'une femme, c'est son mari.

– Vous voulez dire que vous seriez jaloux ?

– La question ne se posera pas, répliqua-t-il d'un ton si aimable qu'elle ne put s'empêcher de rire.

Il y eut encore un bref silence. La pluie s'intensifia puis se réduisit à quelques gouttes criblant la surface des flaques de la route où se reflétait le ciel rosé.

– Écoutez, Alicia, dit Richard en lui donnant une petite bourrade. Il est temps que vous deveniez adulte. Vous êtes lasse de courir en tous sens en vous disant que vous profitez de la vie alors que ce n'est pas vrai. Et vous le savez. Ce que je vous propose – et à moi aussi –, c'est la plénitude d'une vie humaine, avec des enfants, et des responsabilités et des satisfactions d'adulte. De plus...

Il resserra son étreinte.

– ... je vous aime de tout mon cœur et je vous serai fidèle. (Je n'aurai pas le temps de faire autrement.) Où que nous soyons, nous aurons un foyer heureux, et du travail, et de l'amour. Vous savez que c'est ce que vous voulez vraiment et ce dont vous avez besoin, tout au fond de vous.

Elle murmura quelques mots sur la nécessité d'être libre.

– « Qui perdra sa vie la sauvera », répliqua-t-il aussitôt. Vous n'êtes pas libre, pour l'instant. Vous êtes prisonnière de l'inquiétude, de l'insatisfaction et de la quête du bonheur. (Lequel n'est qu'un produit dérivé, de toute façon.)

– Toujours la fameuse « épure » ! dit Alicia. Vous vous rappelez ?

Elle lui sourit, mais elle semblait troublée.

– Oui. Je vous demande de prendre place dans mon épure. Allez ! L'eau est délicieuse !

Il lui donna encore une petite bourrade pleine de tendresse.

Cependant elle s'écarta un instant de lui.

– Oh, Rick, ça paraît vraiment paradisiaque, et c'est ce dont j'ai besoin, vous avez raison. Mais j'ai quand même peur. J'imagine...

Elle hésita un instant, puis continua :

– ... ne pourrions-nous pas vivre ensemble un moment, pour commencer ? Si jamais nous ne nous entendions pas physiquement...

– Le mot « physiquement » est le mot-clé imbécile de cette génération ! s'exclama Richard. On dit plus de sottises sur ce sujet que sur aucun autre, excepté la liberté. Non, mon cher cœur, je ne vois aucune raison de ne pas respecter les conventions. Et tous mes vieux oncles en auraient une attaque.

– Je vous propose de vivre avec vous et vous me parlez de vos vieux oncles !

– J'apprécie le compliment, chérie, dit-il en embrassant de nouveau ses doigts. Et je tiens absolument à ce que nous nous mariions très vite. Le 30 avril vous conviendrait-il ? Cela nous laisse cinq semaines.

Elle hésitait encore. La pluie se remit à tomber. Elle s'abattait du haut du ciel rosé avec une sorte d'indolence, comme si les nuages, la lumière et ces étranges arbres et champs verts ne pouvaient plus cesser dans leur extase de faire ruisseler ces gouttes de cristal. Les pétales des chélidoines, collés par l'eau, s'inclinaient sur l'herbe couleur d'émeraude.

– Je vous aime et je vous veux, dit soudain Richard en la serrant contre lui et en l'embrassant sur la bouche.

– D'accord…, dit Alicia. Oui, Rick chéri.

Elle se mit à rire au milieu de leurs baisers.

– Qu'y a-t-il ? Nous allons être très heureux, dit-il avec autorité en déployant son manteau sur les épaules d'Alicia pour la protéger de la pluie de plus en plus forte.

– Chéri, j'en suis presque certaine. Mais quand vous m'embrassez, c'est tellement mieux que les responsabilités d'adulte !

– Regardez… regardez, quel bel arc-en-ciel ! s'exclama-t-il en se hissant sur le deuxième barreau de l'échalier pour mieux voir.

Sa haute silhouette maigre se détachait sur le ciel d'une splendeur irréelle. Elle l'observa un instant avant de regarder l'arche céleste. Le jaune délicat, le rose aérien et le bleu pur s'incurvaient dans la moitié du ciel, et chacune des couleurs impossibles à nommer brillait sur le fond orangé des nuages. L'arc-en-ciel s'était élevé pendant qu'ils étaient dans les bras l'un de l'autre. À présent, il disparaissait d'un côté dans une haie de noisetiers d'un vert éclatant à l'autre bout du champ, et de l'autre dans un bois lointain voilé de brume.

– Oh… il y en a un autre ! s'écria-t-elle.

Au-dessus du premier arc-en-ciel, un second apparut, tel un reflet impalpable. Ses couleurs se firent plus pures, plus éclatantes, au point que même le vert des arbres, des haies et des champs et le rose flamboyant du ciel pâlirent dans l'émerveillement de la beauté parfaite de l'arc redoublé. Ils le contemplèrent en silence, jusqu'au moment où les dernières teintes indistinctes et divines se furent effacées dans l'obscurité du soir.

31

KENNETH OBTINT DU MÉDECIN un certificat l'autorisant à ramener son père en voiture dans le Hertfordshire, car le vieux Mr Fielding était encore faible et son fils craignait pour lui les fatigues du voyage. Ils partirent par une journée froide et pluvieuse, où le vent d'est s'était remis à souffler, et tous deux étaient sombres. Pour Kenneth, il était mélancolique de voir son père, qu'il avait connu pendant quarante-sept ans d'une bonne humeur invariable, transformé en un vieillard patient et silencieux. Évidemment, Constance trouverait ce changement à son avantage, et Mrs Miles racontait déjà à toute personne disposée à l'écouter que son pauvre père s'était beaucoup amélioré depuis sa maladie, mais Kenneth se sentait triste.

Les deux Mr Fothergill furent si heureux de pouvoir revenir dans leur appartement qu'ils eurent le courage, malgré leur aversion pour les maladies, de rendre visite à leur vieil ami avant son départ. Ils apportèrent une petite grappe de raisins pas très mûrs, provenant des serres de leurs parents dans le Wiltshire, et firent remarquer joyeusement à Kenneth combien les grains étaient veloutés. Judson avait passé les trois jours précédents à aérer et à désinfecter les chambres. Les plats signés Spode avaient refait surface, de même que la fine et élégante argenterie géorgienne. Bientôt, Mr Fielding, Kenneth et les deux infirmières ne seraient plus qu'un souvenir désagréable au 11 Charles's Street.

Après un échange d'adieux faussement cordiaux, la voiture démarra. Il semblait peu probable à Kenneth que son père revoie un jour les frères Fothergill. Ils n'auraient que faire d'un homme destiné à vieillir mornement à la campagne. Pauvre vieux.

– Kenneth, dit Mr Fielding de sa voix faible et enrouée quand la voiture passa devant la gare Victoria. Le chauffeur pourrait-il s'arrêter une minute ?

– Oui, bien sûr, Père, répondit Kenneth en prenant le tuyau acoustique. Que voulez-vous… ?

– Je veux un numéro de *Men Only*, déclara le malade. Je ne l'ai pas lu depuis ma maladie. Aubrey et Cliff n'ont que des trucs assommants. Rien que des éditions *de luxe** d'ouvrages français, un ramassis de vieux auteurs, et très cochons par-dessus le marché. Demande-lui de prendre aussi le *Post* et le *Daily Mirror*, veux-tu ?

Ravi, Kenneth donna au chauffeur une demi-couronne pour faire la commission, puis la voiture se remit en route. Mr Fielding se plongea avec satisfaction dans ses journaux, tandis que Kenneth parcourait quelques documents que Mr Gaunt lui avait envoyés le matin même. Il se sentait plus heureux. Il semblait peu probable que son père retrouve jamais assez d'énergie pour lancer des night-clubs ou faire la navette entre l'Angleterre et l'Amérique en finançant des revues légères, mais il semblait également improbable qu'il devienne un vieillard difficile, insatisfait et déprimant. « Bon Dieu, il est encore temps que je fasse de lui un jardinier ! » se dit Kenneth. Il sourit à cette pensée, en prenant ses journaux et en regardant par la fenêtre – la voiture était presque arrivée à destination.

Miss Fielding avait revêtu l'une de ses récentes acquisitions, une robe d'un rose joyeux, afin de saluer son père assagi. Le rose était une bonne couleur, dont le caractère paisible et harmonieux convenait parfaitement pour accueillir une jeune âme commençant enfin à vieillir. Elle-même ne se sentait pas aussi joyeuse que la couleur de sa robe, car le jour qui la priverait de Mr Stocke approchait à grands pas et, malgré ses efforts de rationalisation, elle redoutait toujours d'annoncer à Kenneth le départ de Vartouhi, et l'idée que son père allait vivre sous le même toit qu'elle jusqu'à sa mort l'emplissait d'appréhension. Toutefois, les sermons de Mr Stocke avaient ranimé son courage, et elle traversa en hâte le vestibule quand la voiture déboucha dans l'allée, prête à faire son devoir.

La voiture s'arrêta et le chauffeur s'empressa de décharger les bagages, pendant que Kenneth libérait son père des couvertures qui l'enveloppaient. Mr Fielding avait toujours *Men Only* à la main, et la première chose que vit sa fille fut la couverture brillante du magazine se détachant sur son manteau gris. Ce fut vraiment un choc pour elle. Comment ! Encore ce journal profane ! N'avait-elle pas brûlé tous les numéros qu'elle avait trouvés dans sa chambre après son départ ? Quelle lecture pour un convalescent ! Gustav se serait-il trompé, finalement, et son père ne se serait-il pas amendé ?

– Hello, Constance, ma chérie, dit Mr Fielding de sa nouvelle voix faible et enrouée mais allègre. Quelle charmante robe. Voilà bien des années que je ne t'avais pas vue en rose.

– Père ! s'exclama Miss Fielding en prenant son bras et en l'aidant à se diriger vers la maison avec l'aide de Kenneth. Je suis tellement désolée que vous ayez été si malade. À présent, il faut vous reposer pour de bon afin de vous rétablir tout à fait.

C'étaient les mots les plus aimables qu'elle lui eût adressés en vingt ans. Quelque chose la poussa à lui parler ainsi, quand elle sentit son vieux bras maigre sous la manche du manteau et se rappela soudain les jours lointains où elle levait les yeux vers lui, assise sur son genou, et le considérait comme son père si gentil, qui lui donnait des bonbons le dimanche et un penny par semaine. Le numéro de *Men Only* tomba par terre, et elle se baissa pour le ramasser.

– Merci, ma chérie, dit Mr Fielding.

Il regarda autour de lui d'un air ravi les jacinthes roses poussant entre les dalles de la rocaille et respira l'air printanier, plein de douceur malgré le vent froid soufflant en rafales sur les pelouses.

– C'est agréable d'être de retour ici. Ah, hello, Frances ! Vous n'êtes pas encore débarrassée de moi, vous voyez !

– Je suis si heureuse de vous voir, oncle Eustace.

Miss Burton ne put s'empêcher de regarder furtivement Kenneth, mais elle comprit aussitôt qu'il n'avait pas encore appris la nouvelle.

– Mon cher Ken, quelle joie de t'avoir de nouveau à la maison ! Tu nous as manqué.

– Je suis bien content d'être rentré, dit Kenneth en inspectant rapidement le jardin du regard tout en aidant le chauffeur à porter les valises. Vartouhi est partie faire les courses ? Et Stocke, est-il toujours là ?

– Gustav s'en va vendredi, hélas, répondit sa sœur en sentant sa gorge se serrer. Il est sorti, mais il sera là pour le thé.

Elle les pressa tous d'entrer, puis alla à la cuisine faire chauffer un peu de soupe pour le convalescent (il était près de midi), tandis que Kenneth payait le chauffeur et que Miss Burton installait Mr Fielding devant la cheminée du salon. Mrs Archer était en train de faire la poussière dans la pièce. Elle se retira, après un respectueux « Bonjour ! ». Resté seul à attendre sa soupe, Mr Fielding songea que le salon n'était pas aussi bien tenu que naguère. Le tapis avait l'air poussiéreux, et même si les vases chinois abritaient comme d'habitude de jolies fleurs de la saison (ce matin-là, c'étaient des tulipes blanches et des tulipes perroquets), des journaux gisaient en désordre et la garniture de la cheminée aurait eu besoin d'être astiquée. Mr Fielding fit une petite grimace étonnée. Constance n'était vraiment pas du genre à tolérer le laisser-aller. Qu'est-ce qui avait pu arriver ?

Il se renversa sur les coussins, en regardant les flammes avec langueur. Il était extrêmement fatigué. Si fatigué que l'idée de revoir Betty ne l'affectait guère. Ce qu'il avait éprouvé pour elle lui semblait appartenir à une autre vie. Avait-il vraiment demandé en mariage cette jeune femme qui devait avoir à peine quarante-cinq ans ? Cela lui paraissait inconcevable. Les tulipes exhalaient dans la chaleur un parfum affaibli, insolite, et les coussins derrière sa tête étaient délicieusement confortables. Il ferma les yeux.

Dans la cuisine, Miss Fielding était face à face avec son frère, mais elle ne lui avait toujours pas annoncé la nouvelle. Elle s'était contentée de lui apprendre les fiançailles de Richard et d'Alicia, et il ne cacha pas sa satisfaction.

– C'est la meilleure chose qui pouvait arriver à cette petite ! s'exclama-t-il. Bien entendu, Connie, je ne le trouve pas assez bien pour elle. C'est un type pas très vigoureux, avec des idées bizarres. Mais elle fera de lui un homme. Quelle fille formidable ! Bon sang, j'imagine que le vieux Arkwright est ravi. Ça fait des années qu'il s'inquiète pour elle. Il tient à elle comme à la prunelle de ses yeux, et il a toujours voulu qu'elle se marie. Qu'en pense Betty ? Elle doit être contente, non ?

– Elle semble enchantée, dit Miss Fielding en versant la soupe dans un bol.

Elle se sentait de plus en plus abattue. Cette nouvelle avait mis Kenneth de très bonne humeur, et le choc serait d'autant plus grand quand il apprendrait l'autre nouvelle.

– Elle a toujours apprécié Alicia.

– Elle ne fera certes pas une belle-mère conventionnelle ! observa-t-il en riant.

– Non, en effet, approuva Miss Fielding en esquissant malgré elle un sourire.

– Vartouhi est en retard, dit-il en jetant un coup d'œil à la pendule de la cuisine.

Il s'assit sur une chaise et mangea un biscuit. Miss Fielding sortit aussi vite que le lui permettait le bol fumant. L'instant fatidique approchait. Dans le vestibule, elle trouva Miss Burton, laquelle lui lança un regard interrogateur et angoissé. Miss Fielding secoua la tête.

– Je n'y arrive pas ! chuchota-t-elle. Il est tellement content qu'Alicia se soit fiancée… mon Dieu… Frankie, j'imagine que tu ne voudrais pas le lui dire ?

– Pas pour tout l'or du monde! assura Miss Burton avec un geste éloquent.

Elle suivit sa cousine dans le salon et entreprit de faire boire sa soupe au vieux Mr Fielding, en parlant joyeusement et en faisant de petites plaisanteries. « Constance a fait son lit, qu'elle se couche donc, maintenant, pensa-t-elle. Je remettrai le couvre-lit à Kenneth après le déjeuner, avant qu'il n'ait eu le temps de se sentir vraiment malheureux. Mais je donnerais cher pour que ce soit fini! »

Miss Fielding se secoua mentalement, invoqua le Principe du Bien et sa propre position moralement inattaquable, après quoi elle retourna dans la cuisine.

Kenneth était toujours là.

– Il faut que je m'occupe du déjeuner, déclara sa sœur en attachant un tablier par-dessus sa robe rose avec un enthousiasme très relatif.

Il la regarda avec stupeur.

– Vartouhi ne va-t-elle pas s'en charger à son retour?

Il semblait légèrement perturbé. La moindre variation dans la routine quotidienne lui déplaisait.

Sa sœur lui fit face.

– Kenneth, commença-t-elle d'une voix que la nervosité rendait plus forte que de coutume. Je crains que cette nouvelle ne te soit désagréable, mais Vartouhi est partie.

– *Partie?* s'exclama-t-il en l'observant fixement tandis que son visage rubicond devenait encore plus rouge. Que veux-tu dire? Elle a quitté la maison?

Miss Fielding hocha la tête.

– Cela va faire une semaine aujourd'hui. Je l'ai surprise en train de fouiner dans… dans une chambre, et quand je lui ai parlé, elle s'est montrée très insolente. Elle m'a craché au visage. Sur le palier. Bien entendu, il ne me restait plus qu'à me débarrasser d'elle.

– Tu veux dire que tu l'as renvoyée ?

Elle hocha la tête. Leurs deux beaux visages rouges et agités se ressemblaient beaucoup en cet instant.

– Tu l'as renvoyée parce qu'elle t'avait craché dessus ? explosa-t-il. Bon Dieu, Connie, c'était vraiment moche de ta part ! Tu sais que ce n'est qu'une enfant et qu'elle a un caractère de tous les diables. Qu'est-ce qui t'a pris de faire ça ? Où est-elle allée ?

– Je n'avais pas le choix. Son comportement était intolérable. J'ignore où elle est allée. Elle n'a pas laissé d'adresse et ne nous a pas écrit.

Miss Fielding sentait grandir en elle son indignation vertueuse. Il ne pensait même pas à l'insulte faite à sa sœur ! Tout ce qui l'intéressait, c'était cette petite sauvageonne !

– Mais…

Kenneth se leva et se mit à arpenter la cuisine.

– … tu veux dire que tu n'as *aucune idée* de l'endroit où elle se trouve ?

– Je viens de te le dire, non ? Peut-être sont-ils au courant à l'agence Tekla. Je dois avouer que je suis encore si fâchée contre elle que je ne me suis pas renseignée.

– Je vais leur téléphoner sur-le-champ, lança-t-il en se dirigeant vers la porte. Il faut qu'elle revienne.

Comme sa sœur faisait mine de protester avec dignité, il ajouta :

– Oh… elle présentera des excuses, bien sûr. Je l'y obligerai. Cette petite démone !

Il eut un rire bref.

– C'était très vilain de sa part. Mais tu sais comme elle est. Et tu as vraiment fait l'idiote, Connie… Renvoyer cette petite qui travaillait magnifiquement ! J'imagine que Frankie et toi avez dû tout faire ? Je me disais bien que la maison avait l'air drôlement sale.

– Nous ne pouvons pas faire des miracles, répondit Miss Fielding dont la dignité se mêlait maintenant d'une violente irritation.

– Tu n'en serais pas là si tu ne t'étais pas mise en colère, comme d'habitude. Mais peu importe, elle sera de retour demain.

Il ouvrit la porte de la cuisine.

– Kenneth ! lança Miss Fielding. Pense à Père ! Je crois qu'il vaudrait vraiment mieux ne pas le bouleverser. Si j'étais toi, je ne lui dirais rien pour le moment. Et téléphone donc dans le petit bureau.

– Oh… d'accord. Tu as peut-être raison. Mais vraiment, Connie, je n'en reviens pas que tu aies fait une idiotie pareille ! Qu'est-ce que tu as dit qu'elle faisait ? Elle farfouillait dans les chambres ? Quelles chambres ?

– La tienne, répondit-elle à contrecœur.

– La mienne ?

Il rougit de plus belle.

– Oh… euh… et pourquoi diable, je me le demande ?

– Je n'en sais rien, répliqua froidement Miss Fielding.

– Enfin, je finirai bien par tirer ça au clair, marmonna-t-il en sortant en hâte.

Miss Fielding ouvrit le paquet d'un pudding au chocolat en poudre et commença à lire avec colère le mode d'emploi.

Dans le vestibule, Miss Burton s'agitait encore et elle sursauta en voyant Kenneth sortir précipitamment de la cuisine.

– Oh… Ken !

D'un air mystérieux, elle lui fit signe d'approcher.

– Ma chère Frankie, je suis très pressé… Connie vient de me mettre au courant pour Vartouhi et je veux téléphoner à l'agence Tekla… qu'y a-t-il ? Ça ne peut pas attendre encore un peu ?

– J'ai un message pour toi… de la part de Vartouhi !

– Oh… eh bien…

Il hésita, en regardant avec irritation sa cousine puis la porte du petit bureau.

– Dans ce cas, je devrais peut-être…

– Viens dans ma chambre, dit Miss Burton qui s'éloignait déjà en hâte. Nous y serons tranquilles pour parler. Et j'ai aussi quelque chose à te donner de sa part !

Kenneth la suivit, de plus en plus perplexe et agacé. Il se sentit même un instant irrité contre Vartouhi, cette petite sotte qui laissait des messages secrets et fouinait dans les chambres d'autrui – il n'osait pas être plus précis. Qu'est-ce qui lui avait pris ?

Miss Burton ouvrit la porte de son salon, entra, et il la suivit.

– Là ! dit-elle en s'asseyant, prête à savourer ce moment. Assieds-toi donc, Kenneth. Oh, ferme la porte, s'il te plaît. Veux-tu fumer ?

Elle lui tendit une boîte de cigarettes d'un air engageant, mais il refusa d'un geste et lui demanda avec impatience de lui donner ce message, car il voulait appeler l'agence Tekla au plus vite.

– Qu'est-ce que t'a raconté Constance ? s'enquit Miss Burton en fumant, décidée à ne pas se laisser bousculer.

– Elle m'a juste dit que Vartouhi avait été très impolie et lui avait craché au visage, de sorte qu'elle l'avait renvoyée. C'était vraiment vilain de sa part et je comprends tout à fait Connie, mais…

– T'a-t-elle dit ce que faisait Vartouhi dans ta chambre ? l'interrompit sa cousine.

Kenneth rougit de nouveau et secoua la tête.

– Ken…, commença-t-elle d'un ton solennel.

Il la regarda avec appréhension se lever de son fauteuil.

– … ses intentions n'avaient rien de malhonnête. Je peux te le jurer.

– Oh… euh… tant mieux.

– Elle est venue dans ta chambre pour y installer un cadeau qu'elle avait fabriqué pour toi. C'est alors que Constance est entrée et l'a surprise. Vartouhi ne faisait rien de mal.

– Pauvre petite, marmonna-t-il.

Miss Burton se dirigea vers l'armoire.

– Voici ce qu'elle a confectionné pour toi, dit-elle en dédaignant de gâter son effet par un plus long discours.

Elle déploya le couvre-lit aux pieds de Kenneth.

Il baissa les yeux sur lui. La minutie et la richesse éblouissante des motifs frappèrent d'abord tous ses sens, et non simplement sa vue. Puis il se dit que c'était l'œuvre d'une sauvage. Jamais des mains civilisées n'auraient pu créer un tel objet. Tous les délicats ouvrages de dame qu'il connaissait paraissaient d'un charme sans éclat à côté de ce carré de coton aussi ordonné qu'une parade militaire et aussi resplendissant qu'un colibri. Il était plein d'admiration, et si ému qu'il ne put que dire :

– C'est vraiment une splendeur. Elle n'a quand même pas fait ça pour moi ?

Miss Burton hocha la tête, satisfaite de son effet.

– Elle l'a commencé avant Noël et l'a terminé voilà une semaine environ.

(Elle avait oublié qu'à l'origine c'était à elle que le couvre-lit était destiné.)

– Et elle m'a confié ce message pour toi. C'est la dernière chose qu'elle m'ait dite : *Donnez à Mr Fielding le joli objet que j'ai fait pour lui et dites-lui que je l'aime bien, il est très bon et gentil.* Ensuite, elle a juste dit au revoir, et elle est partie.

– Pauvre petite, répéta-t-il.

Ses sentiments étaient très mêlés. Il était un peu soulagé que ce message fût si innocent – même si tout ce qui s'était passé entre Vartouhi et lui, en paroles comme en actes, lui semblait parfaitement innocent. En répétant fidèlement les mots de la jeune fille, Miss Burton avait si bien évoqué sa présence qu'il avait senti se raviver son chagrin de la savoir partie. Et il éprouvait aussi un plaisir timide et sincère à l'idée qu'elle tenait assez à lui pour lui faire un cadeau aussi magnifique. « Même si c'est plus le style des Fothergill que le mien, pensa-t-il en le regardant. Je l'imagine très bien sur le lit à baldaquin de *Mr Aubrey*, encore qu'il trouverait à redire sur l'époque ou je ne sais quoi. Bien entendu, je ne peux pas le mettre sur mon lit, ça n'irait pas. Mais je vais le garder dans mon armoire. Quelle adorable petite fille ! »

– Et maintenant, dit Miss Burton en se redressant, qu'allons-nous faire, Kenneth ?

– Oh, nous devons tenter de la convaincre de revenir, bien sûr, répondit-il en repliant maladroitement le couvre-lit. Connie ne pense pas la moitié de ce qu'elle dit et je vois bien qu'elle regrette de s'être mise en colère. Évidemment…

Il hésita.

– … tout ça est vraiment bizarre, et je comprends que Connie soit ennuyée. Surtout que nous avons ce souci avec Père, ce qui a dû la mettre encore plus sur les nerfs. Mais nous ne pouvons pas vous laisser tout faire, Connie et toi. Ça marchait si bien avant, et je ne crois pas que Vartouhi était surmenée, n'est-ce pas ? Lui est-il arrivé de se plaindre ?

Miss Burton secoua la tête.

– Jamais à moi. Et il me semble qu'elle se plaisait ici.

– Semblait-elle regretter de partir ?

– Elle était trop en colère pour avoir des regrets.

– Elle n'a pas… euh… pleuré, ou quelque chose comme ça ?

– Seigneur, non ! Si tu l'avais vue ! Elle tremblait littéralement de rage. Et puis d'un coup, on aurait cru que tout ça lui était égal. Elle s'est contentée de faire ses bagages et est partie sous la pluie, sans même attendre le thé.

Il ne dit rien mais regarda fixement le sol.

– Elle ne s'est pas retournée une seule fois, alors qu'elle devait se douter que je regardais par la fenêtre, ajouta Miss Burton.

– Je vais aller appeler l'agence Tekla, si tu veux bien m'excuser, Frankie, dit-il.

Il semblait sortir brusquement d'une rêverie. Il brandit le couvre-lit.

– Merci d'en avoir pris soin. Toi, tu serais contente qu'elle revienne, n'est-ce pas ?

Il s'immobilisa sur le seuil.

– Oh, oui, vraiment, Ken, répondit-elle avec sérieux. Elle me manque terriblement.

– Parfait! s'exclama-t-il avant de dévaler l'escalier.

Mais les gens de l'agence Tekla eurent beau sympathiser avec lui, ils ne purent l'aider. Ils furent aussi surpris que désolés d'apprendre que Miss Annamatta avait quitté son poste à la suite d'un malentendu en l'absence de son employeur, mais se réjouirent qu'elle eût donné toute satisfaction. Ils assurèrent qu'ils entreraient immédiatement en contact avec Mr Fielding, s'ils avaient des nouvelles de la jeune fille. En attendant, elle devrait évidemment se présenter à la police quel que soit l'endroit où elle s'était installée, et il serait peut-être possible de retrouver sa trace par ce moyen, si tous les autres échouaient. Mais ils étaient certains qu'ils entendraient parler d'elle d'ici quelques jours. Et la conversation s'acheva sur un échange réciproque d'amabilités.

Kenneth raccrocha. La maison semblait plus sombre que d'ordinaire. Une violente averse martelait les fenêtres et une odeur pénétrante de pudding au chocolat brûlé flottait dans l'air. Il songea soudain qu'il se pourrait qu'il ne regrette pas Vartouhi uniquement pour sa gaieté et sa grâce.

Elle lui manquait vraiment. Et elle lui manqua de plus en plus à mesure que la journée s'avançait. Sa sœur se montra plus accommodante qu'il ne l'avait escompté, et elle se contenta de soupirer quand il lui annonça qu'il ferait tout pour faire revenir Vartouhi, quand bien même il faudrait doubler son salaire. Il ne s'irrita pas de ses soupirs, en fait il ne les entendit même pas. Il pensa simplement que Connie prenait très bien les choses, et que Stocke n'y était peut-être pas étranger. « Ou c'est juste que nous vieillissons et que nous ne sommes plus aussi combatifs », songea-t-il avec abattement en s'éloignant d'un pas lourd sous la pluie pour aller voir ce qui s'était passé au bureau en son absence.

– Eh bien, Constance, on me dit qu'un jeune homme fait un séjour ici, dit Mr Fielding vers quatre heures et demie dans le salon.

Douillettement installé au coin du feu, il regardait Miss Burton beurrer les scones tandis que sa fille préparait le thé sur la lampe à alcool. La clarté des flammes dansait sur les tulipes blanches épanouies, qui semblaient sculptées dans de la nacre.

– Ce n'est pas un jeune homme, Père, Gustav est plus vieux que moi, répondit-elle de bonne grâce.

Elle avait troqué sa robe rose pour une robe d'un bleu seyant, ce qui n'avait pas échappé au regard perspicace de son père.

– Il ne devrait pas tarder, maintenant, il a dit qu'il serait de retour pour le thé.

– Je me souviens que tu avais parlé de lui, pendant que j'étais ici. N'est-ce pas lui qui a écrit *Le Petit Shamus et le Lutin de la Paix* ? Je me rappelle très bien le titre. Vous répétiez tous la pièce à Noël.

– *Le Petit Frimdl et le Renne de la Paix*, Père, le corrigea sa fille. *Le Petit Shamus* était une autre pièce, qu'il a écrite lors des troubles en Irlande dans les années vingt. Je connaissais et admirais l'œuvre de Gustav bien avant de l'avoir rencontré.

– Ah. Il a de l'argent ?

– Vraiment, Père, je n'en sais rien. Je ne l'ai jamais entendu parler d'argent.

– Il en a sans doute beaucoup, dans ce cas, dit Mr Fielding avec satisfaction. Oui, je savais que c'était le Petit Truc et le Machin. Et il est célibataire, dis-tu ?

– Il est veuf, Père. Mrs Stocke est morte l'année dernière.

Voyant que les pensées de son père prenaient un tour embarrassant, Miss Fielding essaya de changer de sujet, mais avant qu'elle ait pu le faire, Miss Burton leva les yeux de son ouvrage, le visage rouge, et s'exclama d'un ton espiègle :

– Devinez qui s'est fiancée, oncle Eustace !

– Constance ! s'écria-t-il en riant joyeusement.

Miss Fielding sembla froissée, mais moins qu'elle ne l'aurait été deux mois plus tôt, et il sembla à Miss Burton qu'elle avait l'air plutôt contente.

– Alicia Arkwright… vous vous souvenez d'elle ? continua Miss Burton. Avec Richard Marten.

– Le fils de Betty ? Non ! Ça alors, lors de mon séjour précédent, il n'avait d'yeux que pour cette petite… celle qui vous aidait dans la maison. Où est-elle, à propos ?

– Oh, elle est partie, répondit négligemment Miss Fielding. Les réfugiés ne restent jamais longtemps au même endroit. Ils vont se marier à la fin du mois d'avril.

– Bien, très bien, dit Mr Fielding en se bourrant de scone brûlant. Deux jeunes comme ça… Quel âge a-t-il… vingt-six ans ? Et elle ne doit guère être plus âgée… Ils se mettent ensemble comme deux chiots dans le même panier. Leurs os ne sont pas encore rigides, vous voyez, et il leur sera aisé de s'adapter l'un à l'autre. Quand des gens de quarante ou cinquante ans se marient, c'est différent. Ils ont leurs habitudes et veulent le panier pour eux tout seuls ! Encore un scone, s'il vous plaît, Frances…

Il jeta un regard pétillant de malice sur le visage gêné de sa fille. « Oncle Eustace est vraiment vilain », pensa Miss Burton.

« Père ne s'est pas du tout assagi, pensa Miss Fielding. Ah, Dieu soit loué, Gustav frappe à la porte. »

C'était l'une des qualités de Mr Stocke – si du moins un tel trait peut être considéré comme une qualité – de ne perdre pour ainsi dire jamais contenance. Il possédait un vernis social à toute épreuve, qui lui permettait d'affronter n'importe quel genre de situation ou de personne, et rien ne pouvait le surprendre. Miss Fielding avait été légèrement inquiète à l'idée qu'il allait rencontrer son père aussi excentrique que dévoyé, mais elle comprit vite que ses inquiétudes n'avaient pas lieu d'être. Mr Stocke entra, gigantesque, en apportant dans ses vêtements américains d'excellente facture un peu de la fraîcheur du printemps. Il s'inclina en mêlant précisément ce qu'il fallait de politesse attentive devant un vieux gentleman et d'intérêt flatteur pour une nouvelle connaissance. Quelques minutes plus tard, les deux hommes parlaient avec animation de l'Amérique, un pays qu'ils connaissaient bien l'un comme l'autre, tandis que Mr Stocke nettoyait l'assiette de scones. Miss Burton sortit l'un de ses tricots sans espoir, Miss Fielding prit sa broderie, et elles travaillèrent toutes deux dans un silence agréable en écoutant les deux gentlemen jusqu'au moment où il leur fallut, hélas, aller préparer le dîner.

Dans le potager, Kenneth arpentait les allées sous la pluie et inspectait distraitement les brocolis semés l'an passé et les fanes de navet. Il ne s'était pas montré à son retour du bureau, car il n'avait pas envie de conversation. Il faisait maintenant ce qu'il avait attendu toute la journée, mais le jardin ne l'apaisait pas autant que d'habitude, tant le travail avait pris du retard pendant qu'il était à Londres. Les carrés de terre apparaissaient cruellement négligés à son œil d'expert. Le jardinier à la journée qu'il employait parfois les avait bêchés et préparés en vue de ces mois d'intense jardinage que sont mars et avril, mais il n'avait pas beaucoup planté, car son employeur avait espéré rentrer à temps pour faire lui-même le gros du travail. Du coup, Kenneth savait que s'il voulait que le potager soit aussi productif cette année que par le passé, il allait devoir fournir un terrible labeur pendant les six semaines à venir.

D'ordinaire, cette perspective l'aurait enchanté, mais ce soir-là elle le fatiguait et le déprimait. Il avait un léger rhumatisme à l'épaule, et il ne parvenait pas à accorder toute son attention au jardin tant le départ de Vartouhi l'accablait. Avant qu'il découvrît à son retour qu'elle n'était plus là, il ne s'était pas rendu compte combien il avait été impatient de la revoir. Il avait dans sa valise un collier de coquillages dorés, le genre de babiole joyeuse qu'elle aimait, et il avait eu envie de la voir l'attacher à son cou et de l'entendre le remercier avec transport. La maison paraissait lugubre sans elle. Et outre sa propre déception, il était triste pour cette pauvre petite qui était partie sous la pluie sans même avoir pris le thé. Elle s'était mise en colère et avait craché, et alors ? C'était choquant, bien sûr, mais elle n'était qu'une enfant, et une enfant étrangère, seule dans un pays inconnu. Il avait pu lui arriver n'importe quoi.

Il traversa le jardin et ouvrit la porte de la vieille serre. La pluie ruisselait sur ses vitres, et elle gouttait sur le sol à un ou deux endroits. Une faible odeur de mousse et de moisi flottait dans l'air. Mais il faisait plus chaud ici que dehors, comme toujours, et Kenneth s'assit sur un banc et se mit à bourrer sa pipe. Il jeta un coup d'œil sur un énorme pot de fleurs renversé, juste en face du banc. Il était encore recouvert du sac que Kenneth avait installé là pour qu'elle s'asseye pendant leur dernière conversation dans la serre, un mois plus tôt. Il se rappelait encore ses propos pittoresques, notamment une longue évocation de l'apparence et du caractère de « ma nièce Médora », qui était la préférée de sa tante. Et le souvenir de la petite silhouette assise en face de lui était d'une netteté si poignante qu'il s'arrêta un moment de bourrer sa pipe et regarda fixement le sol, plus malheureux qu'il ne l'avait été depuis des années.

32

IL AVAIT L'INTENTION de monter à Londres le lendemain pour compléter son enquête à l'agence Tekla et trouver le siège de l'Association des Baïramiens libres, ce qui lui permettrait peut-être de retrouver la trace de Vartouhi. Mais le vendredi matin, son père se sentit faible et fiévreux à son réveil, il fallut faire venir le médecin, et quand Kenneth se rendit au bureau, nettement plus tard que de coutume, il fut accueilli par Mr Gaunt, qui tenait à attirer son attention sur le cas complexe de riches clients dont le cabinet gérait les affaires depuis l'époque de son grand-père. Il lui était manifestement impossible d'aller à Londres ; il en fut de même tout le reste de la semaine. Et quand la semaine fut passée, même si Vartouhi lui manquait toujours et s'il comptait bien enquêter dès que possible dans la capitale, son chagrin de l'avoir perdue et sa volonté de la retrouver avaient été relégués peu à peu à l'arrière-plan de son existence.

L'Habitude est si forte, chez les gens d'un certain âge, et si apaisante. Elle travaille main dans la main avec le Temps à adoucir leur chagrin, à les aider à supporter la douleur que leur organisme vieillissant n'est plus à même d'affronter. Sa puissance est terrible, et les jeunes font bien de s'en méfier, en attendant que leurs propres nerfs et leurs propres sentiments soient prêts à accueillir le calmant qu'elle leur propose. Miss Burton rappela régulièrement à Kenneth que cela faisait maintenant dix jours, quinze jours, trois semaines, que Vartouhi était partie et qu'on en était sans nouvelles, et à chaque rappel il sentit son cœur se serrer et répondit d'un ton impatient, car il était malheureux. Toutefois le vieux Mr Fielding ne se remettait que lentement du gros rhume qui avait suivi sa maladie, et demandait beaucoup de temps et d'attention à son fils, et le litige opposant Masterman à Burtwright, Sampson & Co continuait de poser des problèmes délicats et d'exiger sa présence constante au bureau. Les jours passaient, et il n'allait toujours pas à Londres chercher Vartouhi.

Du point de vue de Kenneth, la vie à Sunglades était devenue plus supportable depuis le départ de Mr Stocke, une semaine après son propre retour. Ce bon Mr Stocke était parti, toujours aussi joyeux et affairé, en remerciant chaleureusement les Fielding de leur hospitalité et en assurant à Miss Fielding qu'il était très peiné de se séparer d'elle et que leurs longues conversations lui manqueraient. Il promit de tenir pour elle un journal de son périple argentin, qui ne devrait mettre que quelques semaines pour lui parvenir, si les sous-marins allemands y consentaient. Elle le quitta en exprimant bruyamment sa tristesse et proclama plus d'une fois que la maison serait un désert intellectuel sans lui. Il lui fit promettre qu'elle continuerait l'étude de sa langue maternelle, qu'il avait entrepris de lui enseigner, et déclara d'un ton enjoué que dans six semaines il lui écrirait une lettre dans cette langue, et qu'elle devait lui jurer de la lire sans l'aide du dictionnaire.

– Seigneur, comme c'est excitant… je suis sûre que j'en serai incapable ! dit Miss Fielding avec découragement.

Elle se sentait très déprimée et ne faisait aucun effort pour le cacher.

– Vous verrez que les disques vous seront d'un grand secours, répliqua Mr Stocke.

– Ce ne sera pas la même chose que quand je pouvais m'exercer avec vous.

– Bien entendu. Mais vous allez faire des progrès, Constance, et lorsque nous nous reverrons, je pourrai converser couramment avec vous dans ma propre langue. Ce sera très agréable.

– Oui. Enfin, je l'espère, Gustav. Avez-vous votre thermos ? La dernière fois que je l'ai vue, elle était sur la table du vestibule.

– J'ai tout ce qu'il faut, merci. Et maintenant, au revoir, ma chère amie.

Il prit ses deux mains dans les siennes et les serra fermement, puis il l'embrassa sur le front. Après quoi, il monta en hâte dans le taxi et disparut.

En rentrant dans la maison, Miss Fielding était en proie à un trouble et à une exaltation de jeune fille. Aucun homme ne l'avait jamais embrassée sur le front. À vrai dire, aucun homme n'avait osé l'embrasser (ou n'en avait eu envie), depuis le jour où cet horrible fils Bargle s'était oublié sous le gui. Un baiser sur le front ! Quel symbole magnifique de leur noble amitié. Elle était si émue qu'elle ne s'irrita pas en entendant Kenneth siffloter à tue-tête avec une allégresse insolite en se rendant au potager.

Assis devant le feu du salon avec le *Tattler*, le vieux Mr Fielding regrettait que Mr Stocke soit parti. Si un homme était capable de converser avec bonne humeur et disposait d'un stock d'anecdotes sur des gens et des endroits intéressants, peu importait à Mr Fielding qu'il eût une personnalité oppressante et des idées bornées. Et il trouvait que la maison serait nettement plus morne sans Mr Stocke, qui avait égayé seul ses soirées depuis une semaine. Mr Fielding avait compté sur Betty pour bavarder et se divertir, une fois dissipé le léger embarras de leur première rencontre, mais en fait il la voyait très peu. Elle était prise tous les soirs pour aider Richard et Alicia dans les préparatifs de leur mariage, et elle ne rentrait à Sunglades que très tard.

Il y a toujours énormément de travail, d'achats et d'agitation lors d'un mariage en temps de paix, mais ce n'est rien comparé au travail épuisant, à l'impossibilité de trouver quoi que ce soit à acheter et à l'agitation d'un mariage en temps de guerre. Cependant Richard et Alicia eurent de la chance : leurs cinq semaines de fiançailles ne furent pas gâchées par des histoires de tasses, de tapis et de baux. La mère de Richard s'était mariée pendant une guerre et avait vécu les jours les plus heureux de son existence dans deux pièces meublées à bon marché. Elle se concentra donc sur les réalités plutôt que sur les à-côtés de la vie conjugale, et son humeur s'accorda parfaitement à celle des fiancés. Richard et Alicia détestaient tous deux les chichis. Lui les évitait parce qu'ils étaient un gaspillage de sa précieuse énergie, et elle parce qu'elle les trouvait ennuyeux.

C'est ainsi que Richard sortit de ses cartons ses nombreux livres et son télescope, tandis qu'Alicia demanda à son père le contenu de sa chambre comme cadeau de mariage. Ils comptaient s'en contenter pour s'établir, à de rares ajouts près. Le pauvre Mr Arkwright avait espéré une grande fête, avec un déjeuner aussi somptueux que l'époque le permettait, et un gros chèque pour la mariée. Il était tellement déçu qu'Alicia cédât en déclarant qu'il était un trésor, qu'elle adorerait avoir une réception et qu'il pourrait leur acheter une table où prendre leurs repas.

Richard lui interdit d'accepter le gros chèque. Cinquante livres seraient tolérables, si elle le souhaitait, car ils ne devaient pas se montrer capricieux et ingrats envers son père et ils les garderaient en réserve pour des urgences telles qu'une maladie ou un bébé. Mais cinq cents livres seraient fatals à l'élégante austérité du mode de vie qu'ils avaient prévu pour leurs premières années de mariage. Il aurait son salaire du Conseil pour la reconstruction européenne, elle aurait son salaire de l'usine et ses cent livres par an, et il fit une concession à sa future épouse en s'autorisant à percevoir cinquante livres par an du revenu légué par sa tante. Au bout du compte, ils disposeraient d'environ huit livres par semaine. « C'est la fortune ! » déclara Richard d'un ton résolu quand Betty leur dénicha deux petites pièces ensoleillées, avec la salle de bains dans la minuscule cuisine, dans une maison d'avant la Régence à St Alberics. Par un autre coup de chance qu'il est inutile de rapporter ici en détail, le loyer n'était que de trente shillings par semaine, ce qui était une affaire dans la région de Londres en temps de guerre.

La maison était propre et les petites pièces peintes à la détrempe en bleu-vert. Alicia avait du mal à se concentrer sur son travail à l'usine, car elle ne cessait de penser à une harmonie de blanc, de bleu-vert et de rouge framboise. Ils achetèrent deux petites tasses dorées anciennes avec leurs soucoupes, ornées de fleurs d'un bleu et d'un rose délicats, ainsi qu'une théière blanche, fonctionnelle mais d'une jolie forme. La théière gouttait, et Richard la rapporta et demanda poliment qu'on la lui remplace, ce qui fut fait. Alicia cousait très bien et confectionna des rideaux de tulle blanc et deux autres en brocart rouge foncé, dont le tissu provenait de sa chambre et fournit aussi la matière première de deux coussins minuscules pour elle-même et pour Richard. Ce fut pour tous deux une période aussi heureuse qu'excitante, tandis que les deux petites pièces et la cuisine-salle de bains commençaient à ressembler à un foyer élégant et douillet et que les semaines passaient.

– Quand tu attendras le bébé, chérie, tu ne pourras plus entrer dans la cuisine, dit Richard.

– Je ne prendrai pas plus de place que le télescope, rétorqua sa fiancée. Mais tout ce cuivre fait un effet divin sur les murs bleu-vert. Avons-nous besoin de tableaux ?

Il secoua la tête.

– Je fais très bien les bouquets, murmura-t-elle. Cet été, nous aurons des pivoines blanches, je les adore.

Richard se pencha à la fenêtre dans le soir ensoleillé, observa la place animée à leurs pieds et déclara :

– Tout cela est très agréable. Tu n'es pas contente que je t'aie attrapée ?

– Oh, si, Rick. Simplement…

– Quoi ?

Les mains toujours sur le rebord de la fenêtre, il tourna la tête pour la regarder.

– Ce n'est qu'une impression, comme ça…

– Eh bien ?

– À propos de ma proposition de vivre avec toi.

– Eh bien ? répéta-t-il en se mettant à sourire et en lâchant le rebord de la fenêtre.

– Je voudrais… je ne sais pas. Je voudrais ne pas l'avoir proposé, ou alors que tu n'aies pas refusé… je me sens…

Il attendit, appuyé contre la fenêtre, en l'observant. Elle était debout près de la petite grille du foyer en forme de panier, où elle avait installé provisoirement une botte de jonquilles doubles qu'elle rapportait chez elle. Les fleurs blanches se détachant sur le métal noir étaient en harmonie avec sa tenue, car elle portait une jupe noire et un élégant chemisier blanc tout simple. Les derniers rayons du couchant baignaient tout ce blanc et ce noir d'une lumière dorée.

Il la rejoignit et l'enlaça.

– Eh bien… tu me l'as proposé et j'ai refusé, nous n'y pouvons rien. Mais sais-tu pourquoi je n'ai pas voulu ?

Elle secoua la tête.

– Vois-tu, la situation traditionnelle est inversée dans notre cas. J'ai plus envie de t'épouser que tu n'as envie de m'épouser.

– Rick !

– C'est la vérité. Réfléchis un peu. Qui a peur ? Qui a dit : *Le mariage est si permanent* ? Qui a parlé de sa liberté ? Pas moi. Je suis prêt au mariage, je l'attends avec impatience.

Comme toujours, il la faisait rire, même si elle avait aussi l'air légèrement honteuse.

– Mais tu veux vraiment être à moi ? continua-t-il.

– Évidemment, idiot chéri !

– Eh bien, imagine que tu aies été à moi avant que nous soyons mariés, et que l'idée de te marier t'ait soudain tellement effrayée que tu te sois enfuie, qu'est-ce que je serais devenu ?

– Oui… je vois…, dit-elle en réfléchissant. Tu veux être sûr de me tenir pour de bon ?

Il hocha la tête en souriant.

– Et le seul moyen pour moi de te tenir pour de bon, c'est de faire en sorte que tu m'épouses d'abord.

– Je trouve ça affreux! s'écria Alicia. On croirait que je suis une vieille rouée victorienne!

Elle se débattit pour lui échapper, mais après s'être ainsi expliqués ils finirent par rire aux éclats et se couvrir de baisers.

Cependant elle trouvait en secret délicieux qu'il ait désiré la «tenir pour de bon» au point de lui infliger une petite humiliation et de s'imposer lui-même une privation. Son amour pour lui s'approfondit et elle eut moins peur des responsabilités qui l'attendaient. Bien entendu, elle découvrit d'autres choses sur lui, durant les cinq semaines suivantes. Par exemple, il détestait qu'on s'inquiète ouvertement de sa santé, mais appréciait qu'on la ménage avec discrétion. Et il détestait tellement avoir tort qu'il devait faire un vrai effort pour convenir que c'était le cas. De son côté, Richard découvrit qu'elle était littéralement incapable de rester efficace toute la journée sans alcool, et qu'elle se fichait d'être dans un endroit pauvre ou luxueux du moment qu'elle s'amusait – et elle s'amusait facilement. Autant ce dernier trait lui plaisait, autant il regrettait qu'elle eût ainsi besoin d'alcool. Il décida qu'il faudrait la guérir très progressivement de cette mauvaise habitude. Il ne trouvait naturellement rien à redire à ce que les gens consomment de l'alcool plusieurs fois par jour, mais il lui semblait grave qu'un homme ou une femme ne puissent accomplir correctement leurs tâches quotidiennes sans son secours. Alicia fumait très peu, car elle n'aimait pas que ses cheveux et ses vêtements sentent le tabac. Son élégance et son calme étaient pour lui un délassement infaillible. Il lui dit qu'il avait l'impression d'être fiancé à un iris des marais.

Parallèlement à leur amour, l'amitié entre eux grandissait de jour en jour. Il semblait à Miss Burton, qui prenait grand plaisir à les voir ensemble, qu'ils avaient la chance d'être « attirés par cette essence indéfinissable, extérieure à toutes les qualités d'un être, qui constitue son moi », comme Charlotte Yonge l'écrivit admirablement de deux autres amoureux différant par leurs goûts et leurs habitudes – de telles unions sont les plus durables qui soient sur cette terre.

Il arriva à Richard de penser à Vartouhi, au cours des semaines précédant son mariage, et il découvrit non sans trouble qu'il n'avait pas envie de savoir ce qu'elle était devenue. Elle l'avait fait souffrir autant que le pouvait un jeune homme aussi rationnel qu'équilibré, et il ne restait plus de ses sentiments pour elle qu'une aversion mêlée de rancune. Il s'y ajoutait aussi une légère peur, mais il n'en avait pas conscience, même si son espoir de ne jamais la revoir aurait dû le mettre en garde.

Toute sa famille fut ravie de ses fiançailles et projeta aussitôt de se rendre dans le Hertfordshire pour le mariage. Les oncles et les tantes âgés pouvaient sans trop de peine renoncer à leurs activités de guerre pour un jour et une nuit, et tous jugèrent nécessaire ce voyage pour assister au premier mariage d'un des jeunes cousins. En revanche, la plupart des jeunes cousins eux-mêmes étaient dans l'armée et leurs permissions ne coïncidaient pas avec la date du mariage. Cependant Crys, l'amie d'Alicia, découvrit qu'on lui devait une semaine de congé et qu'elle pourrait être l'unique demoiselle d'honneur. Quant à son frère collégien, ses vacances de Pâques auraient commencé, et on espérait que la sœur d'Alicia aurait deux jours de libres vers cette période et pourrait y inclure le mariage. Tous ne cessaient d'évoquer des possibilités et des projets, et Betty communiqua un peu de cette excitation joyeuse à Sunglades, dont les habitants comptaient tous assister à la cérémonie. Personne n'avait jamais accusé Miss Fielding de ne pas avoir le sens de l'hospitalité. Elle proposa d'héberger un grand-oncle et une grand-tante, ainsi qu'un vieil ami. Son offre fut acceptée avec gratitude, et tout le monde attendit avec impatience le 30 avril.

Dix jours avant le mariage, Kenneth dut se rendre à Londres pour affaires.

La matinée était pluvieuse. Ce n'étaient pas ces brèves averses spectaculaires du printemps, à quoi succèdent de vastes étendues de ciel bleu avant le retour des nuages, c'était un déluge ininterrompu dans la grisaille. Les arbres étaient presque tous en feuilles, maintenant. Dans la voiture qui le conduisait à la gare, la campagne apparut à Kenneth d'une somptuosité non exempte de délicatesse, dans l'éclat éblouissant du vert qu'atténuait par endroits le brun des bourgeons pas encore tombés à terre et des troncs et des branches que les feuillages n'avaient pas complètement recouverts. Kenneth songea avec angoisse que près d'un mois avait passé depuis le départ de Vartouhi, et il décida d'aller aux renseignements à l'agence Tekla puis de se rendre au siège de l'Association des Baïramiens libres en Angleterre, si jamais les gens de l'agence ignoraient l'adresse de la disparue. Cependant il éprouvait avant tout une immense tristesse de l'avoir perdue. Il ne parvenait pas vraiment à espérer qu'il la retrouverait. Même s'il n'était pas encore résigné à cette perte, il était sur la voie de la résignation. À son âge, il était inévitable que les trois semaines écoulées aient amoindri l'intensité de ses sentiments. Vartouhi était en passe de devenir un souvenir.

Londres paraissait affreusement délabré et il n'était pas facile de marcher dans la foule et la pluie torrentielle. Il s'occupa de ses affaires dans la City puis repartit pour le West End, où il avait l'intention de déjeuner avant de se rendre à l'agence Tekla dans Bloomsbury. Avant de monter dans le taxi qu'il avait hélé, il acheta un journal à un vendeur qui venait juste d'être approvisionné pour l'heure du déjeuner. Il donna au chauffeur l'adresse d'un grill-room coûteux et traditionnel de Piccadilly, où il avait l'habitude de déjeuner et qui servait encore une cuisine correcte.

Fourrant le journal dans sa poche, il se renversa sur la banquette et savoura le confort relatif et la solitude, après le déluge de la pluie et la cohue des rues. « Pauvre vieux Londres, il est vraiment hideux », pensa-t-il en regardant défiler les emplacements bombardés, dont chacun était nettoyé, désert et interdit au public par une palissade. Les ruines d'un gris livide ruisselaient de pluie, mais il vit à plus d'un endroit des plantes sauvages verdoyantes et de jeunes pousses d'arbres.

Le serveur le mena à sa table habituelle, après l'avoir salué à voix basse d'un « Bonjour, monsieur, quelle pluie aujourd'hui ». Il commanda et se disposa à attendre son repas. Bien qu'il ne fût que midi, la salle à manger au beau mobilier édouardien, avec ses palmiers, ses plafonds aux moulures opulentes et ses colonnes, était déjà bondée. Une odeur pas désagréable de vin et de mets d'anciens déjeuners s'attardait dans l'atmosphère tiède. Kenneth déplia son journal.

La première manchette qu'il découvrit proclamait :
LA RAF BOMBARDE SER

Ce nom ne lui dit rien, au début. Il continua de lire.

La nuit dernière, Ser, la capitale de la Baïramie, a été la cible de bombardiers basés dans le Moyen-Orient. C'est la première fois que la ville est attaquée par la RAF. L'aérodrome proche de la ville a été sévèrement touché et des incendies se sont déclarés dans les hangars. L'un de nos avions n'est pas rentré.

Suivait cette note :

La Baïramie, minuscule pays de 700 000 habitants, dont l'activité principale est la culture des arbres fruitiers, a été envahie par les Italiens en 1938 et est le plus petit des pays européens occupés. On ne peut pratiquement s'y rendre que par voie aérienne, car les montagnes descendent à pic dans la mer le long de sa côte, qui ne couvre pas plus de huit kilomètres. La Baïramie est située en face de la base navale anglaise de l'île de Santa Cipriana.

Une autre note annonçait à la fin de l'entrefilet :

Les Baïramiens de Londres se réjouissent de cette nouvelle. Reportage page 3.

Avec un intérêt croissant, il passa à la page 3, et là, lui souriant du fond d'une photo très nette avec d'autres filles allègres en tablier blanc derrière elle, il découvrit Vartouhi.

Le premier sentiment qui l'envahit fut l'indignation. Cela faisait un mois qu'elle lui manquait cruellement, et dans la bousculade de ses responsabilités professionnelles et des soins réclamés par son père malade il se la représentait travaillant dans quelque endroit déprimant, pleine de nostalgie pour la position enviable qu'elle occupait à Sunglades, où il la ramènerait dès qu'il aurait le temps. Et voilà qu'elle semblait parfaitement contente de son sort et arborait son plus beau sourire parce que la capitale de son pays avait été bombardée par la RAF. « Ça ne m'étonne pas d'elle, songea-t-il en se rappelant les déclarations peu chrétiennes qu'elle faisait parfois et la façon dont elle avait agressé les prisonniers Italiens. Petite démone ! » Il se mit à lire :

Miss Vartou Anamatta (« Peggy » pour les amis) est l'une des filles les plus heureuses de Londres ce matin.

Elle fait partie des cinq ou six Baïramiens se trouvant en Angleterre, et la nuit dernière Ser, la capitale de son pays, a été bombardé par la RAF.

Miss Anamatta travaille dans un milk-bar londonien, et quand je l'ai rencontrée ce matin, elle était tout sourire.

« C'est une très bonne chose, a-t-elle dit quand je lui ai demandé ce qu'elle pensait de cette nouvelle. J'espère que les Italiens ont eu peur. »

Miss Anamatta est en Angleterre depuis près de quatre ans. Son père possède une vaste exploitation fruitière dans le célèbre Khar-el-Nadoon, la Vallée des Abricots, qui est la région arboricole la plus riche de la Baïramie. Il l'a envoyée en Angleterre en 1938, juste avant l'invasion italienne.

« J'imagine qu'il avait pressenti ce qui allait arriver, m'a dit Peggy qui parle un anglais parfait avec un charmant accent. Je m'en réjouis. J'aime l'Angleterre, et tout le monde a été très gentil avec moi. J'aimerais revenir dans mon pays après la guerre, pour rendre visite à ma famille, mais j'espère m'installer au Canada. Mon fiancé est un Canadien français. »

Miss Anamatta se prénomme Vartou, mais ses collègues l'ont baptisée Peggy, car c'est plus facile à prononcer.

Kenneth lut trois fois ces lignes dans un état de grande confusion, pendant que sa soupe refroidissait. C'était certainement Vartouhi sur la photo. Avec ses tresses et ses longs yeux souriants, le doute n'était pas permis. Mais depuis quand parlait-elle un anglais parfait ? Et pourquoi avait-on retranché la dernière syllabe de son prénom, avant de le transformer en Peggy ? Qui, à Sunglades, l'avait jamais entendue employer un mot comme « pressentir » ? Et, plus surprenant encore, qui était ce fiancé canadien français avec qui elle espérait se marier après la guerre ? L'article faisait d'elle une de ces joyeuses petites réfugiées telles qu'on les voit interviewées dans les journaux – la version plus authentique n'apparaissant que dans les brefs entrefilets annonçant que Mr Woolsack s'est abstenu d'infliger une peine plus lourde, car l'accusée était étrangère et ne comprenait pas encore les usages anglais. Kenneth ne retrouvait un écho affaibli de *sa* Vartouhi dans l'article que lorsqu'elle déclarait : « C'est une très bonne chose. J'espère que les Italiens ont eu peur. » Mais elle aurait dit : « Il est une chose grandement bonne. Il va faire peur à ces chiens d'Italiens, j'espère aussi. »

Complètement déconcerté, il posa enfin le journal et se consacra à sa soupe tiède. Mais en la mangeant, il regarda plus d'une fois la photo, et sa colère s'apaisa peu à peu. Bientôt, il n'eut plus envie que de la revoir et de découvrir si vraiment elle était fiancée à ce type, et si elle était heureuse. C'était possible, et même probable. Un mois, c'était long, en cette époque de guerre au rythme effréné. Et Vartouhi était assez séduisante pour rendre n'importe quel homme éperdument amoureux d'elle en très peu de temps.

Un Canadien français… hem – il n'aimait pas beaucoup ça. C'était des casse-cou, qui se distinguaient surtout quand ils se battaient, et certains d'entre eux, si la rumeur disait vrai, trouvaient éprouvant pour leur tempérament fougueux leur longue inactivité en Angleterre.

Mais celui de Vartouhi devait certainement être un type bien.

Malgré tout, en buvant son café, Kenneth décida de se rendre aux bureaux du journal pour obtenir l'adresse du milk-bar où elle travaillait. Il n'y avait rien de mal à ce qu'il la rencontre et lui souhaite beaucoup de bonheur – et ce serait un tel bonheur pour *lui*, simplement de la revoir, peut-être pour la dernière fois.

Il termina son café, régla l'addition et sortit dans la pluie. Après avoir rangé soigneusement le journal dans sa poche, il se rendit en taxi au siège de la rédaction.

Bien entendu, les gens du journal refusèrent poliment mais fermement de lui donner l'adresse de Miss Annamatta. C'était pour eux une règle qu'ils ne pouvaient enfreindre. Malgré leurs regrets, ils furent inflexibles et Kenneth sortit furieux de leurs bureaux.

Se réfugiant sous un porche pour échapper à la pluie diluvienne, il observa la rue d'un air désemparé. Il était environ deux heures et quart de l'après-midi, une heure calme dans ce quartier de sièges de journaux et de petits cafés bon marché où des linotypistes, des journalistes payés à la ligne et tout le menu fretin de Fleet Street venaient prendre leurs repas à la hâte. Il y avait un bar à sandwichs juste en face du porche où il s'abritait, et il se dit qu'il pourrait y entrer et montrer la photo aux serveuses en leur demandant si elles savaient où travaillait cette fille. Il n'avait certes pas beaucoup d'espoir, mais il sentait qu'il devait faire quelque chose.

Il traversa la rue et entra dans la salle exiguë, où il faisait moins étouffant qu'on aurait pu le craindre car elle était ouverte sur l'air pluvieux. En dehors de deux soldats au comptoir, le bar était désert, et la serveuse blonde lavait des verres en plaisantant avec eux.

Ils levèrent tous trois la tête quand Kenneth entra.

Tout en ôtant son chapeau pour les saluer, il songea brusquement que son enquête risquait fort d'éveiller des idées égrillardes chez des esprits vulgaires, ce qui le mit encore plus en colère.

– Bonsoir, commença-t-il, je cherche à retrouver une jeune fille… *cette* jeune fille…

Il brandit la photo.

– … et je me demandais si vous pourriez m'aider.

Il y avait quelque chose de romantique dans sa demande, et elle fut écoutée avec bienveillance. Le respect pour les gens bien habillés et d'apparence prospère a presque disparu en Angleterre depuis la guerre contre les nazis, mais il a été remplacé par une simple gentillesse et un intérêt spontané pour l'élément humain d'une histoire, ce qui vaut nettement mieux aux yeux de certains. La serveuse blonde aussi bien que les deux soldats parurent intéressés.

– Bien sûr, si je peux. Voyons voir..., dit-elle, tandis que les soldats jetaient discrètement un coup d'œil sur le journal que Kenneth tendait par-dessus le comptoir.

– Oh! s'exclama-t-elle aussitôt. C'est votre jour de chance! Je ne la connais pas personnellement, mais je sais où elle travaille. Le monsieur qui a écrit cet article a pris son café ici ce matin, et il me l'a dit.

– Oh... merci... je vous suis très obligé, dit Kenneth sans réussir à cacher son excitation.

– C'est un milk-bar dans le West End, expliqua-t-elle.

Elle lui décrivit un endroit non loin du restaurant où il avait déjeuné.

– Il était tellement content qu'ils aient mis son article en valeur, continua-t-elle en regardant le journal d'un air possessif. C'est un garçon sympathique. Il vient souvent ici.

– C'est vraiment gentil à vous et je vous suis très obligé, répéta Kenneth précipitamment. Euh... je vous en prie...

Il poussa vers elle un billet de dix shillings sur le comptoir et sortit en hâte pour éviter tout remerciement, en laissant aux trois occupants du bar de quoi discuter jusqu'à trois heures et demie, quand les clients afflueraient de nouveau pour prendre leur thé.

Il retourna en taxi à Piccadilly.

33

Le milk-bar du West End était vaste, florissant et rempli de membres de l'armée : officiers polonais, reconnaissables à leurs casquettes carrées, parachutistes aux écussons sur l'épaule ornés d'un extraordinaire cheval ailé, simples soldats américains, aux beaux visages pâles et replets – dont l'uniforme est très apprécié de nos jeunes Anglaises, car il ressemble à celui des officiers de l'armée britannique et évoque un grade élevé –, et les jeunes filles elles-mêmes, avec leurs boucles en désordre sur les épaules et leurs tenues bon marché aux vives couleurs, qu'elles portaient d'un air crâne, sans oublier les recrues féminines de l'armée de l'air, bien en chair, avec leurs joues roses et leurs cheveux bien coiffés, et pour finir quelques marins américains, dont le sinistre uniforme noir de pirate contrastait avec leur expression empressée. Il régnait une chaleur étouffante, malgré la pluie froide qui tombait dehors, et les clients parlaient tous à tue-tête. L'endroit sentait les vêtements humides et les plats chauds.

Kenneth aperçut les visages fatigués et fardés des serveuses, qui remplissaient les verres de jus de fruits synthétique jaune ou orange vif. Il se fraya un chemin jusqu'au comptoir, en cherchant

Vartouhi parmi les silhouettes vêtues de blanc, mais elle n'était pas là.

Ayant repéré une femme entre deux âges, moins fardée que les autres, il réussit à attirer son attention. Elle le regarda d'un air interrogateur, comme pour lui demander ce qu'il voulait commander, mais il se pencha sur le comptoir et demanda :

– Miss Annamatta travaille-t-elle ici ?

Elle le fixa avec stupeur, comme si elle ne comprenait pas.

– Cette jeune fille…, dit-il en brandissant le journal avec la photo de Vartouhi. C'est une amie…

Il eut soudain une idée et continua presque sans reprendre haleine :

– … une amie de ma sœur, et j'ai un message pour elle. Travaille-t-elle ici ?

La femme, qui n'était pas anglaise et semblait particulièrement stupide, regarda le journal, sourit soudain et hocha la tête.

– Peggii ! Oui, elle trafaille ici. Mais elle n'est pas ici cet après-midi. C'est son après-midi de congé.

Le découragement gagna Kenneth. Il avait espéré voir apparaître Vartouhi d'un instant à l'autre.

– Oh. Euh… travaillera-t-elle ce soir ?

La femme le fixa avec une telle attention qu'il en fut gêné.

– J'imagine que vous ne pouvez pas me dire où elle habite ?

– Je ne sais pas où elle habite.

Elle se détourna un instant pour servir deux jeunes clientes, puis accorda de nouveau son attention à Kenneth.

– Croyez-vous qu'une des autres serveuses le saurait ? Ou la gérante, peut-être ?

Elle fit signe qu'elle n'avait pas entendu. De fait, le bruit des voix et des rires était assourdissant. La lumière brillante se réfléchissant sur le carrelage blanc des murs semblait rendre encore plus intenses la chaleur, le vacarme et les odeurs. La nourriture avait les couleurs vives d'un paradis artificiel, et les boissons sans alcool roses ou rouges s'écoulaient des robinets argentés comme les liquides dans les ballons géants d'un chimiste. Kenneth répéta plus fort sa question, et la femme parut hésiter. Toutefois elle dit quelques mots à une serveuse plus jeune, brune et jolie, qui s'occupait de la fontaine à café. Celle-ci s'approcha en hâte du comptoir et se pencha vers Kenneth.

– C'est au 14 Ardley Street, Mornington Crescent, dit-elle en souriant.

Elle semblait plus intelligente que sa collègue et parlait nettement mieux anglais, bien qu'elle fût également étrangère.

– J'imagine que vous ne savez pas où c'est, pas vrai ? Vous pouvez prendre le métro à Leicester Square jusqu'à la station Mornington Crescent. C'est sur la ligne du nord. Ardley Street se trouve près du grand cinéma au coin de Crowndale Road.

Elle passa ses doigts dans ses boucles brunes en le regardant avec un intérêt bienveillant, et ajouta :

– Vous êtes journaliste, vous aussi ?

Kenneth ne faisait pas partie des gens appréciant cette absence de déférence pour la supériorité sociale qu'on voit maintenant en Angleterre. Il avait déclaré plus d'une fois qu'il était un trop vieux singe pour apprendre de nouvelles grimaces. Il répondit donc poliment mais avec raideur que Miss Annamatta était une amie de sa sœur et qu'il avait un message pour elle, puis il salua la jeune serveuse et se détourna. Tout en se frayant lentement un chemin dans la foule, il se dit qu'il valait autant qu'il n'ait pas récompensé son informatrice comme la première fois. Il commençait à se lasser un peu de l'intérêt immédiat qu'éveillaient ses questions, et s'il se mettait à distribuer des billets pour le moindre renseignement, il ne ferait qu'attirer encore plus l'attention. Dans le même esprit, il préféra ne pas se rendre en taxi à Ardley Street.

En émergeant de la station de métro, il se retrouva dans un autre monde.

De tels changements sont monnaie courante à Londres, même si les quartiers riches et les rues misérables sont maintenant unis en un délabrement fraternel, qui ne fait qu'intensifier mystérieusement le caractère londonien des uns comme des autres. Cependant, dans les rues où les loyers sont astronomiques, on sent encore la fortune et l'entreprise privée lutter pour se libérer du filet où l'État les a emprisonnées, tandis que dans les rues misérables même les quelques modestes apparences d'une pauvreté décente ont disparu, et les ruines elles-mêmes y sont plus laides. Cela faisait longtemps que Kenneth n'avait vu un endroit aussi désolé qu'Ardley Street et ses environs sous la pluie battante de cette morne journée de printemps. La rue consistait en une rangée de hautes maisons de briques sombres, qui avaient été jadis les demeures élégantes d'une bohème joyeuse mais chaste à la périphérie de la ville, un Chelsea du nord de Londres, où peintres, écrivains et graveurs s'étaient installés avec leurs familles dans les années 1840, pour profiter des places plantées d'arbres juvéniles et du charmant panorama des collines préservées de Hampstead et de Highgate au loin.

À présent, au milieu de la guerre contre les nazis, Ardley Street était à moitié en ruine. Quelques familles vivaient encore derrière les fenêtres obstruées avec du papier noir et cultivaient les longs jardins maussades, dont les grilles avaient été enlevées pour récupérer le fer, mais la plupart des quinze maisons étaient inhabitables. Trois lourdes bombes étaient tombées une nuit derrière la rangée de maisons, ne laissant qu'un immense terrain vague à la place des bâtisses identiques dont les jardins jouxtaient autrefois ceux d'Ardley Street.

Remontant le col de son manteau, Kenneth se dirigea vers le 14, qui devait être à droite au bout de la rue. Il pleuvait toujours à verse et le rhumatisme à son épaule lui faisait mal. Il était bouleversé de découvrir que Vartouhi habitait dans un quartier aussi pauvre et sale. Si quelqu'un lui avait dit qu'avant la guerre Ardley Street avait possédé une certaine aisance et même, par une journée d'été douce et limpide, une certaine beauté, il ne l'aurait pas cru. On y voyait encore des traces d'une ancienne prospérité, et la présence étrange de ce qu'on pouvait appeler encore de la beauté, mais si bien cachée que seuls un Sickert ou un Verlaine auraient pu la percevoir.

Kenneth remonta le long jardin du 14. Il avait été pourvu autrefois d'une grille aux solides barreaux, mais plus rien ne protégeait maintenant de la cupidité humaine un rang de robustes épinards, sinon l'honnêteté des habitants d'Ardley Street. En le regardant, Kenneth se sentit un peu rasséréné. Quels que fussent les gens vivant dans cette horrible maison, ils savaient cultiver les épinards, donc ils ne pouvaient pas être si mauvais.

La porte d'entrée était ouverte. Il scruta l'intérieur d'un couloir semblable à un tunnel obscur, graisseux et usé par le passage des habitants et du temps. On avait l'impression que des gens ne cessaient de se cogner contre les murs, tant ils étaient pressés d'entrer ou de sortir. Il n'y avait aucune trace de mobilier dans ce couloir, pas plus que de tapis sur le sol crasseux ou sur les marches de l'escalier. Seul un affreux rideau suspendu de guingois pour le black-out à la fenêtre d'un palier, à mi-hauteur de la volée de marches, témoignait qu'on n'était pas ici dans un antre habité par des animaux. La vitre centrale de la fenêtre était cassée, et on l'avait obstruée avec du papier noir, mais elle était encadrée par deux séries de petits vitraux, représentant des colombes s'entrelaçant à un rameau de myrte, une guirlande de volubilis, une urne d'où s'échappait du lierre, et ainsi de suite. Le rebord de la fenêtre était large et bien proportionné. Cette maison avait été jadis digne, solide et confortable.

Kenneth se tourna vers la porte d'entrée avec un grognement de dégoût et frappa un coup vigoureux avec le heurtoir, dont l'écho résonna dans le vestibule. Il crut que personne n'allait venir, mais comme il était préparé à attendre, il patienta. Au bout d'un long moment, il lui sembla entendre des pas traînants, et il fut certain que quelqu'un venait. Pour finir, la porte au bout du tunnel s'ouvrit et une petite vieille s'avança furtivement vers lui.

Elle portait une jupe descendant jusqu'aux chevilles, qu'elle avait passée sur une chemise de nuit vraisemblablement en flanelle jaune, et elle avait enveloppé sa tête et son buste dans un châle noir, au tissu rêche et poussiéreux. Ses cheveux gris étaient défaits et elle leva les yeux sur Kenneth à travers ses mèches emmêlées. Elle n'avait pas de dents. Il ôta son chapeau et se disposa à l'interroger sur Vartouhi, mais avant qu'il ait pu rien dire, elle lança d'une voix flûtée :

– Oui ? C'est à quel sujet ? Oh, je pense que ce n'est pas moi que vous voulez voir. Vous venez pour Mr Perzetti. Il faut frapper trois coups. Comme j'habite au rez-de-chaussée, c'est un seul coup pour moi.

– Je suis désolé de vous avoir obligée à sortir…, dit Kenneth.

Les relents vaguement maladifs s'exhalant du vestibule et de la vieille femme étaient très désagréables.

– Ce n'est rien. Je n'étais pas couchée.

Elle serra plus étroitement la flanelle jaune autour de son cou ridé.

– Excusez-moi de n'être pas habillée. Je prenais une tasse de thé. Pour Mr Perzetti, frappez trois coups.

Elle lui sourit vaguement, comme si elle ne le voyait pas très bien, et se détourna.

– Mr Perzetti est le propriétaire ? lança-t-il, ne sachant s'il avait entendu correctement le nom.

– Oui, Mr Perzetti, dit la vieille femme avant de s'éloigner d'un pas traînant et de disparaître derrière la porte au bout du couloir.

Cette fois, Kenneth frappa trois coups avec le heurtoir. En attendant Mr Perzetti, il regarda sa montre. Il était trois heures juste.

Mr Perzetti ne mit pas autant de temps que la vieille femme à répondre aux coups du heurtoir. Une demi-minute plus tard, Kenneth entendit des pas pressés sur le palier et un gros homme brun d'une cinquantaine d'années, au visage rouge et aux yeux noirs, descendit l'escalier. Il était chauve, en bras de chemise, et tenait à la main l'édition du *Star* consacrée aux courses.

– Oui ? demanda-t-il d'un ton rogue.

Après avoir regardé Kenneth de plus près, il s'adoucit :

– Vous vouliez me voir ? Je suis Mr Perzetti. Vous êtes de la défense passive, pas vrai ? Vous venez à cause de la lumière qu'on voyait la nuit dernière ? Nous avons tout expliqué au garde.

– Oh, non, je n'ai rien à voir avec cette histoire, répliqua Kenneth.

Il sentit qu'il aurait été utile de sourire, mais il en fut incapable tant cette maison lui répugnait.

– Il s'agit d'une affaire personnelle. Miss Annamatta habite-t-elle ici ?

– En effet, répondit aussitôt Mr Perzetti en reprenant un air belliqueux. Elle est au dernier étage, appartement du fond. J'espère qu'elle n'a pas d'ennuis ? C'est une brave fille, très tranquille. Mrs Perzetti n'accepterait pas un autre genre de locataires. C'est une maison respectable, ici.

– Oh… il ne s'agit pas d'un problème *de ce genre* ! s'exclama Kenneth.

Il était maintenant vraiment horrifié de se retrouver dans de tels bas-fonds. Cela faisait vingt-cinq ans qu'il n'avait plus eu affaire à la laideur de la vie.

– C'est une amie de ma sœur, qui m'a confié un message pour elle… en fait…

Il hésita. Si toute cette situation ne lui avait pas fait horreur à ce point, il n'aurait pas trouvé déplaisants l'aspect et les manières de Mr Perzetti. C'était un homme propre (du moins, comparé à la maison), il avait l'air vif et s'exprimait avec sérieux. Il avait aussi cette qualité indéfinissable qui fait que nous avons confiance en quelqu'un. Après l'avoir observé de nouveau, Kenneth décida de se confier à lui.

– Je veux la voir, déclara-t-il, car ma sœur et moi désirons vivement la persuader de revenir chez nous. Elle est restée avec nous pendant huit mois comme… euh… aide maternelle, et elle nous a donné entière satisfaction. Mais j'ai dû me rendre à Londres au chevet de mon père, qui était malade, et pendant mon absence une… euh… il y a eu un léger malentendu, et ma sœur et Miss Annamatta ont eu des mots…

Mr Perzetti hocha brusquement la tête, comme pour dire qu'il savait comment étaient les femmes. Ce geste démonta Kenneth plus qu'il ne l'encouragea, mais comme il semblait peu probable qu'il pût voir Vartouhi cet après-midi sans la collaboration de Mr Perzetti, il continua ce récit désagréable de ses déboires personnels.

– … et ma sœur… euh… a renvoyé Miss Annamatta. Nous tenons beaucoup à la convaincre de reprendre son ancienne place. Euh… est-elle chez elle ?

Mr Perzetti secoua la tête.

– C'est son après-midi de congé, monsieur, dit-il.

Il n'insista pas sur le « monsieur », mais en l'entendant Kenneth se sentit plus à l'aise et mieux disposé envers Mr Perzetti.

– J'imagine qu'elle est sortie avec son petit ami, continua Mr Perzetti. Il s'appelle Rowl, un drôle de nom pour un drôle de type. C'est un de ces Canadiens français.

Son ton était dépourvu de toute solidarité impériale.

– Je ne pense pas qu'elle reviendra avant le black-out, ajouta-t-il.

– Oh, dit Kenneth, ne sachant que dire ni que faire.

– En fait, monsieur, dit soudain Mr Perzetti, elle nous a parlé de vous et de votre sœur. Sans vous nommer, bien sûr, les étrangers ne sont pas bavards, sauf quand ils sont du genre à vous raconter leur vie dans un autobus, comme les Juifs. Mrs Perzetti et moi, nous ne l'avions pas crue. Nous pensions qu'elle inventait, à la manière des jeunes filles. Enfin, comme disait Mrs Perzetti, était-il vraisemblable qu'elle travaille dans un milk-bar après avoir eu une bonne place dans une grande maison à la campagne ? Bien entendu, nous ne lui avons pas montré que nous ne la croyions pas. Nous ne voulions pas la blesser.

La sympathie de Kenneth pour Mr Perzetti grandit quand il entendit ces derniers mots.

– Qu'allez-vous faire, monsieur ? demanda Mr Perzetti qui manifestement, comme tous les gens sollicités par Kenneth, prenait maintenant un intérêt personnel à son histoire. Voulez-vous attendre ici jusqu'à son retour ? Mrs Perzetti pourrait vous préparer une tasse de thé…

Il fut interrompu de façon assez surprenante par une toux étouffée qui semblait venir du palier. Stoppé en plein élan d'hospitalité, il reprit d'un ton plus prudent :

– Enfin, en réalité, monsieur, je ne sais pas si nous pourrions nous permettre de vous inviter. Mrs Perzetti tient à sa propre tasse de thé, et vous savez que les rations sont bien limitées quand on n'est que deux. Mais…

– C'est très aimable à vous, mais je prendrai le thé plus tard, le coupa Kenneth. Vous dites que Miss Annamatta devrait revenir vers l'heure du black-out ? C'est autour de sept heures, n'est-ce pas ?

– Sept heures deux, monsieur, répondit promptement Mr Perzetti. Je suis chauffeur de taxi, quand je travaille – je sors tout juste de l'hôpital, après six semaines de pleurésie. Dans mon métier, on prend l'habitude de connaître l'heure du black-out.

– Cela me donne environ trois heures à remplir, dit Kenneth. Voyons… je peux téléphoner à ma sœur… et prendre le thé quelque part… et peut-être faire un tour au cinéma… oui, c'est entendu, je reviendrai vers sept heures.

– Je suis désolé de ne pouvoir vous offrir une tasse ici, déclara Mr Perzetti à voix basse en regardant vers le haut de l'escalier. Mais vous savez ce que c'est. Vivement que tout ça soit fini et que nous puissions nous baigner dans du thé, si nous en avons envie !

Kenneth approuva en souriant.

– Deux guerres en une vie, ça suffit pour n'importe qui, poursuivit Mr Perzetti avec chaleur. J'ai fait toute la dernière guerre – la Somme, Ypres, tout. Quatre années en France.

Il s'ensuivit un échange, intéressant pour l'un comme pour l'autre, de souvenirs sur la Première Guerre mondiale. Quand ils eurent terminé, les rapports entre Kenneth et Mr Perzetti n'étaient plus les mêmes.

– Oui, et maintenant il faut tout recommencer, conclut Mr Perzetti. Sapristi, aujourd'hui encore, j'ai parfois du mal à y croire. Comment avons-nous pu être poires à ce point ? Enfin, monsieur, vous devez avoir envie d'y aller. Le mieux, à votre retour, c'est que je vous conduise dans sa chambre pour que vous l'attendiez.

– Oh… très bien… merci… si vous pensez que cela n'ennuiera pas Mrs Perzetti ?

Mr Perzetti fit un geste aussi éloquent qu'indescriptible, héritage peut-être d'un ancêtre latin, qui exprimait l'impatience, l'indifférence, le mépris et un amusement égrillard, même s'il se contenta de dire :

– C'est entendu, monsieur. Vous reviendrez vers sept heures, et elle sera probablement déjà là. Elle ne sort jamais après le black-out. En fait, Mrs Perzetti a eu une discussion avec elle à propos du fameux Rowl, étant donné que Peggy (nous l'appelons Peggy) est seule en Angleterre. Mrs Perzetti n'a pas de fille et elle s'est prise d'affection pour Peggy. Et ce Rowl ne lui plaît *pas du tout*.

Mr Perzetti secoua la tête.

Kenneth était tellement intéressé qu'il ne put s'empêcher de lui jeter un regard interrogateur. Il avait beau sentir qu'il n'aurait pas dû écouter ces ragots de bas étage, c'était plus fort que lui.

– Non, *pas du tout*. Mrs Perzetti sait juger les gens, et elle dit que ce type n'est qu'un vaurien.

– Et… euh… Peggy est vraiment fiancée avec lui ?

– Il ne lui a pas offert de bague, si c'est ce que vous voulez dire, monsieur. Et d'après Mrs Perzetti, il ne le fera jamais s'il peut parvenir autrement à ses fins. De toute façon, il ne dit pas grand-chose. Il rôde simplement dans les parages dès qu'il a une permission, en regardant la maison et en en faisant le tour. Il suit Peggy comme son ombre. Ça fait froid dans le dos à Mrs Perzetti. Peggy, elle, ne fait qu'en rire. Vous la connaissez, monsieur.

Kenneth ne la connaissait que trop bien. En s'éloignant du 14 Ardley Street, il commençait à penser qu'il était arrivé juste à temps. Les habitants de cet antre sordide s'étaient révélés être des êtres humains, qui aimaient prendre le thé et tentaient de protéger une jeune fille de dangers vagues mais menaçants. Il lui semblait que Vartouhi n'avait rien à craindre avec eux. Mais les Perzetti, malgré leur gentillesse, ne pouvaient lui offrir une sécurité et une protection durables contre la pauvreté, la maladie et l'amour dangereux de jeunes vauriens. Il était maintenant impatient de l'avoir à son côté, rieuse, en sûreté, dans le train qui les ramènerait à la paix et au confort de Sunglades.

Il téléphona à ses sœurs. Ignorant les exclamations irritées de Miss Fielding, il lui expliqua ce qui était arrivé et l'avertit qu'il devrait peut-être passer la nuit dans l'appartement londonien de Joan. Puis il appela Mrs Miles, à qui il déclara qu'il aurait sans doute besoin d'un lit pour la nuit. Bien entendu, il était prêt à coucher n'importe où. Elle répliqua avec brusquerie que cela ne posait aucun problème. Henry pourrait prendre le divan, son sommeil était si mauvais depuis quelque temps que l'endroit où il dormait n'avait aucune importance pour lui.

Kenneth prit une tasse de thé et une tartine de margarine dans un petit café de Camden Town High Street, puis il se rendit à Camden Town proprement dit pour passer une heure environ dans un cinéma. Il était tellement soucieux et perturbé qu'il prêta à peine attention au film. Il voulait juste rester assis en silence et essayer de réfléchir.

Quand il sortit, à sept heures moins le quart, le crépuscule bleuissait déjà. Il pleuvait toujours à verse.

34

Il descendit High Street d'un bon pas, en passant devant les trous béants où se dressaient autrefois des maisons et les petites boutiques dont les devantures bariolées offraient un bref festival de couleur et de lumière avant que s'abatte le black-out. Des nuages bas et gris parcouraient le ciel à vive allure et le vent était glacial. C'était une ville de misère et de ruines, incroyablement délabrée, mutilée et lugubre, et il ne vit pas l'honneur, la fierté et le courage qui l'enveloppaient comme le voile bleuté du crépuscule printanier. Pour Kenneth, des boutiques miteuses étaient des boutiques miteuses, des ruines étaient des ruines, et une soirée infecte était une soirée infecte. En dehors de la guerre de 1914, il avait passé sa vie dans des endroits agréables et n'avait jamais eu à chercher la beauté au cœur de la décrépitude.

Quand il arriva, Mr Perzetti était dans le vestibule et le précéda dans l'escalier, en s'arrêtant pour ajuster au passage le macabre rideau du black-out sur le palier et en s'excusant du délabrement de la maison. Apparemment, leur propriétaire se refusait à faire davantage que les réparations absolument nécessaires pour empêcher son bien de s'écrouler, et ils n'avaient pas eu de chance avec leurs locataires depuis la guerre. En outre, Mrs Perzetti était de santé délicate et les courses lui prenaient la plus grande partie du temps qu'elle aurait pu consacrer à nettoyer la maison.

Pendant leur ascension, ils passèrent voir Mrs Perzetti. Assise dans un appartement rempli à craquer d'énormes canapés et d'imposants fauteuils, devant un feu pétillant et un dîner pour deux convives, elle se contenta de faire un signe de tête aimable à Kenneth, car elle avait la bouche pleine. Elle était plutôt jolie, avec des yeux marron et une frange crêpelée. Il flottait dans la pièce une forte odeur de crin chaud, en provenance des canapés et des fauteuils, et de hareng fumé. Kenneth lui dit bonsoir, conscient d'être jugé, et ne put s'empêcher d'être soulagé en constatant qu'elle restait cordiale. Une étoffe colorée couvrait une cage, sur un coin de la table. Il entendit des gazouillements assourdis, comme si leurs voix dérangeaient les occupants de la cage.

– Ce sont les petits chéris de Mrs Perzetti, expliqua son mari avec indulgence en fermant la porte.

Il regarda en haut des marches.

– Par ici, monsieur, je vous prie.

L'obscurité n'était pas complète. Une pâle lumière bleue se déversait dans la cage d'escalier, par une fenêtre qui devait s'ouvrir plus haut, et éclairait le mur légèrement boursouflé sous son papier à fleurs. Dans cette clarté incertaine, il paraissait se soulever légèrement, comme si une créature vivante était tapie derrière lui. Kenneth savait ce que c'était. Il retrouvait en ces lieux l'odeur faible et aigre s'exhalant à travers les portes ouvertes d'un village français : la puanteur d'une crasse compacte, incrustée peu à peu en quatre-vingts ans. Il retint son souffle en montant l'escalier et répondit par des hochements de tête à Mr Perzetti, qui lui racontait qu'ils avaient dû tapisser l'escalier et la chambre à leurs propres frais.

– Voici la chambre de Peggy, monsieur, dit Mr Perzetti en ouvrant une porte.

Il poussa une exclamation agacée :

– Sapristi ! Elle a laissé la fenêtre ouverte, cette petite sotte ! Il a plu sur le parquet.

Il alla fermer la fenêtre. Kenneth vit seulement que la chambre était très exiguë, avec un petit lit aux couvertures élimées, et qu'elle sentait bon. Vartouhi avait laissé ses quelques trésors sur une table près de la fenêtre, et le vent les avait éparpillés. Son sac à dos était posé sur une chaise au siège troué. Une de ses écharpes aux vives couleurs dépassait du tiroir d'une petite commode nantie d'une unique roulette.

– Le loyer de Peggy est de huit shillings six pence par semaine, déclara Mr Perzetti. Et c'est une affaire, monsieur. Dans n'importe quelle autre maison, depuis la guerre, elle paierait douze shilling six pence pour une chambre meublée aussi bien située que celle-ci. Le soleil donne en plein, du moins quand il y en a. Mais Mrs Perzetti et moi, nous ne voulions pas la pressurer. Elle gagne vingt-cinq shillings par semaine, ce n'est pas beaucoup.

– Non, en effet, marmonna Kenneth.

– Elle va rentrer d'un instant à l'autre, monsieur. La porte d'entrée est ouverte. Quand elle montera l'escalier, je lui dirai que vous êtes ici.

– Merci.

Mr Perzetti sortit de la chambre, et Kenneth s'approcha de la fenêtre.

Ayant remonté le châssis branlant, il se pencha en laissant la pluie froide fouetter son visage. Puis il baissa les yeux.

À ses pieds, très loin, l'étendue grise d'un terrain vague apparaissait indistincte dans le crépuscule naissant. Il était entouré de maisons sombres. Certaines dressaient leurs ruines squelettiques se détachant sur le ciel, d'autres n'étaient plus qu'une masse de pierre informe, sans une lumière ni aucune trace de vie humaine. Il distingua des trous carrés dans la surface envahie de mauvaises herbes, des flaques d'eau que la pluie criblait inlassablement, des tas de briques plus sombres et une pile d'objets rectangulaires, qui étaient sans doute les portes des quinze maisons occupant autrefois cet emplacement. À un bout, une mare pleine entourée d'un mur reflétait le ciel bleu foncé. Plus loin, à côté d'un espace blafard où la moitié d'une maison avait été réduite en poussière, s'ouvraient deux cavernes noires qui devaient être des caves. La pluie crépitait doucement contre la fenêtre à laquelle il était penché, et quelques arbres imposants gémissaient sans trêve. Il n'y avait aucun autre bruit, et les ruines et les mauvaises herbes étaient glacées, détrempées par la pluie. Cet endroit semblait mort.

Pourtant, une violence y était tapie. Même Kenneth le sentait, lui qui n'avait pas beaucoup d'imagination. Si les passions violentes d'êtres humains peuvent laisser des fantômes dans les lieux où ils ont souffert, l'étrange gémissement des bombes et la terreur de l'incendie et d'une puissance incroyable peuvent eux aussi susciter des fantômes. Ici même, ces puissances aveugles et créées par des hommes avaient frappé. Cet endroit était hanté, autant que n'importe quelle pièce silencieuse dans un presbytère désert ou qu'un corridor dans un château écossais vieux de huit siècles. En reculant dans la pièce, Kenneth frissonna. Il avait mal à l'épaule et était affamé.

– Quelle piaule infecte, grommela-t-il. Vivement que je sorte d'ici.

Mais alors qu'il se détournait de la fenêtre, quelque chose bougeant près du mur qui entourait le réservoir attira son attention, et il se pencha de nouveau dehors pour voir ce que c'était.

Deux silhouettes approchaient du terrain vague, en marchant sur le sentier longeant le réservoir. Un homme et une femme. Il sembla à Kenneth que l'homme était un soldat. Il marchait en tête, d'un pas lent mais élastique, et la femme le suivait, apparemment sans enthousiasme. Elle resta en arrière, sauta sur un tas de briques, attendit qu'il se retourne pour la regarder. Puis elle cacha sa bouche derrière sa main – ah, il n'y avait qu'une seule femme pour faire ce geste ! – et tendit l'autre main, comme pour inviter son compagnon à la prendre. Elle avait un étrange objet sur la tête. Kenneth se dit qu'il devait s'agir d'un des petits bonnets bizarres de Vartouhi, et que c'était bien elle. Il se pencha encore davantage à la fenêtre, dans le crépuscule assombri, pour mieux voir.

Ni le soldat ni elle ne semblaient faire attention au mauvais temps. Quelque chose dans cette scène – la solitude, le déluge s'abattant dans l'obscurité grandissante, les ruines silencieuses où vibraient encore les souvenirs d'une violence terrible – déplaisait profondément à Kenneth. Personne n'aurait dû se trouver là, sous la pluie battante, alors que le black-out approchait. Ce n'était pas naturel. « Si vraiment il s'agit de Vartouhi et si elle revient trempée, pensa-t-il, je vais lui passer un savon. »

Soudain, il entendit la voix de Vartouhi s'élever dans la pénombre, claire et indignée. Il ne put retenir un sourire amer. La voilà qui faisait de nouveau des siennes ! Elle était en train d'enguirlander ce type. Elle n'avait peur de rien ni de personne. L'homme la regardait sans bouger, et elle cacha de nouveau sa bouche derrière sa main, comme si elle riait. Puis elle se détourna, s'élança en courant, dépassa l'homme et le mur entourant le réservoir, et disparut. L'homme ne fit pas mine de la suivre. Après avoir observé un instant les caves obscures, il se détourna et se dirigea lentement vers le réservoir. Kenneth le regarda jusqu'au moment où il obliqua vers la rue et ne fut plus visible.

Il faisait presque nuit. Alors que Kenneth fermait la fenêtre, il entendit soudain des exclamations excitées sur le palier du dessous et reconnut la voix de Vartouhi. Il se redressa et attendit. Quelqu'un monta l'escalier en courant, et un instant plus tard la porte s'ouvrit violemment. Vartouhi était là, souriante. Elle s'exclama d'une voix ravie :

– Il est Mr Kenneth !

Elle tendit les mains, qu'il prit toutes deux dans les siennes. Elle n'avait pas de gants, et sur le moment il ne réussit qu'à articuler d'un ton plutôt bourru :

– Eh bien, Vartouhi ! Bon sang, ce que vos mains sont froides !

– Non, non, j'ai bien chaud. Oh, Mr Kenneth, il est grandement bon vous voir ! Comme je suis contente !

Et elle balança joyeusement les mains de Kenneth.

– Je suis content de vous voir, moi aussi, même si je n'arrive pas vraiment à vous *voir*, dit-il avec un rire bref en s'efforçant de distinguer ses traits dans la pénombre.

– Comment allez-vous ? Bien ? Et… vous êtes heureuse et tout, hein ?

– Je vais grandement bien, Mr Kenneth, et je vis dans cette maison avec des gens bons et gentils qui me donnent beaucoup pour manger et j'ai un travail, aussi, répondit promptement Vartouhi en s'asseyant sur la chaise trouée et en levant les yeux vers lui avec un sourire radieux.

Il voyait briller ses dents blanches.

– Dites donc…, dit-il en regardant autour de lui et en parlant d'un ton pointilleux pour cacher son bonheur. Il n'y a pas de black-out ici ?

– Il est un black-out.

Elle se leva pour ajuster un rideau à la fenêtre, et la chambre sombra dans l'obscurité. Il entendit craquer des allumettes puis une lumière brilla peu à peu, en éclairant le visage de Vartouhi quand elle se tourna vers lui. Elle alluma une bougie, qu'elle posa sur la commode. Cette clarté faible mais solennelle plongea le mobilier miteux de la petite chambre dans une atmosphère romantique, pleine d'ombres étranges et pittoresques, où la crasse de l'édredon et du rideau s'effaçait dans la douceur de l'éclairage.

– Vos vêtements sont mouillés, dit Kenneth d'un ton à la fois sévère et inquiet.

Il ne la quittait pas des yeux. Elle lui paraissait plus jolie que jamais.

– Il est mon manteau, Mr Kenneth. Je ne suis pas mouillée du tout. Je l'enlève.

Quand elle l'enleva, il vit son tailleur habituel, son chemisier blanc et le collier rouge qu'il lui avait offert.

– Vous vous asseyez, Mr Kenneth, continua-t-elle. Il est une chaise qui n'a pas de siège, mais elle va bien. Je m'assieds ici sur le lit.

Une fois assis, il se sentit un peu embarrassé. Il était pleinement conscient que Mr et Mrs Perzetti mangeaient leur hareng à l'étage du dessous avec, pour ainsi dire, les yeux fixés sur la pendule. Mais il ne pensait pas que Vartouhi éprouvât le moindre embarras, car elle lui semblait incapable d'en éprouver. C'était une des raisons pour lesquelles cet homme réservé et conventionnel la trouvait si séduisante.

– Votre vieil et honorable père est-il rétabli ? demanda-t-elle poliment en lui tendant un sachet en papier. Il est ma ration de bonbons. Des caramels aux fruits. Ils n'ont pas de fruit dedans, c'est un méchant mensonge, mais vous les mangez, Mr Kenneth.

– Non, merci. Mangez-les, Vartouhi. Oui, mon père a encore eu un gros rhume, mais il est presque guéri maintenant.

– Et cette méchante femme, votre sœur, Mr Kenneth ? Oh, comme j'espère qu'elle a été malade ! Sans cesse je l'espère !

Kenneth fut un instant combattu par son sens du devoir, puis il éclata d'un rire tonitruant. Vartouhi continua de sourire, en mangeant des caramels et en le regardant d'un air compatissant.

– Vous pensez que je dis une bonne plaisanterie, Mr Kenneth, mais il est vrai. Elle me renvoie parce que je vous fais un beau cadeau. Vous avez vu ?

– Oh, oui… bien sûr, Vartouhi. C'est un cadeau magnifique et vous êtes vraiment adorable d'avoir pensé à moi. Oui, c'est… quand Miss Burton me l'a montré, je pouvais à peine en croire mes yeux… vous devez avoir travaillé très dur.

Comme toujours, il lui parlait comme si elle était une enfant. Ce n'était que lorsqu'ils riaient ensemble qu'il sentait leurs âges se rapprocher, et la joie qu'il ressentait alors était si intense qu'il préférait l'ignorer. Il la ressentait, mais il refusait d'admettre ce qu'elle devait signifier.

– Il est une chose grandement jolie, dit-elle avec complaisance. Au début, je le fais comme cadeau pour Miss Burton car elle me donne trois chapeaux. Puis je pense le faire comme cadeau pour *lui*, pour le rendre joyeux dans cette maison où sa sœur dirige. Donc je le fais pour vous, Mr Kenneth.

– Oh, dit Kenneth d'un air déconcerté.

Dans sa pensée, Vartouhi avait conçu et réalisé avec zèle son cadeau, en gardant le secret comme le font les jeunes filles, mais ce n'était pas cela. Il n'avait fait que recevoir un objet destiné à l'origine à Miss Burton. Il était terriblement déçu.

– Oui, continua Vartouhi d'un ton pensif. Miss Burton me parle de vos deux médailles. Il est une chose grandement courageuse, Mr Kenneth.

Elle le regarda soudain droit dans les yeux.

– Vous êtes un homme vaillant, de même que bon et gentil aussi. En Baïramie, toutes les filles qui ne sont pas mariées font des couvre-lits pour les soldats vaillants. Il est une chose grandement ancienne que nous faisons. On l'appelle un *djan*.

– Je vois, dit Kenneth qui n'était plus déçu mais ravi.

Tant que personne dans sa famille ou son entourage ne découvrait qu'il avait été honoré selon cette antique coutume baïramienne, il pouvait savourer pleinement son plaisir.

– Je ne le dis pas à Miss Fielding, déclara Vartouhi, car je pense qu'elle serait en colère. Mais elle est en colère quand je ne le lui dis pas. Donc un jour je pense que je le lui dis et la mets encore plus en colère. Oui, je pense que je vais le faire.

– Vartouhi…, l'interrompit-il vivement en se penchant sur elle.

Il se contraignit à vaincre une sensation irréelle qui s'emparait de lui, comme dans un rêve, à cause de la douce clarté de la bougie et du bonheur d'être de nouveau avec elle.

– Je suis venu pour vous demander quelque chose. Voulez-vous revenir avec moi à Sunglades ?

– Oh, non, Mr Kenneth, répondit-elle gaiement et sans hésitation. Il est une méchante chose que votre sœur m'a faite, et je ne peux pas, non, je ne peux pas. Je suis en colère contre vous tous.

– Pas contre moi, j'espère ? Je n'ai rien fait. Quand j'ai découvert à mon retour que vous n'étiez plus là, j'ai été très en colère, croyez-moi. Je l'ai dit à ma sœur, et aussi que j'allais tout faire pour que vous reveniez.

Vartouhi réfléchit à cette déclaration, en le regardant d'un air pensif. Il était étrange de se sentir observé par une créature aussi fantasque, et il aurait donné cher pour savoir ce qu'elle pensait. Elle lança enfin :

– Je ne suis pas en colère contre vous, Mr Kenneth. Ni contre Miss Burton, elle est une femme bonne et gentille. Mais je suis en colère contre Miss Fielding, et contre la maison. Il est une maison riche et splendide, Mr Kenneth, mais vieille.

– Vieille ?

– Oui. Confortable, mais toute vieille. Pas de bonnes plaisanteries, pas de danse à la maison de Sunglades. Ici, dans cette maison, tout est sale et pas confortable mais il est beaucoup plaisanter, et grandement nombreux enfants dans cette rue qui font beaucoup de bruit. Et je vais danser avec Raoul.

(Ah ! Il savait maintenant comment s'appelait ce type. On y venait enfin.)

– Raoul ? Est-ce votre… ami… votre petit ami ?

– Il n'est pas mon ami, dit Vartouhi avec hauteur. Il est un homme mauvais et méchant. Il est toujours en colère contre moi, et il ne rit pas et ne fait pas de plaisanteries.

– Mais alors, s'exclama Kenneth d'un ton aussi sévère qu'énergique, pourquoi diable sortez-vous avec lui ?

– Il m'emmène danser au club de danse des Nations unies, répondit-elle en prenant un air si modeste qu'il ne put s'empêcher de sourire. Et il me donne…

Elle leva son poignet en faisant tinter un bracelet fait de minuscules plaques d'émail.

– Il appartenait à une autre fille, expliqua-t-elle. Mais il ne l'aime plus. Elle est morte, il dit.

Kenneth ne put que secouer la tête. Cependant il était convaincu qu'elle n'avait pas changé. Elle était exactement la même qu'à Sunglades. Il en était infiniment heureux, et il résolut sur-le-champ de ne pas retourner dans le Hertfordshire sans elle, quand bien même il lui faudrait un mois pour la persuader de l'accompagner.

– Vous ne devez pas beaucoup vous amuser, avec un type qui fait tout le temps la tête ! s'écria-t-il.

Elle haussa les épaules.

– Je suis triste au début, mais quand nous allons danser je suis contente, car il danse grandement bien, si léger, si doux. Et il aime me tenir dans ses bras, il me dit.

Kenneth garda le silence. Il se sentait terriblement jaloux.

– Depuis combien de temps le connaissez-vous ? marmonna-t-il.

– Deux semaines. Je le vois un jour au milk-bar et il me suit quand je rentre chez moi. Toutes les filles ont peur de lui, mais je ris. Il est si drôle ! Marche tout doucement, tout doucement dans les rues !

Kenneth ne trouvait pas ça drôle. Ce qu'il entendait l'inquiétait de plus en plus. La chambre était silencieuse, en dehors de la voix juvénile de Vartouhi, et il détestait l'obscurité oppressante du black-out derrière les fenêtres. Sous ce voile noir, il pouvait arriver des horreurs. Un homme offrant à une jeune fille le bracelet d'une morte devait être vraiment un drôle de lascar, capable de tout.

– Vous êtes ici dans un environnement affreux, Vartouhi, lança-t-il avec brusquerie.

Après un instant d'hésitation, il ajouta :

– Vous n'allez pas épouser cet individu, n'est-ce pas ?

– Oh, non, Mr Kenneth, se récria-t-elle joyeusement. Il est un mauvais homme et il n'a pas d'argent, aussi.

– Mais vous avez dit que vous l'épouseriez, dans le journal !

– Non, non. Je dis : « Il est mon petit ami » (toutes les filles du milk-bar donnent ce nom à leur homme), mais le journaliste dit : « Il faut que vous disiez que vous allez l'épouser, autrement que va penser le lecteur ? » Donc je dis : « Oh, d'accord, dites comme ça », et il l'écrit.

– Je vois.

Il la croyait, et même si chaque instant renforçait sa détermination à l'arracher à tout cela, il se sentait le cœur plus léger. Elle se fichait éperdument de ce type. C'était le principal.

Il regarda à la ronde. La flamme bleu et jaune de la bougie brillait d'un éclat immobile, comme si elle était peinte sur le crépuscule.

– Vartouhi, il faut que nous en discutions… de votre retour à Sunglades, veux-je dire. Pourriez-vous dîner avec moi ce soir ?

– Oh, oui, Mr Kenneth !

Elle sourit aussitôt avec ravissement et se leva, prête apparemment à partir sur-le-champ.

– Dans un endroit avec plein de lumières et un orchestre ? dit-il en souriant à son tour.

– Il serait si merveilleux, Mr Kenneth. Lyons Corner House ?

– Oh… eh bien… je pense que nous pouvons trouver mieux. Et peut-être serait-il quand même préférable d'être au calme, si nous voulons parler. Vous… euh… devriez enlever ces chaussures mouillées, moi, je vais descendre voir si Mr Perzetti peut nous trouver un taxi.

Mr Perzetti se montra l'obligeance même et regretta de ne pouvoir les conduire lui-même. Avec son assistance, et après une visite de Kenneth à la cabine téléphonique du coin, ils trouvèrent un taxi. Un instant plus tard, Kenneth et Vartouhi étaient en route pour le West End.

35

IL L'EMMENA dans un restaurant tenu par un ex-hôtelier parisien, avec des narcisses frais sur les tables et ces lumières roses tamisées qui sont d'un romantisme éternel. Il n'y avait pas d'orchestre, et cet endroit luxueux était devenu encore plus cher avec la guerre, mais toutes les tables étaient occupées. Car les hommes (en uniforme pour la plupart) et les femmes avaient envie d'un lieu où ils pouvaient rester assis pendant environ une heure à se regarder dans les yeux, à se parler à voix basse, ou à garder le silence et oublier.

– Ça vous va ? demanda-t-il.

Leur table était dans un coin et il s'était arrangé pour qu'elle puisse voir de sa place la longue salle aux couleurs aussi douces que les lumières, avec ses hôtes paisibles.

– Il est grandement joli, dit-elle d'une voix un peu intimidée par le luxe et la pénombre régnant en ces lieux.

– Il n'y a pas d'orchestre, observa-t-il en souriant. Cela ne vous ennuie pas ?

Elle secoua la tête. Ses longs yeux regardèrent chaque table avec intérêt puis se tournèrent de nouveau vers Kenneth tandis qu'un sourire s'épanouissait lentement sur son visage.

– Tous ces gens, dit-elle presque en chuchotant, ils sont des amants.

– Euh… oui, je suppose que oui, Vartouhi. C'est… c'est un état très heureux, vous savez, même en cette période où tant d'entre eux vont devoir bientôt se séparer et ne se reverront pas avant longtemps, peut-être même jamais. Mais nous n'allons pas penser à des choses tristes ce soir, n'est-ce pas ? Nous allons savourer notre dîner, et ensuite nous prendrons nos dispositions pour que vous reveniez demain à Sunglades avec moi.

Le hors-d'œuvre était arrivé et elle le goûta avec un intérêt et un plaisir enfantins, de sorte qu'elle ne répondit que par un sourire. Puis elle se mit à lui parler de son travail. Elle gagnait vingt-cinq shillings par semaine et le milk-bar lui offrait le déjeuner et le thé. Les Perzetti étaient très gentils, dit-elle, et elle dînait avec eux presque tous les soirs. Le dimanche, Mrs Perzetti préparait des saucisses pour elle, et ils avaient plus d'une fois partagé avec elle leur minuscule et précieux rôti. Et quand Raoul avait une permission (sa garnison était à Mill Hill, à moins d'une heure de Londres), il l'emmenait parfois dîner.

– Dans des endroits où il est des mauvaises filles, lui confia Vartouhi. Beaucoup de soldats, aussi. Ces filles sont fardées grandement bien sur leur visage mais dans les toilettes je les entends…

Elle se pencha sur la table et baissa la voix :

– Elles se traitent de *galopes*.

Kenneth ne savait s'il devait rire ou pousser lui-même un juron. Plus le temps passait, plus elle lui était chère, et plus il se rendait compte aussi qu'elle n'était pas malheureuse dans sa nouvelle vie et que s'il tentait de la convaincre de revenir, c'était parce que lui-même en avait tellement envie.

Malgré tout, il y avait aussi le fait qu'elle était sans défense, pareille à un enfant qui ne voit pas le danger. « À long terme, c'est pour son propre bien que je dois la ramener à la maison, songea Kenneth. Que va-t-elle devenir, si elle tombe malade ou si elle perd son travail ? »

– Vartouhi, lança-t-il soudain au moment du café. Avez-vous pensé à l'avenir ? Je veux dire, qu'allez-vous devenir ?

Elle avait sorti son étui à cigarettes cabossé couleur d'argent et de turquoise.

– Oh, oui, Mr Fielding, répondit-elle derrière d'impalpables volutes de fumée. Je vais aller chez ma sœur Yania en Amérique quand cette guerre est finie.

– Ce voyage coûtera cher, où trouverez-vous l'argent ? demanda-t-il.

Il s'en voulut aussitôt, car il avait l'impression d'être brutal.

– Ma sœur Yania va m'en envoyer, Mr Kenneth. Elle va épouser un riche Américain.

– Oh, dit-il.

Il se tut un instant. Cette nouvelle lui déplaisait et il dut faire un effort pour ajouter poliment :

– J'en suis heureux. Euh… quand doit avoir lieu le mariage ?

– En mai, quand l'été commence, elle se marie. Il est une grandement bonne chose.

Ils restèrent un moment silencieux. Vartouhi fumait d'un air rêveur, et il regardait la table d'un air sombre tandis que son cigare se consumait lentement. Outre ce qu'il venait d'apprendre sur la sœur de la jeune fille, il se rappela que son père était relativement riche. Si jamais elle en venait à manquer vraiment d'argent, ce fait pourrait beaucoup l'aider. Cela la rendait certes moins dépendante de la charité d'autrui, notamment de celle de Kenneth, bien qu'elle n'eût peut-être pas accès pour le moment à ses sources de revenus. Il la regarda par en dessous. Son visage lui était si familier, et si cher ! Et pourtant il ne savait rien des circonstances où s'étaient passées les vingt premières années de sa vie.

– Pourquoi êtes-vous venue en Angleterre ? demanda-t-il.

– Mon père entend dire que les Italiens viennent, et je suis sa préférée. Donc il m'envoie en Angleterre pour vivre dans une famille anglaise, apprendre parler anglais grandement bien et être en sécurité. La supérieure du couvent arrange tout. Mais quand j'arrive en Angleterre, le père de la famille est mort, ils sont tous bouleversés et ne veulent pas de moi, et ensuite j'apprends que les Italiens sont venus, donc je ne peux pas rentrer. Il est une chose grandement triste. Alors je vais travailler dans un café. Toujours je travaille dans des cafés. Puis je mets le couteau dans la jambe du marin, comme je vous raconte, et donc je suis renvoyée. Alors je viens chez vous à Sunglades, Mr Kenneth.

Elle prononça ces derniers mots avec un sourire plein d'affection.

– Vous n'aviez donc que seize ans, quand vous êtes arrivée en Angleterre ?

Elle hocha la tête.

– Pauvre petite fille, dit-il. La vie n'a pas été facile pour vous, pas vrai ?

– Oh, non… non, protesta aussitôt Vartouhi. Tout était grandement bien. Il est tant de maisons et de gens ici, et il est si nouveau. Simplement je n'aime pas dormir dans un lit avec une fille anglaise et je n'aime pas que les hommes me touchent, et maintenant je commence à vouloir mon père et ma mère, et mes sœurs et ma nièce Médora. Mais tout est grandement bien, Mr Kenneth, vraiment. Je savoure.

L'insécurité, la solitude, la pauvreté, le labeur, l'exil… elle n'y faisait pas attention. Il était inutile de lui offrir la sécurité et le confort : elle n'en voulait pas. Ce qui plaisait à sa jeunesse, c'étaient la lutte et le changement, l'éclat brutal de la vie elle-même. Elle savourait. Ces deux mots le frappèrent, comme si elle avait brandi sous ses yeux une rose pleine d'épines et de douceur. « Je dois lui paraître sacrément terne », songea-t-il. Et un profond sentiment de solitude commença à s'insinuer en lui.

Il était neuf heures et demie. Il regarda sa montre en la comparant avec la pendule du mur, et il la régla. Puis il dit d'une voix accablée :

– Eh bien, nous n'avons pas encore décidé de ce que vous alliez faire. Qu'en pensez-vous, Vartouhi ? Vous allez revenir demain avec moi, n'est-ce pas ?

Elle secoua la tête.

– Non, Mr Kenneth. Je suis trop en colère encore.

– Mais ma sœur est vraiment désolée, j'en suis sûr. Elle vous le dira elle-même. Vous savez qu'elle a un caractère un peu vif et dit des choses qu'elle ne pense pas.

– Il est une chose mauvaise.

– C'est vrai, mais elle ne peut pas s'en empêcher, elle a toujours été comme ça. Et Miss Burton et moi aimerions tellement que vous reveniez.

Elle plissa les yeux en souriant d'un air taquin, et secoua la tête.

– La maison est si morne et silencieuse sans vous, reprit-il.

– Elle est *trop* silencieuse pour moi, Mr Kenneth, je vous le dis.

– Mais… Vartouhi… vous ne voulez pas revenir rien que pour me faire plaisir ? Bon Dieu, je suis tellement seul ! s'écria Kenneth en se penchant vers elle avec un regard implorant.

Elle le regarda sans cesser de sourire, mais toute moquerie s'effaça peu à peu de son visage.

– Je suis grandement désolée, Mr Kenneth, dit-elle doucement. Il est une mauvaise chose être seul. Vous êtes si bon et gentil, aussi.

– Je n'en ai pas l'impression. Quand je pense que ce type danse avec vous, j'ai envie de lui tordre le cou.

– Vous êtes jaloux, dit-elle en hochant la tête.

Il n'aurait su dire ce qu'elle pensait.

– Sacrément jaloux, approuva-t-il sans réfléchir, et cet aveu lui donna un étrange soulagement.

– Raoul est jaloux aussi. Il dit qu'un jour il va me tuer.

Elle cacha sa bouche derrière sa main et se mit à pouffer.

– Il en serait probablement capable, déclara Kenneth. Il ne faut prendre aucun risque avec lui, Vartouhi. Ce type ne me dit rien qui vaille.

– Je n'ai pas peur, dit-elle en allumant une troisième petite cigarette dorée.

Il comprit enfin qu'elle était vraiment résolue à ne pas revenir avec lui à Sunglades. D'un coup, il se sentit très déprimé. Il avait été si certain qu'elle reviendrait que l'idée de rentrer demain sans elle ne lui était jamais venue à l'esprit, et maintenant il avait peine à affronter cette perspective. Il devint de plus en plus silencieux et remplit son verre encore et encore, tout en disant à Vartouhi avec un bref sourire que trop boire n'était pas bon pour les petites filles – il ne lui permit de boire que deux verres.

Elle ne s'en offusqua pas. Apparemment, elle se satisfaisait de regarder les toilettes des femmes dans la salle et de fumer, avec une expression sereine qui accentuait son aspect oriental et rendait Kenneth malheureux car elle soulignait tout ce qui les séparait : la race différente à laquelle appartenait Vartouhi, sa jeunesse et la maturité de Kenneth, sa désinvolture joyeuse alors qu'il se sentait de plus en plus convaincu que sa propre vie était à moitié terminée et que de toute façon il n'avait jamais vraiment vécu. Il ne cessait de penser avec amertume à Connie, qui l'avait rabroué et tyrannisé pendant son enfance, et s'était mêlée de toutes ses aventures féminines (sauf quelques-unes qu'elle avait toujours ignorées) quand il était devenu adulte. Mais il avait été idiot de la laisser faire. « Oui, je ne suis qu'un idiot », pensa-t-il en regardant mornement Vartouhi.

– Il est dix heures, chérie, dit-il enfin d'une voix plutôt pâteuse. Il est temps que nous y allions, je le crains.

– Vous m'appelez « chérie », observa Vartouhi en lui jetant un regard ravi.

– Eh bien ! Cela vous ennuie ?

Elle secoua la tête.

L'obscurité du black-out était encore accentuée par un léger brouillard qui avait accompagné l'air plus chaud succédant à la pluie, et ni la persuasion ni les menaces ne décidèrent un taxi à les ramener à Mornington Crescent. Il leur fallut prendre le métro, et la dépression de Kenneth fut aggravée par la violence des lumières et la foule bruyante, sans compter qu'ils durent tous deux rester debout et que personne ne proposa à Vartouhi de s'asseoir. « Dieu merci, tout ça finira bien un jour, et il redeviendra possible d'avoir une voiture et de se déplacer de façon humaine, se dit-il en baissant les yeux sur le sommet du crâne de Vartouhi à côté de lui. Bon sang, la vie est insupportable de nos jours, grâce à ce satané peintre en bâtiment autrichien. »

Le train s'arrêta à Mornington Crescent.

Quand ils sortirent de la gare, dans les ténèbres humides, immobiles et silencieuses, il la prit par le bras.

– Il est grandement sombre, dit-elle d'un ton soucieux.

– C'est infect, pas vrai ? Ne vous inquiétez pas, je vous tiens.

– J'aime bien voir.

– Et moi donc ! Mais ne vous en faites pas…

Il alluma sa torche électrique aussi imposante qu'efficace, qui illumina soudain l'obscurité.

– Nous serons bientôt à la maison.

À la maison ! Adressés à Vartouhi, ces mots semblaient chaleureux, réconfortants, et il désira soudain passionnément qu'ils soient vraiment en train de rentrer ensemble à la maison, non pas à Sunglades mais dans une maison à eux, délicieuse et impossible, où elle pourrait avoir tous les petits chapeaux biscornus qu'elle voudrait et où il pourrait bricoler à son aise au jardin et prendre soin d'elle. (Même si elle ne semblait guère en avoir besoin.) Il commença à jouer avec cette pensée, tandis qu'ils marchaient lentement dans la nuit, en s'arrêtant çà et là quand il braquait la torche sur une maison ou un mur pour qu'elle lui dise s'ils étaient sur la bonne route. Ils s'entendraient à merveille, il en était sûr, et elle ferait une petite épouse magnifique, car elle était si pleine de courage et aussi de bon sens, à sa façon bizarre. C'était la plus adorable petite fille qu'il ait jamais rencontrée, et demain il devrait rentrer à Sunglades sans elle.

Il était fatigué et malheureux, et il avait les idées troubles sous l'effet de l'alcool et aussi de cette marche lente, comme en rêve, à travers l'obscurité embrumée les cernant de tous côtés hors du halo de la torche. Une odeur de jeune feuillage flottait dans l'air, et à un moment ils découvrirent à la lueur de la torche le jardin d'une maison bombardée où une vieille aubépine malingre était couverte de bourgeons. « Et si je lui demandais de m'épouser ? pensa-t-il. Bon Dieu, j'en ai drôlement envie. Au moins, ça donnerait du grain à moudre à Connie ! Et c'est le seul moyen de convaincre Vartouhi de rentrer demain avec moi. » Cette idée était si nouvelle et si stupéfiante qu'elle le dégrisa un instant, et ses habitudes timorées de célibataire commencèrent aussitôt à la combattre. Mais l'étrangeté même d'une telle pensée aggrava le sentiment de vivre un cauchemar qu'éveillaient en lui l'alcool et l'obscurité, et bientôt elle se transforma peu à peu en une envie irrépressible de demander Vartouhi en mariage séance tenante.

– Écoutez ! lança soudain Vartouhi.

Elle s'immobilisa en se rapprochant de lui.

– Qu'y a-t-il, chérie ? Vous avez peur ?

Il serra son bras plus fort.

– Une personne nous suit, je crois, Mr Kenneth.

Il secoua la tête mais ils restèrent là un instant, aux aguets. Il n'y avait aucun bruit, en dehors de la rumeur de la circulation affaiblie et assourdie par la distance et le brouillard. Kenneth renifla avec dégoût et reconnut une faible odeur familière. Qu'est-ce que c'était ? Du plâtre humide, du bois carbonisé et des décombres, oui, mais il y avait autre chose. L'odeur reconnaissable entre toutes, aigre, froide et effrayante, des ruines d'un bombardement. Ils devaient approcher du terrain vague. Passant le bras autour des épaules de Vartouhi, il la serra contre lui.

– Tout va bien, chérie. Je suis là.

Ils reprirent leur lente progression, cernés de toute part par la profonde obscurité, sauf aux endroits où la lumière affaiblie de la torche éclairait les pavés mouillés. Le frais parfum du printemps tout proche se mêlait à l'odeur étrange des ruines. Il n'avait encore jamais vu Vartouhi rester si longtemps silencieuse. Serrant de nouveau son bras, il demanda :

– Vous entendez encore des fantômes, hein ?

– Oui, je crois, Mr Kenneth. Et j'ai sommeil, et il est facile de tuer un homme grand et fort en venant derrière lui doucement, tout doucement, sans bruit, et en plantant un couteau dans son dos.

– Bon sang ! s'exclama-t-il. Vous allez me faire peur, en disant des choses pareilles !

– Il est vrai, Mr Kenneth. Dans mon pays, nous le faisons.

– Eh bien, personne ne le fera ici, assura-t-il.

Mais à cet instant précis, il lui sembla entendre bel et bien des pas furtifs derrière eux. Il ne s'arrêta pas de marcher mais prêta l'oreille. Cette fois, il en était sûr : tandis que Vartouhi parlait de la Baïramie d'une voix redevenue allègre, quelqu'un les suivait en marchant au même pas qu'eux ou presque. Son cœur se mit à battre un peu plus fort. Ils étaient maintenant assez loin de la rue et le brouillard s'épaississait à vue d'œil. Il serait si facile de frapper dans la nuit et de s'enfuir à travers le terrain vague avant même qu'on ait pu s'apercevoir de quelque chose. La situation était bigrement déplaisante et il se demanda combien de chemin ils avaient encore à faire.

– Nous sommes bientôt arrivés ? s'enquit-il en tenant la torche plus fermement.

– Je pense que oui, Mr Kenneth. Je ne suis pas sortie dans le black-out ici, avant.

– J'en suis heureux, mais comment cela se fait-il ? Vous ne travaillez jamais le soir, dans ce bouge ?

– Il y avait la lune alors, Mr Kenneth… oh !

Elle termina sa phrase par un cri, car Kenneth se retourna brusquement avec sa torche allumée. Le visage sombre d'un homme clignant des yeux, aveuglé, apparut dans le brouillard.

– Je peux faire quelque chose pour vous ? demanda Kenneth en s'avançant vers lui.

– Il est Raoul ! s'exclama Vartouhi.

Elle éclata de rire.

– Oh, nous pensions qu'il était une personne méchante !

L'homme resta un instant silencieux. Le col de son pardessus kaki était relevé et son menton lourd s'enfonçait dedans. Il ne devait pas avoir plus de vingt ans et ses petits yeux étaient sombres et ternes sous ses épais sourcils.

– Je vous ai fait peur, je parie, dit-il d'une voix traînante. Hello, Peggy.

Il se tourna vers Kenneth.

– Vous avez du feu ?

Sa voix semblait stupide et fatiguée. Tout en parlant, il scrutait l'ombre au-delà du halo lumineux de la torche, comme pour essayer de distinguer le visage de Vartouhi. Il mit la main dans sa poche avec lenteur, en sortit un paquet de Lucky Strike, prit une cigarette et la glissa gauchement entre ses lèvres, sans quitter un instant du regard la silhouette indistincte de la jeune fille.

– Vous êtes dehors trop tard, dit-elle d'un ton taquin du fond des ténèbres derrière la lumière de la torche. Vous allez encore être puni.

– J'ai une permission, marmonna-t-il en inclinant la tête pour atteindre le briquet allumé que Kenneth lui tendait.

Vartouhi avait pris la torche et promenait indolemment son faisceau lumineux sur les barrières et vers le ciel, en laissant les deux hommes dans le noir où brillait seule la flamme minuscule du briquet.

– Ne faites pas ça, Vartouhi ! lança Kenneth.

Raoul exhala de la fumée.

– Vous venez me voir ? continua Vartouhi du même ton moqueur. Il est tard et je ne peux pas vous parler ce soir, je suis grandement fatiguée.

Il secoua la tête, en faisant à peine bouger son cou massif. Il l'observait toujours.

– Bonsoir, dit sèchement Kenneth, en fermant le briquet et en le remettant dans sa poche.

Il reprit la torche à Vartouhi, qui avait cessé de jouer avec, et s'empara de nouveau de son bras.

Raoul fit un mouvement brusque – il était difficile de dire s'il remuait les bras ou les épaules. Kenneth eut une impression si vive de danger qu'il s'avança instinctivement. Puis il braqua la torche sur le jeune visage sombre et farouche.

– Bonsoir, répéta-t-il, mais le garçon ne fit pas attention à lui.

– Bonsoir, Peggy, dit-il. Demain, même heure, hein ?

Vartouhi haussa les épaules.

– Je verrai.

– Même heure, insista-t-il en se penchant légèrement en avant.

– Je verrai, je verrai. Fichez-moi la paix.

Ils ignoraient tous deux Kenneth, c'était comme s'il n'avait pas été là.

– Venez, Vartouhi, intervint-il avec autorité. Vous allez prendre froid si vous restez ici.

Et il s'éloigna rapidement en l'entraînant presque de force.

Le jeune homme ne bougea pas. Le bout de sa cigarette rougeoyait. Il laissa l'obscurité l'engloutir de nouveau, en silence, comme si elle rejoignait les ténèbres régnant dans son esprit. Kenneth prêta l'oreille, mais il n'entendit aucun bruit de pas et jugea qu'ils devaient l'avoir distancé.

– Il n'était que Raoul, dit Vartouhi qui avait retrouvé toute sa gaieté. Il est un idiot.

Kenneth poussa un grognement. À son avis, c'était plutôt un jeune gangster sacrément dangereux, le genre de rebelle que toute la discipline de l'armée serait impuissante à mater. « Il serait tout à fait capable de tuer une femme, songea-t-il, si troublé que son imagination habituellement paresseuse s'était mise en branle. Il ne faut pas qu'elle le revoie. »

Il continua de réfléchir : « Je vais l'épouser et prendre soin d'elle. Du moins, si elle veut bien de moi. Elle ne peut pas continuer comme ça. Tôt ou tard, ça va mal finir pour elle, car elle est tellement enfant par certains côtés et en même temps elle attire tellement les hommes. Je me prépare sans doute un bel avenir ! Elle a vingt-huit ans de moins que moi, et elle est étrangère, avec une famille pléthorique. Et Dieu sait ce que va dire Connie. Mais je vais la demander en mariage. En fait, je suis amoureux d'elle, je veux m'occuper d'elle et je ne serai pas heureux tant que je n'en aurai pas le droit. Allez, j'y vais ! »

Il prit une profonde inspiration, mais ne réussit finalement qu'à gronder :

– Qu'est-ce que cherche ce type, en traînant par ici ?

– Il traîne toujours par ici, Mr Kenneth. Il dit qu'il aime les endroits où les bombes ont été.

Kenneth ne dit rien, mais attendit d'autres révélations intéressantes. Le combat entre son amour et son bon sens faisait toujours rage.

– Il aime le black-out, aussi. Toujours il me demande aller avec lui dans ces maisons bombardées, quand il est black-out.

– Jeune vaurien ! J'espère que vous…

– Il dit que ce serait un bon endroit pour nous embrasser.

– Oui, bon, d'accord. Je n'ai pas envie d'en savoir davantage. Euh… vous le laissez vous embrasser ?

– Il faut bien, dit-elle avec un haussement d'épaules. Il est grandement fort et brutal, aussi.

– Mais ça vous plaît de l'embrasser ?

– Non, non. Ça me fait rire.

– Euh… y a-t-il quelqu'un que vous aimez embrasser ?

– J'aime embrasser ma nièce Médora, répondit-elle promptement. Mais on embrasse trop, en Angleterre.

– Je veux parler d'un homme, pas d'un enfant ou de vos sœurs.

Il attendit sa réponse avec appréhension, mais son propre combat était terminé. Sa prochaine question serait une demande en mariage.

– Oh, non, Mr Kenneth, je n'aime pas du tout embrasser les hommes.

Kenneth émit un son à mi-chemin du rire et du gémissement, puis il s'arrêta net, baissa les yeux sur la chevelure d'or sombre et lança :

– Vartouhi, voulez-vous m'épouser ?

Il était incapable d'imaginer ce qu'elle allait répondre. Elle pouvait aussi bien rire, ou refuser de croire qu'il fût sérieux, ou… n'importe quoi. Il n'était pas de créature plus imprévisible et, quoi qu'elle dise, ce serait surprenant. L'obscurité, son esprit embrumé par l'alcool, leur rencontre sinistre avec Raoul, tout donnait à ce moment un caractère si irréel qu'il avait l'impression de faire un rêve, d'où la prudence et le bon sens avaient été exilés dans le monde éveillé.

– Vous me demandez de vous *épouser* ? s'écria Vartouhi d'une voix suraiguë tant elle était surprise.

Elle s'arrêta net à son tour et leva les yeux vers lui. La lueur de la torche éclairait son trench-coat miteux, dont la boutonnière s'ornait d'une botte de primevères qu'il avait achetée pour elle, mais son visage était dans l'ombre.

– Oui, dit-il d'un ton bourru.

– Oui ! lança aussitôt Vartouhi d'une voix où il entendit vibrer une joie radieuse. Oui, je vais vous épouser, Mr Kenneth. Il est une chose grandement bonne et je suis grandement ravie. Ainsi le sera mon père, et toutes mes sœurs, et ma mère et ma nièce Médora. Oh, comme ils vont être ravis ! Vous êtes un homme bon, gentil et riche, avec une grande maison et…

– Oh, Vartouhi, s'exclama-t-il en interrompant ce flot de paroles qu'elle prononçait avec un accent soudain si marqué qu'il les rendait presque incompréhensibles. Vous ne… m'aimez pas du tout ?

Seule l'obscurité lui donna le courage de poser une telle question. Il ne s'était jamais senti aussi seul de toute sa vie.

– Oh, oui, Mr Kenneth, répondit-elle plus calmement. Je vous aime grandement. Vous êtes si gentil.

Elle ajouta avec douceur, en le regardant à travers le brouillard :

– Je vais être une bonne épouse pour vous.

Elle n'aurait rien pu lui dire de plus délicieux, et rien n'aurait pu le réconforter davantage. Il s'empara doucement de ses bras et se pencha sur son visage.

– Petite fille chérie, marmonna-t-il. Vous voulez bien que je vous embrasse ?

Elle hocha la tête, et elle se serra contre lui avec la fraîcheur et l'allégresse d'une enfant. Il l'entendit murmurer quelque chose et demanda, en la gardant enlacée :

– Que dites-vous, ma chérie ?

– Il est ce que nous disons en Baïramie quand nous sommes promis au mariage. *Je vous donne mon cœur et mon honneur. Bénis soient notre lit nuptial et les enfants nés de vous et de moi.*

Il l'embrassa de nouveau, trop ému pour parler. Sa solitude avait disparu et d'un coup il se sentit très heureux. Il avait vaguement imaginé qu'il serait très amusant d'être fiancé à Vartouhi, qui ferait ses délices en folâtrant comme un chaton, mais il n'avait pas espéré davantage. Et voilà qu'il semblait avoir trouvé une épouse capable de lui prodiguer l'amour sincère et généreux dont il avait toujours rêvé. Tout au fond de lui, il espéra un instant avec embarras que ses sœurs n'entendraient jamais Vartouhi répéter le serment des fiancés baïramiens, mais il chassa aussitôt cette idée.

« Bon Dieu, ce n'est pas pire que la Bible et notre cérémonie de mariage », songea-t-il.

– Vous le dites, lança Vartouhi en secouant doucement son bras.

– Oh, il le faut vraiment ? Bon, entendu. Euh… *Je vous donne mon cœur et mon honneur*… c'est bien ça ?… euh… *Bénis soient notre lit nuptial et les enfants nés de vous et de moi.*

Il prononça ces derniers mots en hâte, presque en chuchotant.

– Maintenant nous sommes fiancés, déclara Vartouhi en pouffant d'un air ravi.

Elle le prit de nouveau par le bras et ils se remirent à marcher.

– Nous sommes presque arrivés à la maison, aussi, Mr Kenneth…

– Kenneth. Vous ne pouvez plus me dire *mister*, vous savez.

– Qu'allons-nous faire ensuite, Kenneth ? demanda-t-elle d'un ton sérieux. Quand voulez-vous m'épouser ? Bientôt ou dans longtemps ?

– Oh… euh… bientôt. Très bientôt. Vous êtes d'accord ?

– Oui. Je vais parler aux gens du milk-bar et revenir à Sunglades avec vous demain matin. Il est une bonne chose ?

– Très bonne, chérie. Je viendrai vous chercher ici en taxi à onze heures, et nous serons chez nous à l'heure du déjeuner.

Ils continuèrent à faire pour la première fois des projets ensemble, ce qui prend toujours un relief délicieux quand on vient de se fiancer. Il découvrit qu'elle avait autant de bon sens qu'il l'avait toujours cru, en dépit de sa façon bizarre de voir les choses et de cette franchise déconcertante qui était si frappante chez elle une fois surmontée la réserve propre à son peuple. La perspective de leur bonheur futur semblait à chaque instant plus assurée, et quand il la quitta au seuil de sa chambre, après un dernier baiser, il se sentait encore abasourdi mais aussi de plus en plus heureux.

Ils n'avaient pas évoqué une seule fois les sœurs de Kenneth.

36

LE LENDEMAIN MATIN, Miss Fielding était dans le petit bureau avec un dictionnaire et une grammaire de la langue maternelle de Mr Stocke, ayant dérobé un moment de répit à ses ennuyeuses tâches ménagères pour se consacrer à ses études, quand le téléphone se mit à sonner. Elle décrocha en poussant un cri d'impatience. Elle avait déjà été interrompue une fois par un appel de Kenneth, annonçant qu'il serait rentré pour le déjeuner et qu'il ramenait Vartouhi. Comme si ce n'était pas assez déconcertant, voilà qu'on venait encore la déranger !

– Constance ? lança sa sœur d'un ton pressant. C'est Joan. Ma chère, tu as eu des nouvelles de Kenneth ? T'a-t-il…

– Oui, il m'a appelée voilà environ trente minutes pour me dire qu'il rentrerait pour le déjeuner, en ramenant cette satanée petite créature. Pourquoi, il y a un problème ?

– Il ne te l'a pas dit ?

– Non, il n'a rien dit. Pourq…

– Il prétend qu'il est… qu'ils sont fiancés.

– *Comment ?*

– Fiancés… ils vont se marier.

– Quelle absurdité! explosa Miss Fielding.

– C'est ce que j'ai dit au début, mais je crains que ce ne soit vrai. Il…

– *Fiancé!* À cette petite… enfin, elle n'est guère plus qu'une servante! Je ne peux…

– C'est exactement ce que je lui ai dit. Et une étrangère, en plus. J'ai dit…

– Tu es sûre qu'il n'était pas… il n'avait rien bu?

– Rien du tout. Comme tu le sais, il a passé la nuit ici, et j'ai pensé qu'il se passait quelque chose car je l'ai entendu rire très fort avec Henry après que je me suis couchée, et tu sais que Henry ne rit presque jamais. Cela m'a paru bizarre, et puis l'attitude de Ken était si singulière. Il était tellement joyeux et excité, il n'arrêtait pas de siffloter dans l'appartement. Finalement, il m'a tout raconté au petit déjeuner.

– Je n'arrive pas à y croire! C'est sûrement une erreur! Ou peut-être est-ce sa façon de plaisanter? Je n'ai jamais entendu…

– Je crains que ce ne soit pas une plaisanterie, Connie. Il paraît très décidé. Il s'est montré assez brutal à ce sujet. Et en fait, Henry a pris son parti. Bien sûr, au début je me suis contentée d'en rire et j'ai dit: « Sottise! » Mais il ne m'a pas prêté la moindre attention. J'ai souligné toutes les difficultés…

– Mais c'est une mahométane! gémit Miss Fielding.

– Pas vraiment. Ne professent-ils pas une sorte d'orthodoxie grecque un peu modifiée? Mais c'est déjà affreux et je ne sais pas ce que les gens vont dire. La mère de Henry m'a téléphoné ce matin.

– Mais comment pouvait-elle être au courant? Quel…

– Henry lui a tout raconté, figure-toi. Elle était bouleversée. Et puis, il y a grand-tante Dolly…

– Je pense qu'il vaut mieux attendre un jour ou deux avant de lui en parler, le temps de voir la suite des événements. Cette nouvelle pourrait la tuer.

– C'est ce que j'ai pensé. Après tout, ils ne sont pas encore mariés, et toute cette histoire va peut-être tourner court.

– Oh, je l'espère tellement ! C'est vraiment incroyable. Tu es *certaine*…

– Bien sûr que j'en suis certaine, Constance, répliqua Mrs Miles d'un ton acerbe. Il me semble que j'ai toute ma raison. Si tu avais vu la figure de Kenneth et si tu l'avais entendu parler de cette histoire, tu n'aurais aucun doute, toi non plus. Je n'ai jamais vu quelqu'un perdre la tête à ce point. C'était assez répugnant, chez un homme de son âge.

– Je ne sais pas comment je pourrai me résoudre à parler à cette fille, proclama Miss Fielding. Évidemment, elle a voulu dès le départ mettre le grappin sur Kenneth. Cela ne fait plus aucun doute, maintenant.

– Non, aucun…

Pip… pip… pip…

« Trrrrrois minutes, je vous prie. »

– Oh… nous prendrons une autre communication, s'il vous plaît, ne coupez pas, lança précipitamment Mrs Miles.

Il y eut un silence.

– … dès qu'elle l'a vu, continuait Miss Fielding, et bien entendu, en confectionnant ce couvre-lit pour lui, elle a montré son jeu un peu trop clairement. Comment les hommes peuvent-ils être aussi bêtes…

– C'est exactement ce que j'ai dit à Henry. Constance, penses-tu que Père pourrait parler à Kenneth et le ramener à la raison ?

– Je n'y crois pas un seul instant. Père a beaucoup vieilli depuis quelques mois, tu sais, et le docteur Anderson dit qu'il ne faut pas qu'il s'agite. D'ailleurs, si j'attendais qu'il soit dans un bon jour et lui racontais cette histoire, j'ai bien peur que ce ne soit tout à fait le genre de folies qui le mettent en joie. Son sens de l'humour est des plus singuliers et déplorables, comme tu le sais.

– Oui, oui, j'imagine qu'il n'y a pas grand-chose à attendre de lui. Je ne vois vraiment pas qui je pourrais suggérer. Il écouterait Frankie, je suppose ?

– Oh, je suis sûre que non. Du reste, Frankie aime bien Vartouhi. Elle a toujours eu un faible pour elle.

– Eh bien, dans ce cas, je ne vois vraiment personne. Il semble que nous ne puissions absolument rien faire, non ?

– Je vais parler à Kenneth, dit Miss Fielding avec plus d'assurance qu'elle n'en ressentait en réalité. J'arriverai sûrement à lui faire entendre raison.

– Je te souhaite bien du plaisir, ma chère. Je lui ai parlé pendant une heure ce matin, je suis même arrivée si en retard au ministère que tout mon programme du jour est bouleversé. Eh bien, cela lui a fait autant d'effet que s'il était sourd comme un pot et aveugle de surcroît. Il est fou de cette fille.

– Quelle horreur ! dit Miss Fielding d'un ton pénétré en secouant la tête à l'autre bout de la ligne.

– Dis-moi, Constance, j'imagine que tu ne crois pas… mais si nous nous adressions à *elle* ?

Miss Fielding ne répondit que par un grognement à cette suggestion, qui ne lui paraissait pas mériter mieux. Mais Mrs Miles s'obstina.

– Tu ne crois pas que si nous lui disions qu'elle va le mener à sa perte et semer le trouble chez tous ses amis et ses parents… ce genre de choses, hein ?

– Non, je ne crois pas, Joan. Tu ne la connais pas, vois-tu. Moi, je la connais. Elle ne se comporte et ne raisonne pas du tout comme quelqu'un de normal. Elle…

– Seigneur, j'espère qu'elle n'est pas dérangée, en plus ?

– Oh, non, loin de là. Elle est très maligne. Mais il est impossible d'établir un contact avec elle. Je n'y suis jamais parvenue, en tout cas. Et…

Pip… pip… pip…

« Trrrrrois minutes, s'il vous plaît. »

Cette fois, les sœurs raccrochèrent, non sans être convenues en hâte que Miss Fielding téléphonerait plus tard dans la journée, une fois qu'elle aurait vu Kenneth.

Après cette conversation, Miss Fielding sortit à grands pas dans le vestibule et cria dans l'escalier :

– Frankie, Frankie, pourrais-tu descendre ?

Puis elle se souvint que son père avait beau somnoler devant la cheminée du salon, il entendrait certainement un entretien excité dans le vestibule, et elle se ravisa.

– Oh, non… peut-être ferais-je mieux de monter…

Elle se rendit en hâte dans les appartements de sa cousine, qu'elle découvrit en train de faire du raccommodage au coin du feu. Miss Burton leva les yeux et dit :

– Il n'est quand même pas déjà onze heures et demie ? J'allais descendre t'aider à préparer le déjeuner.

– Frankie, qu'en penses-tu... n'est-ce pas affreux... Joan vient de me téléphoner pour m'annoncer que Kenneth est fiancé à Vartouhi !

– C'est merveilleux ! s'exclama Miss Burton. Je suis tellement contente !

– Contente ! Comment donc, Frances ? Une employée à demeure... une sorte de domestique... étrangère de surcroît...

– Voilà qui ne devrait pas te déplaire, Constance ! riposta l'Usurpatrice. Mais raconte-moi tout. Que s'est-il passé ? Qu'a dit Joan ?

– Elle a dit qu'il lui avait annoncé qu'ils s'étaient fiancés. Il semblait avoir perdu la tête et se comportait de manière bizarre, en riant avec Henry et ainsi de suite. Il m'avait téléphoné quelques minutes plus tôt pour dire qu'il serait rentré pour le déjeuner, mais à moi, il n'avait pas dit un mot de ses fiançailles !

– Il amène Vartouhi avec lui ?

– Oui, apparemment. Mon Dieu...

– Oh, c'est magnifique ! s'écria Miss Burton. Dis-moi, Connie, tu vas ouvrir l'une de ces six fameuses bouteilles de champagne, n'est-ce pas ?

– Il n'en est pas question, Frances. Tu n'as pas l'air de comprendre. Ç'a été un choc terrible pour moi et je ne sais vraiment pas où j'en suis. Je n'arrive tout bonnement pas à y croire. Bien sûr, Kenneth a toujours fait l'idiot dès qu'il voit un joli visage...

– Ça y est, tu recommences, Connie ! s'exclama Miss Burton en jetant par terre son raccommodage.

Elle se redressa sur sa chaise et regarda sa cousine d'un air indigné.

– C'est ce genre de remarque qui a poussé Kenneth à se fiancer avec Vartouhi. Non qu'il ne l'aime pas, la chère petite. Je pense qu'il lui est profondément attaché – qui ne le serait ? Mais tu ne parais pas te rendre compte qu'il est naturel qu'un homme apprécie les jolis visages, et qu'en revanche il n'aime pas se faire traiter d'idiot pour cela. Voilà des années que tu lui serines que les femmes le rendent idiot. J'imagine qu'il a fini par se dire : « Très bien, et alors ? Mieux vaut être un idiot heureux qu'un pauvre vieux célibataire affamé ! »

– Kenneth n'est pas affamé, Frances. Je ne sais pas ce que…

– Affamé d'amour, veux-je dire, affamé d'amour, expliqua Miss Burton avec humeur. Ce n'est pas un état agréable, Connie, tu sais, même s'il est chronique chez beaucoup de gens. Voyons, même toi tu te montres beaucoup plus charmante depuis que tu as Mr Stocke.

– *Frances !*

– Enfin, depuis que tu lui écris ou je ne sais quoi.

Miss Burton était maintenant très remontée, et résolue à dire ce qu'elle avait à dire.

– Oui, beaucoup plus charmante. Et pourquoi ? Parce que tu es plus heureuse.

– Je trouve cette remarque vraiment extravagante, Frances. Comment peux-tu comparer une amitié purement intellectuelle et spirituelle, comme celle qui me lie à Gustav, avec une vulgaire amourette…

– Intellectuelle et spirituelle, mon œil ! lança Miss Burton en ramassant son raccommodage et en y cherchant des trous avec frénésie. Tu es amoureuse de lui.

– Tu as une âme basse, Frances, déclara Miss Fielding après avoir rougi violemment en silence. Je suis désolée de te le dire, mais c'est vrai.

– Balivernes, répliqua Miss Burton en se levant et en envoyant promener son raccommodage. Bien sûr que tu es amoureuse de lui. Et il est amoureux de toi – de façon assez particulière, mais c'est bel et bien de l'amour.

– Vraiment…

Miss Fielding ne trouvait plus ses mots et se réfugia dans une expression hautaine et amusée.

– Oui, vraiment, l'imita Miss Burton en se dirigeant majestueusement vers la porte. Au lieu de monter sur tes grands chevaux, tu ne pourrais pas admettre la réalité et être gentille avec Ken et Vartouhi à leur retour ? Je trouve tout ça merveilleux et j'espère juste qu'ils n'attendront pas pour se marier. Qu'est-ce qu'il y a pour le déjeuner ?

– Des harengs en boîte.

Miss Fielding sortit de la chambre et descendit l'escalier à sa suite.

– J'imagine que tu te rends compte que du coup tu ne pourras probablement plus habiter ici ?

– Oh, je m'y attendais, répliqua Miss Burton avec désinvolture, bien qu'elle n'y eût pas songé et sentît son cœur se serrer. Ils n'auront pas envie d'avoir une vieille créature comme moi dans les parages, surtout quand les enfants arriveront.

– Les enfants ! hurla presque Miss Fielding. Oh, Seigneur, Seigneur, je n'y avais pas pensé ! J'espère bien qu'ils n'en auront pas !

– C'est vraiment méchant de ta part, Constance, dit fermement Miss Burton. Moi-même, je n'aime pas les enfants, pour être franche, mais un mariage marche d'autant mieux qu'il y en a. Les mariages sont faits pour ça, tu sais.

– Avoir pour neveux et nièces d'affreux petits Baïramiens aux visages jaunes ! Des mahométans ! Je crois que grand-tante Dolly en mourra.

– Tu n'as qu'à ne pas lui en parler, observa Miss Burton. Si nous faisions les pommes de terre en robe de chambre ? Ça donne moins de travail.

– Comme tu veux. Une purée irait mieux avec les harengs en boîte. Je pense que je ferais aussi bien de la mettre au courant. Cela paraîtrait si bizarre, si elle l'apprenait autrement.

– Pourquoi l'apprendrait-elle ? Elle a quatre-vingt-sept ans et est clouée au lit.

– Joan lui écrit tous les mois.

– Malgré tout, je ne vois pas pourquoi elle serait au courant. Et si jamais elle l'apprend, qu'est-ce que ça peut lui faire ? Elle a eu sa vie. Quatre-vingt-sept années et huit enfants. Elle ne devrait pas en vouloir aux autres d'avoir leur part.

Elles étaient arrivées dans la cuisine, qui était inondée de soleil. Une jacinthe jaune s'épanouissait dans un pot sur le rebord de la fenêtre. Miss Burton l'ouvrit toute grande pour laisser entrer l'air printanier.

– Quel délice, dit-elle en se penchant dehors.

– Je ne sais pas où j'irai ni ce que je vais devenir, dit sombrement Miss Fielding en commençant à préparer le déjeuner.

– Non. Elle ne voudra pas non plus de toi.

– La maison de Notre Mère! s'exclama Miss Fielding d'un ton tragique. Crois-tu que cette laitue soit trop abîmée?

– Peut-être ne voudra-t-elle pas vivre ici. Ils ne feront pas attention à ce qu'ils mangeront. Je vais faire de la pâte à crêpes, d'accord?

– Si tu veux. J'imagine qu'elle ne va plus rien faire dans la maison.

– Oh, je ne sais pas. On ne peut jamais savoir ce que va faire Vartouhi.

– Elle se prélassera toute la journée comme une duchesse et notre situation sera pire que jamais.

– Tu vas mettre oncle Eustace au courant? demanda Miss Burton en versant du lait dans sa pâte.

– Mon Dieu, j'ai complètement oublié Père! Non, je ne peux pas, je ne peux vraiment pas. Je laisserai Kenneth s'en charger. Le docteur Anderson a dit que Père ne devait pas s'agiter et je ne suis pas certaine de ne pas m'effondrer en lui parlant.

Miss Fielding s'efforça de paraître sur le point de s'effondrer, mais elle ne réussit qu'à avoir l'air très en colère.

– Et il y a aussi Betty. J'imagine qu'elle va être furieuse!

– Pourquoi donc?

– Oh, il n'était que trop clair, ces derniers temps, qu'elle-même aurait sauté sur l'occasion si Kenneth l'avait demandée en mariage, non?

– C'est vrai que tu craignais qu'elle ne mette la main sur lui, à un moment. Dommage qu'elle ne l'ait pas fait. Elle ne t'aurait pas donné des neveux et des nièces jaunes, elle !

– Eh bien, Betty aurait certainement mieux valu que Vartouhi… n'importe quoi… *n'importe qui* aurait mieux valu !

Et Miss Fielding continua ses préparatifs en songeant avec amertume à tous ses efforts pour éviter à Kenneth toute complication sentimentale avec Betty, la fille Palgrave, Alicia, Una Maltravers, et tout cela pour en arriver à une complication bien pire, encore mille fois plus inattendue et inopportune que les autres.

Miss Burton prit sur elle de mettre au courant le vieux Mr Fielding. Il était assis au coin du feu avec le journal et son courrier, qui était si nombreux et cosmopolite que sa fille disait sarcastiquement qu'il aurait eu besoin d'une secrétaire. Il paraissait très petit, vieux et fragile, mais d'humeur joyeuse, et il accueillit Miss Burton avec un sourire.

– Vous savez quoi, oncle Eustace ?

– Non, pas du tout, Frances. Vous me posez toujours des devinettes, et habituellement il s'agit d'une nouvelle agréable. Qu'est-ce que c'est, cette fois ?

– Kenneth a téléphoné ce matin. Il sera ici au déjeuner, et devinez qui il ramène avec lui ?

Il secoua la tête en souriant. Les voix fortes, les longues conversations et les lumières vives le fatiguaient tellement, ces temps-ci, qu'il avait souvent envie que les gens s'en aille.

– Vartouhi. Et vous allez être très surpris… elle est fiancée à Kenneth !

– Grand Dieu ! s'exclama Mr Fielding en laissant tomber ses lunettes et en se redressant. Vraiment ? Vous êtes sûre ? C'est stupéfiant !

– Oui, n'est-ce pas ? Mais quelle bonne nouvelle ! Cela fait des années que Kenneth aurait dû se marier, et elle sera pour lui une merveilleuse petite épouse.

– Je ne me rappelle pas du tout à quoi elle ressemble, dit Mr Fielding d'un air perplexe.

– Eh bien, ils vont bientôt arriver et vous allez la revoir. Il faut que j'aille préparer des toasts pour leur déjeuner. Bien entendu…

Elle se ravisa et se contenta de dire en sortant :

– J'ai pensé que cette nouvelle vous ferait plaisir.

– Merci, ma chère, c'est très gentil. Dites donc… Frances… que va dire Connie, hein ?

– Elle n'est pas très contente, dit Miss Burton avec un sourire en secouant la tête.

Elle ferma la porte. Elle avait pensé ajouter que bien entendu il faudrait s'attendre à des changements à Sunglades, et que le vieux Mr Fielding et elle-même devraient sans doute chercher à se loger ailleurs, mais il lui avait paru plus sage de ne pas inquiéter le vieillard.

La matinée s'avança. Vers midi et demi, Miss Fielding monta revêtir une robe noire ornée de lugubres broderies marron. Quand elle redescendit, elle avait les paupières légèrement rougies. « Ça m'est égal, se dit Miss Burton. Elle n'avait qu'à y penser plus tôt, pendant toutes ces années où elle a rabroué Ken en lui répétant que personne ne tomberait jamais amoureux de lui. Ce n'est que de la vanité blessée et de la colère d'avoir été jouée. » Et

Miss Burton sortit au jardin avec une canne afin de détacher un rameau chargé de fleurs de cerisier, qu'elle installa sur la table du déjeuner comme un somptueux symbole des noces à venir.

– Était-ce bien nécessaire, Frances ? demanda Miss Fielding en la pointant du doigt.

– Il m'a semblé que oui, Connie. Puisque tu ne veux ouvrir aucune bouteille et que tu n'as pas l'air très contente…

– *Contente !* Seigneur !

– … il faut que nous fassions quelque chose pour leur souhaiter la bienvenue.

– Frances ! Connie ! Ils sont arrivés ! cria Mr Fielding dans le vestibule, où il s'affairait depuis dix minutes.

Miss Burton se rendit en hâte à la porte d'entrée.

Miss Fielding la suivit plus lentement, et dit d'un ton irritable :

– Père, je vous en prie, rappelez-vous que le docteur Anderson vous a recommandé de ne pas vous exciter. Il ne manquerait plus que vous retombiez malade, par-dessus le marché !

Kenneth sortit de voiture le premier. Il souriait, mais regarda aussitôt derrière son père et Miss Burton la silhouette de sa sœur se dressant dans le vestibule, silencieuse. L'expression de Miss Fielding était glaciale et le sourire de Kenneth se fit incertain.

Il faisait sombre dans le taxi et Vartouhi était invisible. Puis une petite main surgit soudain et agrippa le bord de la fenêtre, en offrant aux spectateurs massés sur le porche une vue excellente sur le gros rubis étincelant à son annulaire. Un instant plus tard, la portière s'ouvrit et Vartouhi apparut, souriante mais pleine de dignité, et vêtue exactement de la même manière que lorsqu'elle avait quitté Sunglades un mois plus tôt.

– Eh bien, elle est charmante, marmonna Mr Fielding. Bien sûr, je me souviens d'elle maintenant.

– Ma chère ! s'écria Miss Burton en descendant les marches au pas de course. Je suis si heureuse de vous voir !

– Honorable cousine, je suis heureuse de vous voir.

– Oh… évidemment… j'oubliais ! dit Miss Burton, qui jeta un coup d'œil à Kenneth en souriant et en rougissant légèrement. Nous allons être cousines. Ça paraît si bizarre, mais c'est vraiment délicieux. Eh bien, pourrais-je embrasser ma future cousine ?

– On embrasse trop en Angleterre, répliqua Vartouhi d'un ton résolu. Tout le temps, on ne fait que s'embrasser. En Baïramie, nous mettons votre main sur mon cœur. Il est mieux.

Elle le fit aussitôt, puis porta la main à son front en s'inclinant deux fois.

– Je suis ravie être rentrée à Sunglades, honorable cousine, conclut-elle.

Il fallut recommencer ce cérémonial de façon encore plus élaborée avec le vieux Mr Fielding, tandis que Kenneth payait le chauffeur de taxi. Vartouhi s'agenouilla sur le seuil pour recevoir sa bénédiction, au grand embarras du vieillard qui n'avait jamais béni personne de toute sa vie et ne trouva à dire que :

– Euh… je vous bénis, ma chère. J'espère que vous serez très heureuse et… euh… je suis sûr que vous le serez.

Pendant ce temps, Miss Fielding était restée à l'arrière-plan, muette et immobile, sans que Vartouhi lui prête la moindre attention. Quand Kenneth la salua avec chaleur, elle se contenta d'incliner légèrement la tête. « Vraiment, je n'imaginais pas que Connie pouvait être si mauvaise, pensa son frère. Dieu fasse qu'il n'y ait pas de scène ! »

Se remettant debout, Vartouhi franchit une nouvelle fois le seuil de Sunglades et se retrouva face à Miss Fielding. Tous retinrent leur souffle.

– Honorable sœur, déclara Vartouhi très poliment en s'inclinant bien bas. Je vous dis bonjour.

– Eh bien, Vartouhi, vous voilà de retour, répondit Miss Fielding d'un ton peu engageant. Le déjeuner est servi, Kenneth.

Et elle se détourna et entra dans la salle à manger.

Le déjeuner se passa plus agréablement qu'ils ne s'y étaient attendus. Miss Fielding mangea en silence, les yeux baissés et les lèvres serrées. Quand Vartouhi lui montra avec politesse son rubis, elle dit simplement qu'il était très beau. Et elle ne prit aucune part aux discussions sur le mariage.

Vers la fin du repas, deux taches rouges apparurent sur ses joues. Kenneth s'en rendit compte avec consternation. « Bon sang, Connie est en rage », pensa-t-il. Il décida de confier Vartouhi à Frankie après le déjeuner et de s'éclipser au bureau jusqu'à ce que l'orage soit passé.

Ils devaient se marier au début du mois de mai, ce qui donnait à Vartouhi environ cinq semaines pour se constituer un trousseau.

– Comme c'est excitant ! s'exclama Miss Burton.

Puis il y eut un silence gêné. Personne n'avait envie de le rompre en demandant aux fiancés s'ils comptaient vivre à Sunglades, mais c'était ce que tout le monde voulait savoir. Leur décision affecterait l'avenir de trois personnes.

Ce fut Vartouhi elle-même qui finit par prendre la parole. Posant une main sur celle de Miss Burton et l'autre sur celle de

Mr Fielding, entre lesquels elle était assise, elle dit avec une bienveillance nouvelle et une expression plus exotique que jamais :

– Quand nous serons mariés, nous vivrons ici en premier lieu, à Sunglades. Honorable second père, honorable cousine, voulez-vous bien vivre ici avec nous ? Je veillerai sur vous dans votre vieillesse, mon second père. Et sur vous, ma cousine, aussi.

– Oui, c'est une excellente idée, approuva joyeusement Kenneth. Non, Frankie, pas de « mais ». Cela vous conviendra, Père, n'est-ce pas ?

– Eh bien, c'est magnifique, Ken, dit Miss Burton, très soulagée. J'aurais peine à quitter Sunglades après toutes ces années… C'est plus que gentil de votre part à tous les deux.

– Cela me conviendra parfaitement, assura doucement Mr Fielding.

Tout ce remue-ménage aurait dû être agréable, mais il se sentait si fatigué et hébété qu'il ne pouvait en profiter.

– Il est seize personnes dans la maison de mon père… de mon premier père, déclara Vartouhi. Mon premier père, ma mère, moi (quand je vivais là), mes sœurs Yania, Yilg, Djura et K'ussa, ma nièce Médora, le mari de ma sœur, deux cousins très vieux et pauvres, les trois sœurs non mariées de ma mère, et le frère de mon premier père, qui est grandement riche et boit excessivement. Ensuite nous avons dix domestiques, aussi. J'aime bien cela. Avoir beaucoup, beaucoup de personnes dans une maison est une chose heureuse. Donc vous restez ici, tous les deux, et nous sommes tous heureux ensemble.

Tout le monde se mit à rire, sauf Miss Fielding. Personne n'osa la regarder.

Dès que le déjeuner fut terminé, Miss Burton déclara qu'elle allait téléphoner pour apprendre la nouvelle à Betty, qui serait si contente. Vartouhi voulait-elle venir ?

– Non, je débarrasse la table. Honorable sœur, voulez-vous aller vous reposer ? dit Vartouhi en inclinant la tête en direction de Miss Fielding.

– Oh... euh... merci. Vous devriez..., commença celle-ci.

Mais elle fut suffoquée par les sentiments qui l'avaient occupée tout au long du déjeuner en voyant Vartouhi minauder et faire la grande dame. Elle voulait lui dire de l'appeler Constance, mais les mots restèrent coincés dans sa gorge. L'air de propriétaire avec lequel Vartouhi pliait la nappe fut le coup de grâce, et elle sortit précipitamment.

– Elle se sent mal, dit Vartouhi à Kenneth, resté seul avec elle.

– Pauvre vieille Connie, oui, je le crains. Après tout, c'est drôlement dur pour elle. Et ça va être pas mal compliqué. La maison lui appartient pour un tiers.

– Je ne comprends pas.

Il lui expliqua.

– Achetez-lui cette part, dit Vartouhi. Elle peut utiliser cet argent pour trouver un mari.

– Je ne crois pas qu'elle en ait envie, chérie.

– Tout le monde veut un mari. Mais elle est si vieille. Je ne peux pas l'avoir ici, Kenneth. Il serait des disputes toute la journée. L'épouse doit gouverner la maison.

– Oui, je sais bien. Pauvre vieille Connie. Enfin, j'imagine que je vais devoir lui parler, ensuite j'irai au bureau. Je vous verrai plus tard, chérie.

Vartouhi finit de débarrasser, puis poussa la table roulante dans la cuisine et se mit à faire la vaisselle, après avoir suspendu avec soin la bague au rubis à un crochet du buffet. Elle chantait en travaillant et la jacinthe jaune exhalait son doux parfum dans le soleil. Ensuite, elle monta vaquer à ses propres affaires.

Ayant revêtu son costume de ville, Kenneth s'approcha avec circonspection de la porte de l'ancien petit salon de sa mère et frappa. Une voix étouffée lui dit d'entrer, et il obéit.

Sa sœur était assise au bureau de sa mère, les yeux remplis de larmes furieuses, la main crispée sur un mouchoir humide.

– Voyons, Connie… voyons, ma vieille, dit-il en tentant de lui tapoter l'épaule.

Elle s'écarta de lui avec violence.

– Je ne me tourmente pas pour moi, Kenneth. Je me tourmente pour toi.

– Moi ! Je suis heureux comme un roi… cela fait des années que je ne me suis pas senti aussi bien.

– Oui, c'est bien ce qui m'inquiète. Tu es tellement *aveugle*. Tu t'es fait piéger…

– Voyons, Connie, il faut te calmer, tu sais.

– C'est la vérité, Kenneth. Avec son visage innocent et son esprit cupide et calculateur, elle t'a pris au piège, cette petite… petite…

Miss Fielding se réfugia derechef dans son mouchoir.

– Tu ne l'as jamais aimée, c'est le problème, dit Kenneth d'un ton désemparé.

Il était trop bouleversé lui-même pour être en colère – pauvre vieille Connie, elle faisait toujours plus de bruit que de mal.

– C'est parce que j'ai toujours vu clair dans son jeu. Dès qu'elle t'a vu, elle a jeté son dévolu sur toi…

– Oui, elle me l'a dit.

– Comment ? Elle te l'a dit ? De toutes les calculatrices sans vergogne…

– Je trouve ça plutôt flatteur, et elle le dit de façon si drôle, tu devrais l'entendre…, dit l'homme amoureux en riant à ce souvenir.

Miss Fielding se moucha avec consternation.

– Elle dit qu'il était temps qu'elle ait un mari, ayant atteint l'âge impressionnant de vingt ans, et comme je n'avais pas de femme (elle ne comprend pas pourquoi, à propos), et que j'ai une « maison grande et riche » et plein d'argent, elle s'est dit que je ferais tout à fait l'affaire.

– Comment peux-tu être si… si… matérialiste… dénué de toute spiritualité… tu *admets* qu'elle t'épouse pour ton argent…

– Oh, nous nous entendrons très bien, répliqua Kenneth.

Il n'aurait révélé pour rien au monde la tendresse qui le liait à sa bizarre petite bien-aimée. Si Connie tenait à le considérer comme un idiot et Vartouhi comme une croqueuse de diamants, tant pis pour elle.

– Je l'espère, mais j'en doute fortement.

– Bon sang, Connie, tu n'es pas très encourageante, non ?

– Excuse-moi, Kenneth, mais je ne vois guère pourquoi je le serais. J'ai toujours pensé que tu n'étais pas de ceux qui font un bon mari, et je ne vois aucune raison de changer d'avis maintenant.

– Vraiment, Connie…

Il ne trouvait plus ses mots.

– C'est pourquoi je me suis toujours opposée à tes toquades et à tes amourettes ridicules, continua Miss Fielding. Même si j'en pâtissais souvent moi-même.

Kenneth dit « Bon Dieu » d'un ton méditatif, et sa sœur tressaillit.

– Il est inutile de blasphémer, Kenneth.

– Désolé. Puis-je te demander qui ferait un bon mari, d'après toi ?

– Eh bien… Henry. Henry est le seul qui me vienne à l'esprit pour l'instant, même s'il n'est pas assez bien pour Joan, bien sûr.

– Non, bien sûr, le pauvre vieux, dit Kenneth avec compassion. Et c'est ta conception d'un mariage heureux, n'est-ce pas ? Avec la femme qui porte la culotte et l'homme qui a l'air perpétuellement déprimé ? Ce n'est pas la mienne.

Miss Fielding ferma les yeux.

– En réalité, poursuivit Kenneth comme s'il se parlait à lui-même, la plupart des gens ne savent même pas ce qu'est le bonheur.

Devant l'expression patiente et éplorée de sa sœur, il secoua la tête.

– Ils ne savent même pas ce que c'est, répéta-t-il. Mais moi, je le sais. Je l'ai toujours su, simplement j'ai été idiot et je n'ai pas fait ce qu'il fallait pour l'obtenir.

– Je vais aller séjourner un moment chez Joan, dit faiblement Miss Fielding dans son mouchoir.

– C'est une excellente idée, Connie. Le temps que les choses se calment un peu. Mais tu viendras au mariage, n'est-ce pas, sœurette ?

– Oh, je ne sais pas, Kenneth. C'est trop tôt… ne me le demande pas encore. Il faut que je voie comment je me sens.

– C'est comme tu voudras, bien entendu, sœurette. Mais je crois que Vartouhi aimerait que tu viennes, et moi, cela me ferait vraiment plaisir.

Il attendit une réponse, mais rien ne vint. Sa sœur resta silencieuse derrière son mouchoir, et il finit par sortir en la laissant à ses occupations. Il décida d'aller jeter un coup d'œil à Vartouhi avant de se rendre au bureau et monta l'escalier quatre à quatre en sifflotant. Cependant il s'arrêta net en haut des marches. La porte de l'imposante armoire à linge du palier était ouverte, et son contenu d'un blanc immaculé et fleurant bon la lavande était empilé avec soin par terre sur des journaux. Au milieu des piles, la future maîtresse de Sunglades était à genoux. Elle comptait les draps.

Quelques mois plus tard, Betty Marten prenait de brèves vacances dans la demeure familiale du Devonshire. Elle trouva dans son courrier du matin une lettre de sa bru, qu'elle ouvrit avec la certitude de s'amuser car les lettres d'Alicia, même si elles étaient aussi laconiques que celles d'un homme, étaient toujours divertissantes. Après avoir lu une demi-page, elle poussa un cri étouffé.

– Qu'y a-t-il ? demanda son unique commensale à la table du petit déjeuner, sans lever les yeux du *Times*.

(Il se trouve que c'était la tante qui avait brillamment réussi à sublimer grâce au jardinage.)

– Devinez qui va se marier, à présent ?

– Dieu seul le sait. Il semble qu'il y ait une épidémie de mariages dans leur coin.

– Constance Fielding ! Je n'en étais pas revenue de voir Ken épouser cette petite sauvageonne, mais ça, c'est encore plus fort !

– Seigneur, c'est vraiment une surprise, approuva avec calme la tante jardinière. Qui épouse-t-elle ?

– Mr Stocke… enfin ! Frankie et moi avons toujours espéré qu'ils se marieraient. Apparemment, il lui a envoyé une lettre écrite dans sa langue maternelle, et en la traduisant elle a découvert que c'était une demande en mariage.

– Très romantique, déclara la tante.

Elle se leva, s'approcha de la fenêtre et regarda le jardin à l'orée de la splendeur d'un nouveau mois de juin.

– Ils vont voyager en faisant des conférences sur la paix, continua Betty en tournant une page. Pour le moment, du moins.

– Espérons qu'on les écoutera. Elizabeth, ce chèvrefeuille a quarante-sept fleurs. Je viens de les compter.

– C'est merveilleux, chérie. Je vais venir respirer son parfum dans une minute. Alicia et Rick ont vraiment l'air heureux.

– Dieu les bénisse.

– Alicia écrit : *Ce mariage est comme un tailleur Mainbocher : on ne s'en lasse pas et il ne s'usera jamais.* Oh… quand Rick a appris les fiançailles de Kenneth, il a dit qu'il était naturel qu'ils soient attirés l'un par l'autre, car ils étaient les seuls vrais barbares du voisinage, Kenneth étant le barbare le plus raisonnable des deux. C'est tout. Elle nous envoie son affection.

Betty se leva et se dirigea vers la fenêtre. Le parfum délicieux du chèvrefeuille, gorgé d'été, imprégnait l'air tiède. L'extérieur des longues cornes couleur de miel était d'un rouge cramoisi.

– C'est divin, murmura Betty.

– Il y a quelque chose d'un peu absurde à se marier à cet âge, vous ne trouvez pas ? demanda la tante. Et c'est risqué, en plus. Ils ont tous deux leurs habitudes et sont trop vieux pour changer.

– Oh, je ne sais pas, dit Betty en se penchant pour respirer de nouveau le chèvrefeuille.

Et elle exprima le sentiment de la plus grande partie de l'humanité :

– Je trouve toujours merveilleux d'apprendre que quelqu'un va se marier.

37

En été, les hêtres imposants ombragent les contreforts des montagnes de la Baïramie, et les feuilles vert sombre au-dessus des troncs argentés bruissent au vent de la mer. À travers l'ombre et la fraîcheur du soir, sur l'étroit sentier tracé d'abord par les loups voilà mille ans, au flanc de la montagne de son couvent d'où les religieuses voyaient dans les hauteurs la citadelle romaine, en passant devant les pierres et les tuiles fracassées de cette citadelle se mêlant aux éboulis jaunâtres des versants, au milieu des bosquets de lilas à l'ombre légère, le long du torrent glacial au bord duquel poussaient les tulipes rouges, la révérende mère du couvent de Santa Cipriana chevauchait, juchée sur sa haute selle circassienne. Elle montait un vieux cheval blanc et était précédée par un vieil homme avançant lourdement, une carabine à la main. L'eau vive murmurait et l'air commençait à embaumer le lilas. Quatre oiseaux noirs volèrent dans le golfe d'air limpide en contrebas, et la lumière du couchant brilla à travers la pointe de leurs ailes, qui semblèrent transparentes. La révérende mère et le vieillard suivirent leur vol du regard.

– Dors-quand-le-soleil-dort retourne à son nid, observa le vieil homme. Nous n'arriverons pas au Khar-el-Nadoon avant le crépuscule, Sainte-Mère. Vous devrez passer la nuit là-bas, dans la maison de Gygès. Est-ce bien ?

– C'est bien, répondit la révérende mère d'un ton tranquille.

Elle avait une soixantaine d'années et portait une tenue de toile grossière, d'un bleu éclatant, dont les plis austères encadraient son visage ridé et intelligent.

Ils avancèrent d'un pas régulier tandis que les ombres s'allongeaient et que l'air fraîchissait. La révérende mère baissa les yeux sur l'herbe brillante et vit d'abord les petites pâquerettes jaunes aux pétales clos, puis les trolles, puis les tulipes. Effleurant des doigts les perles sombres et usées de son chapelet de bois, elle dit la prière du soir, que le vieillard marmonna à son tour. Le soleil se coucha derrière les montagnes et la couleur rose s'effaça du ciel. Ils arrivèrent au Khar-el-Nadoon au moment où apparaissaient les premières étoiles.

La famille de Gygès était attablée pour le dîner dans la longue salle de vie au plafond bas et aux murs blanchis à la chaux, auxquels étaient accrochés de somptueux tapis rouge et bleu. Des lampes allumées aux quatre coins répandaient une lumière brillante et fumeuse, et l'odeur d'huile brûlante se mêlait à la vapeur s'élevant de l'agneau entier, agrémenté de monceaux de riz et d'herbes, qui fumait dans un énorme plat peint au milieu des convives. Debout contre les murs, les domestiques étaient prêts à tendre aux membres de la famille des bols d'eau et des serviettes pour leurs mains graisseuses, après qu'ils se seraient servis dans le plat commun.

La lumière jouait sur les robes blanches et jaunes, les chevelures blondes coiffées de bonnets blancs carrés, les longs yeux rieurs et les visages souriants de la famille de Vartouhi. Devant la maison de pierre, dans la nuit bleue et limpide, les fruits prospéraient sur les arbres, et dans les petites prairies, où les fleurs abondaient autant que l'herbe, on trayait moutons et chèvres sous les oliviers. Les soldats italiens les plus proches étaient au village, à trois kilomètres de là, en proie à la peur et au mal du pays. Les membres de la famille de Gygès plongèrent leurs mains dans le ragoût d'agneau et mangèrent avec l'appétit de gens qui ont confiance en Dieu et savent que leur pays sera bientôt délivré de l'envahisseur.

Sur un signe du vieux Gygès, un domestique tourna le bouton d'un énorme poste de TSF cabossé, et de la musique turque s'éleva dans la salle, un refrain émouvant et mélancolique de huit mesures répétées indéfiniment, à la fois grêle et sonore. Unis par un air de famille évident, les convives mangeaient, souriaient et écoutaient. Devant la porte, un attroupement se forma peu à peu. Tous voulaient écouter la musique : cueilleurs de fruits et ouvriers misérables vivant dans des masures au milieu des vergers, villageois des environs, et un ou deux mendiants itinérants, auxquels un gouvernement progressiste avait interdit de mendier et qui se cachaient dans la journée au fond des bois pour ne sortir qu'à la nuit afin de voler. Le vent frais de la nuit portait dans la salle leurs conversations et leurs commentaires chuchotés, et la lumière des lampes jouait tantôt sur un visage épuisé et grave sous un bonnet de toile raidi par la crasse et le temps, tantôt sur un jeune visage farouche et souriant. Ils écoutaient tous avec attention, et certains remuaient la tête et battaient des mains au rythme de la musique.

La petite foule s'agita soudain, et le vieillard à la carabine se fraya un chemin parmi les assistants, passa devant les domestiques debout près de la porte et entra dans la salle. Le repas lui-même était terminé et les membres de la famille buvaient le café épais, sucré et sirupeux que venait de leur servir Yilg, la plus âgée des filles non mariées présentes à la maison.

Quand le vieillard entra, Gygès leva la tête avec dignité et attendit qu'il parle.

– Que la bénédiction de Dieu soit sur vous et votre maison, honorable père de cinq filles, dit le vieillard en posant soigneusement la carabine sur le sol.

Il s'inclina en touchant son front, ses lèvres et son cœur.

– La révérende mère du couvent de la sainte Cipriana est dehors et désire vous voir, car elle a un message de votre fille qui se trouve actuellement au Pays des Navires.

Ainsi les paysans baïramiens désignaient-ils l'Angleterre depuis l'époque d'Élisabeth. Du haut de leurs montagnes chauves couvertes d'éboulis jaunâtres, où la neige ne tenait jamais longtemps, ils observaient les navires qui s'avançaient à leurs pieds sur la mer sombre et éblouissante, et pendant quatre siècles la plupart de ces navires avaient été anglais. À deux reprises au cours de son histoire, la Baïramie avait été sauvée par des flottes anglaises, comme ils le savaient tous, et l'histoire se répétait maintenant. Dans le passé, les soldats venus d'Angleterre pour combattre les Italiens et libérer la Baïramie étaient arrivés en bateau et avaient escaladé les falaises de schiste à l'aide de cordes et d'échelles, sous la protection des canons des navires en contrebas. Bien entendu, de nos jours « l'appareil à musique et à paroles semblant danser dans l'air » leur donnait dans leur propre langue des nouvelles de l'Angleterre et aussi de leur patrie. Depuis quelque temps, les avions anglais s'étaient mis à larguer sur la Baïramie des paquets pleins de chocolat et de bons conseils, et il y avait dans le camp de prisonniers italien de Ser un aviateur anglais, qui n'était guère qu'un enfant et semblait de surcroît à moitié endormi, mais riait aussi souvent qu'eux-mêmes. Néanmoins, les Baïramiens appelaient toujours l'Angleterre le Pays des Navires.

En entendant le vieillard, les convives se mirent à parler avec excitation.

– Priez la Sainte-Mère d'entrer tout de suite dans notre pauvre maison, dit Gygès.

Et il ordonna qu'on prépare encore du café et qu'on apporte quelques assiettes de friandises poisseuses enrobées de sucre en poudre très fin.

La révérende mère entra par la porte basse. Derrière elle, une multitude de visages pâles et intéressés observaient la scène. Sa robe bleue avait la même couleur que le ciel de cette nuit d'été. Le vieillard la suivait, chargé de sacoches remplies de nourriture et de vin.

La bouche encore pleine de pintade froide des montagnes, la révérende mère indiqua du pied les provisions en disant :

– J'ai apporté ceci car on dit dans notre village qu'il n'y a rien à manger dans le Khar-el-Nadoon, honorable Gygès.

– C'est un mensonge, répliqua paisiblement Gygès. Ce sont certainement ces fils de chiens malfaisants, les Italiens, qui ont répandu ce bruit pour déshonorer le nom de notre vallée et remplir de désespoir le cœur des habitants des autres villages.

– Oui, oui, certainement, murmurèrent tous les cousins, les tantes, les jeunes femmes, les domestiques et les assistants massés devant la porte.

Tous hochèrent la tête avec conviction, et un ou deux crachèrent.

– Nous n'avons jamais connu la faim dans cette vallée, Sainte-Mère, assura un cousin gros et gras.

– C'est bien. Mon cœur est soulagé.

La révérende mère s'essuya les doigts sur une serviette brodée que lui tendait un domestique, puis elle but un peu de vin. Après quoi elle déclara :

– J'apporte une lettre de Vartouhi, honorable Gygès. Elle est dans ma ceinture. Elle est venue…

Elle pointa le doigt vers le plafond en souriant. Les convives se mirent à rire tout bas, imités par l'attroupement dehors, et tous hochèrent la tête.

– Sœur B'fera travaillait au jardin quand un des aviateurs est venu dans sa machine volante, si bas, si bas, qu'elle eut peur pour nos toits. Elle alla me chercher et nous courûmes toutes dehors, en le priant de nous épargner, et il nous salua de la main en riant. Moi-même je vis son visage et je n'eus aucune peur, bien qu'il fût jeune et donc insouciant. Puis il lâcha un petit objet blanc de la forme d'un trolle, qui tomba lentement, lentement, et resta coincé en haut d'un hêtre sur le chemin menant aux ruines antiques. J'envoyai Hussein grimper dans l'arbre, et il descendit l'objet blanc en forme de trolle, qui était fait de soie fine, admirable à regarder, et voilà qu'il contenait un petit paquet, dans lequel se trouvaient un mets sucré sombre, des propos de ces deux sages du Pays des Navires et de l'Amérique…

Tout le monde murmura « Ch-Ch'l » et « Ros'vl' » en hochant la tête et en souriant de plus belle. Seuls les visages des mendiants accroupis hors du cercle de lumière, à ronger les os que les domestiques leur avaient jetés, restèrent graves et épuisés, comme s'ils ne comprenaient pas.

– … et cette lettre de Vartouhi, honorable Gygès, que je vais maintenant te lire.

Elle prit un sac de cuir attaché à sa ceinture, dans les replis de sa robe, et en sortit une lettre qu'elle se mit à lire, au milieu d'un silence attentif. Gygès avait fait un geste impérieux et l'on avait fait taire la TSF.

Honorable Père, honorable Mère, et mes chères sœurs,

Au nom de Dieu le Très Sage et Miséricordieux, salutations. Bénie soit la maison, et bénis tous ceux qui y demeurent et tous ceux qui sont au loin. Je vais bien et mon cœur est allègre. Je vais épouser au mois de la Naissance des Fruits un riche Anglais. Vous vous souviendrez, mes sœurs Djura, K'ussa et Yilg, que notre sœur Yania et moi-même, votre sœur Vartouhi, nous nous asseyions sur le mur au-dessus du ruisseau, quand nous étions petites filles, et parlions de ce que nous ferions lorsque nous porterions le bonnet plissé des femmes. Vous vous souvenez ? Yania et moi, nous fîmes le vœu d'épouser de riches seigneurs. À présent, nous allons toutes deux tenir parole. Le seigneur de Yania est américain et le mien est anglais.

Vous vous souviendrez, honorable Père et honorable Mère, que dans la maison où je travaillais comme servante il y avait un homme beau et imposant, Kenneth Fielding, que sa sœur gouvernait en toute chose. Dès le début, je l'ai regardé avec bienveillance et j'ai pensé : je vais épouser cet homme. Et il me regardait lui aussi avec bienveillance. Mais sa méchante sœur me chassa car j'avais fait un *djan* pour le lit de cet homme, comme le veut notre coutume quand nous souhaitons faire comprendre à un guerrier que nous l'épouserions s'il nous le demandait. (C'est un soldat, cet homme, un capitaine.) Mon cœur était en colère et je m'en allai en songeant : il y a d'autres riches seigneurs en Angleterre, et je vais en trouver un pour moi et je ne penserai plus à Kenneth Fielding. Mais voilà qu'il partit à ma recherche, et me trouva, et maintenant nous allons nous marier.

Je vous demande votre bénédiction, honorable Père et honorable Mère.

Le vieil et honorable père de Kenneth Fielding vivra dans notre maison. (Si vous pouviez la voir ! Avec le jardin pour les fruits et le jardin pour les légumes, et la petite cabane où la nourriture vit et où on fait de la neige toute l'année !) Sa vieille et honorable cousine vivra également dans notre maison. J'ai chassé la méchante sœur, mais elle aussi va se marier, bien qu'elle soit une vieille, vieille femme de cinquante-trois ans. Elle va épouser un homme très vieux aussi, de cinquante-huit ans. Ils n'auront pas d'enfants. Mais je vais avoir beaucoup d'enfants, et quand cette guerre sera terminée et que tous les méchants Allemands, Italiens et Japonais seront morts, mon mari, mes enfants et moi, nous ferons une visite au Khar-el-Nadoon et serrerons contre notre cœur vos honorables mains.

Adieu, honorable Père et honorable Mère, et adieu à vous, mes chères sœurs. Je donnerai à ma première fille le nom de ma nièce Médora.

Au nom de Dieu le Très Sage et Miséricordieux, bénédictions sur la maison, et tous ceux qui y demeurent, et tous ceux qui sont au loin.

Votre fille,
Vartouhi

Un brouhaha s'éleva quand la révérende mère eut achevé sa lecture. La lettre passa de main en main, et Médora, qui était maintenant une svelte jeune fille de dix ans et avait été autorisée à revenir de Turquie, tint à ce qu'on lui relise le passage où il était question d'elle. Elle écouta timidement. Ses épaisses nattes blondes ornées de pièces d'or retombaient sur ses joues.

– Ah, bientôt ce sera ton tour! s'écria sa grand-mère en regardant Djura et Yilg, qui à quinze et dix-sept ans n'étaient toujours pas fiancées. Si toi, tu n'es pas fiancée à quatorze ans, ne viens pas me trouver pour préparer ton trousseau!

Médora cacha sa bouche derrière sa main et ses yeux allongés pétillèrent joyeusement tandis qu'elle courait se réfugier dans un coin de la salle.

– Mais vraiment, continua Fayet, n'y a-t-il pas de l'espoir pour toutes les filles, quel que soit leur âge, si une femme de cinquante-trois ans peut se marier?

Tous murmurèrent leur surprise et leur approbation.

– Et en dépit du grand âge de cette femme et de sa stérilité, c'est une bonne chose, conclut la mère de Vartouhi avec autorité en prenant une friandise enrobée de sucre et en jetant un regard à la ronde. Jeune ou vieux, beau ou laid, homme ou femme (à moins évidemment qu'on ne soit voué à Dieu comme toi-même, Sainte-Mère), il est bon d'être marié.

Composé par Nord Compo Multimédia
7, rue de Fives, 59650 Villeneuve-d'Ascq

Achevé d'imprimer
sur Roto-Page
par l'Imprimerie Floch
à Mayenne,
en mars 2016.

Dépôt légal
mars 2016.
Numéro d'imprimeur
89463

Imprimé en France